本書出版得到國家古籍整理出版專項經費資助
全國高等院校古籍整理研究工作委員會重點項目

中山大學中國古文獻研究所 編

全粵詩

第十二册

嶺南美術出版社

图书在版编目（CIP）数据

全粤诗. 12 / 中山大学中国古文献研究所编. —广州：岭南美术出版社，2011.5
ISBN 978-7-5362-4089-6

Ⅰ. ①全… Ⅱ. ①中… Ⅲ. ①古典诗歌—作品集—中国—明代 Ⅳ. ①I222.72

中国版本图书馆CIP数据核字(2011)第096700号

责任编辑： 左 丽
易文翔
徐 凯
王威廉
责任技编： 钟智燕
封面设计： 李 颖

全粤诗（第十二册）

出版、总发行：岭南美术出版社
（广州市文德北路170号3楼 邮编：510045）
经　　销：全国新华书店
印　　刷：广州市岭美彩印有限公司
版　　次：2011年5月第1版
2011年5月第1次印刷
开　　本：889mm×1194mm　1/32
印　　张：28.375
印　　数：1-1000册
ISBN 978-7-5362-4089-6
定　　价：136.00元

主　編：陳永正
副主編：吕永光　楊　權　史洪權
審　校：劉斯翰

本册主编：杨　權

主要整理者：
鍾　東　楊　權
陳永正　陳永滔
李雪梅　關瑾華
戴武軍　吴定球
史洪權　吕永光
李永新　陳丕武

全粵詩第十二冊總目

卷三八六

陳吾德……一

陳吾德一……一

卷三八七

陳吾德二……一〇

卷三八八

葉夢熊……二七

卷三八九

姚光泮……三四

鍾繼英……三九

李應蘭……四〇

戴記……四二

李一迪……四三

陳一龍……四四

黎民褱……四四

蘇旦……五五

卷三九〇

陳璘……五七

張棨……五九

鄭金……五九

翁思佐……六〇

溫新……六〇

陳宏采……六一

梁繪……六一
梁天錫……六四
黃鰲……六四
姚守轍……六五
薛尚學……六七
梁景先……六八
黃器先……七二
唐皐……七五
楊維震……七六
胡所思……七六
梁沛……八〇
黃鑑……八〇
梁崖……八一
陳大政……八二
黎鎰……八二
謝維申……八三
蘇恩……八三
梁可基……八四
鄭敦復……八四
曾唯……八五
王昶……八五
陳宏乘……八六
王震……八七
徐士唐……八七
朱士諒……八八

卷三九一

張佃……九〇

梁汴……九一
蘇尚勸……九二
李秉徵……九二
李秉鈍……九三
李時郁……九四
黃詔……九六
梁紹裘……九九
梁子壽……一〇一
張鳴韶……一〇二
陳沂……一〇七
李奇標……一〇八
譚清海……一〇八
歐大章……一〇九
梁以杞……一一一
劉志遜……一一二
趙一誨……一一二
鄭質夫……一一三
黎民懷……一一四
黃時俊……一一五
丁恒……一一五
周訥……一一七
蘇應機……一一七
楊王休……一一八
黎士瞻……一一九
唐守敬……一一九
冼堯相……一二〇
何即登……一二一
陳應昊……一二二

梁逢登……一二三
何歆……一二三
薛虞樸……一二四
區必傳……一二五
黃鰲……一二六
陳晚成……一二六
陳惟順……一二七
馮樹勳……一二七
劉雲鵠……一二八
欽櫟子……一二九
南海茂才……一二九
顧爵……一三〇
張文沛……一三〇

卷三九二
唐秩……一三一

卷三九三
何其偉……一四五

卷三九四
李需光……一七三
盧堯典……一七四
李韡……一七六
梁紹震……一七六
梁夢鼎……一七八
袁燦……一七九
章曰慎……一七九
鍾于田……一八一

卷三九五
鄭學醇……一八三
鄭學醇一……一八三
卷三九六
鄭學醇二……一九九
卷三九七
鄭學醇三……二二二
卷三九八
鄭學醇四……二五四
卷三九九
鄭學醇五……二六三
卷四〇〇
李學一……二九四
卷四〇一
劉維嵩……三一一
李燾……三一二
陳堂……三一四
陳大猷……三一八
何維椅……三三一
徐尚敷……三三一
徐尚徽……三三二
劉夢賜……三三三
周篤棐……三三三
楊瀧……三三四
王原校……三三五

卷四〇二
李栻……三三六
陳絢……三三七
張守謙……三三八
張守讓……三三八
梁岳……三三九
梁夢日……三四四
周光鎬……三四五
劉惠喬……三五四
尹瑾……三五五
劉克正……三五七
卷四〇三
陳履……三六〇
陳履一……三六〇
卷四〇四
陳履二……三六五
卷四〇五
陳履三……三七七
卷四〇六
陳履四……三九一
卷四〇七
陳履五……四〇七
卷四〇八
陳履六……四三六
卷四〇九
陳履七……四四九

卷四一〇

袁昌祚……四六四
黎邦琰……四七一
鍾昌……四七七
方肯堂……四八〇
何大勳……四八一
林器之……四八一
余繼先……四八二
何大勯……四八四
鄧如昌……四八四
蔡魁……四八五
葉明楷……四八六
李相……四八六
蘇亦堪……四八七
何思孟……四八八
何大勷……四八八
陳嵩……四八九
何誕……四九〇
何文繪……四九一
何維進……四九一
吳從周……四九二

卷四一一

李英……四九三
李英一……四九三

卷四一二

李英二……五〇一

卷四一三

李英三……五一三

卷四一四

李英四……五三八

卷四一五

李英五……五六三

卷四一六

區大樞……五九五

卷四一七

鍾維誠……六一五
蔡存仁……六一五
梁鶴鳴……六一六
傅敏功……六一七
林培……六一九
麥應中……六二〇
韓鳴鳳……六二二
韓鳴鸞……六二四
韓鳴金……六二四
袁應文……六二六
宋仕明……六三〇
馮紹京……六三一
孫兆葵……六三四
譚士寅……六三四
朱守魯……六三五
韓奕……六三六
韓麗元……六三六

梁必強……六三七
卷四一八
唐伯元……六四一
卷四一九
李良柱……六六一
楊瑞雲……六六七
王粹……六七三
葉萼……六七四
楊傳芳……六七五
孔煦……六七六
卷四二〇
徐有爲……六七七
吳遜之……六七七
黎天祚……六七八
袁敬……六七九
麥秀岐……六八〇
崔光玉……六八一
龐一德……六八三
祁衍曾……六八五
黃朝賓……六九一
李玉……六九三
馮名望……六九三
高爲表……六九四
李元弼……六九五
羅岳……六九六
卷四二一
楊起元……六九七

楊起元一……六九八

卷四二二

楊起元二……七二九

卷四二三

王學曾……七五八
曾象乾……七六〇
金節……七六一
姚岳祥……七六三
汪一豐……七六四
馬叔康……七六五
陳蕚……七六五
何孫謀……七六六
謝䝟……七六七
盧學益……七六九
何維翰……七六九
陳光穎……七七〇
林志孟……七七一
甘守正……七七一
徐兆熊……七七三
鄧良佐……七七五
黃夢鴻……七七九
盧欽明……七八〇
鍾萬春……七八一
劉堯佐……七八三
潘豫之……七八三
鄭文炳……七八五

全粵詩第十二冊目次

卷三八六
陳吾德……一
陳吾德一……一
寄懷默丘諸兄弟……一
泊富陽程明府招飲山亭……二
贈別劉近之四首……二
出京別諸省丈……三
出東門行贈朱次皐……三
送許曼植北上……四
贈月橋山人二首……四
同羅少南黄叔化陪曹明府厓山吊古因
泛舟觀海分得水字……五
劍江夜泊……五
舟中即事……六
舟過安德津吏見訶戲贈口號……六
晚泊楊柳青……六
贈晴川居士三首……六
與陳隆之太史僑寓廣陵比園廬者累日
臨別贈余六絶用此見答……七
隆之生女賦贈二首……七
安義道中聞何老人道前令林君惠政以
不善事上官而去有感書屋壁……七
近午發舟……八
午過鄱陽湖……八

夜宴鄧卿卿雲將軍府第同諸生李明卿廉安卿陳子晉潘子敬李大亨時史先生與嚴思孔劉近之駕扁舟送余湖中風濤大作暮薄相失末首卻寄……八
宿樟樹鎮……八
贈張郎……八
過漂母祠……九
聞鶴……九
題扇……九
歲晏寄家書……九
題旅屋壁……九
浮光逆旅主人問余官戲答……九
喜友過訪……九

卷三八七

陳吾德二……一〇
寄沈比部純甫……一〇
大梁逢吳明卿大參張子承僉憲學閣夜宴留別一首……一〇
別劉簡之年丈……一〇
除夕書懷二首……一一
丁丑元旦……一一
答沈純甫見懷……一一
九日酬贈陶惟謙文學……一一
和曹明府遊白沙相祠地二首……一二
壬午九日偕青霞老人龐少舉遊羅浮……一二
五羊別葉男兆……一二
椿庭遺翰卷爲陸憲副賦……一二

贈馬用德廣文之任桂林便道省覲……一三
送蕭以寧憲副觀察蜀中……一三
寒食舟中寄懷舍弟懋直……一三
贈陳司理及卿解官還閩……一三
贈别青霞煉師……一四
松臺同葉化甫何元偉二年丈舟中夜酌……一四
過南浦陳方伯玉叔招宴賦謝二首……一四
夜泊桑園有懷施于我年丈爲余將家口
在後郤寄……一四
壽陳隱君六十……一五
襄陽館中書懷……一五
登叢臺……一五
送歐楨伯分教江都……一五
元旦紀夢……一六
寄陳富伯兄弟……一六
襄陽遲舒給事汝德從劍閣入蜀……一六
玉泉山謁關將軍廟……一六
秭歸阻雨……一六
别舒汝德給舍兼訂春還之約……一七
王使君召宴翊襄亭二首……一七
劉廷評鎮中乞歸養南還賦此贈之……一七
出京書懷……一七
遊金山寺同陳隆之太史陳來源外翰分
得江字……一八
登淮上樓席間贈别施于我員外……一八
得報削籍放歸書懷……一八
蘇門觀泉源……一八

登九山……………………………………一九
登嘯臺同朱邦瑞訓導……………………一九
寄吳明卿大參………………………………一九
度庾嶺逢謝廣文赴漳州博率爾言別 ……一九
寄惟巽弟孝廉………………………………二〇
秋江釣叟約陳道襄侍御…………………二〇
送曹明府入覲………………………………二〇
陳司理及卿以詩見寄依韻和之…………二〇
海不揚波卷贈陸憲副奏績………………二一
浮玉臺呈郡伯郭公…………………………二一
得陳及卿邸報………………………………二一
清時奏最卷贈魯子與司理報政…………二一
粵天霖雨卷爲開府中丞吳公賦…………二一
贈曾把總之鄖陽兼柬李孟誠中丞………二二
春日答羅少南………………………………二二
新秋寄惟巽弟………………………………二二
病起有懷穗城諸兄…………………………二二
題盤洲處士隱居……………………………二三
陳霞谷來顧西園送別時北上謁選………二三
題黎氏隱居…………………………………二三
春日李維任舟中召飲不至賦此贈之 ……二四
遊七星巖答社中諸君見懷………………二四
送容亞石北上………………………………二四
送黃雲原入都………………………………二四
寄學恕翁……………………………………二四
別蕭文學……………………………………二五
寄黃雲原……………………………………二五
夏至貽同會諸君……………………………二五

贈趙少尹二首……二五
朝見……二六
即事……二六
觀妓……二六
黄梅平寇有懷馬大參君御……二六

卷三八八

葉夢熊……二七
湖上送春……二七
過梅嶺……二八
飛來寺……二八
小金山别李文軒潘肖徑二兄……二八
曹溪寺曉起……二八
薊門……二九
行邊……二九
平朔方勒石賀蘭山之作……二九
小孤山……三〇
北還東洲見羅浮……三〇
海珠……三〇
夢真空道人訪余樓上……三一
黄龍洞……三一
瑤石山房……三一
題福清縣署……三一
登小孤山……三二
寄哱拜勸降詩二首……三二
出征回朝享宴詩……三二
過龍南宗家詩……三二
觀海亭……三三

卷三八九

姚光泮……三四
登朝漢臺……三四
晚游南濠出海珠……三四
海珠秋月……三五
謁李忠簡公祠……三五
靈洲晚眺……三五
厓山吊古……三五
浮邱社懷趙太史……三六
秋日登浮邱臺……三六
浮邱八景……三六
文筆峰……三七
金雞嶺……三七
馬鞍岡……三七
謁安期巖……三八
雪……三八
送檗庵兄之慶遠……三八
太史史聯岳飲翠洞步韻奉答……三八
春日偕里中諸公宴直指李方麓公於小圃尋以詩投贈依韻賦謝……三八
登南城樓……三九
鍾繼英……三九
謁蘇文忠公祠……三九
李應蘭……四〇
秋水……四〇
臥病……四〇
早朝後寄所知……四〇
九日偕諸寮長集鎮海樓……四一

送程度支督儲清源兼懷鄭山人……四一
寄孫承卿時督薊餉……四一
題鍾侍御理蔬小築……四一
過故友鄺大年空中樓閣……四二
輓弟經可……四二
戴記……四二
彭南元明府招赴池亭野酌……四二
塞上雜詠四首……四三
李一迪……四三
次知府吴國倫鑑江亭詩韻……四三
陳一龍……四四
挽陳衍死敵……四四
黎民褎……四四
鎮海樓眺望……四五
五仙臺……四五
鎮海樓送劉職方還留都……四五
菊月遊浮邱……四六
春日浮邱雅集……四六
遊浮邱呈趙太史……四六
謁張丞相祠……四六
游南華寺……四七
遊羅浮山……四七
送王忠銘先生游羅浮……四八
金雞嶺……四八
馬鞍岡……四八
麗句亭作……四八
聽雪……四九
寄譚永明……四九

觀魚……四九
落梅……四九
九日與林開先侄賢之銘之登高……五〇
別弟惟節北上……五〇
歐使君雨蓮以詩見寄次韻奉答……五〇
贈方元素次汪司馬韻……五〇
送林山人還閩……五一
始至金陵承姚佘二侍御過訪……五一
霜夜拙清樓聞笛……五一
遊琪林觀……五一
太平寺……五一
花朝曲江舟中見峰腰繁花歷亂曰映山紅者賦以紀興……五二
仙弈石鑒……五二
別司封侄伯華……五二
金山別黄水簾二首……五三
送秘書家長兄至石門山歸舟口號二首……五三
寄歐崙山虞部兼訂校司封先兄集……五三
五柳先生詠……五四
楊溪洞……五四
西樵……五四
扶胥浴日……五四
白雲晚望……五四
蒲澗簾泉……五五
大通烟雨……五五
送僧歸曹溪……五五
蘇旦……五五

過惶恐灘和古詩一絶……五六
卷三九〇
陳璘……五七
題石龜塘大巖……五七
題魁巖……五八
次韻李舜臣……五八
張棨……五九
超然臺……五九
鄭金……五九
峽山飛來寺……五九
翁思佐……六〇
重遊陰那寺……六〇
溫新……六〇
小金山話别……六一
陳宏采……六一
浮邱社懷趙太史……六一
梁繪……六一
行行復行行……六二
書家信後寄弟絅……六二
暮春即事……六二
秋江夜泊……六二
庚樓……六三
秋望……六三
拔秧……六三
野話……六三
梁天錫……六四
遊小金山……六四
黄鰲……六四

飛來寺……六四
遊南華寺……六五
姚守轍……六五
金雞獻瑞……六五
文筆生華……六五
建江澄碧……六六
汞井涵清……六六
滴白漁歌……六六
夕陽牧唱……六六
潭覽晴雲……六七
仙屯夜月……六七
薛尚學……六七
贈東溪叟張嵩……六七
梁景先……六八
遊七星巖……六八
星巖二十景……六八
玉虛宮……七一
天柱巖……七一
棲雲亭……七一
謁伏波廟……七二
黄器先……七二
游南華寺……七二
九仙山……七三
玉華山……七四
青龍山……七四
羊徑……七四
太平寺……七四
書堂石……七五

登高峰遠眺……七五
唐皐……七五
象山……七五
楊維震……七六
仁山書院爲鄧侯賦……七六
胡所思……七六
集郭夢菊膳部席上賦此……七七
廷試早入左掖……七七
和賈舍人早朝大明宮……七七
贈徐合川南歸……七七
詠白鶴花……七八
午日同黎惟敬泛舟……七八
夜坐有懷仰川並寄二弟……七八
見葉落有感……七八
和黎瑤石寄懷……七九
早春……七九
華巖洞……七九
對花……七九
梁沛……八〇
簡水南黎伯亨……八〇
二月宿小圃山家用唐韻……八〇
黃鑑……八〇
頌陳淺泉擒寇……八一
梁崖……八一
上凌軍門大征德慶兩山平……八一
陳大政……八二
上凌軍門大征德慶兩山平……八二
黎鎰……八二

挽陳衍死敵……八二
謝維中……八三
錦石撑空……八三
西灣漁唱……八三
蘇恩……八三
王宗伯偕遊翠巖亭二首……八三
梁可基……八四
動星隱釣……八四
鄭敦復……八四
銅鼓嶺……八四
曾唯……八五
浴日亭……八五
王祖……八五
西郊浮邱寺觀午時蓮……八五
陳宏乘……八六
遊浮邱呈趙太史……八六
王震……八七
文裔龍泉步知縣秦志道韻……八七
瑞椰樹分三幹並起結實古未有也……八七
徐士唐……八七
題飛來寺……八八
朱士諒……八八
七星巖紀遊……八八

卷三九一

張佃……九〇
邊上……九〇
蓮港夜泊……九〇
茅齋……九〇

梁汴……九一
江村春興二首……九一
登西樵山……九一
蘇尚勸……九二
送徐海石侍御還京……九二
贈王赤玄……九二
李秉徵……九二
經謝石濼宅……九三
別顧白湖……九三
李秉鈍……九三
送劉掌教歸閩……九三
和侍御鍾心渠……九四
李時郁……九四
海珠……九四
遊小金山……九四
泛月入羅浮……九五
麻姑峰……九五
飛來峰……九五
聚霞峰……九五
黍珠庵……九五
列仙壇……九五
鳳凰谷……九六
青霞谷……九六
鐵橋……九六
黄詔……九六
題鳳埕八景……九七
梁紹裘……九九
初冬過訶林寺淨隱禪房……九九

遊海珠寺……九九
元夜命酌終南山水天煉師於海珠信宿
賦此……九九
小金山送黎秘書還朝……一〇〇
浮邱社懷趙太史……一〇〇
過梅嶺……一〇〇
文筆峰……一〇一
金雞嶺……一〇一
馬鞍岡……一〇一
梁子壽……一〇一
文筆峰……一〇二
金雞嶺……一〇二
馬鞍岡……一〇二
張鳴韶……一〇二
招隱……一〇三
江行雜詠……一〇三
君子有所思行……一〇三
海珠寺……一〇四
宿飛雲頂候日……一〇四
西樵山居雜詠……一〇四
采石磯……一〇四
金山寺……一〇五
庾嶺張文獻公祠……一〇五
白鶴峰蘇文忠公祠……一〇五
厓門吊古……一〇五
白雲巖觀瀑……一〇六
贈陳太守于喬……一〇六
送戚少保歸東萊……一〇六

題楊山人隱居……一〇七
陳沂……一〇七
遊小金山……一〇七
李奇標……一〇八
峽山飛來寺……一〇八
譚清海……一〇八
白雲洞……一〇八
歐大章……一〇九
秋日贈少芝還維揚……一〇九
秋夜同諸子雅集城南樓因與少芝翫月
分韻得東字……一〇九
贈李生北上……一〇九
夜泊海珠寺……一〇九
晚由南濠出海珠……一一〇
冲虛觀……一一〇
白鶴觀……一一〇
題近水園圖……一一〇
梁以杞……一一一
送叔壯安將軍戍守蒼梧……一一一
李海雲先生小築新豐同社雅集各賦……一一一
劉志遯……一一二
山中秋夜……一一二
雙忠廟……一一二
趙一誨……一一二
三忠新廟……一一二
鄭質夫……一一三
鳳臺涼月……一一三
曲水流杯……一一三

黎民懷……一一四
鳳臺涼月……一一四
曲水流杯……一一四
白水丹丘……一一四
黃時俊……一一五
題顔宗湖山平遠圖卷……一一五
丁恒……一一五
詠柳戲贈任文甫……一一五
送文可歸杭州……一一五
送人歸錢塘……一一六
雲溪……一一六
石潨山……一一六
周訥……一一七
新春次黃恪翁韻……一一七
答何竹牖中秋見懷……一一七
蘇應機……一一七
題波羅廟顯相達奚司空像……一一八
謁顔子心齋坐忘圖……一一八
始祖葬洋田瀝失其故穴今寢廟落成同衆書主感賦……一一八
楊王休……一一八
小金山送蕭昶昆玉還朝……一一八
黎士瞻……一一九
浴日亭……一一九
唐守敬……一一九
陳參藩曾侍御招同陳道襄郭篤周二憲副浮邱雅集……一一九
翠巖亭……一二〇

冼堯相……一二〇
浮邱社集……一二〇
厓山弔古……一二一
何即登……一二一
秋日集海珠寺……一二一
和趙瀔陽太史答黎瑤石内史偕遊浮邱之作……一二一
陳應昊
飛來寺……一二三
陳應昊……一二三
飛來寺……一二三
梁逢登……一二三
厓山弔古……一二三
何歆……一二三
百花徑……一二三
薛虞樸……一二四
獨坐……一二四
元日立春書事兼懷所知……一二四
草堂初成郡中諸公枉顧……一二四
除夕……一二五
區必傳……一二五
遊碧玉洞……一二五
黄鰲……一二六
遊七星巖……一二六
陳晚成……一二六
海珠石……一二六
陳惟順……一二七
謁李忠簡公祠……一二七
馮樹勳……一二七

秋日集海珠寺……一二八
劉雲鵠……一二八
龍江秋泊……一二八
登紫雲閣……一二八
欽櫟子……一二九
甲午送族孫孟郁赴春闈……一二九
南海茂才……一二九
紫坡臺……一二九
顧爵……一三〇
詠陳節婦……一三〇
張文沛……一三〇
詠尹烈婦……一三〇
卷三九二
唐秩……一三一
自擬輓辭……一三一
新婚別……一三二
客夜……一三三
宿虞洞舘和戴黄門韻……一三三
晚坐……一三三
傷旱……一三四
秋夜偶書……一三四
觀盒中金魚……一三四
贈友人遠遊吴楚歌……一三四
直釣吟……一三五
壯遊嘆……一三五
走筆題友人笑遊海宇卷……一三七
答碧山陳翁夜談口號……一三八
簡答吴瓊羅……一三八

答五羊梁存吾區白齋詩箋遂和原韻……一三九
答雙溪兄簡即步原韻……一四〇
與知友看舊稿……一四〇
病久與友人話舊……一四〇
客中七夕……一四〇
過兄處陪李三吴四諸人即和原韻……一四一
懷坡堂與僧半壁話步牛洲翁韻……一四一
和月洞仙師韻寄僧無已……一四二
訪西埜兄樂耕亭竹下看奕即事……一四二
晦夜雙溪兄來訪和韻……一四二
月蝕……一四三
與友人乞素馨花……一四三
詠窗前白鷄……一四三
自詠海天孤鶴……一四三
和行甫姪詠菜……一四四
代妓贈别歌……一四四

卷三九三

何其偉……一四五
七十又二承陳太史及諸丈以壽文見贈賦此志謝……一四五
初春感懷寄馬孟高社丈……一四五
答黄卓表見懷之作……一四六
移居省城感賦一首……一四六
甲子元日宇亮孫入省枉集山館觀燈……一四六
送楊河泊赴任荊州遼府倉曹……一四六
謁林岳祖墳陳君以詩見投次韻答之……一四六
馬孟高將鄉旋偕法南禪師攜酒過别即席各賦一首……一四七

答寅漢侄孫九日登高見懷之作……一四七
壽寅漢母八十一……一四七
次韻答李亮侯寓文康梁公祠左見懷之作……一四七
冬日李亮侯過訪即席限多字各賦一首……一四八
甲子冬寅陽卜居倉邊鄰左賦此貽之……一四八
寄蘇四郎……一四八
寄蘇應槐……一四八
寄蘇仲輅……一四八
寄蘇仲呂……一四九
寄蘇仲芳……一四九
甲子除夕前二日立春……一四九
乙丑元日同寅陽賦……一四九
春日過蘇廷襄宅畔池亭各賦一首……一五〇
乙丑新正九日書懷……一五〇
乙丑正月十八夜蘇廷襄宅燈宴……一五〇
夜泊新城與遂芳丈舟中小酌……一五〇
天台晚眺……一五〇
舟過蘭谿望富陽……一五一
五月廿四舟抵富陽忽承約初老丈以詩見投奉答一首……一五一
富春釣臺……一五一
寄答蘇廷襄……一五一
五馬山……一五二
立秋夜集限秋字……一五二
七夕……一五二
村居四詠爲區封君賦……一五二

偕蘇玄山念吾叔侄景山經佐昆玉集山
房對菊……………………………………一五三
晚泊榕樹潭…………………………………一五三
中秋得吟字…………………………………一五四
春日郊居……………………………………一五四
寄西粤李生維明茂才乃勳臣嫡裔也……一五四
送番波羅一株謝正術納齋詩以代柬……一五四
遊西樵夜宿沛然堂次壁間韻……………一五四
遊故少師方西樵府二首…………………一五五
歐念橋黄君甫過社讌集時二丈方應督
學試得邊字…………………………………一五五
明妃怨………………………………………一五五
邊警…………………………………………一五六
元夜期小岑叔南華弟過山房……………一五六
雨中七夕簡廷伯過飲育物亭得鳴字……一五六
贈趙侍兒……………………………………一五六
贈得白桃……………………………………一五六
元夜懷靈叔枉顧小酌兒輩鼓琴稚子鬥
雞爲樂猥承佳篇率爾奉答………………一五七
春日偕李少芝山人集蘇文甫宅…………一五七
春日偕李少芝李少修蘇仰伯子垣梁少
陵集蘇仲呂昆玉宅得東字………………一五七
讀李少芝當壚集有贈……………………一五七
同羅孝廉覺我諸君登神步塔……………一五八
丙午歲族叔懷靈侄禹門孫宇亮鄧甥世
田元夕過集…………………………………一五八
秋夜偕李亮侯孔甥尚志劇談時事愴然
有感得停字…………………………………一五八

留別李亮侯……一五八
鳴鶴樓爲李永明賦……一五九
將往陸川江上逢吴明府夜酌……一五九
遊勾漏……一五九
上元夕讌集陸川署中同吴明府分賦得沙字……一五九
吴明府大閲營兵……一六〇
讀内典寄示寵兒陽兒……一六〇
寄鳴吾弟……一六〇
綠珠江……一六〇
次韻答惕予吴明府夜泊平樂不寐見懷之作……一六〇
惕予吴明府陸川三載秩滿賦二十韻奉賀……一六一
用韻奉和熊司理遊水月巖……一六一
寄題熊節推瑞泉亭……一六一
次韻古風答小岑叔見夢有懷之作……一六二
吴明府惕予奏績入省轉赴端州便歸省覲時值七夕賦此寄懷……一六二
次韻答懷靈叔……一六二
遊勾漏……一六二
九月署中讌集兼寄鳴吾弟……一六三
陸川留別吴明府二絕……一六三
初秋回自勾漏植心宇以佳篇見投賦此答之……一六三
九日集古社分松字即席賦……一六四
集青雲館同周茂才譽蘇經佐諸子話舊因憶亡友蘇經濟分賦得天字……一六四

中秋得陰字……………………一六四
黎茂才飛雲見惠丫蘭作此謝之………一六四
喜黄孝廉元禮過訪……………………一六四
黄元禮過集山房分賦得清字…………一六五
六十一自述……………………………一六五
癸丑八月十三夜緯章招飲宇亮館分得
身字……………………………………一六五
十四夜攜酒再集宇亮館得盤字………一六五
十五夜集鳴吾宅分得鴻字……………一六六
十七夜飲小岑叔館分得時字…………一六六
杜鵑花…………………………………一六六
賀植心宇續弦…………………………一六六
七言古風答冼霽寰……………………一六六
蘇門松柏圖壽念吾蘇徵君六十有一……一六七
答謝挺孚兼復訂海西之遊……………一六七
治圃……………………………………一六八
乙卯庭中丫蘭一盆兩莖並出詩以紀之
……………………………………一六八
曉起聞寵兒捷報賦此志喜……………一六八
送寵兒應試南宮………………………一六八
寄黄候章………………………………一六九
丙辰至日謁祭侍御公祖祠……………一六九
夏日諸文學過集荔浦…………………一六九
冼霽寰攜長君過訪……………………一六九
寄謝挺孚………………………………一六九
夏圃觀瓜………………………………一七〇
夏日小岑叔李伯亮過魁圃得園字……一七〇

秋日東莞鍾茂才曰如過訪山居分得風字……一七〇
壽小岑叔七十又一……一七〇
夏日小岑叔過集山居分賦一首……一七〇
戊午端陽看大龍……一七一
贈羅茂才仲容昆玉……一七一
馬孟高館訶林寺日與法南諸上人談禪作此寄懷……一七一
七十一自述……一七一
七夕雨……一七二
秋夜同黃侯章登羊城南樓……一七二

卷三九四

李需光……一七三
秋日集海珠寺……一七三
登小金山……一七三
謁謝南海神登浴日亭……一七四
羅浮……一七四
厓山吊古……一七四
盧堯典……一七四
同譚永明山人園林散步……一七五
之京留別祁羨仲諸子……一七五
入大藤峽……一七五
謁孝廉陳公絢墓……一七五
李韡……一七六
游海珠寺……一七六
梁紹震……一七六
元日……一七六
經靈洲山……一七七

寄懷叢桂社中諸子……一七七
秋興……一七七
登飛來寺……一七七
送丁山人游粵西……一七八
贈蕭良有良譽赴春官……一七八
梁夢鼎……一七八
半月巖……一七八
袁燦……一七九
洛隅深處……一七九
章曰慎……一七九
開歲十日同李計部唐尚寶奉陪諸郡公
南巖落成二首……一七九
奉和徐心翁使君枉過南巖小酌留題佳
韻……一八〇
奉和莊致庵貳守留題小洞之作……一八〇
春日承諸郡公招同李仰山唐曙台泛舟
西湖用前韻……一八〇
鍾于田……一八一
峽山飛來寺……一八一
登舟見月懷鄉友……一八一
自嘆……一八一
初夏樓居督諸子館課……一八二

卷三九五

鄭學醇……一八三
鄭學醇一……一八三
行行重行行……一八三
青青河畔草……一八四
青青陵上栢……一八四

今日良宴會……一八四
西北有高樓……一八四
涉江採芙蓉……一八五
明月皎夜光……一八五
冉冉孤生竹……一八五
庭中有奇樹……一八五
迢迢牽牛星……一八六
迴車駕言邁……一八六
東城高且長……一八六
驅車上東門……一八六
去者日以疎……一八七
生年不滿百……一八七
凜凜歲云暮……一八七
孟冬寒氣至……一八七
客從遠方來……一八八
明月何皎皎……一八八
怨詩行……一八八
東飛伯勞歌……一八八
獨漉篇……一八九
悲歌……一八九
銅雀臺……一八九
長信宮……一八九
子夜歌……一九〇
自君之出矣……一九〇
長干行……一九〇
白紵詞二首……一九〇
採蓮曲……一九〇
夷門歌……一九一

雪夜度楊子江……………………一九一
賦得長安月……………………一九一
送友人之咸陽……………………一九二
東林寺……………………一九二
旅興……………………一九二
悼亡……………………一九二
西江夜泛……………………一九二
登梧州郡城奉和管慕雲太史管時分守
蒼梧……………………一九三
秋日同劉陸韋諸博士冰井寺讌集……一九三
登太白樓似陳遂所年兄鄧心虞劉見泉
何翼軒李敬菊同舟諸丈……………一九三
送常明府視篆灌陽常以彌勒守謫判鬱
林曾與永平之役蒙賞……………一九三
送龔別駕……………………一九四
宿陸幹亭……………………一九四
古意……………………一九四
賦別得早梅……………………一九四
王君弼山房……………………一九五
谿上晚歸……………………一九五
繡江……………………一九五
白范江……………………一九五
望湖亭四首……………………一九五
燕京雜詠二首……………………一九六
訪天壇趙鍊師二首……………………一九六
金陵寓目……………………一九六
淮上……………………一九六

庚辰與郭霞谷黄鳴谷黄寤堂道南康入燕鳴谷上第余就選二丈南歸賦此以別……一九六
花下憶同遊諸子……一九六
詠素馨二首……一九七
詠史二首……一九七
宣和遺事……一九七
北流江……一九七
采桑石……一九七
綠珠江……一九七
和周于復雨中對梨花望所遲客……一九八
期不至……一九八
夜歸曲……一九八

卷三九六

鄭學醇二……一九九
舟夜聞鴈……一九九
燕中雨夜……一九九
揚子江……一九九
重泛彭蠡湖回望匡廬諸峰……二〇〇
梅……二〇〇
羅山別業爲陳侶梅方伯二首……二〇〇
嘉會樓……二〇〇
送何紫雲之海南……二〇一
送盧尉……二〇一
壬午典試留都事竣恭謁孝陵……二〇一
答歐楨伯先生……二〇一
蕭進士給鑲遼東便道漢陽省覲……二〇二

陪陸太府仲鶴遊水月巖同鄧州守常州判……二〇二
南濟橋亭同黃粱二博士讌集……二〇二
春日雙橋道中……二〇二
梧山九日……二〇二
雨憇羅衣寺……二〇三
發潯江答費郡丞……二〇三
春日鄧少熙昆玉攜酒浮邱霍勉齋孫運起叔衍源弟侶日同集……二〇三
贈遊匡廬爲黎瑤石……二〇三
答陽電陸營家兄用韻……二〇四
署中二首……二〇四
呈費郡丞……二〇四
南濟亭送陳少府歸縉雲……二〇四
羅波潭上有石城土酋岑瑛所築……二〇四
宮詞……二〇四
少年行……二〇五
寄張崑海明府……二〇五
詠史二首……二〇五
花下酌諸昆弟……二〇五
海珠寺……二〇五
吳中丞凱歌四首……二〇五
送人歸江西二首……二〇六
贈遊金陵三首……二〇六
過阮孝子墓……二〇六
歸夢……二〇六
金城寺……二〇七
覃村道中……二〇七

即事……二〇七
有恨……二〇七
途次逢友人……二〇七
周隱君園亭……二〇七
辛夷花……二〇七
白蓮……二〇八
玉簪花……二〇八
送客……二〇八
送人歸羅浮……二〇八
山中夏日……二〇八
夢別……二〇八
遊靈水……二〇九
五先生詠……二〇九
古別離……二一〇
李都尉從軍……二一〇
班捷妤詠扇……二一〇
魏文帝遊宴……二一一
陳思王贈友……二一一
劉文學感遇……二一一
王侍中懷德……二一一
稽中散言志……二一二
阮步兵詠懷……二一二
張司空離情……二一二
潘黄門述哀……二一三
陸平原羈宦……二一三
左記室詠史……二一三
張黄門苦雨……二一四
劉太尉傷亂……二一四

盧郎中感交……二一四
郭弘農遊仙……二一五
孫廷尉雜述……二一五
許徵君自敘……二一五
殷東陽興矚……二一五
謝僕射遊覽……二一六
陶徵君田居……二一六
謝臨川遊山……二一六
顏特進侍宴……二一七
謝法曹贈別……二一七
王徵君養疾……二一八
袁太尉從駕……二一八
謝光祿郊遊……二一八
鮑參軍戎行……二一九
休上人怨別……二一九
題張仙像……二一九
錦涯歌贈蘧甫……二一九
狼兵謠……二二〇
賦得將進酒贈孫山人……二二〇

卷三九七

鄭學醇三……二二二
秋夜長……二二二
門有萬里客……二二二
結客少年場……二二二
相逢狹路間……二二三
東門行……二二三
怨歌行……二二三
夜中不能寐……二二四

有所思……………………二二四
邯鄲才人嫁爲廝養卒婦……………………二二四
子夜歌四首……………………二二四
玉階怨二首……………………二二五
初至饒陽……………………二二五
於饒陽作……………………二二五
春望……………………二二五
觀音庵……………………二二六
初夏至城同梁明霖吳紫樓衛象亭方耀台馮允嘉集羅光徵館得四字……………………二二六
人日同海剛峰先生吳子季德賦得齋字……………………二二六
詠孔雀……………………二二六
題畫……………………二二七
答何其睿……………………二二七
詠池上竹得辭字……………………二二七
擬形贈影……………………二二七
擬影答形……………………二二七
湖上阻雪……………………二二八
雜詩……………………二二八
宿山中……………………二二八
贈隱者……………………二二八
白鹿社爲馮泰氏二首……………………二二九
甘露詩爲大浦王令……………………二二九
孝德詩爲泰和周銓部……………………二二九
鄞都引……………………二三〇
襄陽曲……………………二三〇
爲子晉叔答潘上舍……………………二三〇

雙松行壽李徵君……二三一
與衍源叔……二三一
武夷篇寄馮穉謨……二三一
送梁先孔之韶州……二三二
賦得行路難贈劉生……二三二
前有尊酒行……二三三
羅浮篇贈梁先孔兼寄韓孝廉……二三三
倭報……二三四
積雨懷所知……二三四
爲馮三峨壽李丈人……二三五
梧州雜詩……二三五
集杜……二三七
高涼雜詩……二三八
園居……二四〇
重遊無量寺館……二四二
李紹參裕德過訪園中得歡字……二四三
重遊周金樵親家園亭……二四三
早春答吳二彥家……二四三
答區海目城館見寄……二四三
初冬林若木羅心葵集馮三峨館得貂字……二四四
七夕寄林喬化……二四四
贈費唐衢方伯……二四四
送子晉叔往曹溪兼寄馮大昌歷……二四四
答歐子建……二四五
答太初叔……二四五
答陳梅伯見訊……二四五
爲園……二四五

和承暢弟菱塘泛舟韻……二四六
新塔……二四六
遊仙……二四六
梅花……二四六
碧桃初花風雨所阻……二四七
九日池上桃花……二四七
龍潭夜泛……二四七
城南書感似以典姪……二四七
別情……二四七
五仙觀……二四八
南園……二四八
寄懷黄長史……二四八
饒陽雜詩……二四八
高涼雜詩……二五〇
詠懷古蹟……二五一

卷三九八

鄭學醇四……二五四
庚戌九月將有浙行舟泊穗城悵然有作……二五四
石門阻雨……二五四
從掛榜山步至黄塘……二五四
水西驛……二五五
劍江驛……二五五
滕王閣……二五五
宿永泰寺……二五五
清遠道中朱荊玉攜酒同弟學張懋緯承宰承藻承衮送至東林寺……二五六
儲潭廟……二五六

雪浪閣……二五六
草萍古驛……二五六
浙河春望……二五六
別唐使君……二五七
答潘子遷用韻……二五七
答潘幼則用韻……二五七
秋懷寄梁先仰……二五七
湞江對月……二五八
淩江夜泊……二五八
章江阻雨……二五八
別東陽許生……二五八
玉山城南楊家水樓對月……二五八
玉山河……二五八
浮橋阻雪……二五八
清溪驛……二五九
度嶺寄梁茂伯潘良詔君理崇彥諸丈……二五九
觀迎春……二五九
杜鵑花……二五九
水岸桃花……二五九
由瑞虹抵沿山河……二五九
晨發富春渚……二六〇
秋空月……二六〇
七里灘……二六〇
西湖五十韻……二六一
五遊詩……二六二
卷三九九
鄭學醇五……二六三

登廣州郡城……二六三
曉出城東門……二六三
安期巖……二六四
潘君理以尊人誄文見屬賦謝……二六四
夏夜吟……二六四
龍舟曲……二六五
適周問禮圖……二六五
黍珠春永篇爲博羅張太宜人……二六五
西湖圖……二六六
陂塘泛舟……二六六
詠虞美人草……二六七
謝黃太史……二六七
早春訪林若木……二六七
不寐……二六八
聞笛……二六八
龍潭……二六八
博頭遇翟梧臺丈……二六八
望羅浮……二六九
江浦巡司……二六九
客中九日……二六九
所思……二六九
館中藤牀……二七〇
群盜……二七〇
和蔡香山春日仁山即事……二七〇
和黃玉崙太史甘竹灘春集……二七〇
送胡北部遼使還朝兼寄崔工部唐國子……二七〇
送甘竹黃玉崙太史……二七一

答馮穉謨……二七一
贈潘良詔君理叔姪遊南華……二七一
壽我衡叔……二七一
園亭夏日……二七二
己酉七月望夕寄宗紳叔桂開姪……二七二
羅浮……二七二
粤臺覽勝……二七四
重遊疊石……二七四
塞上曲……二七四
遊僧……二七五
官山市……二七五
雨夜……二七五
聽鷄……二七五
城館聞琵琶……二七五
落花……二七五
感舊……二七六
貓……二七六
經所親故居……二七六
重有感……二七六
約李神白訪沖虛觀李九還鍊師……二七六
賦得楚姬……二七六
夏日園亭……二七七
燕子樓……二七七
潘子遷之瓊州……二七七
蘇州十二景……二七八
史記……二八〇
汉书……二八二
三國志……二八五

晉書……二八六
宋書……二八七
梁書……二八八
南史……二八八
北史……二八九
後周書……二八九
隋書……二九〇
唐書……二九一
五代史……二九二
鐵柱殿……二九三

卷四〇〇

李學一……二九四
初入詞林自述……二九四
雪夜詣莊義……二九五
此日不再得……二九五
迢迢牽牛星……二九五
盆菊吟……二九五
贈寶光上人……二九六
查城道中……二九六
游雲岩寺……二九六
游華嶽……二九七
題琴鶴相随圖……二九七
秋日送徐名卿秀才應試……二九七
題蟄出始振圖爲高少泰作……二九八
題二難紀奇卷贈潘雲山公袒之昆陽……二九八
同潘肖遥避暑西新園次韻……二九八
潘肖遥重過避暑西新次韻……二九九

答梁濱湖……………………………………二九九
燈市……………………………………………二九九
寒蠅嘆…………………………………………三〇〇
題平倭…………………………………………三〇〇
游碧雲洞………………………………………三〇〇
贈周東隱鄉賓…………………………………三〇一
壽李太母………………………………………三〇一
題雙壽遐祝……………………………………三〇一
馮太母貞節……………………………………三〇一
送曾醫士………………………………………三〇二
紅心驛喜雨……………………………………三〇二
恭祀永陵有述…………………………………三〇二
翰直聞蟬………………………………………三〇二
省垣夜與嚴春門掌科共酌……………………三〇三
冬至齋居………………………………………三〇三
秋日校士鎮遠…………………………………三〇三
提溪道中懷秦露坡年丈………………………三〇三
懷郭寶山都督…………………………………三〇四
提溪道中即事…………………………………三〇四
高僉憲招飲觀音閣……………………………三〇四
游玉陽洞………………………………………三〇四
可度嶺二首……………………………………三〇五
秋日東山三司諸公雅集………………………三〇五
懷葉龍塘………………………………………三〇五
采石李白祠……………………………………三〇六
過洪都飲座主吳東郊別業……………………三〇六
太湖阻雨………………………………………三〇六
送潭小峰先生南歸……………………………三〇六

江魯泉招飲郭西草堂……三〇六
茹南谷招飲藏書閣……三〇七
贈蕭乾養掌科奉使琉球……三〇七
題雙壽榮封卷……三〇七
過阜城……三〇七
送韓編修奉使朝鮮……三〇八
玄妙觀……三〇八
夏日游湖李文學有詩索答……三〇八
西湖水平病中賦……三〇九
題秋水澄源卷……三〇九
閣試晚出左掖……三〇九
夏日同王太守潘秀才遊西湖卜軍門生
祠道士留酌玄玅觀橋上……三〇九

卷四〇一

劉維嵩……三一一
謁謝南海神登浴日亭……三一一
白水丹丘……三一一
李燾……三一二
千歲樓成作……三一二
登城東樓有懷……三一二
題吐珠泉……三一二
贈馬孝子……三一三
謁皇妃墓……三一三
陪大司馬游西湖……三一三
陳堂……三一四
遊朝漢臺……三一四
南園五先生……三一四

五羊秋色圖……………………三一五
海珠送别王少參陞任貴州憲副……三一五
海珠送董都閫……………………三一五
謁李忠簡公祠……………………三一六
小金山别憲長用前韻……………三一六
浮邱社懷趙太史…………………三一六
訪浮邱用趙太史韻………………三一六
初秋社中諸丈過浮邱别墅………三一七
秋日登浮邱臺……………………三一七
久雨述懷…………………………三一七
二月久雨簡鄰父…………………三一八
水簾洞……………………………三一八
馴雉歌爲李憲長賦………………三一八
寄題梁伯遐溪山真隱……………三一九
龍津小隱同郭王二光禄袁參藩邀集王
宗伯宴飲和宗伯韻………………三一九
閒居憶昔年游西蜀………………三二〇
題見一堂贈侯見洲藩伯…………三二〇
泛舟過陳參軍别業………………三二一
過蒲澗和蘇文忠韻………………三二一
病起………………………………三二一
送周少參入賀便道省覲祖母及二尊人
……………………………………三二一
度庾嶺謁張文獻公祠……………三二二
望匡廬山…………………………三二二
游東林寺…………………………三二二
道中聞三極殿火災………………三二二

送黃肖源憲副之滇南兼懷陳毓臺中丞……三一二
雲谷書院謁白沙先生祠……三一三
白雲巖瀑布……三一三
送袁憲副備兵貴竹……三一三
秋日顧直指招飲鎮海樓……三一三
百粵吟……三一四
讀蜀志……三一四
聞播州報捷……三一四
送何侍御出使三吳……三一四
壽黃愚任明府八十一……三一五
冬日訪唐寅仲青門隱居……三一五
人日曉起……三一五
送袁大參之任海北……三一五
靈洲山……三一六
白雲山……三一六
坡山……三一六
樵山……三一六
端陽雜詠……三一六
競渡曲……三一七
闕題……三一七
陳大猷……三一八
謁李忠簡公祠……三一八
浮丘八景……三一八
葉午溪節推取道柳州適逢九日與諸同
寅敬約小集……三一九
署中讀陳貴峰山人贈言步韻……三一九
懷弟……三二〇

送鳴志弟北上補選……………………三三〇
和陳明佐花朝韻并懷其弟明瞻……………三三〇
邀王省軒光禄入社……………………三三〇
厓門吊古……………………………三三〇
何維椅…………………………………三三一
郊天應制……………………………三三一
徐尚敷…………………………………三三一
題樊隱君冊…………………………三三二
淮中寄懷姊丈粤橋何計部…………三三二
送金生新婚入太學…………………三三二
徐尚徽…………………………………三三二
題樊隱君冊…………………………三三三
劉夢暘…………………………………三三三
次鄭司訓寫懷韻……………………三三三
周篤棐…………………………………三三三
小隱雜詠……………………………三三四
巖頭石室……………………………三三四
楊瀧……………………………………三三四
己亥仲夏遊上杭南泉寺僧月修誦王陽明南征閑遊寺詩因次韻……………三三五
王原校…………………………………三三五
謁李忠簡公祠………………………三三五

卷四〇二

李栻……………………………………三三六
過崇積博雅齋觀榴花酒酷折花登樓歡……………三三六
賞得秋字……………………………三三六
送葛從化之衡府……………………三三六
伏日村居寄歐陽崇積………………三三七

陳絢……三三七
集飲東林梁先生書舍題贈……三三七
張守謙……三三八
折楊柳……三三八
崖門弔古……三三八
張守讓……三三八
中元洞……三三九
凌玄洞宴集……三三九
題諸葛祠……三三九
梁岳……三三九
暮春懷訶林舊隱……三四〇
十五夜月同諸公飲五仙觀……三四〇
春雪篇……三四〇
白雲精舍聽張仲欽彈琴……三四一
用韻答黎惟仁見懷……三四一
暮春舟中即事……三四二
游寒巖……三四二
送陳士鵠赴進士舉兼柬黎惟敬歐楨伯梁彥國諸公……三四二
春日同陳重衡熊楚伯西園聽鶯得萍字……三四二
聞海寇犯省城……三四三
暮春燕京懷歸……三四三
得孔適弟仁和明府書……三四三
翠微閣晚眺……三四三
曉過穀城寄張明府……三四四
梁夢日……三四四
半月巖……三四四

周光鎬……三四五
陰那山閒題……三四五
秋夜吟……三四五
壽硯亭爲陳玉叔廷尉題……三四六
秋日過玄武湖……三四六
大梁道上……三四六
渭陽馬上對月……三四七
夏日閒居雜詠……三四七
得徐給諫書卻寄……三四七
送荊考功視學滇南……三四七
玉沙草堂……三四八
百尺樓……三四八
游萬州岑公祠……三四八
飛練亭……三四八
望錦屏山寄懷陳于韶參伯……三四九
出師南征渡瀘河道經白馬堡登矖經臺……三四九
送謝參伯鳳渚之滇藩……三四九
秋懷……三四九
登賀蘭山眺望夏元昊避暑宮在焉平虜城北則漢衛青大將臺也……三四九
送春……三五〇
閱邊報偶成……三五〇
祖洲歌爲沈令公題兼送上覲……三五〇
春思……三五〇
過武昌阻雪仲和王孫邀登黄鶴樓……三五〇
謁武侯祠……三五一
雪山歌……三五一

赴蜀闈途次雜詠……三五二
浣花溪草堂……三五二
龍門寺次韻……三五二
午日玉峽江觀競渡……三五二
靈濟宮落成……三五三
重陽次日同諸大夫登北巖……三五三
瀛洲三老歌爲蓮峯隱者吴鏡塘壽……三五三
玉峽山房初成……三五四
劉惠喬……三五四
靈濟宮落成……三五四
遊白竹山……三五四
尹瑾……三五五
飛來寺……三五五
遊七星巗……三五五
文筆峰……三五六
金雞嶺……三五六
橋頭溪……三五六
馬鞍疊嶂……三五六
深溪龍潭……三五六
贈賓峰號……三五七
劉克正……三五七
遊海珠寺……三五七
飛來寺……三五七
進講大寶箴效柏梁體……三五八
春日郊行……三五八
朔日早朝……三五八
待漏……三五九
賦得燕臺春草送袁司徒乃弟還廣……三五九

送熊茂初駕部貶浙江……………………三五九
游曹溪……………………………………三五九
卷四〇三
陳履………………………………………三六〇
陳履一……………………………………三六〇
夏杪將赴吳門有懷和張幼于和停雲四
章寄以見意………………………………三六一
齊地久旱途有遷民膏雨既沾草木欣暢
和時運四章以諭遷者……………………三六一
貳吳再期憂在鰥曠今踐故秩兢惕中懷
和榮木四章庸自策勵云爾………………三六一
何氏弟東遠宦滇南矢言送之爰念祖德
和贈長沙公族祖四章……………………三六二
和酬丁柴桑二首贈臨清周貳守幹………三六二
和答龐參軍六首寄贈劉楚相子敦………三六二
和勸農六章………………………………三六三
寂居薊門歲聿云暮爰覩棲鳥悵然興懷
和歸鳥四首………………………………三六三
卷四〇四
陳履二……………………………………三六五
古意………………………………………三六五
夏日憶家園………………………………三六五
屋漏………………………………………三六六
登端門樓…………………………………三六六
病起賦贈萬醫士民欽……………………三六六
過嚴陵釣臺………………………………三六七
讀由拳集…………………………………三六七
肇祀重光卷為陳冠儒題…………………三六八

和馮生汝金二十五韻……………………三六八
送黃公補之任縉雲和陶韻………………三六九
和怨詩楚調………………………………三六九
行水海虞部中懷王百穀次陶韻…………三六九
除舍………………………………………三七〇
種竹………………………………………三七〇
春日偕劉郡丞過徐藩參園亭遂辱留酌
……………………………………………三七〇
出都懷黎伯華選部………………………三七一
讀張左虞伐檀集…………………………三七一
胡杭州爾潛邀泛西湖遂歷三竺次陶遊
斜川韻……………………………………三七一
寄懷鄭民部思成兼以訂約次陶韻………三七一
寄懷陳喻二使君次陶韻…………………三七二
道場山紀遊………………………………三七二
讀彥吉羼提齋稿有賦……………………三七二
舟之鹽官阻風懷鄒彥吉卻寄……………三七三
鹽官雜詩…………………………………三七三
登吳城望湖亭……………………………三七四
舟中望匡廬………………………………三七四
秋日江行懷祁羡仲………………………三七四
懷項滌川文學元滄………………………三七五
春日過寒山寺贈旭上人…………………三七五
題魯藩三瑞詩……………………………三七五

卷四〇五

陳履三……………………………………三七七
燕臺春草賦贈袁仲子歸香山……………三七七
送梅德涵令縉雲…………………………三七七

送尹崑潤之漳州……三七八
紫騮馬賦贈艾汝會秀才……三七八
再酬艾汝會秀才……三七九
送司朝武都尉歸惠州……三七九
老僕行……三八〇
玉堂恩褒為王太史……三八一
楊白花……三八一
風雨行……三八一
金陵行送詹東圖孝廉遊南雍……三八二
齊雲山中別萬伯武……三八二
祝同寅劉子敦母詹孺人壽……三八三
九日舟中獨酌醉後放歌懷海内諸子……三八三
贈同年馮學憲元敏……三八四
春夜集張幼于宅觀燈醉後放歌……三八五
靈巖篇……三八五
黄河篇……三八五
黄河後篇……三八六
舟中鼠……三八七
雙節詩……三八七
清浦行貽屠長卿明府……三八七
嘉禾道中……三八八
壽高汝調明府……三八八
送潘侍御去華赴謫嶺南……三八九
春日邀彦吉集煙雨樓漫賦……三八九
鵜鴿圖為成觀察惟謙題……三九〇

卷四〇六

陳履四……三九一

代簡鄧思豫表兄……三九一
過十八灘和關曼貞韻……三九一
除夕金陵道中……三九一
江都道中和答潘伯登……三九二
歲甲子叛兵犯廣舟師大潰將失律也慨然賦之以紀其事……三九二
答梁二丈四首……三九三
陪袁省元飲彭都憲祠因謝紉甫……三九三
莞中有七子者泛舟遊浴日亭晤李子春叔侄為河朔飲賓主懽洽從而賦詩余病不之與也爰有此作……三九三
至日集陳誠甫宅……三九四
冬日重過忠甫……三九四
允傳叢蘭館燕集……三九四
江上阻風貽同舟諸子……三九四
途次懷梁二丈……三九五
送楊明府陟秋官郎九首……三九五
過飛來寺……三九六
別何進伯表兄……三九六
別弟德本……三九七
病……三九七
病中得周式時書……三九七
送王欽父之歷城……三九七
靈濟宮夜坐……三九七
喜劉懋一選館二首……三九八
苦雨……三九八
迎春用汪大學禹乂元日見貽韻……三九八
陸華父山人將遊嶺南賦此為別……三九九

贈毛應奎秀才……三九九
送王學博之石屏……三九九
贈詹山人……四〇〇
寄懷杜臨清端叔……四〇〇
冬夜宿崇覺寺……四〇〇
過夏鎮懷王水部奎章……四〇〇
過高郵弔秦少遊……四〇一
讀劉侍御集……四〇一
乾寧道中夜泛懷張幼于……四〇一
寄汪禹乂……四〇一
春日過徐氏園亭觀梅……四〇一
舟過滄洲李若臨使君邀飲南川樓上……四〇二
鄭思成邀同胡爾潛劉介徵陳誠甫遊真覺寺得迎字……四〇二
又遊張氏園得西字……四〇二
寒食偕鄭思成洪天章張獻可遊西山憩曾金吾子聘別墅得城字……四〇二
送鄭思成督餉昌薊便道過家……四〇三
德清署中喜三廣文過論……四〇三
宋明府邀遊慈相寺……四〇三
半月泉……四〇三
喜郭生元孚元實見過……四〇四
鄭氏百可園……四〇四
周叔宗訪余樵李遽爾回舟悵然寄此……四〇四
五雲道中和答徐潮州宗魯二首……四〇四
蔡節婦詩……四〇五

道遇鄭思成民部遂與聯舟入淮……四〇五
偕思成遊焦山有作……四〇五
思成邀集海雲堂共賦……四〇五
水晶庵同思成聽琴……四〇六

卷四〇七

陳履五……四〇七
寄懷歐楨伯……四〇七
寄懷譚一丈遷居省中……四〇七
送龐侍御還京……四〇八
清遠峽中寄潘伯登……四〇八
小金山謁東坡祠……四〇八
憑虛閣晚眺……四〇八
中秋雞鳴寺獨坐……四〇八
送歐楨伯赴江都……四〇九
懷譚祁李三山人……四〇九
譚永明歸自白雲訊之……四〇九
和答黎君華……四〇九
送王殷良張于皋入閩訪李明府……四一〇
塵外樓燕集得微字……四一〇
聞笛……四一〇
懷梁白樓……四一〇
得歐楨伯書……四一〇
送梁舍人持伯奉使便道省歸……四一一
送梁彥國讞獄江南……四一一
送康彥錫還蜀……四一一
陳司徒洛南先生召賞杏花得東字……四一一
早朝……四一二
新懸朝鐘……四一二

送潘光祿少承歸省……………………四一二
送鍾繼文之陽朔……………………四一二
送袁茂文之左州……………………四一二
壽郭翁……………………四一三
懷祁在德……………………四一三
送王調元舍人奉使金陵……………………四一三
穆皇帝哀挽一首……………………四一三
端午述懷……………………四一四
雨後漢江大漲放舟東下悵然賦此……………………四一四
將之休寧諭別蒲圻父老子弟……………………四一四
留別蒲圻縉紳先生……………………四一四
春日過何侍御園亭……………………四一四
遊齊雲山登天門小憩……………………四一五
登紫霄峰絕頂……………………四一五
雪中登漁梁壩之觀瀾亭……………………四一五
秋夜集見娟臺次劉子敦韻……………………四一五
病中子敦以菊樹酒肴見惠因懷鄉思賦此……………………四一六
將至凌江寄劉子敦明府二首……………………四一六
夏日郭司馬招集呂園……………………四一六
聞祁羡仲崔子玉下第詩以遲之……………………四一六
將之姑蘇呂心源國賓邀餞北園賦此……………………四一七
別孫服周秀才……………………四一七
送郭舜舉之京……………………四一七
秋日懷趙内翰汝師……………………四一七
送杜大中之京……………………四一八
次韻答皇甫司勳子循……………………四一八

漳河道中懷梅禹金……………………四一八
九日舟中懷郭舜舉司馬……………四一八
渡淮懷楊肖韓明府……………………四一八
留別馬水部德徵………………………四一九
懷勞比部惟敏…………………………四一九
懷丁觀察見心…………………………四一九
懷顧給諫惟睿…………………………四一九
懷姚太守熙載…………………………四二〇
懷萬伯武兼簡沈君典…………………四二〇
讀馬水部德徵泰山諸詩感賦二首次李
季宣韻…………………………………四二〇
登太白酒樓懷袁茂文學憲四首………四二一
和答梅汝金……………………………四二二
西湖弔岳武穆…………………………四二二
飲王觀察元德天津署中………………四二二
王觀察元德石汝重民部邀泛天津……四二二
和答張景宜孝廉………………………四二二
寄壽蔡姊丈日省………………………四二三
送熊觀察茂初之閩……………………四二三
送郭生欽華入粵省覲…………………四二三
送王克從別駕董獻上服因訊都下舊遊
諸子……………………………………四二三
視師吳淞遂從海艘趨劉家河…………四二四
送黃博士公紹奔母喪歸五羊…………四二四
挽曹仲宣祠部…………………………四二四
挽程仲木………………………………四二四
挽皇甫司勳……………………………四二四
唐氏青門別墅…………………………四二五

哭祁羡仲……………………四二五
梁思立譚永明梁公益偕宗弟忠甫出餞
林氏水樓賦別得中字………四二五
望九華山懷盧青陽君敘……四二五
寄壽黎惟敬先生……………四二六
人日張道修司理過集徐園得開字……四二六
將趨練祁觀河聞直指使至中道而返
……………………………………四二六
過吴郡守園亭………………四二六
春夜集孝廉文三楚宅得堪字……四二七
和別王鳳洲先生……………四二七
和別徐太室先生……………四二七
和別汪生堯卿二首…………四二七
鄭思成宅夜集得家字………四二八
送張民部汝健送潞王之國……四二八
送胡爾潛出守杭州…………四二八
送黎伯華参政江右…………四二八
贈黄博士公紹………………四二九
送張希夔出守鳳翔…………四二九
得王百穀書…………………四二九
送張孟奇下第南還…………四二九
送吴瑞穀博士之官應天……四二九
送郭舜舉學憲参藩山西……四三〇
春雪…………………………四三〇
落花…………………………四三〇
偕胡爾潛遊天竺寺得深字……四三〇
秋日陪曾孝廉明吾泛舟西湖晚過淨寺
得棲字………………………四三一

湖上送曾明吾之武夷……四三一
毘山紀遊因奉懷印川先生……四三一
哭弟德本三首……四三二
臥病良鄉彌月遞運大使姑蘇陸一鯨念余嘗仕其郡數來問訊余心嘉其誼也病起因賦四韻示之……四三二
懷袁京兆文穀……四三二
周公化過集漁陽署中適紅藥盛開共酌花下得重字……四三三
聞邊報有感……四三三
送成中丞惟謙開府范陽……四三三
漁陽署中旅懷……四三三
寄壽黎表兄叔量……四三四
送成參藩君迪之京……四三四
春日懷高博士正甫……四三四
送吴山人允兆還吴興……四三四
吴允兆過集漁陽署中得涯字……四三四
又得懸字……四三五
午日呈楊觀察爾立……四三五
懷林開先内翰……四三五

卷四〇八

陳履六……四三六
舟中贈梁彦國……四三六
和答潘伯登……四三六
贈龎少南中丞……四三七
廣陵訪歐博士楨伯……四三七
送祁在德讀書西樵……四三七
送章檢吾歸豫章……四三八

將至徐州阻風遲羡仲子玉……四三八
送司空陳洛南先生之任留都……四三八
送李臣忱司理之雲南……四三九
過東林寺訪惠遠招淵明結社故跡……四三九
齊雲山中簡蹇使君……四三九
豫章姜公克榮視師南韶遂以部兵掃大廟峽群盜悉平蓋百年奇功也露布捷告余為作詩紀之……四四〇
留別黎伯華銓部……四四〇
過淮贈張德徵水部……四四〇
憶郡齋雙桂……四四一
懷雲間莫是龍……四四一
留別呂心文明府……四四二
別郭舜舉司馬……四四二
壽年伯顧蠡湖翁八十……四四二
壽年伯顧栗如先生十四韻……四四三
秣陵寄隱為張仲宜題……四四三
贈顧道行學憲……四四三
賦別郭學憲舜舉……四四四
次韻答吳孝甫……四四四
哭同年張子藎……四四五
林太史開先母夫人誕日宴集賦此為壽……四四五
賀胡爾潛舉仲子十韻……四四五
贈張比部士隆請告歸養……四四六
贈鄒彥吉觀察……四四六
元日彥吉邀集飛霞閣……四四六
和答傅侍御伯俊……四四七

哭汪禹乂……四四七
甘露園為宮詹何仁仲題……四四八
三洲園為前人……四四八

卷四〇九

陳履七……四四九
羽士白忻為治舍館置花木盤魚為玩遂賦六絕……四四九
茹菜四首……四四九
友芳園雜詩……四五〇
對菊四首……四五四
懷屠赤水長卿……四五四
玄覽往籍有懷昔賢漫賦四絕……四五五
高梧翔鳳卷題贈戴儀周……四五五
送邵參戎應魁……四五五

送周國雍赴寧波司理……四五六
送沈文衡歸錢塘四首……四五六
村居雜詩……四五七
光裕表弟惠小兒燕毛馬賦四絕……四五七
弔陳孝廉仲魚四首……四五八
湖中夜泊懷戴贛州……四五八
水部馬君惠菊志感四首……四五八
再入姑蘇口占貽王百穀……四五九
畫菊為苗爾章題……四五九
胡爾潛署中桃花盛開為賦二絕……四五九
初入署中和劉介徵口號四首……四五九
送王主政龍塢督榷清源四首……四六〇
陪楊給諫峴山夕酌六首……四六〇
春夜獨酌謾成……四六一

真如寺雜詩四首……四六一
送彥吉督學楚中八首……四六一
薊門懷梅禹金四首次韻……四六二
題祈氏萬竹……四六三
回文……四六三

卷四一〇
袁昌祚……四六四
小金山……四六四
游南華寺……四六五
自濛瀼趨南華寺……四六五
六祖……四六五
厓山吊古……四六六
贈陳沖玄文學番庠考績……四六六
題羅浮春色圖……四六六
惜花……四六六
銅雀妓……四六七
去婦辭……四六七
曉窗歌……四六七
鼓鎮龍潭峽新漲……四六八
龍潭峽許公巖……四六八
九日登黃嶺……四六八
君華以詩見懷用韻答之……四六八
鄖陽舟中……四六九
送程漢陽還徽州……四六九
輓葛巽川尚書……四六九
秋夜與祀山陵……四六九
送許太史冊封益府……四七〇
送中翰梁雲岳奉使金陵……四七〇

過烏蠻伏波廟……四七〇
夔門懷古……四七〇
九日山居……四七〇
王昭君二首……四七一
將入澧溪使者來迓謝張明府……四七一
晚眺……四七一

黎邦琰……四七一

五仙觀……四七二
登朝漢臺……四七二
小金山送黎秘書還朝……四七二
小金山……四七三
飛來寺……四七三
越王臺……四七三
區海目宮諭過訪留夜酌……四七三
訪歐楨伯道館……四七四
碧雲寺……四七四
同署中諸丈赴張成二年丈崔園之招……四七四
秋夜同歐廷評丈方武選年兄梁祠部舅氏過得金舍人宅得雲字……四七四
郭金吾草橋別墅得衣字……四七五
移居張元易朱汝修過集得花字……四七五
陪祀茂陵泰陵……四七五
昭陵……四七五
大閱次歐廷評丈韻……四七六
梁園同諸友餞別歐楨伯得知字……四七六
七夕同歐崙山廷評袁平洲光祿金我玄舍人朱仲修集梁舅氏祠部宅得陵字……四七六

鍾昌……四七七
寄懷王鳴岡……四七七
再疊前韻……四七七
登王梧山先達御書樓……四七七
寄王小池……四七八
風洞山……四七八
蘭亭雨霽……四七八
寄雲仙宗室……四七八
望南斗山……四七九
秋日營堡登眺……四七九
淮安望煬帝行宫……四七九
九日登東樓……四七九
方肯堂……四八〇
遊小金山……四八〇
登小金山和東坡韻……四八〇
雲臺庵……四八〇
何大勳……四八一
送龍門宗人殿鳳山始祖墓還里……四八一
林器之……四八一
郭總戎凱歌……四八二
余繼先……四八二
歸里上東山……四八二
望五指山……四八三
詠趙……四八三
詠曲……四八三
詠白……四八三
詠楊……四八三
詠于……四八三

何大勣……四八四
送龍門宗人殿鳳山始祖墓還里……四八四
鄧如昌……四八四
洲頭夕照……四八四
九仙招鶴……四八五
蔡魁……四八五
遊天慶觀……四八五
葉明楷……四八六
雙髻朝陽……四八六
李相……四八六
遊沕溪巖……四八六
蘇亦堪……四八七
從父宦遊歸遊羅浮夢中得句……四八七
過武山覽余襄公候潮處……四八七
何思孟……四八八
送龍門宗人殿鳳山始祖墓還里……四八八
何大勷……四八八
送龍門宗人殿鳳山始祖墓還里……四八八
陳嵩……四八九
中秋後一日偕頂笪僧遊蒲澗……四八九
遊小金山……四八九
何誕……四九〇
送龍門宗人殿鳳山始祖墓還里……四九〇
何文繪……四九一
送龍門宗人殿鳳山始祖墓還里……四九一
何維進……四九一
送龍門宗人殿鳳山始祖墓還里……四九一
吳從周……四九二

望仙橋……四九二

卷四一一

李英……四九三
李英一……四九三
初去故園留别諸友……四九三
曉發五羊驛……四九四
臨江趨陸過瑞州馬上晴望……四九四
過廬山宿東林寺……四九四
登汝南城樓……四九四
初至燕京宿報國寺英上人禪房……四九四
登樓懷友……四九五
十月京師紀事……四九五
送陳子南還……四九五
寒夜懷羅岐……四九五
夜過張氏諸子館……四九五
長安早秋……四九六
都下逢王宰三黄廷翰……四九六
王黄二子將有行期過訪客舍……四九六
中秋周氏園中沈氏諸子登臺翫月因話……四九六
西湖風景有作……四九六
歲暮旅懷……四九七
雪後過訪林氏諸子因留飲……四九七
乙丑元日闕門瞻望……四九七
送鄉友南還……四九七
答黄悦可見寄……四九八
夏日集毛山人館……四九八
送馬邦立南還……四九八
贈管生……四九八

送畢國美之吉州……四九八
秋夜同葉文信步月過劉汝賢高齋因望
西山作……四九九
中秋夜同陳張二子集蒙子館中翫月
……四九九
同李時芳遊大慧寺……四九九
秋夜……四九九
秋思……五〇〇
九日旅懷寄舍弟……五〇〇

卷四一二

李英二……五〇一
丁未元旦……五〇一
人日遇鄭宗先晚酌賦別……五〇一
訪蘇茂才文初……五〇一
社日……五〇二
酬陳于見……五〇二
花朝……五〇二
訪何隱君其睿……五〇二
春江曲……五〇二
上巳日陪歐黄蘇李諸社長集海西臺同
賦西字韻……五〇三
臺上即事……五〇三
寒食訪潘茂才子科昆季書館夜坐同賦
家字韻……五〇三
對雨……五〇三
春日旅寓霍成章羊城酒館馬春元諸君
見過小酌因題壚頭謾賦二首……五〇三
對妓……五〇四

生日……五〇四
泛舟……五〇四
訪黄隱君元襄兄弟新居值雨晚宿……五〇四
訪李茂才瑞玉兄弟二首……五〇四
暮春遇盧達章諸君……五〇五
訪黄茂才伯守留飲偕乃兄弟同賦體得
三五七言……五〇五
李山人裕偉遊金陵初歸趨訪留飲……五〇五
訪陳山人性偉二首……五〇五
留别周氏諸君子……五〇五
黄上舍伯輿將遊太學枉過小集偕乃兄
弟同賦林字韻……五〇六
夏日園亭獨坐……五〇六
晝臥……五〇六
吴茂才彦家生日召飲偕談何胡諸君雅
集北園詩社……五〇六
初秋訪黎繼騰書館得天字……五〇六
方隱君紹一招遊芙蓉别業喜食菠羅蜜
偕何李諸君同賦玄字韻……五〇七
七夕立秋曾良明見過……五〇七
聞方長公入粤因承存念賦此寄懷……五〇七
早秋柬趙山人幼雲兄弟……五〇七
壽歐季公……五〇七
夢中遊天台作……五〇八
送顧别駕暫還姑蘇……五〇八
中秋翫月扁舟小集……五〇八
用韻酬趙山人君寵……五〇八
對劍……五〇九

山居……五〇九
九日……五〇九
重陽後一日梁懷琮見過……五〇九
四會程三尹虞仲奉藩司委解料北上偶
遇羊城賦贈一首……五〇九
寄程光祿無過……五一〇
立冬客館病坐……五一〇
苦雨二首……五一〇
小雪壚頭口占……五一〇
雪夜賦酬周山人益泮諸弟姪見懷……五一〇
訪趙隱君裘卿……五一一
訪劉公子孟羽……五一一
訪趙山人爾真……五一一
梁繼先召飲……五一一
冬日閒步龜山晚過虛白齋遇慧上人
……五一一
冬至夜坐……五一二
小除夕懷康茂才思衛……五一二
歲暮山中哭子……五一二

卷四一三

李英三……五一三

過韶州宿芙蓉驛……五一三
吉水道中……五一三
壬戌除夕寓九江官舍……五一三
江州元日……五一四
麻城大雪趨光山……五一四
登真定城樓……五一四
初至燕京寓報國寺登毘盧閣……五一四

送胡子南還……五一四
夏日漫興……五一四
遊鄭園……五一五
中秋對月……五一五
秋曉漫興……五一五
送何少積還秦中……五一五
九日登宣武門樓……五一五
十月京師紀事……五一六
雪夜懷黎國輝……五一六
甲子元日曉望……五一六
上元日遊西苑有作……五一六
十六夜同黎國輝過集李時芳館得開字……五一六
送陳子問之汴梁……五一七
送黄世達還潭城……五一七
春日臥病有作……五一七
遊西山經玉泉池望西湖……五一七
香山寺……五一八
碧雲寺……五一八
宿金山寺……五一八
遊弘法寺……五一八
送陳子之閩中……五一八
旅館初度書懷……五一九
送黎悦勤之嘉興……五一九
同吴子福訪黄山人不遇……五一九
夏日遊永光寺……五一九
夏夜對月懷吴子福……五二〇
喜雨……五二〇

送蒙士賢遊泰山三首……五二〇
寄黄國鉞……五二〇
送蒙于湛之繁昌……五二〇
鷲峯寺避暑晚過水塘庵……五二一
客舍秋懷……五二一
九日時芳攜酒邀集國輝館賞菊……五二一
重陽後一日庭前對菊因寄舍弟……五二一
重陽後二日出遊善果寺因寄鄉友……五二一
宿歸義寺……五二二
金門瞻望……五二二
送客之江南……五二二
送姚子才還金陵……五二二
贈張文學汝成……五二三
雪中過靈濟宫訪黄山人因留酌齋中賦此……五二三
贈李少成……五二三
寓西長客舍對雪有懷……五二三
除夕同龐景元過飲李時芳館時景元將歸……五二三
人日……五二四
春日道院詠雪……五二四
元夜旅懷柬國輝時芳……五二四
寄倫惟伯黄悦可……五二四
張汝成自東魯至過訪邸中二首……五二五
送黎國輝南還……五二五
送鄬子南還二首……五二五
次韻酬倫惟伯見懷……五二五

答黃悅可見寄……五二六
暮春有懷二首……五二六
廣德寺觀牡丹……五二六
雨後過集徐氏諸子館……五二六
立秋……五二六
送友人南還……五二七
出京潞河別吳子福……五二七
登岱……五二七
過曲阜闕里謁孔廟……五二七
立春日渡江過濠梁……五二八
春日登五羊城樓眺望因寄溪上友人……五二八
丙寅二月新婚有作……五二八
題醉姝圖……五二八
端午同友人泛舟遊大通寺……五二八
七夕……五二九
月夜同歐黃諸詞客集城南樓得涼字……五二九
中秋江村即事……五二九
秋日山中寄懷燕京諸友……五二九
月夜同歐黃關諸詞客雅集……五三〇
初冬至淩江旅寓同何尚錫鄺建弘何尚禎丘朝仰黃汝良月夜宴集……五三〇
橫浦驛別梁景懷何尚賢歐允亮……五三〇
臨江道中遇鄉友……五三〇
冬夜旅泊南昌……五三〇
發南康度鄱陽湖阻風……五三一
過留都訪何尚爵客館……五三一

金陵旅夜……五三一
送羅汝績南還……五三一
送傅應秋南歸……五三一
雪夜寄懷溪上友人二首……五三二
雪巾送別黃氏諸子北上二首……五三二
揚州丙寅除夕……五三二
春日遊上方寺訪竹塘上人禪房四首……五三二
泰州光孝寺留別法輪上人……五三三
友人何于參自嶺南北上過廣陵訪余客邸共宿十夕而別因賦此为贈……五三三
中秋……五三三
秋興二首……五三四
尋迷樓遂登平山堂……五三四
游大明寺……五三四
送余沈二春元赴進士舉……五三四
贈許秀才……五三五
金陵春日雨後同盛姚諸君子出游城南諸寺遂登雨花臺……五三五
過姚洪臚市隱園……五三五
訪無着上人因題青蓮宇……五三五
戊辰二月自金陵過京口遇雪有作……五三六
遊金山寺……五三六
遊甘露寺……五三六
遊焦山因謁漢隱君祠……五三六
初秋登迷樓……五三六
思家曲四首……五三七
酬姑蘇張太學見贈……五三七

暮秋廣陵驛下送別王氏兄弟南歸……五三七
卷四一四
李英四……五三八
泗水驛樓晚眺……五三八
小除夕寓濠梁官舍對雪……五三八
暮春泛舟游玄湖……五三八
贈新葵張山人賦得書字……五三九
伏日同吴虎臣諸君避暑玄湖……五三九
潢上釣魚得四十九枚戲成小詩……五三九
寄邵山人長孺……五三九
聞陸秀才無從游武夷山賦寄……五四〇
寄蔣秀才子夏……五四〇
草秋郊園……五四〇
渡淮……五四〇
寄郭山人次甫……五四〇
贈朱明府仲開……五四一
過京口訪茅秀才平仲……五四一
贈吴山人虎臣……五四一
春日出郊游鄗莊……五四一
寄劉仲光……五四二
留別吴山人虎臣……五四二
普惠寺飲餞即席留別王雲卿……五四二
重過虎溪因憶胡氏諸子……五四二
清遠客舍春夜對月感懷……五四二
陸山人華甫見過山房……五四二
重赴京師留別山中親友……五四三
爽臺詩應教……五四三
浮梁大雪過祁門……五四三

過休寧訪邵長孺…………五四三
雪後遊齊雲巖…………五四四
游吴舍人園…………五四四
過長源訪程子虚…………五四四
過溪南訪吴虎臣…………五四四
贈程生…………五四五
過滁州游瑯琊寺…………五四五
再至京邸春日書事…………五四五
寄顧使君…………五四五
周文璧見過…………五四五
都下遇邵文學長孺有贈和答…………五四六
丙子早春送方元素還歙…………五四六
送羅范陽山人游嵩山…………五四六
答田博士…………五四六
丙子除夕…………五四七
贈别郭太學建初還閩中…………五四七
送王體仁之豫章…………五四七
秋日卧病顯恩僧舍承鄔文學汝翼貽詩
枉問賦此答之…………五四七
送潘上人舍子朋南歸…………五四七
送陸山人華甫還吴中…………五四八
齋中對菊懷静修上人…………五四八
歲暮…………五四八
自述…………五四八
丁丑除夕…………五四九
送李上舍南歸…………五四九
送邵太學使江南因歸省覲…………五四九

答李明府棫遺葛履兼貺六韻問病二首……五四九
贈姚太醫……五五〇
送蒼雲上人還金陵……五五〇
送王鴻臚歸養……五五〇
都下逢孫伯遠時有嶺南之行賦此爲贈……五五〇
送靜淵上人南還……五五一
送程太學無過歸省新安……五五一
送程上舍虞仲歸省新安……五五一
朱博士以禮上人畫竹索題……五五一
訪何元貞不值馬上口占……五五一
題張光祿紀游畫卷六首……五五二
送王運使赴長蘆……五五三
歲暮訪楊茂才客館……五五三
庚辰人日書懷……五五三
酬楊茂才見訪……五五三
答傅生……五五三
酬容彥存見訪……五五四
贈聶丈人……五五四
七夕……五五四
秋懷……五五四
酌別友生……五五五
秋風……五五五
酬朱子厚方永叔二公子見寄……五五五
與黃表兄夜話……五五五
辛巳元日對酒作……五五五
再酬朱子厚方永叔二公子見寄……五五六

訪曾參軍留酌遇馮朱二山人同集……五五六
哭芳弟二首……五五六
出京留別諸君子……五五六
德州晚酌……五五七
徐州覽眺……五五七
淮陰夜泊……五五七
廣陵贈陸秀才無從……五五七
渡江……五五八
金陵客館秋日寫懷……五五八
九日陸山人華甫見過夜集得歌字……五五八
訪無着上人……五五八
答方永叔見寄……五五八
得朱子厚書卻寄……五五九
白下逢張太學幼于……五五九
普德寺尋悅上人不遇……五五九
游報恩寺訪恩上人……五五九
夏日即事……五六〇
懷靜修上人……五六〇
贈萬山人未夫……五六〇
將發金陵逢盧部掾達成飲別……五六〇
度嶺……五六〇
溪上……五六一
游浮邱……五六一
中秋德慶舟中同歐黃蘇諸君子翫月……五六一
入南江口至羅定值病遂東下……五六一
泊厓門吊古……五六一
初至大麻山中呈歐黃陳趙諸樵長……五六二

戊子春日督學郭公招遊羅浮值患足瘡
不及往悵望賦此……五六二
得王使君裕參書卻寄……五六二

卷四一五

李英五……五六三
初開酒館承歐黃蘇李諸詞客過辱篇什
酬答……五六三
元夕旅泊石灣楊明壯攜酒見過舟中
……五六三
春日游永泰寺……五六三
清明日謁先考妣墓……五六四
題青白菜圖贈鐵生……五六四
題崇恩茂異卷……五六四
送盛泰甫還無錫……五六四
送李上舍謁選入京……五六四
酬關歐諸君子見訪壚頭……五六五
贈黎道士文登……五六五
黃山人元良見過敘濶步韻有作……五六五
端陽日同歐黃諸君子集海西詩社得情
字……五六五
夏日承何梁歐七君子過集得煙字……五六五
伏日承歐梁黃關何諸君子過集得逢字
何字……五六六
訪歐隱君少玄留飲偕何梁二文學同賦
盧字韻……五六六
早秋述懷……五六六
關黃歐三文學枉過持陳二山人所寄贈
章率爾酬答因訂中秋之約……五六六

黃氏諸君子過酒肆……五六七
中秋後二日承李少思蘇仲軨歐仲岳蘇四郎林覺蒼李少似李少修蘇盧白梁小鸞李伯玉李季玉十一君攜壺榼泛舟見過酒館遂登海西臺得杯字文字……五六七
答蘇秀才履周愚公……五六七
霜降日承盧達章鄭宗先盧啓祥見過得尊字……五六八
壽儀部冠帶元澹五十一初度……五六八
李山人裕尹見過得橋字……五六八
九日同歐黃諸詞人登海西臺得山字……五六八
重陽後一日訪蘇惟奕書館黃崇賦攜酒榼復登海西臺因步惟奕九日韻……五六八
同盧達章訪蘇惟卿留飲得居字……五六九
送潘光祿子朋使汴還朝……五六九
同盧達章訪霍衍榮酒館步黃山人韻題……五六九
題南霍草堂贈蘇文學經佐……五六九
訪梁蘇二文學館中留飲得秋字……五六九
游小金山鼇峯寺……五七〇
送歐春元入京赴進士舉……五七〇
送歐四公子例入儀部並從乃兄北上禮闈……五七〇
初冬日梁歐黃馮諸君子過集得詩字……五七〇
歐雷二子往游西粵見過宿別賦贈……五七一
訪陳隱君如初……五七一

訪關山人少璋……五七一
甘茂修見過……五七一
余茂祥見過……五七一
步韻酬答吴秀才彦家……五七二
步韻酬答鄭秀才肖箌……五七二
順瀾詩賦贈曾良明……五七二
冬日酒館即事……五七二
酬梁文學義年……五七三
來鶴洞中訪雲卓道人……五七三
寒日過伏龍洞草堂歐隱君少玄席上賦……五七三
贈梁文學義年歸省……五七三
癸卯除夕……五七三
甲辰元旦……五七三
六日承關歐黄諸君子過李英飲柏葉酒……五七四
人日承歐山人仰德同乃郎長君見過雅集因懷梁山人啓元……五七四
元夕觀壇燈……五七四
春日過黄文士伯興爽然堂聽倫文叔鼓琴于玉蘭花下……五七四
訪歐文士子敬説劍齋……五七五
過韋涌再訪方山人際明不遇……五七五
對酒……五七五
何奕猷冼于覺二子間過……五七五
歐盧二社長見過得雲字……五七五
訪張子覺留飲賦此贈之……五七六
李茂顯見過……五七六

仲春日承歐才伯仰德仲瞻過飲李英壚頭得人字……………………五七六
譚從事少明往游中宿見過話別索贈賦此……………………五七六
酬黄山人元光……………………五七七
甲辰三月初度自述……………………五七七
贈冼于覺……………………五七七
夏日同歐盧冼諸社長訪杜四隱君居賦贈……………………五七七
黎梁何諸君見過得歌字……………………五七七
贈別雲卓道人方外游……………………五七八
歐武士紹思見過索贈……………………五七八
訪方台卿黄玄通李廷叔三友留酌……………………五七八
臥病紀事……………………五七八
初秋承黄伯安召李英飲偕蘇黄諸文士即席同賦先字韻……………………五七九
酬黄文士元玉伯安……………………五七九
中秋後三日訪黄茂才君甫留飲元玉伯安偕李英同賦……………………五七九
九月三日承黄茂才君甫元玉伯安攜李英登海西臺……………………五七九
訪黄山人元性蓬蒿別業留飲……………………五七九
紀興二首……………………五八〇
梁季參見訪詩以贈之兼憶黄惟讓……………………五八〇
秋日歐盧二社長見過同讀鍾茂才秀貞詩集賦此寄懷……………………五八〇
贈林祥雲爲書當壚集……………………五八〇
霜降日同馮歐諸君子登西臺……………………五八一

杪秋黃茂才君甫偕元性元玉元佩伯守
伯祥伯安伯任諸文士同賦菊花天分韻
得花字……五八一
贈別馮文士緝倩……五八一
閏九月八日承茂才元生偕乃兄弟姪諸
文士攜酒見過因訂九日之會……五八一
閏九日同歐黃倫蘇十六詞客雅集伯輿
嘉樹園賦得並蒂芙蓉兼贈蘇文士廷魁
得臺字……五八一
十日過黃茂才君甫宅留酌偕梁歐黃諸
文學同賦黃字韻……五八二
十一日同梁何倫黃諸君子集爽然堂鼓
琴賞菊……五八二
十二日遇歐四君子飲壚頭……五八二
十三日歐隱君元章見過黃茂才君甫偶
至同集……五八二
十四日立冬雨夜過宿黃茂才君甫書館
……五八二
十五日過黃文士元庸宅訪吳茂才子贊
留宿……五八三
訪盧紹倫隱居……五八三
贈張醫士君恒……五八三
壽羅叔可七十一初度……五八三
過歐隱君君佩宅遇陳山人懋節因憶乃
兄惟□懋昭二公……五八三
題大酉山房贈黃茂才元生……五八四
介休四尹達成解官歸養過訪留飲賦贈
一首……五八四

初冬日承黃四茂才君甫元生元醴伯守黃蘇歐八文士元昌元玉元佩元庸伯起伯安廷魁能見攜李英偕赴吳茂才子贊之約即席同賦輕字韻……五八四
同黃茂才君甫登海西臺沽飲霍演榮壚頭之酒偕乃兄姪潛甫元聘諸君子同集……五八四
訪李隱君裕培宅留飲偕次魁玨甫良甫諸茂才同集……五八五
梁稅課用修自白下轉官柳州巡司寄懷……五八五
節孝徽音卷爲李隱君裕培賦……五八五
過黃文士伯輿爽然堂閒坐遇吳業伯冼華甫羅載相三山人攜琴偶至雅集……五八五
過江頭李宅拉月野山人再訪庵朴隱君因慰玨甫茂才喪內之慽留飲鳳藻軒偕重甫良甫諸君子同集至夜宿此……五八六
過黃宅書館吳子贊黃君甫二茂才黃元庸歐喬能黃叔和雅集同賦之字韻……五八六
吳茂才子贊偕黃歐六文士攜酒見過雅集……五八六
同林紹進夜坐因憶倫耀南……五八六
訪黃山人希旦留飲得杯字……五八七
贈歐文士元蘭……五八七
懷蘇隱君文甫……五八七
訪黃隱君亮伯……五八七
酬陳山人出潛……五八七

雪日歐山人仰德拉訪盧介休達成乃弟達章留飲達和酒館偕達賢諸君同集……五八八
長至日偶遇歐隱君于真見邀李英飲壚頭之酒……五八八
用韻再贊黃文士伯輿婚配之喜席上賦……五八八
黃山人元光侍養廣城寓館趨訪一首……五八八
對鏡……五八八
與黎紹聰話舊……五八九
步韻寄答何山人敬熙……五八九
雪中同李二山人裕詔良甫過集歐公子孺吉禺南草堂得詩字……五八九
訪李茂才子玉……五八九
小除夕訪黃隱君言甫留飲……五八九
羅象先談萬字見過留宿……五九〇
酬歐文士嘉潛解衣相贈……五九〇
乙巳元日訪歐文士宜麗……五九〇
獻歲六日歐關黃諸詞客初開海西社會午後見過李英酒館雅談賦此……五九〇
元夕過黃隱君言甫宅訪康茂才思魏賞燈醉飲留宿……五九一
春日同元章隱君過集伯鱗伯羽二文學結綠齋賞菊得生字……五九一
三水晚泊……五九一
立春夜對月懷李時芳……五九一
遊周園……五九二

懷區邦教……五九二
晚登毗盧閣……五九二
冬至日遊天壇李道士館……五九二
送龐景元南還……五九二
春日訪客隆福寺……五九三
答吳門王百穀……五九三
客至……五九三
席上賦明月……五九三
登飛來寺山頂……五九三
吉州夜行……五九四
伏日卧病書事……五九四
送張汝成歸省……五九四
日觀峰……五九四

卷四一六

區大樞……五九五
除前立春……五九五
六月十四夜偶起望月……五九六
詠小燕……五九六
舟下大路峽……五九六
紫竹洞……五九六
瀝湖……五九七
白玉蝀橋泛舟流霞島……五九七
夜發端州歸澶川……五九七
勸農詩……五九七
淋雨嘆……五九八
邯鄲道……五九八
君馬黃……五九八

將進酒元旦作……五九八
春閨思……五九九
南還答汪公幹兼別京中同好……五九九
山店早發赴虔作……六〇〇
剌詭……六〇〇
從軍行……六〇〇
鳳臺曲……六〇一
採珠篇……六〇一
高麗刀行……六〇一
擣衣……六〇二
塞下曲……六〇二
過湘陰吊三閭大夫……六〇二
過長沙吊賈太傅……六〇三
尋白雲洞瀑布因坐泛石上……六〇三
登大科峰……六〇三
夏日偕諸弟泛舟澶川值雨……六〇三
過侍御弟園亭因贈……六〇三
三日登真覺寺……六〇四
秋晚憶舍弟寺居清適復有此寄……六〇四
發南京留別故人……六〇四
同太史弟游燕子磯……六〇四
春思……六〇五
秋思……六〇五
從板石登舟赴虔……六〇五
投宿山家……六〇六
靈寶觀……六〇六
秋夜……六〇六
冬日登鎮海樓……六〇七

行鄉書所見……六〇七
寄劉約我……六〇七
夏游杜園……六〇七
岳陽公署作……六〇八
晚泊漊江即事……六〇八
初歲詣興國寺……六〇八
和瑞姪雁字詩兼有勉意……六〇八
玄帝宮……六〇九
秋登崧臺書懷……六〇九
南還舍弟送至報國寺登毘盧閣遙指鄉路……六〇九
燕中感秋……六〇九
追和汪公榦塞上逢妓……六一〇
長安秋夜聽砧……六一〇
同宮允弟侍御弟游西樵……六一〇
仲冬閱武……六一〇
春柳……六一一
詠繁華……六一一
渡京口江望金山寺……六一一
尋飛來古寺……六一二
寒食客中作……六一二
與客約過常公禪房……六一二
夷門……六一三
溯端溪尋峽山寺……六一三
夜過東洲寺……六一三
同宮允弟官棠山莊看梅……六一三
遊端州石室……六一四
七星巖……六一四

潛曜洞……六一四
上巳日集東洲寺……六一四
卷四一七
鍾維誠……六一五
小金山……六一五
蔡存仁……六一五
別建昌諸父老……六一六
與諸寅丈游南溟……六一六
梁鶴鳴……六一六
釣臺……六一六
金洲山……六一七
傅敏功……六一七
歲晏齋居次黎君醇韻……六一七
游七星巖……六一八
江行用唐人韻……六一八
孫肖延極談樵山之勝以詩見貽次答……六一八
寓寺館寄懷謝鍾吉……六一八
林培……六一九
送友人還莆陽……六一九
閩中除歲恭祀先大夫祠……六一九
送李飛雲……六二〇
答林雲源……六二〇
麥應中……六二〇
答洪孺成姻家兼呈趙二守……六二〇
琅琊寺同韓伯儀賦……六二一
山行……六二一
蓬亭晚眺……六二一

懷仲弟用登……六一二
集陳輔德候潮亭聞洪孺成出都……六一二
送鄭比部讞獄粤西……六一二
韓鳴鳳……六一二
宿沖虚山房……六一三
梅花村懷東坡……六一三
仙女石……六一三
韓鳴鸞……六一四
寥陽夜飲……六一四
鳳皇谷……六一四
韓鳴金……六一四
白水山佛迹巖午坐……六一五
讀義馬傳有感……六一五
石洞……六一五
試劍石……六一五
青霞洞……六一六
袁應文……六一六
孤雁失群歌……六一六
過大夷灘……六一七
度關行……六一七
後度關行……六一八
采石阻風……六一八
中秋對月書懷……六一八
署中寄懷兄弟……六一八
壬辰除夕澂江守……六一九
癸巳生日書懷……六一九
送臨沅兵備施健所解官歸粤西……六一九
癸巳七夕寓平夷漫興……六一九

重遊飛來寺……六三〇
宋仕明……六三〇
劉中丞平山寇詩……六三〇
馮紹京……六三一
南園舊社……六三一
鎮海樓送劉職方還留都……六三一
海珠……六三一
謁李忠簡公祠……六三一
登小金山……六三二
飛來寺……六三二
過梅嶺……六三二
羅浮……六三二
寄余思澄……六三三
登白雲絕頂望羅浮……六三三
韓祠懷古……六三三
羊遝……六三三
梅村公館……六三四
孫兆葵……六三四
小金山送黎秘書還朝……六三四
譚士寅……六三四
遊息洞……六三五
朱守魯……六三五
闕題……六三五
韓奕……六三六
游海珠謁李忠簡像……六三六
韓麗元……六三六
送姪孟郁計偕北上……六三六
梁必強……六三七

層巒聳翠……六三七
青草孝貽祠堂和張子翼韻……六三八
登樓對菊……六三八
過桃源拜三義堂……六三八
墨鷹……六三八
竹夫人……六三九
月下邀客……六三九
署事象山遊圓峰寺時聞邸報……六三九
竹景和崔白石韻……六三九
喜蚊勉兒輩……六四〇
度仙橋……六四〇
華封仙榻……六四〇

卷四一八

唐伯元……六四一
醉經樓……六四一
又四首……六四二
醉經樓八景……六四二
自甲申十月至戊子正月……六四三
山居五戒……六四四
乙酉元日……六四四
庚寅春三月始克赴京至二河留別諸親友奉和薛舜徵兄見贈之韻……六四六
夜宿藍屋驛不寐追和白沙先生臺書春晚之句……六四六
東林寺逢安大行小范遊天池不得偕往是夕至九江承徐刺史見招對月次韻寄慨時四月八日也……六四六
官人行黃梅道中爲役夫述……六四六

送霍年兄之署教靖江……………………六四七
陳都運自都門歸壽其母太夫人八十
……………………………………六四七
唐寅老母壽日集杜………………六四七
賤辰承吕維師徐獻和李宗誠曾舜徵袁
季友諸省丈及羅布衣汝存攜酒見過集
杜……………………………………六四七
病中對雪聞諸省丈在假集杜………六四七
十月十一日同諸僚友集吕鴻臚宅看菊
追次壁間韻二首……………………六四八
假日王駕部冋伯惠到湖綿天池茶次韻
爲謝…………………………………六四八
老父壽日次韻………………………六四八
病中有懷醉經樓集杜………………六四八
病中書懷寄楊太史貞復兼謝枉顧集杜
……………………………………六四九
魏光禄懋忠自平樂書來兼示見懷之句
次韻…………………………………六四九
大司空曾公見招以病乞改别約集杜
……………………………………六四九
冬日承少宰王公見招病不能赴集杜
……………………………………六四九
别李中丞維卿兄之楚集杜…………六五〇
送姜仲文督學關中…………………六五〇
奉和鄒孚如司封雪中見過不值之韻
……………………………………六五〇
除夕…………………………………六五一
辛卯元日……………………………六五一

送何侍御謫楚藩司從事因懷范原易李克蒼原易舊守洪都克蒼先以比部謫楚……六五一
送何侍御謫官之楚……六五一
送張黄門閲邊……六五一
送楊太守復補定州……六五二
九日同諸省丈遊南壇望齋宫小憩追次小杜九日登高詩卻集老杜七言律句……六五二
寄壽太宰楊公……六五二
和張黄門玉車舟中晚睡……六五三
次前韻……六五三
和玉車見約事竣各便道省覲兼訂復命之期先此惜别集杜三首……六五三
過南旺與玉車遊蜀山湖湖中逢檀季深季明二昆仲……六五四
七夕過留城……六五四
蒙城署中即事戲呈玉車……六五四
下蔡鎮夜憩文珠寺聞野歌有獻胡山人詩者得江字……六五四
過蒙莊……六五五
八公山謁謝公祠……六五五
渡淮……六五五
過大山見老山……六五五
棘院中秋對月……六五六
黄梅道中望五祖峰有懷汪子虚……六五六
偶憶亡友王藩甫及姜可叔……六五六
送徐郡侯入覲集杜……六五六

人日采芳亭對雪即席呈曹長王德履……六五六
亭中雪甚有懷舊署趙孟顧鄒諸君子……六五七
乙未春正月二十三日早恭遇上御皇極門覲天下來朝諸侯時有島夷乞封闕下……六五七
大參王如水公復補吾廣……六五七
喜用晦至自原易所尋補襄陽……六五七
新移芍藥臺上……六五八
采芳亭喜傳長孺同舍至共觀芍藥因話二顧……六五八
大司馬葉丈大中丞周丈同時被謗奉留有寄……六五八
大司馬丈量移南司空屢疏乞歸不允忽報大捷喜而集杜……六五八
司馬丈乞身未允聞已南歸集杜遙寄……六五九
周中丞再疏乞歸自縉紳官軍而下號留不已集杜卻寄……六五九
九日與諸曹友同登顯靈宮閣……六五九
采芳亭承南羅二長官見招賞菊集諸曹友爲補重陽之會……六五九
和任憲使枉駕南巖兼紀湖堤新成……六六〇

卷四一九

李良柱……六六一
青居書所見……六六一
雪夜期周比部不至……六六一

燈夕同王憲副周比部話別……六六一
送鄭別駕督餉還松江……六六二
鏡林秋興……六六二
韓信城……六六三
署中苦雨留李太守……六六三
人日登大觀樓……六六三
送李户曹還金陵兼報最……六六三
長安春興……六六四
贈陸山人時館臨淮侯宅……六六四
送郝將軍督餉雲中……六六五
省中齊夕同司馬年兄詠雪……六六五
王臺道中……六六五
將樂壬午元旦午夢……六六五
秋日盧方伯六合樓宴集……六六五
春祀歌……六六六
五夜詞……六六六
花朝曲……六六六
楊瑞雲……六六七
懷南園五先生……六六七
祖席……六六八
謁李忠簡公祠……六六八
小金山……六六八
謁謝南海神登浴日亭……六六九
浮邱八景……六六九
飛來寺……六七〇
遊南華寺值雨……六七〇
鹽漬行……六七〇
行役丁溪逢同年王效勤……六七一

夜發八寶城……六七一
菁湖偕吳曰南泛月得帆字……六七一
八月十三夜胡太守汝順山人董述夫汪
和叔魏成之蔡世卿貞卿李永升永庇永
承集署中得人字……六七一
陸丞相祠……六七一
十四夜蔡世卿吳曰南枉集得梅字……六七二
寄送李仰隅兵憲之江南……六七二
觀兵東臺署中兼寄魯文叔……六七二
雨宿草堰場懷鄉中兄弟……六七二
王粹……六七三
寓江西泥田周氏祠……六七三
舟次南康早發……六七三
解任上馬太守……六七三
送同寅王三尹歸豫章……六七四
葉葶……六七四
端陽西湖泛棹……六七四
楊傳芳……六七五
讀易……六七五
無題……六七五
孔煦……六七六
峽山寺……六七六
卷四二〇
徐有爲……六七七
上凌軍門大征德慶兩山平……六七七
吳遜之……六七七
步吳霜入瓊時舟中有感……六七八
黎天祚……六七八

至日……六七八
初夏順堂叔招飲池亭……六七八
輓張節婦……六七九
袁敬……六七九
游峽山……六七九
麥秀岐……六八〇
越王臺……六八〇
鎮海樓……六八〇
海珠寺……六八一
元夜曲……六八一
崔光玉……六八一
寄題安氏西林別業……六八一
游碧玉洞貽主人……六八二
于少保墳……六八二
曹大家銅鐙……六八二
無相寺方丈……六八二
化成寺對雨……六八三
龐一德……六八三
行路難……六八三
壽姜戎帥……六八四
白雲洞贈何子明……六八四
登天峯……六八四
祁衍曾……六八五
元日白雲洞中貽主人……六八五
黄龍洞奉懷龐振卿……六八五
東昌舟夜寄葉化甫……六八六
懶慢……六八六
經高士李子長墓……六八六

自西樵移居白雲山……六八六
歸舟寄戴經明太守京中……六八七
初入羅浮山作……六八七
泰山頂觀日歌……六八八
冬夜集駱兵部宅……六八八
溪上贈黎惟敬……六八九
初秋歐楨伯招集青谿館余值病不赴分得期字韻……六八九
避暑郝園贈主人謙亨……六八九
將還羅浮留別李敬可袁可觀於鍾昌父宅……六九〇
寄梁思立藩參……六九〇
道場山展孫太白山人墓……六九〇
鎮皖樓葉郡守夏郡丞席上作……六九〇
寄譚李二山人……六九一
海珠寺偕黎惟敬鄧君肅梁思立唐寅仲譚永明陳忠父袁敬德集……六九一
孤舟……六九一
黃朝賓……六九一
喜歐楨伯虞部致政南歸復海西社……六九二
送陳明府……六九二
送陳山人讀書羅浮……六九二
雙溝曉行……六九二
李玉……六九三
寄王鳳洲……六九三
雞鳴寺寄懷祁敬江……六九三
馮名望……六九三
塔溪流月……六九四

釣魚臺……六九四
高爲表……六九四
飛來寺……六九四
李元弼……六九五
留都偕同年遊宏濟寺遲王任庵不至……六九五
留都寄畲王蘭洲……六九五
羅岳……六九六
午門早朝簡歐禎伯黎惟敬……六九六

卷四二一

楊起元……六九七
楊起元一……六九八
初信學題……六九八
再證學改題……六九八
羊城示同志……六九八
題上官參軍冊……六九九
題夏氏象賢圖……六九九
寄曹魯川……六九九
簡書美董母謝媛之德也謝媛秉德貞文以相君子實生司寇爲時名卿綸綍再褒後命未艾史氏欲傳其懿以爲世訓而作此詩……七〇〇
擬古詩二十首……七〇一
擬陶徵君飲酒二十首……七〇五
丁祀師祠恭紀……七〇九
箜篌引……七〇九
仙人篇……七一〇
白馬篇……七一〇

名都篇……七一〇
閒雲館爲張洪老作……七一一
聞新堤經水不壞志喜……七一一
轉官志感……七一一
山中植樹……七一二
送唐曙臺……七一二
送顧涇陽……七一二
到任謁廟……七一三
送友之建昌……七一三
送李南鎮丞南雄……七一三
題貞節李氏卷……七一三
答友人王赤岡……七一四
寄弟……七一四
李都運惠菊酒梨膏……七一五
偕黎文塘兄過滕縣……七一五
謁孟廟……七一五
滕縣……七一五
贈蔣蘭居年兄之留都……七一六
送年友陳啟堂泉州司訓……七一六
送年友黃雲崖宿州掌教……七一七
石潭居……七一七
孟雲浦河西務招飲示往年贈我告歸之
作奉答……七一七
潞河道中……七一八
贈袁了凡……七一八
寄答鍾羽洞秀才……七一八
侯長德書至答之以詩……七一九
送沈觀瀛先生之湖州……七二〇

送同門聶鳳泉還南城……七二〇
送張見冲年兄參藩河陽……七二〇
李汝弼……七二一
乙未冬杪赴闕過羊城同志集送咸以此學相期予感而述一時贈處之意……七二一
送別黃元質……七二二
南吏部署冬季試椽聞鳩……七二二
哭夏鍾舒先生……七二三
贈南大司馬周衛老……七二三
寄家嚴及弟……七二三
送余雲衢冊封周藩……七二三
寄答熊文學……七二四
楊太宰致政……七二四
題端銘徐館丈雙壽冊……七二五
鄧將軍行……七二五
發太湖題壁……七二六
景州老輿卒行……七二六
寄哭苑馬李文軒先生……七二七
贈汪生……七二七

卷四二二

楊起元二……七二九
夏至齋宿五言十四韻奉呈膳部楊君儀部駱君……七二九
壽益府殿下二十韻……七二九
謁閔子祠……七三〇
芝佛寺……七三〇
送楊臚山之維揚……七三一
過定遠……七三一

宿陶冲……七三一
郊遊和韻……七三一
柰樹……七三一
渡江宿孔垅題壁……七三二
過北峽關題……七三二
舒城道中遇雨……七三二
呈涂及春大尹……七三二
別泗州學正王鄉丈……七三三
別蕭生……七三三
別泗州王守……七三三
別盱眙丁令……七三三
別天長徐令……七三三
石角舖……七三四
郝園海棠……七三四
楊年伯太封君壽六十……七三四
論學四首……七三四
壽張陽和先生……七三五
友人酌罷口號……七三五
戊子主闈試道宿雄縣……七三六
懷長安同志呈同考如野劉考功……七三六
送張孟奇下第歸羅浮……七三六
送李宇度年丈之南平掌教……七三六
寄林閒雲道學……七三七
自警八首……七三七
壽陳母八十……七三八
贈方文坡還青陽……七三八
贈李勿齋之任丹徒掌教……七三九

虜叛寇邊大搶鞏昌臨兆官軍不能制上
命貴州巡撫葉公移鎮陝西寄賀……七三九
飛來寺……七三九
讀飛來寺志……七四〇
贈李克菴楚中開府……七四〇
曉入龍華訪憨山上人不遇……七四〇
辛卯試筆……七四一
人日寫懷兼送族兄南歸……七四一
送壇經憨公戲偈呈覽博一笑……七四一
南華寺……七四一
奉命祭告泗州祖陵感思高皇功德之大
恭賦……七四二
別泗州盱眙兩庠師友……七四二
當下吟二首示諸兒……七四二
中站地名店埠作寄謝范太守……七四二
鳳陽別駕高君文學梁君輩暨諸生會龍
興寺者再別後寄懷……七四三
中都鼓樓赴儲司彭晦盧親丈之席別後
寄懷……七四三
甘紫亭侍御奉命按三吳使道歸壽太夫
人六十有一……七四三
天關講學示諸生……七四三
題東莞伯祠……七四四
與友人登海上文昌臺……七四四
南步望虎門……七四四
登彈子岡石棋父老送酒……七四四
次韻奉答何親丈見賀得子……七四四
柳師中秋壽誕……七四五

越城北郭別友人……………………七四五
曲江除夕呈丈人雲樓友人劉肖一……七四五
修郡志有作………………………七四五
過螺川有感………………………七四六
陪董擴菴沈雷門攜酒酌徐覺齋之洗心
亭……………………………………七四六
玉笥山人聶道亨自滁渡江遺予丹藥予
形骸元不繫念感其意勉服賦此以志傾
蓋之義………………………………七四六
豫章朱山李敬父早得悟于明德夫子之
門今六十餘矣出遊金陵卻還舊隱陽羡
芙蓉山山爲龐公參禪處云…………七四六
萬曆丁酉孟秋思林丁老師次公子慎思
兄求予所作墓碑還武陵賦贈………七四七
丁母張夫人七十壽…………………七四七
武安廟會諸友………………………七四七
送黎文塘……………………………七四八
送范凝宇太史冊封…………………七四八
贈王伯臺還晉江……………………七四八
和姚西野七十有一韻………………七四八
題狄梁公望雲思親…………………七四九
諸友信現前之學懼其不能深造寄懷共
警……………………………………七四九
贈揚州趙仁齋先生…………………七四九
壽張翁七十…………………………七四九
至日寫懷……………………………七五〇
唐曙臺惠集杜書懷之作奉答………七五〇
山中和許甸南………………………七五〇

山中和李正峰……七五〇
小赤壁……七五〇
松丘……七五一
耦耕谷……七五一
環竹蓬……七五一
沙潭……七五一
漁崥……七五一
攓雲洞……七五一
柏塢……七五一
題天明之謂性示諸兒……七五二
送李夢卿還杭州……七五二
何龐二先生以湯餅之會路遠預約蚤出
不知予之下榻也詩以答之云……七五二
何午臺龐參吾會湯餅後復惠以詩奉答
……七五二
會餞別劉承所出貳重慶……七五二
爐山永暮……七五三
風雨駐太湖作茶池亭記又詩四絕……七五三
寄謝劉令……七五三
送堪輿周劍川……七五三
戊戌春日寫懷……七五四
問友人病……七五四
燈下吟四首……七五四
自警四首……七五四
長至宿齋中寫懷奉承同署諸君子……七五五
蝴蝶洞……七五六
峽山寺次坡仙韻……七五六
錦石巖……七五七

遊陰那山……七五七
卷四二三
王學曾……七五八
雲瀑亭……七五八
乙未冬珠江餞金持甫梁文燦友人北上……七五八
丙戌赴謫下雉過小金山謁蘇祠與諸季
言別……七五九
游西樵山……七五九
曾象乾……七六〇
詠開創功臣圖畫……七六〇
金節……七六一
五仙觀……七六一
謁李忠簡公祠……七六一
飛來寺……七六一
送黎惟敬還嶺南……七六二
春日賦柳……七六二
南甸漫述……七六二
姚岳祥……七六三
觀海歌……七六三
那陽山……七六四
汪一豐……七六四
題九星巖……七六四
馬叔康……七六五
遊逍遙巖……七六五
陳蕚……七六五
送兄仲和通判瓊州……七六五
何孫謀……七六六

游浮邱呈趙汝邁太史……七六六
謝䍃……七六七
詠懷……七六七
環堵吟……七六七
讀書砵盂山……七六七
別富川百姓……七六八
懷諸同社……七六八
紀事……七六八
雲迷七夕……七六八
盧學益……七六九
寄如麓弟……七六九
何維翰……七六九
梅花詩……七六九
陳光穎……七七〇
南康道中答劉石梁……七七〇
林志孟……七七一
九龍洞……七七一
甘守正……七七一
文獻書堂……七七一
磯石清風……七七二
龍湫潭……七七二
墨水回瀾……七七二
躍溪春漲……七七二
鳳井甘泉……七七二
天柱晴雲……七七二
溫炎泉脉……七七三
徐兆熊……七七三
峽山飛來寺……七七三

趙憲副游飛來寺陪酌挹泉亭……………七七三
署中書懷次陳省堂寅丈韻……………七七四
將發安遠……………………………七七四
復之留都别諸親友…………………七七四
鰲頭塔詩次鍾韻……………………七七四
飛來寺………………………………七七五
鄧良佐………………………………七七五
秋日集海珠寺………………………七七五
謁李忠簡公祠………………………七七五
趙太史先生浮邱……………………七七六
秋日趙太史招同黎秘書祁林二子集聽
笙亭得樓字…………………………七七六
蝸磯孫夫人廟用解學士韻…………七七六
春日飲劉少已新樓…………………七七六
送羅憲辟還豫章……………………七七七
夜泊峽山口寄懷劉季德……………七七七
過陳郡丞旅館以詩見投次韻奉酬……七七七
送游山人之五羊訪浮邱諸社丈……七七七
宿太寧公館…………………………七七八
陳郡丞游南巖均慶寺用韻…………七七八
暮春陪諸丈郊游經蒲澗寺址爲安期上
昇處用蘇長公韻……………………七七八
贈元宇鄧參戎平黎…………………七七八
題新會胡湛吾號……………………七七八
黄夢鴻………………………………七七九
三月六日齋中新燕…………………七七九
登鎮淮樓……………………………七七九
秋日揚子舟中………………………七七九

秋夜行舟……七八〇
盧欽明……七八〇
同友人遊梳粧亭……七八〇
鍾萬春……七八一
飛來寺……七八一
鳳凰臺……七八二
飛泉洞……七八二
三月一日次宿州是年閏二月……七八二
懷舊寅長馮太咸……七八二
鰲頭塔……七八三
劉堯佐……七八三
遊浮邱呈趙太史……七八三
潘豫之……七八三
秋日集海珠寺……七八四
厓山吊古……七八四
遊浮邱呈趙太史……七八四
觀魚臺……七八五
遊七星巖同朱季美劉道子賦……七八五
鄭文炳……七八五
杯渡山……七八六
秋日遊鳳凰巖……七八六

全粤詩卷三八六

陳吾德

陳吾德（一五二八—一五八九），字懋修，號省齋。廣東新會人。學傳白沙。領明世宗嘉靖三十一年（一五五二）鄉薦第二人，登嘉靖四十四年進士。嘗任工科、兵科給事中，以忤首相張居正出守饒州，坐謫馬邑典史。後以直諫忤旨削籍，退修謝山。居正敗後，被薦爲思恩推官、寶慶同知，俱以親老不就。親終後起補紹興同知，官至浙江按察司僉事，卒於官。有謝山存稿十卷存世。明史卷二一五、清顧嗣協編岡州遺稿卷四等有傳。

陳吾德詩，以清乾隆五十四年忠直堂刻本謝山存稿爲底本，參校嘉慶十八年重刊本謝山存稿。

陳吾德一

寄懷默丘諸兄弟

歸耕十二載，偃仰謝人徒。種秫足春醞，兄弟時獻酬。念此桑榆歡，誤隨塵網收。懸旌入於越，灑淚別滄洲。昔爲雲中雁，飛鳴自相求。今爲完山鳥，翻飛各異洲。不惜行者苦，常懷居者憂。新坪罔露多，古洞嵐烟浮。狐兔傍人走，豺虎當晝遊。保身在明哲，力穡乃有秋。尚慎眠與食，庶以慰離愁。

泊富陽程明府招飲山亭

弭楫富春渚，乃在山城隈。茂宰來招邀，躡蹻凌丹梯。雉堞俯奔流，鳥道千重堦。上有嚴陵廟，棟宇胡然頹。移尊陟層巔，華構鬱崔巍。庚桑日以遠，俎豆誰家祠。飲酒豈不懽，感物令心摧。晴林散陽彩，倏乃四雲垂。夏畦漲欲盡，晨突半無炊。撫字在良牧，勞心念蒸黎。窮陰如不散，願假薰風吹。

贈別劉近之四首

尊酒平生意，與子別河梁。顧瞻寡儔侶，道路阻且長。越鳥依南棲，塞鴻向北翔。羽翼各有適，胡能不參商。君子慎厥終，下士反其常。羲馭無還軌，荏苒悲流光。勉矣即前路，引領遲成章。

送君龍溪渚，弭楫五羊城。五仙行問訊，胡爲事遐征。言從海上來，探歷已周星。歸裝非陸賈，行笥異邊經。玄珠媚赤水，瑤草冒丹庭。言資九鼎重，方價千鎰輕。採之當誰遺，逝將獻承明。挂帆從此去，長揖謝仙靈。

驅車庾關道，上有文獻祠。飛甍依絕壁，磨蘚認窮碑。梅亡嶺尚名，猿去洞還疑。不念去者寡，寧知來者稀。金鑑悟唐帝，朗照識胡兒。改容謝小友，軟美非所宜。朅還展二忠，千秋良並兹。違榮十二載，夢寐見芝山。下有素心人，華髮映朱顔。密修不愧影，獨行無改轅。伊余昔承乏，一榻常晝懸。南州稱高士，而我非陳蕃。高深悟太極，短淺窺半班。春風吹嶺表，桃李復何言。

出京别諸省丈

解組辭京國，摯袂别親知。飄風中道起，越鳥向南飛。豈無盈觴酒，悵恨不能持。瞻彼水中梟，感此轅下駒。浮沉各有適，悲鳴將向誰。丈夫秉微尚，赴義甘苦飴。苟志在溝壑，貧賤固其宜。周覽大塊内，斡流隨化移。羲光不停轡，葵心諒在兹。仰慚明主恩，頫愜滄洲期。挂帆從此去，江海渺無涯。愧乏南金報，而獲瓊玖貽。願言樹嘉績，遲暮慰相思。

出東門行贈朱次皐

攜手出東門，行行日云暮。悲風吹我裳，況復泠泠露。守者欲閉關，行者渺廣路。青錢豈足憐，王程誰敢後。願言與子偕，畏我朋友怒。遲遲我心違，十步九回顧。全州忽已遠，河橋忽已近。回瞻九霄陌，氣結不得訴。

送許曼植北上

暮春風氣佳，之子遠行遊。振衣即前路，揚舲萬里流。顧瞻林間鳥，好音正相求。感念同心友，對酒不能酬。昔爲連枝樹，根條本同丘。今爲完山鳥，翻飛各異州。異州非久異，握手待來茲。同丘難終竟，乖析會有時。丈夫志四方，疇能泣路岐。要言貴遠大，寧爲兒女私。敦交苟不薄，去住焉足疑。願振飛天翮，庶以慰所思。所思圖南羽，燕雀同其塵。匪志在粱稻，尺蠖固有伸。成均羅英彥，由來多俊人。巨卿揚往烈，偉明得其真。毋以明月姿，易彼梧臺珍。行矣愛玉體，相期金馬門。

贈月橋山人二首

幽人挺奇趣，結構臨清渠。磵圯駕飛瀑，磵道一何紆。密篁斷來徑，喬樹上參虛。流飈動清響，隱隱聞笙竽。雲霞生短褐，荃杜集長裾。朝挹天河水，夕宿雁山隅。曜靈匿西景，轉矚流望舒。澄川披素練，疏林散瑤琚。鶴髮增華澤，玄裳亦皤如。伊余一傾盖，把袂共躊躇。溪花浮香茗，野蕨出中廚。悰懷良未極，淹留興更腴。已入梯仙域，何必問蓬壺。

幽巖有桂樹，常抱彌年丹。芝蘭生茂林，芬芳透重巒。羨爾飡霞士，棲遲隔塵寰。譬彼翰飛鴻，冥冥薄雲間。雲路何寥廓，鴻飛何弁弁。達人契神理，抗志浮雲端。恬曠懷高矩，吐納頤令顏。爵服非我牽，丘園協素忭。俯眺清泉流，仰觀明月炫。逍遙步山梁，物役一以遣。未能濯塵纓，聊以寄繾綣。

同羅少南黄叔化陪曹明府厓山吊古因泛舟觀海分得水字[一]

登臨屬素秋，厓山風日美。茂宰肅精禋，招攜集簪履。生平吊古懷，覽歷從茲始。清晨陟巘原，四望山烟紫。兩厓束怒濤，萬籟鳴悲耳。披薜問行朝，緣蹊觀草市。一后有遺陵，六師無故壘。達彼死生關，悟茲興亡理。泛海帝圖非，捐軀臣節是。長松皆摧殘，虛殿半夷圮。感慨恨難平，淒涼淚欲灑。移尊蜃海旁，擊楫鯨波裏。人疑星漢遊，舟以芥杯比。未睹朝夕池，安知百川水。回首塵慮消，壯遊乃如此。聊以步來章，卮言不盈紙。

［一］岡州遺稿卷四、粵東詩海卷二二此詩為許炯之作。

劍江夜泊

去時楓樹青，回來楓葉丹。丹青轉瞬韶華改，逐客天涯何日還。曾憶乘槎劍江側，劍氣光芒照顏色。扁舟今兩宿江干，蓬鬢如絲非往昔。呼童獨酌還獨醒，醒來仍把劍文拭。掌中寒露滴芙蓉，波心隱隱見蛟龍。神物變恠每如此，豈終淪落在泥土。君不見淮安市上多少年，匍伏英雄在眼前。又不見大鵬摶風九萬里，鸒鳩群笑枋榆裏[一]。吁嗟人生有酒且盡傾，未須反覆論世情。推篷四顧月光白，忽然飛鳥向我鳴。問之何事向南征，黄雲紫水天溟溟。願因雙翼一寄聲，飛鳥長逝不我答，焚香夜讀中黄經。

［一］鷽，原文爲『學』，當誤。

舟中即事

鸕鷀水下走，白鳥水面飛，鸕鷀欲飽白鳥飢。雙雙齊傍釣魚磯，漁翁持竿夜不歸。客子扁舟猶未泊，江楓汀葦故依依。

舟過安德津吏見訶戲贈口號

扁舟初别五陵春，爲逐江間鷗鷺群。津吏謾勞頻問訊，漢庭元有舊將軍。

晚泊楊柳青

客子臨高萬里情，扁舟東望即滄溟。笛聲且莫悲楊柳，楊柳如今樹樹青。

贈晴川居士三首

門對南臺第幾峰，流泉一道曲如弓。夜來風雨知多少，曉起依然挂玉虹。

卜築須同蔣詡鄰，清泉白石本來親。風塵一落難回首，多少園林待主人。

萬里題詩到薜蘿，不知秋色傍人過。他時九曲能相訪，與爾中流聞櫂歌。

與陳隆之太史僑寓廣陵比園廬者累日臨别贈余六絶用此見答

有客遥從廬阜來，舊題名字在丹臺。袖間拾得金光草，投向滄江夜色開。

南北分攜是此筵，君遊紫闥我蒼烟。不知後夜燕城月，幾向仙人掌上懸。

廣陵一葉落梧桐，斗酒看君意氣同。二十四橋秋色迥，參差吹徹月明中。

中朝久已待元瑜，書記翩翩翰苑孤。裁罷明光詔五色，應題尺牘到潛夫。

鷥斯隨處可遊身，羅網疏開天色春。已把閒心對漁父，敢將哀怨托靈均。隆之有『滄溟亦有行吟者，何事三閭怨獨醒』句。

酒盡離亭玉露秋，風前贈我雙吳鈎。飄然攜入空山裏，魑魅逢人迥自愁。

隆之生女賦贈二首

昨夜歡聲滿玉堂，爭言寶婺下祥光。盧家祇謂添丁喜，未識傳書是女郎。

喜來輒復醉霞觴，羨爾明珠掌上光。庭内封胡多玉樹，不知人世有王郎。

安義道中聞何老人道前令林君惠政以不善事上官而去有感書屋壁令名大芳，余姻家也

經過茂宰鳴琴地，忽憶孤山一鶴飛。候館棠陰聊繫馬，居人指點欲沾衣。

陶令歸來五柳長，至今麥穗尚成行。郊原日夕驅車馬，誰見伊優祇在堂。

近午發舟

舟發鄱陽快穩流，一程行色淡於秋。叮嚀莫漫標文旆，恐爲江湖消浪遊。

午過鄱陽湖

孤帆斜日轉波心，萬頃波光似躍金。獨立船頭成悵望，江東何處五雲深。

夜宴鄧卿雲將軍府第同諸生李明卿廉安卿陳子晉潘子敬李大亨時史先生與嚴思孔劉近之駕扁舟送余湖中風濤大作暮薄相失末首卻寄

尊酒維舟與細論，詠歌深夜在轅門。高懷此日真吾黨，何處河橋可斷魂。

匡廬萬仞插青霄，彭蠡千源接海潮。領略湖山千古意，不妨分手木蘭橈。

日暮風濤尚未平，舟人漁子太相驚。扁舟今夜歸何處，回望楓林樹樹青。

宿樟樹鎮

烟火相連近萬家，古今盤踞水西涯。孤舟夜泊渾無定，一段詩魂逐柳花。

贈張郎

張郎意氣薄層空，手挽烏號二石弓。然諾從來重相許，願隨仙客入雲中。

過漂母祠

進食當年不望酬，名祠香火煥千秋。王孫傳得真心法，應與留侯作伴遊。

聞鶴

九皋鳴鶴自喈喈，俗韻應知竟寡諧。寄語群雛莫驚詫，九天閶闔爲誰開。

題扇

杖策何年往帝圻，短亭依舊緑陰迷。楊桃殘雪梅花瘦，人領春從天上歸。

歲晏寄家書

天氣衝寒入硯池，呼童融凍寫新詩。客邊渾是淒涼意，傳與家人總不知。

題旅屋壁

昨日城頭挂冠，今朝天外驂鸞。從教執席爭席，且喜畜樊出樊。

浮光逆旅主人問余官戲答

楚國有新令尹，漢廷無故將軍。相逢莫問名姓，誰能更論寒溫。

喜友過訪

瘦竹疏梅況味，青山緑水襟懷。午夢何人驚破，門前君子朋來。（以上謝山存稿卷九）

全粵詩卷三八七

陳吾德二

寄沈比部純甫時謫戍陽江

登臺一以眺，秋色倍思君。誰解馴龍性，聊爲澤豹文。懷沙千古怨，抱玉幾時分。聖代多恩詔，終然下五雲。

大梁逢吴明卿大參張子承僉憲學閣夜宴留別一首

白首投邊過，青雲有故人。醴從芸閣置，賦擬兔園新。看劍雙龍在，鳴空一雁頻。明朝萬里別，那得不沾巾。

別劉簡之年丈

相逢俱白髮，而我復蒼烟。握手三冬晚，論交十載前。且酬碧麥釀，莫奏朱絲弦。明發梁園道，離魂祗黯然。

除夕書懷二首

除夕天涯客，深宵獨掩扉。椒盤隨俗態，燈蕋報春暉。是夕燈花大奇，呼童共守之。雪色千林暝，塞門一雁飛。鄉心愁欲折，何處是庭闈。

五十明朝是，因悲逆旅過。無聞應自愧，有志竟如何。蕉鹿迷真夢，冥鴻任網羅。床頭周易在，高枕待羲和。

丁丑元旦

倉龍初正馭，萬國睹垂衣。獨有孤臣夢，空懸舊瑣闈。年光隨曉箭，春色到柴扉。旅食真何意，迂疏事事違。

答沈純甫見懷

錦字題詩到碧岑，天涯一望海沉沉。空瞻龍劍衝南斗，不見鴻書報上林。痛哭淚收炎徼遠，艱危身在主恩深。孤臣舊有生還路，肯信終爲憔悴吟。

九日酬贈陶惟謙文學

聞爾東籬看月明，居然五柳一先生。黄花憶共尊前醉，白雪移來調裏清。江閣夜寒秋水色，海門風急塞鴻聲。投冠欲傍烟霞侶，莫向丹臺問姓名。

和曹明府遊白沙相祠地二首

銀花浮動錦函開，郢曲新傳白雪裁。自是登高能作賦，不因乘興共銜杯。湘灕地盡雙流合，楚越疆分一水來。欲向江門問真派，願攜烟艇泛波回。

水白山青四望開，地留名勝昔人栽。當歌共入春陽里，把酒還傳碧玉杯。雲去隔溪霜葉墜，臺空明月夜烏來。千秋祀典公籌度，更從籃輿陟巘回。

壬午九日偕青霞老人龐少舉遊羅浮

羅浮秋色隱晴空，拄杖能追負局翁。雛鳳羽毛連碧漢，老龍鱗甲偃蒼松。邀來綵嶺吹笙月，寒入參軍落帽風。黃菊紫萸聊共醉，更從何處覓仙蹤。

五羊別葉男兆

客裏逢君屬歲殘，誰能華髮共彈冠。白鷗海上呼群急，黃鵠天邊並翼難。雪夜他年南浦夢，河梁今夕北風寒。柳條遏臈那堪折，獨有梅花可贈看。

椿庭遺翰卷爲陸憲副賦

柱史傳家鄴下才，陽春一曲自何來。忽驚手澤星霜改，長擬心神篋笥開。紫氣崢嶸看斗極，銀光浮動走風雷。士衡故有思親賦，不寄南雲亦自哀。

贈馬用德廣文之任桂林便道省覲

桂水浮空彩鷁歸，傳經人似馬融稀。盈門桃李經年植，得雨蛟龍傍漢飛。故國移官還絳帳，北堂歸夢自斑衣。氊寒莫厭夷城臥，會有徵書下紫微。

送蕭以寧憲副觀察蜀中

霜節西征白日寒，送君先著惠文冠。鄴人終識河渠使，蜀地今還陸海看。三峽星辰連楚甸，五雲東北是長安。登朝早晚書應寄，莫道衡陽雁到難。

寒食舟中寄懷舍弟懋直

天涯誰不念離群，況復連枝暮景分。入望千山帆外盡，斷行孤雁雨中聞。關心歲序悲遊子，墮淚松楸獨看君。野哭郊原寒食過，扁舟何處不銷魂。

贈陳司理及卿解官還閩

清世憐君製芰裳，那堪尊酒別河梁。蒲帆曉挂三城雨，澤國寒飛五月霜。官罷乾坤雙緑鬢，夢回湖海一黃粱。寄言羅尉高懸者，可奈冥鴻屬意翔。

贈别青霞煉師

舊約名山共息機，年來真得遂初衣。秋高鄴下雙鳧至，歲晏遼東一鶴歸。袖裏龍文人罕識，枕中鴻寶世全稀。丹成且莫衝霄去，還記江門有釣磯。

松臺同葉化甫何元偉二年丈舟中夜酌

星聚天門暮靄收，連枝今作異鄉遊。尊前歌動青雲色，峽裏寒生紫塞秋。獻賦風塵還白首，著書歲月自羅浮。酒醒吾亦悲漁父，明發天涯放釣舟。

過南浦陳方伯玉叔招宴賦謝二首

走馬長安憶並遊，十年消息自沉浮。舊藏五嶽圖仍在，新擬三都賦更優。南浦寒雲當晝合，西山積雨入江流，邀懽正值瘡痍急，願以旬宣翊帝猷。

暫釋漁竿海上遊，相逢猶自問羅浮。碧霞丹在誰當遇，白雪歌來爾最優。公暇登樓詩便得，政成分陝頌先流。長文更有山陰約，未擬回舟學子猷。

夜泊桑園有懷施于我年丈爲余將家口在後卻寄

衛水維舟卻望頻，獨憐尊酒共誰論。秋霜欲上明朝鬢，夜雨能消旅客魂。已有浮槎供使者，不勞芳草怨王孫。天涯妻子愁相向，又得同歸上鹿門。

壽陳隱君六十

畫堂日暖進瓊巵，才子青春綵袖垂。丘壑百年龍性在，雲霄五色鳳毛奇。當筵競進冰桃實，照坐爭看玉樹枝。奎璧夜來多氣象，定知榮壽應昌期。

襄陽館中書懷

不見天南尺素傳，乾坤孤使若爲懽。青山獨上休隨酒，明月重來尚倚欄。楚北望鄉何日到，汝南歸騎有人看。驅車莫問王陽事，蜀道於今不是難。

登叢臺

趙王胡服定中山，自築層臺縹緲間。事往尚餘殘碣在，春來惟伴落花閒。駸駸古陌青驪遠，累累空原綠樹環。試向漳河一回首，衹今東去幾時還。

送歐楨伯分教江都

三年待詔出江都，繁露才高似仲舒。坐上盡逢金馬客，囊中多挾羽陵書。蕪城爾去還能賦，郢曲人傳和不如。莫道廣文氈獨冷，漢廷前席有時虛。

元旦紀夢

天門日麗海潮生，獨泛扁舟向曉行。一道祥光浮紫翠，九重佳氣鬱葱菁。星槎有路通銀漢，仙侶如雲會玉京。十載江湖勞夢寐，瞻依常切鳳凰城。

寄陳富伯兄弟

十里蒹葭入望疏，美人遥隔水雲居。清宵欲上王猷舸，塵路羞回阮籍車。目極烟霄摶兩鳳，心隨湖海憶雙魚。干戈滿地堪垂淚，何日相逢話故廬。

襄陽遲舒給事汝德從劍閣入蜀汝德同余使蜀，册封汶川郡王。

蜀使寧辭蜀道難，千山空説鳥飛還。金牛舊啓通秦路，天馬西來入漢關。旅泊尚依三楚外，夢遊先到七盤間。雲邊獨憶乘槎侣，夜夜看刀泣寶環。

玉泉山謁關將軍廟

運去中原惜漢家，將軍孤廟夕陽斜。看碑欲灑千秋淚，訪古還停萬里槎。樹杪流雲愁不散，巖前殺氣望來賒。山僧共説英靈異，風雨時時走亂沙。

秭歸阻雨

西去巴梁路渺漫，瀟瀟積雨晝生寒。孤城舉目空波浪，尊酒看君有肺肝。客夢易隨青嶂斷，鄉心多共白雲攢。巫陽祗在啼猿外，愁絶陰霾起樹端。

別舒汝德給舍兼訂春還之約

共泛歸槎錦水潯，一尊岐路惜分襟。明河夜落西征賦，白日秋懸近侍心。七澤風高聞斷雁，五陵花發待華簪。經途不負淮南約，遲爾同扳桂樹林。

王使君召宴翊襄亭二首

明牧招攜興倍長，看山終日綺筵張。歌傳激楚雲邊調，酒進宜城竹外觴。堤樹遠連襄漢影，巖花輕點芰荷裳。習池峴首當年事，千載來遊復此鄉。

危亭遙枕碧山頭，四馬來從五馬遊。千里未忘丘壑興，一杯同破古今愁。坐移曲檻青雲繞，俯瞰澄江白練浮。自是使君能愛客，夜闌尊酒尚淹留。

劉廷評鎮中乞歸養南還賦此贈之

法署含香二月餘，飄然朝上乞歸書。西山日暮烏情急，南國天遙雁影疏。不是劉殷能避召，如何潘岳在閑居。故人燕市今餘幾，愧爾風塵合佩魚。

出京書懷

躍馬長安願已違，故園迢遞思依依。月明紫水千門過，秋到黃雲幾處飛。池館乍回春草夢，兵戈應念老萊衣。解貂准擬來朝醉，誰道王孫悵不歸。

遊金山寺同陳隆之太史陳來源外翰分得江字

詞客招攜謁上方，勝遊寧覺滯他邦。黿鼉傍岸窺禪語，雲霧當空護法幢。海上仙山無弱水，人間倒景有長江。應知河朔非吾輩，良夜何勞引玉釭。

登淮上樓席間贈別施于我員外

登樓共酌杯中酒，旅次那堪愴別筵。樗質自應明主棄，綈袍長得故人憐。江城雨過青山外，水國山寒白雁前。醉引斗牛看紫氣，不知龍劍聚何年。

得報削籍放歸書懷

海上田園歸去來，片帆風送大河隈。白頭好向吟邊過，玄草今從靜裏栽。隨處風塵難浪跡，浩歌天地一登臺。黃雲紫水春無恙，想像茅堂花正開。

蘇門觀泉源有引

京師右拱太行，脈盡蘇門，衛水出焉，東北由天津入海，餉道賴之。蓋國家形勝命脈所在，與尋常名勝供登覽者異矣。憶丙寅以使事經過，太守張公約遊不果，撫今追昔，荏苒十載矣。用此書懷。

蘇門形勝太行來，千里河源一鑒開。星宿乍疑浮瀚海，蛟龍時見起春雷。轉輸東北天津會，襟帶西南地軸迴。十載衛城曾駐馬，獨憐華髮始登臺。

登九山

天遣靈山擁衛源，萬山羅列此山尊。丹梯百轉烟霞並，石闕雙開虎豹蹲。春色漸看回大地，凍雲猶自護禪門。太行望處青霄斷，好是庾關入夢魂。

登嘯臺同朱邦瑞訓導

逸士高蹤何處尋，空留石室倚雲岑。孤臺尚想烟霞色，哀壑疑聞鸞鳳音。白日坐來蒼靄合，紅塵飛盡碧苔深。君看衛水年年在，肯向儒門嘆陸沉。

寄吳明卿大參

曾握麟符海上來，看君元不薄蒿萊。江山無恙詩篇在，祠像遙傳父老開。絕塞逢人誰問舊，中原下馬一銜杯。莫言鳳轄愁羅網，已有靈珠照乘回。

度庾嶺逢謝廣文赴漳州博率爾言別

嶺上相逢日欲曛，旂亭立馬袂難分。十年別有新華髮，三仕官仍舊廣文。苒苒風塵悲異路，翩翩詞賦想凌雲。蘭湖漳浦須臾隔，愁絕啼猿不可聞。

寄惟巽弟孝廉

澤國涼風起白蘋，天涯一望絶音塵。瑤華欲折情難寄，鴻雁不來秋正新。夢入池塘頻見汝，别來詞藻定驚人。棲遲莫共垂雙翮，萬里青雲好致身。

秋江釣叟約陳道襄侍御

單騎遙從朔漠歸，扁舟還泊子陵磯。誰能勇退辭湍水，爾獨披簑捲賜衣。鷗夢不驚雛鳳翥，雁揚翻羨海鱸肥。扣舷不用歌醒醉，春酒長江任息機。

送曹明府入覲

仙舄雙飛入紫薇，紫衣京兆領班時。梯航萬國觀王會，閶闔千門肅羽儀。六計總優廉吏治，九霄應有御屏知。循良别有黄金寵，次第承恩下玉墀。

陳司理及卿以詩見寄依韻和之

司理已遷潯郡丞，被謗。其先公昔佐端州，有惠政。

郡齋隨處有魚懸，爲政人歌奕世賢。兩粵風猷誰易並，一官留滯尚難全。離筵共對朱明月，歸日孤眠紫帽烟。千古峴碑還墮淚，君看陵谷幾時遷。

海不揚波卷贈陸憲副奏績

年來百粤靖妖氛，奏最新從闕下聞。重譯總多浮海貢，八林全散採珠群。青雲事業當朝重，銅柱功名異代分。海國萬家甘寢日，好將銀管述殊勳。

浮玉臺呈郡伯郭公

使君神略擅南州，新築高臺壯勝遊，地脈北連形勢便，海門東望印光浮。巨鼇擎出波心石，圓嶠移來郭外洲。千古口碑應不泯，共看砥柱屹中流。

得陳及卿邸報

忽報飛章出上都，遥聞涕淚滿衣裾。翩翩鳳轄逢羅網，渺渺魚緘隔歲除。握裏總收和氏璧，篋中休辯樂羊書。幽懷吾欲從天問，何得凌風入帝居。

清時奏最卷贈魯子與司理報政

萬戶謳聲動海隅，薦書奏最入天衢。座間獨運成風手，掌上長懸照夜珠。人似碧霄孤鷺下，心如明鏡一塵無。中牟舊業君方駕，誰逐驊騮並過都。

粤天霖雨卷爲開府中丞吳公賦

百粤安壤籍壯猷，太平氣象滿炎州。風行萬里霜威肅，霖起千年瘴霧收。帝錫玄圭元有待，人歌赤烏可能留。宵衣此日思良佐，勿密還公贊冕旒。

贈曾把總之鄖陽兼柬李孟誠中丞

君才豈合老蓬蒿，四馬衝炎楚甸高。囊裏舊餘黄石略，腰間新佩吕虔刀。山當衡嶽無賓雁，路入宜城有醴醪。明到轅門如問訊，書回聊慰夢魂勞。

春日答羅少南

一鶴傳椷度海雲，長林遲日鬪鮮新。花枝帶雨晴猶濕，柳色籠烟淡欲勻。網到遊魚堪作饌，折來殘桂可爲薪。滄溟若有乘槎興，無限春光共釣綸。

新秋寄惟巽弟

寇盜頻年赤羽傳，卜居何地問林泉。登樓憶弟難成賦，爲客逢秋殊可憐。海闊魚龍能避浪，風高鴻雁不同天。裁詩欲遲三江使，望絶雲烟祇惘然。

病起有懷穗城諸兄

病起空齋理蠹魚，即看人事半全疏。自慚懶熳非耽酒，祇有窮愁可著書。獨夜虚驚青瑣夢，扁舟誰念白雲居。梁園故舊無消息，閉户還能賦子虚。

題盤洲處士隱居有序

昔王康琚爲友招隱之賦，其詞曰：『大隱隱城郭，小隱隱林薄。』余心非焉。渭濱垂釣，鷹揚周家。桐江一絲，增重漢鼎。非大隱其人耶，當亦求之城郭乎？否也。彼豹隱南山，龍躍天衢，潛見異也。君子出則展采巖廊，處則躬耕林壑，亦猶此耳。盤洲劉君抱道巖棲，卜築水雲東莊，以詩酒自娛。伯兄蒼涯先生未老懸車，雅愛山水，日與君觴詠其間。弟獻兄酬，塤唱篪和，敘天倫之至愛，極人間之樂事。梁處士向爲余道之，神飄飄欲往矣。顧以俗緣未斷，尚孤雪夜扁舟之興，聊綴短章，用寄鄙懷。

大隱隨緣出薜蘿，磻溪何處問漁簑。爾家舊業青雲近，別墅新營綠水多。高枕江霞當檻落，開軒鷗鳥傍人過。扁舟載酒堪乘興，未脫塵蹤奈若何。

陳霞谷來顧西園送別時北上謁選

公車待詔出長安，曾記青尊共歲寒。逸足自言千里易，高棲猶借一枝難。西園地僻攜琴至，北極天遙倚劍看。自是鄭莊能愛士，肯教詞賦滯儒冠。

題黎氏隱居

聞道幽人臥草廬，衣冠曾是昔賢居。閉門已有潛夫論，負郭寧無長者車。靜掃落花隨晚徑，閒看流水傍秋渠。蘭臺金匱幽求盡，還覓人間未見書。

春日李維任舟中召飲不至賦此贈之

芳菲佳節入韶年，錦纜維舟列彩筵。酒色杯光浮海氣，歌聲舞袖鬬春妍。佳人競巧黄金勝，遊子爭驅白玉鞭。縱覽不知歸路暝，謂誰同上李膺船。

遊七星巖答社中諸君見懷

耽遊夢繞玉巖西，故縱蒲帆曉入溪。自快星光隨杖屨，可堪蓮社負留題。青山野鶴長如識，玄酒汙尊不用攜。卻憾溟濛歸去晚，陌頭瑤草碧萋萋。

送容亞石北上

丈夫尊酒即爲别，莫動悲歌罷舉杯。獨惜鄉關疲戰鬬，誰憐戎馬遍蒿萊。攜家直上張融舸，彈劍孤登郭隗臺。先到都門棲息好，上林全樹待春來。

送黄雲原入都

結髪曾登翰墨場，獨憐留滯臥江鄉。家傳美錦人爭羡，手握靈珠夜有光。燕市久懸收駿價，關門誰識棄繻郎。秋空舉目長安迥，萬仞遥瞻彩鳳翔。

寄學恕翁

一别悠悠兩渺然，粤臺回望露漫天。遥知白髮尋幽事，長與青山結静緣。萬里鴻冥隨羽翼，百年豹隱自雲烟。山中他日搜遺寶，應有人修逸士篇。

別蕭文學

紫水輕帆帶夕暉，傳經人向鬱泉歸。安仁本爲閒居樂，和靖原因祿養稀。觀徹乾坤雙綠鬢，夢回滄海一斑衣。王家莫道雲羅少，肯逐冥鴻縱意飛。

寄黄雲原

憶昔逢君雪正飄，共趨北極望璇霄。晝樓夜永曾分局，綺陌春寒早並鑣。粤海風烟成阻絶，吳門寇盜未全消。匣中雙劍勞看拭，肯使星文久寂寥。

夏至貽同會諸君

灰飛陽律一陰生，物候驚看木槿榮。百歲韶光同過馬，十年生計付流螢。文園寂寞空多病，白社交遊各有名。三徑獨開人不到，終朝松菊爲誰青。

贈趙少尹二首

達人寄跡遠囂塵，不是尋常學隱淪。霽月光風俱是道，清苔白石最宜人。仙梟共擬凌雲去，文豹誰知澤霧頻。藏器方知盤錯用，即看出壑起陽春。

群山積翠鬱岧嶢，澗道晴看雨雪消。香藹暮含蘭若氣，朱光朝映鳳凰條。丹丘路渺芝空秀，梓澤風高葉易凋。何似子真三畝宅，倏然應覺道情遥。

朝見

十年湖海憶明光，此日追隨鵷鷺行。月色漸辭仙苑樹，天風遥下御爐香。章縫盡逐貂璫入，鼓角偏將鳳吹長。滿眼陽春詞賦客，誰因筆墨賦長楊。

即事

年來夷虜逼潮陽，羽檄徵兵此一方。五月旌旗連海嶠，千家雞犬泣豺狼。水軍又報新開府，邊將遥聞已裂裳。憂世此時心欲折，更堪寇盜阻江鄉。

觀妓

舞罷陽阿夜未終，碧雲飛傍玉樓東。綃裾輕曳金蓮細，紈扇半遮翠黛濃。素女調高飛白雪，班姬腸斷怨秋風。春心應寄朝生槿，花落花開處處同。

黄梅平寇有懷馬大參君御

嶺道崎嶇血戰回，江亭下馬共銜杯。風搖白羽仍如月，歌發紅妝盡落梅。返照欲從高閣斂，青尊還向彩舫開。同舟此日君能幾，不爲城頭畫角催。（以上謝山存稿卷一〇）

（戴武軍整理）

全粵詩卷三八八

葉夢熊

葉夢熊（一五三一—一五九七），字男兆，號龍潭。歸善人。明世宗嘉靖四十四年（一五六五）進士。由福清縣知縣入為戶部主事，改御史。以諫受把漢那吉降，貶合陽縣丞。萬曆時擢右副都御史，巡撫甘肅，尋代為總督。以平寧夏亂功晉右都御史、太子太保，卒於南京工部尚書任上。著有華蓋集等。明史卷二二八、清道光廣東通志卷二九一等有傳。

葉夢熊詩，以羅學鵬編輯廣東文獻（清嘉慶刊本）三集卷一五葉太保詩鈔為底本。

湖上送春[一]

春歸何處可追尋，無限思量託短吟。西苑觀魚桃浪淺，南區巢飲杏林深。豐臺別墅翻新闋，瀟碧高齋集素心。撫景不禁傷往事，紛紛清淚暗沾衿。

惜春無計到西湖，綠草如茵夾岸鋪。莫悵繁華輸北院，且圖欣賞勝東隅。榴花似火燒山寺，荷葉如錢泛酒壚。鳥亦多情解人意，隔林兩兩喚提壺。

〔一〕此題二首，據惠州市吳定球先生考証，爲清初惠州人龔章之作。

過梅嶺

連年書劍過梅山，山上梅花識客顏。縹緲洞雲元不改，馳驅人世未應閒。爲文敢謂堪題柱，建節寧誇獨出關。爲語峰頭舊猿鶴，肯將名利擾區寰。

飛來寺

天開巨險碧流通，何處飛來半在空。已恃梯航收海國，更從鏡樹隱珠宮。澄潭犀去留清影，古洞龍歸起暮鐘。作客乾坤生計拙，無如峽口問漁翁。

小金山別李文軒潘肖徑二兄〔一〕

津頭相送意遲遲，伐鼓開帆傍醉時。別去青山惟有夢，愁來白髮漸成絲。築臺正擬江門住，仗劍何堪海國移。獨怪醒餘天際隔，峽雲汀柳轉淒其。

〔一〕明張邦翼嶺南文獻卷二九、清屈大均廣東文獻集卷三四、清溫汝能粵東詩海卷三二題均作遊靈洲別友。

曹溪寺曉起

空林曉罊弄泉流，汗漫天涯事事休。遼海欲爲終老計，夜郎寧復故鄉謀。漢烟秦草逢秋暮，嶽色河

聲斷客愁。淨掃石壇松影裏[一]，可能姓字託浮邱。（以上清羅學鵬廣東文獻三集卷一五）

[一]淨，清黃登嶺南五朝詩選卷四作『靜』。

薊門 時有水田之兵

春風策馬薊門遊，山色崔嵬護此州。十二雲屯喧鼓吹，尋常虜騎滅旄頭。新編士卒開農畝，舊控關河列戍樓。共說聖朝事干羽，漁陽戰壘已成丘。（明張邦翼嶺南文獻卷二九）

行邊

夜宿山營秋露寒，微微邊月角聲殘。五更報道擒生去，起拂霜刀據紫鞍。
六月都山雪未消，胡兒牧馬傍山腰。大寧城闕花如錦，何日看花醉碧霄。
如雲驃騎列轅門，烽火那堪動至尊。果使和戎為上策，琵琶一曲戰功論。

平朔方勒石賀蘭山之作

盡道將軍意氣豪，朔方戰罷解征袍。功成自古皆天幸，卻笑人間說六韜。[一]
黃河洗劍躍雙龍，神物由來一偶逢。自古戰場羞豎子，不知仙路好相從。
三軍且莫羨熊羆，百戰勳勞未足奇。聖主垂衣神武在，孤臣只合乞鴟夷。（以上明張邦翼嶺南文獻卷三一）

〔一〕清黄登嶺南五朝詩選卷四此首屬行邊之一。

小孤山

波濤拍天幾千里，蛟宫龍室雲間起。幾看蜃氣結重樓，誰向空中伸一指。有時桂影落參差，月裏山河疑即是。忽然飆催電光劃，危柱欲斷又復峙。怪鱗妖虯爭沸躍，經過屼嵲不敢視。上有珠樹鶴來棲，翩翩清翮鏡中止。仙徒釋子渡杯去，蟬蜕人世同敝屣。漁翁白髮節朝曦，汲得江心洗雙耳。揚帆伐鼓何處船，神悸膽慄奚為爾。山鬼顧之笑且憐，空負江頭好蘭芷。羅浮有客頗好奇，維舟山下酒重釃。敢云醉裏鏟昆玉，安得借力撑鰲趾。但聞精衛將微木，欲塞長江作平地。乾坤萬劫不自知，陵谷再變亦誰使。即問孤山孤不言，春風兩岸吹桃李。（明張邦翼嶺南文獻卷三二）

北還東洲見羅浮

名山曾記葛仙蹤，海上重過四百峰。雲近石樓來舊鶴，天依日觀見長松。結廬擬就丹砂鼎，出洞俄聽太液鐘。欲伴烟霞今未得，祇憑清夢到黄龍。（清黄登嶺南五朝詩選卷四）

（楊權整理）

海珠

誰把摩尼珠，擲向滄溟裏。皎皎鎮江城，至今潮不去。（明郭棐嶺海名勝記卷三）

（陳永正整理）

夢真空道人訪余樓上

夢中天際見層樓，樓上袈裟續舊遊。顔色忽驚滄海別，杖藜猶帶白雲浮。百年山月三更話，一笑桃花萬頃流。愧我飄零勞慰藉，暮春重許碧峰頭。（清雍正歸善縣志卷二一）

（戴武軍整理）

黄龍洞

谷口重重隱上方，諸天鐘磬自鏗鏘。玉虹雙注從雲壑，錫杖孤飛度石樑。穿洞燃燈忘晝白，盤崖呼酒傍昏黄。臥龍寂寂空潭裏，赤手甘霖望渺茫。（民国博羅縣志卷二）

瑤石山房

巨壑俄然浸碧螺，凌空怪石倍嵯峨。欹懸鳥道春浮浪，曲泛鷗汀月在波。滄海但餘雙白眼，烟溪未少一青簑。無心祇怕磯頭水，流出桃花事更多。（民国博羅縣志卷八）

題福清縣署[一]

闊地觀天天更闊，高山看天天又高。大人眼界游天外，看到浮雲及羽毛。（民国惠州西湖志卷七引明楊起元葉夢熊墓表）

〔一〕題為整理者所加。

登小孤山

江上逢春望欲迷，直從雲外得攀躋。丹邱未必人能到，珠樹唯應鶴可棲。半檻烟波收楚越，一尊雲雨著鯨鯢。凴空不盡翩翩思，獨立蒼苔聽鳥啼。（安徽宿松小孤山詩文）

寄哼拜勸降詩二首

人世黄泉祇一遭，見幾而作是英豪。眼前速把機關轉，莫待臨時赴市曹。

蓮出泥中不染泥，籠中跳出是男兒。分明說與封侯路，方是人間事業奇。（民國惠州西湖志卷一三）

出征回朝享宴詩

幼習干戈未習詩，太平宴飲强留題。江南有福同君享，塞北凄凉祇自知。剪髮□□騎駿馬，割衣剖腹補旌旗。貔貅百萬臨邊境，那見先生點筆時。（陳少平陸豐歷代詩詞選注）

過龍南宗家詩

淩江一派自何年，水木悠悠遍谷川。曾有冠裳通上國，更多耒耜列腴田。列周業起豳風詠，萬石賢聲史氏編。不計親疏千百葉，但求無忝是家傳。（清葉適葉氏族譜抄本）

觀海亭

金輪忽擁巨鼇來，萬里波光一鏡開。試問乘槎天外客，好風幾日到蓬萊。（秦皇島詩詞精選）

（吴定球整理）

全粵詩卷三八九

姚光泮

姚光泮，字繼昭，號同庵。南海人。明世宗嘉靖四十四年（一五六五）進士。官南京山西道監察御史，出為泉州守。後罷歸，辟城西荒構榭，結社賦詩。清溫汝能粵東詩海卷三二、清道光廣東通志卷二八二等有傳。

登朝漢臺

北極光芒萬里迴，粵王朝漢峙層臺。江山環擁金湯壯，棟宇新懸日月開。回首漫誇強霸略，登高爭羨大夫才。夷猶徙倚朱闌外，彷彿人從天際來。（明郭棐、清陳蘭芝嶺海名勝記卷一）

晚游南濠出海珠

綺榭璇房帶碧流，蒼茫天地一浮漚。尊開坐瞰魚龍窟，簾捲潮生雁鶩秋。縹緲樓臺開睥睨，依微雲樹映滄洲。風塵世態原無定，好向滄波問釣儔。

海珠秋月

清秋珠海瘴雲空，露湛蒹葭夜正中。一鑒光懸天上下，萬山晴映水西東。岧嶢銀闕涵江樹，浩蕩璚波漾晚風。載酒臨流人似玉，却疑飛度廣寒宫。

謁李忠簡公祠

明珠江上吐驪龍，一點光凝學士容。四面波濤涵世澤，千年燈火伴僧鐘。孤標兀峙流中砥，正氣長浮檻外峰。景物不殊人已遠，幸從蕭寺挹遺蹤。

滄溟迴合斷塵紅，祠宇岧嶢出鏡中。異代至今還俎豆，徽聲終古薄雲空。抗章獨正巖廊色，討亂誰如社稷功。一自科名誇宋室，頓令五嶺日增崇。（以上明郭棐、清陳蘭芝嶺海名勝記卷三）

靈洲晚眺

中流浮古刹，縹緲隔塵寰。四野烟霞合，千峰紫翠環。亭標玄圃勝，僧伴白雲閒。堪笑青山外，飛帆日往還。（明郭棐、清陳蘭芝嶺海名勝記卷四）

厓山吊古

航海頻年勢已非，何堪落日仆龍旗。間關母子奔危日，痛哭君臣誓死時。一代綱常完宇宙，千年正

氣凜華夷。臨厓指點前朝事，雲物蕭蕭萬壑悲。（清趙允閒等重修厓山志卷七）

（陳永正整理）

浮邱社懷趙太史

倚郭仙邱一石懸，苔封雲鎖幾何年。不因嶺徼迎霜節，誰為清都闢洞天。星漢已回金馬使，樓臺猶擁玉堂烟。山前況有棠千樹，贏得春風海上先。

晚沐堂依水竹開，飄飄風景即蓬萊。江山重睹千年勝，台斗翹瞻萬里嵬。蒼節寒仍亭外柏，瑤華光薄洞中梅。舊遊仙客芳蹤在，悵憶江城日幾回。

秋日登浮邱臺

遲日尋芳恣勝遊，翩翩冠蓋集丹邱。千年紫氣闢前王，萬樹春光坐裹收。拚醉不妨頻徙几，披襟偏喜共臨流。習池金谷衹陳跡，行樂應從此地求。

浮邱八景

樓閣岧嶤倚洞天，烟光流紫擁簷前。憑高謾覓昇真路，荏苒雲間有鶴翩。紫烟樓

虛堂暇沐野塵空，景色風光儼畫中。一自星辰回鄭履，依然佳勝與人同。晚沐堂

泉湧珊瑚浸碧池，葛洪丹煉已多時。幾回清淺今猶在，酌水何如憶隱之。珊瑚井

大雅遥從海上鳴，一時南國重連城。請看彩筆留題處，長共山光薄太清。大雅堂

仙郎天上佐飛龍，曾向丹邱寄遠蹤。留得亭前雙玉舄，白雲長護紫霞封。留舄亭

松蘿蔥鬱翠如屏，戶敞朱明晝不扃。回首靈遊滄海日，依依時有羽車停。朱明館

紫氣氤氳襲翠微，璚花瑤草自芳菲。尋幽散步雲林裏，挹得仙風滿袖歸。挹袖軒

鳳笙吹徹上嵩山，縹緲聲流碧落間。夜靜疏林清籟度，卻疑仙傍月中還。聽笙亭（以上明郭棐、清陳蘭芝嶺海名勝記卷五）

文筆峰

海上扶輿淑氣融，筆峰晴削倚層空。彩烟時拂彤雲裏，黼黻裁成總化工。

金雞嶺

雞山形勝鬱崔嵬，金距何年此地來。啼徹江南千嶂曉，羽儀猶自振雲隈。

馬鞍岡

一片芙蓉繡玉鞍，千秋人指紫騮看。是誰策擁天衢上，冀野群空萬驥寒。（以上明郭棐、清陳蘭芝嶺海名勝記卷一六）

（陳永滔整理）

謁安期巖

仙子幽尋勝地遊，獨探靈岫事玄修。餐餘碧澗蒲仍在，煉就丹砂井尚留。飛舄久隨黃鶴去，奇蹤長共白雲浮。徘徊巖下琪花笑，便欲乘風跨十洲。

雪

荏苒同雲四望睽，紛紛飛絮遍天涯。迎風夜拂江樓月，匝地寒深水國葭。散步謾移東郭履，懷人遥放剡溪槎。最憐元寶多幽興，愛客頻堆滿徑花。

送檗庵兄之慶遠

秋風五馬向宜陽，對酒其如别思長。掛席謾移梧浦月，褰帷猶拂柏臺霜。萬家竹騎喧龍水，千里心旌逐雁行。知爾舊遊今出牧，滿城桃李映甘棠。

太史史聯岳飲翠洞步韻奉答

半畝林塘傍郭西，蕭蕭門巷野烟迷。何期漢使天邊至，猶問幽人海上棲。宫錦光流松菊徑，郢歌聲繞水雲堤。一丘自分甘投老，彩筆多君石上題。

春日偕里中諸公宴直指李方麓公於小圃尋以詩投贈依韻賦謝

僻巷傳呼使節來，太微光自映三台。清風細引疏簾竹，紫氣晴氳曲徑梅。感慨停驂猶問俗，登臨舒

嘯且銜杯。深宵莫惜頻相勸，驄馬明將發粤臺。（以上明張邦翼嶺南文獻卷二九）

（楊權整理）

登南城樓

乘輿翩翩上翠樓，乾坤隨處可凝眸。地平疊巘當軒出，水引長河帶郭流。萬樹雲霞浮足下，九霄星斗掛簷頭。憑高覓得南薰趣，散作賓陽五月秋。（明萬曆賓州志卷一三）

（呂永光整理）

鍾繼英

鍾繼英，字樂華，號心渠。東莞人。明世宗嘉靖四十四年（一五六五）成進士。選庶吉士。隆慶間改監察御史。丁太孺人憂，起補河南道，遷廣西提學副使。後補湖廣副使，以有心病，不果行。明郭棐撰粤大記卷一八、清道光廣東通志卷二八一有傳。

謁蘇文忠公祠

遺像層臺烟霧中，瓣香幾度仰高風。遥遥禁院金蓮燭，落落天涯白鶴峰。兩賦至今留赤壁，三言當日副丹衷。高才自古多萋菲，翹首嶙峋聽曉鐘。（民國張其淦東莞詩録卷一二）

（楊權整理）

李應蘭

李應蘭，字如卿。東莞人。明世宗嘉靖四十四年（一五六五）進士。官至福州太守。著有羅浮漫語。清黃登嶺南五朝詩選卷四、民國張其淦東莞詩錄卷一三有傳。

秋水

百川隨地湧，一色接天清。壑冷魚龍蟄，波浮日月明。南連湘浦遠，東注海門平。望望美人隔，扁舟無限情。

臥病

伏枕山齋上，圖書晰[一]夕披。百年無暇日，一病是閒時。夢裏虛逢旦，窗前可傲羲。小童供茗罷，熟誦杜陵詩。

［一］『晰』，疑為『昕』。

早朝後寄所知

禁鐘初散紫宸朝，雲際雙莖露未銷。身惹御香歸粉署，心隨紅日上丹霄。西山朔雪千林滿，南國風烟萬里遥。珍重故人滄海隔，玉隄何日共鳴鑣。

九日偕諸寮長集鎮海樓

佳辰連騎上崔嵬，樓閣平臨睥睨開。野樹依微霜欲染，海雲迢遞雁初來。十年紫劍空横斗，萬里黄金尚有臺。往事悠悠衰草外，西風長嘯且銜杯。

送程度支督儲清源兼懷鄭山人

潞水春深緑似芸，錦帆東去度支君。珂聲曉散承明漏，劍氣晴披岱嶽雲。過魯未忘傾蓋語，入齊猶餉射書軍。舊遊憶有琴樽侶，谷口風流自不群。

寄孫承卿時督薊餉

塞北風高雁影過，省郎寥落奈秋何。雲連朔氣浮青海，月帶寒笳出白河。天下軍儲惟薊重，中原豪傑莫秦多[一]。風塵憶向清源别，載酒何時復笑歌[二]。

[一] 莫，民國張其淦東莞詩録卷一三作「算」。

[二] 笑，民國張其淦東莞詩録卷一三作「嘯」。

題鍾侍御理蔬小築

與君曾上郭生臺，帝里春光醉客杯。滄海何年雙劍别，風塵回首二毛催。桔槔莫問於陵業，侍從還徵司馬才。直待安車懸歲晏，抱琴長傍碧山來。

過故友鄺大年空中樓閣

空中樓閣自崔嵬，仙客凌空去不回。窺戶更無雙燕入，傍闌惟有數花開。屋梁落月留寒色，鄰笛秋風隔夜臺。十載重臨倍惆悵，斷雲征雁正初來。

輓弟經可原天津、通州二衛幕佐

勳名應擬漢平陽，歷盡風塵鬢未霜。瀛海天高遙倚劍，潞河秋冷泛歸航。夢聽殘雨傷春草，愁斷悲風起白楊。却愛一經遺業在，慇綸他日有輝光。（以上清黄登嶺南五朝詩選）

（楊權整理）

戴記

戴記，字儀周，號梧臺。東莞人。銑子。明世宗嘉靖四十四年（一五六五）進士，歷官楚雄知府。有遊滇稿。清道光廣東通志卷二七九、民國東莞縣志卷五八有傳。

彭南元明府招赴池亭野酌

草徑蕭蕭帶郭斜，小亭池畔半蒹葭。邀歡白苎風前曲，愛客青山雨後花。遠塞風塵催歲律，故人消息盡天涯。醉歸晚渡看流月，忽憶溪山上釣槎。

塞上雜詠四首

無定河邊觱栗鳴，夜深燈火赫連城。八千里外江南客，邊塞悠悠度月明。

萬磧千山奏角過，北風吹雪滿榆河。蕭條古戍行人少，衰草寒沙放橐駝。

受降城外草芊芊，曾記嫖姚北伐年。不見燕然銘塞上，漢家天子重安邊。

大磧茫茫走雪沙，邊人處處夜吹笳。陰風凍殺祁連雀，千載燕支落漢家。（以上民國張其淦東莞詩錄卷一三）

（楊權整理）

李一迪

李一迪，字君哲。茂名人。明世宗嘉靖四十四年（一五六五）進士，官至金衢副使。有拙宧存稿。清光緒高州府志卷三七有傳。

次知府吳國倫鑑江亭詩韻

石壁高懸一徑迴，新亭屹立爲誰開。雲含山色從天落，日送江光入檻來。抱病頻年懷鑑水，銜杯此

地即蓬萊。欲歸共擬觀濤賦，無那郢都白雪才。（清光緒高州府志卷一二）

（史洪權整理）

陳一龍

陳一龍，高要人。明世宗嘉靖四十四年（一五六五）進士。官鎮江府同知。事見清道光廣東通志卷六九。

挽陳衍死敵

縈膺一命出徂征，勇士堂堂統義兵。誓志矢心甘效死，愁雲落日竟捐生。香山擬並孤高節，錦水空流咽哽聲。英爽不隨陰晦散，夜來長傍斗星明。（清乾隆德慶州志卷一八）

（呂永光整理）

黎民衮

黎民衮，字惟仁，别署白泉山人。從化人。與兄民表、民衷同學於黄佐之門。明世宗嘉靖四十四年（一五六五）貢生。官訓導。試後遽歸，絕意仕，日與詞人操觚染翰，慕神仙之樂。著有清居集。清溫汝能粵東詩海卷三二一、清汪兆鏞嶺南畫徵略卷一有傳。

鎮海樓眺望

鎮北有高樓，周遭俯層城。險絶逼漢宇，沿洄走滄溟。瑤甍鶱鶱奮，金沙匹練澄。西闕逗丹穴，東嶽裛神京。巑岏疊翠藹，睥睨亦通明。舉扇遠緇塵，列席茂蕙英。黄鶴詎無信，白雲空復情。琅玕照冰簟，翡翠集櫚楹。不廢烟霞趣，坐覺衡落清。春風嗟王粲，矯首思長征。

五仙臺

茲邱臨遠海，崇觀鬱崔嵬。列仙渺何許，五石明翠苔。藥圃敞瑤閣，靈液小池回。參差朱戶轉，出沒雉雲開。檀欒蔭修竹，闤闠淨蒿萊。琪花不待插，玄酒寧停杯。祠竈乏靈悟，入海非仙才。風飙起飛藿，市井無塵埃。雞鳴曙鐘歇，朱曦散九垓。鏘鏘運鑣鄆，霞思良徘徊。

鎮海樓送劉職方還留都

江流空闊楚天迴，萬樹秋聲繞吹臺。百代繁華何處問，登高今見大夫才。（以上明郭棐、清陳蘭芝嶺海名勝記卷一）

（陳永正整理）

菊月遊浮邱

久釋樊籠累，養拙甘龍蠖。九秋興攀陟，挹袖諧所托。丹埾撫虚館，紫烟尚浮閣。始欣群動息，暫與世緣薄。玉管促飛鸞，朱羽時鳴雀。平巒收夕霏，遠流洑歸壑。清宴美芹粟，華年嘻萸萼。豈乏登高懷，所愧正述作。悠哉澹忘歸，況此成大藥。

春日浮邱雅集

金銀樓閣空中起，一丈珊瑚明井底。披荊開徑者為誰，今代風流趙太史。國初詞客五先生，春色南園草尚青。開元遺響久不作，千金靈修空復情。維揚李君供奉儔，汪倫高雅來同遊。曉泛滄浪尋白社，暮攜羽扇仍丹邱。嗟嗟盛事輕千里，吳下機雲非我擬。未論丹砂變紫荷，且向梅花操綠綺。雕盤翠釜愧仙廚，滿地凉雲蔭碧虚。酒闌我欲驂鸞去，興至隨君駕鹿車。

遊浮邱呈趙太史

絲綸池上鳳毛稀，漫向朱明啟石扉。霧隱瑤臺仙掌接，風傳珠樹紫鸞飛。青尊蕭瑟迎秋氣，彩筆憑陵對落暉。莫道周南留滯久，受釐今已憶皇闈。（以上明郭棐、清陳蘭芝嶺海名勝記卷五）

謁張丞相祠

季冬風日凄，于役溯燕闕。舊疆遵五嶺，雄圖肇百越。還顧天井隅，回互秦山別。關門凝紫烟，隴梅欺芳雪。翼翼曲江祠，羹牆訪遺哲。豈伊宏詞選，風度自殊絕。再陟承明廬，文武見彰設。洋洋白羽揮，煌煌金鑒晰。拜相啟江南，鑿嶺神功揭。唐歷彌千祀，高名齊稷契。茫茫撫鴻輿，地靈由人傑。（明郭棐、清陳蘭芝《嶺海名勝記》卷一〇）

游南華寺

閒從海上游，掛席遵韶石。星驛鬱夫容，應有彌須跡。爐峰聳秀異，龍門湛空碧。中天據南華，四境若完璧。靈感寶林識，名重開元額。祥雲澹不飛，古檜何翼翼。象教亙千齡，傳燈惟一夕。不飲曹溪水，世塵無由釋。不悟明鏡臺，本來那可譯。師言不二門，至乘無千百。冥濛恣敖遊，舍筏惟所適。悠悠此溪流，天地無與易。（明郭棐、清陳蘭芝《嶺海名勝記》卷一一）

遊羅浮山

積思久滯淫，興言恣攀陟。奇峰亙四百，面面俱可識。上有飛雲峰，遠接扶桑色。迤邐瑤臺石，烟霞隨杖舄。群仙寧盡紀，丹竈猶可覓。家由葛令移，松是秦時植。仰首接飛鳶，摩崖多籀刻。朱草希黃落，仙禽無倦翼。步入梅花村，美釀分玄碧。可以醉遊人，若為驅肉食。小隱吾敢捐，漫向高山憶。

送王忠銘先生游羅浮

勳華入座動輝光，玉節忻逢鬱水傍。萬里懷歸桑梓切，廿年供奉鬢毛蒼。海門日出浮仙島，天半雲飛隱帝鄉。遮莫梅花緩幽酌，璽書今下五雲長。（以上明郭棐、清陳蘭芝嶺海名勝記卷一三）

金雞嶺

五更金雞唱，聲聲徹翠微。皞熙逢舜日，遙向鳳樓飛。

馬鞍岡

層空蟠碧翠，佳麗佇雕鞍。夙聘黃金勒，風雲冀北看。（以上明郭棐、清陳蘭芝嶺海名勝記卷一六）

（陳永滔整理）

麗句亭作

麗句，唐人暢當為秦隱居賦。隱居，蕭山亭額也。余慕之，仿建亭於清泉之上，與社客觴焉。

春色載陽，清泉湯湯。匪紹來遊，插羽于襄。歌言依詠，筐篚于將。匪曰紓餘，大雅聿昌。流泉在左，誅茆在右。隱衷何逖，懿蹤惟舊。篁竹其苞，華實其茂。雲虹具耆，金石迭奏。昔日太和，鳳鳥于飛。鬱鬱其址，淑人是依。嗣日建安，白雪于霏。湜湜其源，雄詞爰歸。匪予小子，念日先民。遊於西園，亦暮之春。我車既安，我馬既馻。千萬斯年，維德之鄰。

聽雪

荏苒歲云暮，搖落秦城陰。遙天亙玄色，瓦屋飛瓊音。稍薄庭下樹，微動風中琴。篝燈美良夜，寤言擁綈襟。一翻有餘滋，僵臥徒所歆。螗蛄罷秋響，寒螿符我吟。豈謂四序周，而多炎景侵。緬彼鳳池客，芳詠勞華簪。

寄譚永明

志士無窮達，所尚植其節。譬彼松柏枝，歲與繁華別。吾友本布衣，而膺素絲哲。兩疏不見投，志摧肝膽裂。瑟瑟齊臺風，皎皎燕地雪。掩關向蓬蒿，玄言相與析。舍爾獻璧懷，慰此紉蘭潔。全生天地寬，寄跡烟霞結。豈若六國豪，功名憑寸舌。

觀魚

憶從辭京都，樊籠滯城市。偶與海人期，遵彼清江沚。鳧鷺寂不驚，魴鱗逐波起。泳陶何離簁，溉鬵亦徒爾。雖鮮桐廬賢，因證蒙莊理。美人睠日夕，茫茫隔江水。塵襟渺然滌，綸巾醉應滓。人生貴所適，何必溱與洧。遲回蕩輕舟，五湖從此始。（以上明張邦翼嶺南文獻卷二六）

落梅

清夜徹山扉，春風捲客衣。影隨鸞鏡轉，香逐蝶魂飛。和歌何裊裊，結緒更依依。遮莫傳羌塞，征人不易歸。

九日與林開先侄賢之銘之登高

憑高一舒嘯，尊酒白衣來。天地秋何處，茱萸晚故開。老深庾亮興，君亦孟嘉才。任此陶然去，西風起霸臺。（以上明張邦翼嶺南文獻卷二七）

別弟惟節北上

曾於藝苑著雄文，豈為吹噓入五雲。老去宦情應識我，時來劍氣獨憐君。花開客舍尊堪把，草綠池塘夢又分。自昔黄金招駿骨，音書南雁好相聞。

歐使君雨蓮以詩見寄次韻奉答

五馬龍蒸蚤著聲，漫勞滄海訊鷗盟。傳來隴使春如見，夢裏王孫草自生。至日吹葭堪對酒，暮雲殘角倍含情。共嗟桂樹千叢發，不減燕山竇氏名。

贈方元素次汪司馬韻

跌宕還高猛士風，黄金不惜客途窮。竭來飲馬長城窟，忽漫尋仙大海東。南武衣冠餘涕淚，蒼梧風雨轉空濛。為談殊錫嗟司馬，功在麟臺石畫中。

送林山人還閩

海上丹砂不易逢，如君微尚幾能同。他鄉對酒兵戈裏，故國移居感慨中。遠浦帆檣開雨雪，高樓詞賦倚春風。羅浮亦有金銀宅，遲爾重來訪葛洪。

始至金陵承姚佘二侍御過訪

龍虎紆回王氣中，千秋閶闔鎖玲瓏。山河影射王侯宅，松檜香飄御史驄。竹徑幸無題鳳侶，蘭臺還倚搏雕雄。晚來雲霧滄洲隔，搔首長空思不窮。

霜夜拙清樓聞笛

暮倚高樓待月生，隴頭湘水共淒清。風前響逐流雲駐，簾外霜兼亂葉鳴。折柳夢中驚絕塞，哀鴻天外度孤城。庾公正有登臨興，不似山陽轉動情。

遊琪林觀

擁褐青山歲月賒，詎知城闕隱仙家。千年珠樹歸黄鶴，一徑桃花落紫霞。龍虎尚傳茅氏訣，乾坤惟有羨門砂。踟躕白首玄心在，擬泛銀河八月槎。（以上明張邦翼嶺南文獻卷二九）

太平寺

偶來雙樹下，依止遠公房。薝蔔飄香氣，娑羅露月光。禪機隨去住，心地得清涼。欲證無生理，玄

言亦暫忘。（雍正從化縣新志卷五）

花朝曲江舟中見峰腰繁花歷亂日映山紅者賦以紀興

嫩綠嫣紅拂霧開，亂峰高下繡莓苔。何當徙爾長楊去，潦倒君王萬壽杯。

二月江中花事多，尋春剩有鳥來過。那能一借東風力，吹盡千紅伴綺羅。（清溫汝能粤東詩海卷三二）

（楊權整理）

仙弈石鑒

石樓巀嶭臨滄海，巖前霞石何磊磊。削成棋局方且平，□位中分成兩壘。白髮參錯羅星文，藤蘿掩覆蒸風雲。虵鳥尚驚魚腹陣，犀象無乃昆陽軍。空山猶聞下子響，霹靂一聲愁魍魎。林越蕭蕭霜倒飛，萬壑千崖氣森爽。鸞旌孔蓋望不來，樵斧剝蝕餘蒼苔。亡羊歧路竟何事，龍爭麟鬬俱塵埃。菖蒲可采桂可食，且看赤日扶桑隈。（乾隆博羅縣志卷一三）

（史洪權整理）

别司封侄伯華

朝發鬱水湄，苕蕘陟漢京。芳樹垂清陰，彤云遞輕盈。嗟哉銓曹貴，先後被寵榮。寧忘素絲守，而抱白玉貞。憶昔乘驄者，攬轡揚濁清。彼美獻鏡賢，風度懸丹青。名寄圣賢籍，懷深歲月征。灼灼東日華，光旭含紫清。驊騮意何自，徘徊相顧鳴。策名際清朝，慶譽由茲升。安能盼昭回，炯炯懷合并。

金山別黃水簾二首

高論忽同舟，看君不可留。莫辭今夜飲，曾是昔年游。細雨蒹葭暮，疎星河漢秋。情深聊記別，酩酊渡中流。

江月來何遲，輕風吹鬢絲。不是送君別，安知此地奇。客中燈是伴，興至酒相宜。明日東林下，玄言應對誰。

送秘書家長兄至石門山歸舟口號二首

江風何太惡，病骨苦相侵。去水分歧路，還舟即舊林。寒城橘柚熟，霜岸鵜鴂吟。物色今如此，偏懸北望心。

飛篷迅於箭，觸浪響如雷。風烟不可住，歸夢空悠哉。恍然赤城去，暫向鬱州來。喜有梁鴻在，秋風次第裁。

寄歐嵛山虞部兼訂校司封先兄集

洛水東歸日，荒村慰卜居。第令題似鳳，不為食無魚。高枕火雲出，清尊河朔虛。自慚牛馬走，還擬訂藏書。

五柳先生詠

棲棲晉處士，豈是學逃名。跌宕空千載，飢寒洵此生。柳條春自見，詩法晚逾清。易卜盈虛理，滄浪今濯纓。

楊溪洞

披榛凌石磴，一造羽人居。星亂圍棋後，虹飛解劍餘。藤花風外落，槲葉雨中疏。歸路逢王烈，應迷鳥篆書。

西樵

誰從雲路置丹梯，海上諸峰盡覺低。殘雪未消天柱外，晴虹多掛竹林西。金書鎮日烟霞護，石髓何年澗谷迷。寄與向平須負笈，琅玕千樹待幽棲。

扶胥浴日

津連黃木灣，虛亭翠靄間。川光搖子夜，坐見海中山。

白雲晚望[一]

仙山多白雲，渺與天漢接。何當持贈人，秋風同一葉。

〔一〕望，清梁善長廣東詩粹卷五作『眺』。

蒲澗簾泉

澗道瀉飛流，鸞聲最上頭。誰持九節去，瀟灑石林秋。

大通烟雨

日永祇林幽，江空自生碧。誰能載酒游，烟雲隨掛席。（以上番禺黎氏存詩匯選）

（宋迪、李君明整理）

送僧歸曹溪

多時共話菩提樹，半偈深知去日情。今日祥煙何處所，芙蓉驛路水邊城。
西風飛錫楚山明，翠竹黄花恰有情。千載傳心如見佛，更從何地學無生。（以上清道光曹溪通志卷七）

（李永新整理）

蘇旦

蘇旦，字功隶，號思軒。東莞人。明世宗嘉靖四十五年（一五六六）貢生，官桂林訓導，日與諸生講性理之學。民國張其淦輯東莞詩錄卷一三有傳。

過惶恐灘和古詩一絕

余同友人過惶恐灘，友人詠古詩曰：『十八灘頭十八名，一灘惶恐最傷情。人生不為君親計，誰肯移舟向此行。』余聞之，因占一絕。

出住非關為利名，乾坤何地不怡情。笑他底事稱惶恐，轉覺安流自在行。（民國張其淦東莞詩錄卷一三）

（楊權整理）

全粤詩卷三九〇

陳璘

陳璘（一五三二—一六〇七），字朝爵，一字朝玉，號龍崖。翁源籍，東安人。明世宗嘉靖末為指揮僉事，進廣東守備。萬曆初，屢進署都指揮僉事，僉書廣東都司，繼授肇慶遊擊將軍，徙高州參將，遷副總兵，署東安參將。以貪黷被劾褫官。二十年（一五九二），朝鮮用兵，以璘熟倭情，復起軍職。二十六年，擢禦倭總兵官，以功進都督同知，世蔭指揮僉事。師甫旋，值征播州苗之役，命璘為湖廣總兵官。事平，擢鎮貴州。三十四年，改鎮廣東，卒於官。先敘平播功，加左都督，世蔭指揮使。享年七十六。既卒，以平苗功，贈太子太保，再蔭百戶。明史卷二四七有傳。

題石龜塘大巖[一]

萬曆四年天洞開，從前未見一人來。我今欲借神仙窟，浪學堯夫日打乖。（雲浮文物志第五章石刻第五節碑刻）

［一］石龜塘大巖，在今雲浮市雲安縣六都鎮大慶村。詩題擬加。詩刻末題云：『皇明萬曆二十四年丙申孟

春穀旦，王疆山人陳龍崖題。』

題魁巖[一]

魁星巖面蓬萊境，宰相人間好讀書。二十年前戎馬地，今看高步玉堂居。（廣東摩崖石刻所錄陳璘詩刻拓片）

［一］此詩刻在雲浮市雲安縣六都鎮大慶村魁巖洞内。詩題擬加。詩刻末題：『萬曆丁酉歲，山人陳龍崖題。』

（呂永光整理）

次韻李舜臣

堂堂又赳赳，微子國應危。諸葛七擒日，陳平六出時。威風萬里振，勳業四維知。嗟我還無用，指揮且莫辭。

不有將軍在，誰扶國勢危。逆胡驅昨日，妖氣卷今時。大節千人仰，高名萬國知。聖皇求如切，招去豈終辭。（以上黄志輝、龍思謀編粵北歷代名人詩選）

（史洪權整理）

張棨

張棨，字澄復。廣東提督張通之曾孫。歸善（今惠州）人。張棨襲職。明世宗嘉靖四十一年（一五六二）嘗徵潮倭，四十五年徵文我、李亞元，以軍功任都指揮僉事，升潮州守備，後轉福建都司，未任請休，卒年九十一。清道光廣東通志卷二九一有傳。

超然臺

結駟湖山上，憑高亦快哉。昔年曾賞塔，今日卻登臺。神拂嵐光動，杯傾野色開。俗情應可解，長集此徘徊。（清光緒惠州府志卷二五）

（戴武軍整理）

鄭金

鄭金，清遠人。明世宗嘉靖年間任清遠衛指揮使，升都指揮使。事見民國清遠縣志卷九。

峽山飛來寺

綠樹叢中留寺古，白雲堆裏伴僧閒。聽泉定後心如水，理釣歸來月滿關。獅子空教存怪石，環猴何事出人間。賞心未了躋攀興，指點猶疑海上山。

雲房有約度烟蘿，支遁逍遥更幾過。點點雨花臨釣石，紛紛山翠落龍磨。仙臺路杳春遊少，古洞雲深晝掩多。聖世偷閒惟大睡，南山白石更誰歌。（明郭棐、清陳蘭芝嶺海名勝記卷八）

（陳永滔整理）

翁思佐

翁思佐，號瞻崖。澄海人。萬達子。以父廕授太常寺典簿，官戶部郎中。清嘉慶澄海縣志卷一八有傳。

重遊陰那寺

十載重來謁上方，依稀猶似舊僧堂。當時猿鶴如相迓，今夜隨人明月鄉。

共眠一榻在山隈，去住明朝不自裁。請看窗前松月白，早時曾向此中來。（明李士淳等編陰那山志卷三）

（史洪權整理）

溫新

溫新，南海人。明世宗嘉靖年間曾任通判。事見明郭棐、清陳蘭芝嶺海名勝記卷四。

小金山話別

古寺中流出，烟波四面通。金山樓控海，石閣磴凌空。繫艇登臨處，披襟眺望雄。斜陽催去棹，回首白雲叢。（明郭棐、清陳蘭芝嶺海名勝記卷四）

（陳永正整理）

陳宏采

陳宏采，南海人。明世宗嘉靖年間人。官經歷。事見明郭棐、清陳蘭芝嶺海名勝記卷五。

浮邱社懷趙太史

誰闢郊原野徑通，清虚時沐此堂中。千年籙授神仙秘，一代名高太史風。自向赤霄歸玉舄，長留紫氣護琳宫。幾回杖履探真訣，尺五遥瞻托暮鴻。（明郭棐、清陳蘭芝嶺海名勝記卷五）

（陳永滔整理）

梁繪

梁繪，字直夫，號東林。東莞人。以增生官廣西太平府經歷，署養利知州、崇善知縣，所至皆有政聲。入杞廣西名宦。晚年與梁以杞及諸名流結天香詩社。民國張其淦東莞詩錄卷一三有傳。

行行復行行

行行復行行，丈夫志四方。詎敢念離别，而遺君子傷。晨興掩妝鏡，為君理輕裝。呼鄰沽美酒，攜手上高堂。𦒿卮雙壽母，欲語神先愴。姑視妾如女，妾視姑如娘。奉姑勤婦事，如女依娘傍。三千主中饋，羹飯娱姑嫜。所憂在白髮，畏子摧肝腸。行行復行行，驅車陟高岡。裊裊隄邊柳，陰陰陌上桑。送君自此歸，相思今日長。

書家信後寄弟絅

雁影愁分久，魚緘愧覆遲。語多頻續紙，情至竟無詩。宦況縈心緒，離懷感鬢絲。君須重努力，莫負盛年時。

暮春即事

政暇春江暮，官閒吏漸稀。黄庭摹舊拓，白袷試新衣。對酒惜花落，捲簾驚蝶飛。舉頭天欲語，雲氣助山巍。

秋江夜泊

苦緒離懷靜夜分，素琴聊以撫湘君。一天江色魚吞月，萬里秋聲雁入雲。靜悟宦場官亦夢，力攻愁壘酒能軍。維舟未覺依山樹，落葉蕭蕭不可聞。

庚樓

一時佳興與人同，千古高樓矗碧空。鎖鑰尚嚴天險外，笠篌無復月明中。秋驚野鶴寒尋夢，浪擁江豚夜拜風。玉麈埋塵名勝在，幾回搔首晉西東。

秋望

暮烟横郭遠，返照入江虚。獨倚孤篷外，秋山紅葉初。

拔秧

栽秧復拔秧，拔秧去惡草。惡草礙良苗，芟除故宜早。

野話

偶逢野老向瓜棚，瓦缽盛茶話月明。坐久不知衫袖溼，半天涼露落無聲。（以上民國張其淦東莞詩錄卷一三）

（楊權整理）

梁天錫

梁天錫，明世宗嘉靖時人。以善書官武緣知縣。事見清道光廣東通志卷六四。

遊小金山

巃嵸青蔥江上臺，芙蓉環碧畫圖開。日浮金影波心見，蜃逐潮聲海角來。坡老昔參禪性定，粵靈今喜使舟回。憑虚不盡登臨興，北望天峰紫翠嵬。

覽勝招提花蔓陀，中流天設此靈波。千峰列戟侵雲出，五月浮槎載酒過。落魄有懷添杞夢，清平隨地聽康歌。江湖廊廟心無别，胥祝東南海不波。（明郭棐、清陳蘭芝嶺海名勝記卷四）

（陳永正整理）

黄鰲

黄鰲，南海人。明世宗嘉靖時人。知縣。事見明郭棐、清陳蘭芝嶺海名勝記卷八。

飛來寺

紺宇遥飛入洞門，砂床石室儼桃源。長松雨霽雙巢鶴，峭壁嵐消一嘯猿。榻倚半雲僧獨卧，江涵中

宿客重援。浪遊十載渾何補，且滌塵襟共避喧。（明郭棐、清陳蘭芝嶺海名勝記卷八）

（陳永滔整理）

遊南華寺

黄梅一夕蚤傳燈，寶刹宏開上乘僧。明鏡非臺心月峭，風幡不動法雲澄。芳溪暝漲群猿渡，古樹陰穠獨鶴升。安得霞蹤如尚子，閒從竹徑漫支藤。（明郭棐、清陳蘭芝嶺海名勝記卷一一）

（陳永滔整理）

姚守轍

姚守轍，化州人。明世宗嘉靖間司諭。事見清光緒定安縣志卷四。

金雞獻瑞

羽人家卻在丹丘，雞放雲峰最上頭。早喚三農春夢醒，寒衝八表月光浮。南來海闊無函谷，北望山高憶鳳樓。奇甸太平今有象，和聲夜夜滿忠州。

文筆生華

五指伸來筆一尖，建州泰運屬先占。孤高氣概齊華嶽，燿燦文光逼玉蟾。雨露長滋千古潤，風霜不改九秋嚴。精華信是乾坤瑞，遙聳中原作巨瞻。

建江澄碧

遙從黎婺濬源頭，環抱孤城據上流。白芷綠蘺春冉冉，落霞孤鶩晚悠悠。魚龍聽曲波心躍，舟楫穿星鏡面遊。獨立蒼茫增嘆賞，朝宗一派海門秋。

泵井涵清

盤據神龍吐玉涎，山靈朝暮護雲烟。直從太華分玄酒，不數牂牁占醴泉。解慍啜甘隨滿腹，涓流溥利下平田。年來我絕千金想，願借清泠洗俗緣。

湳白漁歌

落落那能繫此蹤，生涯江上任飄蓬。雲開棹破蘆花月，浪靜歌生蓴菜風。魂夢動隨流水淡，沙鷗盟狎友情濃。幾回醉醒烟波闊，還覺山高日未紅。

夕陽牧唱

短笠疎林百事輕，馴徒群牧兩忘情。蘆笳空谷無腔調，乾糗蒙泉不和羹。縱劇舞殘春草綠，賡歌聲逐晚風清。夕陽歸去渾無事，夢入高秋兆有成。

潭覽晴雲

飛鶵風動涉晴沙，鎖翠雲深景欲賒。五色別開新錦綺，一灣長抱舊人家。捲舒濃淡堪圖畫，擁藹紅黃換物華。烟水休云三島隔，且輸耕讀得生涯。

仙屯夜月

萬里無雲天宇寬，仙峰海外月光團。瓊枝未穩南飛鵲，玉兔長調不老丹。龍戲明珠歸巨海，鶴翻清影傍高壇。銀河若借張槎泛，直駕長風入廣寒。（以上清光緒定安縣志卷八）

（陳永正整理）

薛尚學

薛尚學，化州人。明世宗嘉靖年間任定安訓導，陞清流教諭。事見清光緒定安縣志卷四。

贈東溪叟張嵩

雲樹森森映碧沙，清溪幾曲抱人家。溪翁倒坐溪槎上，落日棲遲弄晚霞。（清光緒定安縣志卷八）

（陳永正整理）

梁景先

梁景先，高要人。明世宗嘉靖年間任徐聞訓導。事見清道光廣東通志卷三七。

遊七星巖

怪石崆峒倚碧空，白雲深鎖水晶宮。清流影蘸梅花月，紫陌香飄菡萏風。山列畫屏金錯落，巖懸星斗玉玲瓏。憑高未盡登臨興，更上天台第一峰。

遲日看雲上畫樓，芙蕖香軟暗香浮。空濛山色千巖雨，瀲灩湖光十里秋。獨鶴一聲歸華表，賓鴻斜照度滄洲。月明載弄江門笛，吹落梅花興未休。（明郭棐、清陳蘭芝嶺海名勝記卷一四）

星巖二十景

石室龍床

石床深處有龍蟠，鍾乳參差滴溜寒。巖壑虛靈容久蟄，芳春霖雨看瀰漫。

瀝湖漁棹

瀲灩湖光水拍天，漁簑野艇日蹁躚。磻溪已應非熊兆，還有羊裘釣澤邊。

虹橋雪浪

驀地東風卷怒濤，桃花春浪禹門高。垂虹直下三千尺，冉冉金鈎釣巨鼇。

天閣晴嵐

重重畫角倚天開，滿目風烟不易裁。獨憑危闌看雲物，七星羅列擁三台。

金闕朝陽

玄宫高敞碧雲頭，金闕千龄鎖弱流。雞唱未沉西崦月，東溟浴日紫烟浮。

寶陀夜月

風摇紫竹翠交加，般若臺空轉法華。漫對冰壺看水月，蟾光滿地浸梅花。

星亭擁翠

天開圖畫好溪山，星聚亭依水石間。錦繡叢中堆翡翠，白雲深處聽潺湲。

霞島飛瓊

海上仙山湧翠鬟，流霞淡蕩露漙漙。瓊華三島春狼籍，時有飛泉響珮環。

樹德松濤

萬壑松風湧翠濤，千巖飛雪度江皋。遊人載酒春如海，何處吹笙醉碧桃。

棲雲榕蔭

喬木淩雲積翠華，濃陰滿地護琪花。瑶池石上開圖畫，玉宇瓊樓不必誇。

蓬壺仙徑

岧嶤仙徑接雲霄，誰馭飛廉上鐵橋。東去扶桑應不遠，石門烟鎖自迢迢。

紫洞禪房

西竺傳經海上來，禪房經藏共徘徊。不知飛錫遊何處，薝蔔花香月滿臺。

臨壑荷香

香風藹藹日晴和，十里紅蕖蘸碧波。瀝水湖邊長載酒，月明猶聽采菱歌。

方塘魚躍

一鑒方塘沁碧漪，潛鱗游泳見真機。悠然莫道魚非我，此樂莊生共得之。

杯峰浮玉

孤峰秀出七巖東，突兀平川蕩漾中。銀海光浮金菡萏，冰壺冷浸玉芙蓉。

天柱流虹

巖高天柱玉嶙峋，碧渚如虹繞漢津。剩有桃源在深處，帶花流出武陵春。

仙掌秋風

秋空仙掌現雲端，疑是金莖捧露盤。月出明珠懸玉腕，西風吹影逐飛鸞。

閬巖夕照

洞門深鎖瘴烟收，斜日蒼茫紫翠流。千里空明頻入望，平原芳草暮雲浮。

阿坡泉湧

藥室瓊房邐迤開，横空蒼翠自崔嵬。石泉湧出如飛練，萬頃黄雲染緑苔。

石洞雲封

千尋怪石自崆峒，鐘梵時聞烟靄中。欲向叢祠訪神女，洞門回首白雲封。

玉虚宫

玉虚宫殿鎖崔嵬，石磴棱層峭壁開。波漾琉璃環漢渚，山横翡翠接蓬萊。琪林風細香烟嫋，碧落雲深劍影猜。笑指丹厓尋羽客，桃花流水自天台。

天柱巖

維石巖巖聳太空，擎天柱在粤之東。高於衡嶽三千丈，秀出羅浮四百峰。山戴金鼇環碧渚，泉流玉蝀繞珠宫。巨靈此峙原深意，欲鎮炎荒壯九重。

棲雲亭

亭下波光緑染苔，亭前山色翠成堆。蜃凝樓閣空中見，鼇駕蓬壺海上來。瑶草日隨鍾乳長，琪花秋

傍石闌開。道人鐵笛吹楊柳，冉冉香風落酒杯。（以上明郭棐、清陳蘭芝嶺海名勝記卷一四）

謁伏波廟

祠堂鬱鬱鎖煙蘿，憶昔英雄馬伏波。銅柱勒名留越絶，樓船兵甲下牂牁。讒叢薏苡黄金鑠，寵盛椒房白玉訛。一笑東平恰畫像，雲臺公論意如何。（民國海康縣續志卷三八）

（陳永正整理）

黄器先

黄器先，翁源人。明世宗嘉靖年間至明神宗萬曆年間人。少時從黄佐學，有文名。曾任建寧訓導，旋歸隱山間，絶跡公庭。著有兩京賦、儒頤集。清道光廣東通志卷二八九有傳。

游南華寺

名園縹緲尋給孤，韶石磊落似硨磲。靈鷲寶林皆飛走，西域天竺東來儲。刹土毫光萬里照，雁蕩靈湫寓梵書。韶州之北舜張樂，韶州之南佛結閭。白象轔囷獸蟠地，朱門灼爍金為居。香藤古樹曹溪口，美室良田鷲嶺初。諸天高閣鳴鐘磬，半夜長廊擊木魚。累朝受敕帝為護，八聖延光皇作譽。法寶螭文首天語，虞書周誥錫當宁。眷茲大鑒屬全智，故來一人謂起予。況今紛紛學孔輩，視為月窟奔蟾蜍。闕里沙門道非隔，南華東魯近通渠。三千萬憶周儒釋，縫掖袈裟互卷舒。杏壇菀茂當蘭若，作禮威儀比曳裾。小子何當來懺悔，跏趺踧踖復與與。嘆息孔廟蔑由至，遙瞻曲阜帝農墟。（明郭棐、清陳蘭芝《嶺海名勝記》卷一一）

（陳永滔整理）

九仙山

昔年去看山，手扳萬仞如飛猿。今年去看山，循循咫尺如蚰蜒。彭殤老壯真倏忽，安得在世常酡顏。武彝天壽皆往昔，九仙戶牖反泫然。爲因茲山稟神秀，天池絕頂吐涓涓。昆侖瑤池此滲液，星宿下注基流元。腴田繪地來灌溉，琪枝琳草殊翩翩。高比泰華耀南極，俯視南溟如杯盤。九仙列坐九拳石，團團似挹池之邊。樵豎相傳每如此，名稱至今雄九仙。青龍玉華皆子姓，神姿異骨得奇權。上游飛馳作門戶，廻環百里分牆垣。日月風雷悉經此，飛魚宿豹藏般般。昔年宅兆居其下，嘗欲祭海先河源。偶修郡志乃搜入，招提亦與記靈園。靈臺靈沼半天上，巖薜畏忌勞間關。非疑四愁在此處，何因平子發之嘆。蓋由宿昔好奇勝，功名不慕慕遊山。襄陽冠蓋不願往，願從龐公采藥還。而今老病在山下，抱朴松風聽之閒。簾泉石樓不可到，安不淚下如流泉。於戲，天地可望不可即，謾期兩腋習習生風翰。

玉華山

玉華山如玉笋開，屋連華蓋張三台。道士開壇禮北斗，九仙嶂下訇清雷。是時玉皇正宣敕，命我老人壽南極。茅屋不驚風雨來，子孫長大貢天稽。

青龍山

青龍山前山似園，渾如八陣開旌旛。孔明久在隆中卧，水口有山如虎邏。日日看山烟霧中，又如獅子舞春風。滾滾抛毬何處去，觀君恐是天邊御。

羊徑

羊徑腸應曲，行人大不寧。膽礬來鴨綠，鐵寶閃銀青。雜樹雲依密，洪崖水自零。此中聊可慰，瀟灑得林坰。

太平寺

吾亦久遺榮，東林浹素襟。支雲天煉石，秣馬客鳴琴。面寺開三徑，頭陀共一吟。不妨來信宿，自是武陵尋。

書堂石

數里飛湍似呂梁，梁山之上讀書堂。秋來江色流黄葉，雨後人家住碧湘。中古有音傳姓字，少微無恙樂虞唐。踏歌野服看瀏鶒，雙聚雙飛亦雁行。（以上清嘉慶翁源縣志卷九）

登高峰遠眺

雨溪雲碓雜村春，萬頃腴田綠海中。絕頂日晴堪野眺，稻粱餘粒落征鴻。（黄志輝、龍思謀編粤北歷代名人詩選）

（史洪權整理）

唐臯

唐臯，樂昌人。明嘉靖間任儋州吏目。事見清道光廣東通志卷四一。

象山

象山巍巍高萬仞，元氣獨鍾天地正。下盤厚土上摩空，翠壁丹崖相掩映。長松古柏森且稠，琪花瑤草無春秋。層巒列嶂走雲氣，壯觀東南百二州。行人翹首勞雙目，縱有丹梯敢輕蹴。除是神仙有羽翰，飛上山巔看海旭。谷中流泉清不污，其中乃是蛟龍都。龍兮一出作霖雨，遂令四海無焦枯。衡嶽相望僅為伍，始信東山能小魯。矻然一柱擎蒼天，天下仰瞻今又古。（明鄭維新纂惠大記卷六）

（呂永光整理）

楊維震

楊維震，字孟起。香山人。明世宗嘉靖間監生。選授福建沙縣縣丞。嘗及黄佐門，与修邑志。清光緒香山縣志卷一三有傳。

仁山書院爲鄧侯賦

白鹿真傳萬象收，仁山屹屹壯觀遊。昌期今啓人文地，間氣時鍾海上洲。四壁靈圖常作錦，千巖珠樹匝成丘。公餘正可觀青史，猶報丹書下鳳樓。（清黄紹昌、劉熽芬香山詩略卷二）

（史洪權整理）

胡所思

胡所思，三水人。明世宗嘉靖間貢生，官知縣。事見清嘉慶三水縣志卷九。

集郭夢菊膳部席上賦此

淡日天初曙，晴烟逐馬來。鳥啼山谷應，雲去洞門開。談笑收金甲，烟霞入酒杯。夕陽人影亂，春色一時回。

碧山溪徑靜，見月自徘徊。洞裏寒梅落，樓頭短笛催。紅塵江北去，孤雁幕南來。芳草庭前綠，惟餘滄海隈。（明張邦翼嶺南文獻卷二七）

廷試早入左掖

左掖廊回月轉西，露華猶浥報晨鷄。香浮御宇朝儀肅，花映宮袍舞蹈齊。鳳署弘開翻玉檢，霓旌遙引控霜蹄。謬慚執簡螭頭下，對罷天門日未低。

和賈舍人早朝大明宮

紫宸初啟碧天長，鵷序瑤階曙色蒼。拜舞衣冠瞻舜日，昭回文物煥堯章。光生寶扇分鸞影，烟裊金爐燃獸香。共際明時諸宰輔，五雲深處侍天王。

贈徐合川南歸

憶昔西城少小時，相看華髮漸成絲。荒村覽勝曾聯榻，上國觀光喜共馳。鄉緒幾隨流水去，別情都付酒杯知。臨歧未得同歸棹，把袂殷勤一賦詩。

詠白鶴花

白鶴花開八月秋，冰姿雪質玉雕鎪。聯芳宛若排雲雁，翔集還如戲水鷗。華表乍歸霜皎皎，青田無夢夜悠悠。烟花嫩逐揚州去，飛向琴堂伴客遊。

午日同黎惟敬泛舟

暑雨初晴夏五辰，買舟沽酒穗城濱。停橈漫泊珠江曉，彈板高歌玉樹春[一]。竟日遨遊經別墅，凌風搖曳過通津。碧花細柳盈歸路，盡屬扁舟適意人。

［一］彈板，清溫汝能粤東詩海卷三三作「擊汰」。

夜坐有懷仰川並寄二弟

靈洲祖席重離群，秉燭狂歌酒半醺。天地還誰知此意，江山嗤我負斯文。懷君夢繞三江月，憶弟情依五嶺雲。南首北馳無限意，岸梅汀柳共欣欣。

見葉落有感

庭樹涼侵昨夜飈，曉來落葉響蕭蕭。梧桐影裏隨風舞，萸菊香中帶雨飄。黄墜已憐翻短砌，綠陰無復上柔條。挺然歲晚看松柏，獨抱寒芳未易凋。

和黎瑤石寄懷

玉樹璚花碧徑長，武陵人遠憶仙郎。孤軒對酒情愈重，四月尋春花更香。寂寞不堪欹北枕，穠華疑是近東皇。飄飄幾度關城月，兩地相思各一方。

早春

每愛春來便浩歌，芳心其奈異鄉何。數莖短髮閒中理，三載長安夢裏過。寒谷暖回梅影瘦，霜臺春靜鳥聲和。東風吹起豪遊興，何處亭階月色多。（明張邦翼嶺南文獻卷二九）

華巖洞

華巖仙去不知年，俠客來遊意惘然。流水桃花俱幻蹟，空餘芳草碧連天。

對花

南浦枝頭花正明，北窗樹底散群英。花開花落尋常事，肯信東風亦世情。（明張邦翼嶺南文獻卷三一）

（楊權整理）

梁沛

梁沛，高要人。明世宗嘉靖間貢生，官寧州同知。清宣統高要縣志卷一八有傳。

簡水南黎伯亨

一島清風接海霞，水南風景最堪誇。上籬薯蕷春添蔓，繞屋檳榔夏放花。獰犬入山多鹿豕，小舟出港足魚蝦。誰知絕島窮荒地，猶有幽人處士家。

二月宿小圃山家用唐韻

提筐我入採山芝，正是春分二月時。澗草雨餘浮綠遠，巖花風軟送香遲。緣崖躡屐探奇崛，坐樹斜身憑曲枝。暫借此中閒數日，鹿麋不是老相知。（以上明張邦翼嶺南文獻卷二九）

（楊權整理）

黄鑑

黄鑑，德慶州人。明世宗嘉靖間貢生。官福建按察司檢校。事見清光緒德慶州志卷一〇。

頌陳淺泉擒寇

海龍快馬兩渠魁，南北郊原盡爐灰。中夜千巖冤鬼哭，三秋萬井野棠開。一從奇計殲元惡，笑踴長歌滿釣臺。五六年前兵未動，痛思夫子不重來。（清乾隆德慶州志卷一八）

（呂永光整理）

梁崖

梁崖，號鶴洲。德慶州人。梁全七世孫。明世宗嘉靖間貢生，任永嘉縣丞，署縣事。及解組歸里，郡乘湮沒，搜集各志，重纂修之。年八十三卒。清光緒德慶州志卷一一有傳。

上凌軍門大征德慶兩山平

握符誰獨秉先憂？萬里□□駐□陬。節鉞喜逢經國老，干戈□吊泣原幽。即看執馘歸芹□，未□降旛出石頭。今日乾坤憑再造，千年遺頌在蘇州。（清乾隆德慶州志卷一八）

（呂永光整理）

陳大政

陳大政，德慶州人。明世宗嘉靖間貢生。官湖州教授。事見清光緒德慶州志卷一〇。

上凌軍門大征德慶兩山平

璽書特授為分憂，十萬天兵下粵陬。制閫權宜鈇鉞重，運籌機入鬼神幽。平猺頌滿蒼生口，啟邑功高錦石頭。萬里山河如帶礪，千年屏翰壯南州。（清乾隆德慶州志卷一八）

（呂永光整理）

黎鎰

黎鎰，廣東德慶州人。明世宗嘉靖間貢生。官永州教授。事見清光緒德慶州志卷一〇。

挽陳衍死敵

少年長抱請纓才，舞劍鳴弓出草萊。銅柱自期軍業建，轅門誰料將星頹。半千部曲生逾壯，一寸丹心死不灰。悵望雲臺空一夢，英雄千載有餘哀。（清乾隆德慶州志卷一八）

（呂永光整理）

謝維申

謝維申，德慶人。明世宗嘉靖間貢生。官古田教諭。事見清光緒德慶州志卷一〇。

錦石撐空

崚嶒柱石聳雲巔，撐住東南半壁天。錦障化為虹氣去，年年春裏百花鮮。

西灣漁唱

晚風潭水靜悠悠，漁艇閒横對白鷗。醉把滄浪歌一曲，滿江明月渚雲浮。（以上明嘉靖德慶志卷七）

（吕永光整理）

蘇恩

蘇恩，陽江人。明世宗嘉靖間貢生，官南平知縣。事見民國陽江志卷三六。

王宗伯偕遊翠巖亭二首

巃嵸迴合引丹梯，蘚蝕蘿懸紫翠迷。自是春卿能選勝，摩崖天畔紀遊題。

傍石穿林好卜居，十年蹤迹倦遊餘。此身合寄青山傲，靜看巖雲自卷舒。（民國陽江縣志卷三六）

（史洪權整理）

梁可基

梁可基，三水人。明世宗嘉靖間貢生。官福建將樂縣主簿。事見清嘉慶三水縣志卷九。

動星隱釣西南沙

藍川流水杏花初，城市心塵肯到無。箬笠簑衣煙雨去，老翁依舊一狂奴。（清嘉慶三水縣志卷一五）

（吕永光、張玲整理）

鄭敦復

鄭敦復，萬州人。明世宗嘉靖年间貢生。任福州通判。事見清道光萬州志卷二。

銅鼓嶺

銅鼓經埋訝許年，誰人指在此山前。山峰得此應名世，何似相忘混沌天。（清道光萬州志卷八）

曾唯

曾唯，字原魯，號約庵。海南臨高人。明世宗嘉靖間貢生。授廣州府訓導，陞徐聞教諭。編有志稿。清道光瓊州府志卷三五、光緒臨高縣志卷一二有傳。

（陳永正整理）

浴日亭

海外塵區別有天，依稀蓬島落黄灣。滄溟萬里開金鏡，羲馭孤輪湧雪山。曝背未能酬壯志，望洋端可洗衰顔。登亭漫興渾無際，極目扶桑指顧間。（明郭棐、清陳蘭芝嶺海名勝記卷五）

（陳永滔整理）

王祖

王祖，番禺人。明世宗嘉靖間贡生。事見明郭棐、清陳蘭芝嶺海名勝記卷五。

西郊浮邱寺觀午時蓮

君不見圖澄幻術施奇咒，鉢底花開頃刻就。又不見靈徹雕鏤運匠心，滴滴含風催玉漏。須知巧極是人工，何如武夷曲澗東。機緘未易向人啟，芳心纔吐日當中。白如冰玉小如指，葉罕根浮坭不滓。君平賣卜正垂簾，黑甜夢破人方起。我聞地支之數午為陽，陽舒陰慘本其常。又聞五行之位午屬火，水生火發奚不可。太息濂溪空注圖，二五精蘊發所無。此花獨稟天地正，作說不及胡為乎。白晝已過陰霾沍，皎皎澄懷終莫吐。從來顯晦貴因時，肯與木槿爭朝暮。吁嗟堯階蓂莢又何年，晦朔不爽至今傳。我欲移根歸太液，重華相映際中天。其英日旦則出水面，當午則開，過午則合，縮下水底。竟日而觀，乃見其靈。（明郭棐、清陳蘭芝嶺海名勝記卷五）

（陳永滔整理）

陳宏乘

陳宏乘，南海人。明世宗嘉靖間貢生，官善化知縣。事見清光緒廣州府志卷五〇。

遊浮邱呈趙太史

芳郊十里帶溪山，仙吏情兼水石間。詎但丹砂垂世外，卻移玄圃在人間。平蕪莽莽孤烟斷，落日蒼蒼獨鶴還。何事桃源重借問，暫來此地遠塵寰。（明郭棐、清陳蘭芝嶺海名勝記卷五）

（陳永滔整理）

王震

王震，號陽川。澄邁人。明世宗嘉靖時人。以子贊襄贈文林郎、大理寺右評事，加贈儒林郎、大理寺右寺副。事見清光緒澄邁縣志卷八。

文裔龍泉步知縣秦志道韻

社延一脈五龍泉，飛漢神龍不及眠。要作雨霖蘇六合，此泉應占百泉先。

瑞椰樹分三幹並起結實古未有也

椰樹由來是直生，云何創見突三莖。昂霄競彩侵雲綠，參漢連科弄月明。南北揚華都挺秀，春秋舞幹總奇青。更欣結果齊珠綴，一路添株聳太清。（以上清光緒澄邁縣志卷一一）

（陳永正整理）

徐士唐

徐士唐，清遠人。贈評事。事見明張邦翼嶺南文獻卷二九。

題飛來寺

凝碧灣頭艤釣船，捫蘿凌絕訪諸天。晴暉忽散千峰雨，虚谷惟聞百道泉。唐宋碑殘思幻跡，禺陽仙化是何年。登臨便欲離塵網，卜築幽棲學問禪。（明張邦翼嶺南文獻卷二九）

（楊權整理）

朱士諒

朱士諒，字少貞，一字方池。清遠人。明嘉靖年間人，秉性豪爽，知兵法。與海瑞、葉夢熊、楊起元諸公善，卒年六十七，有康爵堂詩草。民國清遠縣志卷六有傳。

七星巖紀遊

粵嶠多名勝，不能以縷指。或巨麗深秀，或幽峭奇詭。何如茲定山，其怪乃至是。噓嗟乎巨靈五丁别想頭，鏤取山骨非人謀。玲瓏突兀插天矗地起，上符七曜供戲遊。撐以千尋百尺之玉柱，浸以瀝湖霞島之積流。積流之外石為屋，見人攫起老蝙蝠。斷厓垂絕箭括開，列炬褰裳駭心目。瑤砌璇房處處逢，芝鸞幢佛形形足。僧言窅幻尚無窮，呼將刳木過湖東。入眼奇蹤移棹失，但聞石鼓聲逢逢。奮鬣伸縮陟窄嶺，恍疑城闕雲棧高穹窿。飛鳥邅迴不敢度，我獨長嘯凌罡風。遥睇瓊厓波似掌。北斗昭回雲漢中。日華倒影金暈浮，蒼梧嵐瘴消空濛。浪言列宿隕地幻為此，將無唐突老碧翁。總憐海徼炎方僻且遠，點綴別役神鬼工。為問登臨觴詠客，幾人蘇李嗣芳蹤。（明崇禎肇慶府志卷四五）

（李永新整理）

全粵詩卷三九一

張佃

張佃，原名侁，字勤夫。順德人。明世宗嘉靖間諸生。著有石林清嘯集。清溫汝能粵東詩海卷三三、清咸豐順德縣志卷二四有傳。

邊上

夜夜三邊動鼓鼙，遼陽烽火達關西。風吹馬勒寒初起，塵暗龍城日未低。原上飢兵攢草臥，磧中新鬼望鄉啼。李陵一去胡天渺，愁見黃雲鎖泼溪。

蓮港夜泊

港口維舟正落潮，北風吹雨夜蕭蕭。故鄉此去三千里，歸夢不知江水遥。

茅齋

茅齋掩映横塘曲，樹隱朝烟鳴野犢。丈人睡起忽開門，細雨無聲春草綠。（以上清梁善長廣東詩粹卷五）

梁汴

梁汴，字宗望，號黃洲。東莞人。明世宗嘉靖年間諸生。湛甘泉弟子。著有黃洲集。民國張其淦東莞詩錄卷一三有傳。

江村春興二首

寂寂桃花峽，柴門隱士家。繞墻多蛺蝶，狎岸半魚蝦。地僻多栽竹，園肥可種瓜。春晴初倦讀，策杖課桑麻。

緩步臨江岸，徘徊憑古榕。天空疏鳥度，磯滑篆苔封。野艇同孤棹，斜陽掛遠峰。豪歌誰和答，隔浦有漁翁。

登西樵山

層巒疊疊拂流霞，步上名峰石徑斜。沾袂飛泉千點雪，媚人沿澗四時花。山腰嵐鎖雲根笋，竈底烟烹鐵鼎茶。指點平原天地闊，傍林茅屋幾人家。（民國張其淦東莞詩錄卷一三）

（楊權整理）

蘇尚勸

蘇尚勸，字惟相，號麗明。東莞人。明世宗嘉靖間諸生。事見民國張其淦東莞詩錄卷一三。

送徐海石侍御還京

起草明光日月懸，翩翩金馬又長安。一天甘雨春同煦，載道清冰夏亦寒。萬斛才華觀補袞，百年交誼慶彈冠。鳳池此日虁龍集，麟閣勳名取次看。

贈王赤玄

荏苒青絲倏已皤，久拚蹤跡寄烟蘿。臨流剩有觀魚樂，對酒能無擊缶歌。花發篁園推健筆，月明池館舞輕羅。槐陰深處荷香細，一曲薰絃興轉多。（以上民國張其淦東莞詩錄卷一三）

（楊權整理）

李秉徵

李秉徵，字子庸，號巽川。明世宗嘉靖年間諸生。民國張其淦東莞詩錄卷一三有傳。

經謝石滌宅

嘆息君家十二樓，樓中歌舞不曾休。好花三徑相援引，美酒千杯迭獻酬。一自昆明遺劫火，遂從南阮學清流。琴棋徹夜無冬夏，燕雀中庭任去留。

別顧白湖

行色匆匆冒曉風，縶維無計挽青驄。回頭易水驪歌迴，極目吳山馬首東。兩地春愁魚噴浪，一天秋思雁橫空。無端莫道陽關曲，添惹微霜入鏡中。（以上民國張其淦東莞詩錄卷一三）

（楊權整理）

李秉鈍

李秉鈍，號篁厓。東莞人。明世宗嘉靖間諸生。傳見民國張其淦東莞詩錄卷一三。

送劉掌教歸閩

先生何事遽嚴裝，芹泮陶成兩鬢霜。三載雁稀鄉夢遠，千江楓葉客思忙。登庸已謝巖廊想，餞別誰遲驛路觴。滿地離情題不盡，翩翩雲翮向扶桑。

和侍御鍾心渠

正色霜臺羡國華，廟堂憂急愧匏瓜。禁中午夜寬前席，海内文章仰大家。漢節雅宜推攬轡，楚歌誰復擬傳芭。數回夢到書帷地，何日從容話五車。（以上民國張其淦東莞詩録卷一三）

（楊權整理）

李時郁

李時郁，南海人。明世宗嘉靖年間諸生。事見明郭棐、清陳蘭芝嶺海名勝記卷三

海珠

雙舄凌風海上山，空中樓閣有無間。清秋擊鼓馮夷舞，白日弄珠神女還。淡淡雲霞懸寶地，泠泠鐘磬出人寰。塵心自覺銷來盡，共擬移尊更一扳。（明郭棐、清陳蘭芝嶺海名勝記卷三）

遊小金山

夢入虎溪東，宛然見遠公。雲邊思馭鶴，天外憶飛鴻。不啟琅函秘，無由誤法通。禪心不可得，秋月湛波中。（明郭棐、清陳蘭芝嶺海名勝記卷四）

（陳永正整理）

泛月入羅浮

星槎秋杪泛銀河，千里羅浮一夕過。獨倚西風吹玉笛，碧空涼月萬山多。

麻姑峰

朱明洞側挺孤峰，黛色為眉玉作容。山上儻趨王母宴，朝來雲雨定乘龍。

飛來峰峰下多五距鳥

耀真曾此聚群仙，誰似飛來七洞天。但說峰頭多異鳥，不知浮海是何年。

聚霞峰

五色山頭絢彩光，誰言天外即璇房。非窺漢殿求丹室，定向瑤池進壽觴。

黍珠庵鮑姑在此修煉

一庵深鎖鐵橋西，庵裏明珠似火齊。若向仙靈論仙事，鮑家丹女葛家妻。

列仙壇

咫尺高峰是太清，月明仙會宴瑤京。但從紫府窺直籙，不必人間留姓名。

鳳凰谷

岐山今在羅浮側，皇明恍與周齊德。為問西來鳥雙青，何似茲山禽五色。

青霞谷

巖前亂石本嶙峋，洞口桃花片片新。流水自鳴丹竈冷，餐霞難覓舊時人。

鐵橋

羅山橋水隔浮山，橋上群仙日往還。縱有飛泉流澗底，仙源那得到人間。（以上明郭棐、清陳蘭芝嶺海名勝記卷一三）

（陳永滔整理）

黃詔

黃詔，字天翰。饒平人。明世宗嘉靖間諸生。典教春陵上高鎮。晚年解組歸，三為鄉賓。清康熙饒平縣志卷八有傳。

題鳳埕八景

東環金石景

顧瞻日出岡之東，赤光電爍涵金紅。誰致赭糖同糞土，天教瓜子作崆峒。秋陽爍以真陶冶，漲海陶成臥紫龍。百鍊歸來未昏黑，還須坡老鬬雙峯。

南帶玉砂景

玉種移來到海□[一]，天然佳案在村前。高秋入眼飛瓊屑，盛夏湯蹄颺璧煙。午夜月明滿縠見，三春雨浣玷瑕鮮。門庭白面多和璞，得遇相知價倍償[二]。

西扃虎嶼景

躭躭雙獸出林形，浮渡灣門内地凭。風撼潮頭鬚吻白，月升海底爪牙明。舟無蹈尾知常避，人慣如毛探不驚。長嘯海天文炳隱，咆哮誰道食鹽聲。

北枕鴻山景

屏帳重重氣勢鴻，崑崙未上眼眶中。堯封保障方如扆，禹蹟刊隨彎似弓。鳳嘴有聲羞煮海，壺山沒石謾廻風。瀛洲東顧漳南路，北面維藩第一功。

古峯插斗景

卓卓凌雲勢迫空，孤高不與衆峯同。尖揮風雨魁星外，頂入東南斗柄中。近視高牙開大纛，遠瞻臣闕倚崆峒。一枝千古斯文筆，留寫封章獻九重。

碧海連天景

觀水東南到海濱，波瀾萬頃渺無邊。祝融一怒山飜雪，颶母初呈浪拍天。日落魚龍騰霧湧，夜沉星斗弄波妍。五湖縱闊難為水，笑卻精衛與血鞭。

嵐氣旋清景

自謫昌黎到海濱，振經消息嶽河新。村希青草休燒火，山減黄茅不避人。坤闢民生無夭折，風還海俗有精神。如今鄒魯中原地，不是當時五嶺民。

榕陰積翠景

喬木陰森聚國族，風韻依稀不記年。憩暑影明縈翠蓋，印沙葉冗步青錢。棲柯鳥隱窺蟬噪，敲石殘棋聽鶴眠。出地雲根當欹枕，羲皇人醉日中天。（清康熙饒平縣志卷二三）

〔一〕此句末字原空缺，疑為『邊』。

〔二〕儐字聲義欠允，底本如此，姑存疑。

（吕永光、張玲整理）

梁紹裘

梁紹裘，順德人。儲曾孫，孜子。明世宗嘉靖年間諸生。清咸豐順德縣志卷二三有傳。

初冬過訶林寺淨隱禪房

蓮社風流尚可尋，壺觴應擬就東林。旃檀歲久香猶積，薝蔔霜凋草半侵。五蘊盡從塵外斷，三車還聽夜來深。相逢更問無生偈，一臥青山任陸沉。（明郭棐、清陳蘭芝嶺海名勝記卷一）

遊海珠寺

何年棲覺樹，此地傲滄波。三悟超空界，群生溺愛河。石龍餘讚嘆，瑤島謾經過。何似心珠妙，圓明照大羅。

元夜命酌終南山水天煉師於海珠信宿賦此

共道珠江鉅且圓，何如罔象得遺玄。驪龍戲去浮波上，神女擎來獻佛前。屹立狂瀾標億劫，平開勝概入諸天。乾坤幻境渾如此，弱水三山恰並傳。

自性本來無執著，為仙為釋更為儒。乍看卓錫依珠寺，須信棲神上玉都。苦海波濤原浩浩，覺城色相本無無。大千世界河沙數，盡入如來一黍珠。

石龍浩劫度何年，島嶼中流別表天。燈火衝霄歡海若，星河留月醉神仙。國開極樂吾能到，夢入華胥爾覺先。一顆摩尼眇珠黍，三千世界本完全。（以上明郭棐、清陳蘭芝嶺海名勝記卷三）

小金山送黎秘書還朝

魏闕瞻天近，靈洲話別初。引杯蘭氣合，臨眺珮聲徐。雅韻端明在，高風秘閣餘。由來芳草意，掛席莫踟躕。（明郭棐、清陳蘭芝嶺海名勝記卷四）

（陳永正整理）

浮邱社懷趙太史

浮邱真境久堙蕪，古徑重開蔣大夫。樓挹山光臨睥睨，窗含靈氣接虛無。中朝大雅風流遠，千載高賢勝事俱。遂使至尊勞顧問，忍分廊廟與江湖。

白社孤樓引望頻，于今學士掌絲綸。洞雲尚帶宮袍色，峰日猶懸館閣春。鶴馭飆輪仙客迴，鑾坡天闕帝臣親。江南處處多芳樹，得似甘棠覆縉紳。（明郭棐、清陳蘭芝嶺海名勝記卷五）

過梅嶺

名相當年誰伯仲，杜房姚宋若為儔。韶陽俎豆瞻依切，唐代儀刑感慨收。功在梅關標絕巘，忠垂金鑒照千秋。古今嶺表多賢俊，請看南邦第一流。（明郭棐、清陳蘭芝嶺海名勝記卷一〇）

文筆峰

毓秀分明五指連，孤高雄峙斗牛前。詞臣視草金閨曉，學士封題紫閣年。述作千秋藏石室，崢嶸常日帶緋烟。非關夢彩方能賦，賡和長依尺五天。

金雞嶺

丹梯萬仞紫雲横，峰號金雞玉削成。似報陽烏昇海嶽，已知春色滿蓬瀛。恰隨威鳳儀虞世，不數靈祠祀漢京。太史只今調玉燭，山椒還見泰階平。

馬鞍岡

岐峰聯絡自依依，甲第連雲映翠微。名借玉鞍驂帝乘，勢如天馬犂皇畿。高瞻日馭朋三壽，近接房星御六飛。嵩嶽鍾靈申甫出，古今人物轉相輝。（以上明郭棐、清陳蘭芝嶺海名勝記卷一六）

（陳永滔整理）

梁子壽

梁子壽，南海人。明世宗嘉靖間諸生。

文筆峰

何年彤管插雲霄，域内群峰夜自朝。望去乍疑青玉案，坐來堪與赤霞標。春深雪穎流雲影，日下文光燭斗杓。一自長卿題柱後，千秋彩色滿岧嶢。

金雞嶺

翠削奇峰迥不倫，春深瑞色散嶙峋。晴瞻海外三山秀，俯挹天南萬户新。色借金烏開曉曙，形流絳幘報佳辰。誰言雄峙無長夜，特立蒼蒼捧赤輪。

馬鞍岡

迴壑雙巒迥自幽，天開形勝自南州。雕鞍似據風雷起，玉輦常依閣道遊。匹練熹微開日觀，長驅躞蹀向宸旒。從來渥水生龍種，石壟參差瑞氣浮。（以上明郭棐、清陳蘭芝嶺海名勝記卷一六）

（陳永滔整理）

張鳴韶

張鳴韶，順德人。明世宗嘉靖間諸生。

招隱

北風起高陵，商聲振林木。林木日蕭疏，曦陽照空谷。中有避世人，抗志守幽獨。蘭芷挹其芳，蘿薜裁為服。落葉滿山岑，飛溜鳴澗曲。遠契古人蹤，近想高士躅。抱膝苦長吟，玄機合淳樸。朱紱豈不榮，苟得非所欲。將遂從君遊，懼君不我足。願得挹餘風，四顧聆芳馥。

江行雜詠

崇山削千仞，江海邈已深。遊人千里道，回雪映高岑。遺餐感知己，一諾重千金。寒鳶據高樹，驚風遙長吟。笑我飢且拙，行邁多苦心。嘆息自悲傷，願托征鴻音。

孤松生廣陌，蕭瑟盤高枝。上垂百尺蘿，下瞰長江湄。迢迢經歲遠，鬱鬱凌霜姿。匠石去不顧，令人懷傷悲。感茲烈士心，遊行時苦飢。安得為君採，持作棟樑規。

君子有所思行

延佇長安陌，宮闕富逶迤。金張侈甲第，衛霍列鐘彝。笙歌恣遊獵，佳冶艷芳姿。千金遑自惜，飲博相追隨。羅綺遍衢巷，騶御滿江陂。秀美王家子，疏豪世祿兒。空囊從所好，罄產亦奚辭。榮華有代謝，勢位竟盈虧。回首惟塵蹟，歡娛徒暫為。無令嘆世者，嘖嘖動吁戲。

海珠寺

清津開水國，天際見孤洲。漫指羊為石，還看蜃作樓。波濤元浩劫，身世亦虚舟。坐久忘醒醉，漁歌幾唱酬。

四宇微茫外，中流勝可招。空臺留海色，斷口咽江潮。梵刹晴還濕，魚龍晚益驕。長風堪破浪，應任此身遥。

宿飛雲頂候日

嶽巘含蔥鬱，青搖海岱端。一真司佐命，萬古共巑岏。閶闔鄰朱鳥，烟霞駐彩鸞。日光懸景外，輪轉夜須看。

西樵山居雜詠

野外頻看竹，風前謾檢書。蒿深仲蔚徑，草帶鄭生廬。覓路時驚犬，沿溪想釣魚。登臨曾幾度，撫景更端居。

采石磯

錦石縈相帶，烟花翠欲圍。當關無戍壘，近水衹漁磯。王氣連丹闕，江光映紫微。萬年開泰地，曾記六龍飛。

金山寺

突兀中流處，孤標出上方。霜清江月泠，天闊隴雲長。詩罷重懷古，情深幾盡觴。恍疑塵世隔，終日渾微茫。

天外金為島，江中石作標。斷崖長繫舫，虛竇暗通潮。窗闢千帆下，雲深九派遙。禪關無彼岸，浮磬度青霄。

庾嶺張文獻公祠

嶺路崎嶇石磴危，高臺尸祝倚豐碑。機先蚤向胡雛辨，心事還從海燕知。一代直聲懸帝眷，千秋風度使人思。相看不為登臨興，繫馬松楸拜古祠。

白鶴峰蘇文忠公祠

名賢遺構倚江關，落日風烟幾愴顏。賜燭舊曾懸紫禁，謫居閒自老青山。朝雲一片豐湖斷，華表千秋白鶴還。剩有高臺供伏臘，依依攜手共躋攀。

厓門吊古

兩厓波蕩撼乾坤，龍戰曾看擁至尊。一日未亡猶正統，普天何處不中原。殘營尚帶孤棲恨，瀕海難銷報國魂。夷夏升沉還此地，萬山愁黛向黄昏。
行宫遥指隔彤扉，烽火狼烟滿翠微。一自舟師飛野燼，千秋陵谷鎖斜暉。蜃樓彷彿成宫市，鮫室淒涼瘞黼衣。英魄九原還戀主，相將猶伴白鷴飛。
陸沉宇宙一征航，瘴海微茫失大荒。南北有天皆死所，江山無地可興王。驚濤不斷千秋怒，沴雨頻疑六月霜。墨客經遊堪涕淚，招魂何處問巫陽。

白雲巖觀瀑

幾向雲中宿石巖，舊題苔蘚未全緘。坐看垂瀑銀成練，臥傍縈蘿翠作衫。塵外自應忘出處，杯流那更别仙凡。相攜此日還相賞，遥指江天問布帆。

贈陳太守于喬

朱輪晴擁海門烟，萬卉春光映綺筵。老閲歲華餘甲子，高辭神武自丁年。棠留南國堪垂詠，書著函關又幾篇。宅畔桃花非一度，孫枝應滿綵衣前。

送戚少保歸東萊

幾年憂國鬢成絲，漲海烟塵病不支。三至故應投織杼，千金何意泛鴟夷。生平意氣憐誰在，華髮勳名憶往時。莫以冥鴻興遠慕，鼓鼙今更重相思。

蓬萊高閣出風塵，萬里猶存報國身。貧去衹應憐燕雀，功成寧復問麒麟。將軍老計堪全勝，保相深恩是近臣。法網重傷文吏議，可堪烽火照三秦。

題楊山人隱居

棲遲晴色敞郊扉，杳靄流光接翠微。抱膝獨高梁父詠，灌園如息漢陰機。林間垂薜裁為服，谷口行雲曳作衣。試問紫芝當日事，肯輸裘馬故輕肥。（以上清溫汝能粵東詩海卷三三）

（楊權整理）

陳沂

陳沂，明世宗嘉靖間諸生。

遊小金山

超然屹柱漾中流，地勝林深景最幽。寺古脱凡多客到，僧閒無事與天遊。遠山晴樹千年景，活水長天一色秋。惟有坡翁常戀此，洞簫吹徹起江鷗。（明郭棐、清陳蘭芝嶺海名勝記卷四）

（陳永正整理）

李奇標

李奇標，南海人。明世宗嘉靖间諸生。

峽山飛來寺

維舟峽山寺，乘興陟高岑。四野風烟迴，千巖古木陰。清泉分別澗，幽竹坐鳴琴。上界人稀到，惟聞鐘磬音。（明郭棐、清陳蘭芝嶺海名勝記卷八）

（陳永滔整理）

譚清海

譚清海，字永明，自稱見日山人。東莞人。明世宗嘉靖初年嘗以布衣上十事於朝，不報。權貴令讀書中秘，固辭歸家。著有靈洲草詩。事見明郭棐、清陳蘭芝嶺海名勝記卷二。

白雲洞

西樵勝跡朝元洞，萬丈丹梯紫翠連。濯雨飛虹淩白日，干雲孤劍插青天。靈姬玉瑟秋仍響，仙客龍宮夜不眠。五百年來應有會，石門金簡向誰傳。（明郭棐、清陳蘭芝嶺海名勝記卷二）

（陳永正整理）

歐大章

歐大章，字經季，別署樵人。順德人，歐大任弟，人稱大歐、小歐。

秋日贈少芝還維揚

驅車重到廣陵城，莫道江南尚請兵。遥想隋堤楊柳色，微風披拂似相迎。

秋夜同諸子雅集城南樓因與少芝翫月分韻得東字

月曉樓頭起暮鐘，何來今夕五城東。酣歌擊筑心俱切，倚劍談天氣幷雄。砧杵萬家愁旅夢，鬢毛一夜感秋風。青衫十載慚吾拙，踪迹空憐過雁鴻。

贈李生北上

征帆朝發越江邊，離袂銷魂倍黯然。後夜家鄉明月裏，不堪翹首白雲天。（以上歐虞部集·都下贈言）

（陳永正整理）

夜泊海珠寺

野寺鐘聲接五羊，扁舟晚泊近僧堂。天空海闊孤鴻夜，煙暝猿啼幾樹霜。漁火乍明山月墜，征旗低拂海雲長。飄蓬歲晚猶爲客，何事天涯望故鄉。

晚由南濠出海珠

山城蕭瑟已深秋，旅客乘潮恣勝遊。千里青山霞外斷，半輪明月海中浮。蒹葭白雁迷寒渚，古木蒼煙隱郡樓。莫向溪頭問漁父，百年天地一虛舟。（以上明郭棐、清陳蘭芝嶺海名勝記卷三）

沖虛觀

十載名山結夢魂，璚房雲鎖舊苔痕。猿啼處處千山暝，瀑掛泠泠百丈翻。野鹿銜花時自獻，春禽繞樹夕猶喧。清尊豈倦登臨興，已結松蘿向給園。

白鶴觀

白鶴巘前紫翠重，短筇飛步躡仙蹤。垂蘿影落千尋壁，過雨風號萬壑松。玉液已消丹竈冷，金書猶記白雲封。淩霞一去空留舄，古木荒臺自暮鐘。（以上明郭棐、清陳蘭芝嶺海名勝記卷一三）

（陳永滔整理）

題近水園圖

浣花只在水雲村，近水園亭不閉門。何處客來堪策馬，一行桃柳入仙源。（廣東省博物館編廣東省博物

館藏書）

（陳永正整理）

梁以杞

梁以杞，號鶴林。東莞人。明世宗嘉靖間布衣。事見民國張其淦東莞詩録卷一三。

送叔壯安將軍戍守蒼梧

出戍蒼梧志略雄，少年期爾奏膚功。江頭折柳牽舟綠，峽内看花繞路紅。報國一腔身是膽，斷妖三尺氣如虹。秋來露下氛烟靖，晝捲旌旗唱海東。

李海雲先生小築新豐同社雅集各賦

南莊小築沛豐新，喬木堂高燕雀頻。亭外竹松供野色，雲中雞犬隔紅塵。樵歌歸唱山坡晚，社酒傳杯故舊親。謾説桃源風景異，花開長見萬年春。（以上民國張其淦東莞詩録卷一三）

（楊權整理）

劉志遜

劉志遜，潮陽人。明世宗嘉靖間人。事見清光緒潮陽縣志卷二二。

山中秋夜

洞簫聲動月明初，滿地清霜一草廬。白鶴飛來鳴夜半，不知身在紫霞居。

雙忠廟

睢陽一死重山丘，廟食千年鎮海陬。完節在天應獨付，英魂隨地可同遊。蕭蕭落木陰風起，黯黯寒雲殺氣浮。野老日來談往事，猶疑作客過中州。（以上明隆慶潮陽縣志卷一五）

（呂永光、張玲整理）

趙一誨

趙一誨，潮陽人。明世宗嘉靖間人。事見清光緒潮陽縣志卷二二。

三忠新廟

雙廟岧嶤不可攀，新祠高起並文山。三仁許國原同體，十載棲神共此間。儼見冠裳雲際落，翻疑劍

珮月中還。沁園況有留題在，續筆何人點半斑。（明隆慶潮陽縣志卷一五）

（呂永光、張玲整理）

鄭質夫

鄭質夫，增城人。明世宗嘉靖間人。事見清康熙增城縣志卷一三。

鳳臺涼月

練江蕭灑淨環城，鳳去臺空月自明。登覽每乘秋日霽，詠歌常揖晚風清。香消篆火添雲母，露濕琴書瀉水晶。歸客滿身花竹影，恍疑人世是蓬瀛。

曲水流杯

踏破蒼苔一徑幽，昔時曾有八仙遊。山中遺跡丹砂在，石罅通泉九曲流。清泚一窺毛髮動，流霞半酌羽觴浮。夕陽西岸催歸騎，勝境何妨一少留。（以上清康熙增城縣志卷一三）

（楊權整理）

黎民懷

黎民懷，字德乎。增城人。少工詩，與胡庭蘭多所唱和。應邑弟子員試輒高等，惟累困棘闈。因母久病，遂棄所學，遍訪岐黄家。有光靈軒集。清康熙增城縣志卷九有傳。

鳳臺涼月

憶昔臺端集鳳凰，至今遺跡仰高岡。一輪光溢瓊霜淨，萬籟聲稀白露瀼。天上靈娥原有藥，人間仙客衹分香。孤高不盡團團意，留照庭前菊愈芳。

曲水流杯

天懸幽澗落晴霞，幾度奔流傍石斜。列坐不煩將綠蟻，縈迴長爲送流霞。松陰滿席團傾蓋，風磴擎樽點落花。千古醉鄉原此地，未須楚水問胡麻。

白水丹丘

物外飛泉境最賒，羽人曾此事黄芽。爐經劫後無餘火，鼎落巖前有舊砂。雨過每藏瑤草澗，雲深不見赤松家。莫言遺世無消息，服餌年來似可誇。（以上清康熙增城縣志卷一三）

（楊權整理）

黄時俊

黄時俊，自號滌煩生。明世宗嘉靖時人。事見汪宗衍廣東書畫徵獻錄。

題顔宗湖山平遠圖卷

隱約沙明宿霧開，依稀樹斷白雲隈。水邊人自隴頭出，天際帆從山外來。（汪宗衍廣東書畫徵獻錄頁三）

（陳永正整理）

丁恒

丁恒，字守彝。東莞人。明世宗嘉靖間布衣。有菊莊詩集。民國張其淦東莞詩錄卷一三有傳。

詠柳戲贈任文甫

芳容濯濯出天然，每到春來卻自憐。處士門前斜帶雨，將軍營裏細含烟。柔條無力因垂地，飛絮多情欲上天。折贈行人離别後，不堪憔悴日三眠。（清梁善長廣東詩粹卷四）

送文可歸杭州

李君才華世希有，湖海清名在人口。連年蹤跡愛狂遊，馬蹄遍向天涯走。春風二月度鄱陽，買舟遠下南斗傍。筆床茶竈渾無恙，猶帶關前花雨香。我是烟霞舊時侶，鹿裘臥聽山前雨。出門正欲問荊州，人來又道君歸去。相逢不得敘生平，短歌欲贈難爲情。秋風吹雲浦樹碧，南雁叫月江蘆清。聞君家住孤山後，到家春色生衣袖。爲問林逋舊隱居，至今尚有梅花否。

送人歸錢塘

折盡長亭柳，條寒已不禁。涼風生海色，微雨淡秋陰。歧路空南北，浮生自古今。相逢即相別，何處寫遐心。

雲溪

聞道雲溪上，喬林翠拂天。鳥啼蘿徑外，花落石潭邊。雨歇黃精老，春深皂莢圓。高人高臥所，毛骨半成仙。

石㶇山

遙望平林曙色溫，淡烟新靄正紛紜。高低松竹陰相接，撩亂藤蘿暝不分。谷口行人衝霧出，林間啼鳥隔溪聞。不知初日散空翠，惟見青山生白雲。（以上民國張其淦東莞詩錄卷一三）

（楊權整理）

周訥

周訥，字次穎，號見石。東莞人。昌齡子。明世宗嘉靖間布衣。事見民國張其淦東莞詩錄卷一二。

新春次黄恪翁韻

謀身長以百年期，身外閒愁總不知。静掩重門惟聽雨，旋拈秃筆謾敲詩。鳥啼隔樹初調舌，花發當窗漸滿枝。笑對陽春歌一曲，深杯同樂太平時。

懶散何心與世期，春風先及野人知。千葩萬蕊都成趣，語燕啼鶯總入詩。風静捲簾看草色，日晴攜酒醉花枝。恣情遠逐遊蜂去，淺水橋邊緩步時。

答何竹牖中秋見懷

野興偏宜月色秋，開軒待月小遲留。肯教美景成虚度，正擬良朋共唱酬。舉醆但為文字飲，新詩都付錦囊收。坐深細聽殘更報，祇隔芙蓉水外樓。（以上民國張其淦東莞詩錄卷一二）

（楊權整理）

蘇應機

蘇應機，字汝慧，號蠣岡。東莞人。明世宗嘉靖間布衣。民國張其淦東莞詩錄卷一二有傳。

題波羅廟顯相達奚司空像

風萍浪梗總無涯，莫認歸帆望眼賒。萬國分封雖異域，一天同戴即為家。烟消黄木朝朝日，春好羅浮樹樹花。況荷衣冠更左衽，旅魂何必重咨嗟。

謁顔子心齋坐忘圖

不待披圖拜下風，心香久已炷爐烘。一絲堯舜千年派，盡在如愚兩字中。

始祖葬洋田瀝失其故穴今寢廟落成同衆書主感賦

一到洋田悵望頻，呆瞻曠野憶先人。乾坤更代英靈渺，風雨摧殘壟宅湮。膏澤遺留寧有既，松楸庇護竟無因。通天多少曾玄輩，祠寢年來賴一新。（以上民國張其淦東莞詩録卷一二）

（楊權整理）

楊王休

楊王休，南海人。明世宗嘉靖年間人。事見明郭棐、清陳蘭芝嶺海名勝記卷四。

小金山送蕭袒昆玉還朝

學士堂中挹斗杓，銀燈火樹燦春潮。江楓影合横孤鶴，海嶼雲閒徹洞簫。論舊一尊驚緑鬢，憂時雙

淚濕青苗。二難莫更嗟留滯，殿裹金蓮燭未消。（明郭棐、清陳蘭芝嶺海名勝記卷四）

（陳永正整理）

黎士瞻

黎士瞻，高要人。明世宗嘉靖年間人。事見明郭棐、清陳蘭芝嶺海名勝記卷五。

浴日亭

海不揚波上下天，八荒祥氣集黃灣。何殊日觀和仙觀，不減東山與泰山。隨寓眇躬皆樂地，但逢真境便開顏。徘徊笑倚闌干外，覽遍天涯海角間。（明郭棐、清陳蘭芝嶺海名勝記卷五）

（陳永滔整理）

唐守敬

唐守敬，番禺人。守勳弟。明世宗嘉靖年間人。事附見清道光廣東通志卷二七九唐守勳傳。

陳參藩曾侍御招同陳道襄郭篤周二憲副浮邱雅集

仙邱迤邐碧林隈，太史當年結社來。金液漸銷丹井在，彩虯新映畫堂開。千江月度朱明館，四座春

浮綠玉醅。誰似大夫能作賦，卻憐風雨更登臺。（明郭棐、清陳蘭芝嶺海名勝記卷五）

（陳永滔整理）

翠巖亭

尋盟逢妙躅，步屧過名林。鳥識初來客，雲窺獨往心。靈巖蒼靄合，古碣翠苔深。最是披襟好，攜觴得共臨。（民國陽江縣志卷一一）

（史洪權整理）

冼堯相

冼堯相，明世宗嘉靖年間人。事見明郭棐、清陳蘭芝嶺海名勝記卷五。

浮邱社集

勾漏移家憩此山，丹砂曾煉駐仙顏。聽笙卻憶千年幻，負局應憐一日閒。紫氣遙蒸龍獨遠，白雲長護鶴初還。投簪總為林泉癖，搦管猶慚見豹斑。（明郭棐、清陳蘭芝嶺海名勝記卷五）

（陳永滔整理）

厓山弔古

江南無地著征輪，痛哭秦庭合愴神。一水滄茫沈宋璽，千秋戎馬暗元塵。靈風尚湧厓門浪，戰血猶汙島樹春。百折愁腸傷往事，精忠千古自明禋。（清趙允閒等重修厓山志卷七）

（陳永正整理）

何即登

何即登，順德人。明世宗嘉靖年間人。事見明郭棐、清陳蘭芝嶺海名勝記卷三。

秋日集海珠寺

何處氛埃一點無，法堂清夜月明孤。磬聲喜得隨風度，僧伴非為避世圖。滄海微茫超上界，高樓縹緲即仙都。浮空出石靈鼉在，不必由來問賈胡。（明郭棐、清陳蘭芝嶺海名勝記卷三）

（陳永正整理）

和趙瀫陽太史答黎瑤石内史偕遊浮邱之作

行行出郭到邱中，舊路猶然一線通。鶴化不知丹竈冷，靈光常照碧池空。群公自是香山老，太史何慚司馬翁。授簡獨慚詩未就，片雲頭上雨濛濛。

古來謾道越王都，西有仙人宅一區。不問何年騎白鶴，空傳九節長青蒲。山中到客渾如夢，池上銜杯即泛湖。何幸遙隨清賞地，悠悠身世共三壺。（明郭棐、清陳蘭芝嶺海名勝記卷五）

飛來寺

隻身天地一虛舟，誰向風塵嘆敝裘。新月半懸孤磬夜，晚風遙傍峽山秋。無期白社頻呼酒，得醉青山且破愁。二十年前曾聚散，可堪吾道尚滄洲。

晚泊孤舟欲借眠，雙林秋色淨堪憐。歸猿洞照千巖月，夾水山開一線天。斗轉夜寒仙院外，尊移風動佛燈前。亂雞何處醒吾酒，忽見窗間雜曙烟。（明郭棐、清陳蘭芝嶺海名勝記卷八）

（陳永滔整理）

陳應昊

陳應昊，南海人。明世宗嘉靖間人。事見明郭棐、清陳蘭芝嶺海名勝記卷八。

飛來寺

七寶飛來紫翠間，薰風吹我此躋攀。諸天寒削千峰玉，一水光分兩岸山。丹竈烟消禪榻靜，石臺花

落鳥聲閒。相逢未得論招隱，暫憩山齋半日還。（明郭棐、清陳蘭芝嶺海名勝記卷八）

（陳永滔整理）

梁逢登

梁逢登，番禺人。明世宗嘉靖間人。

厓山吊古

玉輦南來戰血腥，茫茫滄海總凋零。怒濤似挾英魂奮，烈氣如揚帝子靈。山起暮雲空黯淡，天垂霪雨自沈冥。可憐景物非杭汴，厓上啼鵑不忍聽。（清趙允開等重修厓山志卷七）

（陳永正整理）

何歆

何歆，明世宗嘉靖年间人。事見明郭棐、清陳蘭芝嶺海名勝記卷五。

百花徑

誰種飛雲滿徑霞，四時香艷屬仙家。漁人不解尋幽勝，祇認陵原兩岸花。（明郭棐、清陳蘭芝嶺海名勝

記卷一三）

（陳永滔整理）

薛虞樸

薛虞樸，字舜徵。饒平人。明世宗嘉靖年間隱士。有聽雨蓬稿。清陳玨編古瀛詩苑前集有傳。

獨坐

獨坐掩柴扉，嗒焉已息機。交情嗟馬轥，生事嘆牛衣。汗漫從吾好，疎慵與世違。綸竿應伴我，隨分老漁磯。

元日立春書事兼懷所知

元日兼春日，今吾是故吾。乾坤雙短屐，天地一癯儒。農事驚將及，生謀笑轉迂。水西蓮社侶，誰爲問潛夫。

草堂初成郡中諸公枉顧

三徑幽棲小築初，春風吾亦愛吾廬。百年知已灌園子，半世生涯種樹書。委巷席門深結駟，山廚藜火薄烹蔬。年來中散疎慵甚，不學文園賦子虛。

除夕

一室寥寥書滿床，世人此夕苦紛忙。妻兒隨俗真堪笑，也掃空庭浣舊裳。（以上古瀛詩苑前集）

（楊權整理）

區必傳

區必傳，明世宗嘉靖年間人。

遊碧玉洞

杖策恣遨遊，相從在浚谷。洞口白雲生，天際巖如屋。瀑布掛崖間，飛空作碧玉。長似江流聲，還如烟霧簇。幽人獲其趣，仰臥觀不足。采彼澗中蒲，泛觴石泉曲。吹笙應空山，幽響恒相逐。往笑任所之，沿流攬秋菊。共唱紫芝歌，遙慕綺與角。（明萬曆廣東通志卷六五）

（陳永正整理）

黄嶅

黄嶅，明世宗嘉靖時人。

遊七星巖

北斗光芒跨彩虹，何時懸象洞巖中。天開金界流霞島，人對銀河步月宫。錯落珠璣聯玉乳，參差烏兔映璿空。盧生策杖殊無倦，采采芙蓉越水東。（明郭棐、清陳蘭芝嶺海名勝記卷一四）

（陳永滔整理）

陳晚成

陳晚成，明世宗嘉靖時人。

海珠石

泛廣倦邅回，陵高苦奔峭。江中得孤嶼，足以雄登眺。西睇蒼梧雲，東望羅浮嶠。遥天落峰影，遠水明殘照。五羊古都會，往事堪憑弔。中原時逐鹿，一隅常虎嘯。丸泥横浦關，左纛炎州徼。趙劉及何洗，異曲元同調。各自一時豪，寧貽千載誚。兹邱隔城市，興亡非所召。如何游衍地，繁盛乖年少。遺碑臥苔蘚，壁壘環頹廟。東風吹古臺，歸潮鳴石竅。觴詠對同人，臨流成一笑。驪頷君所探，魚竿吾欲釣。（明郭棐、清陳蘭芝嶺海名勝記卷三）

（陳永正整理）

陳惟順

陳惟順，明世宗嘉靖間人。

謁李忠簡公祠

一珠浮海濱，雙栢拂蒼旻。忠簡前朝謚，春秋今代禋。讀書驚澤國，諭賊救斯民。萬古芳聲在，應同宇宙春。（明郭棐、清陳蘭芝嶺海名勝記卷三）

（陳永滔整理）

馮樹勳

馮樹勳，明世宗嘉靖時人。

秋日集海珠寺

凝紫亭前江可憐，暫移官舸弄朱絃。西風蘆葦隔林鳥，秋水蒹葭何處蟬。孺子繫船吹宿火，漁翁拋網破暝烟。美人有約垂楊陌，吾欲停橈采木蓮。（明郭棐、清陳蘭芝嶺海名勝記卷三）

（陳永正整理）

劉雲鵠

劉雲鵠，字抗之。順德人。當為明世宗嘉靖時人。

龍江秋泊

淡蕩高秋暑氣清，停橈恰際晚潮平。風來遠樹雲無影，舟過前江岸有聲。霜冷獨嫌酒力薄，更深偏覺袷衣輕。悠悠夜思多無賴，臥看漁燈夢不成。

登紫雲閣

奇巖削碧出高岑，梵刹天開萬木森。落葉已封僧去路，棲鴉不動客來心。波瀾九曲當窗入，煙火千家即案臨。共向慈雲稽首罷，石臺安坐聽龍吟。（順德龍江鄉志卷五）

（陳永滔整理）

欽櫟子

欽櫟子，韓姓，佚其名。番禺人。韓上桂族祖父。事見韓節愍公遺稿卷末附錄。

甲午送族孫孟郁赴春闈

翹首鵬飛出故林，八千行色照江岑。青萍閃閃星霜去，老眼迢迢煙樹深。薊越風光殊兩地，寸分藜火值千金。不憂上苑無棲處，須慰蒼生引領心。（明韓上桂撰清嘉慶二十一年朵雲山房刊本韓節愍公遺稿卷末附錄家乘藝文）

（呂永光整理）

南海茂才

南海茂才，佚其姓名。明世宗嘉靖間人。事見清乾隆修潮州府志卷一七。

紫坡臺

乾坤隨處有書臺，到處無書眼始開。何似紫坡山裏好，主翁終日自歸來。（清乾隆修潮州府志卷一七）

（呂永光、張玲整理）

顧爵

顧爵，增城人。事見明嘉靖增城縣志卷八。

詠陳節婦

四月遺孤二十孀，女流仗爾振綱常。朱顏不競春前色，白髮猶凌臘後霜。月冷幽閨人寂寂，義横蒼漢氣堂堂。此心一醮貞明定，信有人間鐵石腸。（明嘉靖增城縣志卷八）

（吕永光整理）

張文沛

張文沛，增城人。事見明嘉靖增城縣志卷八。

詠尹烈婦

尹娘一死高如山，世婦聞之不汗顔。千古貞肝鐃鐵石，一團生氣炳金丹。啼鵑初歇雲横麓，吟鶴何歸月在闌。讀能誌文風拍拍，獨揮餘淚灑人間。（明嘉靖增城縣志卷八）

（吕永光整理）

全粵詩卷三九二

唐秩

唐秩，字水竹，號存吾。胄次子。為諸生時，異人授以道書，尤精符篆。會明世宗招方士，至京，授官博士，召入紫霄宮，號為『仙師』。隆慶初歸，卒於淮安。有海天孤鶴集。清康熙瓊山縣志卷九有傳。

唐秩詩以民國二十四年海南書局印海南叢書第三集傳芳集所收唐秩詩為底本，參校明陳是集溟南詩選（民國二十四年海南書局印行）。

自擬輓辭

聞道悔已遲[一]，枉生非我欲。奇志負初心[二]，介性那堪俗。父沒行無成，未能善式穀[三]。自知逆天命，九祖陷鬼局。抱此不測罪，雖生名更辱。願辭人世緣，甘心受地獄[四]。天憐此生念，魂托應有屬。懷哉五雲仙，視同真骨肉[五]。我願執其鞭，相隨捧馬足。委尸無輓客，有稿憑誰錄。錯箇好人身[六]，死生同促促。

［一］此句明陳是集溟南詩選卷二作『不道當早已』。

［二］負初，明陳是集滇南詩選卷二作「已負」。

［三］此句明陳是集滇南詩選卷二作「衹成散人獄」。

［四］此句明陳是集滇南詩選卷二作「甘受死獄毒」。

［五］視同，明陳是集滇南詩選卷二作「詩門」。

［六］箇，明陳是集滇南詩選卷二作「過」。

新婚別

人情濃交始，況兩俱少年。席同七尺軀，巹合百年緣[一]。尊嫜景臨暮[二]，雙雙坐堂前。看我兩人拜，一笑開春筵。一生無契闊[三]，誓如金石堅。豈知命途舛[四]，兵火三更顛。兒我顏色好，黑索苦相牽。一步一下鎚，迫我度山巔[五]。丈夫不忍捨，棄死走山纏[六]。又怕刀鎗兇，遠號盡一言。此情難話了[七]，瞑瞑東方天。滿目太平世[八]，干戈何慘然。人生情難制，矧乃並頭蓮。本是天生合，今為人事遷。此身雖去去，心内苦邅邅。若得數年好，此念亦少捐。不惜為君死，癡圖後會還。半壁初生月[九]，何夜重團圓。

［一］「巹」原缺，據此句明陳是集滇南詩選卷二補。

［二］尊，明陳是集滇南詩選卷二作「姑」。

［三］無契闊，明陳是集溟南詩選卷二作『契闊真』。
［四］命途舛，明陳是集溟南詩選卷二作『天命險』。
［五］度山，明陳是集溟南詩選卷二作『向遠』。
［六］此句明陳是集溟南詩選卷二作『拚死走相蹤』。
［七］難，明陳是集溟南詩選卷二作『雖』。
［八］目，明陳是集溟南詩選卷二作『眼』。
［九］初，明陳是集溟南詩選卷二作『朝』。

客夜

對客鳴琴罷，孤燈照寂寥。眼窮千里月，腸斷一聲簫。鏡裏人應瘦，秋邊客更焦。未除煩惱障，何處不魂銷。

宿虞洞舘和戴黄門韻

身世歸何處，行行趂曉鷄。客逢情上好，家在望中迷。有夢知花恨，無聊任馬嘶。自慚心未了，南北又東西。

晚坐

鷄棲斜日暮，犬吠噪鴉忙。酒醉詩魔壯，琴疎指甲長。春情憑夢了，野思為塵荒。獨坐青苔軟，無風心自香。

傷旱

龍懶誰鞭得，端妍肯借津。訟風文自巧，投魃話非真。火稻熟翻白，山花瘦更顰。銀河無限水，一滴不分人。

秋夜偶書

天氣重陽老，柴門菊未花。漏床多苦雨，村夜不聞笳。窗眼風來急，山頭月落斜。秋悲無奈處，又得數聲鴉。

觀盆中金魚

水浸玻璃界[一]，環生異樣花[二]。點穿青菱蔭，遊撥綠萍遮。細縠堆新錦，晴天散曉霞。可憐顏色好，不得大生涯。

［一］此句明陳是集溟南詩選卷二作『水放金銀界』。

［二］環生，明陳是集溟南詩選卷二作『僧棱』。

贈友人遠遊吳楚歌

我嘗欲入五雲中，身騎丹鳳乘黃龍，上天下地景無窮。西天謁佛祖，東海拜仙公。脱離塵世覽長空，約隨去問先天翁。誰知此身無仙骨，居焉仍在一畝宮。而今君向吳楚去，正是世界紛華處。江山第一放眼開，人間何物可着處，歸來共話無窮趣。[一]

[一] 此首明陳是集滇南詩選卷二作『我嘗欲向白雲鄉裏騎黃龍，遊遍上天下地入無窮。西天謁佛祖，東海拜仙公。回尋闕里見孔子，約隨去問先天翁，誰知此身如蛙在井中。而今君向吳楚去，正是世界紛華處。江山壯氣堪開眼，人間何物可著處，歸來共話無窮趣。』

直鈞吟

年來隨人釣溪側，終日不得箇魴鯽。特向漁翁問其然[一]，笑煞群兒還未識。人鉤曲，我鉤直。風鉤遇魚便可得[二]，直鉤空餌送魚食。及見玉川吟，古愚真我逼。我今亦欲打鉤曲，只恐傷魚口血出。

[一] 特，明陳是集滇南詩選卷二作『持』。

[二] 風，明陳是集滇南詩選卷二作『曲』。

壯遊嘆送陳彥弼舊友出遊避禍

眼界不開心胸寒[一]，腳跡不廣眼界窄[二]。自古賢聖與仙佛[三]，生來何曾戀家宅。天地生我本奇特，近年人事日蕭瑟。奇志汩沒頭低垂，自恨自壞將誰責。惜昔曾為公子行[四]，畫船簫鼓真煌赫[五]。紫蓋辟人無官職，方伯避車山道側。當時先君愛教我，名山攜我登覽星高摘[六]。可憐年少無知識[七]，江山妙處未曾得[八]。歸來胸中還馳憶，有時講論求精闢[九]。如今正欲出遊觀，堂前老母半垂白。勝境於人多逆格[一〇]，寥寥斗室孤吟客[一一]。琴詩一會只八人，惟好琴詩交不擇[一二]。有托而逃混下流，誰知威法相驚嚇。嗟爾為我家破蕩，欲向江山探奇跡[一三]。山中淡酒亦堪沽，路畔啼鶯空痛嘖。花嬌草軟滿眼明，詩媒何處非良策[一四]。君如浮萍無常跡，我似井蛙徒閤閤。人生行藏難自期，離合悲歡不定額。一曲離歌夕陽陌，停雲散盡驚秋色[一五]。

[一] 胸，明陳是集滇南詩選卷二作「腸」。

[二] 廣，明陳是集滇南詩選卷二作「多」。

[三] 仙佛，明陳是集滇南詩選卷二作「佛仙」。

[四] 惜，明陳是集滇南詩選卷二作「憶」。

[五] 簫鼓、煌，明陳是集滇南詩選卷二作「鼓角」、「華」。

[六] 此句明陳是集滇南詩選卷二作「名山勝槩携登摘」。

[七] 知識淺，明陳是集滇南詩選卷二作「無知識」。

[八] 未曾得，明陳是集滇南詩選卷二作「黑如墨」。

[九] 求精闢，明陳是集滇南詩選卷二作「精逸得」。

〔一〇〕勝境，明陳是集滇南詩選卷二作『介情』。
〔一一〕吟，明陳是集滇南詩選卷二作『狂』。
〔一二〕惟，明陳是集滇南詩選卷二作『只』。
〔一三〕探奇跡，明陳是集滇南詩選卷二作『縱落魂』。
〔一四〕媒，明陳是集滇南詩選卷二作『謀』。
〔一五〕盡，明陳是集滇南詩選卷二作『薄』。

走筆題友人笑遊海宇卷

笑大道，空難掬。笑人情，多反復。笑雲易散笑風狂，笑山巉巖笑水曲。笑花開落無定形，笑天西北有不足。笑地東南窪陷多，笑海翻波高過屋。笑月圓缺笑日陰，笑時無右分寒燠〔一〕。笑鳥飛鳴入羅網，笑魚泳躍遭罟毒。笑虎呈威白鹿吞，笑龍變化神能屈。笑佛有靈巧拈花，笑仙白日忙飛速。笑琴不遇知音人，笑詩未奇驚人目。笑醉不知雷雨聲，笑夢未了黃粱熟〔二〕。笑生祇為饑渴忙，笑死專聽妻兒哭。笑官憑法任重輕〔三〕，笑客爭逐圖酒肉〔四〕。眼前何事非可笑，笑老乾坤忘榮辱。君今避禍向遠行，朝笑遊兮暮笑宿。我今甘與世詼諧，欲笑不能常僕僕。誰能忘笑隨世緣，胡盧開口任窮蹙〔五〕。

[一] 右，明陳是集溟南詩選卷二作『事』。

[二] 自『笑虎呈威白鹿吞』至此，明陳是集溟南詩選卷二作『笑蟲自屈用求伸，笑龍变化有乖慾。笑犬吠雪亂倉皇，笑虎生威吞白鹿。笑草易生亦易萎，笑城有勢亦有覆。笑佛靈山巧拈花，笑我孔聖無閒躅。笑仙白日怪飛騰，笑煞王侯禍福酷。笑琴不遇知音人，笑詩未得驚人目。笑醉不知雷雨聲，笑夢未了黃粱熟。笑經妙竅多泄機，笑文錦繡偏碌郁』。

[三] 笑官憑法，明陳是集溟南詩選卷二作『笑法憑官』。

[四] 爭逐，明陳是集溟南詩選卷二作『甘言』。

[五] 此句明陳是集溟南詩選卷二作『胡盧唇嘴任青醭』。

答碧山陳翁夜談口號

月輪半璧向西斜，翳眼空中幾樣花。燈影無風偏自動，獨吟有恨為誰嗟[一]。碧山陳翁字號 春老開紅杏，孤鶴秩公道號 田荒餓白鴉。秋竹亂敲喧蕩甚，敢傳聲到老仙槎。

[一] 獨，明陳是集溟南詩選卷二作『虫』。

簡答吳瓊羅

秋花冬菊從何如[一]，署染狂風葉又疎。明日豈知山外暗，青松空向夢中虛[二]。半生未得消詩酒，千載誰為記毀譽。正愛江邊茸草厚[三]，得同麋鹿到華胥。

[一] 此句明陳是集滇南詩選卷二作『不花冬菊意何如』。
[二] 松，明陳是集滇南詩選卷二作『牛』。
[三] 茸，明陳是集滇南詩選卷二作『柔』。

答五羊梁存吾區白齋詩箋遂和原韻[一]

千里同心豈偶然，琴詩應許我隨肩。情如白雪宜三弄，眼見青山又幾篇[二]。明月精神無夢擾，浮萍身世任風牽[三]。何時茅屋煙霞裡[四]，磨劍歸來趁壯年。

琴詩原不浪浮名，千里無心得識荊。階上瑞蘭應有種，匣中寶劍尚能鳴[五]。斯遊在世真奇夢，何法於今可當情。髮白眼青天色好，江門秋月正空明。

[一] 明陳是集滇南詩選卷二題作『答五羊梁存吾區白齋簡來四韻』。
[二] 篇，明陳是集滇南詩選卷二作『聯』。
[三] 身世，明陳是集滇南詩選卷二作『造化』。
[四] 时、屋，明陳是集滇南詩選卷二作『能』、『斗』。
[五] 寶，明陳是集滇南詩選卷二作『老』。

答雙溪兄簡即步原韻

西郊有路透東郊，塵病情牽萬里遥。啼鳥不愁秋出院[一]，好風常帶水過橋。此時酒醉醒還夢，何處山堪漁更樵。夜半月明簾外坐，不知花影為誰嬌。

〔一〕秋，明陳是集溟南詩選卷二作『春』。

與知友看舊稿

生來事事可傷心，開口何曾有好音。自是不平方嘆息，休嫌未病學呻吟。玄猿叫月霜初冷，杜宇呼春血不禁。滿眼豪雄都得意，誰能為我淚沾襟。

病久與友人話舊

別後惟輪月到庭，酒妨多病得常醒。落花更覺傷春切，啼鳥那堪着耳聽。運去君能安困阨[一]，年來我亦歎孤零。一燈話舊渾如夢[二]，相對無聊尚眼青。

〔一〕安困阨，明陳是集溟南詩選卷二作『辭困廢』。

〔二〕話舊，明陳是集溟南詩選卷二作『舊話』。

客中七夕

昨夜江中雨洗車，夢回宫禁憶東華。化生盆裡曾留種，乞巧樓前未散花。烏鵲已成天上路，江山還隔海邊家。無情離別心何許，要借當年奉使槎。

過兄處陪李三吳四諸人即和原韻

昨夜春堂倒玉巵，詩歌奏出十分奇[一]。東風醉眼花偏好，明月看人酒更宜。自信生來惟愛笑，深漸夢裡未曾知。兄酬弟勸何妨病，今日重逢莫厭遲。

[一] 奏，明陳是集滇南詩選卷二作『湊』。

懷坡堂與僧半壁話步牛洲翁韻

塵裏浮生度歲華[一]，談禪半日見無涯。惟憑靜坐思三教[二]，每遇高僧話一家[三]。定慧不聞反舌鳥[四]，色空聊種佛桑花。雅知宋代東坡老[五]，午夜晴天吐彩霞。

[一] 華，明陳是集滇南詩選卷二作『槎』。

[二] 惟，明陳是集滇南詩選卷二作『愛』。

[三] 每，明陳是集滇南詩選卷二作『喜』。

[四] 反，明陳是集滇南詩選卷二作『搖』。

[五] 雅、宋，明陳是集滇南詩選卷二作『却』、『八』。

和月洞仙師韻寄僧無己[一]

忙裏偷生了未忙[二]，安心聊當眼前方。求仙已許飛騰藥，對佛專燒解脫香。卻恨此身真臭袋，不知何物是禪床。他年定作淮南犬，看守山門紫翠房[三]。

[一]　明陳是集滇南詩選卷二題作『奉和月洞仙師韻寄僧』。
[二]　此句明陳是集滇南詩選卷二作『未得偷生了此閑』。
[三]　山原作『出』，據明陳是集滇南詩選卷二改。

訪西埜兄樂耕亭竹下看奕即事西埜名郊，丘文莊公曾孫。

竹底圍棋看亦清，到人敗處也心驚。蝶隨香影忽飛入，鳥愛濃陰時宿鳴。飲酒舉杯應怯病[一]，倚欄無話不勝情。生來幸會豐年樂，一片黃雲接郡城[二]。

[一]　舉，明陳是集滇南詩選卷二題作『計』。
[二]　郡，明陳是集滇南詩選卷二題作『海』。

晦夜雙溪兄來訪和韻

獨坐山村一草亭，交窮更得性情清。敲門卻笑苔新破，涼夜何妨月未明。半世為多憑病懶，百年誰與了詩盟。相逢且拚燈前醉，身後寧知記姓名。

月蝕

團圓纔放此宵奇，誰解翻逢正蝕時。點綴未驚仙女夢，昏迷空障桂花枝。運衰多在清明世，身賤何須詭怪詩。從此不教情着我，任從歡合與悲離。

與友人乞素馨花

愛伴清香養此情，只因性懶卻空庭。帶長方繞紗窗草，水煖惟生石沼苹。琴韻淒清春有恨，花魂寂寞酒難醒。名園雨罷風光好，應許詩狂乞素馨。

詠窗前白鷴

不似虞庭錦様斑，也傳五德在人間。階前吸食苔千點，窗外啼晨月一彎。清色何曾沾雨露，短翰那得逐雲山。塵籠未脱渾如爾，卻笑雍陶起放鷴。

自詠海天孤鶴[一]

秋海霜天放眼青，雪衣丹頂破雲輕。緱山便欲辭塵世，華表寧堪寄好聲。赤壁夜深人未夢，沙場箭落客空驚。不知何日能歸去，直到珠樓十二城。

[一] 詠，明陳是集溟南詩選卷二作『笑』。

和行甫姪詠菜[一]

野花青青半頃疇，蝶蜂何故傍人遊。元都淨盡千年恨，老圃清香一味秋。嫩葉安排青玉案，新莖抽出白芽籌。咬根惟願汝知味[二]，百事如今愧未酬。（以上傳芳集·唐秩）

［一］明陳是集溟南詩選卷二題作『咏行甫侄菜畫』。

［二］惟願汝知味，明陳是集溟南詩選卷二題作『不負汪民甫』。

（梁基永、楊權整理）

代妓贈别歌

生别離兮情不禁，遠别離兮情更深。海門牽袂淚盈襟，有口難盡平生心。昔年春月滿窗紙，與君戲學鴛鴦侶。一盞孤燈照帷裏，話話歌歌終復始。如今冷落已三年，又泛潮頭萬里船。注目輕舟自翩翩，下有海水上有天。天難登兮海難測，海天透眼去無極。此心難说亦難識，甘逐馬蹄船柁跡。馬蹄船柁去茫茫，有夢恐不到君傍。潮增水兮雲遮山，憑誰為問飢渴寒。吁嗟人情難割捨，千句迴文亦難寫。雁得暖時向北也，秋涼還憶衡陽野。君情淡兮我情濃，未至絶兮還相通。中原花柳爭春風，一見未必心腸同。是我苦兮君亦苦，我憔悴兮君險阻。鷗鷺雙雙宿江浦，潮風帶雲雲帶雨。乞住蘭舟再一語，舟人不肯慢搖櫓。（明陳是集溟南詩選卷二）

（楊權整理）

全粵詩卷三九三

何其偉

何其偉，字麗充，號玄洲，番禺人。明嘉靖至天啟時人。約卒於明熹宗天啟五年（一六二五），年七十二。曾在廣西陸川縣任官。

何其偉詩以天啟富春令何其偉子所鐫明天啟版鷇音集（香港中文大學圖書館館藏孤本）為底本。

七十又二承陳太史及諸丈以壽文見贈賦此志謝

三萬六千去覺多，漫勞金馬譽情過。閒搔白首餐松柏，棲斷青山醉薜蘿。樗散逃虚淹歲月，琅函濯繡映江波。周游五嶽須長健，佇望雲霄聽玉珂。

初春感懷寄馬孟高社丈

臘盡年踰物候新，盈眸何處不風塵。滄波浩淼蛟龍鬥，野況優游鹿豕倫。袖裏書成愁雁鶩，樓頭吟望阻江濱。剡溪雪夜難乘興，暫折寒梅寄早春。

答黃卓表見懷之作

冬深客思轉蕭蕭，文苑書來破寂寥。劍倚青萍看斗極，詩成白雪傍雲霄。棲真津浦閒揮麈，寄傲蒲溪欲棄瓢。叔度風流思聚首，幾回扶策望征軺。

移居省城感賦一首

江村頻斥堠，避地且藏身。未必離鄉井，聊為出世人。望窮三島界，夢繞五湖濱。倘遇群真侶，相期共結鄰。

甲子元日宇亮孫入省枉集山館觀燈

山舘張燈夜，何來一俊人。金蓮初色艷，玉漏暮聲頻。社結枌榆舊，舟凌剡水新。平原歡聖酒，披豁任吾真。

送楊河泊赴任荊州遼府倉曹

首夏沿堤柳颺絲，送君歸去黯然悲。汪洋愷澤留心印，欸乃漁歌作口碑。珠浦雲開帆度渺，荊門路繞馬征遲。長裾莫厭平臺曳，何地經綸不可施。

謁林岳祖墳陳君以詩見投次韻答之

先代音容妥岳岑，白楊風颯轉蕭森。貽謀世澤年將遠，灑拂孤墳淚與深。繚繞兆阡連宅畔，蘢葱佳氣鬱山林。荀陳誼重干霄漢，白雪飛投見客心。

馬孟高將鄉旋偕法南禪師攜酒過別即席各賦一首

白眉詞客善談天，窮巷聯鑣共話禪。駘蕩情深珠海外，淋漓酒態杏花前。盃行席上搖青玉，雨足峰頭散綠烟。何物最爲關別恨，野橋殘月照清漣。

答寅漢侄孫九日登高見懷之作

遥傳高調復高情，隻字堪當十五城。歌罷牛山開罨畫，吟成戲馬鬥崢嶸。銜盃席上需陶子，落帽風前憶孟生。時事豈能搔俠興，定期春酒此同傾。

壽寅漢母八十一

中天列宿婺星明，玄女飛瓊寶座盈。十數孫曾迎鳳輦，三翻清淺看蓬瀛。頻傾玉洞萄爲醴，載嚼瑤池棗似瓜。聞道西王占女籍，相將雞犬問桃花。

次韻答李亮侯寓文康梁公祠左見懷之作

棲遁山門擁薜蘿，舊游離索悵懷多。珠投皛皛迴霄漢，藻思纚纚絢綺疏。相府居停連數武，通家義重一相過。留賓愧我無雞黍，興盡平原奈爾何。

冬日李亮侯過訪即席限多字各賦一首

年來霜鬢傲蹉跎，廿載蘭交意氣多。苔徑忽聞喧燕雀，蓬門旋爲辟蒿蘿。卿盃漫倚雙文劍，擊唾相憐一嘯歌。感舊壯懷俱不淺，至今搔首付滄波。

甲子冬寅陽卜居倉邊鄰左賦此貽之

避地城隈日自斜，萑苻歷亂老年華。旅懷獨切三更漏，歸夢虛隨八月槎。窮巷久拋荒桂渚，芳鄰近接話桑麻。翻憐萍梗愁孤影，縮地於今正一家。

寄蘇四郎

多君碧海臥烟霞，競爽才名擬謝家。一枕香風飛夢遠，廿年蓬鬢敖霜華。歌翻棣鄂酬清聖，樂奏塤篪舞鏌鋣。暫寫相思舒別恨，壟頭空自折梅花。

寄蘇應槐

投分良非少，知音誰復多。君饒幼婦調，吾奈老狂何。聚首驚霜鬢，相攜踏雪歌。蘭芽新茁玉，行矣聽鳴珂。

寄蘇仲輅

碧水逍遥半壁間，碩人心跡迥塵寰。交聯一臂蟬聯席，業在千秋副在山。開徑有花流盼遠，干時無策寸心閒。飛觴積翠還能否，乘興尋盟早叩關。

寄蘇仲吕

論交兄弟舊，握別已多時。三復長公賦，誰賡幼婦詞。夢魂迷去路，警柝起遐思。殘臘梅先破，從他點鬢絲。

寄蘇仲芳

昔從碧社結青蓮，屈指分攜幾换年。當日弟兄齊競爽，朅來萍梗隔風烟。停雲珠浦春裁賦，步月津亭夜不眠。五嶽胸中知不減，期君長嘯白雲天。

甲子除夕前二日立春

臘殘二日迎春日，除夕先晨已報春。蓬島滄桑三過睫，昂藏天地幾朝身。望鄉心逐年華轉，懷土情隨柳眼新。翹首彤雲瞻拜迴，彩毫裁頌祝楓宸。

乙丑元日同寅陽賦

聿轉初正候，柴門向曉開。柏尊誰爲辦，椒頌爾先裁。景色三城媚，年華兩鬢催。履新應與日，遥睇祝天台。

春日過蘇廷襄宅畔池亭各賦一首

丁年投分邈山河，念昔尋盟曳履過。把袂開軒臨沼沚，烹茶滴雪傍松蘿。交親羨爾青雲壯，感舊憐余白髮多。自是通家詞誼重，空憂和客愧羊何。

乙丑新正九日書懷是日寵兒懸弧日時應試南宫

漠漠曉烟楓樹林，開軒舒抱發清吟。老夫庭畔關情日，遊子天涯戀闕心。燕市樽罍誰共賦，雲霄冠蓋重相尋。忽聞簷外嘈嘈雀，驛使應馳報好音。

乙丑正月十八夜蘇廷襄宅燈宴

詎謂燈闌夕，烟花集綺筵。千門仍火樹，九陌尚鈞絃。節去邀歡住，春明結社連。分題憐此會，刻燭爲誰燃。

夜泊新城與遂芳丈舟中小酌

雨足峰頭萬仞青，維稍楊柳泊新城。三江湍急催仙艦，孤棹揚舲走客旌。欹枕醮樓更漏永，談天星斗夜分明。蟬聯不盡郵籤去，彈劍酣歌徹太清。

天台晚眺頂上人跡罕到，有仙桃數株，花開結實。

萬仞芙蓉削漢青，扁舟遥望一峰晴。岧嶤孤嶼開圖畫，縹緲群真列翠屏。碧落影涵高象緯，層霄倒插入滄溟。仙根帶露和烟滴，贏接香風撲鼻清。

舟過蘭谿望富陽

目極峰巒海上浮，掛帆天際踏歌遊。嚴陵蹤跡知何處，富邑山河入望收。水郭民甿沾愷澤，滄江士庶飲清流。觀風問俗郵籤至，帝德恩洪遍九州。

五月廿四舟抵富陽忽承約初老丈以詩見投奉答一首

朱夏沿堤柳色鮮，桐江瑤草墜雲天。漢庭經術推高第，晉室才華獨著鞭。握麈談天更漏轉，徵歌促席夜杯傳。何因得接雙龍氣，願借餘光照簡編。

富春釣臺

縱葦如川擊汰舲，富春真跡幾千齡。一絲常蘸漪桐水，九鼎憑將繫漢庭。日射臺端生氣凜，風摧沙響透窗櫺。長竿倘借磯邊弄，勿訝江南有客星。

寄答蘇廷襄

夢入清齋路未真，覺來憐舊轉傷神。荀陳誼重干霄漢，蘇頲才華出世塵。一醉鄉心時自起，三城秋事摠憂貧。巴歌敢謂酬雙璧，聊寫相思寄羽鱗。

五馬山

五馬騰空繞翠寰，徘徊疑是大夫山。分明出自天閑駿，蹀躞何時得駐驂。

立秋夜集限秋字

漏下沉沉潺氣收，井梧飄葉露華浮。談玄錦帳風初落，握麈星河夜欲流。羌笛調殘蘆葦月，塞鴻聲動海門秋。驚心節序催蓬鬢，旅客能無罷遠遊。

七夕

日落秋陰客竝遊，況逢佳節漫淹留。頻年多病憐司馬，此夕孤燈看女牛。鳳舄獨隨青鳥渡，鵲橋誰架彩雲浮，相攜未盡翻離恨，河漢遥添別淚流。

村居四詠爲區封君賦

春日

遯跡風塵外，蕭然一古琴。鵾絃調雅詠，鳩杖爲芳尋。興逐潺湲淼，情陶蔽芾陰。尊開傾柏葉，抱膝獨長吟。

夏日

清和饒永日，騷雅重江鄉。河朔啣杯劇，高陽引興長。屐緣芳徑濕，裳帶芰荷香。坐石疏松蔭，時聞奏鼓簧。

秋日

蕭瑟菊花天，高人足晏眠。長生惟藥裏，明世傲桑田。三徑逃名臥，一經課子傳。封章馳漢室，丹鳳五雲翩。

冬日

園林可自適，避俗結幽盟。簾捲青山暮，歌翻白苧清。杖藜看雪積，把酒聽鴻鳴。服煉凌霜秀，梅花點鬢生。

偕蘇玄山念吾叔侄景山經佐昆玉集山房對菊

攜尊娛永夜，促席傍花移。香送金飈轉，英含月露垂。竹林推竝美，玉樹揔堪奇。際此凌霜候，同看傲雪姿。

晚泊榕樹潭

春風搖淡蕩，水國片帆輕。怪石侵江出，群峰截岸横。浦雲移遠樹，江月照行旌。寥泊榕陰晚，清狂詠濯纓。

中秋得吟字

徙倚南樓日已沉，冰輪初湧散楓林。西風隔水誰家篴，明月滿庭何處砧。輝落關山驚皓蕩，光侵松桂轉蕭森。撫時按劍心偏切，彩筆聊爲白雪吟。

春日郊居

出郭愁真破，探春意獨偏。乾坤風物外，消息杏花前。野竹連荒徑，嬌鶯掠舞筵，郊空呈萬彙，幽興亦悠然。

寄西粵李生維明茂才乃勳臣嫡裔也

兩粵峰巒障暮烟，問誰旌節駐南天。山齋已下延徐榻，江海先回訪戴船。麟閣勳名題漢署，龍門聲藉記瑤篇。懸知匣裏生顏色，夜夜樓頭向斗邊。

送番波羅一株謝正術納齋詩以代柬

共訝殊方產異葩，誰移仙種自天涯。不隨薏苡歸南土，也傍張騫奉使槎。暫割一株供笑傲，長榮五色艷窗紗。君家玉樹芬相集，留伴庭階亦可誇。

遊西樵夜宿沛然堂次壁間韻

蕭瑟金風吹鬢絲，更闌霜冷益淒其。孤鴻夜逐關河度，倦客愁隨鼓角悲。欹枕聽雞偏寂寞，披衣鳴劍獨委蛇。開簾曙色臨青嶂，立馬雲端自詠詩。雲端，峰名。

遊故少師方西樵府二首

凌霄臺榭傍山隈，並轡何因選勝來。遶檻烟花香膩濕，夾池風竹籟聲哀。探幽客有攜筇興，懷古誰憐倚馬才。一代風雲今寂寂，重門空鎖綠莓苔。

秋陰漠漠咽寒蟬，漫倚樓臺落日懸。雄據千峰維地軸，紆盤青嶂出塵烟。丹心已作祥雲度，宸訓空餘素壁傳。論列風裁千古在，好將勳業記瑤篇。堂有世宗御題扁『忠誠直諒』四字。柱有對聯『一片丹心，已被白雲留住；四言宸訓，空餘素壁長存。』

歐念橋黃君甫過社讌集時二丈方應督學試得邊字

詞華推二妙，贏得過談玄。世路誰風雅，才名屬後先。晴雲飛素練，翠篠動朱絃。遲爾新鉶發，昂藏向斗邊。

明妃怨

忍聽邊聲急暮笳，西風吹淚濕琵琶。非緣薄命污顏色，恨乏黃金買畫家。

胡騎長驅紫陌頭，穹廬無復漢宮秋。飄零不改春風面，試問君王念我不。

邊警

萬里邊聲報羽翰，朔方騷驛動長安。胡塵遠逐關門暗，戎馬頻嘶鎧甲寒。天意可無擒頡利，王靈終自斬樓蘭。夜來烽火憂時切，蒿目中原帶劍看。

元夜期小岑叔南華弟過山房

簫鼓填春夜，香車竝轡聯。更乘村上月，還過洞中天。雅度推公輔，清標屬惠連。倘逢雙璧至，幽興亦悠然。

雨中七夕簡廷伯過飲育物亭得鳴字

颯颯秋聲萬木鳴，悲哉爽籟透虛楹。開尊笑逐看牛女，帶雨過逢得馬卿。十載芝蘭憐意氣，千秋瓜果共詞盟。人間天上多離思，疑滴芭蕉別淚橫。時廷伯將之高郵。

贈趙侍兒

桃花雙臉帶酥酶，歌得霓裳玉樹高。更道掌中能妙舞，幾回腸斷五陵豪。

贈得白桃

櫻桃臉自帶臙脂，忽訝相逢事可疑。豈謂紅顏披素練，卻將艷質改冰肌。嬉春姊妹非楊柳，凝露翩翻似雪兒。獨抱靈犀同玉潔，羞從態黛鬥蛾眉。

元夜懷靈叔枉顧小酌兒輩鼓琴稚子鬥雞爲樂猥承佳篇率爾奉答

倒屣中郎匹馬嘶，踏歌清夜更吹藜。風前喜奉彈嵇散，醉後歡娛鬥祝雞。琢句渾忘更漏轉，卿盃寧覺月輪低。少微星聚元非客，太史封章莫浪題。

春日偕李少芝山人集蘇文甫宅

當年裘馬向長安，此日相逢意氣歡。季子風流稱琬琰，龍門聲價重琅玕。朱絃山水知音少，華髮江湖勝會難。東閣觀梅慚我拙，廣陵春色至今看。

春日偕李少芝李少修蘇仰伯子垣梁少陵集蘇仲呂昆玉宅得東字

西園佳公子，置酒畫樓東。春風吹淡蕩，飛蓋馭青驄。綠楊垂芳渚，黃鳥鳴森叢。綺席留殘照，冠佩列群公。玉盤饌羞錯，艷曲入雲中。多君重李善，神交意氣通。猗余慚子季，幸爾調相同。彩筆華陽舘，談天碣石宮。醇酎觴飛急，柳瘿亦不空。賓主相酬勸，鯨吞氣貫虹。耳熱起劍舞，酣歌漏未終。良會元非偶，載筆垂無窮。

讀李少芝當壚集有贈

書記相隨別帝京，卜幽仙洞欲逃名。時人笑指臨邛事，誰識前身是馬卿。

才名卿相早相聞，落魄歸來犢鼻裙。燕市舊遊多樂事，何如長伴卓文君。

同羅孝廉覺我諸君登神步塔

旋轉龍蛇到上頭，山城水郭坐中收。金沙地湧浮真氣，寶筏川横接漢流。隱映龜峰齊雁塔，紆迴雲路抱蜃樓。未論形勝他年事，坐挹空香萬劫休。

寶塔新成據上游，故邦形勝自遭周。不緣長者黄金布，那得祇園絳氣浮。乍聽琅璫虚白月，偶來鐘磬静丹丘。塵機坐久都消盡，會見天花十二樓。

丙午歲族叔懷靈侄禹門孫宇亮鄧甥世田元夕過集

花月看江樂事濃，踏歌迤邐過山中。魚燈海上干霄漢，鳳吹樓頭弄晚風。彈劍當歌憐皓魄，呼盧把酒問長空。諸豪不憚厭厭飲，遥聽蝦蟆響未終。

秋夜偕李亮侯孔甥尚志劇談時事愴然有感得停字

談經倦客傲林坰，一臥山齋笑獨醒。謾説豺狼多跋扈，共驚圻堠振鞀鈴。籌臣借箸心應切，壯士揮戈思未停。旅食有懷憂不細，夜闌空自拭青萍。時聞邊報

留别李亮侯

驛路驅車雨雪雰，倦遊歸計惜離群。絃中山水千秋合，匣裏雌雄一夕分。東閣疏梅驚破臘，淮南叢

桂坐舒芬。別來烟樹生春色，莫遣飛鴻斷暮雲。

鳴鶴樓爲李永明賦

依稀華表柱，疑是緱山亭。地自龍門勝，天聞鶴唳清。烟生青嶂合，風颯綠蕪平。上客棲真處，時聽引吭鳴。

將往陸川江上逢吴明府夜酌

何期仙令下蓬萊，忽接藤江彩鷁催。望氣已知雲外度，探奇猶自雪中來。方舟客似山陰興，對酒人如御李回。頓覺椰榆驚染翰，纖纖孤月共徘徊。

遊勾漏

仙令千秋跡，清都百粤洪。竈殘烟尚翳，丹化井猶通。慧識偏應斷，塵緣迴自空。倘逢餘藥鼎，雞犬入雲中。

上元夕讌集陸川署中同吴明府分賦得沙字

山臞自分老田家，贏接仙郎酒態賒。丹竈烟殘連火樹，春江花艷貫星槎。歌翻不斷浮桑落，袖拂翩然看鏌鋣。月浸華樓清宴罷，會看瀼鵜下金沙。

吴明府大閲營兵

仙令乘軺氣並豪，材官千騎擁旌旄。陣成魚鳥豺狼淨，麾列櫜鞬魍魎號。緩帶春風臨虎帳，綸巾白日展龍韜。威加海外標銅柱，何但當年馬援勞。

讀内典寄示寵兒陽兒

世人多學道，望望幾由旬。入定蕲離日，逃虚證法輪。東華題貝葉，西竺渡玄津。行矣帔瓔珞，曇花物外新。

寄鳴吾弟

一自驪歌送客途，挂帆天際向蒼梧。西甌東粤萍蹤渺，雌伏雄飛劍影孤。姜被夢回春晝永，荊花凝望月華鋪。停雲欲問郵籤去，無奈山頭唱鷓鴣。

緑珠江

梁家粉黛已荒蕪，此地江仍唤緑珠。渫井猶存雙角下，墜樓還在洛城隅。溜聲環珮時喧寂，蜃氣瓊宫乍有無。欸乃風傳疑懊惱，似將新曲倚齊奴。齊奴，石崇小名。

次韻答愓予吴明府夜泊平樂不寐見懷之作

縱葦如川亦是仙，乘流載筆獨談天。因思聖主醒莊夢，爰及巴人賦郢篇。篷底篝燈寒聽雨，匣中劍氣曉和烟。歡趨憲府酧知己，奏最名高治行先。時吳陸川奏最，往平樂謝憲臺，故及之。

惕予吳明府陸川三載秩滿賦二十韻奉賀

嵩嶽鍾前代，延陵屬後身。論文班馬並，歡樂魯齊純。穎拔元無敵，清修逈絕倫。命亘依日月，位列應星辰。早綰銅章重，行紆墨綬新。六龍逢震疊，孤騎冒邅迍。雉堞危層卵，黔黎罹變屯。一身維地軸，隻手奠城闉。蒼赤安環堵，閭閻復比鄰。雁鴻中澤集，黄鳥此邦臻。麥秀隨車雨，風回返火燐。盤根稱漢詡，保釐頌君陳。萬物甄陶遍，八方雨露均。訏謨匡社稷，公論在朝紳。薦剡先群牧，臨軒重九賓。功成三載候，奏最正兹晨。龍劍司空寶，神駒伯樂珍。稽勳行上考，治行動清宸。虛席徵龔遂，綸章召寇恂。黄扉頒彩鳳，青瑣任批鱗。

用韻奉和熊司理遊水月巖

靈源翠壁景全幽，鹿駕行春暫駐騶。洞儼滄浪供藻繪，輝留素魄映丹丘。金鱗色借青雲躍，碧澗光涵紫氣浮。千古磨崖遲琬琰，使君揮灑見風流。

寄題熊節推瑞泉亭

漢庭經術復誰同，乘暇登臨氣自雄。亭敞波光靈隱現，碑劖藻思峽流通。手開蒼莽蓬爲島，石砥芳洲柱是銅。興劇不妨成獨往，居人爭識鮑家驄。

次韻古風答小岑叔見夢有懷之作

夙昔敦同盟，分投竹林社。宗黨盛才賢，惟君稱大雅。詞華燦錦舒，風雲欻揮灑。披襟共一時，陽春屬和寡。伊余事遠遊，歷冬又徂夏。與君悵分襟，離思毫端瀉。勞君惱夢思，麗藻雲中下。長跽讀迴環，萬金錯盈把。冥會悉中情，銷魂馳廣野。欲奏塹雕龍，難拴此意馬。論及聚首期，杪秋接盃斝。願言崇明德，彌紹年彌假。抒愫遂成篇，因之報長者。

吳明府惕予奏績入省轉赴端州便歸省覲時值七夕賦此寄懷

起視明河淡不流，鵲橋斜掛彩雲浮。獨凝雙眼憐司馬，誰共孤舟看女牛。千里秋風回楚甸，片帆烈日向端州。裁斑舞罷承歡後，早轉飛鳧莫滯留。

次韻答懷靈叔

真藏蔣詡徑，去就子雲居。萍梗憐羈客，篇章惠起予。旅思聊憑鋏，狂歌豈爲魚。欲歸雲不度，咄咄望空書。

遊勾漏

仙靈存窟宅，瑶木蔭巖柵。我行選名山，始躡勾漏石。我聞勾漏爲二十二之洞天，紆盤勾曲非人寰。上有石峰千丈之岦岌，前有清溪萬折之潺湲。普照嵓前雲出入，白沙洞口雲流濕。仙壇石床互低昂，寶蓋靈幡復披拂。石鼎丹爐五百春，棲真昔有葛仙人。道窮要眇歸玄牝，心自虛無養谷神。策杖芒鞋尋碧洞，臨風迤邐覓仙倫。仙乎仙乎不可見，稚川杳矣誰能親。忽聞招我彩雲裏，便御茅龍朝太真。

九月署中讌集兼寄鳴吾弟

仙署憑高萬木蒼，興來誰似孟嘉狂。坐依花石頻過酒，細把茱萸更佐觴。風振平林梧亂墜，霜飄遵渚雁初翔。鄉心夢逐隨楓葉，夜夜池塘草又芳。

陸川留別吳明府二絕

雙鋏龍泉北斗文，相攜不斷劃中分。何堪簡裏暗嗚泣，神物終須合有群。

陸陽帳解惜分攜，回首層霄不可躋。卻喜枌榆連舊社，肯令丘壑隔雲泥。

初秋回自勾漏植心宇以佳篇見投賦此答之

積雨初收瘴海清，扁舟千里計歸程。馳驅未灑窮途淚，汗漫常懸故國情。念我煩將青鳥使，勞君持贈五侯鯖。篇詩斗酒弛長擔，山嶽遙瞻紫氣生。

九日集古社分松字即席賦

社結森森徑，窗涵面面峰。來傾九日酒，聊寄百年蹤。揮灑流三峽，盤桓撫五松。歌風蕲嗣漢，歸去馬如龍。

集青雲館同周茂才譽蘇經佐諸子話舊因憶亡友蘇經濟分賦得天字

雲舘壇埏舊有鸖，依稀碣石共談天。毫端揮灑傾山筍，匣裏喑嗚渾野絃。蓮社詞盟懸日月，萍蹤湖海任風烟。朅來握手歡相洽，轉憶山陽亦愴然。

中秋得陰字

日落霜飄萬樾林，冰輪初擁破秋陰。蟾光彩散家家玉，桂影遙含樹樹金。升殿似探玄兔窟，觀濤如在廣陵潯。合歡休度孀娥曲，恐惹嬋娟怨恨心。

黎茂才飛雲見惠丫蘭作此謝之

楚澤根移遠，謝庭色更幽。何期叢菊日，忽擲紉蘭秋。綠葉堦前潤，丹莖畹裏抽。會須鬆折佩，披拂暗香浮。

喜黄孝廉元禮過訪

寂寞柴扃半沒蒿，何來詞客駐旌旄。通家誼重垂青眼，掃徑殷迎引濁醪。冀北空群飛蹀躞，汝南汪度挹波濤。光分叢桂生顏色，不盡風流試彩毫。

黃元禮過集山房分賦得清字

憐君滄海至，倒屣遞相迎。說劍多時事，論詩足遠征。青雲成獨壯，白社念同聲。刻燭分裁就，豪歌徹太清。

六十一自述

漫逐跳丸日，何知攬揆年。頹顏全仗酒，衰鬢任如綿。青鳥將歌席，丹砂落舞筵。龐眉聊一展，重醉菊花天。

癸丑八月十三夜緯章招飲宇亮舘分得身字

蕭蕭落木下江濱，節近中秋爽氣新。寶鏡乍移纔出匣，冰壺初湧未舒輪。冥冥海樹飄丹葉，颯颯秋霜綱白蘋。後夜南樓情不淺，風光聊得寄閒身。

十四夜攜酒再集宇亮舘得盤字

促席西園客思寬，沉香尊酒共闌干。桂宮忽展黃金闕，仙掌擎將白玉盤。揮灑兔毫矜逸興，流連鱣席罄交歡。他宵好結南樓伴，莫遣姮娥笑獨看。

十五夜集鳴吾宅分得鴻字

玉宇澄清夜，冰輪展碧空。觀濤思乘子，梯月問周公。香銷添睡鴨，桂影落飛鴻。藉藉瑶華燦，何如此夕工。

十七夜飲小岑叔舘分得時字

漏下秋容覺後期，唧盃待月愴遐思。波涵兔影明河淨，山吐蟾光達漢遲。騷客有情添逸興，素娥無語減冰肌。不妨設燭延清賞，何異金輪未滿時。

杜鵑花

條風習習遍江城，庭院芳菲物色清。北向亞枝疑有血，夜來懸樹聽無聲。三花競吐堪爲粲，望帝前生擬是名。斜倚欄杆紅杏靨，閒看態黛不勝情。

賀植心宇續弦

銀燭熒熒影動搖，乘鸞步月夜吹簫。桃夭風送香羅襪，蘭夢時將入絳綃。竹籜摧殘春茁笋，荷衣褪盡夏生苗。巴歌敢擬華封祝，好與商瞿匹馬驕。

七言古風答冼霽寰此君未面，屢以詩見投，賦答此

賁禺高士逸且豪，少小懷奇佩寶刀。張眸直瞰四海外，壯志常欲揚風濤。空群婹褭千金彥，萬里霜

蹄俱踏遍。紫氣每從蹀躞生，遥望吳門懸匹練。馳策京華不記年，五陵題遍盡鶯筵。何人不羡荊卿壯，何處不誇劇孟賢。君今倦遊翻欲息，歸向鵬山戢羽翼。風度蕭疏雅不群，胸吐靈文衆辟易。孤標高誼迥相聞，麗藻飛傳絢五雲。悠悠未識荊州面，戀戀神交詫見君。神交戀戀相致慕，跧伏丘樊隔烟霧。令君見我當解頤，我若逢君美無度。英雄意氣在忘形，見或不如不見情。君不見古人尚友先哲神乎契，又不見刎頸論心世所輕。與君定交托毫素，報以巴言通情愫。千載訶盟日月懸，金蘭臭味聯新故。

蘇門松柏圖壽念吾蘇徵君六十有一

名山何巀嶪，縹緲甲蓬瀛。蒼松既抱節，翠柏亦含貞。芙蓉萬疊橫天碧，虬鱗繚繞參鸞翼。嶔岑蔥鬱迴塵寰，中有仙人常憩息。君不見偓佺茹實走如飛，又不見公和清嘯常童色。君今薖軸任徘徊，汗漫逍遥亦快哉。序屬長嬴逢覽揆，西池彩戲壽筵開。孫曾競進松醪斝，滿注擎將柏葉杯。百杯聊自醉，青山常作對。臨澗漱清流，盤桓此眉黛。更有芝蘭浥露寄，光金掩映看陸離。長條便可凌霄漢，嫩蕊長教傍赤墀。

答謝挺孚兼復訂海西之遊

憶别河梁思不禁，石橋流水綠烟深。忽驚雁字乘風至，快睹龍吟帶羽臨。茹藿山中勞客夢，折梅堤畔故人心。海西社事多零落，弔古行歌擬在今。

治圃

三徑陶種菊，東門邵種瓜。爲園消日月，倚杖傲烟霞。折柳絲縈釣，臨池墨灑花。未須營别業，即此是生涯。

乙卯庭中丫蘭一盆兩莖並出詩以紀之

光風泛楚澤，迤邐到山家。九畹同舒玉，雙莖竝吐丫。異香稱大國，紉佩襲綃紗。倘是花神意，禎祥獻物華。

曉起聞寵兒捷報賦此志喜

起視星河淡不流，徘徊吟望思悠悠。五更鼓角喧天府，一道氤氳到畫樓。自覺過庭家學遠，懸知人海赤珠浮。忽驚羽翮翩躚至，始信吾家有仲謀。

送寵兒應試南宫

憐爾公車待詔行，乘流載筆向西京。不愁文字驚人眼，祇恐風霜擁客旌。鵬鶚半垂金埒柳，驊騮輕踏玉河菁。白頭送汝應長念，翹首雲霄無限情。

寄黄候章

苦憶三秋別，空懸兩地情。長將詩度世，應用酒爲生。野水盈眸碧，江烟入望横。剡溪翻雪浪，飛棹更尋盟。

丙辰至日謁祭侍御公祖祠

六管飛灰雨雪天，感時忽動薦蘋鮮。千秋勳業垂鐘鼎，一代忠魂儼几筵。古柏祠前森雨露，芝蘭階下各風烟。趨蹌肅穆禮成後，擬紹弓裘早著鞭。

夏日諸文學過集荔浦

水郭曾開半畝陰，樵蘇漁父遞相尋。何期二仲聯驂過，併作三高擊唾吟。畹砌光風蘭茁玉，樹頭烘日荔垂金。愧無雞黍供娛玩，惟有黄鸝奏好音。

冼霽寰攜長君過訪

麗藻曾投染汗青，神交意氣揔忘形。化龍終合爲雙劍，著膝分明當一星。縮地綢繆呼白墜，談天鋒穎倚青萍。相攜擬盡平原興，無奈征軺不暫停。

寄謝挺孚

羡爾淩雲賦最豪，幾年蹤跡困蓬蒿。珠沉赤水淵應媚，劍發豐城氣自高。散屧山中呼桂酒，枕流天畔聽松濤。相思倘問棲遲處，源水浮花去是桃。

夏圃觀瓜

竄跡青門學邵郎，風吹瓜瓞撲衣香。道人休認安期棗，勃發還疑是馬湘。

夏日小岑叔李伯亮過魁圃得園字

衡茅棲隱處，恰是辟疆園。日涉堪成趣，時來可避喧。西隴情偏劇，東山道自尊。羲皇高臥穩，何必問桃源。

秋日東莞鍾茂才曰如過訪山居分得風字

厂屋棲遲桂苑東，贏逢諸少賞心同。揮毫客擬吳筠賦，入座人疑衛玠風。嫋嫋香留飄綺座，熒熒奎聚映疏櫳。豪來氣唾千人廢，色色分明大國工。

壽小岑叔七十又一

狐星隱隱耀南天，一擲人間作地仙。不向緇塵窺物色，每從柔翰弄真筌。枕中鴻寶藏靈氣，關外青牛覆紫烟。此日稱觴隨祝頌，當筵猶愧謝家玄。

夏日小岑叔過集山居分賦一首

朱明紅杏雨，五月荔枝天。策杖憐南阮，耽眠有孝先。呼童烹茗熟，老圃薦菱鮮。共嚼清真味，兼之叩五絃。

戊午端陽看大龍

荒津競度破漣漪，錦纜蘭橈逐岸移。賓客共攄梁苑思，江山猶帶汨羅悲。翻輪錯認天邊轉，策駟還疑水上馳。倚棹臨風歌一曲，佳人隨進上筵卮。

贈羅茂才仲容昆玉

採藥尋芳不憚遙，登壇贏得接青標。家傳盧扁行醫國，學冠曹劉達聖朝。握麈風流驚四座，揮弦聲韻動南飈。逢人盡道三珠樹，聯轡看花馬正驕。

馬孟高館訶林寺日與法南諸上人談禪作此寄懷

蕭寺棲遲此息機，群僧談偈對斜暉。閒聽鐘歇梵音度，坐看杯浮老衲歸。澄心面壁紅塵渺，極目山門紫氣微。多病無由頻促膝，徘徊瞻戀思依依。

七十一自述

老大無聞衹自傷，年來兩鬢覺俱蒼。豪吟搦管蚕聲落，高枕抛書蝶夢長。閒愛觀棋柯不爛，興狂浮白酒無量。從茲濟勝差堪健，五嶽峰頭遍舉觴。

七夕雨

積雨連天長白波，况逢七夕又滂沱。仙車慢擁漸文簟，鳳舃輕移冷玉珂。豈謂分攜漣涕泗，遂令揮灑沛江河。披襟欲曝隆書腹，雲隱陽烏不奈何。

秋夜同黄候章登羊城南樓

雉堞巍峨控上游，西風蕭瑟正颼颼。月華遠映澄湖淨，朔氣迴含孤嶼愁。有客獨懸歐冶劍，何人同瞰仲宣樓。風塵望斷多烽火，畫角聲餘起百憂。（以上縠音集）

（楊權、程中山整理）

全粵詩卷三九四

李需光

李需光，字體孚。順德人。明穆宗隆慶元年（一五六七）舉人，官御史。事見清道光廣東通志卷七五、清乾隆順德縣志卷一〇。

秋日集海珠寺

萬頃波涵碧海澄，龍宮珠放耀仙城。光浮五色瓊樓出，幻化諸天貝闕擎。寶磬漫敲春晝永，梵音長逐晚潮生。我來拂麈逢僧話，四面光風愜素情。（明郭棐、清陳蘭芝嶺海名勝記卷三）

登小金山

靈洲屹峙瞰中流，影湛晴波翠黛浮。寶藏菩提紆歲月，妙高燈火自春秋。江容點綴千林暝，景色蕭森萬樹稠。莫倚飄篷嗟白髮，夜深仙鶴掠孤舟。（明郭棐、清陳蘭芝嶺海名勝記卷四）

謁謝南海神登浴日亭

浪戢潮平海效靈，清森祠宇鎮南溟。五更日湧搖金碧，三島煙消列翠屏。浩浩洪恩覃澥渤，洋洋禋祀享明庭。一尊寄傲滄波裏，浴日亭寒酒未醒。（明郭棐、清陳蘭芝嶺海名勝記卷五）

羅浮

四百峰巒奠粵東，峭天屹屹削芙蓉。瑞搖碧落珠光燦，丹轉真壇紫氣通。崒嵂插空環翡翠，松杉夾道隱虬龍。登遊欲問長生訣，須向山中訪葛洪。（明郭棐、清陳蘭芝嶺海名勝記卷一三）

（陳永滔整理）

厓山吊古

洪濤滾滾吼厓山，萬古英魂瘞此間。日抱孤忠翻浪赤，波飄血淚點苔斑。元腥已掃龍猶泣，宋憤長含璽未還。吊魄只憑江上笛，月明三弄水潺潺。（清趙允閒等重修厓山志卷七）

（陳永正整理）

盧堯典

盧堯典，字唐憲。東莞人。明穆宗隆慶元年（一五六七）舉人。授官南直青陽知縣，尋調廣西博白縣。有左史摘繁、佚我堂集。清溫汝能粵東詩海卷三三有傳。

同譚永明山人園林散步

漠漠江天霽色和，杖藜徐步聽漁歌。繁花欲盡鶯春暮，紫燕將雛逐客過。把釣不嫌生計拙，浪吟剛是老來多。閒身恰稱清涼界，十載菟裘鎖薜蘿。（清溫汝能粵東詩海卷三三）

之京留別祁羨仲諸子

江亭酒盡晚煙浮，漂泊人操小小舟。接地月明疏雨後，隔溪漁唱夜潮頭。素衣總與緇塵慣，佳句能支道路愁。他日京華千里夢，雁書遲爾慰登樓。

入大藤峽

獨擁鷫袍思渺茫，斷蒹衰草共蒼蒼。人家出沒層崖合，客路縈洄亂壑長。明月自憐當我獨，青山如解笑人忙。浮生盡是翩翩草，何事煙波滯異鄉。

謁孝廉陳公絢墓

寂寂玄扃列古松，高岡若斧已成封。憑枝掛劍非無札，載筆爭銘尚有邕。夢去終教魂化蝶，泉中應比爾爲龍。天憐伯道遺猶子，寒食餘錢歲自供。（以上民國張其淦東莞詩錄卷一四）

（鍾東整理）

李韡

李韡，字鄂先。番禺人。明穆宗隆慶元年（一五六七）舉人。初授太倉州學正，晉南寧府推官。遷判寧國府，轉知全州，尋擢臨安府同知。以監軍平寇有功，除武定府知府。旋卒。清道光廣東通志卷二八一有傳。

游海珠寺

渺渺曇花映座光，周遭石檻繞滄浪。居如龍樹趺爲坐，水似曹溪挹亦香。向晚落霞浮棟宇，有時白月度慈航。表賢原是瞻依地，暫借祇林一詠觴。（清溫汝能粵東詩海卷三四）

（鍾東整理）

梁紹震

梁紹震，字原東。順德人。明穆宗隆慶元年（一五六七）舉人，五年（一五七一）乙榜。署教淮安，遷守河池，又佐平樂。嘗與楊起元、劉克正往來論學。歸田後，常與歐大任等結社唱和。有緒昌堂集。清康熙順德縣志卷七有傳。

元日

風高千戶曉，雲靜九天開。把酒聊隨俗，占年一上臺。野梅催歲色，好鳥喚春來。坐看江潭父，得魚吹笛廻。

經靈洲山

金山山月下，清夜洞門開。說法林猿聽，焚香野鶴廻。欲尋蘇學士，更上妙高臺。悵望情何極，難將客思裁。[一]

[一] 清康熙順德縣志卷一一題作「經金山」，「洞門」作「片帆」，「更」作「遲」。

寄懷叢桂社中諸子

惜別春吟少，神交夜夢多。六年三黜後，一日五噫歌。雞黍堪同約，羊求可并過。蓬蒿滿幽徑，其奈美人何。

秋興

梧桐飛葉帝城隈，正是寒期素節催。玉女吹霜搖碧落，仙人擎露在蓬萊。時聞作賦凌歊館，追憶相從戲馬臺。晉宋風流俱寂寞，登臨懷抱向誰開。

登飛來寺

滿眼紅塵苦不開，摳衣聊此暫徘徊。雲山疊疊安禪地，花雨重重說法臺。古洞舊傳猿化去，殘碑猶記寺飛來。蒼茫往事俱成幻，落日憑欄思轉哀。

送丁山人游粤西

家住飛雲最上頭，別君長笑出羅浮。吳松不入山人夢，遼鶴常隨野客游。彩筆浪吟虛白社，黄金買醉倚青樓。玉姬歌罷無持贈，采采芙蓉八月秋。（以上清溫汝能粤東詩海卷三四）

（鍾東整理）

贈蕭良有良譽赴春官

雙鳳翩翩薄漢飛，九苞殊色占文輝。大蘇逸調天成獨，小阮高華世所稀。入眼已知呈白璧，點頭行復見朱衣。上林春色鮮如錦，同趂花香近紫薇。（清康熙順德縣志卷一二）

（李君明整理）

梁夢鼎

梁夢鼎，字道立。靈山（今屬廣西）人。明穆宗隆慶元年（一五六七）舉人。任華亭教諭，陞大庾知縣。丁母艱歸，遂不復仕。清雍正靈山縣志卷一〇、清道光廣東通志卷二九九有傳。

半月巖

我愛月巖勝，月巖勝若何。半輪通竅久，千里共明多。影到天南地，光涵海北螺。騎鯨直上者，更

得一枝摩。（清雍正靈山縣志卷一二）

（呂永光整理）

袁燦

袁燦，字建明，南海人。隆慶元年舉人，任知縣。事見清道光廣東通志卷七五。

洛隅深處

十年書劍逐風塵，散步閒過洛水濱。雲影天光簾外趣，鳥啼花發洞中春。巖居自笑林逋客，谷隱人疑鄭子真。神武幾時酬素願，與君俱是避秦人。（清黎春曦九江鄉志卷二）

（李永新整理）

章曰慎

章曰慎，海陽人。明穆宗隆慶元年（一五六七）貢生。官雲南曲靖府通判。事見清光緒海陽縣志卷一四。

開歲十日同李計部唐尚寶奉陪諸郡公南巖落成二首錄一

小結山亭石徑斜，探幽飛蓋入煙霞。平臨壇寺三千界，俯瞰江城十萬家。檻外徘徊看海色，樽前笑語落天花。古瀛文物從今盛，仙迹禪棲未足誇。

奉和徐心翁使君枉過南巖小酌留題佳韻

西郭南巖歲幾登，月臺風榭此時興。中丞鎮蜀推嚴武，小隊看花過少陵。父老喜瞻熊是軾，迂疏故道壽爲朋。留題剩有如椽筆，取醉何妨酒似澠。

奉和莊致庵貳守留題小洞之作

逍遥林壑逢春日，縹緲干旌度水村。訪古捫蘿穿石徑，探奇移席傍雲根。澄湖十里牽詩興，暝色千峰落酒樽。况是登高能作賦，才名孰與大夫尊。

春日承諸郡公招同李仰山唐曙台泛舟西湖用前韻

春日臨門快一登，桃花新水浪紋興。自緣容接過元禮，豈有才華似茂陵。錦繡江山侯作主，林泉麋鹿我爲朋。飲醇一滴心堪醉，何況兵廚酒似澠。

勝地濫陪冠蓋客，方舟同泛水雲鄉。西山雨霽巖巒秀，南渚風回蘭桂香。片石崔巍題雁塔，長橋縹緲鎖魚梁。他年回首舊遊處，兩岸棠陰逗夕陽。（以上民國溫廷敬潮州詩萃甲編卷七）

（史洪權整理）

鍾于田

鍾于田，字龍見。清遠人。明穆宗隆慶元年（一五六七）貢生。官永州府通判。祀鄉賢。清光緒廣州府志卷五二、民國清遠縣誌卷六有傳。

峽山飛來寺

寺倚山烟碧，僧開紺殿西。已知天地別，曾否佛肩齊。白日浮生夢，青雲石道梯。探奇吾獨得，垂老欲幽棲。（明郭棐、清陳蘭芝嶺海名勝記卷八）

（陳永滔整理）

登舟見月懷鄉友

春日花開祖道前，秋風人上潞河船。紅塵易變千時髮，新月殊明故國天。四顧江山猶昔日，一分襟袂即經年。玉樓兩地光輝滿，南北相思益渺然。

自嘆

歸去來兮歸去休，爲園瓜果未全收。膏肓久矣甘泉石，筋力何因困馬牛。莫問韶光如逝水，總之人世只浮漚。百年便作千年計，不待西風也白頭。

初夏樓居督諸子館課

潦倒無心問郭田，小樓風入抱書眠。河清有幾人爲瑞，酒熟能酣濁是賢。但以一經傳世業，不妨雙鬢引餘年。從來稽古高門第，可負韶光卻自憐。（以上明張邦翼嶺南文獻卷二九）

（楊權整理）

全粤詩卷三九五

鄭學醇

鄭學醇，字承孟。順德人，番禺籍。明穆宗隆慶元年（一五六七）舉人，授鬱林學正，陞武緣知縣。有勾漏集。清溫汝能粤東詩海卷三三有傳。事亦見清道光廣東通志卷七五。

鄭學醇詩，以中山圖書館藏清康熙六十一年（一七二二）鄭時達刻本勾漏集爲底本。

鄭學醇一

行行重行行

別離在萬里，依依夢故鄉。道路阻且艱，引領遥相望。音塵久斷絶，寤言懷憂傷。蟾蜍懷故土，騊駼思舊疆。歡愛人自好，憂思人自老。少壯能幾時，相須苦不早。思君會無期，焉得不枯槁。勗哉崇明德，令名以終保。

青青河畔草

泛泛東流水，篵篵水中𩸞。煦煦青陽暉，婉婉懷春女。燦燦盛容華，依依絃上語。昔爲比目魚，今爲孤棲侶。玉貌易摧殘，煢然傷獨處。

青青陵上栢

亹亹玄象運，羲御東西馳。年命若飈忽，斗酒無常期。往日不可再，來日安可知。蟋蟀賦歲暮，爲樂毋乃遲。宛洛美遊戲，宮闕何巍巍。軒車日擊轂，冠蓋相追隨。田竇互傾軋，賓客以盛衰。君但騁逸足，攬策隨所之。

今日良宴會

置酒高堂上，賓舊羅華筵。雕盤薦野簇，棘匕進熊蹯。柔風洽四座，絲竹清且繁。新聲響入雲，聽者有餘歡。人生匪金石，安得長令顏。何不建奇策，杖劍先登壇。無爲事圭竇，槃壁長哀歎。

西北有高樓

高樓臨大道，㰌構起參差。惠風流阿閣，旭日銜雙扉。思婦誰爲容，綿帶羅裳衣。當戶理清瑟，音響何一悲。良人久燕趙，宛轉守空闈。朝至春花妍，日暮華色衰。不惜朱顏改，所嗟時易違。君亮執高誼，白首以爲期。

涉江採芙蓉

崇蘭生別澗，孑孑揚秋芬。採之欲有贈，誰爲同心人。直道易以踈，伊優易以親。與君非鶼鶼，安得爲一身。

明月皎夜光

冉冉歲云暮，悲風鳴北林。孤鴻號外野，積霰散重陰。時節忽復易，傷哉徒滯淫。慓烈愴中懷，慷慨成哀吟。念我攜手好，形影若飛沉。金石有銷鑠，信義安足諶。相須膠與漆，棄置商與參。顧因晨風翼，惠此瑤華音。

冉冉孤生竹

鬱鬱山上松，高枝蔭窮崖。上有女蘿草，纏綿自不移。傷彼路傍花，孤生還獨萎。伊昔侍君子，熠耀陽春時。軒車來薄薄，執手惠前綏。死生與契濶，豈無蘿與絲。馳情在皓首，吁嗟中睽離。思君如皎日，所顧光不遺。

庭中有奇樹

桐生嶧陽顛，枝葉何猗猗。下盤千仞谷，上干青雲霓。涓曠一見錄，投漆緪清絲。泠然揚玅曲，寧謂知音稀。

迢迢牽牛星

迢迢河漢渚，聊慓變金素。歷歷白榆花，團團浥清露。跂彼河東女，辛勤朝復暮。札札不成章，涕泣誰爲訴。攬衣即河梁，躑躅不可度。

迴車駕言邁

玉露泫庭柯，悲哉秋氣早。灼灼園中英，凋傷同野草。物彙隨時化，榮華詎常保。盛年不奮容，奄忽淪衰老。誰爲王子喬，容顏常美好。

東城高且長

東城屬浮雲，四術連廣陌。樓閣互蔽虧，軒車何絡繹。貴賤各有營，勞勞自不息。往者無復今，今者復爲昔。二曜更相送，誰非逆旅客。燕趙盛名倡，自矜桃李色。皓齒激清聲，招邀日相索。長歌一何歡，短歌一何迫。馳騖奢與華，俛仰成陳跡。達人務大觀，奚必長戚戚。

驅車上東門

屏居意不懌，載酒登北邙。但見丘與墳，磊磊被山崗。四野生悲風，白日黯無光。牛羊上隧道，斧斤戕白楊。人生若流電，此路終茫茫。誰能緤珪組，意氣在重壤。妖艷伐真性，服食摧肝腸。不如倄嫪人，千載流芬芳。

去者日以疎

曠野獨行邁，宿莽萋以腓。顧瞻宛與洛，第宅紛崔嵬。山川洵云美，久客當何爲。豈無今所歡，不如故所知。顧爲雙黃鵠，奮翅俱高飛。

生年不滿百

人事有代謝，天運無常盈。計功與殉利，咄咄竟何成。哲人悟神理，垢氛長不纓。存虛御六氣，振翰凌蓬瀛。高揖九州士，天路空冥冥。

凜凜歲云暮

弱卉瘁微霰，松栢貞隆寒。浮雲蔽千里，遊子何時還。川原漫浩浩，欲往無輕翰。憂來知夜長，隕涕空汍瀾。華燈列高宴，絲竹不解顔。黃鵠西南來，孤飛獨盤桓。積薪苦見凌，後愛易前歡。彭咸與正則，嘉寵成禍端。驅車九折坂，始知中險艱。忠誠不見諒，剖心良獨難。

孟冬寒氣至

炎暑徂朱夏，大火流西方。仰觀天上宿，三五列成行。薄帷鑒明月，絡緯鳴東廂。客從遠方來，遺我篚流黃。上織纏綿草，下織雙鴛鴦。裁爲衾與裯，置之黃金床。三載不爲御，睠此空彷徨。

客從遠方來

有客天一方，遺我五彩筆。下有靈兔毫，上有瑯玕節。節以明幽貞，毫以明純潔。持贈故交心，感此意良切。攬之懷袖間，題書寄長別。

明月何皎皎

燭燭明月光，照我西南隅。白露變嚴霜，歲序忽以除。攬衣起躑躅，所思萬里餘。夢見匪無歡，覺後空躊躕。離憂勿復道，涕下沾裳裾。

怨詩行

明月照高樓，流光滿几席。上有愁思人，當窗三歎息。一解歎息知爲誰，無乃蕩子妻。日月遞弦望，蕩子胡不歸。二解上山採蕨薇，下山恒苦飢。中心獨徊徨，離憂當告誰。三解膠漆有時解，琴瑟有時乖。顧爲身上袓，展轉在君懷。四解勿以寒暑易，而忌敝絮襟。勿以貴賤故，而忘昔日心。五解

東飛伯勞歌

東飛伯勞西飛燕，南斗北斗不相見。誰家女兒季且都，珊瑚木難間明珠。獨處盤桓傍繡闈，良人安

在玉門西。千金不博盛年好，盛年忽爲相思老。昨夜風吹荳蔻花，春光使我長咨嗟。

獨漉篇

獨漉獨漉，水深泥濁。泥濁可撬，水深難遡。萑葦之藿，不可以杭。芙蓉之秀，不可以裳。孤蓬離根，隨風飄舉。我心悠悠，念子無所。巖居野處，獨行何施。夜衣錦繡，誰則知之。張罦設罿，彼獸何辜。死爲烈士，生爲懦夫。有虎唬哮，伏於山阿。袒裼以搏，其如虎何。

悲歌

肉食不如稻粱，衣錦不如故鄉。道遠思歸，壹欝徬徨。欲濟河無梁，欲行車無脂。北首太行山，員輻將安之。

銅雀臺

高臺春欲盡，鳳吹隔花迷。漳水流無盡，西陵日易低。繐帷不可見，歌舞半含啼。惟有東風在，年年莫自萋。

長信宮

對使與當熊，勇怯何如此。欲飲向蒼天，銜恩終一死。

子夜歌

青絲貫蠙珠，是儂幼所佩。絲絲自相牽，珠珠自相對。

自君之出矣

自君之出矣，無復御鉛華。逝水有西汜，狂夫那憶家。

長干行

同是長干人，相逢語姻婭。何用比歡情，芙蓉吐清夜。

白紵詞二首

姑蘇臺上春日長，百花洲畔春花芳。晝歡未足夜筵張，華燈灼灼舒紅光。雲屏錦帳蘭蕙香，橫簫挾瑟出幽房。朱脣宛轉發浩倡，餘音嫋嫋浮雕梁。金壺滴月流西方，酣歌緩舞殊未央。

天河熒熒橫鵲梁，閶門半啟秋風涼。吳娥窈窕鬪華粧，越羅楚練蒙素襠。促樽合坐飛瑤觴，樽前起舞搖明璫。引商激羽聲琳琅，含情托意一何長。東江月出西江光，芙蓉露下楊柳霜。

採蓮曲

岸中楊柳隰中莎，輕舟蕩槳豔吳娥。纖纖翠帶垂輕羅，繁花着人顏微酡。齊聲一唱綠水歌，驚起鴛鷥銜素波，極浦風煙愁奈何。

夷門歌

秦人一舉坑長平，進兵直抵邯鄲城。魏王睥睨不敢救，公子再拜諸侯嬴。嬴知辨此有朱亥，虎符竊出王臥内。袖椎椎殺晉將軍，魏兵北鄉秦兵退。嬴送公子復何言，慷慨刎頸北風前。如姬且爲公子死，抱關賤吏何所憐。

雪夜度揚子江

扁舟暮發彭郎渚，莽莽寒雲暗平楚。乍見瑤花委地遙，漸看玉屑漫空舉。瑤花玉屑愈繽紛，夜色寒光縹緲分。低廻燭影看逾態，颯沓濤聲聽不聞。天柱崔嵬凍欲裂，鼉鼓龍笙奏銀闕。朱明洞口散梅花，阿母池頭漾秋月。誰家樓閣鳳凰棲，六代煙花遠近迷。清樽訪客山陰棹，禿節孤臣海上羝。冥冥漠漠春無極，萬頃茫然隨所適。何當拍手挾飛仙，躐蹋横江吹鐵笛。

賦得長安月

一片長安月，遥從碧海來。乍臨秦塞曲，偏傍漢家臺。穆穆金波湧，亭亭玉漏催。宫花不待曉，盡向鏡中開。

送友人之咸陽

持此清尊酒，送君征馬塵。秋風辭北闕，別路在西秦。渭水花千樹，嶢關月一輪。試看五陵上，何似漢時春。

東林寺

早出廬山岑，步屧過東林。鳥飛蓮社寂，雲落虎溪深。絕磴松蟠石，寒池月散金。何因從惠遠，長此寄禪心。

旅興

怪得倦遊人，年年客此身。催顏羞攬鏡，生事欲垂綸。裋褐窮猶戀，寒燈夜獨親。落花兼細草，愁見異鄉春。

悼亡

萬物皆有盡，浮生誰百年。忽成終古恨，何地不堪憐。別夢殘秋色，哀音流夜絃。鬼門關外月，猶自向人圓。鬼門關在鬱林。唐李德裕詩云：一去鬼門關，千知千不還。

西江夜泛

霜後瘴煙清，空江新月明。中流千籟寂，孤嶼一舷鳴。練色淼無際，長風如有情。美人何處所，吟望隔蓬瀛。

登梧州郡城奉和管慕雲太史管時分守蒼梧

南交十月早霜微，雲物蒼蒼拂曙暉。地險戍樓依郭轉，時平烽火近郊稀。海門蜃散千艘集，銅柱煙和獨鶴歸。百隊貔貅閒戰鬥，空多營馬入秋肥。

秋日同劉陸韋諸博士冰井寺讌集

寺後秋山落木紛，寺前秋色淨沄沄。巖阿雪作千花散，石竇泉從一道分。鐘定乍飛員嶠月，劍歸猶帶洞庭雲。寺右呂純陽祠。天涯莫送憑高目，何限聯翩北鴈群。

登太白樓似陳遂所年兄鄧心虞劉見泉何翼軒李敬菊同舟諸丈

百尺城高濟水陰，他鄉乘暇此開襟。酒人問月空樓閣，詞客憑闌自古今。碣石北瞻雙闕迥，崑崙西指濁河深。青雲器業看公等，何限憑陵八極心。

送常明府視篆灌陽常以彌勒守謫判鬱林曾與永平之役蒙賞

醉離不愛鷫鸘裘，海内逢君意氣投。家在巴西勞夢寐，人從江左見風流。看花此日潘懷縣，騎竹何年郭細侯。明到漓江相憶否，女華涼月對清秋。

莫向清時嘆滯淫，專城今日主恩深。紘多蜀國新傳曲，篋有平蠻舊賜金。入洛久知吴士賦，吊湘猶識楚臣心。扁舟不載西甌石，留伴棠花二月陰。

送龔別駕

曙催行色滿江干，青苧亭邊且盡歡。我自未圖鵬翼轉，君今誰不鳳毛看。梧山曉度千峰雨，章水遥憑一棹寒。佩有呂虔刀可贈，未須重歎路行難。

宿陸斡亭

不斷濤聲湧玉淙，夢回雙闕護千松。巢寒鵲傍南枝冷，地迥山從北戒宗。銅柱漸通甌駱部，銀河翻注鏌鋣峰。步簷細憶鴛鸞侶，此際鳴珂待禁鐘。

古意

玉關何日息狼烽，離思逢春衹萬重。歸夢不知玄菟郡，移營猶見賀蘭峰。將軍別有和戎策，句馬寧論給餉供。君莫少年誇節俠，幾人天幸得侯封。

賦別得早梅

相送臨溪水，先春獨見梅。非關風氣早，似得爲君開。

王君弼山房

夜久喧漸息，葉落孤螢飛。寒山吐殘月，不寢悋清輝。

谿上晚歸

江風吹夜寒，白露凝芳芷。遙遙隔浦聲，月中人度水。

繡江

八月江氣清，涼風吹不歇。扁舟憶遠人，長歌對秋月。

白范江

舟檝翠煙中，鷄犬叢篁裏。洞口有漁人，飛花莫隨水。

望湖亭四首

江漢西懸二別孤，更西還匯兩名湖。湖邊獨上孤亭望，吳楚風煙半有無。

蒼茫煙水一憑闌，白苧絺衣五月寒。風熨翠紋如可御，霞蒸丹片若爲飡。

水自空濛月自圓，憑陵萬頃泛湖船。中流莫更吹龍笛，湖上驪龍不得眠。

何論海外有仙山，一望滄溟盡大寰。可得便乘黃鵠去，白雲深叩九螭關。

燕京雜詠二首

燕中美酒不當錢，當壚胡姬多少年。春光不盡貴游樂，信馬高樓楊柳邊。
玉樓春酒破輕寒，錦帳紅粧逗夜歡。一曲清歌聲咽處，彩雲片片墮闌干。

訪天壇趙鍊師二首

尋真一到上清家，壺裏仙源洞裏霞。風颺翠簾春似海，玉笙吹起碧桃花。
翛然海鶴共精神，曾是先朝泰畤臣。今夜露寒壇上月，佩環猶自禮群真。

金陵寓目

岷峨西湧大江流，江北江南無限秋。宮闕萬重佳麗地，五雲長自護神州。

淮上

秋風淮水下如傾，雲際征帆片片輕。目斷平原雙倦鳥，夕陽無限故鄉情。

庚辰與郭霞谷黃鳴谷黃痦堂道南康入燕鳴谷上第余就選二丈南歸賦此以別

來時共賦匡山雪，去日愁看帝里春。君去我留俱落莫，東風吹柳爲誰新。

花下憶同遊諸子

去年花滿帝城新，今日天涯憶故人。莫怪尊前易惆悵，東風別是一年春。

詠素馨二首

似是胡雲夾雪來，香風吹落越王臺。城邊十萬高樓戶，珠箔玲瓏一夜開。

素藹穠香分外奇，野田秋草共離離。誰云南國芳菲少，一種幽香陸賈知。

詠史二首

主家臺榭擁鸞旗，正是君王輦幸時。綠幘傳鞲誰侍讌，外庭人道賣珠兒。

雙燕涎涎入禁闈，避風臺上曉風微。輕盈不解隨仙去，解逐花間赤鳳飛。

宣和遺事

青樓灼灼一枝春，曾沐天家雨露新。檀板拍殘湘水月，依稀猶記夢中身。

北流江

勾漏山前一色秋，蘋花開處送孤舟。人言湘水偏流北，不道灕江亦北流。

采桑石在容縣，相傳采桑女所化

不緣南陌怨歸人，何事雲根托幻身。春色似憐鬟鬢改，年年花繞石傍新。

綠珠江在博白縣

綠羅村外嶺頭雙，綠羅村下水如瀧。一道寒流秋瑟瑟，古來傳是綠珠江。

和周于復雨中對梨花望所遲客

春深寒雨裛棠梨，坐對穠粧思轉迷。風動葉聲山犬吠，卻疑人到石橋西。

期不至

野棠飄玉郭公啼，煙草廉纖石逕迷。香冷博山人不到，東風吹柳萬條西。

夜歸曲

山亭夜月涼如水，秋河不動金飈起。溪路迢迢人獨歸，煙樹朧朧烏鵲飛。（以上勾漏集卷一）

全粤詩卷三九六

鄭學醇二

舟夜聞鴈

爲客又逢秋，瀟瀟擘敝裘。五更初過鴈，萬里只孤舟。路隔行中斷，江寒影獨流。所嗟雲漢翼，飄泊向何洲。

燕中雨夜

敝褐中無緒，淒然寢復興。十年心上事，一夜雨前燈。夢與禁鐘斷，愁於短鋏增。鄉園及萬里，歸信緲無憑。

揚子江

大江幾千里，遲日獨揚舲。江樹雲中綠，吳山雨後青。浦帆來漠漠，沙鳥去冥冥。坐愛丹霞色，遙看滿敬亭。

重泛彭蠡湖回望匡廬諸峰

昔度匡廬去，千崖霜葉稀。今來彭蠡上，萬頃雪濤飛。江山長是舊，物候自應非。白鷗渾不管，來往釣魚磯。

梅

驛路寒軺晚，山坳忽見梅。團晴千態出，殢雪幾枝開。可惜征途過，何因載酒來。只愁香惹夢，翠羽又驚催。

羅山別業爲陳侶梅方伯二首

遙憶羅山下，躬耕舊業存。香杭連萬井，踈竹隱孤村。土鼓喧秋社，春花綻野園。誰知寰宇内，别自有桃源。

嗜靜躭丘壑，山靈舊有盟。趣朝因紫誥，分陜爲蒼生。叢桂千秋色，紅泉百道横。無勞賦招隱，明主待持衡。

嘉會樓

昔賢棲隱地，親見勝於聞。海潤常疑雨，山高半是雲。地從熊島盡，天向鱷洲分。化已成鄒魯，誂誂絃誦群。

送何紫雲之海南

誰云瓊管遠，聞說似青丘。奇甸三千里，仙居十二樓。波搖南斗近，月迥夜珠浮。莫更隨槎往，飄飄犯女牛。

送盧尉

白首抽簪綬，青山信杖藜。去同吳市卒，歸有鹿門妻。薄宦緣三釜，餘生但幾畦。送君有明月，直到鐵橋西。

壬午典試留都事竣恭謁孝陵

昌會開黃道，淮圻起赤龍。握符綏化外，輯瑞撫寰中。王氣鍾玄極，坤靈啟閟宫。河山留玉几，霄漢望遺弓。論秀從畿甸，涵濡仰聖功。菁莪思頌美，繪畫若爲工。

答歐楨伯先生

邂逅從京國，淒違閱歲華。每憐身是客，長傍醉爲家。地僻稀逢鴈，官閒合餌砂。世途嗟汎梗，清漢望歸槎。憶種門前柳，慵看縣裏花。鄉心何處折，山郭暮鳴葭。

蕭進士給饟遼東便道漢陽省覲

清時才似季方稀，此日都亭四牡騑。轉饟恩從天上出，趨庭人自日邊歸。璽書已動遼陽色，綵服還增漢水輝。聞說邊儲須石畫，到來何以報垂衣。

陪陸太府仲鶴遊水月巖同鄧州守常州判

百疊青山一水廻，使君乘暇訪蓬萊。雙幡斜暎丹砂出，千騎遥從碧澗來。佳氣迥連勾漏洞，霞標時起會靈臺。懸知不少天台興，受簡空慚作賦才。

南濟橋亭同黄梁二博士讌集

闌干百尺俯晴虹，汗漫同遊夕照中。北鴈影迷瑶信斷，落霞標暎酒杯空。坐臨南極蠻煙盡，山倚崑崙關名，宋狄青大破儂智高於此。瑞氣通。翻憶玉河春試馬，畫簾輕颺柳絲風。

春日雙橋道中

城南十里雙橋路，春日橋西一勸農。地是晉興唐屬郡，天連交部漢提封。秧抽平野匀朝餉，雨過流泉急暮春。風土不殊民樂業，年年租稅自輸供。

梧山九日

客衣誰不怯寒霜，千里歸心繫野航。黄菊又逢佳節賞，紫萸偏厭異鄉囊。秋陰近匝秦甌越，海色遥通漢夜郎。極目峭帆東翥盡，醉來煙樹只蒼蒼。漢書：元鼎六年平南越，一軍發夜郎，下牂牁江，會番禺城。

雨憇羅衣寺

山頭不斷墨雲飛，山下行人雨濕衣。沾灑似隨孤鷺至，空濛應護法龍歸。香飄野色看無盡，響答疎林聽未稀。坐覺塵冥今一洗，頓令心亦長禪機。

發潯江答費郡丞

木落天空秋水清，扁舟獨夜聽猿聲。三江愁色華緇鬢，九月霜花照客程。多病漸忘霄漢夢，憶歸何限薜蘿情。羅浮東近三珠樹，飛鶴無心向帝城。來詩見留邕集

春日鄧少熙昆玉攜酒浮邱霍勉齋孫運起叔衍源弟侶日同集

紫煙樓傍少城隈，表裏河山亦壯哉。黄木水名自縈秦尉壘，白雲山名猶擁漢朝臺。一從下瀨驅船入，無復仙人跨石來。日暮鶯聲千樹裏，且憑春色送深杯。

贈遊匡廬爲黎瑤石

匡廬地勢盤吳楚，秀出天南第一峰。九疊暮雲開錦幢，大江秋色浸芙蓉。飛流澒洞銀河落，石室蒼茫紫氣封。雲壑別來今幾載，煩君一訪舊遊蹤。

答陽電陸營家兄用韻

林壑久知盟野鶴，雲霄無復着飛鳧。何如天外腰龍劍，坐嘯軍中握虎符。佳會幾時聯隸萼，相思何處寄蘼蕪。夜深鳴軋江城角，千里還同明月孤。

署中二首

繁苞嫩蕊鬥年芳，昨夜東風又海棠。梅已着枝桃結子，可憐春色似河陽。

誰將雪朵綴緗枝，香霧濛濛夜色遲。無復閒情對芳物，病懷空許月明知。

呈費郡丞

朱明洞口舊柴扉，萬壑千峰翠作圍。何限竝棲珠樹鶴，借來一隻便東歸。

南濟亭送陳少府歸緡雲

長亭東望括蒼遙，馬首秋雲片片驕。歸去山中抱明月，可能相憶在溪橋。

羅波潭上有石城土酋岑瑛所築

貪看鐏石臨潭水，不覺潭花露濕衣。何限消沉終古事，碧天無際月輪飛。

宮詞

懶掃雙蛾似舊痕，花開花落自朝昏。敢將紈扇題秋怨，不盡君王未報恩。

少年行

白馬金鞭出狹斜，壚頭今日醉誰家。香風蹀躞歸時路，半是春泥半是花。

寄張崑海明府

石楠花發下瀨江，別酒何因醉玉缸。我尚薄遊君且去，古來雄劍不能雙。

詠史二首

坑灰飛作壠頭塵，報國還誰解致身。世上有書焚不了，一編留與爲韓人。

草昧英雄是釣徒，時來南面各稱孤。可憐只解王侯樂，豈解扁舟泛五湖。

花下酌諸昆弟

春晴日日見花開，歲月無情短鬢催。花間幾奉連枝會，樂事非關在酒杯。

海珠寺

越王臺前日未曛，越王城邊江水分。千年寶刹中流出，盡日閒僧看水雲。

吳中丞凱歌四首

大將桓桓誓水軍，炎荒千里淨妖氛。洗兵海角亭邊月，捲甲銅舩湖上雲。

大廉山外小廉山，疊鼓揚旗第一灣。朝擁舳艫横槊出，暮驅酋馘凱歌還。
五月南中正毒淫，輕風一埽翠濤深。陳師不用魚麗陣，横笛空傳龍塞音。
千年漢將有銅標，誰道明珠久寂寥。從此月明歌吹入，輕鷗千點送寒潮。

送人歸江西二首

豫章城上有高樓，云是滕王此舊遊。歸去憑闌翹首望，青蒼一片是羅浮。
當年寫韻人何在，明月猶懸寫韻軒。便欲同君一西去，夜寒天外醉嬋娟。

贈遊金陵三首

千年江表自繁華，風俗猶傳晉謝家。君去試過邀笛步，霜天清曉落梅花。
稜層寶刹倚晴空，訪古曾親禮誌公。明到憑闌時騁目，賈帆千片下江東。
青溪館前江月明，桃葉渡頭江水清。莫向酒壚聽玉樹，誰能不起客中情。

過阮孝子墓

至孝如君世罕聞，每於青史歎遺文。松楸冷落寒山路，刺史誰今是范雲。

歸夢

江鄉十月稻初登，霜蟹螯肥水半增。歸夢不消孤客恨，暗風吹雨濕寒燈。

金城寺

五月南風熟桄榔，六時僧自禮空王。山門闃寂遊人少，留得蟬聲滿夕陽。

覃村道中

道傍連卷雙木綿，下有流水鳴濺濺。行人策馬日西去，鷓鴣啼入草間煙。

即事

臺榭參差枕水湄，夜深簫管未休吹。繁華此日知何處，惟有垂楊拂地絲。

有恨

變化無端暗自嗟，寸心何日不天涯。誰將別淚和清露，夜向寒塘滴藕花。

途次逢友人

脩竹檀欒候館東，别來相見又秋風。囊錢莫更頻沽酒，我是愁中君客中。

周隱君園亭

綠楊晴染玉波新，水檻閒看撥剌鱗。試問紅塵飛蓋客，何如煙水釣絲人。

辛夷花

花如瓊片葉如雲，隔水殘霞日半曛。欲採幽芳頻寄遠，斷魂何處識湘君。

白蓮

露滿園林水滿池，素香恬澹欲開遲。低回不敢承初日，綠葉亭亭與護持。

玉簪花

豈是瑤臺秋夜遲，泠泠風露月斜時。步虛聲散飛瓊起，悞落雲鬟第一枝。

送客

漠漠蒹葭煙水清，碧空初有鴈來聲。村墟貰酒不成醉，何限滄江送客情。

送人歸羅浮

君家住近朱明口，借問寒梅着花否。送君歸去臥梅花，一曲狂歌一樽酒。

山中夏日

長松夜洗千峰雨，重陰落落不知午。黃鸝幽意會相關，時向高枝聲四五。

夢別

簿書日惶瘁，退食時委蛇。夜分衡漢落，喧寂神稍怡。薄帷鑒明月，徙倚臨前墀。寢興累長夜，夢想承光儀。積思長路近，逝魂還自疑。孤鴻號外野，晨鷄鳴及時。耿耿待明發，離思當告誰。

遊靈水

仲春和氣應，萬彙欣有託。陽林發丹葩，陰崕敷素蕚。出谷鶯既鳴，總翠條猶弱。晨策探靈景，逶迤越南郭。列岫互陵緬，廣原紛繡錯。俯觀石竇泉，涓涓初可勺。瀉遠遂崩騰，觸險時飛搏。衝涯別渭涇，注坎分盈涸。潭澄雲氣鮮，漪鏡山容削。傾耳鳴瀨喧，舉目遊鱗躍。蕩漾緒風颺，氤氳曦日灼。文行綺縠浮，瀑濆棼絲落。太華神臂擘，龍門禹功鑿。孰是玆靈源，觱沸由坤絡。撫化理自超，即遇心成樂。山水足清音，野簇芬堪酌。歡賞重淹留，暝靄棲長薄。歸路指城闉，餘情眷丘壑。佇想山阿人，何由寄蓀藥。

五先生詠

孫公本龍性，容觀何飄灑。玄理洞丘墳，興喻深騷雅。抗志屬天雲，改服隨金馬。運命不可常，千秋恨難寫。右孫典籍西庵

諫議自沉着，詞理軼高岑。況乃恭順性，恒懷致主心。威鳳鳴高岡，一舉還故林。恩渥保終始，芳躅人所欽。右王給事聽雨

待制瑚璉器，矯矯詞場傑。沉酣帝子編，跌宕秦淮雪。剖竹載專城，橫簪就朝列。惜哉時坎坷，斐忠徒自竭。右黃待制雪篷

長史志脩潔，澡行如冰玉。遲回周漢墟，喟然寄遐矚。位豈計崇卑，所憂在竊祿。白首賦歸來，嘉貞以自勗。右李長史仲脩

臨清殊絶人，澹泊成其志。道在元始先，得一乃真契。厚德豈菑人，獨行固違世。遙遙播清芬，高風誰可繼。右趙徵君臨清

古別離

遙遙路萬里，遊子去何之。握手一長歎，清淚泫然滋。日月易流邁，弦望恆相隨。與君永乖隔，末路當依誰。疲馬思舊櫪，飛鳥懷故枝。人生何所苦，無乃別離時。

李都尉從軍

男兒慕遠略，行役在戰場。形影逾萬里，悠悠思故鄉。悲風動地來，砂礫暮飄揚。浮雲一相失，欲歸道已長。俛仰循刀環，何得不彷徨。

班捷妤詠扇

齊紈製團扇，鮮潔如秋霜。微物不足惜，所憂在炎涼。進御有榮寵，棄寘無輝光。天運尚移易，人事安可常。

魏文帝遊宴

雙闕峙清漳，飛閣臨崇阿。區宇盪柔風，萬彙宣天和。菁葱蔭崕條，芬芳敷澤荷。圓魄麗中天，清輝揚素波。賓賢侍讌遊，劍珮聲相摩。高誼薄雲霄，劇論懸江河。眇矣梧鳳音，興言自成歌。嘉會豈重得，不樂當如何。

陳思王贈友

五臣熙帝載，多士爲周禎。古昔聖喆後，束帛禮賢英。家皇匡世難，秉鉞事徂征。中原盛麟鳳，濟濟以雲蒸。眷我二三子，辭義溢丹誠。析圭紲長組，接景登承明。投分諧金石，千載揚休聲。虞周媿盛美，小儒安足稱。

劉文學感遇

巖處無奇節，奮庸惟及時。風雲際嘉會，杖策相追隨。伊余東鄙士，操行豈瑰琦。淪飄薄京許，招納承恩私。朝趨廁群彥，夕讌蔭葉榱。祥飈被園囿，素月揚清輝。飛觴命促管，濡翰酬新詩。自顧良菲薄，何以答疇咨。陳力乃就列，聖言匪我欺。

王侍中懷德

炎德中橫潰，逆豎干天紀。虐焰竟燎原，宇域驚飈起。伊洛昔丘墟，崤函復榛杞。荊蠻非我鄉，浮雲無定止。引睇望秦川，惓惓懷桑梓。慨彼下泉吟，傷哉旄丘恥。上宰揮天戈，白日回濛汜。攬袂佐戎麾，振策驂文軌。運會豈偶承，龍德自休否。永言匪宣驕，銜恩以終始。

稽中散言志

至人稟靈氣，恬澹完其真。賢喆事名教，斯理難重陳。曰余不師訓，少小恃慈仁。冥心希大道，勵志超常倫。老莊契夙好，放曠自難馴。守拙期寡累，處順故忘貧。山澤恣所娱，魚鳥來相親。芝术紛可餌，何用汨冥塵。俯仰大塊間，所貴惟一身。導養苟不虧，彭鏗庶比鄰。日月易徂邁，時以書諸紳。

阮步兵詠懷

人生處域内，飄忽如雲浮。去日不可復，來日不可留。萬事無終極，爲謀苦不周。湯火熱中腸，何不日優悠。莊生貴齊物，孔聖云不憂。所以賢達人，委運將何求。陋彼千駟公，涕泣牛山丘。

張司空離情

微月照高林，肅肅秋氣深。曳履下庭除，涼風吹素襟。膏沐爲誰施，引領懷德音。居歡結蕙珮，在感擁虚衾。睠兹蘭蕙質，獨抱松栢心。

潘黃門述哀

晨駕出郊坰，松柏夾廣路。之子歸窮壤，荏苒歲云暮。殯宮何蕭蕭，宿草承朝露。生存處重闈，死喪扃泉戶。儀容永乖隔，僶伒成今故。明月照房櫳，虛想成昏瞀。遊魂怨何之，禮漸沿遷祔。勞生鬢易華，疢疾心如痗。彭殤無兩岐，賢聖莫能度。掩袂哭蓍簪，回車憐踦屨。擊缶豈人情，灑翰抒哀愫。

陸平原羈宦

悠悠川上雲，矯矯雲中翼。如彼遊宦子，搖搖心靡極。昔我辭故鄉，千里憑華軾。今來滯洛都，素衣化緇色。通籍廁宮僚，迴翔金殿側。世網重相嬰，感念成悽惻。牽懷谷水陽，纏綿胸與臆。思鳥有悲音，歸飛猶未得。

左記室詠史

邯鄲有毛薛，宗國歸信陵。東海有仲連，趙相乃完城。濟時在一言，何必從與横。紛紛夸毘子，緩頰動相傾。范睢與蔡澤，接踵入秦庭。羈旅獵卿相，嗟咄竟何成。蜉蝣無夕採，弱菌無冬榮。懿彼高世士，鴻鴈遊冥冥。

張黄門苦雨

結宇崇崗曲，簡曠成幽居。何哉咎恒雨，連綿旬朔餘。濃雲膚寸合，晝夜慘不舒。霡霂無停晷，滂沱時決渠。沮洳淹途巷，泥淖淤門閭。環堵盡頽塌，荒圃無遺蔬。束薪悵然桂，陳粒歎炊珠。人人懼胥溺，誰能獨晏如。何時返羲御，赫赫臨九衢。

劉太尉傷亂

晉運厄陽九，戎羯紊天綱。干戈遍九有，羶穢薄三光。皇輿無返正，志士徒劻勷。飲馬荒城濱，衰草何茫茫。積憤填胸臆，四顧空彷徨。相彼百足蟲，至死猶不僵。誰生此禍階，無乃謀不臧。五賢佐重耳，一旅興少康。運會不我值，玄鬢忽以蒼。奮臂彎六鈞，既弛不復張。大廈一以傾，寸木詎能當。嗟嗟繞指柔，難成百鍊剛。

盧郎中感交

旦夕歷城闉，曠遠聊騁目。北顧邯鄲道，南指太行麓。燕趙昔名疆，賢喆竟馳逐。亭幛絕烽煙，鴈門居李牧。秦人屢西卻，良將稱馬服。邊鄙多俠氣，慷慨遺芳躅。天步屬艱難，邦家遂傾覆。浮雲蔽舊京，中原力誰戮。羈旅及幽并，濫竽縻薄祿。朽株豈棟梁，弱蘿依灌木。寬租愧漢倪，鳴絃思魯虙。惓惓懷良儔，何以託心曲。

郭弘農遊仙

二氣育群生，物化固常在。而我滯形骸，塊然處覆載。側聞三神山，乃在環海外。中有上仙人，冥理窺玄會。鸞鶴爲我驂，雲霞爲我旆。左挹浮邱公，右挾洪厓輩。逍遙遊八紘，蕩蕩無拘礙。我欲往從之，頫首覩時代。

孫廷尉雜述

天地清以寧，真機在得一。斯理極玄玄，衆玅所從出。道喪溺人心，多爲聲利汨。智愚各有營，君子獨脩吉。至理悟盈虛，何常計得失。大寶遜神堯，箕穎終遺佚。雕琢爲圭璋，太璞竟完質。超然排靈筌，非幾乃可黜。

許徵君自敘

方水玉含輝，圓澤珠沉照。至寶恆秘藏，曾不事炫耀。大矣造化工，混淪無竅竅。秋至月華鮮，憑軒展清眺。百慮靜中息，默默觀玄妙。内外既兩忘，萬應神不掉。真樂豈外假，神理匪言笑。膏灼蘭自薰，所以龔生弔。

殷東陽興矚

平原一以眺，雲天屬新霽。忻忻物向榮，披襟風轉蕙。燊燊芬華敷，蔚蔚芳林翳。盪漾清波深，緬映垂蘿細。顧瞻江與河，曠遠極無際。形變隨時化，神賞緣物契。蕭散邊遐心，沉憂托川逝。

謝僕射遊覽

端居限臺省，夙駕命油軒。委蛇及晚沐，攬轡臨郊原。亹亹陰氣逼，淒淒秋景繁。孤蓬易流轉，短翮難翩翻。撫彼萬類殊，識此造化端。動極歸有靜，物我本同根。冥靈閱年歲，蕣菌無朝昏。處華理難久，守約道逾尊。獨往適吾性，意得斯忘言。

陶徵君田居

守拙便幽居，圖典不去手。春風入吾廬，柳花滿窗牖。感茲好鳥鳴，緬懷素心友。桑麻既芃芃，良苗亦盈畝。所憂豈爲貧，但願歲其有。鼎鼎百年流，忽焉以皓首。嘯傲得此生，情來一杯酒。

謝臨川遊山

夙昔慕奇勝，二紀遂茲遊。一麾遠江海，弭節得夷猶。進帆薄枉渚，挾策登崇丘。望崕神已往，撫景意先投。峰岫紛岩嵦，林麓互綢繆。初經洞穴險，漸陟層巒幽。氣侯易昏旦，澗壑殊春秋。仰眄寒條榮，俯拾春荑柔。曖曖赤霞斂，決決紅泉流。羽人既淪滅，遺跡千載留。境寂慮自澹，理足分何求。寄言攝生客，試用此道謀。

顔特進侍宴

璧月馳東陸，瑤光麗北躔。皇心美陽澤，遊豫及茲年。祥飈被寰宇，萬象欣且鮮。鳴葭歷春渚，翠蓋鶩長川。芳林披夕靄，華構列嘉筵。龍幄瞻淮甸，翬簷俯岱煙。渥恩垂湛露，睿藻灑瑤篇。簪組紛時喆，趨蹌儼列仙。禮成百福洽，樂奏八風宣。靈囿賡周雅，鈞臺續夏編。敷言美王度，蕩蕩戴堯天。

謝法曹贈別

嘉月戒行旅，信邁惟仲春。解纜赤亭渚，弭棹浦陽津。拳拳共飲餞，戚戚豈異人。宴會良懽樂，別路成酸辛。

酸辛恒別離，況乃在親愛。與子本連枝，繾綣非由外。靡靡即長途，顧望心如痗。嘉會豈無期，良時苦不再。

嘉會悵悠悠，雨雪阻行舟。進帆暗東路，返棹遠南樓。銜思歷崿嵊，凝睇越西州。獨有盈樽酒，誰與展綢繆。

綢繆念昔時，中情兩不疑。披襟散清帙，點翰酬新詩。搴芳竟遙夕，歎洽惄杯遲。悟對無厭歇，離析攬余思。

離析愁人心，望望澄湖陰。煙光極緲漠，層嶺阻巉崟。永懷同採葛，勿往怨青衿。引領在空谷，佇想瓊瑤音。

王徵君養疾

肅肅秋氣清，團團珠露溥。河漢西南斜，寒蟲鳴下土。臥疾時暇豫，俛仰懷今古。魚腹葬三閭，牛口困五羖。荷篠未爲勞，執戟良獨苦。不材遠斧斤，善鳴資鼎釜。柔弱以全生，斯理竟誰覩。至人遠垢氛，霶明溢丹府。何必參與苓，隨時事參補。床頭有素琴，居閒時一撫。

袁太尉從駕

皇圖肇江介，曆數宗兩漢。九有盡歸心，河海咸清晏。郊社事明禋，假廟萃群渙。法駕蒞齊宮，吉蠲惟穀旦。德馨上帝歆，鼓奏先靈衎。祝史陳信辭，俊髦奉璋瓚。禮登萬福同，道盛百王冠。川瀆効靈符，泰階玉璀璨。仁愛祈天心，永命過周算。稽首賦長謠，遠續猗那歎。

謝光祿郊遊

擾擾市廛間，冥塵暗丹轂。晨駕往郊坰，怡然暢心目。芳草遠芊眠，脩林多樸樕。靈雨一以零，川原淨如沐。活活新泉流，縈澄潄寒玉。時變感鳴禽，嚶嚶來灌木。窈窕布雲蘿，翠色凝初服。長嘯發鸞凰，餘音振空谷。緬彼鹿門公，何由企芳躅。終當謝斜紛，毋煩季主卜。

鮑參軍戎行

烽火起邊亭，赤書飛漢京。良家徵六郡，選騎出幽并。窮秋塞草絕，殺氣正憑陵。令嚴畏失道，刁斗晝夜驚。風雲布奇陣，追逐縱遊兵。一戰谷蠡摵，再戰骨都平。三戰單于獲，長驅幕北庭。洗兵臨瀚海，登封侈漢銘。請纓酬素志，爵賞詎爲榮。但令麟閣上，千載垂雄名。

休上人怨別

冉冉日西傾，漫漫長夜迫。登樓望所思，月華正當席。昔別與我期，乃在三五夕。玉露忽已零，瑤華亦堪摘。即事怨揆違，感物嗟離析。殿憂及晦明，悠悠如歲隔。揮手排青雲，何時遂良覿。

題張仙像

我聞仙人張三丰，脩真時在紫霄峰。存虛御氣凌太空，往來海上蓬萊宫。憶昔文皇乘六龍，緘書遣使訪靈蹤。崦嵫西距嵎峽東，徘徊天路煙濛濛。瓊宫絳闕十二重，仙惟可望不可逢。誰人貌此真仙容，美髯如戟顔如童。瀟瀟桂樹榮秋風，披圖彷彿雲霄中。仙乎仙乎如可從，吾將選勝巢雲松。

錦涯歌贈蘧甫

我生二十躭勝奇，袖中挾策干明時。如歌幾醉燕市筑，坐中有客誇峨嵋。峨嵋之山峙西蜀，金蘡玉壘相連屬。下有名川是錦江，汪洋一派秋波綠。茫然倒浸天冥冥，濯錦分明五色熒。長卿子雲皆蜀產，文章似是鍾其靈。我聞斯言聳眉目，便欲乘風騎鸑鷟。夜歸羅浮臥梅花，夢魂時繞峨嵋麓。神辛知我心未降，就中流出鋪錦江。錦江碧枕南溟島，崩騰澒洞濤錚鏦。吐吞日月飛舢艕，天吳驤首虯龍舞。到此誰知是大觀，兩涯不辨何須數。南海衣冠不乏賢，如君詞藻尤天然。抽毫足寫凌雲賦，受簡何慚校獵篇。文章自昔傳今古，肯以功名論虎鼠。十載相逢鬢各絲，世上浮榮何處所。若前爲我壽，我起爲若歌。掀髯大醉仰天嘯，斗宿燦爛空明河。

狼兵謠

衣不必錦繡，食不必珍羞。闌斑三尺緿掩肋，濁醪村市相綢繆。別有老彪大頭目，篙鎗藥弩藤兜鍪。嵌銀寶刀耀明月，旋花逸足如蒼虬。百回征調先收捷，意氣不肯論封侯。年來峒寨偃戈甲，各辭隊伍營東疇。大兒十五會耕作，小兒七歲能騎牛。但願官家莫横索，此生衣食寧須求。

賦得將進酒贈孫山人

君不見雕陵鵲，逐物忘真向樊薄。又不見遼東鶴，振翮長鳴返寥廓。茫茫宇宙總蘧廬，眼前一杯且爲樂。世情誰不羡豪華，筆劄唇舌相矜誇。五侯七貴遞竊國，往往志士握腕長咨嗟。人生通塞自有時，遇合各有宜。運命苟不會，垂天之翼將安施。賢如吳季子，尚不能知五月之披裘。鴟鴞嚇腐鼠，徒爲鶵雛羞。所以魯仲連，寧蹈東海而死。嗟哉龍門之策何枉投，勸君以鬱金之叵羅，贈君以今夕之狂歌。濁醪粗飯聊自適，富貴功名何足多。（以上勾漏集卷二）

全粵詩卷三九七

鄭學醇三

秋夜長

靜夜不能寐，攬衣步中堂。氣候變寥慄，羅幌淒微霜。崇蘭萎素姿，蟋蟀鳴近床。清曲爲誰理，況茲秋夜長。單居易爲感，不覺涕沾裳。

門有萬里客

門有萬里客，顔面多風塵。攬衣不及帶，問客何方人。客云二十載，京洛曾相親。邂逅同逆旅，廣陌比椎輪。名利苦奔躓，涉跡東西秦。遊吴復適越，今始及堂陳。坐客相慰勞，斗酒展慇懃。送客就長道，後會知何因。

結客少年場

三何富年少，任俠輕王侯。失意睚眦間，匕首動相讐。追兵捷飛影，亡命向邊州。一身百技絶，幕府先見收。七奔樂浪郡，百戰黑山頭。數奇業不就，蒙茸惟敝裘。枕戈三十載，崎嶇還故丘。生存及恩宥，親舊如雲浮。窮達固有命，分義良所謀。何爲自放浪，坎軻懷百憂。

相逢狹路間

相逢狹路間，道狹步還卻。邂逅相與言，君行爲誰約。淳樸久已漓，榮利多縈縛。世運有推移，物情易磷薄。樞要擯寒微，肉食輕藜藿。趦趄歷險艱，何如縱丘壑。躬耕未爲勞，吟釣差堪樂。狹路不足遊，請君慎所托。

東門行

遠客惡離曲，孽鴈惡弦聲。弦聲落鴈翼，離曲傷客情。客行萬里遠，去去何時返。鞍馬跴跋勞，宛宛白日晚。居人掩閨臥，僕夫中夜飯。河冰不弭渴，絺綌不禦寒。絲竹滿坐歡，不解遊子顏。遊子在他鄉，哀歌空自長。

怨歌行

大鵬翼垂雲，而蒙嗤赤鷃。蘭蕙豈不芳，零落同蕭莧。貞則抱忠誠，伯蘭乃讒間。宰嚭售奸欺，伍員徒苦諫。金石猶銷鑠，萋菲爲禍患。中情一暌離，安得迴清盼。信義不我虧，殷憂淚泛潸。袖裏尺素書，顧托雲中鴈。

夜中不能寐

繁憂夜彌劇，酌酒亂其端。河漢不改色，露華凄以寒。素琴有遺響，撫之不忍彈。天運恒易簡，世態何翩番。飛鴻嘹天際，感激發哀歎。

有所思

端居慕儔侶，遥遥隔江潯。空翠灑飛閣，孤雲開遠岑。鴟鴞快高翔，靈鳥依故林。悵望獨不見，日暮愁人心。

邯鄲才人嫁爲廝養卒婦

趙地有佳人，纖纖美如玉。被選入王宫，特妙雲和曲。恩寵不足恃，運命有更變。自顧惟此身，一貴復一賤。顧爲山上松，不顧風中花。松生有依托，花落委坭沙。

子夜歌四首

始未識郎時，轆轤隔金井。抱著黄蘗枝，苦心終日秉。

別歡夏夜長，逢歡寒夜促。玉腕杵蘭膏，調作羅帷燭。

采采荊山銅，鑄此菱花鏡。持以照妾容，芳華知不更。

鳳管何參差，吹作江南弄。怨來渾似痴，喜劇翻如夢。

玉階怨二首

玉壺秋夜永，羅幌度流螢。空堦步明月，誰解此時情。

君恩同造化，普物物不知。敢恃如花色，能令雨露私。

初至饒陽

冉冉氣候易，秋風淒以清。屏居意不懌，駕言求友生。悠悠涉千里，日夕臨高城。四顧田野闢，隴畝互縱橫。嘉禾早垂頴，灌木晚凋榮。人煙何掩靄，流泉激波聲。狐兔時充斥，群鳥讙譁鳴。煒煒道傍芝，可以制頹齡。傷哉日月逝，年命易西傾。誰當共容與，暢此千秋情。

於饒陽作

他鄉非無侶，遠客難爲心。高城掩白日，浮雲結重陰。蕭蕭谿谷風，霜霰日以深。葛藟雖纏綿，凋傷委故林。哀樂有殊感，嚶鳥無異音。感激從中發，歔欷涕沾襟。

春望

霂雨發初霽，孤雲濕猶飛。遙峰浮積翠，水際涵輕暉。悠然恣所適，采采新蕨薇。豈無同心人，形跡與我違。春風自駘宕，日暮吹蘿衣。

觀音庵

長夏厭煩溽，步屧探幽勝。沿洄歷深澗，透迤攀絶磴。潭澄虯伏潛，林深鳥呼應。流雲澹素心，風松愜清聽。崕歆蘭若浮，龕寂僧初定。眷此息塵機，日欲繕真性。暝色下方還，煙蘿響孤磬。

初夏至城同梁明霖吴紫樓衛象亭方耀台馮允嘉集羅光徵館得四字

夙志謝塵鞅，嘉尚在衡泌。延覽及城闉，遥拾五廬碧。瀑布天上聲，芙蓉眼中色。緲緲鐘磬音，知與東林隔。淒然鄉國懷，長吟類莊舄。

人日同海剛峰先生吴子季德賦得霽字

春氣欲氤氲，霞天尚明霽。群卉寒未拆，披襟風已惠。遊覽及兹辰，曠遠極無際。物我同所欣，歌詠觴仍繼。共看川上雲，悠然與心契。

詠孔雀

珍禽產南國，金翠美無度。渴飲沆瀣泉，飢湌叢桂蠹。文采誇鳳凰，俛仰羞鶵鶩。十步一騫翔，五步一回顧。置尾選幽棲，晏出畏霧露。豈不自矜憐，竟爲虞羅誤。當筵舒錦屏，應節轉吭嗉。衒奇乃禍胎，況復懷姓妬。

題畫

市朝亦稱隱，未若桃花林。雲霞掩丹壑，風泉鳴夜琴。我欲往從之，道路阻且深。對此發遐想，窅然塵外心。

答何其睿

玉露浥崇蘭，揚芳滿深澤。能當此時好採掇，遺逃始與塵事踈。

詠池上竹得辭字

瀟湘有嘉植，移植臨芳池。繁苞自槩錯，文玉何葳蕤。重陰覆層閣，清影醮漣漪。微風時戛擊，鳳管鳴參差。伶倫一以往，千載留雄雌。拉此英皇淚，寫取靈均辭。

擬形贈影

至人能羽化，志士嘗責頭。浮生寡所合，子乃與我投。我行子必往，我住子必留。我笑子亦哂，我慼子必愁。對月同杯酌，就燭共襟裯。比翼安可擬，伉儷何足儔。顧得百年內，與子長優遊。

擬影答形

有理斯有氣，有實必有虛。造化育群生，畀子七尺軀。子真我乃偽，安能與子俱。智愚賢不肖，稟賦有萬殊。富貴與貧賤，分定安所踰。神仙不可學，名利何足圖。子其愛玉體，性真以自娱。

湖上阻雪

飛雪何漫漫，駐舸彭湖夕。清晨忽已霽，遥望匡仙穗。邂逅得群賢，金石投交誼。别館啟嘉筵，肴蔌芬且備。觴行隙日暄，席徙雨雲積。玄言暢古今，詠歌愜情致。境遇即爲歡，賦韻均成四。

雜詩

凉風秋節至，繁霜被叢薄。蟋蟀候時鳴，芙蓉抱香落。佳人不在兹，眇若秦與貊。昔爲雙頭花，今爲孤棲鶴。熠燿中宵行，素蟾耿羅幕。憂來本無端，況兹久離索。

宿山中

朝從山中遊，暮投山中宿。霞煙互蔽虧，岡巒相迤屬。折阪下奔峭，衡茆響飛瀑。皦月沉西崕，餘暉在林木。蜻蛚階下吟，寥寥天宇肅。耿耿不遑寐，顧影空殘燭。心虚物役忘，靜觀氣機復。天鷄奏晨曦，悠然騁遐矚。

贈隱者

東林富麇鹿，下有靜者廬。垂蘿蔭簷隙，落葉紛前除。四壁何所有，一瓢長晏如。真性匪不足，分顧自有餘。黔婁時曳踵，玄晏恒著書。何必方外（中闕）嘉客。一水悵盈盈，吟望寒蟾白。

白鹿社爲馮泰氏二首番禺龍灣，近青蘿山。五代劉龑曾獲白鹿於此。

世運際清夷，覇圖久淪昧。獲鹿聞茲山，名蹟空巖瀨。岩崿亘朱明，緬邈通衡岱。澗壑互蔽虧，薜蘿紛蔚薈。靈境乃天啟，勝事於人待。闢社萃朋遊，霞煙襲襟帶。翰墨時間作，篇章成繡繪。神以幽寂超，賞與高深會。希蹤千載前，放志九州外。逍遙契道緣，終期加十賚。

夸士慆浮榮，達人慕奇勝。龐公棲鹿門，蔣詡闢羊徑。眷茲螺山幽，龍灣夾澄瑩。笙鶴時紆廻，驪珠夜輝暎。即事寡喧豗，撫化成嘉詠。既伸仲長志，寧淺康樂興。良辰集我友，投分適所性。大業互切劘，玄言復印證。捫蘿拾紫芝，悠然與心稱。長嘯倚崇阿，鸞音滿清聽。

甘露詩爲大浦王令

令德契重玄，休徵協神獎。瑞露中宵零，卉木同欣爽。飛甘玉蘂敷，委潤瓊枝長。郊圃湫氣浮，叢林珠綴響。報政忽臻茲，行當受上賞。

孝德詩爲泰和周銓部

哲后崇化理，百行孝爲先。簡揚與徵辟，一一垂青編。班書紀蔡順，怙恃早相捐。寢苫值隣火，泣血號蒼天。精誠遂感格，火滅親乃全。泰和有周生，千載事同然。雪焰喪厥明，毒痛尤堪憐。嗟哉此純孝，不愧參與騫。卓行衆所欽，義問咸昭宣。允宜表里閈，俎豆配先賢。善積自流慶，簪笏今蟬聯。

鄴都引

漢季青青千里草，漢家宫闕平如掃。老瞞攘臂逞豪雄，鄴都壯麗誇豐鎬。輝煌九錫嘉殊勛，嵯峩銅雀高層雲。華歆走破宫中柱，墓題猶表漢將軍。長驅氣熖吞吴越，賦詩横槊酣江月。舳艫一炬盡成灰，蓋世雄心翻咋舌。愛子臨終付與人，分香賣履何悲辛。西陵日暮漳河水，千秋漠漠空黄塵。

襄陽曲

襄陽昨夜秋風起，揚帆估舶相銜尾。朝過漢口暮湘陰，緲緲檣烏何處尋。郎心重利輕離别，風波日日無休歇。郎如江水色，妾如水中石。江水日夜東西馳，妾心如石終不移。

爲子晉叔答潘上舍

吴鈎寶劍昔藏晦，精靈直射銀河界。延津一夕化爲龍，轟雷燁電呈光怪。荊山璞玉無人識，趙王得之成拱璧。相如慷慨西入秦，十五全城不肯易。奇器逢人自有時，塵世悠悠那得知。丈夫遇合亦如此，折圭擔爵寧憂遲。羨君才可追騷雅，蝌痕鳥跡閒揮灑。興來春雪但孤揚，其曲彌高和彌寡。羨君蘭玉滿庭芳，飛觴坐我開中堂。只今奕葉承恩澤，鸞書雲搆爭輝煌。大才晚成未爲苦，高名早已登天府。五鳳樓須玉斧脩，九章衮待金鍼補。水有滄溟魚有鯤，一朝變化凌秋氛。扶搖而上九萬里，背負蒼天足亂雲。

雙松行壽李徵君

一幅吳綾灑煙霧，蒼蒼峭壁雙松樹。虬枝鐵幹罥垂蘿，依稀秦帝東封路。天門曉日披龍鱗，撐拄乾坤不老春。引觴持獻徵君壽，奕葉長承雨露新。

與衍源叔諱紹唐字宗揚

揚居寂寞盎無酒，問奇此客仍空手。鳴蜩嘒嘒午陰涼，誰能並坐空搔首。囊錢不肯向隣沽，試就西堂問有無。欣然惠我盈樽緑，披襟命酌情偏娱。酒酣客散意逾好，吟對落花閒不掃。佳語由來屬惠連，何必池塘夢春草。

武夷篇寄馮穉謨

武夷之山天下奇，溪流九曲清漣漪。峯巒秀拔聳霄漢，仙靈往往來棲遲。大王峰高號天柱，玉女亭亭更媚嫵。弱水源通天鑑池，昇真洞接蓬萊圃。訪道曾聞十二仙，披衣同謁魏子騫。龍潭領得飛昇訣，凡骨一蜕三千年。幔亭開宴曾孫列，凌空萬仞虹橋設。賓雲幾曲彩霞飛，鐵笛一聲山石裂。翠屏丹竈尚依然，悠悠往事人空傳。控鶴大仙緲何去，誰能契此清都緣。馮生名掛天台籍，足躡天梯訪仙跡。崕頭招鶴鶴初還，巖下搴華華吐色。箕踞長吟看水簾，一編寄我西來鵝。安得乘風振羽臂，與君重訪張金蟾。

送梁先孔之韶州

君不見五羖大夫未遇時，其妻與之吹扊扅。一朝相秦拓土宇，勛名奕奕至今垂。又不見張儀楚相疑其竊，辛苦還家空視舌。連横計就竟強秦，六國之王皆破滅。功名富貴彼二子，通塞有時尚如此。古今賢達非一人，誰能早自紆朱紫。公孫季亦漢名臣，微時牧豕東海濱。六十始就郡國辟，終能拜相封平津。大器由來多晚成，班班青史垂鴻名。丈夫意氣塞宇宙，何須役役趨浮榮。君今有才年少壯，握瑾懷瑜偏骯髒。功名富貴等浮雲，大業千秋惟所望。公車未許通金馬，高適漁樵孟諸野。賦就誰爲狗監知，三千牘在時堪寫。擔簦此日過韶陽，高歌對酒聲琳琅。遂成臺接庾關道，北望彤雲萬里長。

賦得行路難贈劉生二首

奉君九醞之美酒，佩君萬鎰之瓊琚。適體粹白之狐腋，枕前不夜之明珠。富貴於人各有命，求而不得將何如。太行之山騏驥伏鹽車，東流之水西上魚。大塊勞生類如此，爲君長歎空踟躕。

堂坳瀉水介爲舟，各自東西南北流。萬斛舳艫泛溟渤，長風破浪天沉浮。器量由來自不同，好惡不合恒相攻。拔劍出門何所適，前有虎狼後虺蜴。人生坎壈真可惜，青眼高歌向天碧。

前有尊酒行

前有一尊酒，後有三尺墳。墳前芳草幾經春，君看寂寞重泉者，曾是英雄叱吒人。

羅浮篇贈梁先孔兼寄韓孝廉

羅山兀立番禺東，江源直與句曲通。浮山乃是蓬萊之一島，上古浮海而來附其中。二山相合五百里，其高三十六百仞，巉巖岜崿摩蒼空。是爲十大洞天之第七，霞炬疊疊四百三十有二之仙峯。璇房瑤宮七十二，飛流瀑布澎湃而錚鏦。就中飛雲最崒嵂，石樓中天相對出。鐵橋東望即扶桑，夜半鷄鳴觀海日。朱明耀真誰所司，太極仙卿朱靈芝。葛洪鮑靚時相訪，翩翩玉燕來差池。梁盧王佐亦仙侶，軒鸞控鶴駿虯螭。靈巖福地人罕到，瑤華琪草長葳蕤。碧桃春風開爛熳，仙苻竹葉娟娟垂。別有寒梅寄幽壑，千枝萬枝珠錯落。遊人醉枕夢遊仙，月轉參橫天漠漠。鳳凰谷口鳳雛飛，龍潭潭上蒼龍歸。沖虛觀裏渴虹歛，朝斗壇前晛日輝。此山名勝天下無，峰巒沓靄接天都。不向中原數恒霍，寧論海外誇蓬壺。韓君文彩何卓犖，興酣落筆搖五嶽。圖書塹此搆精廬，行向彤庭披禮樂。招攜復有梁生才，壯遊吳楚始歸來。何但名山探幽勝，還期結駟黃金臺。羅浮山，真磈礧，曾聞安期生，賣藥東海市，鶴馭飄飄時一至。華子期，亦居此，歲易其形爲十二。莫道神仙不可逢，世上英雄回首是。我與仙山似有緣，只今高臥海雲邊。金丹寤寐蘇玄朗，顛毛種種心茫然。思君欲訂羅浮約，揮毫一寄羅浮篇。會須與君支短策，逍遥直上飛雲巔。倒騎黄鶴揖群仙，頫視齊州歷歷九點之蒼煙。羅浮山在惠州府博羅縣。按，山嶺有十五，峰有四百三十二。吾粤通志載峰三十二，誤。

倭報三首

聞道東夷寇，干戈遍海涯。横行過百濟，轉戰入高麗。閫外烽連歲，軍中節屬誰。廟廊多勝筭，應不棄藩籬。

沿海羅軍衛，高皇睿算神。承平雖有日，勇略豈無人。飛輓黄塵暗，徵兵赤羽頻。徒勞議封爵，醜虜敢稱臣。

血戰殘玄菟，虚聲更度遼。誰知和敵議，忽下聖明朝。路隔鐃歌斷，濤驚海汛遥。何當舞干羽，氛祲喜全消。

積雨懷所知

支策野橋西，風煙積雨迷。徑深花互落，梢重葉如啼。水荇蜻蜓立，茅簷翡翠棲。不知羊仲侶，何日手重攜。

爲馮三峨壽李丈人

璧月臨朱拱，金飈拂翠簾。三秋逢節爽，七袠喜籌添。天府曾通籍，雲林早養恬。仙才原卓犖，耆德愈撝謙。秫種陶潛酒，車懸郭賀幨。雙珠明老蚌，萬軸富牙籤。臠脯麟堪擘，如瓜棗已甜。賓筵歡頌禱，五福幾人兼。

梧州雜詩

晚從金利過靈洲泊官窰驛

萬里遊燕路，經年復此過。人家曲岸少，秋水兩涯多。暝色遙連樹，鐘聲暗度河。微茫知古驛，聽盡扣舷歌。

泊半水竇

野戍依江岸，帆檣集暮艘。涼風催木葉，寒色襲征裘。豈爲悲生事，翻成賦遠遊。飄飄隨去住，真覺此生浮。

曉發崧臺驛

鼓角五更初，江城過雨疎。長河遞明滅，漲水自盈虚。鷁指村煙外，猿啼客夢餘。瀟湘峽名待晴色，臨眺幾踟躕。

過德慶州

古郡晉康名，邊江百雉城。市煙籠樹色，譙鼓雜波聲。人與飄蓬轉，舟從破浪輕。自傷遲暮意，寧有壯遊情。

華表石舊名和尚石，在羅旁水口。

巨石鬱嵯峨，長江撼碧波。晴煙窮野望，山徑續樵歌。地險屯營列，時平住牧多。維舟詢往事，無復説干戈。

至梧州廠

竹樓山郭外，隱几獨中宵。江靜雲徐動，秋深漲漸消。物情俱鹵莽，國計盡漁樵。魏闕馳驅意，空驚萬里遥。

重訪冰井寺

寺憶曾遊日，悠悠二十年。振衣新物候，舉目舊山川。絶勝開金刹，高風仰昔賢。井，唐元漫叟所甃。杖藜成獨往，今古意茫然。

謁韓襄毅公祠

節鉞臨蠻土，餘威鏟大藤。峽名乾坤雙石闕，祠宇一中丞。戡亂資神理，匡時在數寧。遥看古銅柱，漢將至今稱。

曉雨

山雨連江白，涼飈動竹扉。檣烏衝浪發，新鴈挾雲飛。行李經宵濕，巖花待曉晞。懸知沾灑意，應長故山薇。

府門驛逢浦亭何使君招遊白石洞天因訊黃曙蒼年丈

雙旌浮傳去，邂逅桂江邊。採藥名山得，題詩臥閣偏。年華嗟荏苒，霄漢羨飛騫。迢遞邕州路，相思有夢懸。

旅夜

虚閣憑湘簟，客心秋夜長。天光霽生白，江霧曉凝黃。碪斷砌蟲切，風高南鴈翔。浮生易衰謝，何必計行藏。

集杜五首

陳滄溟郡齋夜讌歸臥竹樓值雨

當代論才子，明公獨妙年。相隨萬里日，把酒意茫然。水靜樓陰直，江鳴夜雨懸。平生飛動意，無計斸龍泉。

登大雄寺後閣

古寺僧牢落，登臨意惘然。江流天地外，晚景臥鐘邊。宮闕通群帝，虛空不離禪。上方重閣晚，自有一山川。

重遊寺閣醉望

水闊蒼梧野，秋風已颯然。浮雲連海岱，樓閣倚山巔。把酒從衣濕，頻遊任履穿。乾坤萬里眼，恣意向江天。

竹樓曉起

床上書連屋，籬邊水向城。秋窗猶曙色，虛閣自松聲。起晚堪從事，幽居不用名。遠山回白首，長嘯一含情。

將發梧州

行色秋將晚，青山空復情。吏人橋外少，舟楫浪前輕。落鴈浮寒渚，郵籤報水程。往還二十載，深覺負平生。

高涼雜詩八首

蜆崗道中

曠野猶殘燒，長途草半青。柳條初動色，黃鳥乍堪聽。澗水通魚扈，人煙傍鵠亭。憑高時一望，渺渺盡南溟。

開平縣曉發

雨氣曉氤氳，蒼茫路不分。數鷄催促漏，百雉暗層雲。攬策增寒色，褰衣損夕薰。途歌兼野哭，愁緒不堪聞。

將至蓮塘驛雷雨

迅雷鳴漢外，燁電出雲間。二氣無停晷，玄機若轉環。驚鳥棲不定，牧豎疾驅還。古驛堪投宿，遙看隔幾山。

麻橋遇雨

遠道逢新雨，雲陰送晚雷。水田春事急，野渡暮潮回。叢竹藏鷄犬，茅簷間柳梅。前期猶未定，客思正悠哉。

吳城對月

春月今宵滿，孤城海角懸。揚輝粉堞外，流影竹窗前。易得還家夢，難忘涉世緣。北鴻歸欲盡，尺素若爲傳。

望海樓

高閣憑虛望，長風送晚潮。驚濤吞日月，孤嶼薄煙霄。使節臨珠浦，樓船出漢標。島夷重九譯，來享聖明朝。

水東驛

百里間關盡，平林見幾家。雨添鷄距筍，風落杜鵑花。仄徑樊新圃，分畦種舊瓜。村墟投宿處，野曲自咿啞。

鹽場

煮海供醝策，民生何大勞。鹵防春水至，突掩雪花高。海賈摻盈縮，官衙急布刀。仍聞中使出，鷄犬亦蕭騷。

園居十首

十年真竊祿，五畝始爲園。平楚遙當戶，江流曲抱村。舊盟存水石，避俗厭卑喧。萬事無營慮，端居獨寤言。

丘壑吾將老，何妨日閉關。物隨時共適，心與世俱閒。亂水皆通海，踈林不礙山。幽棲愜真性，漸喜鬢毛斑。
曲徑沿涯入，長松手自栽。雲迎江樹合，帆背夕陽來。玩世吾何有，全生但不材。高林待歸鶴，逗暝尚遲徊。
方沼纔盈畝，春深亦種魚。鳥知求鳥喚，吾自愛吾廬。弱柳經煙媚，新荷及夜舒。溪邊小紅翠，采采滿懷裾。
野望晴偏闊，青山不厭貧。霞煙如待我，水竹最宜人。有客論詩草，呼童漉葛巾。陶然深一醉，款語任吾真。
觀物通玄理，翛然野趣長。魚因新水陟，鳥爲怯風藏。社鼓村中急，耕農節後忙。地偏無應接，人或擬柴桑。
一榻常高枕，蘧蘧夢亦安。鳥飛天向曙，江靜閣疑寒。盥櫛時都懶，琴書日自歡。起看牆外竹，碧色自檀欒。
藥裹供吾老，幽棲性獨便。每尋高士傳，無復遠遊篇。柔櫓村煙外，江流夕照前。沙鷗吾與汝，相對可忘年。

秋水平江步，家家促緯蕭。行雲低拂岸，落葉暗隨潮。飛鳥空中度，長虹雨外驕。從來會心處，濠濮不須招。

地豈逃名隱，園因涉趣來。鑿池開島嶼，坐石刓莓苔。衣冷浸江色，杯香襲野梅。總於塵境遠，俯仰得悠哉。

重遊無量寺館五首

逕曲禪扉掩，蟬鳴谷樹幽。石床堪信宿，竹院喜曾遊。剝轉猿頻報，經翻葉落稠。隨緣忘去住，況爲晚山留。

梵宇依山郭，秋閒更一登。菩提千劫樹，貝葉幾傳燈。流水涵真性，濃陰快曲肱。自藏衣鉢後，七祖是何僧。

到此心常慊，遲留日又曛。青山不改色，白社自離群。野竹題詩遍，山泉瀹茗分。下方闤闠近，歌管靜來聞。

方丈臨丹壑，依然戶牖開。感時花屢換，乘興客還來。待臈梅將蘂，凌霜菊未摧。勝遊全不滅，靈境異天台。

岐海浮孤嶼，香臺散暝煙。祇尋居士隱，重到法王前。白馬馱經日，黃龍出狩年。從來懷古意，登覽一茫然。

李紹參裕德過訪園中得歡字

長憶風流再晤難，相逢猶表宋鈃冠。人於事往情偏感，別以年多會更歡。陰合柳塘供佐鍛，煙輕蒲渚待持竿。青蒼不改羅浮色，最好同君一醉看。

重遊周金樵親家園亭

人似周顒事隱淪，地偏原自遠風塵。樽開雲物千峰迥，坐倚樓臺萬象新。曲徑尚餘蘿窈窕，斷霓時掛壁嶙峋。當杯不覺狂歌起，百遍相過樂總真。

早春答吳二彥家

茸茸新綠上蘭苕，候轉東風淑氣饒。采筆爾應千象緯，白頭吾且醉春宵。求丹有訣探靈勝，置驛無心到市朝。聖世盡收天下士，築臺何但數燕昭。

答區海目城館見寄

初衣久已拂緇塵，煙水遙遙寄此身。天際雄風時憶汝，懷中明月遠投人。五仙石古留洞口，九節蒲生滿澗濱。玉舄只今如可接，相期挹袖追颷輪。

初冬林若木羅心葵集馮三峨館得貂字

雲物凄清拂綺寮，每緣幽勝得相招。石疑太華峰初擘，宅似楊孚雪乍飄。皮骨我惟思住岳，羽翰公等待橫霄。獨憐世事堪杯酒，使節年來盡左貂。

七夕寄林喬化

黄姑中夜度繩河，佇望裵徊秋思多。索處忽驚時節換，懷人偏憶鴈鴻過。麟經絶筆應誰續，馬隊塵編且共摩。何事相思勞問訊，案頭燭影幾青娥。宋子京脩唐書，然二椽燭，妾媵夾侍，望之如神仙。林時脩廣東通志故云。

贈費唐衢方伯

東藩左轄命方新，曾是薇垣玉潤人。費之丈人魏公，嘉靖間廣東方伯，費來藩署完婚。嶺管舊看龍表氣，道傍猶識御時輪。後三十年，費來廣東方伯。虞廷岳牧咨良弼，周室旬宣賴世臣。祖命對揚如召虎，肯將勳業數麒麟。費之祖文毅公，弘治間拜相。魏公諱良貴，江西新建人。費公諱堯年，江西鉛山人。萬曆廿年任。

送子晉叔往曹溪兼寄馮大昌歷

秋風吹鴈度湞江，客子擔簦上小艭。招隱舊盟叢桂曲，藏脩今就玉蓮釭。上方蘿月留僧偈，石磴松濤起梵腔。千載法門原不二，塵心都在靜中降。

答歐子建

青天西掛赤城霞，臥閣瀟瀟翫物華。鯉訊忽驚雲裏墮，龍紋遥憶斗間斜。長吟衹恨依然越，絕調堪憐和者巴。海内才名諸少在，白頭人自老楞伽。

答太初叔

擾擾塵途五十年，幾回清夢寄遊仙。虚疑鶴馭横三島，已恨鳧飛隔九天。往事總歸芻狗外，息機長傍海鷗前。知君妙得華陽訣，肯授參同契一編。

答陳梅伯見訊

清曉銀床葉漸稠，病懷蕭瑟又深秋。非關庾信情多感，自笑韓康跡未幽。赤仄尚堪供白墮，短篇那得慰長愁。蘆花淺水多肥鱖，安得重攜上釣舟。

爲園

數畝爲園枕水涯，綠陰偏稱野人家。雖無賦絹千頭橘，也有開樽幾樹花。地迥江山供杖屨，人間賓客盡煙霞。藥爐經卷吾堪老，不管流年鬢有華。

和承暢弟菱塘泛舟韻

菰蒲一曲帶江流，涼意瀟瀟不待秋。乘興漫移蘭棹往，聞歌仍爲竹枝留。煙清疊嶂還孤鳥，天盡滄溟出釣舟。此去神山渾不遠，與君攜手望瀛洲。

新塔在吾邑順德城東，邑侯倪公諱尚忠所建

華蓋山前第一峰，驚看新塔又重重。橋連極浦潮初長，草滿閒堦雪未封。欄檻平臨千嶂樹，海天遥散數聲鐘。東南民瘼憂仍急，莫道淮陽有笮融。

遊仙四首

宫闕玲瓏向曉開，有人云此是瑤臺。夢中不記仙凡隔，聽得鸞笙幾奏回。

玉簡青書大洞文，瑤壇清夜禮元君。鳳簫聲歇靈軺轉，悵望那堪隔紫雲。

酒進瓊漿脯擘麟，何年重得駐飈輪。仙家日月都如此，莫説蓬萊海有塵。

九炁璈聲那得聞，素鸞天外自爲群。不堪西望空腸斷，太華峰高一片雲。

梅花三首

山邊水邊人獨行，冷蘂踈枝仄岸横。清役吟魂寒次骨，一天霜霰月微明。

低回似艷原非艷，髣髴聞香不當香。亭亭素手臨流水，脈脈貞心對夕陽。
姑射翛翛物外人，清標曾不涴緇塵。祇應領得東皇意，不管群芳爛熳春。

碧桃初花風雨所阻

羅浮山下太清壇，移得仙根入畫欄。春意不教花驟發，幾朝晴暖幾朝寒。

九日池上桃花

佳節繁花一樹同，不須回首恨東風。霜華點染秋光好，似惜紅顏落鏡中。

龍潭夜泛

太虛不著片雲飛，海色溶溶漾月輝。露裛蘆花珠欲滴，兩涯清影送船歸。

城南書感似以典姪二首

世事回看盡惘然，城南風物最堪憐。踈鐘曉寺曾燈火，屈指於今是幾年。
竹床茶竈上方連，綵筆曾經夢裏傳。結客此時多意氣，閒花題遍寺門前。

別情二首

夢裏相攜夢後非，別情垂老更依依。離魂好似三秋鴈，夜向天涯一度飛。

日日行吟江畔歸，可堪寒盡見梅稀。閒心懶對長江水，誰共持竿上釣磯。

五仙觀

華表千年鶴一歸，山川猶是昔人非。白蓮池上西風起，半似聯翩振羽衣。

南園

春深燕子繞朱樓，絕代才名此勝遊。欲弔靈均無限恨，雨花煙草路悠悠。

寄懷黄長史

玉河橋畔樓頭月，楊柳堤邊馬足塵。三十年前同宦意，君今猶是曳裾人。

饒陽雜詩十首

宿漳溪人家

緄藤編箬結幽棲，屋後高林屋下溪。永夜客心何處折，瀟瀟山雨壁鼯啼。

楊梅峒嘉靖間張酋結寨於此

沿洄深澗盡磁窟，雲碓聲中馬去遙。寂寞舊時豺虎窟，隔林初見一人樵。

灉潭

斷蓬衰草匝江皋，點點鸕鷀下小舠。入夜沍寒人語少，滿灘煙水月輪高。

三河

岐水分流淺更寒，市廛鱗次販艘團。黃旗閃閃橫江出，聞說征錢是宰官。

程江驛

江城孤月兩重圓，襟枕頻移只在船。誰遣梅花中夜落，數聲橫笛小樓前。

高坡道中

至後寒山紛落木，夕陽茅屋幾炊煙。天涯容易愁孤客，莫更西風送斷猿。

黃竹坪

黃竹坪前日向低，茂林歸鳥各爭棲。峰巒不盡秋雲色，家在羅浮四百西。

龍川懷古

當時秦鹿走中原，猶有東南一尉存。今日霸圖何處是，冷煙荒草舊城垣。

東衢逆旅

疋馬西來臘月餘，揚鞭崎嶺又通衢。丹楓夾道行人度，只少梅花似大庾。

曉發清溪

雨色連江曙未分，蕭蕭篷底客先聞。歸裝不羨虞卿璧，留得桐絲伴水雲。

高涼雜詩十首

珠江晚發在吾郡廣州城南五羊驛前

布颿江上掛晴霞，誰遣東風换物華。回憶故園今夜月，曲欄開到幾枝花。

吴川館中

海濤聲沸夢魂知，欹枕聽鷄曉漏遲。寒雨半襟風不定，短牆低壓小桃枝。

盧三邀酌酒樓

椰葉蒙茸覆酒床，清歌一曲壓君觴。醉中欲忘身爲客，夢裏那知又故鄉。

賣花墟

路傍穠艷一枝新，送盡東風去馬塵。半似胡姬年十五，壚頭沽酒與遊人。

採葛娘

春深谷口共腰鐮，芒刺時忍玉手纖。誰信吴王宫讌罷，夢回猶惜夜厭厭。

雨次大墟

空濛煙雨濕行裝，卻算前期驛路長。欲向旗亭呼一醉，鷓鴣聲易斷人腸。

陽江道中望海上諸山

立馬遥看澹復濃，青天半插玉芙蓉。來時煙雨歸晴暖，盡出東南幾百峰。

過蓮池

日暖平原煙草低，閒花開滿短亭西。芳菲總屬東風管，一路繁香送馬蹄。

熱池

崗巒百匝一池開，氣熖薰蒸濕草萊。卻憶驪山山下路，春深曾賜錦鋪來。

過院村

晴沙皛皛帶荒村，水滿町畦蝶滿園。似是龐公此真隱，竹松深處有柴門。

詠懷古蹟十首

陸賈城賈使南越時，趙陀未即前，賈爲城以待之，在吾郡廣州城西。

郊原漠漠草煙平，此地猶傳漢使名。黄屋島夷今泯滅，寒潮惟送月華明。

玉液池僞劉所築，中有明月峽、含珠亭、紫雲閣，每端午，宮人競渡其間。

含珠亭倚郡城西，草樹連天拂玉堤。宮女蘭橈初倦戲，採菱歌斷曜靈低。

昌華苑在城西荔枝灣，廣四十里，袤五十里，僞劉所築。

作陣鸞旗拂海霞，荔枝灣下即昌華。劉郎一去無消息，長盡蘋花與稻花。

芳華苑在千佛寺側，桃花並水十餘里，可通舟。

舊苑荒臺古刹邊，桃花臨水尚依然。只今野鳥啼春急，半似當時鬧管絃。

甘泉苑在郡東北五里，吳刺史陸胤築堤以便民汲，唐節度使盧鈞復加疏鑿，以濟舟楫。旁多木綿、刺桐，爲蹈青遊所。劉漢廣之爲甘泉苑，中有泛杯池、濯足渠、避暑亭，今蒱蒱水也。

甘泉苑傍蒱蒱水，蕩漾曾經畫舸迴。異代繁華無處覓，木綿開更刺桐開。

花田在城西三角市平田，彌望皆種素馨花。南征錄云：劉王時，美人葬骨於此。至今花香甚於他處云。

花田一帶漢宮斜，花露濃濃泣歲華。艷骨怨魂俱不散，顧隨侯館化丹砂。僞劉歸宋爲恩赦侯學煉丹。

華林園即劉王花塢，今地名半塘。

青山疊疊樹行行，花塢猶存號半塘。此日芳菲誰管領，可憐紅紫鬭新粧。

月華樓月泉井在鹽倉街，即古月華樓，與日泉相望。

金波遙暎月華樓，佳色偏宜永夜遊。玉魄年年長在望，照殘芳杜滿汀洲。

呼鷹道郡城稍北，觀音山上，有越王臺故址，南唐人多登此玩月。劉龑時，疊石爲呼鷹道，折北有歌舞崗，尉陀三月三日登高處，劉龑夾道栽菊，九日登高。

歌舞崗前谷變陵，秋深狐兔待呼鷹。崕頭細菊臨風倚，不管人間有廢興。

朝元洞番山在南，禺山在北，聯屬如長城。南漢鑿平之，就番山積石爲朝元洞，後改清虛洞，復以沉香爲臺觀於禺山。

朝元洞口接禺山，鸞鶴迴翔杳靄間。風景依稀時代異，夕陽長羨釣舟閒。（以上勾漏集卷三）

全粤詩卷三九八

鄭學醇四

庚戌九月將有浙行舟泊穗城悵然有作

木落轉深秋，衣輕怯遠遊。層城煙漸暝，孤樹鳥先投。燈影亂流水，箏聲多酒樓。悠悠吴楚去，何處是嚴州。

石門阻雨

涼雨夜瀟瀟，寒江暗上潮。感時堪淚盡，別路易魂銷。有夢懸青雀，無心問黑貂。惟應待明發，漸與故山遥。

從掛榜山步至黄塘

十里黄塘路，青鞋信杖藜。沙廻籠岸盡，山迥羃雲低。衰草寒蛩歇，荒榛暮鳥啼。野橋清淺處，疑涉浣花溪。

水西驛

章江江上驛，乘月且維舟。灝氣兼天逈，灘聲入夢流。路遙書斷鴈，風起浪驚鷗。憶得鄉園裏，清光正滿樓。

劍江驛

何年台斗上，紫氣結龍文。江漢川流合，衡廬地勢分。鷄聲催曙月，鴈語隔重雲。瀟颯深秋意，偏教旅客聞。

滕王閣

帝子來南國，臨江構此樓。人隨歌舞去，滕自古今留。檻靜綺霞散，江深璧月浮。少年登覽地，猶得賦重遊。

宿永泰寺

寒燈依古刹，茲夕益凄其。別路五千里，歸心十二時。臈殘春氣近，計拙夢魂知。惟有踈梅月，臨窗暎一枝。

清遠道中朱荊玉攜酒同弟學張懋緯承宰承藻承衮送至東林寺

寺下長江澹不流，寺邊秋色擁行舟。裘非紫綺勞相問，會有青樽慰遠遊。伐荻此時聊晤語，班荊何日重淹留。懸知後夜遙相憶，雪滿蒼山月滿樓。

儲潭廟

虔州西北有儲潭，潭外千峰淨翠嵐。古廟尚題靈雨頌，斷碑猶紀使君銜。塞鴻欲度風偏急，宿靄初收日半含。行客不須嗟歲暮，計程春色又江南。

雪浪閣

傑閣岧嶢瞰碧流，江山佳勝昔年遊。靈幡靜拂青螺岫，絳闕遙臨白鷺洲。九澤雲開仙鶴曙，重潭天醮老龍秋。青蒼景物依然在，山月松風事事幽。

草萍古驛

寒風吹雨欲成花，遠道行人倍憶家。地拆東南分楚越，路從台斗望京華。松林蔚蔚依山轉，麥壠青青逐澗斜。暝色漸看城郭近，女牆官樹遍棲鴉。

浙河春望

東風吹暖拂纓塵，草樹依微入望新。繡陌曉嘶金勒馬，畫簾春倚玉樓人。陽和喜就他鄉色，遲暮偏憐擁褐身。煙景五湖天共遠，斷腸歸雁數聲春。

別唐使君

千山廻合富春城，牢落那堪越客情。七里灘邊殘雪色，兩高峰外暮潮聲。風塵念我孤蓬跡，鷗鷺看君萬里程。燕市舊遊他夕夢，短篷新月向人明。

答潘子遷用韻

翩翩青苧帶風斜，綠酒紅亭不待賒。邂逅喜深還賦別，倦遊人老更辭家。瑤空欲墮歌中雪，綵筆猶懸夢裏花。煙水蒼茫孤棹遠，酷憐秋色滿江涯。

答潘幼則用韻

秋風鴈度浙河西，遠訪嚴陵舊釣溪。三尺素琴揮別調，數行紈扇寄新題。同遊久自思陶謝，狂態惟應託阮嵇。安得重攜問春信，綠楊陰下絡偏提。

秋懷寄梁先仰

嫋嫋秋風吹薜蘿，忽驚新鴈度金河。千山月色離魂黯，一夜秋聲病枕多。促織吟寒催短鬢，踈碪敲曙怨青娥。瑤華滿地還堪搴，欲寄相思奈遠何。

湞江對月

越水吴山路渺漫，孤舟偏覺别程難。愁心莫對清霄月，添得遊人兩鬢寒。

凌江夜泊

北去南來類轉蓬，浮生何處定萍蹤。孤舟凌水醒殘夢，三十年前此夜鐘。

章江阻雨

章水西流轉北來，計程明日欝孤臺。寒風急送千峰雨，心折庾關幾樹梅。

别東陽許生

誰遣相逢又解攜，數聲南鴈楚雲低。津亭望入華山路，一片征帆弋水西。

玉山城南楊家水樓對月

懷玉山頭月半輪，江風叟叟水粼粼。不知桂闕寒多少，賸有寒輝照遠人。

玉山河

緑静春江似鴨頭，半涵山色半侵樓。歸心暗與流爭急，亟就長年問去舟。

浮橋阻雪

北風吹雪暗江頭，逗夜連朝尚未休。怪得榜人關不度，攏船偏傍酒家樓。

清溪驛

一帶平蕪合淺沙，莿榛深處幾人家。江風偏與南來客，歸棹齊謳扎扎鴉。

度嶺寄梁茂伯潘良詔君理崇彥諸丈

夢裏還家不當真，梅花欲放嶺頭春。鄉園此去千餘里，關外難逢寄信人。

觀迎春

臘盡春回暖尚遙，官河冰結未全消。喧闐簫鼓迎將去，只爲長堤换柳條。

杜鵑花

春來無處不芳菲，何獨南潞品格稀。孤客卻疑花解語，向人頻道不如歸。蘇子瞻詩：『南潞杜鵑天下無，披香殿上紅氍毹。鶴林兵火真一夢，不歸閬苑歸西湖。』

水岸桃花

幾枝臨水復臨堤，灼灼東風日又低。莫倚晚霞爭艷色，春光強半雨中迷。

由瑞虹抵沿山河三首

北風吹斷蓬，寒雲暗四野。四野何茫茫，江流迅如馬。野草被嚴霜，榮枯不相假。疆域日以殊，遠客何爲者。坎壈愴中懷，悲歌淚如寫。
嚴冬何凜冽，玄雲結層陰。寒雨中夜零，遊子懷重衾。愁緒本無端，展轉自相尋。相彼孤棲鳥，依依望故林。行行日以遠，所託惟聲音。聲音不可託，何用慰人心。
天地本蘧廬，光陰成過客。人生惟百年，而誰能滿百。良時不盡歡，容華枉拋擲。採葛懷三秋，況此三秋隔。舉目盡途人，安知胡與貊。行行但來歸，無爲久離索。

晨發富春渚

晨發富春渚，夕息蘭溪陰。理棹即湍險，極目眺嶇嶔。凄凄百卉腓，嗷嗷哀鴻音。山川豈不遙，霜霰亦已侵。拳拳懷舊歡，離思浩難任。節往感不淺，感來念愈深。麋鹿有至性，豐草與長林。固窮守昔訓，無悶何獨今。

秋空月

明月懸秋空，皎皎臨窗牖。望之不可親，擥之不去手。一回圓缺一回新，清光大地皆應有。居人見月思遠人，遠人見月將歸否。

七里灘

富春之灘名七里，錦峰繡嶺重重峙。祠聳長林古木中，舟行兩岸猿聲裏。漢家九鼎赤符新，灘上一絲人獨理。千載高風清客心，半灘明月一篙水。

西湖五十韻

天目垂雙乳，西湖注百泉。霞標千嶂迥，煙水六橋聯。絡繹歡遊騎，笙歌罨畫船。玉樓花掩暎，石路草蔥芊。月迥重潭靜，風輕一鏡漣。綵絲移雀舫，紅袖出鞦韆。柳色迷歌扇，蘋香龍舞筵。兩高飛曉日，三竺隱諸天。月路飄金粟，商飈拂繡蓮。紅瓣而黃緣，生聚景園中。老猿呼梟梟，歸鶴繞蹁蹁。梅點孤山雪，松霏九里煙。層城開水際，危塔倚山巔。石轉驚神運，崖穹訝鬼鐫。鐘微知寺遠，鑼動速舟還。東坡事。蘇小妖魂在，西施黛色妍。風流唐白傅，放逸宋坡仙。和靖成真隱，參寥卻解禪。古今人屢異，興廢事空傳。勾踐謀資蠡，婆留姓是錢。封疆重啟霸，吳越一王專。南渡偏安日，仁和駐蹕年。乾坤餘王氣，羅刹定都廛。邀福延祥觀，宸遊聚景園。湖山多逸豫，舸艦幾流連。宮嬪珠簾揭，篙師錦纜牽。暖風喧鳳吹，香霧滃龍涎。宋嫂羹初進，蘄王賜屢宣。繁華三島外，絃管五雲邊。北虜通和議，東窗弄殺權。精忠哀武穆，慷慨羨胡詮。覆餗仍秋壑，殘軀殞木綿。半閒堂已矣，水樂洞依然。白鴈江南過，黃龍瘴海膻。故宮淪蔓草，壠樹泣啼鵑。事往千秋慨，奇遊此日偏。山川真畫裏，景物值春先。堤柳霜凋盡，山花燒共燃。驚鴻遵荻渚，振鷺起葑田。鷲嶺寒雲薄，西泠澹月懸。漁燈依岸曲，城角倚風前。懷土非王粲，樗材老鄭虔。客途嗟浪跡，歲月負華顛。真長船誰問，王猷興轉遄。歸裝無白璧，舊物有青氊。古調琴三尺，縹囊易一編。倚歌徒和郢，醉筑尚思燕。豈必求勾漏，寧須候偓佺。浮生隨所遇，真性詎能遷。湞水程三月，庾關路幾千。何因湖外寺，時借上方眠。

五遊詩客有贐我五嶽之圖，遂作五遊詩

我思遊兮泰山，天孫標勝東齊間。上有丈人千丈之突兀，下有黃河一帶之縈環。秦封漢策秘不可覩，石閭金闕窅而難攀。安得採芝二童爲我導，坐觀海日赤騰空洞開心顔。

我思遊兮太華，玉井十丈青蓮花。首陽巖嶪巨靈擘，河流澒洞經其涯。叔卿白鹿去而不返，脩羊石室空翠而峆岈。安得子先二龍爲我御，直上二岑千仞飡朝霞。

我思遊兮祝融之三峰，紫蓋石囷金芙蓉。軒轅始以灊霍爲之副，神禹乃夢玄夷使者來相逢。朱陵寶洞九向而九背，飛流瀑布漾漾而溶溶。安得巖下之老爲我語，願與三五年少執簡以相從。

我思遊兮恒山阿，北岱南趙東黃河。畢昴之精下融結，直與霄漢青相摩。崕有護門夜叱之神草，壠有四種五獲之嘉禾。安得昌容之仙授我訣，服食二百有餘歲完天和。

我思遊兮嶽之嵩，華衡恒岱此其中。玉璧金鉼降靈瑞，太室少室相穹窿。白霧青炎自然之天地，玉漿石髓淵邃之仙宫。安得浮邱道人爲我接，吹笙控鶴遨遊乎緱山之東。（以上勾漏集卷四）

全粤詩卷三九九

鄭學醇五

登廣州郡城

百谷滙天池，五嶺甸南服。秦尉披荊榛，炎荒肇黄屋。五季競覇圖，蛟蜃肆荼毒。玉璽隕厓山，華風染胡俗。神聖御寰區，泰階爰清淑。九譯來梯航，獻琛萃川陸。靈氣人所鍾，河山迥回復。譙樓俯郊闉，層暉展遐矚。悠然往古心，暢哉千里目。肉食鄙藿謀，禍機多隱伏。欲紓南顧憂，綏柔在良牧。

曉出城東門

鷄鳴闗吏警，伐鼓報通晨。垂楊暗廣陌，車馬漸填甀。微風布柔和，九陌颺緇塵。詵詵遊宦客，役役市廛人。鞍轡紛照耀，負戴何苦辛。貴賤雖異營，總計百年身。如何遊俠子，仗劍遠辭親。揮金結死士，博塞競芳春。坐恐繁華歇，寧憂鐍篋貧。傷彼獨行士，蓬蒿長隱淪。

安期巖一名鄭仙巖，在吾郡廣州城北白雲山。

力政肆苛慝，道術亂無章。從横各馳騖，逐鹿殉鋒鋩。兩利銛淮陰，三寸掉子房。伊人蒯通侶，揣摩固所長。一朝謝聲利，飄飛白雲鄉。賣藥東海市，躡蹻來炎方。白雲疊巘崿，玉澗流汪洋。菖蒲滿九節，紫芝亦煌煌。朝飢餌堯韭，夕息飡禹糧。古今猶旦暮，名利非所韁。至人既云遠，牌版互存亡。企仰但遺躅，巖岫摩青蒼。帝師與王佐，千載空茫茫。未若羽化人，翩翩遊太荒。

潘君理以尊人誄文見屬賦謝

堯階遜箕潁，漢祿辭黄綺。冥鴻漸九逵，潛虬媚淵水。珪組世所榮，幽貞自君子。懿哉脩嫮人，遙遙振芳軌。秉志惟達生，寧暇掇青紫。燕趙愜奇遊，園廬竟棲止。垢氣曾不嬰，令譽存終始。高揖謝人群，恭敬遺桑梓。潛德信璠璵，編摩須國史。欲鐫有道文，愧匪中郎比。

夏夜吟

南榮夜久炎威歇，遙空澹澹懸西月。庭槐影合嫩涼生，池荷水淨微香發。流螢點點颺輕輝，銀河倒浸榆花稀。相思可望不可即，安得乘潮盡興歸。

龍舟曲

僊城一帶臨江閣，綺窗繡戶垂珠箔。俠客招邀恣冶遊，偏提白墮青絲絡。四時佳興重端陽，風恬晝永蒲酒香。龍舟百丈爭奇捷，伐鼓鳴金赤幟揚。錦標奪取微茫浦，櫂歌奮臂力如虎。波濤噴薄玉花飛，天吳驤首黿鼉舞。傾城士女競繁華，蘭橈桂檝江之涯。徵歌不覺行雲駐，緩舞那知白日斜。日斜猶自不還家，青牛側偪走香車。城南城北香塵合，買盡劉王壠上花。

適周問禮圖

峭壁蒼崖林樸樕，茅屋土堦最幽獨。兀然一老坐其中，左圖右書撐滿屋。魯國之儒惟一人，章甫峩峩鳴佩玉。造廬就榻事諮詢，容貌恂恂言不足。明堂清廟與郊禋，奥義微文耳相屬。乃知聖學無常師，贈言何必勞諄復。自茲返魯道彌尊，弟子三千皆樂育。當時弟子從者誰，云姓南宮字敬叔。

黍珠春永篇爲博羅張太宜人

君不見魏元君，玉笈親承大洞文。冥心至道緯真氣，一朝總轡騰秋旻。又不見麻姑仙，金眸鳥爪神翛然。擘麟行酒坐歡笑，蓬萊水淺三千年。仙家靈異皆如此，不獨鮑姑與何姊。鮑姑大藥黍爲珠，何仙煉就芙蓉蕋。珠黍庵連雲母溪，石樓突兀鐵橋西。乃知羅浮是仙宅，群真往往凌丹梯。張家夫人謝家女，朱顏皓髮列仙侶。姓字先標玉札中，會須帝闕遥翀舉。嵧峨仙令似劉文，佳兒早拜中書君。中郭列職成均彥，鴛鸞接武咸超群。中書秩進尚書郎，黃麻紫誥重輝煌。北堂大耋初逢日，御命過家進壽觴。壽筵開向鮑仙圃，麻姑行酒聯娟舞。玉案紛擎棗似瓜，雕盤復進蒼麟脯。福祉駢膺日日新，張夫人亦魏夫人。揚休百拜頻嵩祝，願戴皇圖億萬春。

西湖圖

誰將西湖景，摹寫入生綃。眼中忽見兩高勝，耳畔疑聽八月潮。樓臺疊疊依城郭，玻璃漾漾偎蘭橈。六橋柳，如可折，孤山鶴，不堪招。蘇堤莎正煖，誰試玉驄驕，岳墳松檜晚蕭蕭。繁華千古事，黃屋久煙銷。祇今惟有南樓月，夜深吹徹玉人簫。

陂塘泛舟

海潮五月初盛壯，暎地涵天何蕩漾。輕舟傍午泛陂塘，菰蒲獵獵魚吹浪。黑雲觸熱片時作，白面石尤雷電惡。翡翠蜻蜓歷亂飛，釣艇罟船遵渚泊。篷底時驚霹靂光，崩騰似瀉銀河落。須臾雨霽風漸息，荷葉菱花靜如拭。匏樽相屬興陶然，渺渺水天同一色。夕陽倒景浸南山，荻岸松門杳靄間。夜深喜見明月上，清景好人不忍還。陰陽闔闢有如此，晝夜死生同一理。安得潛窺造化樞，長與天地相終始。

詠虞美人草

白鶴峰前逢野老，手持灼灼一花好。穠粧艷質自天然，云是虞姬原上草。一枝一葉如披甲，兩葉一花相間插。隊間容隊伍容伍，絕似項王用兵法。憶昔項王垓下時，楚漢雌雄尚未知。項王百戰誇百勝，淮陰之戰多用奇。三十萬兵集陣厚，孔將軍左費軍右。漢王旗鼓在中權，絳侯柴軍俱在後。紛紛殿後屬遊兵，繞圍三匝楚歌聲。四隊騎兮亡兩騎，楚業冰消漢業成。一泓恨血灑原隰，天亡之數何嗟及。祇今煙雨裛花枝，猶似帳前人飲泣。

謝黄太史

東風吹綠瀛洲草，上林百囀新鶯早。佩馬朝天響玉珂，玉堂何限春風好。春風迢遞遍天涯，餘吹披及野人家。門前漸覺蓬蒿長，徑裏還開幾簇花。甕頭春釀醅初熟，手挹葛巾時自漉。作者無過白與陵，半酣歌詠歡不足。鸕鷀杓，鸚鵡杯，一生懷抱此時開。開懷不但春風好，爲喜文章落上台。文章世所羨，況復詞埴彥。鳳闕鸞臺不可親，片言華衮相鮮新。奎光夜夜燭滄海，惟應遥憶玉堂人。

早春訪林若木二首

煙雨正濛濛，扁舟浪萬重。爲乘今夜興，來訪舊遊蹤。繞檻春雲合，開樽花氣濃。牽衣問新佩，同是楚芙蓉。

竹逕倚江開，思君故一來。索居人易老，塵世幾憐才。説劍杯堪引，裁詩漏更催。不須占太史，象緯自昭回。

不寐

亦知非遠别，不寐思何依。淅淅風開幔，溶溶月欵扉。樓高秋氣迥，戍遠角聲微。多少關山外，寒來憶寄衣。

聞笛

江天聞遠笛，斷續總因風。樓静人初倚，簾開月正中。曲方迷出塞，響忽散遥空。不待山陽感，長吟及夜終。

龍潭

今夕他鄉月，遥看正上弦。金波殷地湧，玉鏡待時圓。水宿頻推枕，長歌獨扣舷。微微風露下，秋意已泠然。

博頭遇翟梧臺丈

晴江淨不流，白石竹林幽。纜短隨陰繫，鷗輕逐水浮。逢迎值林叟，鷄黍晚懽留。相送柴門外，娟娟山月秋。

望羅浮

濟勝非無具，全憑馬識途。丹丘渾咫尺，翠靄半虛無。萬仞飛雲迥，三峰上界孤。何因跨黃鵠，縹緲叩玄都。

江浦巡司

暝色自凄凄，微茫失路谿。人依孤戍宿，天入萬山低。浪靜時聞柝，夜長頻憶鷄。所思勞寤寐，遥隔碧雲西。碧雲，山名。

客中九日

高秋逢令節，猶阻故園觴。望裏雲千樹，吟邊鴈幾行。老嫌身是客，時至露爲霜。爲報東籬菊，應留幾瓣黃。

所思

誰不榮軒冕，吾生分薜蘿。壯心憑酒盡，世事得愁多。駐屐看雲落，支頤聽鳥歌。所思人不到，隨意盼庭柯。

館中藤牀

信宿三城日，棲遲得此床。解衣風雨至，高枕夢魂凉。壁濕燈還暗，櫺踈漏漸狂。古今真逆旅，偃卧意何長。

群盜甲辰三月，爲採珠惡少所窘，勒贖得歸。

攘攘黄巾者，樓船蔽落暉。排雲千盾合，擊水四輪飛。整整朱旗出，淵淵賽鼓微。健兒性無賴，況復罷池歸。

和蔡香山春日仁山即事

僊郎坐對海城春，春日春風入詠頻。物候融和縱有象，春光浩蕩渺無津。搴帷露晃花迎轂，卧閣裁詩月近人。明到上林春更好，九衢煙柳玉珂新。

和黄玉嵛太史甘竹灘春集

控扼滄溟萬里流，微茫春色坐中收。暖含芳林青堪搴，霽入遥山翠欲浮。啟蟄驪龍聽醉語，忘機鷗鳥爲人留。山川本藉名賢重，千載應傳此勝遊。

送胡北部遼使還朝兼寄崔工部唐國子

使君銜命遼陽日，萬里家山擁傳過。玄菟郡中馳駟牡，白鷲潭畔賦驪歌。彤雲曉仗瞻丹扆，紫陌秋聲散玉珂。闕下若逢鴛鷺侶，子公消息近如何。

送甘竹黄玉崙太史

祥光一夜起奎躔，玉署人今向北燕。行色五羊城外動，仙班雙鳳闕中聯。看花禁籞香風轉，視草鑾坡瑞日懸。知際聖明多獻納，肯誇詞賦奏甘泉。

答馮稺謨

金鴨香銷換夕薰，冥冥煙雨又春分。已無壯志從鞭弭，祇有閒心伴水雲。雜佩未能酬結好，新詩偏得慰離群。知君已探昇真訣，玉笈何因得共聞。馮有武夷集

贈潘良詔君理叔姪遊南華

探幽連袂訪曹溪，溪在湞江江水西。龍象地深靈鷲隱，芙蓉驛古鷓鴣啼。洛中詞賦諸潘盛，江左才名二謝齊。到日禪心應自悟，莫將真性認菩提。

壽我衡叔

與君同祖復同庚，同向師門屬鴈行。六十年光流水過，三千功行幾時成。爲霖未展狂龍性，伏櫪寧忘老驥情。荔子滿園荷滿沼，壽觴從此歲同傾。

園亭夏日

桔槔長日掛斜暉，老向園林久息機。病後尚思求馬渤，倦來無復理牛衣。蜉蝣總悟歸空幻，蠻觸何勞計是非。極目蒼蒼煙水闊，綠陰新滿釣魚磯。

己酉七月望夕寄宗紳叔桂開姪

去年今夕羅浮月，同在羅浮江上看。丹桂影高靈兔隱，碧潭波静老龍蟠。岸花汀柳撩人爽，玉露金風作早寒。回首勝遊何處是，雲山東望路漫漫。

羅浮八首

沖虛觀

飛來燕履是何年，聞說鮑仙與葛仙。歲久羽衣猶化蝶，雨餘丹竈自生煙。花陰夾道黄麟見，潭影浮空彩鳳翩。徙倚瑶壇清籟發，卻疑仙樂下鈞天。

蓬萊閣

峻閣層欄俯夕暉，清虛真與世相違。千年紫氣通瑶島，盡日祥雲絢翠微。縹緲神鉦時發響，蘢葱苻竹已成圍。金璫玉珮山頭過，知是群仙月下歸。

朝斗壇

仙卿環佩此朝元，斗宿踈明夜不喧。玉露未晞瑤草濕，靈風初滿翠旗翻。經藏葴闕銅龍護，劍伏空山瑞氣存。浮世未須論浩劫，碧桃深處是僊源。

野人廬

觀源洞口覓仙蹤，雲鎖仙山翠幾重。啞虎夜驚千歲鶴，碧鷄春喚萬年松。藥槽自引靈泉洗，丹竈猶餘絳雪封。風景蒼蒼人去遠，杖藜何處得相從。

梅花村

彩雲軒近朱明洞，洞口梅花尚有村。瀌瀌澗聲喧水碓，陰陰松葉護柴門。空餘草舍千年蹟，無復踈枝月夜魂。濟勝自應頻駐屐，可誰重與倒芳樽。

大石樓

紫翠中天聳石樓，鐵橋流水幾經秋。三株樹近天鷄報，九疊光生海日浮。縞鶴振衣橫碧落，金芝敷甲滿丹丘。仙壇景色依然在，風御何因歷九州。

水簾洞

峭壁淙淙瀉瀑泉，玉花飛濺素珠懸。崩騰滄海雙蛟鬭，澒洞昆陽萬馬先。趺坐不驚春燕入，幽棲偏與世塵捐。飛龍若遣催行雨，應化甘霖遍九天。

天華宫

雲母溪邊一水通，猶傳蛟蜃舊離宫。霞煙掩暎千峰外，松檜參差夕照中。廢殿有基迷斷礎，銅人無淚泣秋風。黄幡紫蓋知何處，紅翠鳥名數聲山月空。

粤臺覽勝

炎徼風煙一望中，江山曾憶霸圖雄。白雲山名睥睨千秋色，珠海帆檣萬里風。繡戶珠簾低晚照，落霞孤鶩暎遥空。樽前物態饒春意，夾岸梅花樹樹同。

重遊疊石在予鄉倫教之北二十六里

一竿重上釣磯頭，磯漈宜人是白鷗。江海自通天地老，煙波長送古今愁。憑凌巨浪賈船晚，蕭瑟高原野笛秋。采得瑶華誰可寄，美人猶自隔滄洲。

塞上曲

羽書飛奏漢明光，詔護諸軍出塞場。擐甲夜趨邀虜騎，彎弧秋淨射天狼。黑山戍外雲光白，青海城邊日色黄。沙漠未清心不死，夢中猶逐左賢王。

遊僧

帝城宮闕幾雲遊，萬井煙花夾御樓。禮磬倦敲天闕曙，衲衣曾度薊門秋。韶華瞥爾空中電，去住翛然不繫舟。袖裏青囊頻指點，何時飛錫到瀛洲。

官山市

波靜龍吟滄海，潮回鴈集二沙。網罟炊煙漁浦，茆茨鷄犬人家。

伊軋賈船曉發，微茫市店煙開。遙識先朝宰相，山中疊疊樓臺。

雨夜

菡萏雙枝暎水明，素香恬淡不勝情。自憐一段看花興，入夜忽聞風雨聲。

聽鷄

十載曾從埭上過，客裘無奈曉霜多。西風吹醒還家夢，不是淮河是潞河。淮有聽鷄埭。

城館聞琵琶

江州曾一訪孤亭。九派流分萬岫青。此夜得聞絃上語，客心仍自不堪聽。琵琶亭在九江府城外

落花

每到花時忍獨醒，化機開落幾曾停。落花還有開花日，雪鬢何時得再青。

感舊

漫遊曾到駱甌西，萬事闌心醉懶題。風雨漸多春漸老，綠陰濃匝亂鶯啼。

貓

臥憑氊罽食憑魚，薄荷香傳半醉余。一線綠睛閑白晝，冷看鼯技漸消除。

經所親故居

倚山臨水舊煙霞，回首人間幾歲華。溪鳥不隨時事改，春深啼上野棠花。

重有感

玉洞桃花千樹春，回看風物總成塵。憑君莫恨人難遇，何限人間不遇人。

約李神白訪沖虛觀李九還鍊師

羅浮道士不相識，聞在葛洪丹竈西。已辦短筇雙不借，與君聯步訪丹梯。

賦得楚姬二首

纖腰渾欲不勝裾，花不如兮玉不如。莫倚紅顏輕綏頰，君王留意在商於。

章華西望即高唐，爲雨爲雲入夢長。惟楚有才如宋玉，只將詞賦事君王。

夏日園亭七首

琅玕百尺漫搖風，石榻閑吟日可中。黄鳥自來還自轉，綠陰誰惜又誰同。

溶溶新綠滿池塘，紅藕花深屬玉藏。驀地赤遊忽驚散，空餘煙水半斜陽。

金鴨香銷午夢餘，數聲啼鳥竹窗虚。箕山去後無高士，玄晏何勞更著書。

莫買黄金鑄子期，素琴三尺久無絲。静觀物理成幽趣，嘒嘒玄蟬綠樹枝。

日永庭陰蔭轉遲，坐調元氣學希夷。誰人解得還丹意，大乙關元祇自知。

山桃花落葉青青，掩戶時看大洞經。掃卻竹牀無所事，松風偏喜卧來聽。

自有靈根自不知，浮生何苦事支離。内庭銷盡元精秘，欲養純陽覺已遲。

燕子樓三首

燕有空巢樹有霜，樓前梧葉滿銀牀。一從劍履歸東洛，離恨空隨灕水長。

香裊金鑪一縷煙，薰櫳斜倚更潸然。霓裳舞罷歌鐘歇，虚卻樓頭月幾年。

腸似江流日九廻，經年不見鴈書來。玉顔自昔多塵土，莫恨昆明有劫灰。

潘子遷之瓊州五首

曾聞海外是奇遊，絳闕瑤宫彩蜃樓。五指山邊風日美，掛帆一瞬便瓊州。

海中奇甸三千里，翠箔珠樓十萬家。太守舊知新地主，到應前席賈長沙。時翁使君初蒞瓊州。
涓涓椰酒似瓊漿，少婦壚頭學鬧粧。何事客懷春更好，清歌一曲壓君觴。
百花如繡擁蒼屏，云是先朝學士亭。覽古莫將商調按，夜深滄海老龍聽。
天池南畔即珠崖，南極煌煌暎泰階。清夜長吟抱明月，驪珠何處不探懷。

蘇州十二景

閶闔門

吳門西路版橋通，萬室鱗鱗水接空。鶴市鷄陂何處是，繁華都在畫圖中。

虎丘山

梵宮千尺擁姑蘇，勢壓吳江與太湖。惟有生公堂下石，不知今更點頭無。

虎山橋

十里樓臺綠暎紅，酒旗輕閃楝花風。橋邊樹樹聞鶯語，總付遊人半醉中。

南峰寺

紺殿重重隔翠微，石門中望四山圍。飛仙自別支公去，縞袂何年更一歸。

天平山

峰巒突兀郡城西，萬樹松杉落日低。何事吟笻不歸去，白雲餘興尚堪攜。

石湖

越來溪畔石湖開，范蠡扁舟去不回。蕩漾何人還釣雪，夜寒山月幾裵徊。

天池山

華山奇石倚蒼屏，下有池蓮冉冉青。聞道玉人曾羽化，愿從風御出滄溟。

七寶泉

一泓青徹碧山頭，綠染絺衣五月秋。綽約荷花飛雨過，只疑神女弄珠遊。

玄墓山

萬峰寺下五湖水，漾漾溶溶掩暎中。獨倚層欄看不盡，一時樓閣起秋風。

太湖

太湖三萬六千頃，渺渺波濤自古今。日晚湖南望湖北，布帆天際弄輕陰。

靈巖寺

吳苑娃宮舊有名，衹今雲樹望中平。瀟瀟梵宇風鈴響，猶似當時步屧聲。

甫里祠

甫里祠堂歲月深，秋風蕭瑟滿平林。不知笠澤人歸後，千載誰同遯世心。

史記三十六首

親提三尺撫山河，漢帝歸來猛氣多。何事不禁遊子恨，酒酣猶倚大風歌。高帝紀

文帝當年惠愛深，綈袍恭儉本真心。露臺亦是觀氛祲，猶爲窮民惜百金。文帝紀

梁王舊苑宋城東，萬乘旌旗比漢宮。賓客豪華終寂寞，平臺脩竹但秋風。梁孝王傳

館娃宮毀月輪欹，歌舞偏令霸業虧。縱使圖存留一旅，甬東無地著西施。吳世家

嬴秦世德自飛廉，八百岐周地總兼。直以富強成帝業，豈知豪傑在閭閻。十二諸侯年表

三晉當年各拜侯，王綱紐解竟難收。山東連帥憑誰在，容易強秦併二周。六國表

芒碭山前氣結龍，干戈天地各爭雄。盡收人傑摧強楚，倡義誰知是董公。月表

清宵月暈幾重圍，參畢微茫澹曙暉。十萬健兒齊彀弩，平城初擁翠華歸。天官書

殿上讙呼擊柱時，叔孫初起漢朝儀。周官典禮應猶在，綿蕞何須野外爲。禮書

天馬遙從異域歸，樂歌宣奏漢廷威。當時中尉披忠讜，何事平津動殺機。樂書

漢帝雍郊五時祠，夜通權火樹靈旗。祥麟寶鼎皆符瑞，萬歲君王正受釐。封禪書

河水潺湲瓠子通，宣房堤上作新宮。千秋梁楚皆平土，長憶玄圭錫禹功。河渠書

三亭南逐使車塵，客子西來卻柄秦。世上莫論恩怨事，綈袍應念舊交貧。范睢

翩翩公子趙平原，漫有三千客在門。上黨未歸秦將出，長平何限國殤魂。趙勝

獻璧相如亦壯哉，秦廷相顧重裵徊。澠池莫問誰強弱，嬴得君王擊缶來。藺相如

力破齊城七十餘，樂生才略好誰如。功名自昔難終始，去國彷徨衹報書。樂毅

欲劫強秦事已難，可憐駢死爲燕丹。美人玉腕將軍首，恨滿西風易水寒。荊軻

結好寧論百鎰金，此生然諾爲誰深。濮陽仗劍酬知己，不負窮交一片心。聶政

嗚咽歌中薤露晞，田橫賓客世間稀。可憐王蠋捐生日，七十餘城衹布衣。王蠋

楓樹瀟瀟汨水深，宗臣眷顧意何深。強秦反覆重詒楚，謀國何人竭寸心。屈原

日落煙生楚水昏，不堪南望獨銷魂。長沙召去遊梁苑，宣室空勞賜對恩。賈誼

遼陽東望盡臨洮，萬里風煙戍壘高。城窟未堙秦祚改，不知亭幛爲誰勞。蒙恬

故國恩深五世餘，強秦回首已丘墟。東風陽武驚塵起，猶似韓椎擊副車。張良

叢祠篝火作狐鳴，壟卒憑妖亦樹兵。百二山河終瓦解，不須閭左戍長城。陳涉

慷慨休論百戰功，楚歌聲散陣雲空。英雄失勢誰相戀，惟有虞姬在帳中。虞美人

落魄高陽舊酒徒，一冠仄注笑談麄。匆匆早據陳留粟，曾見良平此畫無。酈食其

平齊覆趙撓強楚，世上功高責報難。淮水瀟瀟秋日莫，王孫應憶釣魚竿。韓信

厚重何須少絳侯，世勛原自足安劉。淮陽賓客今猶在，小爲將軍決勝籌。周勃

羽書朝奏未央宮，大將兵屯細柳東。閫外不聞天子詔，六飛先駐壁門中。周亞夫

漢主推心御遠夷，趙佗垂老拜恩時。豈知一介重來使，全勝戈船十萬師。陸賈

徼外西夷入版圖，使君擁傳過成都。長江可恨流如錦，不洗臨邛舊酒壚。司馬相如

射獵歸來夜已遲，覇陵亭尉醉呵時。將軍莫恨封侯事，何限人間是數奇。李廣

非關長孺戀中郎，補闕真心老更長。禁闥未容趨狗馬，十年官閣臥淮陽。汲黯

張騫西使大宛通，苜蓿葡萄滿漢宮。多少征人歸不得，論恩先賞貳師功。李廣利

漢家初築受降城，塞外烽煙入望平。胡虜已歸屯戍減，隴頭秋月向人明。霍去病

風沙夜擊武剛車，雪壓弓刀幾尺餘。曉上闐顏山上望，不知何路逐單于。衛青

漢書三十二首

相君徒步起東齊，爵拜平津老執珪。東閣盡招天下士，董生何以滯膠西。公孫弘

内史曾親鑿六渠，漢廷儒術更誰如。登封典禮躬逢日，不羡文園祇著書。倪寬

嚴安徐樂臨淄偃，朝奏封章夕拜郎。明主獨驚相見晚，掄材何但策賢良。主父偃

終軍年少獨稱才，長揖青州太守來。奉使東歸行建節，關門何事索繻回。終軍

樵檐行歌半似狂，艾年初拜漢宮郎。丈夫得意多遲暮，邱吏休驚太守章。朱買臣

玩世何嫌譎諫非，金門依隱願多違。長安索米囊錢少，且自談諧割肉歸。東方朔

草蹻披衣自牧羊，朴忠曾不願爲郎。司農少府猶稱詘，何但民間少蓋藏。卜式

東海蕭生射策時，棲棲何事抱關爲。豈知師傅持衡日，不是承恩是履危。蕭望之

忠言自合酧明主，屯疏何辭屢犯顏。坐策西羌終瓦解，全師橫槊凱歌還。趙充國

爲郎三世漢朝臣，載筆何須更美新。莫厭草玄終寂寞，相過還有問奇人。揚子雲

專門師說獨超群，折角親摧五鹿君。卻向上方曾請劍，漢廷狂直有朱雲。朱雲

爲官豈擇南州尉，韜傳空勞疏屢陳。天路冥冥鴻鵠遠，不妨長作市門人。梅福

中興宣帝漢明君，博陸曾推第一勛。有詔外庭求故劍，誰能不恨大將軍。許后傳

去歲單于款五原，漢宮今喜共朝元。金章盭綬新承渥，卻領侯王謁至尊。匈奴傳

葭葦茫茫白草肥，漢家屯戍在渠犁。陽關望盡蒲昌海，都護時將漢節西。西域傳

西望輪臺萬里餘，屯田消息近何如。烽煙未歇雄心歇，淚盡當年一詔書。同前

風沙容易老朱顔，飛夢猶能度漢關。若使單于終保塞，肯教胡馬下陰山。王昭君

右前漢書

九鼎親將赤手扶，漢家宗祐啟東都。中興帝業由天定，何藉彊華赤伏符。光武紀

遙天跕跕墮飛鳶，銅柱高標瘴海邊。惟恨壯心摧馬革，勛名千載幾人全。馬援

節侯歸漢自巾車，奮翼澠池壯有餘。仗鉞西征三輔定，璽書偏爲致懃渠。馮異

冠軍披羽獨先登，壯勇還能不自矜。帝莫沉吟憂擊郾，天教名將佐中興。賈復

指點燕支是漢山，壯心鳴劍掃胡還。君王自有懷柔策，卻遣丸泥閉玉關。臧宮

漁陽上谷盡精兵，一夜南趣入漢營。有志竟須成大業，殷懃釃酒向齊城。耿弇

彈丸疏勒勁胡間，疲卒相看倍苦顔。一夜范羌衝雪至，始知生入玉門關。耿恭

漢家天子置三雍，袒割親行禮數恭。師傅位高恩渥重，幾人稽古作儒宗。桓榮

講氊曾報鱣銜三，位列台司禍已涵。回首夕陽亭上路，清忠千古更誰慚。楊震

東觀重校圖書日，西第初成獻頌時。總爲浮榮移素節，豈應吾道在逶迤。馬融

爨下焦桐斷素琴，螳螂一曲玅摻音。誰知召對金商日，不識陽球有殺心。蔡邕

新拜將軍號度遼，先聲宣播北庭遙。仲師壯節如蘇武，肯向穹廬一折腰。鄭衆

使君行部去幨幃，萬姓同瞻冕服輝。詔出漢庭旌有德，可憐循吏古來稀。郭賀

千里刓期曾赴約，百年生死見交情。素車白馬者誰子，知是山陽范巨卿。范式

獨憐千里草青青，漢祚瀕傾似建瓴。閹豎盡膺茅土錫，廢書三歎爲桓靈。宦者傳

右後漢書

三國志十六首

鄴城斜日帶清漳，銅雀臺高繐帳荒。七十二陵終寂莫，不知誰是發丘郎。武帝紀

龍舸重來事已勞，長風吹斷廣陵濤。千群武騎渾無用，極目東南王氣高。文帝紀

中原不改舊山河，仙掌偏承雨露多。若道無情是金石，豈應辭漢淚滂沱。明帝紀

十年三徙竟何之，夢裏磨錢夢後疑。國本未搖枝幹盡，不須求自試明時。陳思王

文若家聲自朗陵，當塗世裔是曹騰。崎嶇河朔相從意，四百年間又廢興。荀彧

世路干戈滿目愁，王孫猶自滯荊州。不知歸款曹公後，詞賦何人更倚樓。王粲

海内元龍是儁流，郡齋空抱濟時憂。不堪多難逢搖落，誰與同登百尺樓。陳登

遼海西歸雪鬢空，自甘牢落故園中。漢臣惟有楊彪在，几杖承恩入魏宮。管寧

堪憐弱草與輕塵，一節甘爲截鼻人。三馬夢回天地改，曹家曾得幾忠臣。曹文叔妻夏侯令女

右魏書

孫郎年少有雄名，江左開基霸業成。引鏡自憐功未竟，中原誰更與爭衡。孫策

濡須塢外盛軍容，春水方生利戰艆。部伍迴還聞鳳吹，北人誰不羡吴儂。孫權

王濬樓船早受降，漫勞鐵鎖晝長江。四州六郡渾全盛，青蓋搖搖入魏邦。歸命侯

曹公横槊下荊州，囊括東南意未休。八十萬軍同一炬，月明烏鵲爲誰愁。周瑜

翩翩遊子涉江湘，似爲兵家説短長。莫怪樽前留一顧，知音原自有周郎。徐幹

右吴書

三顧頻煩下草廬，艱危偏許共馳驅。益州險沃稱天府，終始成都是漢都。諸葛亮

吴蜀山川一水通，荊襄偏據地圖雄。雲長千載英魂在，江左誰令數阿蒙。關羽

右蜀書

晉書十二首

殿前曾燬雉頭裘，聲伎平吴卻盡收。軋軋羊車隨月色，六宫清夜美遨遊。武帝

于湖一望賊營連，疋馬遥揮七寶鞭。勝筭自能消跋扈，太寧江表中興年。明帝

洛下才名二陸孤，華亭雙鶴爲誰呼。可堪羈宦逢多難，不戀蓴羹戀酪酥。陸機

廣武城邊舊戰場，眼中劉項總茫茫。當年早逐蘇門隱，肯向人間作酒狂。阮藉

屋外稽山山外池，繞池楊柳綠陰垂。那知佐鍛相攜意，都入山陽笛裏悲。嵇康

非關孫令憶周旋，名利深知負倚門。何事望塵遥一拜，板輿堪自樂田園。潘岳

才藻翩翩孫子荊，揮毫猶自氣崢嶸。漱流枕石如終老，何必參軍禮數爭。孫楚

中原回首盡羌胡，王氣金陵一蕞孤。卻向石城求故節，誰云江左有夷吾。王導

翠華低拂石頭塵，社稷誰爲定難人。不爲功名輕絶裾，太真應是晉名臣。溫嶠

庾公重作鎮荊州，飛鳥翩翩出石頭。屢詔不來緣底事，月明清興在南樓。庾亮

賊臣蘇峻犯臺城，謀國誰人致寇兵。臣死爲君兒爲父，晉家惟有卞忠貞。卞壼

冶城東望興悠哉，謝傅偏稱濟世才。別墅未終碁一局，淮淝飛送捷書來。謝安

宋書八首

關河漠漠朔雲屯，晉室猶餘舊寢園。父老百年南望盡，宋公無意在中原。高祖

夢裏風濤海上山，盡披心力濟時艱。豈知平洛加殊禮，一夕音從閫外還。劉穆之

脱幘長嗟恨未平，疆埸何日得休兵。六州春燕巢林木，此際應思萬里城。檀道濟

破浪長風志不群，丈夫雄武不須文。時窮醉尉猶相厄，粟飯何心到庾君。宗慤
潯陽臥内握戎機，恩寵那知事漸非。有詔奪情初強起，君王親賜綵綸衣。顔竣
始寧山下賦山居，謝客登臨樂有餘。早爲韓仇施一擊，健兒何事出桃墟。謝靈運
郊野怡情酒數杯，笨車羸馬日裵徊。嗚轁道上頻相避，知是三郎鹵簿來。顔延之
歸來三逕得閒身，家世曾爲晉輔臣。江介繁華摇落盡，酒邊猶有義熙人。陶淵明

梁書六首

蕭郎籌略本無涯，力竭當年爲堰淮。十萬生靈盡魚鼈，空門何苦事持齋。武帝
逆羝未必折箠笞，垂老臺城見逼時。白馬青絲成妖讖，金甌一缺竟何施。同上
秦望山中瑞室開，幽居無復使君來。番嫌謝朏頻趨闕，偏憶嚴陵舊釣臺。何胤
幾年孤客在桑乾，借得書來徹夜看。窮達不須重辨命，紫巖山下老南冠。劉孝標
征虜亭前祖帳還，華陽洞裏即仙山。層樓獨倚無人到，消得松風白晝閒。陶弘景
謝家傳得舊風流，恩寵曾陪讌樂遊。何事壚頭窮一醉，褰帷猶自對三騶。謝幾卿

南史六首

江南風俗競奢華，步步金蓮貼地花。曾憶尚衣除王導，不將清儉世傳家。東昏侯

竟陵賓客似梁園，才儁翩翩總在門。怪殺王融偏賈禍，西州煙月斷人魂。竟陵王

翠屏金屋捲流蘇，秉燭曾稱偉丈夫。世族不更時事改，舅家宗祐倩誰扶。褚淵

冉冉籠煙黛色新，臺城堤柳不勝春。東風盡送廉纖雨，一洗山川舊戰塵。陳後主

結綺臨春萬戶空，新林猶自起東風。堪憐一片龜茲國，回首繁華似夢中。同上

黑頭江總最名家，對御裁詩醉月華。萬頃臨平湖上草，何如一曲後庭花。同上

北史六首

輜輧雜遝下遙空，天女相逢草澤中。豈爲窮荒開曆數，百年元魏各西東。魏本紀

白道南隣紫氣高，間關戎馬幾年勞。誰知青雀成鸜鵒，帝子東遷已弁髦。齊神武紀

拓拔西東祚已移，周齊兵甲兩相持。祇今沙苑風前柳，猶似當年力戰時。周太祖紀

胡虜長驅戰氣雄，直從瓜步建行宮。舊家春燕誰爲主，惟有青山似洛中。魏太武紀

城東玉璽屬黃花，滿酌清觴度歲華。進得淑妃難續命，不勝哀怨托琵琶。齊后妃列傳

許身曾比漢留侯，蓋世才名也拙謀。國史未鐫身已戮，功成不共赤松遊。崔浩

後周書六首

觀魚曾出漢昆明，延訪徐徐並馬行。莫道霸圖無際會，六條真不愧才名。蘇綽

蕭梁帝業又荊州，世冑名家寵最優。何事燕歌訴寒苦，自來關塞不勝愁。王褒
北朝羈宦意何堪，況復霜華滿鬢簪。開府位高歸不得，斷腸空賦望江南。庾信
丁庸收直馬成群，清節誰如獨立君。奕世高風誰得似，賜田堪自老耕耘。裴俠
檀臺山上獵圍屯，金鐔基中錫仗存。豈是好生真帝德，故於圍處見桑門。盧光
襄陽丘隴栢青青，徵闢無心就北庭。移孝爲忠曾不愧，始知江漢實鍾靈。柳霞

隋書十首

百萬旌旗再度遼，殿前中夜集雙鷴。祇今龍舸輕遊路，蔓草寒煙鎖斷橋。煬帝
輕盈不耐是楊花，漂泊蕪城不見家。有恨早知同蔡琰，不如青塚落胡沙。蕭后
窮秋殺氣正瀟瀟，突厥牙前落二鵰。走馬雹飛弓霹靂，將軍那數霍嫖姚。長孫晟
曾是齊廷視草臣，十年天上掌絲綸。堪嗟出刺湖州日，還作楊家佐命人。李德林
林邑迢遙進雪鸚，相君空自負才名。揮毫賦就重驚座，不向荊南羨禰衡。杜正藏
平陳僕射最元功，回首勤勞總屬空。不爲晉王留貴嬪，也應含恨報高公。高熲
逶迤避地出江陵，列戟朱門舋已乘。何用先朝頻頌美，腹心曾不似張衡。薛道衡
麟閣曾聞盡世臣，柳𧦬恩寵更無倫。内庭夜讌虛明月，不見詞人見偶人。柳𧦬

蜀將當年服遠夷，至今猶自讋天威。匹夫決勝憑驍勇，卻向南中仆舊碑。史萬歲

欲將強盛遠誇胡，羅綺金珠列國都。百戲未終兵甲起，不須重進外邊圖。裴矩

唐書十六首

天策將軍府正開，分番學士擁騶來。兼資謀斷稱房杜，猶向朱門喋血回。太宗本紀

繡陌休歌契苾兒，百年天地幾推移。陰陽調燮憑誰在，九月梨花折一枝。五行志

花萼春風拂御樓，樓前新曲按梁州。宮離商亂誰堪聽，似送邊城一段愁。樂書

得寵深移得怨深，門横金鎖漏聲沉。漢宮衣赭人何在，骨醉難回二聖心。蕭后

瓜熟黄臺子漸稀，銀潢天派一絲微。金鷄槲杪頻頒赦，嶺外流人更不歸。武后紀

虞淵日傍五龍飛，回首那知萬事非。最恨不如汾水鴈，年年猶作一行歸。中宗本紀

弓勁霜清馬絶塵，五王秋獵渭城濱。赤鷹黄鶻爭奇逸，祇有雄狐不避人。宗室列傳

臘後東風力正微，碧簷春雪尚霏霏。承恩賜浴溫泉底，綿繡雲屏暖作圍。后妃列傳

幛掩金鷄隱禍胎，潼關不禁羯胡來。仙芝已枉哥舒潰，玉輦匆匆向馬嵬。玄宗本紀

露濕煙生芳草萋，翠華遙拂蜀山低。可憐山下花如錦，空有春魂逐燕西。楊貴妃傳

玉漏沉沉珠露稀，粉梅檀杏歇芳菲。金沙洞口長生殿，萬里無雲秋月輝。同上

太平池館樂遊原，昔日繁華今幾存。祓禊年年人盡樂，野花開遍水潺湲。外戚傳

堪憐蔓草竟難圖，獵苑球場興總孤。國命已歸閹豎手，憑高空歎近臣無。文宗本紀

馮翊追趨獵渭城，丁寧天語相班行。當時何事親承詔，千載君臣際會情。姚崇

汾陽將略早登壇，免胄能令虜膽寒。聲伎卻因名相滅，立功容易處功難。郭子儀

少帝龍飛晉水時，鄴侯經畫自多奇。衡山半似商山隱，重爲儲皇定國基。李泌

五代史六首

南北分疆自白溝，中華淪沒幾春秋。堪憐不夜臨關月，兵照燕雲十六州。石敬塘

刻苦頻將鐵硯磨，功名偏藉晉陽戈。時危不廢調鷹樂，世運無端奈爾何。桑維翰

世上浮名總是閒，詩篇何意落人間。亂來無地堪招隱，惟有華陰一片山。鄭遨

揮斤斷臂完清節，顛沛猶能潔此身。爲問歸來長樂老，不知何代是君臣。王凝妻李氏

飛鸞閣上醉粧殘，風襲荷衣悄悄寒。仙曲未終人入草，勒銘誰道劍門難。王宗衍

嶺外方輿作帝家，南郊西望盡長沙。祇今大庾峰頭月，曾照芳華內苑花。劉龑

（以上勾漏集卷五）

（鍾東整理）

鐵柱殿

凡十有二，周七尺五寸，高一丈六尺。南漢爲乾和殿。鑄者宋柯述取其四，植于帥府正廳，今藩司署鐵柱是也。一沒於城東濠，一沒于直司泥淖中。餘莫知所在云。

鐵柱空勞造昔年，巍峨宫闕削寒煙。異香散盡秋風冷，辜負深藏廿四仙。

寶殿添開耀日光，堅牢應自卜無疆。金人十二今銷滅，鐵柱還聞鑄漢王。（明郭棐、清陳蘭芝嶺海名勝記卷一）

（陳永滔整理）

全粵詩卷四〇〇

李學一

李學一，字萬卿，號文軒。歸善（今屬惠州市）人。明世宗嘉靖三十七年（一五五八）舉人，明穆宗隆慶二年（一五六八）進士，選庶吉士。散館，授刑科給事中。歷任湖廣參議、貴州提學副使。清溫汝能粵東詩海卷三四、吳道鎔廣東文徵作者考卷四有傳。

李學一詩，以張友仁一九四八年手抄本文軒公集爲底本。

初入詞林自述

孔顏去既遠，聖學多荆榛。嗟哉世儒生，空與糟粕親。致主終無術，徒爾榮冠紳。鄙生懷壯志，願言契道真。探討雖已久，未能涉其津。值兹聖明世，南宫附躍鱗。更叨中秘選，陶鎔帝澤新。峨峨同儕士，益友何紛繽。况復明師在，玄論日夕陳。敢不堅初服，永以答皇仁。入海期得珠，豈云徒效顰。

雪夜諳莊義效韋柳體

偉矣南華叟，飄然遺世榮。著書藏妙解，奥旨世難明。一夕程門立，微言入品評。既識逍遥體，因知物化情。火傳見真性，游世見天行。聆此幽玄訣，鏘然韶濩鳴。惟靈忽以暢，萬慮澹無營。坐久聞寒柝，階除雪已盈。

此日不再得

白日没何速，川波逝不止。人生過隙駒，光陰□此靡。是以古聖賢，務學恒不已。鷄鳴起爲善，寸陰惜流晷。孔父猶敏求，曾生日省己。矧我顓蒙資，可不希前軌。平地可爲山，功從一簣始。駑馬十駕勤，終見能千里。吾人有性真，賢聖原同此。靈臺苟無欲，止水安能擬。從滋涵養深，前聖豈難企。學与不學分，聖愚猶倍蓰。勉哉貴及時，慎勿忘斯旨。歲月去已多，不學復何俟。

迢迢牽牛星

河西有牽牛，皖爾何皎潔。河東有織女，晶瑩若冰雪。欲渡河無梁，佳期杳難結。望望不可窮，黯然五内熱。涕淚濕支機，烏鵲仍寂滅。

盆菊吟

人皆愛桃李，桃李競春葩。朝花暮流水，零落令人嗟。豈若盆中菊，幽香未有涯。奇英含曉露，勁節傲霜華。對此意獨深，孤芳日轉加。誰云三徑遠，即此是陶家。

贈寶光上人

有客金陵來，武服挂雕弓。自言良家子，挺身遠從戎。劍得白猿术，書傳黄石翁。身當一校任，氣奪萬夫雄。在昔東吳戰，曾摧海上艟。今兹来嶺表，所至著奇功。一旦厭塵囂，翛然慕遠公。披剃解冠裳，逍遥入慧豐。焚香還掃石，洗钵浥流潨。英氣今朝斂，槁灰此日同。形骸终有碍，一静萬缘空。將爲方外游，辭我上崆峒。予爲長太息，紛華世所崇。而君有異尚，物化攬玄風。海鶴誰能縶，冥鴻豈受籠。從兹周八極，何地更相逢。

查城道中

幾度闗索嶺，去天祇數仞。過此意坦夷，詎知山愈峻。洞瀏萬壑深，群峰削如刃。倏忽入幽崖，須臾陟層嶙。林間猿狖啼，咫尺雲迷軔。盤江多毒淫，蠻煙古来慎。跋涉每艱危，念之令心震。名与身孰親，斯言良足信。行行欲何爲，内顧慚雙鬢。豈若學巢由，高舉辭堯舜。

游雲岩寺

夏日苦行役，息駕憩兹山。山中多白雲，悠悠意自閒。俯聆澗底泉，潺潺鳴佩環。仰視林間鳥，好音時闗闗。山僧獻新茗，一啜怡心顔。清梵度林来，人生樂翩翩。坐久萬缘息，恍若非人間。遂欲乘白雲，去去超塵寰。惜我無羽翰，白雲不可攀。日暮景更幽，游車未忍還。

游華嶽

生平慕奇性，夢寐太華山。兹晨偶經過，駐馬事躋攀。一徑崎斜入，羣峰嵂崒環。洞中新泉急，石上古苔斑。行行桃林境，復過沙羅灣。希夷有石室，蜕去永不還。遥望蓮花峰，岧嶢彩雲間。白帝与玉女，窈絕非人寰。鳥飛無倦翮，猿登有愧顔。懸崖絕去日，窮探才所難。拄杖下山麓，回首眺玄關。多謝列仙人，相從未可閒。

題琴鶴相随圖贈陽山令

鶱鶱九皋禽，營營枯桐枝。嗟哉賢相國，宦況恒相随。豈無鷹鸇志，不如華表姿。豈無鐘鼓音，雲門響獨奇。縩嶺凌空日，水仙三疊時。飄飄物外情，宛宛入襟期。清風播六合，芳名世共誰。偉矣陽山令，高風今在兹。承家誇節操，爲政本仁慈。衛民多渥澤，單父有餘思。願言崇令德，先公是爾師。

秋日送徐名卿秀才應試

客從海上來，袖有雙明珠。得自驪龍窟，精彩常不渝。問之將誰遺，云今有良圖。君王遣使者，索寶窮海隅。懷此信已久，欲因獻上都。余为長嘆息，請君勿踟蹰。夜光世所珍，兹行必見孚。覯之人共賞，安有按劍徒。會看充御府，貴重擬璠璵。

題蟄出始振圖爲高少泰作

黃鍾初應律，春日正冲融。九九玄關啟，重重淑氣通。鶯遷上苑柳，龍躍紫霄風。多少含生類，陶形覆載中。

題二難紀奇卷贈潘雲山公祖之昆陽

郊原久烽火，四野何蕭索。疇堪倭更來，虔劉恣兇虐。碣石已屠城，平山復殘燴。闖迫惠城東，公私俱驚愕。督府鎮鵝陽，征兵連負郭。進戰未有期，内變復中作。叛卒訌糜沸，反戈事剽掠。主將已見戕，復赴潘侯幕。執侯質倭夷，共締攻城約。我侯了不驚，胸襟何磊落。兵刃誰能加，忠信馴鯨鱷。一朝反間行，叛徒俱受斫。萬姓已阽危，幸免填溝壑。生全誰之功，日遠愈炤焯。倭夷嗣殄滅，無恙侯如昨。忠義神所歆，固令脱鋒鍔。朝宁重賢能，領兹專城托。昆陽寵命新，蠻方待經略。膏車赴滇南，行李惟空橐。嗟余本疏庸，辱侯情匪薄。念侯日將遠，寸衷孰云樂。願言崇令德，勛業標麟閣。

同潘肖逕避暑西新園次韻

夏日苦炎暑，泛舟乘好風。西新清且勝，宛若憩瀛蓬。水脉千溪合，山光四望通。鷗閒蘭渚上，魚戲水雲中。塵襟忽以静，佳興渺難窮。貪賞歸來晚，禪林起暮鐘。

潘肖逕重過避暑西新次韻

有客重相訪，共乘湖上舟。橋陰好風集，恍惚如清秋。賦詩消永日，忘機對白鷗。聊爲避暑計，詎知成勝游。客堪潘岳並，主愧謫仙儔。多少湖山景，樽前一覽收。

答梁濱湖

季子游秦日，相如困蜀年。敝裘人共笑，懷瑾我應憐。一旦風雲合，崇朝事業鮮。黄金誇相印，負弩耀歸韉。窮達疇能測，榮枯那足喧。嗟哉梁伯子，允矣翰場賢。龜嶺曾談藝，鱷湖更對玄。文章驚斗燦，藻思類河懸。青紫斯同拾，聲華擬并妍。誰知靈鳳翼，偶屈九霄緣。豹隱君猶昔，鵬摶我幸先。岐途詎可怨，壯志自須堅。荊璞寧終棄，隋珠不久捐。願言崇令德，金馬待朝天。

燈市

上元佳節春初轉[二]，燈市喧騰漢苑東。妙手誰能齊鏤碧，巧思何處競雕紅。金龜彩鳳風前見，蕊闕珠樓日下逢。白晝星辰驚錯落，錦城笙鼓正沖融。九衢寶馬香塵擾，十里珠簾麗色同。共説三陽開泰運，家家士女樂年豐。

［一］上元，原作『上言』，今據意改。

寒蠅嘆

朔風一起吹胡雪，長安朱戶寒威洌。堪嘆青蠅當此晨，斂翼垂頭何惙劣。憶昔炎蒸入戶庭，呼羣引類恣營營。白璧黃金遭點污，盃盂坫几饜餘腥。今日何爲徒寂寞，墮床落葉見凋零。驥尾不可附，鵬翮安可攀。氣候已變易，炎時難再還。因斯感嘆多利子，趨炎附勢寧知止。一旦冰山不足憑，喪身落魄皆如此。

題平倭

海邦鼙鼓年年急，野婦村氓相對泣。何當夷醜更陸梁，海上人家徒壁立。朝聞碣石已屠城，暮報平山復波及。喜看儒將有子房，帷幄運籌禽已執。淨掃妖氛嶺嶠清，萬井千家事耕汲。

游碧雲洞

連日山行苦山惡，時爲登臨出城郭。郭南有洞名碧雲，巍峨嵂崒從天落。下馬洞門忽敞開，飛泉萬派穿幽壑。初疑水竇即龍門，繼睹神功非禹鑿。稍前窈曖若重關，再入瓊宮復寥廓。天邊一穴透明來，穹窿萬象何炤焯。垂旒懸乳光陸離，翠靄丹崖森噴薄。石田粲粲如布棋，畎畝盈盈可種芝。神龍詭獸爭騰躍，壽星臥佛相參差。胡人欲獻西來寶，仙子將開海上巵。我亦平生好佳勝，眼中未見如此奇。徘徊日暮不能去，聊賦新詩一紀之。

贈周東隱鄉賓

俗見羲皇古，民猶熙皞前。此間逢野叟，云是老萊仙。邀我烹雞黍，開樽對芋田。依依桑柘密，疑入武陵天。

壽李太母

晝錦三秋候，慈親喜壽康。華堂羅綺席，綵服獻霞觴。寶婺常懸彩，蟠桃屢薦香。褒封有鸞誥，行見出明光。

題雙壽遐祝

錦綬趨庭日，三春花更妍。登堂雙白髮，拂袖御華筵。東海桃初熟，南山壽自綿。行看鸞鳳誥，遥下五雲邊。

馮太母貞節

聞道冰霜節，千秋孰與京。共姜偕雅操，孟母紹芳聲。歲晚松猶翠，秋清月愈明。恩光今有主，端足慰平生。

送曾醫士

方外逢高士，人前且説醫。活人心素切，治病效尤奇。神術傳何自，芳名冠一時。明將烹煉去，幸示復來期。

紅心驛喜雨

爲客多愁雨，其如農事何。沿途憂亢旱，今日雨滂沱。緑野沾沾潤，平沙漾漾波。但今田父喜，寧惜暫停軻。

恭祀永陵有述

萬國功成日，乘輿返帝鄉。勛華留鳳壤，冠劍寄龍藏。幽宅開天壽，雄關鎮白洋。風雲呈□氣，陵寢瑞靈祥。一自鼎湖去，空餘帝子傷。兹來原上草，兩見露華瀼。丹詔脩時祀，詞臣肅桂觴。仙壇秋日静，寶篆瑞輝揚。俎豆紛陳列，冠裳供祼將。梧山思帝舜，桐室憶成湯。恍惚神如在，凄其淚欲滂。更祈垂庇澤，宗社萬年康。

翰直聞蟬

西風摇落漢宫秋，玉署涼生景轉幽。古樹臨窗迎曉露，鳴蟬流響度瀛洲。風前凄切和砧急，日暮悲吟動客愁。塵世利名徒白首，何人如爾更無求。

省垣夜與嚴春門掌科共酌

春宵入席偶追陪，省署張燈共舉盃。萬戶星辰花影靜，九天閶闔漏聲迴。自慚薄劣清班濫，且喜唐虞泰運開。近侍漢廷誰最幸，共誇嚴助出羣材。

冬至齋居

玉署齋居入夜清，星河錯落瑞煙橫。圜丘將舉明禋典[一]，百辟同輸夙戒情。律管葭灰知應候一作氣，芸窗梅幹欲抽英。窮檐多少凋零恨，願得陽和爲發生。

[一] 圜丘，原抄本作『圜上』，據清溫汝能粵東詩海卷三四改。

秋日校士鎮遠

振鐸東來霜滿林，遐陬干羽主恩深。諸生誰是穿楊手，千里余懷相馬心。秋肅鶚鵰沖漢起，春濃桃李上林陰。華堂兀坐青山暮，獨對黃花試一吟。

提溪道中懷秦露坡年丈

附驥當年識少游，燕臺別後幾經秋。山城且喜萍踪合，斗宿俄驚劍氣浮。對酌黃花常佐酒，論交夜雨共登樓。何堪一別銅崖月，緑樹青山障遠眸。

懷郭寶山都督

昔別旌旗逾十年，山城豪興更翩翩。金尊夜倒銅崖月，鼓吹朝□筆嶺煙。太白才名今已遠，令公德望尚依然。別來夜宿提溪上，無限相思細雨前。

提溪道中即事

宦子馳驅多苦心，間關山路雨何淫。潺潺急溜千溪合，疊疊懸崖萬壑陰。旅館閒時猿狖嘯，籃輿穿處瘴煙侵。羊腸鳥道堪回轡，鎮日艱危感慨深。

高僉憲招飲觀音閣

憲使招攜歷翠微，羣山環合自成圍。金巵影落懸崖月，玉露寒生坐客衣。水上浮煙濃且白，林間倦鳥集還飛。明朝又是河梁別，回首巖前跡已稀。

游玉陽洞

山郭尋幽歷翠微，黔中樂事未曾稀。丹梯直接仙人閣，夕靄將沾客子衣。石几開樽看鳥過，雲樓倚檻送斜暉。吏情自覺山林好，著屐凌空意欲飛。

可度嶺二首

滇南歷盡又黔中[一]，自注：赴烏撒。烏道依然入碧空。石磴磷磷芳蘚漬，松林靄靄翠煙籠。山僧伐石修危路，野老誅茅葺舊宮。直到凌虛臺上望，儼如身世在崆峒。

馳驅終日度深[二]山，何處人家翠靄間。雞犬數聲雲外落，峰巒千疊屋前環。田園雜遝桑麻滿，林木青蒼鳥雀閒[三]。疑是避秦人尚在，祇今世遠不知還。

[一] 滇南，清溫汝能粵東詩海卷三四作『滇程』。
[二] 原校：深，一作『崇』。
[三] 青蒼，清溫汝能粵東詩海卷三四作『青蔥』。

秋日東山三司諸公雅集

萬仞山頭一振衣，凌空樓閣自霏微。山間返照和煙至，檻外浮雲帶雨飛。古廟石壇仙蕨長，丹梯風露俗塵稀。攀躋興盡扶藜下，賴有明珠照乘歸。

懷葉龍塘

夕拜臺官朝上書，郃陽氣候卻何如。殿中三尺賈生策，隴右孤雲唐介居。秋日未聞秦塞雁，梅關正阻粵江魚。思君此際腸真結，何地綢繆一慰予。

采石李白祠

日暮停舟吊謫仙，驚人佳句古今傳。詩成奪錦還羈泊，醉後沈江豈自憐。絕壁風微雲漠漠，澄潭霧散月娟娟。自從大雅收遺響，斗酒何人更百篇。

過洪都飲座主吳東郊別業

司馬莊居負郭開，華筵今日喜重陪。讀書舊處仍溪竹，游跡新交有釣臺。驟雨似因留客急，□風疑爲故人來。尊前莫遣驪歌起，別後應□清夢迴。

太湖阻雨

明蟾昨夜麗晴霄，暴雨今朝斷玉橋。客子停車魂黯黯，家人絕粒興蕭蕭。浴鳬飛鷺渾相得，急雷濃雲故自驕。誰信行蹤難預擬，前程何處可逍遥。

送潭小峰先生南歸

黄金臺下送君歸，把酒河梁興欲飛。彭蠡秋深孤棹去，薊門雪後過鴻稀。山中蘭芷還堪佩，厩外驊騮豈受羈。鄉國故人如訪問，爲言塵土上朝衣。

江魯泉招飲郭西草堂

勝地名園事事奇，池亭泉石自相宜。薰風入座蘭香至，新月窺簾桂影移。更有澄江堪泛舸，愧無竹帛可題詩。爲尋佳麗歸來晚，莫怪荒郊客散遲。

茹南谷招飲藏書閣

高閣崔巍接上台，何當佳勝隱城隈。林深風送花香遠，臺峻□含靈氣來。鄴架總多槐市帙，玄經知有子雲才。滇南野吏時偏暇，獨得相從數舉杯。

贈蕭乾養掌科奉使琉球

當時玉署詞章彥，此日金閨諫議郎。出使遠將綸綍重，壯游寧覺海天長。中州季札元文雅，荒裔夷王豈倔強。君命如公應不辱，歸囊端乏陸生裝。

題雙壽榮封卷爲張誠庵作

羅浮之南何高丘，綠水環之澄不流。椿樹亭亭柯幹古，萱花嫋嫋莖荄幽。雨露新承霄漢渥，春秋直與乾坤侔。更有桂蘭森布列，人間何用談瀛洲。

湖西佳氣鬱蒼蒼，中有仙翁七十霜。帝澤新傳丹鳳詔，瑤池朝舉九霞觴。昂藏雙鶴齡還遠，爛熳斑衣慶更長。最是於今天澤渥，星輝彩極見南方。

過阜城

阜城縣吏來相見，爲說阜城民物稀。邑里有廬空四壁，官儲無積已多時。南來北驛徵車馬，客館賓廚急饋遺。聽罷潸然雙淚落，故鄉殘敝倍堪悲。

送韓編修奉使朝鮮

使臣銜命詔殊方，邊塞間關去路長。季札素聞周禮樂，夷陬行睹漢冠裳。旌旗曉度遼陽月，劍佩朝凌鴨綠霜。役竣旋鑣須計日，詞垣猶待賦長楊。

玄妙觀

尋幽直到玄都境，羽士蹁跹倒屣迎。席設花間聞鶴唳，風來湖上見鷗輕。塵心每與江波靜，仙訣應隨藥鼎生。借問蕊珠宮里客，丹砂九轉幾時成。

狎鷗湖上正忘機，卻叩玄關更振衣。雲樹離離塵世隔，雨花故故玉壇飛。候殘燈火丹初熟，吹罷瑤笙鶴未歸。安得紅顏生羽翰，逍遥雲路日相隨。

夏日游湖李文學有詩索答[一]

西湖新水與堤平，湖上羣峰儼削成。蘭棹泛時汀芷綠，芒鞋到處岸霞明。年華荏苒慚雙鬢，夜景霏微對短檠[二]。野老近來疏散甚[三]，陽春白雪詎能賡。

[一] 李文學，清雍正歸善縣志卷二一作『葉文學』。

[二] 霏微，清雍正歸善縣志卷二一作『菲微』。

〔三〕疏散，清雍正歸善縣志卷二一作『疏懶』。

西湖水平病中賦

湖水即今深幾許，征夫伏枕思悠然。芳洲蘭芷虛含馥，古刹雲山空自妍。祛病日來惟藥物，銷愁時復有詩篇。何時得理湖中棹，得與（一作擬）共羊求結社緣。（以上文軒公集卷四）

（吴定球整理）

題秋水澄源卷

白露團團被林薵，龍門巨浸清如玉。萬頃玻璃星斗涵，一泓寶鑑鬚眉燭。月明風澹寂無波，霧散煙銷瑩若何。塵心對爾忽然靜，時向濯纓發浩歌。（明張邦翼嶺南文獻卷二九）

閣試晚出左掖

聖世需材急，臺垣校藝頻。才無司馬富，學愧董生醇。雕斲勤宗匠，疏慵嘆此身。試歸經左掖，棲鶴下城闉。（清温汝能粵東詩海卷三四）

（鍾東整理）

夏日同王太守潘秀才遊西湖卜軍門生祠道士留酌玄紗觀橋上

五月城西湖水平，衹因營築到湖汀。舟移自覺鳧鷖亂，風過時聞蘭芷馨。司馬勳勞思共報，太常鐘

鼎尚堪銘。蓬萊羽客攜壺至，坐酌橋頭酒易醒。（清雍正歸善縣志卷二一）

（戴武軍整理）

全粵詩卷四〇一

劉維嵩

劉維嵩，字鎮中。增城人。明世宗嘉靖三十七年（一五五八）舉人，明穆宗隆慶二年（一五六八）進士。官大理寺評事。清康熙增城縣志卷八有傳。

謁謝南海神登浴日亭

紫氣黄灣洵鬱葱，幾年齋祓答神功。川光瀲灎浮雲外，廟貌森嚴古檜中。獨上危亭觀浴日，卻驚身世似乘風。乾坤萬里渾無礙，目極扶桑興不窮。（明郭棐、清陳蘭芝嶺海名勝記卷五）

（陳永滔整理）

白水丹丘

節序偏驚大火流，金風瑟瑟桂叢秋。關山是處聞砧杵，河漢遥瞻望斗牛。丹鼎九還雲漠漠，飛泉千

尺日悠悠。劃然長嘯浮山外，一曲清歌萬籟收。（民國增城縣志卷五）

（史洪權整理）

李燾

李燾，字若臨。河源人。明穆宗隆慶二年（一五六八）進士。授福建泉州司李，歷仕巡撫云南兼督川貴兵餉。事見清同治河源縣志卷一三。

千歲樓成作

聖朝予告辭三楚，帝子遺書問一丘。曾賦小山叢桂樹，還教幽壑聳岑樓。窗含雪嶺翻烏鵲，棟倚雲峰礙斗牛。羅列石林爭獻巧，卻疑江上即滄洲。

登城東樓有懷

五色雲呈考卜初，經營三紀竟何如。道傍誰定千年策，湖裏空浮萬頃餘。縱目東樓天作畫，乞靈西桂草爲廬。聊將一堵興閭里，先子成城意不虛。

題吐珠泉有引

桂山驪珠見則人才出，載在舊志，故古州曰禎，驛在江邊曰寶，皆以珠名也。石徑口有湛珠湖，湛言未吐耳。今改建縣治，坐桂山，迎織女池，位既得中，向又甚正，山澤通氣而驪龍始吐其珠。適當縣堂新成之日，且屬己酉開泮之年，故擬名『吐珠泉』，作近體一章以紀之。

千古山川秀始開，驪龍珠吐灑湖隈。逼人清氣泱泱出，透地靈泉滚滚來。疑是虞廷投此谷，應知周室兆多才。溯洄好鼓乘槎興，織女池源接上臺。

（史洪權整理）

贈馬孝子

風木含悲臥草萊，忽驚霄漢璽書來。烏私獨行原天植，龍衮殊褒自聖裁。名動京華青史紀，光搖嶺表紫泥開。芳標不但儀鄉國，風軌崇朝遍九垓。（以上清康熙河源縣志卷七）

謁皇妃墓

誰道皇妃去不還，描眉翠黛宛容顏。畫圖舉目應難盡，絕頂晴明正可扳。縹緲海雲天地外，依稀霄漢丈尋間。俯看支派銀河繞，萬象文成玉筍班。（清同治河源縣志卷一五）

陪大司馬游西湖

今朝節鉞下樓船，昨夜風濤已晏然。白鶴晴光搖錦席，朱明霽色入瓊筵。長橋候騎天中度，孤嶼移舟鏡裏懸。司馬壯游情不淺，風流應幷長公傳。（張友仁編著惠州西湖志卷九）

陳堂

陳堂，字明佐。南海人。明穆宗隆慶二年（一五六八）進士。授嚴州司理，征拜南京監察御史。屢奉敕巡視京營及上下江監兑漕糧。明神宗萬曆五年（一五七七），以星變，上疏論河套貢市漕河段匹諸宜興革狀，及請斥權璫、易樞部、宥諫臣。因忤大臣張居正，被貶歸。後復起用，歷官廣西僉事、光祿寺少卿、南京尚寶司卿。致仕家居，肆力著述，靡所營樹。有朱明洞稿及湘南、皇華、南歸諸集。清溫汝能粤東詩海卷三四有傳。

遊朝漢臺

清賞非夙期，勝遊恣歡逸。爲與高人俱，暢適情非一。秋風颯然來，萬木氣蕭瑟。乃陟越城頭，捫蘿攀崒嵂。朝漢荒臺高，一覽衆山出。白雲冉冉生，群飛鳥去疾。回望滄海東，朝宗水潏潏。尉佗戀闕心，千載如皎日。舉頭見長安，慚余駑馬質。十年伏櫪間，俯首誰矜恤。何當假雲衢，千里同超軼。

南園五先生

西庵容觀最飄逸，奏對高皇稱第一。罷歸田里恣雲林，行酒賦詩傳彩筆。聽雨先生亦名流，不樂樞要輕王侯。二載辭官士林羡，譬如千仞翔鳳誰能儔。雪篷聽雪有真趣，自詫奇音宫徵具。放懷天地興陶陶，一軒自適安其素。洛陽長史倦遊客，潛心伊洛空冥莫。亦有臨軒植二松，笑與淵明同粹白。嗟哉五先生，性行何踽踽。南園結社時，意氣揚千古。千古詞賦爭豪雄，文光直射斗牛宫。談詩三百薄漢魏，使人至今凛凛淩清風。我生二百餘年後，南國蹤跡能繼否。招隱浮邱十數公，斗酒篇詩莫須有。莫須有，興轉豪，一飲三百石，醉灑千鈞毫。人生歡會貴知己，何必高牙大纛鳴愫愫。

五羊秋色圖

五羊化石自何年，南粤山川思眇然。樓閣參差天外見，舳艫飄忽鏡中懸。堯封禹貢風雲迴，瑶草琪花日月偏。况有芙蓉秋自好，采芳誰爲到江邊。（以上明郭棐、清陳蘭芝嶺海名勝記卷一）

海珠送别王少參陞任貴州憲副

一自分攜别舊京，中間消息斷鴻聲。錦江正憶同看劍，珠海翻爲獨送行。嶺外棠陰雲已合，天涯銅柱月常明。聖朝勳業今猶古，肯向王孫怨草生。

海珠送董都閫

將軍三十已登壇，英妙承恩衆所歡。粤海樓船開瘴癘，中朝新命出金鑾。横戈萬里旌旗閃，拔劍三杯氣色寒。此日昇平何以報，明時知有寸心丹。

謁李忠簡公祠

文溪祠下水如天，四面波光照几筵。屹立中流成砥柱，遺風千載肅官聯。萍蘩不盡英賢淚，獻納猶存琬琰編。出處如公誰得似，莫邪干將事空傳。（以上明郭棐、清陳蘭芝嶺海名勝記卷三）

小金山別憲長用前韻

相送靈洲百尺臺，蘇公猶自更重來。才名並有西京賦，法從今看北極回。坐久青尊人共醉，山深紅葉繡如堆。憑高已厭悲秋客，何況離亭去鴂催。

鬱水迢迢秋自好，那堪愴別憶同遊。識韓自愧非無日，借寇寧知不暫留。潦倒尊前難判袂，踟躕江上欲停舟。重來更爲東人計，早入明光一借籌。（以上明郭棐、清陳蘭芝嶺海名勝記卷四）

浮邱社懷趙太史

坐向江頭擁翠微，美人天上隔音徽。曾於海國勞軒蓋，猶自東人頌衮衣。洞入朱明蓬島在，名高大雅和歌稀。故山亦有同林鳥，不共翱翔帝里飛。

訪浮邱用趙太史韻

浮邱佳氣鬱葱葱，中有林塘四望通。野色蒼茫苔徑小，秋聲搖落玉壺空。平生吏隱慚金馬，此日蓬萊想葛翁。回首羅浮天咫尺，白雲何處託飛鴻。相逢休暇采芙蓉，因識仙人杖履蹤。寂寞祇緣滄海變，蘼蕪猶自白雲封。松聲十里疑笙籟，月色千門起暮鐘。一自飛鳬天上去，空餘芳草緑茸茸。

初秋社中諸丈過浮邱别墅

梧桐一葉忽驚秋，漫有高人事遠遊。本爲薜蘿成吏隱，豈緣車馬重林邱。開尊不厭平原酒，倚檻常看剡曲舟。猶幸聖明容懶散，白雲相對日悠悠。

秋日登浮邱臺

浮邱山上有高臺，掃石酣歌坐緑苔。豈爲悲秋同作客，祇緣探勝共銜杯。孤亭丹井清相映，黄鶴仙翁去不回。一葉風濤雲外起，卻疑笙籟自天來。（以上明郭棐、清陳蘭芝嶺海名勝記卷五）

（陳永滔整理）

久雨述懷

新秋宜爽氣，一雨浹連霄。蒙霧垂天黑，陰風蔽日飄。書蒸生蠹濕，簷溜使魂銷。蕭瑟嫌衣薄，空濛覺日搖。出門愁馬滑，策杖帶泥澆。翻似傾盆下，強如倒峽遥。遊魚沉水際，征雁避山椒。螢火明爲暗，蛙聲静裏囂。直愁禾忝没，那得雨暘調。潦過農夫泣，時窮物力凋。公家催國賦，田野坐

氛妖。海漲蛟螭出，巘深虎豹驕。何因扶日上，庶使太陽昭。（明張邦翼嶺南文獻卷三一）

二月久雨簡鄰父

浹月多陰雨，花愁不似春。況無新燕至，似厭主人貧。車馬嗟岐路，江山羨隱淪。相期聊一醉，長作瀼西鄰。

小有薔薇洞，鄰沽酒更多。最憐花作態，不分鳥能歌。水際桃源路，山陰道士鵝。臨池如可詠，莫厭客重過。（以上清屈大均廣東文選卷三）

水簾洞

乘興入羅浮，言尋水簾洞。噴薄落層巖，無風雷自動。砰磅激石聲，響爲山林重。飛流千百尺，峰巒連底湅。白日照長虹，煙雲成螮蝀。珠璣散輕霞，飄蕩青絲鞚。高山流水間，誰爲調三弄。而我洗塵囂，翻似華胥夢。

馴雉歌爲李憲長賦

吾聞粵雉獻周王，光武得雄起南陽，籛鏗養性調羹漿，進堯饗雉壽無疆。升鼎求朝來遠方，時哉雌雉翔山梁。楚人擔雞對鳳凰，曾隨車下集蕭郎。魯恭中牟孰短長，西河一見爲永康。熊宗儲精山之陽，遍遺幕府互相望。古來馴雉多吉祥，使君感召凌穹蒼。庭前忽墮五光色，乃知雄雉綺翼張。錦襜繡襠日翺翔，悠悠容與向君旁。十步五步狎相忘，一飲一啄循爲常。群僚豫悅列堂皇，酣歌祝壽酒千觴。孔庭駢集鷺鴛行，安得賨師對雉圖瑞藏。使君秉節臨大方，泠泠三尺寒秋霜。法平解網如商湯，仁風摩蕩滿臺綱。和風溶溶百鳥揚，萬物同春樂未央。我覯之子袞衣裳，鴻飛信宿入巖廊。吁乎，鴻飛信宿入巖廊。

寄題梁伯遐溪山真隱

緩步青藜杖，行吟白雪歌。開軒煙樹渺，入座暮雲多。煮石頻看鼎，貪棋欲爛柯。桃源如可問，吾且一相過。

龍津小隱同郭王二光祿袁參藩邀集王宗伯宴飲和宗伯韻

卜築江村裏，龍津小有天。甕頭供酒漉，竹下枕書眠。客有攜琴至，鶯隨帶柳穿。怡然心共適，沉醉落花前。

蓬蒿荒小徑，疏病合幽棲。藥裹床頭滿，厨煙竹裏迷。綠含堤柳色，紅綻野花蹊。勝會成歡賞，多君石上題。

園林啼鳥倦，江海羨鴻冥。歸興情初洽，酣歌酒未停。簾垂新燕撲，笛奏有龍聽。愛客歡何限，厭厭夜不扃。

閒居憶昔年游西蜀[一]

蜀道岐嶒險，蒼茫半碧天。猿聲長不斷，雁字杳難傳。百丈牽輿上，千盤絶壁懸。黄昏投宿處，孤枕伴啼鵑。

鳥道雲逾濕，天低路轉欹。驚蛇豐草動，駭馬斷橋危。樹有青蘿翳，陰無白日移。四時多雨色，旅客益淒其。

五月峨眉雪，孤根灩澦堆。瞿塘翻浪下，赤甲自天來。絶域豺狼鬭，陰崖魍魎猜。無因消旅思，聊以酌春醅。

昔年游蜀夢，此日遂初身。絳灌人何在，巢由自結鄰。門堪羅鳥雀，酒可漉綸巾。回首風塵跡，甘爲臥隱淪。

［一］原稿僅三首。據明張邦翼嶺南文獻卷二七補入第二首。

題見一堂贈侯見洲藩伯

功成疏寵位，興洽在林塘。地擬青門勝，人歡綠野堂。卷簾邀月上，垂釣引杯長。清世冥鴻意，無勞問阮康。

泛舟過陳參軍別業

山城當睥睨，水上湧樓臺。乳燕穿簾入，新筵逐浪開。花明青眼客，日落紫霞杯。興劇嬌歌發，無勞棹鼓催。

過蒲澗和蘇文忠韻

采蒲乘逸興，因過澗邊泉。杯映霞爲色，波搖水在天。荒臺空有字，古刹不聞禪。酒盡青山暮，酣歌客亦仙。

病起

兩月郊居便，凌晨病始瘳。已拚人共棄，惟與藥相投。身外餘三徑，床頭隱百憂。何時可婚嫁，長與尚平游。

送周少參入賀便道省覲祖母及二尊人[一]

使君擁傳入熙朝，駟馬因過萬里橋。雙闕望遥紅日迴，太行家近白雲遥。庭闈三壽南山老，金鑒千秋北斗杓。移孝爲忠應自許，可誰攀附上青霄。

[一] 送，清黄登嶺南五朝詩選卷四題首作『奉送』。

度庾嶺謁張文獻公祠

百粤山川大庾開，車書玉帛自東來。誰將禹鑿通堯域，故遣重關逼上台。一代勛勞天地老，千秋獻納古今才。差將薄劣瞻祠宇，不盡松風萬壑哀。

望匡廬山

匡廬萬仞出芙蓉，猶似岧嶢泰華峰。古刹有碑蒼蘚合，天池無路白雲封。空聞縹緲仙蹤遠，豈爲登臨野興慵。願得他年禽慶約，扶笻采藥日相從。

游東林寺

漫對匡廬紫翠中，幽棲聊與古人同。千年芳躅惟陶令，三笑何年是遠公。池上白蓮塵不染，壇邊玉井淨如空。虎溪莫種桃千樹，恐有漁人路漸通。

道中聞三極殿火災

頻年宫殿火爲災，萬里孤臣首重廻。罪己有言勞聖主，格天何日悟輪臺。誰開榷府宏羊網，正憶和羹傅説梅。憂國杞人空有淚，東南民力可勝哀。

送黄肖源憲副之滇南兼懷陳毓臺中丞

使君矯矯入滇南，萬里褰帷擁駟驂。金馬山城千疊嶂，昆明池水百花潭。去時楊柳逢春色，到日風霜掃夕嵐。幕府過從如問訊，爲言頭白不勝簪。

雲谷書院謁白沙先生祠

嵂屼千盤石磴通，諸峰蓊鬱白雲叢。兩崖泉響傳空谷，萬壑松濤度晚風。臺上有碑封茂草，橋邊流水斷殘虹。憑闌豈爲悲秋色，仰止高山思不窮。

白雲巖瀑布

天開嶫嶫結層巖，巖瀑砰磅石削巉。坐上風雷通晝夜，尊前煙雨濕衣衫。銀河倒落飛如練，白雪酣歌興不凡。酒罷津頭尋去棹，輕風搖颺送歸帆。

送袁憲副備兵貴竹

王師十萬獨征西，借箸憑君靜鼓鼙。劍劃五溪山月小，寒生三尺暮雲低。蠻夷魄奪旄頭落，魍魎愁驚馬首嘶。迴望九重天闕近，擬將銘勒報金泥。

秋日顧直指招飲鎮海樓

飛樓百尺白雲停，太史曾占有使星。柏院風清消暑氣，香醪杯綠泛滄溟。屏開疊嶂芙蓉出，暮靄叢林罨畫青。驄馬到來山岳動，越裳何處不來庭。

百粵吟

粵王臺上氣蕭蕭，萬木驚秋景寂寥。馬首憑陵傷苜蓿，鵲巢棲斷怨鵁鶄。笳聲月落心如折，鴈字風高影欲搖。野老臨江空悵望，乘槎欲泛海邊潮。

遙從南徼溯中原，玉帛車書統至尊。東去羅浮紅日近，北瞻庾嶺紫雲屯。越裳重譯周官在，横海樓船漢主恩。不分芙蓉秋亦老，物華凋敝可誰論。

讀蜀志

空名誤脅上樓船，五百遺金已盡捐。逆黨羅才成網罟，蛾眉殃妒失英賢。孤臣豈意投荒裔，千古堪憐是謫仙。史有闕文誰爲補，令人嗚咽夜郎年。

聞播州報捷

功成莫是欲心驕，媚子貪人滿市朝。民瘼覆盆無白日，天威何處不商飆。傷弓驚鳥千林寂，涸轍枯魚一水遥。共道關梁非上意，可堪狐鼠盡爲妖。

送何侍御出使三吴

五花驄馬下三吳，擁蓋褰帷夾道呼。擊隼霜横淩白日，射雕風急落平蕪。簡書尺一絲綸重，驛路皇華劍履趨。四海祇今漁獵盡，憑君鳴鳳在高梧。

壽黄愚任明府八十一

壯日風雲憶共艭，雄心遲暮未曾降。百年交誼誰同調，一曲梅花祇共腔。仙籙新傳青鳥使，吴儂舊識碧油幢。祇今吏隱成霜鬢，歲歲惟應倒玉缸。

冬日訪唐寅仲青門隱居

薜蘿爲徑竹爲門，蓊鬱紆迴自一村。簾幕遥開千里色，煙霞晴繞萬山攢。松濤風掃驚逾響，鳥雀寒深寂不喧。幽意獨超塵世外，相看賓主共忘言。

人日曉起

柳芽微露緑將勻，睡起東窗物色新。雙蝶夢迴身是客，七蓂開處日爲人。門闌剪緑爭誰勝，嶺海晞暘總是春。跨馬出郊時遠眺，將因杯酒問花神。

送袁大參之任海北

四馬蕭蕭出海邦，輕裘緩帶碧油幢。望懸合浦人千里，歌徹驪駒笛一腔。方岳諸侯誰是長，文章國士已無雙。憑君保障消殘壘，不必談兵築受降。

靈洲山

迢迢鬱水遠中流，屹立孤峰起鷺洲。兩岸煙村浮下界，幾重雲樹隔危樓。漁歌夜度清霄月，僧磬時聞碧漢秋。白髮歸來吾亦老，好將卜築借菟裘。

白雲山

爲問仙蹤事有無，尋幽巖岫亦清都。臺空不見千年鶴，澗冷猶存九節蒲。物外江山浮世界，雲間丹竈亂蘼蕪。無才正欲從仙隱，落日踟躕聽鷓鴣。

坡山

五仙騎石化爲羊，洞裏煙霞出上方。地迥有天藏石室，雲深何處覓丹房。鯨音縹緲驚寒夢，羽客逍遙入醉鄉。爐篆千年應不滅，莫令輕作少年場。

樵山

碧山古寺飛霞處，誰敞樓臺裊薜蘿。一徑雲深龍臥穩，兩崖花落鳥聲多。青天嵐涌層層樹，白晝風生灧灧波。笑倚危欄一回首，淡煙芳草思如何。

端陽雜詠

繫臂相沿五色絲，浴蘭采术亦何爲。早知續命家家壽，何必山中茹紫芝。

鬬草同歡似戲場，含嬌斂笑競群芳。臨風豈有梅花笛，吹落蛾眉點額妝。
疏柳鳴蜩縹緲聞，因思此日祀陳君。蒼梧太守今何在，滿目風塵掃白雲。
遺俗相傳蜥蜴空，豈因希寵日當熊。翻疑飛燕多相妒，故遣長門捕守宫。
能言鸚鵡事應非，鸜鵒那堪學語歸。從此不需勞剪舌，恐令禽鳥解人機。

競渡曲

一望飛鳧鬬水軍，滿天風雨隔江聞。雷聲霹靂神魚躍，化作雙龍起夕曛。
木蘭舟渡采蓮歌，粉黛蛾眉奈樂何。水映楊花嬌欲舞，尊前飛雪落清波。
乘風破浪一身輕，紅帕纏頭耀日明。綠水清嬌羅綺色，棹歌遥應管絃聲。（以上清温汝能粤東詩海卷三四）

（鍾東整理）

闕題

峽山寒影削飛來，璇玉瀠洄古洞開。萬疊芙蓉搖畫幅，千秋霜雪鎖樓臺。臨風幾想流觴興，招隱何人授簡才。滌盡紅塵應不染，移文休勒碧山隈。（清康熙禺峽山志卷三）

（史洪權整理）

陳大猷

陳大猷，字鳴翊。南海人。彦際子。明世宗嘉靖三十七年（一五五八）舉人，明穆宗隆慶二年（一五六八）進士。官雲南副使。事見清道光廣東通志卷六九、卷七四。

謁李忠簡公祠

扁舟遥泛寶珠圓，柱砥中流别有天。萬頃琉璃涵日月，千秋祠宇肅忠賢。先朝正氣孤風凜，昭代崇恩奕世綿。睬望地圍東去盡，日隨征雁破蒼煙。

垂紳端笏偉人哉，瞻拜人依鈞艇來。千仞羽儀翔百粤，萬年英氣燭三台。酣聽榜枻歌漁父，醒續離騷劣楚才。閲世瞰流心百折，滄桑何處不堪哀。（以上明郭棐、清陳蘭芝嶺海名勝記卷三）

浮丘八景

一眺危樓倚碧空，山川形勝入鴻濛。遠看漠漠煙雲外，紫氣長連八極中。紫煙樓

丹邱開闢郭西天，太史高名北斗懸。晚沐賜錢今日事，公餘應見主恩偏。晚沐堂

珊瑚元產自遐荒，涓滴擎來玉作漿。條煉舊曾聞此地，靈泉清徹擬滄浪。珊瑚井

翰苑名高執法臺，華堂景勝若天開。群遊白社瞻台斗，誰復翩翩倚馬才。大雅堂

縹緲仙真去不還，猶餘玉舄在人間。餐霞知有長生訣，目斷蓬萊第一山。留舄亭

炎荒東去有羅浮，門戶朱明亦勝遊。日月洞中饒紫氣，丹臺清絕比瀛洲。朱明舘

高軒飛舉興多豪，學士仙風振雅騷。瑤島拾來香滿袖，相逢猶問舊宫袍。挹袖軒

孤亭仙侶許同羣，子晉笙聲海外聞。一自浮邱相遇後，緱山吹動九霄雲。聽笙亭（明郭棐、清陳蘭芝續嶺海名勝記卷五）

（陳永滔整理）

葉午溪節推取道柳州適逢九日與諸同寅敬約小集

殊方令節醑筵張，秋氣蕭森透客裳。作賦自慚司馬句，登臺猶羨孟嘉狂。山凝紫氣三江靜，水落微霜萬樹黄。讌笑群公強健在，年年萸菊任徜徉。

署中讀陳貴峰山人贈言步韻

嚴程飛棹向西河，清夜還思白雪歌。彩筆新題占氣象，高人幽興寄煙蘿。問奇深恨趨從少，引滿尤憐意氣多。更愛盧敖交誼重，論心天地聚羊何。

懷弟

初冬解纜忽匆匆，萬里懷人兩地同。久客漸疎姜被夢，長征猶戀白雲東。夜殘風雪驪羸馬，歲杪關山斷去鴻。聚首清宵知不遠，玉河春色正青葱。

送鳴志弟北上補選

三冬離思繫浮槎，籬菊天邊盡吐華。策馬不迷庾嶺路，驅車遥指帝王家。一杯共對珠江月，萬里晴看碧海霞。驛路有人頻折寄，願聞清夢筆生花。

和陳明佐花朝韻并懷其弟明瞻

劇飲何須問酒帘，望來天角月纖纖。花朝暖入春容媚，柏葉濃分野興添。布被夜增池草夢，葛巾時羡酒杯淹。苔痕十日無人破，飛絮繁花宿雨霑。

邀王省軒光祿入社

論文廿載共從容，製錦翩翩正氣中。一自朝陽鳴瑞鳳，于今湖海臥人龍。青山暫假勛卿傲，白雪應爲藝苑宗。聞道仲宣多賦詠，西園負笈喜趨從。

厓門吊古

運去中華力不支，一時神器屬胡兒。波濤怒激鼉鼉奮，風雨愁聞鼓角悲。靈馭九原隨鶴化，忠魂千

載翊龍飛。登臨何限傷時淚，揮向厓山剔古碑。（以上清溫汝能粵東詩海卷三四）

（鍾東整理）

何維椅

何維椅，南海人。明穆宗隆慶二年（一五六八）進士，選庶吉士。官至禮部主事。事見清道光廣東通志卷六九。

郊天應制

祥光縹緲護彤墀，恭覩吾皇報祀時。法駕曉臨仙仗肅，泰壇夜集漢官儀。聲諧彩鳳風和細，影動蛟龍月上遲。知是神人咸受職，共歌天保樂雍熙。（清嘉慶三水縣志卷一五）

（呂永光、張玲整理）

徐尚敷

徐尚敷，南海人。明穆宗隆慶二年（一五六八）貢生。官兩淮鹽運判。事見清光緒廣州府志卷五〇。

題樊隱君册

扁舟范蠡更誰如，大隱仙城近市居。海宇雲山供笑傲，江湖蹤跡混樵漁。燒丹未返華陽洞，掃徑常過長者車。贏得高眠生聖世，傳家不著茂陵書。

淮中寄懷姊丈粤橋何計部

宦海參商已十年，憐君龍臥穩林泉。含香每憶堪前席，煮海何如擁算鞭。世路一官牛馬走，家山萬里鹿蕉懸。相思欲擬歸來賦，子舍汾陽簇玳筵。

送金生新婚入太學

風流曾擅少年場，上苑驊騮逐電光。巹合鳳簫環佩冷，席分羊石鬱金香。漳河去去雲烟渺，璧水遲遲日月長。得意看花消息近，泥金應寄隴頭芳。（以上明張邦翼嶺南文獻卷二九）

（楊權整理）

徐尚徽

徐尚徽，南海人。明穆宗隆慶二年（一五六八）貢生。官知縣。事見清光緒廣州府志卷五〇。

題樊隱君冊

南陽高士重樊英，入粵扁舟爲避名。休遺漢廷纁幣至，江湖自分樂浮生。（明張邦翼嶺南文獻卷三一）

（楊權整理）

劉夢賜

劉夢賜，字良弼。新興人。明穆宗隆慶四年（一五七〇）舉人，授連城知縣，刻維俗家禮詩集。清道光肇慶府志卷一八有傳。

次鄭司訓寫懷韻

幽懷種種向誰論，發作狂歌白日昏。莫上庾公樓上望，天涯煙樹易消魂。（清乾隆新興縣志卷二九）

（鍾東整理）

周篤棐

周篤棐，字式周。潮陽人。孚先孫，光鎬姪。明穆宗隆慶四年（一五七〇）舉人。官富川知縣，歷仕台州府同知。事見道光廣東通志卷七五、清光緒潮陽縣志卷一五。

小隱雜詠

莫笑枌榆棲，塵緣未了期。玄珠收象罔，真慧破須彌。客至開棋局，情濃舉酒巵。天𢦤終有解，八極馭雲騎。（清光緒潮陽縣志卷二二）

（呂永光、張玲整理）

巖頭石室

石室開峰上，山泉瀉碧流。雲深迷午徑，斜日照松邱。（以上民國温廷敬潮州詩萃甲編卷五）

（鍾東整理）

楊瀧

楊瀧，字雨江，一字用仁，號訥初。原籍大埔，遷海陽（今潮州）。明穆宗隆慶四年（一五七〇）舉人。初任辰州通判。以忤權貴，謫經歷。凡六月，復嘉興判官。復以觸犯權貴，再罷爲經歷。尋辟署江寧尹，陞武定知府。後乞休歸隱。清乾隆修潮州府志卷二八有傳。

己亥仲夏遊上杭南泉寺僧月修誦王陽明南征閑遊寺詩因次韻

司馬南征甫偃戈，尋幽漫步入藤蘿。坐看劍賣還耕犢，會見農忙理故簑。閩壤煙消清永夜，粤江雨過漲新波。禪堂遺詠徵前古，老我長吟夕照多。（清康熙饒平縣志卷二四）

（呂永光、張玲整理）

王原校

王原校，字教之。番禺人。明穆宗隆慶四年（一五七〇）舉人，官大邑知縣。事見清道光廣東通志卷七五。

謁李忠簡公祠

向陽堂上儼光儀，多感龍頭綺會奇。道派至清清獻授，心源虛白白沙知。縋城偉績千年重，食邑殊恩異代思。故里雲仍能世講，至今淑艾有餘私。（明郭棐、清陳蘭芝嶺海名勝記卷三）

（陳永滔整理）

全粵詩卷四〇二

李栻

李栻，字子敬。番禺人。明穆宗隆慶四年（一五七〇）舉人。官陽朔、寧陽知縣。清道光廣東通志卷七五有傳。

過崇積博雅齋觀榴花酒酷折花登樓歡賞得秋字

戀舊頻過汝，相看意轉幽。紅深花妒日，碧濬葉含秋。已醉塗林樹，還開風木樓。一枝斜倚晚，喜色坐中收。

送葛從化之衡府

送客王門去，離心奈爾何。長沙天地闊，前席鬼神多。草木新兵色，江山舊戰窩。畏途固如此，行矣慎風波。

伏日村居寄歐陽崇積

踏踏歌來世路浮，故鄉迢遞去還留。青山戀我惟觚穎，白日驕人一杖頭。雞犬數家渾是舊，池塘半畝不成秋。何時蘭玉齋前酒，蘿薜初衣傲十洲。（以上清溫汝能粵東詩海卷三四）

（鍾東整理）

陳絢

陳絢，字衷素，別號素庵。東莞人。明穆宗隆慶四年（一五七〇）舉人，兩赴南宮弗售。年四十而卒。明郭棐粵大記卷二一、清道光廣東通志卷二八一有傳。

集飲東林梁先生書舍題贈

數畝新莊傍水湄，主人歸隱愛漁絲。江楓半繫盟鷗艇，隄柳低臨浴鶴池。風度鶯聲聲乍轉，月篩花影影相移。繁華今古稱梁苑，且對明河醉玉巵。（民國張其淦東莞詩錄卷一四）

（鍾東整理）

張守謙

張守謙，字斯豫。南海人。明穆宗隆慶四年（一五七〇）舉人。初爲贊皇縣學教諭，遷大寧縣知縣。以忤上官旨意，降職廣信縣學教諭。後攝永豐知縣，搆疾卒。清雍正從化縣新志卷三、清道光廣東通志卷二八一有傳。

折楊柳

何處垂楊柳，邊城萬里天。青飄雲外濕，翠壓霧中鮮。粉黛愁霜落，紅顔損塞煙。有無腸苦斷，扳折付幽燕。（清溫汝能粵東詩海卷三四）

崖門弔古

行殿荒涼鎖瘴煙，乾坤萬古見三賢。間關不憚勤王志，慘淡誰悲救國還。無限忠魂依夜月，有時風雨洗胡羶。空餘波蕩崖門水，遺恨前朝逝若川。（明張邦翼嶺南文獻卷三〇）

（鍾東整理）

張守讓

張守讓，字斯禮，一字懋功。守謙弟。南海人。明穆宗隆慶四年（一五七〇）舉人。任福建永安知縣。尋陞思仁副使，官終貴州貴寧道。以勞瘁死任上。清溫汝能粵東詩海卷三四、清道光廣東通志卷二八一有傳。

中元洞

憑高聊極目，洞口白雲生。屏嶂千峰合，人煙百雉平。披蓁尋鳥道，坐石聽猿聲。及此淮南臥，偏宜吏隱情。

凌玄洞宴集

幽崖河朔會，共倒接羅巾。岳擁薇垣近，林開畫戟新。煙蘿塵外景，巖壑雨中春。幸此陪欣賞，山花笑向人。

題諸葛祠

孤臣祠宇枕江皋，遺恨吞吳與滅曹。寂寞忠魂何處是，江流擊石陣雲高。（以上清溫汝能粵東詩海卷三四）

（鍾東整理）

梁岳

梁岳，字仲登。順德人。明穆宗隆慶四年（一五七〇）舉人。官瑞州推官。事見清道光廣東通志卷七五。

暮春懷訶林舊隱

伊昔還山時，結廬依古寺。繞砌植松篁，環軒披薜荔。春色入虞園，四顧羅蒼翠。石池湛碧空，水暖游鱗戲。閉戶謝囂塵，逍遙忘俗慮。頗諳靜者心，稍適幽棲志。一朝謁承明，射策不得意。薄宦繫微軀，欲返焉能至。新恩詎易酬，舊業忽如棄。佇想春風深，落花應滿地。

十五夜月同諸公飲五仙觀

九十秋光今已半，天河無雲星歷亂。須臾明月出東海，散落清輝遍遥漢。素魄盈盈桂樹邊，金波沐沐璚樓畔。坡山形勝昔稱奇，良夜移尊賞最宜。神飆乍轉三清界，玉露時披五穗枝。白蓮池上仙蹤遠，玄武壇前劍氣垂。勝游況值茲靈景，深杯拚醉忘宵永。且將行樂越流光，莫把蹉跎對孤影。君不見五仙昔日騎五羊，金丹煉就還帝鄉。嵯峨怪石空留瑞，至今千載傳其芳。世人局促徒爲爾，牢落塵途甘汲齒。黄粱已熟夢未醒，廻看明月常如此。月明今夕正中天，湖海知心盡此筵。直須對月傾數斗，得失盈虧任自然。明月有圓亦有缺，人生莫漫輕離别。但願金尊酒不虚，年年酩酊酬佳節。

春雪篇

平楚蒼蒼孟春月，東皇送暖嚴霜歇。共忻淑景布陽和，詎意寒威尚飛雪。同雲慘淡凍不開，六花零亂點莓苔。已向赤城披素練，還過雙闕灑璚臺。霏微轉覺冰天暮，輕清肯受緇塵妒。皎潔翻令宿鷺猜，飄揚似觸棲烏怒。銀海瑤山盡一時，璚枝玉樹互參差。乍驚柳絮堤邊起，忽訝梅花笛裏吹。隨風縹緲渾難定，流輝宛轉遙相映。高詠空憐謝女才，扁舟祇動王猷興。看看不減去年冬，萬戶千門積素中。冷浸虛堂侵几簟，斜穿曲檻照房櫳。別有琳宮兼蕊殿，翔鸞舞鳳高低見。雲母屏開璧月明，水晶簾捲珠光現。皂貂狐貉不勝寒，坐擁金爐漏未殘。重裀列鼎堪銷夜，寧知僵臥有袁安。滴向檐端聲淅瀝，深閨少婦淚沾臆，陌頭楊柳幾經春，玉關迢遞無消息。沉冥永夜復悠悠，他鄉游子倍離憂。天涯短鬢難禁白，旅館孤燈總易愁。謾道春宵好行樂，紅塵紫陌虛相約。往來一唱郢中歌，歌長調苦翻蕭索。徙倚空齋竟不眠，新寒仍透廣文氈。世間那得蘇司業，買醉誰堪送酒錢。

白雲精舍聽張仲欽彈琴

已得青山勝，還聽綠綺琴。美人真絕調，游客愧知音。衆壑風泉響，縣崖霧雨沉。醉來頻徙倚，疑聽九龍吟。

用韻答黎惟仁見懷

搖落驚秋暮，空庭木葉黃。雨餘蘭渚潤，風動桂叢香。臥病蓬三徑，懷人水一方。何當重結社，文酒共徜徉。

暮春舟中即事

浪游淹歲月，轉覺鬢毛斑。舟楫飄零苦，關河去住艱。停雲思故國，貰酒破愁顏。芳草江南緑，王孫幾日還。

忽驚春事過，幾見落花飛。貧病人堪老，勛名願轉違。詩從愁裏賦，家向夢中歸。去去無勞問，滄江舊業微。

游寒巖

一徑穿林入，憑高信杖藜。坐臨青嶂闊，指顧白雲低。洞古龍宫閟，煙深鶴馭迷。勝游饒雅詠，彩筆恣留題。

送陳士鵠赴進士舉兼柬黎惟敬歐楨伯梁彥國諸公

把袂驪歌越水濱，況逢秋盡倍傷神。風塵赤羽須看劍，世路青雲好致身。别後幾虚蓮社月，到時應戀曲江春。薊門舊侣如相訊，爲報煙霞一葛巾。

春日同陳重衡熊楚伯西園聽鶯得萍字

宿雨初收報曉晴，名園深處有啼鶯。一杯共向花前聽，百囀遥傳柳外聲。吟罷幾人閒白晝，愁來孤劍按青萍。堪憐此會饒幽思，莫遣春愁感慨并。

聞海寇犯省城

艨艟巨艦捲江濤，殺氣憑陵海嶽高。轉戰漫勞徵虎旅，談兵虛道識龍韜。烽煙一望歸心折，鼙鼓頻聽客夢勞。銅柱勛名堪此日，時危誰贈吕虔刀。

暮春燕京懷歸

長安春盡落花多，越客思歸意若何。節序幾從愁裏換，家園頻向夢中過。西京形勝雄三輔，北雁音書隔九河。燕市酒壚堪買醉，莫將留滯起悲歌。

得孔適弟仁和明府書

別爾東來歲已周，爲探奇勝數淹留。芳尊夢醉琴堂月，候雁書迴海國秋。梟舄即看仙令起，鱸魚偏動季鷹愁。吴山剡水佳期阻，一夜相思欲白頭。

翠微閣晚眺

絕頂躋攀路不迷，醉憑飛閣訪禪西。微茫下界諸峰小，指點平原萬木低。丹壑煙深迴鶴馭，綠楊春暖聽鶯啼。彩毫擬就登高賦，不數任翻壁上題。

曉過穀城寄張明府

遠道驅車過穀城，江天旭日轉新晴。芳郊隱映千花麗，碧樹遙連百雉平。春盡浦雲低雁字，風和柳谷緩鶯聲。行邊剩有雙龍在，不遇張華祇自鳴。（以上清溫汝能粵東詩海卷三四）

（鍾東整理）

梁夢日

梁夢日，字繼湖。靈山（今屬廣西）人。明穆宗隆慶四年（一五七〇）貢生。官安吉州判。後致政歸。清雍正靈山縣志卷一〇、清道光廣東通志卷二九九有傳。

半月巖

邑有月巖勝，月中趣幾何。雲頭分璧半，竅口上弦多。玉潔涵娟妙，祥光映海螺。秋香蟾窟味，蘭室臭同摩。（清雍正靈山縣志卷一二）

（呂永光整理）

周光鎬

周光鎬，字國雍，號耿西。潮陽人。孚先子。明穆宗隆慶五年（一五七一）進士，初授寧波府推官，陞南京户部主事，改吏部主事。出任順慶知府。神宗萬曆十四年（一五八六）擢副使，監軍征西南彝，有功。歷官建昌參政、臨鞏按察使，陞寧夏巡撫。召爲大理寺卿。以老乞休，築明農草堂，讀書其中，從遊者多爲知名士。卒年八十一。有明農山堂集。清康熙潮州府志卷九上、清乾隆修潮州府志卷二八有傳。

陰那山聞題

陰那曾負昔年期，先世盤遊況在兹。聖諦逢梅多蔭界，靈光老檜護交枝。逃禪我未窺三藐，醉易君今陋九師。幾欲探奇循舊隱，蕭齋閣上問庖羲。（明李士淳等編陰那山志卷三）

秋夜吟

蕭蕭暮角起城頭，耿耿銀河拂檻流。絡緯聲啼斷復續，竹梧淅瀝風颼颼。幽人夜半攬衣起，露墮簾櫳白于水。空庭何處搗衣聲，舉頭見月思千里。思千里兮夜迢迢，星漢西流桂子飄。哀鴻夜度鳴嘐嘐，客子對此朱顔凋。芳時易過蕙草歇，玄霜歲歲染華髮。欲歸不歸胡躊躇，十年長負故山蕨。

（史洪權整理）

壽硯亭爲陳玉叔廷尉題

佽飛拔劍心雄偉，直入深潭截龍尾。老骨年來化石嶙，西郊夜半啼山鬼。才子折衝尊俎旁，窮搜禹鑿獲琳瑯。運斤雷電起倏忽，開函波浪摇洸洋。龍蟠鳳翥風雲變，藝苑詞場共鏖戰。定價無論十五城，著書已足三千卷。管城禿盡瘞山丘，墨子臨岐淚不收。誰信石卿年已老，漢家仍拜壽亭侯。

秋日過玄武湖

極目澄空際，天高水曲秋。殘霞波上斷，夕照雨中收。景以圖書秘，天疑閬苑浮。何言羈物役，一似泛滄洲。

大梁道上

騁望中原路，逶迤入大梁。河堤垂緑樹，節序度青陽。衛水浮煙暝，沙河落日黄。愁來看短鋏，猶帶薊門霜。[一]晉魏開封地，工歌自古聞。雄圖嗟已歇，淇水復何存。公子能傾士，蛾眉亦報恩。西風堪灑淚，若處吊夷門。

[一] 此首清梁善長輯廣東詩粹卷六作：『眺望中原路，逶迤入大梁。風塵馳朔騎，節序改青陽。衛水浮煙黑，沙河落日黄。愁來看短鋏，猶帶薊門霜。』

渭陽馬上對月

馬上三更月，邊庭萬里秋。清光懸渭曲，星露濕吳鉤。風籟泉聲細，天山夜火收。羈愁兼別思，此際轉悠悠。

夏日閒居雜詠

門徑通原野，禾苗日長成。共歡新雨過，一望綠疇平。鼓吹田間部，笙簧谷口聲。明農知不負，秋社足浮觥。

得徐給諫書卻寄

雙鯉遙傳采石書，南州丰度近何如。朱衣漢殿傳封草，白苧江城問謫居。一出衹緣長孺戇，立談誰道別生疎。賜環自是明朝事，未許靈山便結廬。

送荊考功視學滇南

十年華省嘆淹留，一詔驚從萬里游。擁節遙過荒徼地，傳經猶是古梁州。天連越巂蠻煙曉，沼泛昆明漢水秋。莫問舊曹朋好在，山公誰復似風流。

江干分手即河梁，驛路春風擁傳長。考簿西京留啟事，傳經南服見文章。蠻天欲盡浮盤水，粵徼初分度夜郎。倘念含香同舍在，飛鴻應見幾琳瑯。

玉沙草堂

一望平皋翠雨流，虚堂睥睨碧沙頭。湘江蘭芷明于玉，澤國樓臺迥似秋。坐裏芙蓉開列嶂，尊前瑶草散芳洲。璽書無奈頻催起，猿鶴窺人悵别愁。

百尺樓

百尺樓高切太微，中藏萬軸盡珠璣。自天題處龍章濕，奕世傳來寶帙輝。影繞漢州波作練，光摇星斗玉爲扉。于今競説陳荀里，不數城南傍帝畿。

游萬州岑公祠

天開洞壑倚層湍，見説周人自考槃。瑶草歲深凝作石，流霞春暖液爲丹。峰頭鶴度三山渺，江上濤飛兩月寒。碧海玄洲何可遇，白雲空自長瑯玕。

飛練亭

百丈飛泉下翠巒，孤亭爽氣到憑欄。吹來半壁銀河水，瀉出長天碧海瀾。五月炎蒸過鳥道，千山霧雨起龍蟠。玉毫曾入長生殿，此地虚疑近廣寒。

望錦屏山寄懷陳于韶參伯

西望屏山翠幾重，丈人遥在最高峰。玉臺碧映雲臺月，劍閣青連錦閣松。絶頂振衣孤吹起，清秋染翰赤霞封。中原戎馬頻多事，此地如何穩卧龍。

出師南征渡瀘河道經白馬堡登曬經臺

九月嚴霜曉渡瀘，征南十萬握兵符。天垂竺國連真塞，檄過牂牁問筰都。象教西來傳白馬，狼煙秋淨插雕弧。曬經臺傍干戈地，消劫還憑佛力無。

送謝參伯鳳渚之滇藩

才報羌戎息鼓鼙，又聞飛檄急朱提。藩宣西去蠻煙淨，劍戟廻看雪嶺低。番部但思蜀相國，偏裨還憶謝征西。點蒼不讓燕然石，一柱天南可并題。

秋懷

靈關秋色白榆多，九月霜飛黑水河。天外雁鴻嗟阻滯，籬邊松菊怨蹉跎。南來邛塞無烽燧，西報臨洮走橐駝。此日三秦憂不細，禁中親詔出廉頗。

登賀蘭山眺望夏元昊避暑宫在焉平虜城北則漢衛青大將臺也

賀蘭千隊駐征麾，山後山前毳幕移。列嶂敞天攢劍戟，重關畫地守熊羆。夏王暑殿餘荒址，漢將高臺接古陴。一自三城收戍卒，胡奴無復泣燕支。

送春

落紅飛絮半沾泥，別意年年客裏題。欲唱渭城江雨暮，陽關祇在秣陵西。

閱邊報偶成

河陽老將慣登壇，見說天山戰壘殘。六郡于今年少在，誰將尺組繫呼韓。

祖洲歌爲沈令公題兼送上覲

浮空海島隔塵寰，島上真人握大還。夜半天雞鳴日出，遥聞金佩曉珊珊。

春思

芳園草樹鬱芊綿，雨過千峰紫翠懸。春事祇今看又半，風光莫惜杖頭錢。

雨霽長江曳練明，煙雲島樹暮天橫。不堪引領孤鴻斷，愁聽笙簧谷口聲。

群花眼底劇離披，綠葉朝來密作帷。惆悵一春同調遠，楚騷長自怨江蘺。（以上清溫汝能粵東詩海卷三五）

過武昌阻雪仲和王孫邀登黄鶴樓

洞庭東下楚天浮，掛席西過黄鶴樓。千載白雲寒冉冉，一江巴水碧悠悠。波搖鸚鵡洲前月，霜落芙蓉鏡裏秋。何事王孫邀授簡，不堪乘興雪中舟。

謁武侯祠

錦江十里錦城東，丞相祠堂暮靄中[一]。魚水君臣看定鼎，龍蛇風雨走虛宮。參天老柏巢雙鶴，落日長橋飲斷虹。一自杜陵題灑後，直令千載泣英雄。

[一] 暮靄，清陳珏古瀛詩苑作「翠靄」。

雪山歌

雪山西來横亙天南幾千里，排雲劃霧直控[一]穹窿而特起。金沙西流赤日暉，山中之雪常齒齒。憶昔提兵九月秋，雪風泠泠洞壑幽。今來筑壘當長夏，舊雪崚嶒新雪下。朝看劍鍔倚青蒼，暮落芙蓉片片霜。疑是昆侖浮玉海，直愁花雨下天荒。昨夜營頭風瑟瑟，曉起嶙峋散空碧。三軍寒色滿弓弢，大將霜威攢列戟。虎牙門傍雪山低，越嶲之水背城飛。羽檄遥來邛塞北，旌旗直度索橦西。百折千盤冰路滑，崖崩石碎馬蹄脱。偏裨握槊慘不驕，壯士定刀凍欲缺。陰風殺氣連宵起，山後山前半營壘。九姓青羌隨漢麾，六州番部俱南徙。山頭有海云是蛟龍宫，千尋百尺神物潛其中。伐鼓扨金蛟子怒，飄風吹雹飛晴空。當年漢帝思汗血，西極流沙通使節。昆明渥水産神駒，苜蓿蒲梢歸漢闕。於今有道服群夷，不是唐蒙建節時。我欲掃盡雪山鐫片石，勒銘永照西南陲。

〔一〕 控，本作『空』，據清陳珏古瀛詩苑改。

赴蜀闤途次雜詠

漠漠川原路，村村杜曲邊。真看陸似海，不斷水平田。杼軸西人賦，笙歌蜀國弦。當壚有少婦，慣數賣漿錢。

浣花溪草堂

杜陵亭子浣花潯，秋色雲光淨遠林。傍水芙蓉朝爛漫，緣江榿樹暮蕭森。長留天地驚人語，不盡艱危戀主心。自古更誰推大雅，流風逸韻到於今。

龍門寺次韻

東望龍門入紫煙，江行十里到諸天。長林暑盡松風細，匹練晴飛漢水懸。一叩法宮心自遠，況逢珠樹月初圓。辛官現出僧休訝，不爲笙歌載酒船。（以上民國溫廷敬潮州詩萃甲編卷五）

（鍾東整理）

午日玉峽江觀競渡

午日滄江白浪堆，龍舟峽口鬬喧豗。人間勝負尋常事，獨攬綸竿坐釣臺。

霏霏炎雨落晴空，峽底洪濤挂玉虹。鱗甲滿江看競渡，奪標眼底定誰雄。（清乾隆修潮州府志卷四二）

靈濟宮落成

寶籙元傳大洞君，仙蹤遥遍海東濆。曾聞石室飛丹日，又見新宮結綵雲。紫蓋翠幢看縹緲，椒漿蘭醑饗絪緼。巫咸爲報元都使，消祲無忘父老勤。

重陽次日同諸大夫登北巖式時姪解台郡，隱此

搜奇直上鬱岧嶤，何異巢居落木標。星竇幾灣開石屋，雷壇半壁駕飛橋。到來便覺塵心盡，坐久全令暑氣消。一自掛冠甘遯後，旁人誤作楚魂招。

瀛洲三老歌爲蓮峯隱者吴鏡塘壽

東南大地何所有，積氣茫茫惟巨藪。南山東走海門西，神鰲奠足昂其首。徑崎石聳蓮花峯，擊浪迴瀾渤海東。平吞萬里瀇瀰漭蕩之蜃壑，俯瞰澎渟黝杳不測之蛟宫。蜃壑蛟宮深罔極，鮹噏鰲黿天地黑。中有神物自閟藏，卻產明珠熒青碧。明珠的爍射波光，神物雖藏寧盡藏。金魄素秋飛若木，陽烏午夜上扶桑。此時東望春霞紫，忽見三星照海水。俄看三老下瀛洲，相將來過蓮峯壘。蓮峯主人煙霞客，磊塊扶疏老風格。胸藏萬卷筆濤翻，翰灑蓮峯爛五色。海鶴爲朋鷗爲友，蟬蜕煙霞號無垢。自從皂帽海上遊，世路崎嶇不回首。三老元同千歲精，蟠桃春宴自瑤京。邀君同作三朋壽，少微江上粲春星。逢春辰，酌春酒，萬頃玻瓈落吾手。醉挽滄溟注兕觥，明珠擎出照南斗。

玉峽山房初成

白水蘸柴扉，天空一雁飛。葑田潮外沒，莎草雨中肥。壯志銷長鋏，江星炯少微。棘津人已老，莫負此漁磯。（以上清光緒潮陽縣志卷二二）

（吕永光、張玲整理）

劉惠喬

劉惠喬，字應遷。潮陽人。明穆宗隆慶五年（一五七一）進士。官四川右參政。事見清道光廣東通志卷六九。

靈濟宮落成

廟貌聿新勸父老，神謀協兮令公禱。經營不日且成之，如雲仙侶來蓬島。駕風鞭霆泛星槎，驅逐妖氛淨如掃。相將紫府值元君，虎躍龍驤獅子吼。此地於今靈爽增，萬古潮陽賴障保。明禋歲歲答崇功，五雲深處祥雲繞。時有神像羣自海中飄至，吳孝廉仕訓爲祀於此。

遊白竹山過友人吳思憲先塋

海天一眺望，勝地共爲鄰。策杖人知少，擕蔬道味真。佳城子職盡，仙洞客來頻。青松靈氣古，白

竹淚痕新。風木情何極。霜烏感亦神。因悟栽培意，應知啟後人。（以上清光緒潮陽縣志卷二二）

（呂永光、張玲整理）

尹瑾

尹瑾，字昆潤，號莞石。東莞人。明世宗嘉靖四十三年（一五六四）舉人，明穆宗隆慶五年（一五七一）進士。授福建漳州府推官。歷任工部給事中、吏科都給事中，晉南太僕寺卿。年五十五卒，有莞石集。清道光廣東通志卷二八一、清溫汝能粵東詩海卷三五有傳。

飛來寺

飛來梵宇倚蒼穹，晴日江山隱翠叢。犀落渺然金鎖斷，猿歸何處玉環空。瑤階樹色涵寒露，石澗泉聲漱晚風。雲散香臺仙跡迴，萋萋芳草繞瓊宮。（明郭棐、清陳蘭芝嶺海名勝記卷八）

遊七星巖

石室懸空翠色來，星連北斗映天開。丹梯倒綴藤蘿引，絳節高臨日月迴。湖上晴霞浮島嶼，洞中紫竹隱樓臺。瑤芝滿地隨行步，徙倚長松數舉杯。（明郭棐、清陳蘭芝嶺海名勝記卷一四）

文筆峰

縹緲雲中絢綵標，九天晴色散岧嶢。高峰兩度來春雁，中巘人文翊聖朝。

金雞嶺

一聲遥在翠微間，皡日初升識聖顔。漢代提封春曙徹，文明應在紫辰班。

橋頭溪

漠漠長空駕彩虹，忽驚瓊海起蒼龍。元勳不負初題柱，寶筏千年控海東。（以上明郭棐、清陳蘭芝嶺海名勝記卷一六）

（陳永滔整理）

馬鞍疊嶂[一]

隴首風雲接海壇，日邊金馬玉爲鞍。屹然瓊島開奇甸，常作擎天八柱看。（清光緒定安縣志卷八）

［一］民國張其淦東莞詩録卷一四此首題下有『瓊州府』。

（陳永正整理）

深溪龍潭

天畔群山萬樹林，澄潭遥在白雲岑。沙堤初日馬齊渡，風雨有時龍自吟。絶壁飛泉千嶂冷，層巖流水一溪深。同遊不盡尋芳興，滿地煙霞坐石陰。

贈賓峰號

蓮花開并五雲頭，日與高人結素遊。風月靜連塵外榻，畫圖青入海邊樓。鎬京陵阜陪同宴，唐室蓬瀛寵貴侯。自古有情猶喜好，幾多仁壽得同儔。（以上民國張其淦東莞詩錄卷一四）

（鍾東整理）

劉克正

劉克正，字懋一，號海樵。番禺人，從化籍。格長子。明穆宗隆慶五年（一五七一）進士。官翰林院檢討。年三十七卒。清道光廣東通志卷二八〇有傳。

遊海珠寺

玲瓏光四壁，寶刹兀中流。佛燈明嶺樹，漁笛起沙鷗。山聳連雲出，江空帶月浮。登臨追勝賞，疑是武陵遊。（明郭棐、清陳蘭芝嶺海名勝記卷三）

飛來寺

翠屏巖嶫俯澄灣，上有丹梯不易攀。金鎖犀沉香界靜，玉環猿去佛燈閒。天邊雲物浮千嶂，嶺外風煙散百蠻。今日壯遊兼勝覽，可無尊酒對溪山。

何年絕壁啟禪關，一線清溪萬仞山。紺殿接雲棲福地，玉泉流水到人寰。石臺高傍飛霞外，古洞深懸落照間。昏黑上頭吾欲到，便尋仙子和歌還。（以上明郭棐、清陳蘭芝嶺海名勝記卷八）

（陳永滔整理）

進講大寶箴效柏梁體

明明天子初垂裳，講求治理資賢良。前言炳炳森琳瑯，其中法戒垂興亡。無然侈泰謙爲光，惟懷儉德乃可常。勉咨古訓遭明昌，微文奧義相與商。亹亹聽之思深長，自牖納約忠敢忘。躬行不懈惟吾皇，從繩則直古所藏。三代而下不足當，取法乎上虞與唐。念茲在茲敬日強，克綏天祿休無疆。

春日郊行

騮馬東風好，聊爲郭外行。野花隨地發，煙雨過朝晴。笑倚當壚女，歌調隔樹鶯。王孫歸未得，芳草怨難平。

朔日早朝

菊月逢初日，楓宸肅曙儀。金颸雲外度，玉露掌中垂。三殿開龍馭，千官俯鳳墀。遙聞宣唱裏，天語近臣知。

待漏

鳳樓相對碧嵯峨，斜月疏星度絳河。三殿曙暉猶未啟，九霄寒露已將多。佩鳴白玉千官至，火列丹城上相過。遥想後庭催步輦，宵衣頻問夜如何。

賦得燕臺春草送袁司徒乃弟還廣

昨夜東風薊苑過，曉吹新緑滿關河。冶游細馬驕如許，歸去王孫怨幾多。湛湛暗凝霄露潤，凄凄晴帶野煙和。最憐別後池塘夢，江北江南奈遠何。

送熊茂初駕部貶浙江

掩泣長辭供奉班，孤臣何日返燕山。但論道直宜三黜，誰爲排空叩九關。白傅井泉堪自酌，蘇公堤柳易追攀。謫仙自昔棲遲地，愁絕西風損舊顏。

游曹溪[一]

道在無生悟者稀，遲來猶得欵禪扉。天開寶地蟠龍象，人自祇園授鉢衣。溪上雲霞常映帶，山中蘭若歲芳菲。勞勞塵土多年夢，暫向空門學息機。（以上清溫汝能粵東詩海卷三五）

（鍾東整理）

[一] 明郭棐、清陳蘭芝嶺海名勝記題作『遊南華寺』。

全粤詩卷四〇三

陳履

原名天澤，字德基，號定庵。東莞人。明穆宗隆慶五年（一五七一）進士。初授蒲圻令，移知休寧，俗靡，輕俠健訟，履一以長厚儉約化之。歷仕蘇州、海防同知，内擢戶部郎中，以課績復擢廣西副使。因病乞歸，與南海郭棐、郭棨、陳堂、姚光泮、鄧於蕃、楊瑞雲、陳大猷、王學曾、金節，番禺張廷臣、黄志尹、梁士楚、黄鼇，東莞袁昌祚、鄧時雨等名士人結社浮丘。著有懸榻齋稿。清道光廣東通志卷二七七、吳道鎔廣東文徵作者考卷四有傳。

陳履詩，以上海圖書館所藏萬曆刊本懸榻齋集為底本，校以同治刊本懸榻齋詩文集（簡稱『同治本』）。

陳履一

余雅喜誦陶詩，比讀東坡寓惠錄，見所和諸篇，風致可愛，意欣慕焉。兹再入姑蘇，舟中無事，乃檢陶集和之，隨事命詞，悉依格韻，聊以寄興云爾，敢云似乎！

夏杪將赴吳門有懷和張幼于和停雲四章寄以見意

行道遲遲，以風以雨。睠言吳門，千里修阻。搖搖扁舟，孤篷獨撫。臨風懷人，終夕延佇。
石湖之上，煙樹空濛。雲開幽谷，月湛澄江。中有高人，寄傲南窗。我之來兮，願言爾從。
池草春綠，庭樹秋榮。嗟彼美人，有媚余情。爰戒方舟，速速于征。期對尊酒，話我平生。
蟬聲噦噦，自彼林柯。殘暑將退，涼風漸和。思我友生，寤懷孔多。儵爾相見，歡如之何。

齊地久旱途有遷民膏雨既沾草木欣暢和時運四章以諭遷者

甘雨時降，亦既崇朝。彼黍油油，秀色盈郊。為爾三農，稽首玄霄。願言嗣今，載膏爾苗。
四野欲枯，一雨如濯。欣欣農人，婦子相矚。憂懷以蠲，生計聊足。庶幾有秋，室家胥樂。
河流湯湯，沛如清沂。雨澤沾足，田園應歸。爾舟遄返，爾鋤亟揮。毋遠鄉土，悔不可追。
人之有生，樂在園廬。天時暫愆，爾行焉如。一失桑梓，杳如蓬壺。吾言匪慆，爾則聽余。

貳吳再期憂在鰥曠今踐故秩兢惕中懷和榮木四章庸自策勵云爾

瞻彼日月，奄忽如茲。皇皇四方，行將安之。伊昔去吳，曾幾何時。于思復來，中心恧而。
惟澗有松，不移其根。惟谷有蘭，幽芳自存。藐予孤蹤，依依吳門。依依何為，俗美且敦。
凡百有僚，無如予陋。古亦有言，用人惟舊。五斗非貧，聞善斯富。夜寐夙興，祛此内疚。

疾行多躓，高居或墜。靜言念之，奈何不畏。但自策蹇，敢曰希驥。我聞跛鱉，千里可至。

何氏弟衷遠宦滇南矢言送之爰念祖德和贈長沙公族祖四章

惟我與子，二姓匪疎。異流同源，曷求其初。祖德長存，不與世徂。睠言念之，對子躊躇。

爾祖肯搆，同心有堂。甥館伊誰，陳琳孔璋。歎惜代遷，春雨秋霜。覿爾好修，門閥彌光。

清時筮仕，喜與子同。所嗟岐路，自此西東。子趍洱海，吾往平江。不有塞鴻，芳訊孰通。

別且萬里，贈子何言。仕比涉川，學如登山。仕學相須，今古同然。共期努力，毋忝厥先。

和酬丁柴桑二首贈臨清周貳守幹周名家子也，以貢入仕，而為卑官。余欲廣其志，和是詩贈之

行道悠悠，曷維其止。名家之駒，行必千里。範爾馳驅，爰自茲始。王道蕩蕩，古今所由。上曷以喜，亦曷以憂。憂樂同民，政是用休。惟此魯邦，愜君壯遊。

和答龐參軍六首寄贈劉楚相子敦

憶昔海陽，我勤簿書。君至自楚，我心則娛。茹蘗示操，哦松名居。矯矯玉阿，人中衡廬。

君本貴冑，才為世珍。匪驕匪傲，溫其可親。吐英露華，裨予劣人。赫赫賢聲，明作照鄰。

相助為理，夙夜孜孜。我有闕遺，君則補之。彼此和衷，播於聲詩。聲詩云何，無邪爾思。

余遘閔凶，倏與子分。掩涕相送，戚然不欣。迢迢粵樹，英英楚雲。貽我簡書，塞鴻時聞。

君既宰邑，單父鳴琴。膏澤斯降，甘霖載零。今古循良，莫之與京。傾耳絃歌，予心則寧。
長沙賈傅，我聞其風。誰則為之，絳灌在中。赫赫楚藩，好賢有終。君德無瑕，宜裨王躬。

和勸農六章有序

余再拜命貳吳，式司水利，鰥曠之懼，軫於中懷。幸晤宗伯韓公，示之梗槩，謂：『夫水利之事，瀹川、固坊二者而已。上不勞民，無以興事，民苟便已，功是用隳。惟鼓舞作興，官一其令，通力合作，民忘其勞，斯克濟矣。』余有味其言，爰和陶勸農六章以述其意，用示庶老，傳諭三農。

天職生物，地職養人。裁成輔相，職為聖真。茲曰三才，一理所因。地平天成，我思古人。
晦晦高原，宜藝黍稷。睠此澤國，嘉稻斯殖。惟水利農，亦以害穡。水患既蠲，民乃可食。
予起海濱，跋涉川陸。帝命來吳，令佐熙穆。官守不恪，焉逭斥逐。是用虛懷，詢於耆宿。
眾靡憚勞，勞暫逸久。聯爾比鄰，結爾同耦。固爾堤坊，易爾田畝。謀則協心，作則駢手。
農夫望歲，冀勿空匱。無鰥厥官，時予所冀。百川告馴，災害不至。庶免素餐，祛我中媿。
莫匪王事，農務奚鄙。宗伯碩人，實迪予履。通力合作，先農遺軌。爾眾聽之，嘉言洵美。

寂居薊門歲聿云暮爰覩棲鳥悵然興懷和歸鳥四首

嗟嗟倦鳥，夕投風林。豈無故棲，遠隔雲岑。欲求友聲，孰明其心。聊爾戢翼，息此叢陰。

嗟嗟倦鳥，載鳴載飛。雲霄既遐，霜林焉依。顧瞻南枝，矢言遄歸。求匹將雛，庶幾靡遺。
嗟嗟倦鳥，從風徘徊。無心高翔，願言卑棲。安得舊侶，同聲和諧。爰止丘隅，愜哉夙懷。
嗟嗟倦鳥，集於霜條。伊昔春明，園列榮標。振羽翩翩，鳴聲交交。今如之何，奮翼為勞。（以上懸榻齋集卷二）

全粤诗卷四〇四

陳履二

古意

少小出香閨，與君初結縭。願言永歡好，竊比連理枝。忽君有行役，頃刻成分離。掩涕以相送，目斷天一涯。屈指君去後，流光迅如馳。春花幾榮謝，秋月幾盈虧。君行杳何處，寂寂無音徽。看彼參與商，惻惻空長悲。

夏日憶家園

大火未西流，暑氣苦蒸溼。狂風捲長衢，浮埃莽相襲。回馬避高貴，奔馳似湍急。咫尺無旁徑，望門屏息立。垂縵蔽全面，鬢眉盡沾濕。倀倀隨隸人，辰出申乃入。翻憶故園居，蕭然遠城邑。綠樹蔭可依，清池淨堪挹。任意漁與樵，囂塵杳難及。願言返初衣，逍遥理蓑笠。

屋漏

羈棲託紺宇，喜得逢迎寡。向來雲日佳，神情頗清暇。詎料時不常，陰晴相代謝。倏忽風雨至，白晝晦如夜。漏水屋脊傾，恍若山泉瀉。攬衣就乾奧，移床避穿罅。坐臥兩不寧，宛憩疎篷下。僕夫陋知識，嘖嘖語交咤。豈達人間世，順逆安足訝。志士恥懷居，何用慕廣廈。但願時雨暘，皇仁覆夷夏。

登端門樓

端門峙前朝，峨峨侵雲端。班趨切瞻向，可望不可攀。首夏當掃除，白日開重關。我來候綸音，咫尺邇天顏。言從薦紳徒，登躋縱奇觀。崇墉一以陟，窈窕循朱欄。舉手摩青霄，此身若飛翰。左窺閟宮嚴，右覽皇社寬。圜丘屹南郊，城闕連西山。俯瞰十二衢，車馬塡闤闠。吁嗟皇居壯，億載磐石安。願言崇令德，念哉帝業艱。

病起賦贈萬醫士民欽

南粵有病客，壯年血氣弱。家園一以遠，江湖歷飄泊。九重謁明主，技奏雕蟲薄。釋褐預朝籍，進退奉矩約。五月風不調，感觸寒氣惡。頭重如戴石，體蒸似燔灼。手足苦拘窘，何異罹縿縛。僵臥紺宇中，淒然寂以寞。輾轉不得寐，如魚在枯涸。忽聞萬君名，當世號扁鵲。百病應手除，巧若郢人斲。清門平旦開，千夫待求藥。急遣蒼頭迎，身命向君託。君來坐顧盼，診視洞經絡。一劑不盈掬，煩襟蕩以瀹。頓令移日間，病客喜且躍。廼知造化功，盡屬君橐籥。因思世間人，百病亦紛作。狂言多類譫，舛動半如瘧。誰能更效君，收功振寥廓。

過嚴陵釣臺

客子有遊興，乘春恣行邁。扁舟下桐江，淩晨訪嚴瀨。撫景懷往蹤，臨風動長慨。為想羊裘翁，蜕跡人境外。泉石中膏肓，軒冕等塵芥。故人御六龍，弓旌遠相逮。飛潛各有適，出處自殊態。助理望徒勤，蜚遯志逾介。橫足動星象，揮手謝冠蓋。清風寄一絲，高名亘千載。日夕波濤狂，踟躕慕英槩。

讀由拳集

美彼由拳令，邃抱貫丘索。操觚掩時彦，振藻淩昔作。研精洞玄竅，攄思彌碧落。技進庖丁解，巧入郢人斲。遐想超四溟，雄氣吞五嶽。文采赤城霞，高潔青田鶴。頃余泖上遊，訂子雲間約。睠此白雪篇，貺自青藜閣。雙睫一流覽，孤懷喜以躍。琳璬足療風，甫詩可瘳瘧。願言嗜雋永，聊藉沃枯涸。

肇祀重光卷為陳冠儒題

吾宗冠儒氏，抱藝南海湄。平生學孔顏，事事余所師。上念先德隆，水木嬰遐思。肇祀修明禋，甫田載營菑。甫田曰伊何，乃在寧洲陽。夙世播穫勤，春秋奉蒸嘗。中葉倏邅屯，膏腴日云荒。念哉慈孫懷，惻惻含辛傷。辛傷何以為，日夕搆良圖。經營理舊疆，錢鎛夷榛蕪。率彼弟與昆，竭力南畝趨。吁嗟肯穫心，今世誰與俱。肯穫何所希，所希黍稷馨。黍稷何以馨，藉之羞神明。瞻彼南坑田，平秩今西成。殷勤示來昆，千秋奉粢盛。

和馮生汝金二十五韻

吳門稱澤國，山川冠南服。向時風氣開，此地精靈毓。言遊奮高蹤，季札騁芳躅。後來數千載，英俊森如簇。今逢聖代熙，共睹皇風穆。德澤流海隅，文教深棫樸。馮生譽髦子，家聲自喬木。意氣薄雲霄，胸襟羅岳瀆。技匪雕蟲陋，才如倚馬速。制義逼王瞿，染翰軼豐祝。群籍歸組繪，天然有機軸。瓊瑤互璀璨，蘭蕙競芬馥。藝海已窮探，詞林可橫鶩。猥余嶺徼儂，竊爾吳邦祿。傾懷慕才藪，篤意欽士族。一朝把雄文，怡然豁心目。愈錫龜十朋，勝采珠萬斛。儒本貴席珍，豈使終韞櫝。謂宜釋青衿，遄爾謁黃屋。抑聞三百篇，衛風有淇澳。美德擬珪璧，精工重磨琢。我昔惕光陰，至今有餘恧。願言念青陽，轉瞬逐飛瀑。德義與文章，夙夜自交勖。會看具區中，蛟龍起潛伏。

送黃公補之任縉雲和陶韻

逢君金臺下，意氣各殷勤。喜見芝蘭色，更藉枌榆親。高才迥無侶，明德故有鄰。暌違悵經時，覯晤欣茲晨。何哉正簪盍，倏矣復萍分。君行括蒼去，載道生陽春。懸知橋門外，多士集如雲。聖真爾深造，道範眾所因。羨此絳帳榮，肯厭青氈貧。低迴媿俗吏，磬折日隨人。

和怨詩楚調

浮生渺無際，宦海何茫然。一仕更兩朝，三令垂十年。半刺再入吳，況復逢時偏。向歲尸兵防，此日司農田。姓字掛府僚，蹤跡縻郊廛。鞅掌廢晨餐，焦思耿宵眠。世情逐湍改，事變與時遷。傷今既非古，看後寧如前。輝輝石湖月，漠漠洞庭煙。願言從此去，避位讓才賢。

行水海虞部中懷王百穀次陶韻

頫仰人間世，歎息自躊躇。悠悠百年内，日月逝不居。何哉慕軒冕，飄然遠田廬。卻來業農官，轍跡環郊墟。率彼南畝人，及時事菑畬。所希水土平，豈憚心力劬。塵勞倘暫息，良覿烏可無。聞君有三徑，松竹正扶疎。安得日過從，握手立斯須。願結平生歡，問君意何如。

除舍

夙齡嗜泉壑，逍遙寄懷抱。結廬溪水湄，門對青山好。十年吳楚遊，不覺成潦倒。故山一以遠，衡門翳芳草。今晨理三徑，煙霞滿蓬戶。梧竹時自栽，莓苔日躬掃。所希遠市塵，豈須問蓬島。

種竹

孤軒俯清池，水光澹澄徹。白日群喧寂，覺與塵境別。因有遠俗心，頗亦慕修潔。掃徑延此君，幽盟一時結。最喜來清風，豈但羨高節。倘從二仲遊，或與七賢接。願停林外車，共酌杯中葉。揮手謝寵榮，勳名讓陶契。

春日偕劉郡丞過徐藩參園亭遂辱留酌

郡齋稀吏事，並駕出乘春。散步入芳園，清幽絕囂塵。主人雅多情，呼童喜留賓。開尊臨清漣，振衣陟嶙峋。梅塢香正飄，篁叢色方新。登閣俯翠微，怡然暢心神。周覽景物佳，更對華筵珍。清歌恣窈窕，妙舞起繽紛。把臂罄交歡，飛觴莫辭頻。良辰不易逢，勝賞可誰論。安得息塵勞，日日來車輪。

出都懷黎伯華選部

端笏辭燕闕，搖旆指吳門。去國一惆悵，悠然銷旅魂。更念平生歡，輾轉增愁煩。夙昔在交遊，意氣狹乾坤。共際風雲會，振翮厲高騫。豈知中道離，奄忽歲月奔。頃來入燕市，握手聚寒暄。昇沉卻有分，身世讵堪論。且與歌白雪，聊復倒青尊。感此殷勤意，一一中心存。須臾又長別，羽翼各翩翻。願言慎自愛，努力答明恩。

讀張左虞伐檀集

張君負奇氣，邁跡自吳趨。早授孫吳略，壯棄終軍繻。搦管為詞章，璨璨明月珠。建安堪並駕，大曆可齊驅。清時信多才，屈指誰與俱。胡為困藍田，使我心不愉。雲編一以覽，頓足為踟躕。

胡杭州爾濳邀泛西湖遂歷三竺次陶遊斜川韻

繄余苦行役，浪跡曾未休。偶愛風日佳，擬作湖山遊。舊侶有好懷，慷慨念同流。開尊浮彩鷁，蕩槳隨輕鷗。舟中望三竺，恍惚如丹丘。遂挾尋幽興，倘遇飛僊儔。玄關一以入，神賞喜相酬。良辰不再逢，後會如此不。且進掌中杯，共掃心上憂。人世悠悠爾，身外復何求。

寄懷鄭民部思成兼以訂約次陶韻

與子一為別，中懷寡所欣。爾耽故園樂，誰念異鄉人。流萍日漂泊，泛泛無依因。已驚朱夏徂，又見玄冬臻。舉首望天際，鴻聲杳難聞。憶昔當路歧，把袂各殷勤。為言吳與越，兩地即比鄰。我有木蘭舟，俟子太湖濱。

寄懷陳喻二使君次陶韻

傾蓋逢時彥，喜意信難言。豈知須臾間，分手自名園。別來清溪上，長歌伐木篇。停雲宛在目，矯首思依然。流萍悲浪跡，合璧憶良緣。蘭芬日云遠，櫜懷時自宣。驅馳總王路，仰止祇高山。還期各努力，珍重惜華年。

道場山紀遊

吳興古名郡，郭外青山繞。羈客幽思生，日夕喜瞻眺。欣逢二僊令，興逐雲霞表。佳辰戒方舟，路入溪橋小。弭楫升藍輿，飛蓋出林杪。迢迢到上方，下視塵界杳。伏虎是何年，禪關閟靈耀。高閣俯層巒，把酒當夕照。彷彿聞鸞聲，誰作孫登嘯。長歌度翠微，里曲慚郢調。返棹月明中，一色水天皦。歸來意未消，焚香待清曉。

讀彥吉羼提齋稿有賦

鄒君挺南服，藝苑早騰茂。心與梁溪澄，神並惠山秀。朗照烱玄扃，藻思洩靈竇。腹笥盈珠璣，毫端絢文繡。猥余嶺南子，譾譾誠固陋。多年獨瞻向，此日相邂逅。既欣耦僊侶，復喜暇春晝。載酒時過從，試效洪鍾叩。名言捷響答，邃義密鱗輳。忽忽令愕懷，沾沾嗜蘭臭。伊昔吹律人，後身是君否。奚期當末路，乃得遂奇遘。君情最瀟灑，曾不厭狂謬。點檢白雲編，怡然向余授。焚香坐披翫，光采生戶牖。古色遠山碧，清韻寒泉溜。依稀金石鳴，恍惚絲竹奏。俄驚鸞鳳翔，倏駭蛟龍吼。那論雕蟲技，堪誇斲輪手。爾時風雅振，中原富才藪。彬彬作者流，翩翩騁馳驟。爭云駕曹劉，競謂隸韋柳。價即連城瑜，享必千金帚。蒼素隨所珍，雌黃在人口。上下百餘年，衡鑒竟誰究。惟君卓高蹤，逈矣邁夷醜。鼎立王李間，未判孰先後。豈但稱寡儔，便可垂不朽。寶此勝璠璵，何以報瓊玖。願言挹詞波，自把塵臆漱。

舟之鹽官阻風懷鄒彥吉卻寄

狂飆海上來，停舟泊江渚。借問馮夷君，胡然故余阻。憐爾羈路人，悵別同心侶。盍謂長年者，返席隨風去。再入芝蘭室，日夕相與處。嗟嗟此行役，王事尚靡盬。臨風獨踟躕，淚下迸如雨。緘情付江魚，脈脈不得語。

鹽官雜詩

傳聞瀛海上，真境有丹丘。睠此百雉城，乃在東海頭。乾坤互噓吸，潮汐無時休。憑高縱遐眺，大化總悠悠。

莊周玩濠梁，孔子歎川上。觸目見化機，冥心會玄象。我適東海遊，逍遙息塵想。時看海上鷗，乘潮自來往。

秦皇雄遠畧，巡遊遍南垓。駐蹕此山阿，登登望蓬萊。遣使海中去，冀與神僊來。僊人杳何許，怒濤空自哀。

行水稱神禹，四海以為壑。今此下民者，卻謂海宇虐。驅石障洪濤，歲歲苦興作。何時變桑田，為問東海若。

登吴城望湖亭

孤亭俯江壖，彌望莽無際。秀色攬匡廬，澄光挹彭蠡。振衣展遐矚，涼籟秋林起。悵此白日光，暗逐滄波駛。長嘯復登舟，擊楫中流逝。

舟中望匡廬

廬山起東南，今古擅奇況。繫余嶺海狂，疇昔秉微尚。悠悠日月徂，未遂煙霞想。中流一以望，孤懷倍惆悵。安得息塵勞，登臨寄清賞。招我同心人，俯首窺萬象。

秋日江行懷祁羨仲

秋色滿江湖，長天散涼籟。遊子有孤興，扁舟此行邁。采采江上英，願言貽所愛。美人渺何許，悵望青雲外。

懷項滁川文學元滄

當年同結綬，寄跡海陽城。相逢一傾蓋，歡好如平生。各無世俗態，同有古人情。笑我簿書苦，見君心目清。春色橋門裏，看看桃李榮。倏忽三年隔，回首悵風萍。白嶽新都勝，與君幾躋攀。獨隨孤鶴往，同招五老還。飛澗挹清泉，天門扣玄關。揮手摩青冥，恍覺非人寰。別君一以遠，回望空長歎。緘情欲相寄，何處問飛翰。

春日過寒山寺贈旭上人

春朝動遊興，送客楓橋野。客行不我待，回舟問蘭若。高僧惠遠流，開軒喜相迓。掃石梅花前，烹茶竹林下。玄談恣今昔，歎惜慧人化。自笑嬰世塵，羈紲苦難謝。清境一以逢，幽緒向君寫。願效陶彭澤，於焉結蓮社。

題魯藩三瑞詩代作

皇祖御寰宇，神謀注苗裔。分茅列禹甸，設屏等周制。魯服連岱宗，京邑此藩衛。慈孫姬旦儔，熙運唐虞際。夙夜思靖共，夕惕不忘厲。樹德惟務滋，恍若農望歲。遂令明德馨，上與玄昊契。一朝荷天休，三瑞呈聖世。青青芝草榮，靈根綴瑤砌。金光炫雲霞，翠色掩蘭蕙。嘉禾紛盈圃，曾不假樹藝。穰穰三穗歧，穎栗且狼戾。喬松上干霄，宛作虯龍勢。英枝自成巢，天巧奪人製。嗟此希世奇，今古曷與儷。無論梁園竹，寧數淮南桂。猥余樗散材，句宣向尸位。晝接乘燕閒，時得侍遊憩。慚無小山賦，忝竊穆生醴。別來幾經春，歎息光景逝。君侯無遐心，千里遠馳惠。緘情自東究，飛翰臨北薊。披圖一以翫，天宇頓澄霽。稽首擬揄揚，摛詞媿蕪穢。願言毋貳心，於以答上帝。一派衍天潢，億載垂帶礪。（以上懸榻齋集卷三）

全粤詩卷四〇五

陳履三

燕臺春草賦贈袁仲子歸香山

君從南海來，挾策遊長安。玄冠高切青雲麗，彩筆翻飛白雪寒。鳳凰城下風光好，難兄官貴多文藻。遲日晴開棠棣華，輕煙靜覆池塘草。池塘草色晚青青，詞客時過謝氏庭。開尊明月出天上，嬌歌一曲同君聽。嬌歌宛轉腸應斷，大堤芳草相撩亂。銀燈照眼酒易醒，錦屏夜閃千花爛。忽驚雲物盡年華，路上王孫苦憶家。與君俱是天涯客，相看莫怪還相嗟。此日春風廻北闕，黄金臺前草初發。正好過逢散寂寥，何事旌旗又南粤。君歸一路春草芳，到日春暉滿北堂。青霄棣萼遥相憶，好音一寄雲天長。人生亦是風萍爾，臨歧不用多愁思。他年草色帝城春，策馬看花待吾子。

送梅德涵令縉雲

燕都冬日天氣寒，載酒送君須盡歡。酒酣把袂起復歎，人生聚合良亦難。憶昔春風三月勝，錦綺花枝上林盛。南宮宴罷馬如雲，金韉玉勒紛相映。分曹觀政列九卿，衣冠臺省相崢嶸。我時與君屬廷尉，日日入坐西春亭。西春亭中足幽賞，亭前老樹干霄上。同遊兄弟皆俊英，忘形爾汝消塵想。序經朱夏風雨多，瞬息鴻雁秋天過。弟兄漸漸解攜去，北轅南舵悲如何。祇今倏忽歲將晚，送君此去旌麾遠。止留獨客任風塵，寂寞琳宮徒偃蹇。君不見萍生江湖中，須臾遇合千里同。風波廻轉忽飄散，依然蹤跡還西東。人生亦是風萍爾，相逢何難別何易。丈夫離合豈用愁，勸君且盡尊前醉。即看鳧舄入括蒼，僊都真境非尋常。知君政暇多奇覽，憐余悵望雲天長。

送尹崑潤之漳州

寒冬雪滿黄金臺，誰憐此日離尊開。客中送客難為別，尊前起舞獨徘徊。憶昔看花正春早，弟兄並馬長安道。一時意氣薄雲霄，過逢把袂寬懷抱。炎天風雨共棲遲，倏忽秋高鴻雁悲。時光荏苒隨流水，兄弟紛紛漸別離。嗟君與我多留滯，歲晚淒涼苦羈思。趨朝尚得兩相看，索居更喜時相慰。祇今見爾驅車行，愁余落寞空含情。驪歌一曲堪腸斷，臨歧杯酒寧辭傾。君行直向梅關路，過家春色應無數。開尊莫戀竹林歡，閩海蒼生望霖雨。

紫騮馬賦贈艾汝會秀才

紫騮馬，非凡駒，渥洼神種骨相殊，胡為垂耳悴且癯。燕昭臺前集萬馬，千夫雜遝顧者無。吁嗟乎，安得伯樂一顧傾雙矑，據鞍執策驅長途。望之瞬息歷國都，歸獻天子驂鑾輿。出服六轡入秣天閑芻，毋令世人視爾為凡駒。

再酬艾汝會秀才

我居南海湄，君住西江沚。相去天一涯，蹤跡渺難擬。自從挾策上皇州，十年幾渡西江水。西江江水清且深，雲間秀出多峰岑。往來維舟重凝眺，山川雲物繫我心。地靈自是應人傑，仰止高山懷往哲。祥麟威鳳滿郊原，芳躅高蹤遠相軼。此地衣冠宋代強，雄文傑出稱歐陽。文山忠烈照天地，至今日月爭輝光。後來豪傑森森起，賢名俱足標青史。金牛高蹈稱一峰，玉鉉勳庸羨東里。近時羅鄒世羽儀，儒雅風流予所師。祇今群公俱已矣，吁嗟逸駕誰堪追。吉州此日信多士，瑰奇見爾龍門子。振藻人傳白雪聲，班荊我識青雲器。羈棲俱在黃金臺，日暮過逢把酒杯。醉來時把珠璣吐，星辰錯落青天開。憐君行年未四十，深壑神龍正方蟄。匣中劍躍風雨鳴，筆底詩成鬼神泣。丈夫出處會有時，轉眼便是風雲期。豈但文章埒班馬，直須事業等龍夔。自笑清狂何所有，意氣相逢卻非偶。長篇贈我重南金，高誼看君齊北斗。

送司朝武都尉歸惠州

燕州四月花可憐，九衢柳色碧如煙。風光滿眼堪遊樂，何事開尊是別筵。與君相識亦未久，過逢客裹銜杯酒。知君事武更能文，詞賦韜鈐兩兼有。曾持將印古循州，又佩征符瘴海頭。威名赫赫冠南斗，古時衛霍君其儔。英雄無那多憔悴，轗軻憐君未得意。深山縛虎不見勞，鄰家捕鼠翻為累[一]。持書萬里叫帝閽，九重溫旨白日光。封章已下大司馬，義概旋驚武選郎。紙中功伐明如鏡，吏議逡巡未能定。勸君且早還故鄉，急為吾邦掃梟獍。人生世上貴立身，莫將龍蠖論屈伸。峌峒掛弓丈夫事，會看高閣畫麒麟。

〔一〕捕，底本作「逋」，當誤。

老僕行

行路難，漫天風雪春猶寒。漕河挽舟日復日，侵肌徹骨心為酸。高檣長纜拽不上，北望平堤倍惆悵。千艘百艦爭趨先，載道奔忙俱少壯。獨憐老僕年最高，衝寒不任終朝勞。冰消泥濘沒雙腳，腳板慘裂如嬰刀。舟行百里日未暮，寒威栗烈中心怖。人生苦樂會有期，老懷難向青山訴。行年六十還有奇，齒牙半落髮已稀。主人厚恩恥不報，效身犬馬應忘疲。獨羨舟中美年少，庖廚不窺但坐嘯。重襦複襪日飽餐，得侍君前恣窈窕。吁嗟歲月不我留，韶光暗逐黃河流。舊時髫齡萬千輩，此日相看俱白頭。白頭皮肉那足惜，自入衰年少筋力。少年好學挽舟行，莫到老來行不得。

玉堂恩褒為王太史

憶昔逢君白蓮池，看君眉宇如紫芝。文章後出眾稱奇，翩翩信是青雲姿。別君才及三周期，君魁嶺表英聲馳。先皇御宇文物熙，登瀛正值豐亨期。君歸奉母瓊海湄，鼎湖龍去君涕洟。明明天子承丕基，龍飛北極風雲隨。九重天上來恩私，雙親一日褒章貤。憐君此際喜且悲，萱花未老椿先萎。吁嗟主恩豈有涯，古來大孝忠可移。我憶瓊臺老相師，仕當先朝全盛時。平生宦跡皆帝畿，官階盡是文墨司。至今勳名竹帛垂，榮親上貴古所稀。鄉里衣冠更有誰，瓊臺逸駕憑君追。

楊白花

楊白花，隨風舞。巧穿簾，輕入戶。白晝狂風起如怒，楊花飄颺紛無數。須臾雨作風力停，翻逐緇塵落泥土。

風雨行

五月五日下襄陽，中流蕩槳傾蒲觴。日斜潼口水波細，夜靜宜城明月光。清晨喜見宜城令，相看各有乘舟興。臨流作別意茫然，梗跡萍蹤也難定。須臾狂風忽怒號，滂沱鳴雨來江皐。停橈罷楫泊洲渚，拍天波浪如山高。疎篷雨下疑泉注，葛衣淩風忽飄去。恍惚難辨神明心，寂寞含情向誰語。天道陰晴不可期，人間夷險遞相隨。回首斜陽幸無事，扣舷呼酒一題詩。

金陵行送詹東圖孝廉遊南雍

玄冬送客出山城，劍佩光搖曉日明。一尊酒盡驪歌發，驅車直向金陵行。金陵自昔興王地，青葱鍾阜騰佳氣。六朝文物未須論，昭代繁華更無比。豪遊曾記十年前，九衢三陌多風煙。錦囊盡為行吟滿，邀歡憑有杖頭錢。飄然無復形骸在，神情宛薄層霄外。回看勢利等浮雲，七貴五侯如草芥。祇今作吏溷風塵，低眉折腰羞殺人。有時追憶當年事，唏噓感歎傷心神。金陵此日多豪傑，橋門璧水秋空徹。君行挾策恣遨遊，好將契誼金蘭結。清閒時過鳳凰臺，揮毫一掃青天開。燕磯牛首總名勝，詩篇得意臨風裁。金陵景色盡收拾，知君襟抱歡無極。歸來把酒試長談，傲吏狂懷尚堪挹。

齊雲山中別萬伯武

宛陵佳客稱瑰奇，早挾飛僊南海湄。珠江穗石恣遊覽，下筆青天雲霧披。賓安狂生喜傾蓋，邂逅相逢即相愛。交歡寧復數平原，意氣相將驅北海。別來蹤跡幾經年，翹首東西路四千。敬亭蒼蒼宛在目，相思兩地隔風煙。祇今我作新安吏，宦邸過逢歡莫比。高齋三月坐春風，門下橫經媿豚子。序入新秋爽氣多，檐前佳色來松蘿。與君共作登高興，白嶽峰頭聞浩歌。白嶽山中足幽趣，雲窩每有僊人住。餐霞跨鶴任逍遙，杖舃自來還自去。人生富貴浮雲爾，何用營營戀青紫。棲霞一榻盡幽閒，與君且講參同契。

祝同寅劉子敦母詹孺人壽[一]

西陵詞客稱逸才，清時奉檄新安來。為言作吏等閒耳，所欣祿養慈懷開。母年六十今復五，孀節平生未曾睹。柏舟人去幾千秋，異代芳名此為伍。母能教子子解賢，承家跨竈真堪傳。辛勤不數和丸事，義方彷彿同三遷。官銜奉母兒心喜，母歸兒心悵無已。白雲遙傍楚山椒，萱花遠隔湘江沚。祇今海屋正添籌，西望瑤池瑞氣浮。貞松掩映緗桃色，雲間僊吹聲悠悠。此時朱履三千集，我與僊郎滯山邑。庭前未獻紫霞觴，天涯欲寄丹砂粒。願言母壽等喬松，瓊筵歲歲喧笙鏞。他年倘過西陵道，登堂壽酒期千鍾。

[一] 底本無『壽』字，據同治本補。

九日舟中獨酌醉後放歌懷海内諸子

古來九日宜登高，龍山酣饮桓溫豪。孟嘉帽落斜陽外，嘲聲聒耳何嘈嘈。藐予狂生嶺南子，瑣瑣未足掛牙齒。仲舉元龍知是誰，疑我前身俊兄弟。三秋搖旆出燕關，萬里乘槎犯斗還。九日開尊醉篷底，何須謝屐登東山。東山一卧不復起，當世風流今已矣。且呼斗酒問青天，往代英雄誰不死。曾聞崔顥恣遨遊，揮手題詩黄鶴樓。謫僊自號青蓮客，一曲高歌鸚鵡洲。高樓芳洲在何處，黄鵠磯邊漢陽樹。二人遠去不可招，使我思之淚如雨。淚如雨，且復收，今人未少古人儔。屠生少年起東海，英氣勃勃淩高秋。揮毫盡掃青天色，開口一吐黄河流。更有新安老司馬，八斗文章壓華夏。方郎眼中空一代，肩視司馬非流亞。婁東二美迥不群，翩翩文采上淩雲。藍田璧玉連城價，延津寶劍七星文。嗟予嶺表卻有才，羅浮一望真崔嵬。黎君橋梓歐博士，並策神駿驅風雷。旋憶宛陵梅鼎生，巋然五嶽相崢嶸。靈蛇獨握一世驚，陽春白雪時孤鳴。馮生開之友君典，傲睨乾坤同偃蹇。江淹彩筆頻入夢，萬丈虹光碧空見。更聞士龍出雲間，狹視海内卑塵寰。二張吳下稱競爽，隨風吐玉聲珊珊。司勳柱史最奇絶，並建旗鼓齊登壇。扶輿間氣屬諸子，吁嗟逸駕誰能攀。執鞭長跪余下走，安得一一握手開心顔。

贈同年馮學憲元敏

馮君自是清時彦，儒雅風流世希見。開襟意氣薄層雲，下筆詞華捲飛電。十年作賦奏長楊，萬里傳經向羅甸。陽春逸調載征途，白雪寒光照群巘。文如諭蜀更偏奇，興比遊梁却非淺。只今傳誦有青編，披看字字皆黄絹。建安作者合摧鋒，大曆詞人應北面。古來西北盛驊騮，自昔東南多竹箭。雲間傑出有馮君，空群拔萃真何忝。嗟余嶺海落魄生，自分疎才如襪線。當年兩腋附風雲，此日雙蓬歎霜霰。人間浪跡亦何如，世路浮名詎堪羨。高才未合東山臥，當途會把雄文薦。願君莫返魯陽戈，白日中天好酣戰。

春夜集張幼于宅觀燈醉後放歌

吳中高士張壺梁，雄才藻思世莫當。生平好客擬鄭莊，邀歡折簡披琳琅。春風噓暖回金閶，大開綺席文起堂。華燈四壁燦燦光，庭前遝沓喧笙簧。盤羞紛錯品異常，尊醪湛冽稱瓊漿。梨園年少施紅妝，霓裳一曲酒百觴。主人情深興復長，不放闍後窮賓亡。飛觴流斝頻相將，座客酩酊夜未央。佇看火樹照大荒，須臾兔魄沈西方。百年此會能幾場，當筵醉客寧辭狂。

靈巖篇

靈巖為吳郡諸山之選，世傳吳王遊樂、僧智棲真，皆此乎在。向余宦茲三年，未嘗一至。丁亥再補是郡，乃有治水之役，舟抵胥口，遂登是巖，與僧慧含遍歷奇勝，慨然有世代之感，因作是篇。

吳中勝跡靈巖山，奇峰秀出侵雲間。夢遊幾載空髣髴，閑來此日窮躋攀。山邊古洞至今在，曾是西施此中醉。吳王屧跡翳莓苔，僧智經壇鎖蒼翠。松濤萬頃起高岑，猶似琴臺弦上音。慈雲掩映墨池淨，慧綆難探石井深[一]。伯圖祇今俱已矣，眼前唯見箭涇水。狂來長嘯海天空，安得憑虛訪偓子。

[一] 綆，底本作『緶』，當誤。

黄河篇有序

丙戌六月，余過天津，將趣舟入吳，晤王元德觀察、石汝重農部。移舟觴余，鼓楫乘潮，望於東海，諦顧二君，翩翩乎稱僊吏也。余酒後為作此篇。

黄河水，何渾渾，崑崙道是黄河源。千廻萬折入中土，洪流終古勢若奔。我來天津望東海，主人為客移僊舲。淩風欲訪蓬萊勝，撫景旋開河朔尊。高談迥出形骸外，眼中世態安足言。此時客子亦傾倒，狂來自把長髯掀。翻憐雌伏風塵裏，十年戢翼愁飛騫。人生行樂在適意，且對美酒消憂煩。但看白日隨流水，黄河誰見回崑崙。

黄河後篇

余既為黄河篇紀王、石二君同遊之勝，未幾，倏有李梧之溺，余心痛焉。因用韻作此，以寓哀悼之意，情出悲悶，詞不計工拙矣。

黄河水，何渾渾，洪流終古無停奔。舟航通濟衆生利，亦有死者含煩冤。我從天津駕方舲，天津使者友義惇。李梧遣送連窩驛，晨興獨涉遭舟翻。李梧沉身若隕石，更有巡兵並墮無人援。一時駢死二壯士，使我痛惜心如燔。臨風揮灑涙潺湲，行嗟坐歎聲復吞。叩河伯兮九地昏，問蒼天兮上無門。吁嗟，死生有命兮先聖言，痛爾非命兮誰與論。古來死者亦非一，英雄已矣名猶存。汨羅未瀉靈均怨，采石難消李白魂。吁嗟，爾梧莫從東海騎長鯤，隨爾體魄還家園。

舟中鼠

舟中鼠，多如許，白日橫行恣翔舞。已張黠腹飫稻粱，又逞纖牙蠹衣縷。向來出沒還有期，跳梁尚在黃昏時。沈蹤隱跡向幽僻，唯恐顯露令人知。祇今鼠膽大如虎，不比尋常狐與兔。主人縱畜有犬貓，犬貓見之不敢捕。無分白日與黃昏，引隊呼群長叫喧。舟中依託尚如此，城社潛藏那可言。

雙節詩

湘竹當年怨，柏舟終古悲。乾坤一回首，孤節何離離。羅浮嵯峨拂蒼靄，下看精衛填南海。化為飛雨天上來，翻作劉家婦姑淚。姑年纔壯翁不存，煢煢孤孀獨在門。辛勤撫孤擬成立，誓言報翁在九原。姑年長大喜有婦，誰知身命隨朝露。眼枯血淚心肝摧，婦生祇為姑年暮。一家姑婦兩淒然，哭聲斷續循雲邊。柏舟湘竹事未泯，崢嶸雙節堪流傳。嗟予感歎不能已，激昂下淚裁新篇。

清浦行貽屠長卿明府

長夏平江江水生，乘驄使者下婁城。中流鼓角闐雲起，夾岸旌旗耀日明。舟人指點雲間路，極目迢渺煙樹。澱湖東去泖湖連，彩鷁淩風可飛渡。郡中俗吏時相隨，勝覽奇觀意不違。八月星槎那可擬，五湖煙水卻偏宜。揚舲擊楫歡無賴，放懷已在風塵外。水底魚龍吐碧波，天邊雲日舒晴靄。蓬窗兀坐思如何，今古悠悠一瞬過。陂稱僕射殊應羨，湖號郎官信足多。郡吏此時憑遠興，往昔清遊似堪並。欲取滄溟作酒杯，渾忘消渴相如病。詎知人事卻難常，恍惚神靈意渺茫。忽驚波浪兼天湧，四顧霾雲迷日光。繡斧飆馳杳何處，悵望樓船隔煙渚。漂泊無端更問津，日暮間關入青浦。青浦新開百里城，逶迤雉堞晚雲平。喜逢僊令勞相問，鳬舄翩翩劍佩横。世路過從良不易，邂逅交歡曾有幾。班荊傾蓋古人情，此日逢君憐意氣。對酒休論宦海賒，萍蹤梗跡向無涯。與君且酌由拳月，暫時分手莫咨嗟。

嘉禾道中

語溪東去接檇李，一望迢遥將百里。問誰夜泛不知疲，嶺海狂生語溪吏。自來此地兩春秋，吏事不治空懷憂。簿書期會紛來往，白日奔趨夕未休。一葉輕舟駕雙棹，逐電追風期速到。三老寒宵迴不眠，群夫踏盡嚴霜道。石門咫尺連皂林，桐鄉高令時相尋。不羨秋風乘博望，寧誇雪夜下山陰。人生漂梗應難住，明日行蹤定何處。漢闕積薪那足論，莊園夢蝶聊堪語。歸來且自酌流霞，搔首篷窗對月華。江湖吏隱儘快意，三山何處訪僊家。

壽高汝調明府

錦城詞客顏如玉，元是名家千里足。嶺海清狂落魄生，相逢宦路傾心目。雲霄羽翼總堪憐，煙水浮槎思渺然。漂泊偶同塵外侶，風流爭羡酒中僊。去年並賞燕臺雪，今年共酌桐溪月。身世悠悠任轉雅遊亦有青蓮客，意氣平生稱莫逆。南飛一曲奏當筵，寫入丹青照瑤席。庭前玉樹出風塵，天上祥雲蓬，休論蓂莢知時節。衹今風日正清和，西望瑤池瑞氣多。竹葉椒花遠相媚，華堂歌舞興如何。護大椿。世事滄桑寧足問，但教長醉八千春。

送潘侍御去華赴謫嶺南

君不見韓退之，潮陽一貶八千里。直諫惟知佛骨非，雄軀豈憚藍關死。又不見唐子方，朝來抗疏夕投荒。豪吟慷慨過淮浦，不道英州是瘴鄉。愛君憂國男兒事，世路艱危那復計。田郎欲絕鄒生交，忠誼相期固宜爾。潘君纔着惠文冠，立朝丰采動臺端。批鱗偶觸龍顏怒，謫居猶荷主恩寬。此時嶺海地不惡，君去何須愁索寞。珠江秋水照人清，塵纓且向江頭濯。粵王臺高古木蒼，韓山湞水遙相望。退之子方俱已矣，至今山水留輝光。知君到日躭吟眺，氣吸滄溟噴南嶠。登臺長嘯海天空，臨風時把韓唐弔。

春日邀彥吉集煙雨樓漫賦

秀州城南煙水多，當年此地頻經過。同遊俱是高陽侶，臨風呼酒還悲歌。湖上高樓鎖煙雨，歲久荒涼已非故。周遭雨浦衹菰蒲，來往煙汀但鷗鷺。此時遊客皆大驚，一方勝槩徒有名。酒酣倚劍湖天暮，唏噓感歎空含情。不堪歲月隨流水，世路萍蹤渺難擬。鏡裏星霜十二秋，眼中煙水三千里。今日重來覓舊遊，更邀詞客同登樓。雕窗洞豁霞光入，綺檻交疏翠色浮。翠色霞光紛不了，詞客憑虛騁吟眺。豪懷勃勃薄青霄，共倚春風發長嘯。人間世事多乘除，向時感慨今歡娛。與君且進杯中物，風光此後知何如。

鶺鴒圖為成觀察惟謙題

漁陽二月春氣和，齋居寂寞春愁多。徘徊署裏看山色，徙倚庭前聞鳥歌。獨喜同遊成伯子，儒雅風流時莫比。閒來無事數過從，錦帙瑤編脫相示。手持一卷稱最奇，為言新得美人貽。丹青妙筆出誰手，呂紀前朝名畫師。卷中祇有雙鶺鴒，原頭載飛還載鳴。聯翩似解連枝樂，顧影疑躭式好情。披圖玩賞不能已，羽族靈心卻如此。低徊感物轉興懷，好況君家貴兄弟。君家兄弟才且賢，平居友愛真無前。姜帷布被清宵暖，田砌荊花麗日妍。祇今伯子躋華膴，虎節熊車鎮畿輔。古來俊傑孰等倫，文武憲邦周吉甫。仲季英標總不群，翩翩意氣上淩雲。文明不忝丹山鳳，變化應同碧海鯤。北堂萱草春暉盎，膝下斑衣日輕颺。花萼輝連寶婺光，塤篪韻叶鈞天響。樂在天倫慶有餘，原鴒原鴒仿佛如。此圖雖小不易得，報之合以双明珠。嗟余與君亦非偶，骨肉交情古稀有。看花曾並曲江遊，聽鶯共愛聲求友。廿年湖海歎飄零，此日相將感聚萍。弱羽難齊霄漢翼，卑棲願託歲寒盟。（以上懸榻齋集卷四）

全粵詩卷四〇六

陳履四

代簡鄧思豫表兄

一別經時久，相思日幾場。溪山才咫尺，蹤跡已參商。夏渚荷將盡，秋籬菊又芳。懷君不可見，山月故蒼蒼。

過十八灘和關曼貞韻

潭口諸灘急，中流一棹孤。經過多亂石，入望盡平蕪。嶂霧晨猶合，巖煙晝始無。同遊有詞客，尊酒喜相呼。

除夕金陵道中

迢遞京華路，驚看一歲除。流光殊荏苒，生事定何如。拚飲情偏劇，高歌興有餘。皇州春色近，寧復賦懷居。

江都道中和答潘伯登

泛泛江都棹，河平水不流。閒情添客路，春色憶皇州。未訪瓊花勝，聊攜寶劍遊。知君有高抱，期作濟川舟。

歲甲子叛兵犯廣舟師大潰將失律也慨然賦之以紀其事

粵徼烽煙起，炎飆薄廣州。霾雲迷海岸，腥浪激河流。賈豎窺戎旆，儒生俯敵樓。更憐西北將，持檄漫登舟。

世步逢多難，真遺玉食憂。連環當日計，借箸幾人籌。共覩車前轍，誰從野外謀。鯨波猶惡甚，病客未銷愁。

虎門煙浩渺，山色望中昏。殺氣兼天黑，兇濤澈海渾。鯨鯢終褫魄，魑魅總遊魂。痛絕三城外，蕭條幾處村。

閭閻聞撫寇，儀幣出官庭。卻遣幕中吏，翻從海上行。元戎空仗鉞，岳伯漫專城。撫事堪流涕，臨風欲請纓。

答梁二丈四首

扁舟北上日，斗酒滿離筵。別去關河遠，歸來歲月遷。自分清世棄，猶得故人憐。鴻雁江干起，音書凡幾傳。

高詠憐相寄，開械意不違。青山佳色滿，白雪和音稀。遠樹晴雲淡，虛簷皓月輝。此時頻悵望，何日欵柴扉。

狂客仍多病，幽懷杳未裁。一春憐自過，三徑仗誰開。漫起滄洲興，思尋白社才。何時一尊酒，把袂共徘徊。

聞說高人宅，蕭然枕海濱。閒居能作賦，適意或垂綸。碩望歸儒雅，清時重隱淪。鷗盟休浪狎，早晚到蒲輪。

陪袁省元飲彭都憲祠因謝紉甫

炎天新過雨，爽氣動高城。勝會衣冠集，芳筵水陸并。文章推雅望，閥閱重時名。卻笑窮交客，空懷倚玉情。

莞中有七子者泛舟遊浴日亭晤李子春叔侄為河朔飲賓主歡洽從而賦詩余病不之與也爰有此作

何處詞林客，相逢弄水雲。高才魏七子，雅望漢三君。劍氣天邊起，詩名海內聞。卻慚星聚日，予獨悵離群。

至日集陳誠甫宅

客裏逢長至，名園綺席開。為憐千里聚，況有二難才。且共金尊醉，從教玉漏催。高齋懸榻在，知不厭頻來。

冬日重過忠甫

數下陳蕃榻，留連見客情。寒梅依檻發，馴鶴向人鳴。把酒狂懷豁，當歌逸思生。知君更多興，應擬聽春鶯。

允傳叢蘭館燕集

蘭館依蓬島，蕭然遠俗喧。幽居疑蔣徑，長嘯失蘇門。意氣頻看劍，過逢暫倒尊。祇憐江上路，悵別欲消魂。

江上阻風貽同舟諸子

去國三春暮，還家萬里程。不堪孤棹客，心折怒濤聲。樹杪浮雲暗，天邊野燒明。同遊能賦者，相對總含情。

途次懷梁二丈

竹林方結社，詞客日頻過。笑我獨長往，思君其奈何。江流秋暮急，雲樹故山多。鴻雁分飛處，緘情寄薜蘿。

送楊明府陟秋官郎九首

吾邦逢令宰，為政擅風流。共看彈琴暇，深知製錦優。鵷行需早入，鷁舫若為留。翹首西曹月，還應照海陬。

憂時楊伯起，化理在澄源。訓俗心殊切，談經道自尊。桑麻森遍野，桃李爛盈門。忽奉綸音去，離懷那可言。

武城為政日，雅誼重澹臺。豈意千秋後，高風此地廻。賢名懸北闕，聲教遍南陔。欲擬絃歌頌，瑤華愧莫裁。

百粤烽煙起，三城守禦疎。草茅空感慨，肉食漫躊躇。尊俎憐多算，閭閻藉遠圖。九重徵拜入，誰為奠民居。

治蒲推仲氏，化蜀羨文翁。芳躅誰堪並，清聲君與同。象城均化雨，龍穴遍春風。此去三台近，遐荒思不窮。

吾地稱遺愛，林公傳可稽。竹溪林公，漳浦先達也，為莞名宦，有列傳。君為鄉里彥，人識治功齊。月色千山滿，棠陰四郭低。獨憐多病客，腸斷向青驪。

秋曹清切地，茂宰獨承恩。會見明如燭，應知照覆盆。古人不可作，往事尚堪論。漢室于公在，當時自不冤。

嶺海三秋暮，燕山萬里遥。僊槎移極浦，飛舄入中朝。膏澤南溟潤，聲光北斗杓。清狂無限意，悵別忽魂銷。

江亭尊酒盡，日暮動驪歌。惠愛應難舍，離情其奈何。圖麟知不遠，恤緯故偏多。安得隨君去，春風聽玉珂。

過飛來寺

古寺憑山峽，飛來定幾秋。猿環聞去遠，松篠自深幽。遊興知無限，行蹤苦未休。倚篷漫舒嘯，獨酌對江流。

別何進伯表兄

別君湞水上，且與盡離觴。此去鄉園隔，誰憐道路長。江流秋浩浩，城樹晚蒼蒼。莫作驪駒曲，行人易斷腸。

別弟德本

酌酒英州道，臨風淚滿裾。南還難舍汝，北去重愁予。祇為微名累，翻令定省疎。季方應念此，晨夕奉興居。

病

一臥經旬日，蕭然兩鬢疎。瘦腰憐沈約，病肺歎相如。客夢懸孤枕，鄉心繞舊廬。況堪家萬里，十月阻音書。

病中得周式時書

爾去逢予病，無因送遠行。據床憐一別，折簡見多情。日落城烏靜，風高塞雁鳴。相思不可見，空對月華明。

送王欽父之歷城

吳鉤方出匣，氣逼斗牛寒。魯甸行將近，燕臺別卻難。留書憐雅意，把酒盡餘歡。此去彈琴暇，新題付羽翰。

靈濟宮夜坐

珠宮逢暑夜，獨坐思無涯。旅服方裁葛，歸期已及瓜。香銷雲影散，鍾靜斗杓斜。搔首不能寐，虛庭待月華。

喜劉懋一選館二首

劉楨饒藻思，嶺海此瑰奇。天上來丹鳳，人間識紫芝。青錢誇妙選，彩筆掞雄詞。從此絲綸地，應深荷主知。

玉堂羅茂異，衡鑑相公持。聖代文章重，君才行輩推。青雲看奮迅，白雪屬紛披。逸駕瓊臺遠，高蹤待爾追。

苦雨

客居逢陋室，況值雨多時。白晝書難展，清宵榻屢移。苔滋行轉怯，煙瞑爨應遲。天道陰晴會，冥冥不可窺。

迎春用汪大學禹乂元日見貽韻

錦地回陽氣，璇霄易歲星。祥風來宇宙，晴靄散郊坰。花勝爭相媚，笙歌不暫停。試從天際望，山色總青青。

迎氣東郊日，觀風百里時。繁華秦地俗，容與漢官儀。到處歡聲洽，行邊淑景移。昇平今有象，吾亦慰吾私。

鼓吹闐閭巷，衣冠擁郭門。文風看最勝，直道想猶存。遍地晴光滿，遙天紫氣屯。此時疎懶吏，便得浣愁煩。

邑比河陽勝，風光豈寂寥。況逢春意轉，會使宿懷消。暖已催花信，榮將到柳條。梁園詞客在，應為掇瓊瑤。

陸華父山人將遊嶺南賦此為别

五嶺吾鄉土，憐君賦遠遊。吟囊饒楚佩，行色動吳鉤。不盡還家夢，仍添送客愁。臨岐空悵望，天際白雲流。

贈毛應奎秀才

為愛青雲客，丰標儼列僊。過從憐逆旅，談笑喜忘年。下榻情偏劇，居囊事可傳。來秋秣陵地，看爾奮孤鶱。

送王學博之石屏

風塵同作吏，高誼獨憐君。感慨悲時態，殷勤贈古文。門牆多氣色，桃李正芳芬。忽應銜鱣去，驪歌不忍聞。

贈詹山人

山人名傑，孝廉東圖父也，予高其行義，故有是贈。

疎才慚作吏，問俗有餘情。喜聽輿人頌，因知長者名。香山稱逸老，洛社羨耆英。會見持衡者，蒲輪早晚迎。

寄懷杜臨清端叔

遥憶清源勝，頻年此舊遊。孤城連岱嶽，萬戶傍河流。雜遝通商地，繁華似帝州。慈仁逢杜母，民力想全休。

冬夜宿崇覺寺

長年疲道路，此夕欵山門。定後除僧榻，燈前具客餐。天空餘雪色，地僻斷塵喧。明發驅車去，幽懷未可論。

過夏鎮懷王水部奎章

渺渺長河道，飄飄病客遊。吳航憐自往，楚佩憶相投。把酒纔初夏，歸帆又晚秋。停雲連郢樹，遥望不勝愁。

過高郵弔秦少遊

不知淮海上，今古幾詞人。一賦黄樓勝，千秋白璧新。高才空磊落，末路轉酸辛。異代悲埋玉，臨風涕泗頻。

讀劉侍御集

清朝柱下史，丘索獨鑽研。書自山中著，名從海内傳。寧論劉向博，不數子雲玄。為語詞林客，休稱月露篇。

乾寧道中夜泛懷張幼于

粤客趨吳會，輕舟載月行。流雲無駐采，鳴籟有希聲。縹緲風塵色，逍遥海嶽情。怳然懷逸侣，欲結石湖盟。

寄汪禹乂

與子一為别，翻令憶舊遊。停雲何裊裊，過雁故悠悠。蒲柳驚秋暮，芝蘭入夢幽。閒居知有賦，寧惜慰離愁。

春日過徐氏園亭觀梅

澤國春歸早，芳園乍放梅。偶緣幽興發，為訪故人來。疎影横侵席，清香細入杯。花神不厭客，明日再登臺。

舟過滄洲李若臨使君邀飲南川樓上

病客辭京國，扁舟將入吳。逢君話桑梓，開宴近蓬壺。對酒懷偏劇，登樓興不孤。況看明月好，莫惜盡歡娛。

主人能愛客，載酒一登樓。地選滄洲勝，歌仍赤壁遊。疎林蟬噪近，曲檻月光浮。不為王程促，應拚十日留。

鄭思成邀同胡爾潛劉介徵陳誠甫遊真覺寺得迎字

朱夏霖初霽，青郊結侶行。勝從雙樹得，望入五雲平。稍解風塵色，隨牽水石情。鄭莊能愛客，疎散媿逢迎。

又遊張氏園得西字

清賞追河朔，名園得郭西。登臺蒼靄合，徙席綠陰齊。地僻喧俱寂，花深徑欲迷。塵勞如暫息，應此託幽棲。

寒食偕鄭思成洪天章張獻可遊西山憩曾金吾子聘別墅得城字

清遊那易得，況復值春明。喜遂青山約，因尋白社盟。煙霞狂客思，雞黍主人情。歸路酣歌發，聯鏁月滿城。

送鄭思成督餉昌薊便道過家

高梧黄葉墮，客思苦逢秋。怪爾籌邊去，仍為過里遊。驪歌慚郢曲，行色動吳鉤。雅社芳盟在，鄉園莫滯留。

德清署中喜三廣文過論

高城環列嶂，清署倚雲岑。門少逢迎跡，鄰多誦讀音。看山情俱遠，懸榻意難任。忽接文儒話，悠然見道心。

宋明府邀遊慈相寺

偎令饒幽興，邀賓衹樹林。頻年迷俗障，此日稱閒心。窗岫含秋色，巖扉散夕陰。徘徊歸路晚，念結白雲深。

半月泉

寶地依層巘，靈泉一脈深。半泓涵月色，千古照禪心。洗耳誰箕潁，澆畦幾漢陰。塵勞慚未息，聊此浣煩襟。

喜郭生元孚元實見過

秋盡清溪冷，淩風鷁舫來。頓教牢落意，得藉笑談開。爾解三生話，余憐二妙才。過逢原不易，歸棹詎應催。

鄭氏百可園

為憶先朝老，真垂不朽名。文章存國是，清白著家聲。百可棲遲地，千秋燕翼情。高山勤仰止，祇此足平生[一]。

［一］足，底本作『是』，今從同治本。

周叔宗訪余檇李遽爾回舟悵然寄此

與子三年別，常懸萬里心。重逢緣不淺，片語豈難任。浪跡憐孤往，芳盟擬共尋。棹歌聞驟發，悵望一沾襟。

五雲道中和答徐潮州宗魯二首

邂逅逢儷侶，言從楚澤來。星文雙劍合，雲液一尊開。旅況嗟林莽，鄉心傍嶺梅。憑君相慰藉，清詠意悠哉。

憶昔看花伴，惟君負雋才。一麾今出守，五馬望崔嵬。客路憐相值，王程苦自催。祇愁章水上，臨別重徘徊。

蔡節婦詩

石門江上路，問俗此頻行。為采輿人誦，因知烈婦名。清風千古在，幽憤幾時平。試聽東流水，猶餘嗚咽聲。

道遇鄭思成民部遂與聯舟入淮

漂泊風塵客，何因散旅愁。江城逢舊侶，淮海伴清遊。交誼驅今古，行蹤任去留。浮生那足問，天地一虛舟。

偕思成遊焦山有作

勝地標浮玉，巋然俯大江。波光生殿閣，樹色隱旛幢。鳥聽經聲下，龍隨法鉢降。塵勞慚未息，回首悵飛艭。

思成邀集海雲堂共賦

禪堂開上界，縹緲海雲深。客有參玄思，相隨聽梵音。雲來雙樹暝，雲去午峰陰。悟得無生理，應懷出世心。

水晶庵同思成聽琴

梵宇憑江滸，江流入望平。僧居塵鞅外，庵借水晶名。玉露迸空下，冰絃入夜清。坐看山月上，照見慧蓮生。（以上懸榻齋集卷五）

全粤詩卷四〇七

陳履五

寄懷歐楨伯

丞相堂前把酒杯，清秋談笑上樓臺。十年燕會應難再，一尺魚書杳未裁。疎懶久拚中散病，羈棲空惜子雲才。崙山宛隔三城外，日暮相思首重回。

寄懷譚一丈遷居省中

生平意氣重相憐，末路風塵思渺然。世事紛紜寧避地，交情寥落獨忘年。海雲黯黯屯高塔，城樹蒼蒼拂遠天。遙憶河橋酒家在，幾回瀟灑醉花前。

越武城邊江可憐，江花江水兩茫然。故人一別經長夏，狂客相思似隔年。歸渡幾回隨夕照，賓鴻初下報秋天。不堪西望頻搔首，惆悵汀蘭岸柳前。

送龐侍御還京

樓船簫鼓動江干，繡斧風霜九月寒。曾覩朱輪埋洛下，即看白簡肅朝端。傷心豺虎中原滿，在眼烽煙百粵殘。明到虞廷承燕問，可無封事報金鑾。

清遠峽中寄潘伯登

扁舟蕩槳出長峽，峽口寒江清可憐。夾岸峰巒開暝色，上方鐘鼓散晴煙。同遊漫憶清秋約，悵別惟應盡日眠。潘岳閒居能作賦，相思寧少尺書傳。

小金山謁東坡祠

金鼇山上妙高臺，遷客行祠傍水開。此日炎方留勝跡，當年清禁羨奇才。雲深古刹禪鐘靜，月上疎林老鶴回。幾度臨風薦蘋藻，不堪瞻眺重徘徊。

憑虛閣晚眺

崚嶒高閣接禪林，閣前古木何蕭森。秋風已慘郊原色，落日時聞鐘磬音。載酒可能忘夙病，逢人偏得稱閑心。休論六代豪華事，回首江山自古今。

中秋雞鳴寺獨坐

疎星淡月秣陵秋，獨客翛然動遠愁。萬里音書懸北雁，孤山風物異南樓。光搖石室凉應透，影落銀河淨欲流。是處旅魂驚不定，清砧遙夜送聲幽。

送歐楨伯赴江都

十年交誼薄高秋，羨爾文光逼斗牛。操瑟未須論往事，彈冠偏喜作清遊。舟經彭蠡祥飆動，劍過豐城瑞氣浮。明訪瓊花知有賦，新篇應寄粵江頭。

懷譚祁李三山人[一]

羊城幾度重經過，得爾三休意若何。貰酒鄰家聊共醉，論詩客坐漫高歌。人情漠漠交遊少，世事悠悠感慨多。別後空山憐獨臥，夜深看月上藤蘿。

[一] 同治本題下有注：『譚永明、祈子羨、李子春也』。

譚永明歸自白雲訊之

落葉飄蕭秋氣深，入山知爾散塵襟。風來谷口應長嘯，月上峰頭能幾吟。萬事無情空感慨，百年多病負登臨。遙看山外浮雲盡，那得憑君話此心。

和答黎君華

挾策言從帝里遊，風塵回首任扁舟。天涯可奈王孫草，驛路空憐季子裘。望裏浮雲春漠漠，吟邊芳草晚悠悠。相過不盡論文意，漫對青尊一破愁。

送王殷良張于皋入閩訪李明府

章江煙水碧盈盈，日暮孤帆復遠征。南浦寒雲生短劍，西山踈雨濕危旌。關河不盡乘槎興，歧路空憐送客情。爾去裁詩逢李白，幔亭風月對秋清。

塵外樓燕集得微字

高樓一上思依依，笑倚瓊枝願不違。懸榻可堪憐寂寞，開尊偏喜對芳菲。風生睥睨煙光淡，雨過階除暑氣微。為問登臨能賦者，座中誰似謝玄暉。

聞笛

河渚維舟暮色微，誰家玉笛故依依。流雲暗逐商聲度，薄霧旋隨羽韻飛。俠客聽餘應擊筑，美人聞罷欲沾衣。故園楊柳猶堪折，可奈孤篷悵未歸。

懷梁白樓

依微雲樹渺江濱，憶爾梁鴻獨隱淪。放浪煙霞雙短鬢，徜徉天地一閒身。即看蘭蕚先春發，更有梅花照眼新。白社風流詞客在，那能不共醉芳辰。

得歐楨伯書

三年曾訪廣文居，別後停雲悵有餘。愁病重懸千里夢，殷勤偏喜一椷書。定知講肆經生滿，卻奈詩壇左席虚。聞道漢庭念幽側，石渠何日召相如。

送梁舍人持伯奉使便道省歸

春風花萼正芳菲，忽奉天書出禁闈。霄漢聲名驚卓犖，弓裘事業羨光輝。秦淮載月遊偏勝，庾嶺看雲願不違。無那河橋愴分手，心旌搖曳逐征騑。

送梁彦國讞獄江南

郭生臺下草初繁，使者銜恩出帝閽。九陌春風看握節，三吳夜月待開尊。名軀梁苑詞應富，世有于公獄不冤。此去晝遊桑梓近，為言閭巷可高門。

送康彦錫還蜀

漢家僊令集長安，舊侶過逢尚鶡冠。忽漫開尊來暮雨，殷勤把袂散春寒。相將且盡燕歌壯，此去無論蜀道難。聖主祇今頻側席，清班遲爾接鵷鸞。

陳司徒洛南先生召賞杏花得東字

上卿居接帝城東，綺席晨開映杏紅。總為門闌添喜色，況多冠佩集芳叢。休論梅蕊分春早，合擬葵心向日中。從此名林成勝賞，懸知觴詠興無窮。同年黎君華，先生壻也，故句內及之。

早朝

漢家宮闕五雲間，鳴珮追趨鵷鷺班。萬里和風迴鳳幄，九天晴日照龍顔。笙歌似協鶯聲囀，扇影徐瞻雉尾環。退食從容歸路静，恍疑身世異人寰。

新懸朝鐘

聖主垂衣御八荒，千秋鐘簴有輝光。況逢大冶神功就，正是熙朝化日長。雷動歡聲騰虎旅，風傳清響肅鵷行。微臣喜際簫韶會，稽首謳歌擬擊壤。

送潘光祿少承歸省

潘郎新輟紫宸班，劍佩翩翩出漢關。萬里僊槎迴北斗，三秋壽酒酌南山。掌中曾憶和丸苦，膝下今看戲綵閒。知爾華堂稱慶後，春風鳴珮五雲間。

送鍾繼文之陽朔

春風同醉杏園花，羨爾先乘漢渚槎。燕市清秋憐去國，羊城白日喜還家。隨車合有千山雨，揮筆應裁八桂霞。幾度瞻雲歸未得，看君行色思無涯。

送袁茂文之左州

羨爾聲華北斗高，況看詞賦駕劉曹。頻年意氣憐操瑟，此日功名感夢刀。雙璧天邊懸夜色，片帆江上落秋濤。蒼梧東去雲山遠，誰念相思兩地勞。

壽郭翁同年郭舜舉乃翁也

久辭榮祿息塵機，為戀煙霞入紫微。綠野可能饒隱逸，黄堂猶自剩音徽。子從北極趨南極，誰道斑衣勝錦衣。知是清時開壽域，瑶尊長擬泛春暉。海寧有紫微山。

懷祁在德

憶爾風流祁四郎，題詩呼酒意何長。别來歲月驚遲暮，數去江山非故鄉。五嶽頻年虚夢寐，一尊何日對清狂。關河未少梅花使，莫遣音書斷寄將。

送王調元舍人奉使金陵

紫綬翩翩内史才，新持使節發燕臺。正憐客袂逢春合，可奈離尊向夕開。秋浦煙波疑漢渚，秣陵風景似蓬萊。晝遊知爾懷偏勝，何日僊槎泛斗回。

穆皇帝哀挽一首

去年丹陛謁龍顔，清問親承霄漢間。正擬神謨綿寶曆，詎知僊馭棄塵寰。朝看主鼎心殊赤，野抱遺弓淚獨斑。從此宸居何處覲，千秋松柏鬱西山。

端午述懷

去歲兹辰在帝都，琳宫緑酒送清蒲。舊遊忽憶天涯遠，佳節重驚客裏徂。多病經時勞案牘，扁舟何日問江湖。低徊寂寞空懷古，擬弔靈均思轉孤。

雨後漢江大漲放舟東下悵然賦此

漢水連天巴蜀來，幽懷渺渺逈難裁。居人門向波間出，客子船從樹杪回。意懶自多浮海興，時危誰是濟川才。為看河洛千年事，鼓角西風思轉哀。

將之休寧諭别蒲圻父老子弟

蓴川秋水照人清，解棹堪憐長吏行。撫字無功酬禄食，攀留何計答民情。空傳里巷逃移復，漫説公庭訟獄明。此去憂懷誰為遣，但教相與樂昇平。

留别蒲圻縉紳先生

清時星聚羨名流，樗散真便此地遊。正喜追隨乘暇日，何堪離别向高秋。淩風豈有雙鳧舄，載月空移一葉舟。此後相思何處是，越雲郢樹總含愁。

春日過何侍御園亭

漆園池館枕清溪，上有詞人翰墨題。蘭桂香風當席滿，松蘿佳色入簾低。日長玄室酣龍臥，春早芳林聽鳥啼。地主多情能愛客，一尊移對畫樓西。

遊齊雲山登天門小憩

白嶽峰高紫氣屯，丹梯九轉到天門。停車自拂浮雲入，倚樹徐看落日昏。物外煙霞那易得，忙中歲月不堪論。風塵傲吏仍多病，空憶僊人碧玉尊。

登紫霄峰絕頂

孤峯天畔望岧嶢，勝日躋攀興轉饒。蹬道千盤迴寶殿，巖亭百尺薄璇霄。雲連樹色迷僊旆，風引泉聲雜洞簫。病客此時還自笑，那能飛舄似王喬。

雪中登漁梁壩之觀瀾亭

河干亭樹雪中開，客子衝寒出郭來。萬頃波光紛入座，一尊山色獨登臺。當筵妙舞憐攲玉，隔岸清歌似落梅。此夕扁舟可乘興，風流空媿子猷才。

秋夜集見娟臺次劉子敦韻

天涯抱病復登臺，粵客孤懷強半開。漂泊總憐萍梗跡，過逢寧負菊花杯。貪看靜夜山光媚，可奈清霜木葉催。誰獨悲秋能作賦，懸知宋玉自多才。

病中子敦以菊樹酒肴見惠因懷鄉思賦此

故園松竹渺天涯，秋盡山城望轉賒。忽有青尊來北海，更移黄菊自東衙。愁中對酒心殊醉，病後看花鬢欲華。便擬抽簪尋舊侶，羅浮高處嘯煙霞。

將至凌江寄劉子敦明府二首

漢家僊令思翩翩，曾記驅馳甸服年。六郡循良推獨步，一時歌頌有新篇。同心意氣青霄迥，回首聲華白日懸。明到秋風重把袂，平原那惜酒如泉。

僊都城闕碧雲間，共憶當年吏隱閒。最喜過從歌白雪，空慚坐嘯對青山。春回瑤草鶯相問，天遠瓊枝悵莫攀。製錦祇今多暇日，知君詞賦滿雄關。

夏日郭司馬招集吕園

芳園堪比習池幽，朱夏欣逢郭泰遊。對酒不嫌仍問俗，當歌聊得暫消愁。林花過雨紅將溜，徑竹含煙翠欲浮。人世歡娱元不易，小車寧惜夜深留。

聞祁羡仲崔子玉下第詩以遲之

都門春雨憶銜杯，詞客真看作賦才。清調幾回憐鼓瑟，黄金千里悵登臺。横空寶劍知逾壯，泛斗僊槎未擬回。珍重西湖東道在，芳尊寧惜為君開。

將之姑蘇呂心源國賓邀餞北園賦此

主家池館語城陰，日暮邀賓桂樹林。招隱總便塵事遠，許歸偏荷國恩深。多情棣萼春相媚，照眼花枝醉不禁。疎散過從無那病，離尊欲盡思難任。

別孫服周秀才

憐君華髮老儒冠，彩筆翻飛白雪寒。帳下傳經心獨苦，尊前把袂別應難。空群驥足知誰辨，在握驪珠好自看。宦海茫茫吾已倦，相思此去路漫漫。

送郭舜舉之京

濟時須仗出群才，君去仍登郭隗臺。夜月共懸雙劍合，春風空悵片帆開。師門想見傳經立，帝座還看補衮回。多病故人今落魄，不堪相送重徘徊。

秋日懷趙内翰汝師

回瞻北斗羨名流，浪跡天涯悵遠遊。江上芙蓉驚欲暮，山中桂樹恰逢秋。焚香想見丹心炯，夢筆懸知藻思幽。客裏相思無那病，況因搖落不勝愁。

送杜大中之京

春風花滿闔廬城，羨爾乘春恣遠行。雙劍斗間詞客色，一尊江上故人情。淩風彩鷁傷心急，在握驪珠照眼明。聞說漢庭需茂異，懸知三禮賦還成。

次韻答皇甫司勳子循

清朝詞賦舊名家，腹笥爭傳富五車。海内聲華懸彩筆，山中真訣秘丹砂。疎狂自悵過從晚，老大猶將意氣誇。朝市豪華君莫問，且躭初服嘯煙霞。

漳河道中懷梅禹金

當年白嶽伴清遊，江石臺空一葦浮。縹緲臨風聞郢曲，殷勤歧路看吳鉤。衰遲自笑潘郎病，搖落誰憐宋玉愁。東望宛陵煙樹晚，揭來知爾氣横秋。

九日舟中懷郭舜舉司馬

淡淡長空過雁遲，楚天寒色入江蘺。不堪歸客孤舟晚，又值深秋九月期。黄菊未逢知己醉，青山空繫故園思。憐君此際登高處，手把茱萸可贈誰。

渡淮懷楊肖韓明府

海上清冥散羽翰，天邊白日逐飛湍。狂蹤自笑孤蓬轉，俠氣空餘寶劍寒。遠水芙蓉風裊裊，高秋桂樹露溥溥。不堪惆悵頻回首，北斗清光夜夜看。

留別馬水部德徵

扁舟落日下任城，僊署過從玉樹明。喜有尊醪如北海，更多詞賦似西京。衰遲未少登臨興，握別難忘繾綣情。去去河橋重回首，愁看中夜斗杓横。

懷勞比部惟敏

曾憶離尊對夕暉，臨歧無那思依依。別來落葉飄丹壑，望裏寒雲滿翠微。孤夢每懸歸路遠，浪遊偏與故人違。洞庭煙水秋應好，幾欲憑君問釣磯。

懷丁觀察見心

清朝持斧自雄才，卻借褰帷蜀道回。萬里山川看握節，十年霄漢望登臺。天涯落日雙蓬鬢，江上秋風幾酒杯。為憶芙蓉花下醉，思君無那重徘徊。

懷顧給諫惟睿

紫禁黄扉一近臣，歸來休沐倏經春。斗間曾識豐城劍，眼底寧知漢闔薪。回首爾應依日月，逢人吾自任風塵。青尊忽憶新秋醉，夜夜相思入夢頻。

懷姚太守熙載

僊郎早歲握靈蛇，文藻翩翩散彩霞。五馬忽看乘曉月，一尊仍喜對秋花。征帆漢水天何遠，回首楓林日易斜。世事悠悠君莫訝，乘風吾欲問胡麻。

懷萬伯武兼簡沈君典

扁舟落日渺愁予，煙樹蒼蒼萬里餘。藻思早看懸夢筆，芳年猶自悵公車。芙蓉江上秋將晚，鴻雁天邊影漸疎。為問青雲舊僊侶，肯將詞賦薦相如。

讀馬水部德徵泰山諸詩感賦二首次李季宣韻有序

余遐處海濱，神遊泰岱，顧塵勞未息，幽想徒懸。邂逅崑山馬君，譚厥名勝，不覺軀殼欲生羽翰。既出登覽諸篇，爛然示我，金光瑤草，宛在目前。悵僊侶之難從，慨陽春之寡和，爰次璧韻，續貂季宣，緘寓長風，用代抵掌。

君登泰岱倚天門，海内群峰似列孫。覓得丹砂連寶訣，拾來瑤草帶靈根。金書玉檢僊人籙，粉署青山聖主恩。為問當年封禪冊，篋中能否至今存。

岱嶽岧嶢紫翠重，秦皇雄略此登封。憐君製就天孫錦，拄杖閑尋玉女峰。海底金烏中夜見，雲邊青鳥幾時逢。清遊恨與塵緣隔，心折任城日暮鍾。

名山帝遺峙天東，僊客乘秋御閬風。萬里川原誰共眺，千秋詞賦爾稱雄。神宮想見層霄近，貢道還看絶域通。無那飄零聞勝賞，幾回延佇思無窮。

使君俠氣自淩雲，一上名山思不群。縹緲金光雲外見，依微天樂日邊聞。陽春曲罷逢僊侶，太乙篇成謁帝君。祇恐豪遊難久擅，清時將有薦雄文。

登太白酒樓懷袁茂文學憲四首

千載風流餘此地，十年漂泊記登樓。重來忽漫乘孤興，一眺分明動舊愁。浮蟻幾回添旅況，騎鯨何處恣僊遊。憑高不盡清狂意，更欲題詩最上頭。

故人交誼自平生，意氣翩翩北斗橫。忽數當年遊樂事，翻縈兩地別離情。吳江日暮丹楓冷，粵嶠秋高八桂榮。安得天涯重把袂，持杯問月話前盟。

危樓縹緲倚城闉，昔日同登有俊人。潦倒飄零還此地，蕭條夢寐幾經春。悲秋宋玉仍多病，臥雪袁安不厭貧。目斷衡陽無過雁，臨風淚涕自沾巾。

天畔遨遊憶往年，謫僊樓上弔青蓮。驚心清賞渾成夢，在耳玄談半入禪。霜鬢蕭疎虛歲月，玉人迢遞杳風煙。論文尊酒知何日，愁絶清霄北斗懸。

和答梅汝金

望望蒼洲水竹居，問奇遙憶子雲廬。山中叢桂堪招隱，江上雙魚幾寄書。牢落風塵空感慨，清遊消息定何如。石湖煙樹俱無恙，擬掃松陰待小車。

西湖弔岳武穆

旌旗獨擁背嵬軍，自許驅馳掃狄氛。鐵騎功勞差可就，金牌消息不堪聞。湖邊馬鬣迷芳草，巖畔猿聲慘暮雲。病客經行頻涕淚，欲搴芳芷薦清芬。

飲王觀察元德天津署中

十年蹤跡歎飄蓬，忽漫逢君意不窮。海國棠陰千樹在，天津花雨一尊同。談鋒坐捲黄河壯，劍氣遙連北斗雄。多病扁舟從此去，秋風回首悵飛鴻。

王觀察元德石汝重民部邀泛天津

中流簫鼓沸樓船，海色蒼蒼接遠天。覽勝也應忘潦倒，濟時真見屬才賢。潮來爽氣生衣上，日落斜暉到酒邊。人世過逢原不易，臨風無那思依然。

和答張景宜孝廉

澤國秋高白雁來，故人懷抱此時開。為憐八月乘槎客，更有三都作賦才。寄隱且仍裘馬地，留題應滿鳳凰臺。不堪歧路頻回首，愁絶西風畫角哀。

寄壽蔡姊丈日省

望望梅關道路長，幾回遥見少微光。風塵作吏心應懶，水月從君意未忘。北海青尊涵暮色，東籬黄菊散秋芳。何當拂袖煙霞裏，直取南山佐壽觴。

送熊觀察茂初之閩

去歲兹辰客帝京，憐君夜雨過南城。論心共愛青尊滿，照眼偏驚白雪明。别後重逢應似夢，愁中相送若為情。閩山此去無多路，鴻雁秋來好寄聲。

送郭生欽華入粤省覲

吴門煙水碧濛濛，楓葉蘆花在眼中。海上孤槎疑犯斗，匣間雙劍欲成虹。為憐下榻逢徐孺，共喜通家有孔融。他日趨庭如問訊，元龍今已老江東。

送王克從别駕董獻上服因訊都下舊遊諸子

吴門煙水接清秋，儷客飄然賦遠遊。星采夜隨青雀動，波光朝抱衮龍浮。中朝爾自承新渥，歧路誰堪綰别愁。天上故人如問訊，江湖憂思總悠悠。

視師吳淞遂從海艘趨劉家河

吳淞江外水連天，獨客乘舟思渺然。未向中流掄砥柱，且看横海駕樓船。春風劍倚青冥外，午日尊開白浪前。東望蓬瀛應咫尺，欲招黄鵠訪飛僊。

送黄博士公紹奔母喪歸五羊

吳江楓落黯霏煙，何處歸舟悵遠天。博士為縈風木恨，諸生爭廢蓼莪篇。歌餘薤露心應折，路入梅關涕自漣。因憶北堂虚寂久，不堪相送重潸然。

挽曹仲宣祠部

祠官銜命自蓬萊，共説翩翩子建才。忽覩郎星天上墮，虚傳使節日邊回。楚山雲色經春黯，淮海濤聲入夜哀。欲擬招魂無限意，西風蕭颯若為裁。

挽程仲木

曾許才名北斗齊，可堪揮淚夕陽西。虞翻竹箭材空美，伯樂驊騮望轉迷。但有遺書藏白嶽，從教高閣隱青藜。束芻未寄心先折，愁絶山中宿草萋。

挽皇甫司勳

司勳家業擅江東，六代文章老益工。正擬登壇盟上國，詎知騎尾馭長風。雲鴻消息虚無裏，海鶴精神想像中。目斷吳門堪涕淚，憐才傷往古今同。

唐氏青門別墅

隱隱青門入草萊，閒亭幽傍白雲隈。乾坤真界何年闢，箕潁高風此地廻。避俗不嫌時獨往，問奇寧厭日頻來。憑高遮莫舒長嘯，怕動千林萬壑哀。

哭祁羨仲

慘澹霾雲暗大荒，海天愁思總茫茫。尋常俠氣還誰在，生死交期祇自傷。歲月無情堪涕淚，乾坤何處問行藏。幾回腸斷茆溪路，衰草寒煙共夕陽。

梁思立譚永明梁公益偕宗弟忠甫出餞林氏水樓賦別得中字

三城煙雨畫空濛，共上江樓思不窮。多病豈堪千里別，故人猶喜一尊同。潮聲沆瀣虛簷外，山色依稀杳靄中。此後登臨饒樂事，能忘湖海有孤篷。

望九華山懷盧青陽君敘

壬癸之歲，余蓋兩經九華，遊興飆發，竟以上官期會而罷，為之悵然。余友盧君今為青陽，九華五老，乃在其境，懷人感事，不覺馳神，遂漫賦而寄之。

九華山色鬱蒼蒼，擬訪青蓮意未償。異代風流憐寂寞，千秋詞賦有輝光。臥遊自笑馳情遠，坐嘯誰當引興長。知爾政成多暇日，時時窗岫對壺觴。

寄壽黎惟敬先生

鄉關松菊渺天涯，望望停雲繫所思。萬里冥鴻看縹緲，三秋松桂想葳蕤。山中合有丹砂訣，海内爭傳白雪詞。况是干霄瓊樹在，春暉今滿鳳凰池。

人日張道修司理過集徐園得開字

澤國初看淑景回，芳園偏喜集儒才。共憐柏酒尊中滿，况有梅花雪後開。塵世幾逢人日好，賓筵今見客星來。當歌且盡歡娛興，一任城頭玉漏催。

將趨練祁觀河聞直指使至中道而返

星槎宵向練城飛，羽檄晨催彩鷁歸。可是山陰乘興盡，卻教河朔賞心違。浮蹤到處隨漂泊，歧路由來有是非。安得扁舟從此去，五湖鷗鳥共忘機。

過吴郡守園亭

闔廬城外水雲鄉，刺史園開勝辟疆。徑有黄花宜晚節，林多青桂發秋芳。褰簾自覺紅塵遠，把酒能消白日長。聞說近裁招隱賦，抽簪應擬伴求羊。

春夜集孝廉文三楚宅得堪字

天涯節序似征驂，病客逢春似不堪。忽喜瑤尊開雪夜，旋看玉樹聽玄談。家聲爾自雄江左，文藻時推冠斗南。屈指飛騰消息近，肯教六籍久沉酣。

和別王鳳洲先生

十載江湖望帝鄉，詎期清署趣為郎。宦情自付滄洲遠，行色誰分白雪光。海内文章唯左馬，山中巾屨幾求羊。近聞天上夔龍會，早晚需君綴雁行。

和別徐太室先生

海曙樓高緑野深，洞門修竹自陰陰。煙霞晝掩春長在，風雨時聞龍一吟。晚節黄花開滿徑，高秋青桂喜成林。芳尊數倒歡無盡，悵別翻憐病客心。

和別汪生堯卿二首

山城曾憶綰金章，別後俄經歲月長。里俗可能齊單父，風流應擬勝河陽。春雲尚想松蘿色，秋水難忘杜若香。回首舊遊成浪跡，後生今喜見盧楊。

木落天高雁影稀，扁舟去去似征騑。尊前別淚堪雙墮，句裏豪懷羨獨飛。客路總憐萍梗跡，鄉心偏巒薜蘿衣。廣陵濤色秋如練，愁見孤鴻帶晚暉。

鄭思成宅夜集得家字

皇州春滿萬人家，舊侶過從意未涯。雙鬢漸驚隨物改，一尊聊喜玩年華。已看庭樹含新翠，況有林華艷晚霞。愛客鄭莊能繾綣，何妨歸路斗杓斜。

送張民部汝健送潞王之國

帝子分茅寵渥新，天顏歡洽頌聲頻。曹臣喜奉中朝命，驛路先驅九陌塵。劍佩乘春搖梓里，衣冠何日拜楓宸。旋應早慰看雲念，莫待秋風起白蘋。

送胡爾潛出守杭州

棲遲郎署喜君同，可奈浮蹤類轉蓬。越徼春風隨五馬，燕臺夜月悵孤鴻。折來楊柳愁應絕，望入湖山思不窮。那得扁舟相逐去，看君公事了湖中。

送黎伯華參政江右

雨過郊原碧草萋，危旌遙指大江西。山公夙望中朝滿，岳伯高名北斗齊。彭蠡濤聲秋夜壯，匡廬晴色暮雲低。知君彩筆憑淩甚，到日風煙恣品題。

贈黄博士公紹

春日逢君語水邊，匣中雄劍倚長天。別來玄草秋應滿，望處青藜夜正燃。燭武無能堪自笑，休文多病可誰憐。吳門此去風塵隔，惆悵層霄北斗懸。

送張希夔出守鳳翔

鳳翔自昔岐周地，此日榮君五馬行。雍畤雲平看露冕，褒斜風静駐霓旌。憂時合有安邊略，覽勝能無弔古情。為問秦中多俊彦，祇今誰並郭欽名。

得王百穀書

秋風南雁下翩翩，傳得梁園白雪篇。握裏靈蛇堪借色，管中文豹未窺全。登樓作賦憐清況，入署含香笑暮年。屈指重逢何處是，春來期並泛湖船。

送張孟奇下第南還

黄金臺下草蕭蕭，詞客將歸道路遥。孤調可堪論鼓瑟，高才終不負題橋。也知上苑留花信，且向西風折柳條。嶺海祇今饒氣色，同遊英俊已聯鑣。

送吴瑞穀博士之官應天

季重名高北斗間，風前唾玉響珊珊。共傳詞賦三都並，獨挽波瀾六代還。莫厭青氈寒璧水，且看彩筆照鍾山。漢家天祿嵯峨在，遲爾談經午夜閒。

送郭舜舉學憲參藩山西

漢家綸綍下丹霄，使者旌旗嶺海搖。三晉山川歸屏翰，五臺雲日待招邀。才名總繫中朝重，士論翻憐北斗遙。秋到塞鴻知不少，乘風寧惜寄瓊瑶。

春雪

東風拂拂送瑶華，散入長安百萬家。北極層陰看盡斂，西山積素望偏賒。寒光倒映銀河淺，清影輕搖玉樹斜。聞有儷郎歌郢曲，梁園詞賦詎應誇。

落花

閒心偏自愛芳菲，底事林英片片飛。晝逐柔飈同蕩颺，朝隨零露共霏微。空留疎影搖歌扇，漫有餘香上舞衣。獨立東風無意緒，憑將一曲送春歸。

偕胡爾濳遊天竺寺得深字

十里松篁夾道陰，千峰廻抱隱禪林。喜憑舊侣尋幽興，不負當年訂約心。丹壑遥看青靄合，玄關高掩白雲深。夕陽回首湖山路，猶聽鐘聲度遠岑。

秋日陪曾孝廉明吾泛舟西湖晚過淨寺得棲字

湖堤草色晚萋萋，儷侶移舟日欲西。千里客星隨劍佩，一時詩句滿招提。遊邊且訂尋鷗約，歸路從教信馬蹄。為聽雲林巢倦鳥，可能無意覓幽棲。

湖上送曾明吾之武夷

十年萍跡悵西東，此日湖山覽眺同。合浦一珠懸夜色，延津雙劍倚秋空。虛名總付浮雲外，別思偏縈落照中。君到武夷窮九曲，新題寧惜寄飛鴻。

毘山紀遊因奉懷印川先生

澤國晴曛散曉寒，名園臨眺旅懷寬。堂開綠野紅塵隔，路入丹崖紫氣蟠。林外溪流通沆瀣，臺前樹色倚巑岏。主人正繫蒼生望，未擬東山臥謝安。

群山佳色望中收，更見苕溪霅水流。天為高賢開綺構，人從清眺識丹丘。傳觴且喜逢儷侶，載筆能忘紀勝遊。浮世歡娛元不易，風塵回首思悠悠。

名山真景似僊家，病客躋攀興轉賒。天畔樓臺淹日月，林間花鳥伴煙霞。蘭滋謝砌饒佳色，椿老莊園傲歲華。今古奇遊聊屈指，平泉金谷未應誇。

苕上山川何壯哉，上卿池館此中開。松崖風起濤聲沸，蘿徑煙消翠色來。平世幾年勤禹稷，名園何日集鄒枚。清狂遊興應無盡，媿乏登高作賦才。

哭弟德本三首

十年蹤跡故山違，萬里間關客路歸。本為看雲頻趣駕，豈知到日獨沾衣。秋風鴻雁行中斷，春草池塘夢已非。宦海飄零吾已倦，況堪衰病酹斜暉。

清時遯跡寄樊丘，卜築林塘幽更幽。行樂爾今成鹿夢，棲遲誰與並菟裘。高雲錦石空相映，翠竹黃花祇自愁。惆悵原鴒杳何處，淒風蕭颯咽松楸。

惠連佳思故翩翩，買得青山隔市廛。三徑滿期同豹隱，一丘何意作牛眠。埍箎絕響憐今日，花蕚交輝憶往年。搔首蒼蒼那可問，低徊空有淚如泉。

臥病良鄉彌月遞運大使姑蘇陸一鯨念余嘗仕其郡數來問訊余心嘉其誼也病起因賦四韻示之

玄冬臥病倏經春，孤署蕭然斷四鄰。喜有舊遊從仕客，頻來問饋見情親。淮陽向說思何武[一]，河內曾聞借寇恂。今古人心如一日，卻慚衰薄負殷勤。

［一］淮，底本作『維』，當誤。

懷袁京兆文穀

春風曾憶倚瓊枝，回首分攜在路岐。每見停雲添悵望，幾因明月寄相思。棲遲自笑馮唐老，蕭瑟誰堪宋玉悲。何日相逢袁紹飲，高談碣石盡襟期。

周公化過集漁陽署中適紅藥盛開共酌花下得重字

薊北春深紫翠重，何來詞客此過從。元龍豪氣應無賴，公瑾風流豈易逢。檻外柔飈廻野馬，花邊香靄散遊蜂。浮生自爾須行樂，況是當歌意未慵。

聞邊報有感

甘泉烽火未消憂，當食還誰借箸籌。可是築壇能拜將，便應投筆待封侯。王師自昔全無敵，元老於今幾壯猷。欲效請纓慚潦倒，衹從清夜看吴鉤。

送成中丞惟謙開府范陽

四牡騑騑向范陽，中丞分陜肅戎行。旌旗盡帶雲霞色，節鉞偏承日月光。星漢幾回悲雁序，霜天此去見鷹揚。他年受簡應忘病，擬拂清風入頌章。

漁陽署中旅懷

搔首天涯旅思賒，萍蹤無賴悵年華。雄心暗逐流雲渺，倦眼徐看落日斜。迢遞關河稀過雁，蕭條邊戍急悲笳。故園松菊今何似，愁絕歸林樹樹鴉。

寄壽黎表兄叔量

朔天搔首思難任，南望停雲日日心。君自煙霞同豹隱，予從湖海悵魚沈。莊園歲晏椿林茂，竇砌秋高桂樹陰。想見丹砂能九轉，年來真訣許誰尋。

送成參藩君迪之京

離亭尊酒映朝暉，詞客彈冠出翠微。雙劍頃從天際合，孤旌今向帝城飛。雲霄鵷序元相待，河渚鷗盟且暫違。此後縈懷何處是，薊門煙樹思依依。

春日懷高博士正甫

春風此日到橋門，桃李參差日下蕃。璧水晴光生講席，青藜夜色散詞垣。官無俗累名應重，學有心源道自尊。兩地相思慚委吏，幾回搔首欲銷魂。

送吴山人允兆還吴興

季重名高北斗齊，每於中夜見青藜。尋常彩筆頻飛動，藉甚春光入品題。談裏玄風卑碣石，遊邊幽思戀苕溪。臨岐意緒應無賴，目斷征鴻望轉迷。

吴允兆過集漁陽署中得涯字

狂蹤漂泊半天涯，懶性迂疎自寡諧。何意美人逢末路，不嫌清夜話空齋。客星照座偏成象，梁月當杯正入懷。浮世交情君合見，可能容易破形骸。

又得懸字

美人迢遞隔風煙，十載神交悵遠天。乍見孤標疑玉峙，旋聽清論似河懸。白駒空谷憑誰縶，黄鵠高秋羨獨騫。為憶舊遊成感慨，對君無那思依然。

午日呈楊觀察爾立

幾年萍跡任風塵，每向西方憶美人。末路最憐青眼在，交情寧謂白頭新。天涯節序驚虛度，客裏過從肯厭貧。蒲艾尊前聊共醉，清時未敢歎沉淪。

懷林開先内翰

憶爾逍遥白玉堂，過從偏喜慰清狂。河梁一别風塵渺，關塞相思歲月長。將母藍輿看鄭重，驚人彩筆羨飛揚。予今牢落愁兼病，唯想瀛洲翰墨香。（以上懸榻齋集卷六）

全粵詩卷四〇八

陳履六

舟中贈梁彦國

為愛梁園客，早馳鄉里名。文章懸士望，問學得師承。博古如劉向，多才類馬卿。幾年傾遠想，此日喜同行。對月蘭談雅，臨風藻思生。青尊時共酌，白雪自孤鳴。倚劍看牛斗，彈冠向鳳城。他時知有賦，應不羨張衡。

和答潘伯登

憶昔交歡日，風雲際北征。樗材慚獨陋，瓊樹借餘清。近説揚雄宅，遙還陸賈城。川原頻入望，歲月轉堪驚。未覩河東賦，先傳鄴下名。長篇渾古調，短律謝新聲。憂世心逾壯，逢人意盡傾。襟懷羅大塊，夢寐謁承明。儒雅真時彦，才猷信國英。況當側席日，不用請纓行。多病嗟遲暮，何心羨寵榮。祇應披敝褐，聊爾逐華旌。萬里隨羈路，三春上帝京。看君承燕對，為悉海濱情。

贈龐少南中丞

聖主龍飛日，宵衣簡重臣。人情賢夢卜，天詔煥絲綸。秩亞三台望，符兼五路巡。霓旌搖岱嶽，鷁舫下淮津。廟論修攘重，君恩寵眷頻。十年驄馬貴，此日晝熊新。漢績平羌著，齊功煮海臻。伯圖聊可述，帝烈未全湮。卓爾匡時略，居然邁古人。會須饒國計，于以答皇仁。恰起朝紳頌，長酣海宇春。即看未央側，高閣繪麒麟。

廣陵訪歐博士楨伯

煙水長芙蕖，燕城五月初。為憐羈旅客，來訪廣文居。問字懷偏切，論文興有餘。三年殊契闊，一見重躊躇。地僻堪留客，官閑可著書。吟軒饒苜蓿，講肆落鱣魚。宦業休論薄，時名信不虛。芝蘭爭秀發，桃李自扶疎。行跡慚漂梗，歸心憶敝廬。漫將牢落意，聊向故人攄。春殿開金馬，天門敞石渠。懸知漢家詔，早晚召嚴徐。

送祁在德讀書西樵

去矣嗟祁嶽，西樵七十峰。振衣聊獨往，載酒可誰從。為說人文會，都緣間氣鍾。向時開哲運，此地奮儒宗。世代驚難及，風流悵莫逢。憐君多雅尚，遂爾訪遺蹤。遠覽占翔鳳，高吟等臥龍。眼應空一世，學擬足三冬。笑我孤懷渺，先秋兩鬢鬆。煙霞心俱遠，湖海興偏濃。雨色來千嶂，濤聲落萬松。離尊寧復惜，握別若為容。

送章檢吾歸豫章

客有煙霞趣，飄然誰與儔。孤旌來大庾，雙屩問羅浮。湖海襟期豁，乾坤眼界幽。過逢憐意氣，談笑見風流。未盡論文興，翻縈惜別愁。高雲隨粵榜，寒月照吳鈎。五嶽懷偏劇，三山賞未酬。君行如不倦，吾與恣遨遊。

將至徐州阻風遲羡仲子玉

三春趨越郡，咫尺望徐州。忽值長風至，翻縈倦客愁。鳴條聞隔岸，吹浪助狂流。塵起千山暮，聲哀萬壑秋。銅烏何動处，海鳥幾時留。可是飛廉怒，爭疑列子遊。征衣從拂拂，歸斾且悠悠。好待羊求侶，同乘李郭舟。

送司空陳洛南先生之任留都

丹陛傳優詔，疇咨簡上卿。宏猷膺特眷，偉望協群情。貴已三臺並，名堪北斗爭。一陽逢始復，八座向南征。端笏銜新命，驅車入舊京。朝紳均注仰，邦土屬經營。久識懷圖永，行看奏績成。須知清切地，聖主待持衡。

送李臣忱司理之雲南

錦水城中客，瑤京闕下逢。疎才慚附驥，雅會過登龍。旅食經朱夏，聯居盡素冬。論文多感慨，載酒每從容。忽喜銜新渥，偏憐愴別悰。法星臨六詔，霖雨遍千峰。定見民冤少，行膺帝眷濃。朝端推偉望，海内仰高蹤。業擬安河嶽，名應勒鼎鍾。他年重把袂，莫忘舊相從。

過東林寺訪惠遠招淵明結社故跡

惠遠棲真地，相傳廬嶽陰。雲霞依寶界，泉石照禪心。人去風流在，山高歲月深。偶緣遵遠道，便得叩東林。暫憩清齋坐，旋為白社尋。一溪藏虎臥，雙樹有猿吟。忽接高僧話，渾消病客襟。未能遠俗累，長嘯復征駸。

齊雲山中簡蹇使君

偃都傳白嶽，令節屬玄冬。百里星輝聚，千巖王氣鍾。忽驚來劍舄，頓喜見章縫。本是雲霄侶，堪誇翰墨宗。文詞驅左馬，勳業擬夔龍。雅抱匡時畧，仍多弔古悰。觀風環列郡，問俗慰三農。共把群公袂，同看五老峰。題詩裁薜荔，酌酒對芙蓉。卻笑風塵吏，元為嶺海儂。巾車時獨往，冠蓋此相從。自分山中主，空慚野外供。霞光鋪几席，泉響叶笙鏞。勝地應難得，名公豈易逢。未能攀逸駕，聊爾記芳蹤。

豫章姜公克榮視師南韶遂以部兵掃大廟峽群盜悉平蓋百年奇功也露布捷告余為作詩紀之

有美洪都彦，匡廬間氣鍾。士林元傑出，聖代早登庸。仗鉞來千里，分符自九重。霜風隨劍戟，和氣藹章縫。韶石開新幕，梅關控舊封。軍威殊振蕩，廟算每從容。見説群徭險，無如大峽兇。百年深搆穴，屢討未摧鋒。赫爾龍韜奮，翩然虎旅從。王師興六月，時雨遍千峰。一鼓空狐窟，長驅仆隼墉。歡聲喧四野，喜色洽三農。望已懸霄漢，名應勒鼎鐘。願言仍舄赤，上答錫弓彤。

留別黎伯華銓部

落日燕臺集，悠然散客襟。綢繆憐意氣，談笑勝登臨。憶昔開春殿，隨君賦上林。時名齊北斗，交誼重南金。忽忽風煙隔，悠悠歲月深。芳荃懷屈佩，流水想牙琴。雙劍驚俄合，孤尊喜共斟。清宵論往事，白雪動新吟。頓覺忘心膂，無須問古今。三生殊可徹，一醉卻難任。羨爾真霞舉，慚予似陸沉。帝鄉纔把袂，羈路又征驂。且莫增長慨，寧教寄好音。吳山堪北望，擬上最高岑。

過淮贈張德徵水部

水部清時彦，文章絶代佳。鴻名懸日月，駿績在江淮。丹扆情偏豫，玄圭錫未涯。嗟予雖異路，與子卻同儕。霄漢攀雲並，門牆立雪偕。高才看玉峙，多病笑塵埋。萍跡十年隔，魚書兩地乖。臨風憐羽翼，縮地悵形骸。忽爾占星聚，居然應律諧。不辭留短棹，寧惜醉清齋。旅思應殊豁，鄉愁可盡排。何能酬雅會，聊用布狂懷。自合崇明德，相期頌泰階。簫韶行有奏，待女協雝喈。

憶郡齋雙桂

郡齋雙桂樹，秀色鬱蕭森。湖日凝清靄，山雲逗綠陰。幾回當溽暑，對此散煩襟。每羨淮南賦，因添吳下吟。別來驚節改，數去及秋深。爽氣渾生榻，繁花漸滿林。香風憐自拂，皎月惜空臨。已負中秋興，徒懸萬里心。清遊何泮涣，幽賞却商參。便欲星槎返，還將露蕊尋。

懷雲間莫是龍

為愛雲間勝，英華屬俊人。襟期稱卓犖[一]，詞翰擅清新。白雪時希和，明珠眾並珍。鄒枚寧可擬，羲獻詎堪論。妙得寰中趣，全收海内春。雄文看燦燦，彩筆夢頻頻。底事人間世，羈余物外身。簿書淹歲月，蹤跡混風塵。多病思逃俗，孤懷慕采真。扁舟移泖曲，雙劍合延津。今古誰肝膈，東南此主賓。班荊憐季缺，驚座愧陳遵。暮靄凝青桂，秋飆起白蘋。追歡違把臂，悵望重傷神。玉樹應難倚，金蘭豈易親。何時能縮地，聊得接芳鄰[二]。

〔一〕犖，底本作『犖』，當誤。

〔二〕鄰，底本作『僯』，當誤。

留别吕心文明府

愛爾心文氏，詞華雅擅場。風情元磊落，雲路早翱翔。花種河陽縣，琴鳴單父堂。堪稱周宰牧，不忝漢循良。忽動煙霞想，歸來水竹鄉。為園追獨樂，開徑友群芳。招隱心期遠，閒居賦興長。盤桓偕左馬，談笑侶求羊。懶病憐三仕，棲遲尚此方。道交聊自結，世味亦經嘗。問俗懷偏劇，求奇意未央。幽盟尋石几，清賞訂荷裳。詎謂王程迫，翻令別思忙。臨岐將解袂，促席更飛觴。莫惜金尊盡，仍攀玉樹香。吴閶元在望，寧用悵參商。

别郭舜舉司馬

司馬清時彦，名爭北斗高。雄篇卑月露，彩筆捲雲濤。喜際文明會，榮居典禮曹。詞林推大雅，士路羡風騷。附驥憐多病，登龍慶所遭。十年同泛梗，一别想醇醪。豈意專城吏，重逢振世豪。論交頻下榻，撫景每揮毫。郢曲君誰和，南音我自操。年光隨馬足，世事等鴻毛。髩為奔馳改，心緣去住勞。春風吹越樹，夜月照吴舠。岐路懷偏結，臨流首重搔。未須愁日暮，且拚醉江臯。

壽年伯顧鰲湖翁八十

聖代開熙運，名家敞壽筵。西池摇氣色，南極應星躔。本是山中相，元稱物外僊。久懸當世望，更有後昆賢。喜見箕裘盛，欣承雨露偏。黄扉看貴近，紫誥羡聯翩。齒並香山老，名從錦里傳。冠裳嬉舜日，詩酒慶堯年。勝地春光媚，鈞天廣樂宣。填門朱履集，繞膝彩衣鮮。笑我清狂子，憑公世好緣。一觴情獨欵，三祝意尤虔。欲問丹砂訣，慚無白雪篇。共期花下醉，歲歲樂陶然。

壽年伯顧栗如先生十四韻

吳會詞林客，名推醉竹翁。曠懷羅宇宙，玄想入鴻濛。賦比三都麗，詩兼七子工。階前蘭似玉，庭畔桂成叢。式穀僊郎貴，馳封帝命隆。清遊知意遠，高詠見才雄。合擬陽春調，堪追大雅風。賡歌稱國老，傳誦發時蒙。卓爾聲華茂，居然齒德崇。羽儀光俎豆，氣色匝黌宮。範俗希陳寔，通家愧孔融。登龍歡未既，窺豹思何窮。為挹儒風盛，因覘聖治豊。求賢今日事，早晚獵飛熊。

秣陵寄隱為張仲宣題

鍾陵佳麗地，自昔帝王州。羨爾明經客，從茲鼓篋遊。藏修淹節序，登覽見風流。劍氣横霄漢，文光貫斗牛。卜隣亲二仲[一]，結社耦三休。玉潤含情邈，華林入夢幽。依稀江總宅，仿佛仲宣樓。意為冥搜適，身緣勝蹟留。驊騮期遠道，鵬鶚待高秋。莫作蘇門嘯，行看側席求。

[一] 隣，底本作『僯』，當誤。

贈顧道行學憲

有美三吳彥，雄稱翰墨林。早年搖彩筆，清世挺華簪。獨擅詞源富，窮探藝海深。長天飛白雪，傑閣起清音。玄入遊閬草，奇看陟岱吟。希聲回太古，逸響振於今。為誦瓊瑤句，因知錦繡心。名堪齊北斗，價合比南金。雅道憐波靡，浮蹤歎陸沉。高山瞻獨切，異地悵難任。夜月芝蘭色，秋風桂樹陰。何時聞笑語，擊節散煩襟。

賦別郭學憲舜舉[一]

當代論才彥，同推有道名。風流驅北海，文字薄西京。雅負朝端望，欣為嶺表行。乾坤開泰象，人物藉陶成。百粵瞻模範，諸生仰鑑衡。共看時雨洽，爭睹景星呈。自笑清狂態，難忘夙昔情。攀鱗矜際會，附尾竊光榮。語水留芳晤，燕臺締舊盟。詩篇貽滿帙，聲價重連城。契闊愁偏劇，遭逢喜復驚。意隨雙劍合，心向一杯傾。星聚占方愜，萍分歎未平。何時重把袂，同翫月華明。

〔一〕學憲，底本作「憲學」，當誤。

次韻答吳孝甫

客抱三山興，囊收五嶽春。天郭稱獨步，海宇想芳塵。搦管雲霞滿，裁詩琬琰新。觀風如季札，結客得陳遵。避世名偏重，逢人意自親。曠懷真莫逆，雅調更無倫。晤對渾忘病，論交恰爽神。懸知富山路，早晚到蒲輪。

哭同年張子蓋

聖代論儒碩，如公望獨優。文堪稱太史，學足繼前修。豈藉科名重，何當世俗求。多年期握鉉，計日佐垂旒。天意偏難料，人生不可籌。層霄摧鳳鳥，中道蹶驊騮。忽謝青藜閣，遄登白玉樓。清名留藝苑，芳躅斷瀛洲。從此音容杳，其如夢想幽。乞言曾我諾，絕筆竟誰酬。悽雨隨歸路，霾雲黯故丘。斯文千古恨，交誼百年愁。絮酒心應折，悲歌淚並流。九原那可作，孤緒祇悠悠。

林太史開先母夫人誕日宴集賦此為壽

愛爾瀛洲彥，娛親在帝鄉。文明開景運，壽祉應休祥。婺采標南極，萱花媚北堂。門多朱履貴，庭有彩衣光。共睹賢人聚，欣逢化日長。僊郎情繾綣，病客思飛揚。謾爾歌麟趾，因之侑兕觴。當筵攀玉樹，鼎養祝無疆。

賀胡爾潛舉仲子十韻

粉署含香彥，清曹日與俱。一斑慚認豹，千里羨騰駒。早種藍田玉，兼懷合浦珠。忽傳蘭夢協，共識蕙情愉。渥水生龍種，丹山出鳳雛。祥光迴邸第，佳色藹蓬壺。試聽啼聲異，應知骨相殊。他年占跨竈[一]，此日詠懸弧。漸密三槐蔭，行添五桂株。德門元有慶，狂客任歡呼。

[一] 跨，底本作『誇』，當誤。

贈張比部士隆請告歸養

可愛中朝彦，才華埒茂先。靈襟渾粹玉，嘉佩藹芳荃。早夢江淹筆，隨鳴單父絃。花封看鵲起，晝省借蟬聯。每動瞻雲想，頻歌陟屺篇。情陳雙闕迥，心為北堂牽。喜奉藍輿適，欣裁彩服鮮。萱容宜晚節，婺采耀長天。養不三公換，名應四海傳。愕懷思往哲，瑰行在遺編。徐庶辭劉日，王陽返馭年。高蹤雖遠矣，清譽尚依然。爾自千秋後，行驅二氏前。秉彝吾自有，能不頌仁賢。

贈鄒彦吉觀察

有美生賢國，蜚聲自帝廷。詞華紛白雪，意氣薄青冥。在晉干文象，於今應法星。甌閩留楷範，於越借威靈。報主心常赤，逢人眼獨青。猥余成潦倒，浪跡轉跉竮。海宇頻瞻斗，天涯忽聚萍。過從忘鄙樸，談笑得儀刑。豹采隨窺管，鯨音起撞莛。光芒搖碧落，茹納失滄溟。世路憐漂梗，時光感謝蓂。藥籠君自富，吾欲備參苓。

元日彦吉邀集飛霞閣

漂泊天涯客，心旌指故園。況逢新改曆，那得不銷魂。喜有蘭臺彦，初開竹葉尊。笙歌疑鼎沸，燈采恍星繁。坐吐參同論，旋探翰墨原。居然祛俗障，洞矣透玄元。頓覺襟懷豁，渾忘歲月奔。昇沉何足問，今古也堪論。興逐飛霞杳，愁翻落日昏。葵心吾自向，藻思爾孤騫。已抉千年秘，還窺眾妙門。願憑休沐暇，長此奉槖鞬。

與子一為別，星華幾度移。論心空有約，促膝更無期。岐路青驄遠，關河白雁遲。此時頻悵望，何處侍襜帷。未並登臺酌，先傳出塞詩。清音諧玉律，秀色亞瓊枝。可笑邊城客，來從粵海湄。形容君莫問，衰鬢漸如絲。

和答傅侍御伯俊

哭汪禹乂

余向為海陽，得禹乂為莫逆交，比遭變故去，禹乂悲痛慘怛，形諸詞章。迨余為語溪，禹乂音問數至，余心亦未嘗不禹乂念也。癸未，訪余姑蘇，歡然道故，余又以遭變去。今復貳茲郡，方擬招禹乂為吳會遊，而禹乂則長往矣。余聞而痛之，乃为是詩，書示其季子，使焚而告之。於戲！禹乂有靈，尚其憑風御雲泠然而來聽耶？

臨風涕泗下如泉，搔首乾坤思黯然。浪跡向嘶勾漏令，參玄曾訪大羅僊。同遊白嶽襟期遠，一別黃山夢寐懸。屈指萍蓬頻聚散，驚心烏兔幾推遷。何當仲舉題輿日，正是曾元易簀年。余以丙戌夏四月補授蘇州，禹乂亦以是月卒。消息祇應增感慨，丹青誰為貌高賢。鄉評自昔明如火，士論於今直似弦。孤劍未緣留塚樹，束芻聊把酹江天。休論俠氣生前壯，且有詩名死後傳。長夕任酣青枕夢，千秋應結碧巖煙。衰遲已謝楓宸望，愁病翻裁薤露篇。知爾定騎箕尾去，空齋遥夜看星躔。

甘露園為宫詹何仁仲題

上卿倡道楚江湄，千古雲霄見羽儀。選勝恰當郎子國，為園堪比習家池。共傳緑野成堂日，正是青衿講業時。砌畔叢蘭如九畹，林端瑞露似三危。擎空舊有金莖色，拂漢今多玉樹枝。玄圃煙光紛委藉，赤城霞采並昭垂。披圖漫爾將乘興，載酒憑誰可問奇。幾度臨風頻悵望，新題先與訂芳期。

三洲園為前人

狂蹤漂泊逐萍流，海内山川半臥遊。大楚向曾傳七澤，名園今始得三洲。周遭島嶼滄波闊，隱約樓臺翠靄浮。共道塵寰標獨勝，誰從真境識前修。中原道脉當年在，南斗精光此地收。物外祇應尋白社，人間何用覓丹丘。由來卜築情偏遠，想到行歌賞更幽。為問天涯牢落客，可令相伴恣夷猶。（以上《懸榻齋集》卷七）

全粵詩卷四〇九

陳履七

羽士白忻為治舍館置花木盤魚為玩遂賦六絕

客舍三春暮，蕭然隻索居。主人憐寂寞，為我薙庭除。
地僻晝清幽，庭虛夜生白。扃戶更何為，焚香玩周易。
猗蘭來楚畹，翠葉一何長。深院風煙靜，無人也自芳。
庭畔紅榴樹，近陽花欲開。誰應憐艷蕊，移傍鳳樓栽。
東籬有佳卉，云是玉簪花。對此高朋合，交懽意未涯。
遊魚濳復泳，盆水亦相忘。未若深淵適，因之懷故鄉。

茹菜四首

都下多良圃，園蔬逐日新。閑居飽食此，猶媿灌畦人。

肉食非云鄙，青虀吾自宜。庭幃甘旨遠，適口獨何為。
三僕本園丁，藝蔬滿園野。祇今遠田廬，買之不盈把。
菜味久已甘，日日在齒頰。雖云食無魚，肯鼓冯驩鋏。

友芳園雜詩

余讀五柳先生傳及歸去來辭，竊慕陶隱君為人，超絕千古。自涉仕路，邅迴楚越間，更三令而不能去，視隱君恧然媿之。近覽呂心文解泰興詩，飄脫囂塵，皭然不滓，揆其風致，隱君之後，一人而已。間以政暇，訪厥園廬，歷探幽奇，悉契心賞，爰有短詠，用攄企懷。

玄覽樓

高樓俯城闉，涼籟秋林起。萬象羅空中，一覽渺無際。

振藻齋

陶令歸來日，翛然謝俗緣。揮毫詩寄興，剩有白雲篇。

素心居

赤霞覆清居，紅塵迥無累，主人長閉關，澹澹心如水。

陽和洞

幽洞通玄圃，四時春色多。不緣花木麗，中自足陽和。

薔薇曲

院曲薔薇發，紅英照客衣。幽人饒賞興，日暮卻忘歸。

總芳徑

三徑足幽芳，佳人自來往。時有求羊侶，開尊共清賞。

有待軒

高人倚清軒，把酒待明月。春風亦不遠，明日蘭芽茁。

大雅山居

振藻芳林下，天空晝籟鳴。群喧渾寂靜，此際見希聲。

晚香徑

種菊東籬下，悠然散晚香。莫憐春卉好，秋色靜還芳。

搴芳亭

孤亭不盈丈，宛在百芳叢。客有尋芳興，躋攀意不窮。

松月臺

鬱鬱臺畔松，娟娟雲間月。月上照孤松，清影夜堪掇。

香玉叢

玉樹參天起，清香時逼人。行遊者誰子，應自掇芳塵。

桃李園

桃李鬬芳菲，名園滿春意。不向河陽栽，卻種柴桑里。

香雪亭

花間霏白雪，雪色帶花香。知是梁園客，當筵引興長。

長林石丈

丈人稱石隱，獨立出風塵。堪笑折腰吏，相看一感神。

聽溜石

泉竇雲間滴，清聲花外聞。夜憑孤石聽，玉露落繽紛。

長林石几亭

幾到長林下，蕭然石几存。因之窺翰墨，病客欲銷魂。

湘雲徑

蔣徑秋陰滿，琅玕翠色環。莫云湘浦遠，祇在茂林間。

凌霄石

相彼凌霄花，綢繆苑中石。因知君子朋，石交永無斁。

心遠處

地連城市近，心共雲林遠。林間看岫雲，無心自舒捲。

清修草閣

草閣臨芳渚，清修自有真。超然心象外，不比草玄人。

友芳橋

一水盈盈隔，群芳入□遙。芝蘭何處所，合訪竹間橋。

長生池

遊魚戀深淵，物生各有適。為語臨池者，綸竿莫相及。

山礬障

山礬窌以寮，花木鬱蕭森。一障紅塵隔，幽人何處尋。

青林叢桂

叢桂堪招隱，風煙似小山。鄒枚時有賦，清韻散人間。

柳竹巷

亭前五株柳，籬外千竿竹。門巷何清幽，中是陶潛屋。

綠水緗荷

芳沼荷花發，紅粧鏡裏看。遊人須盡興，莫待晚風殘。

對菊四首

澤國風煙暮，幽叢菊正芳。但看秋色在，寧問過重陽。

春林多艷蕊，吾卻愛秋英。可羨陶彭澤，千秋共此情。

疎籬秋寂寞，菊樹靜娟娟。自適幽人賞，何須士女憐。

對菊偏宜酒，陶然日幾杯。尊中唯所有，不望白衣來。

懷屠赤水長卿

海國秋容淨，長空過雁稀。懷人無意緒，隱几送斜暉。

客思真寥落，扁舟北海歸。故人千里隔，悵望欲沾衣。
婆娑青浦桂，縹緲倚雲間。何日移尊去，風前一笑攀。
吾愛由拳令，風流擬謫僊。新詩如玉樹，一看一芳妍。

玄覽往籍有懷昔賢漫賦四絕

元亮墻頭濁酒，季鷹江上鱸魚[一]。幽趣一生自足，風流千載誰如。
天道陰晴莫料，世途夷險難期。范蠡遊湖卻是，陸機入洛何為。
莊叟夢中蝴蝶，海翁釣畔浮鷗。觀化乾坤浩浩，忘機物我悠悠。
和靖孤山放鶴，王喬緱嶺吹笙。可是人間逸事，真成天上希聲。

[一] 鷹，底本作『膺』，當誤。

高梧翔鳳卷題贈戴儀周

聞說清時老鳳鳴，好音曾已徹虞廷。鳳雛此去翔千仞，應有朝陽舊日聲。

送邵參戎應魁

虎門氛祲未全銷，大將旌旗去莫遙。聞說聖明今拊髀，會應重拜霍嫖姚。

送周國雍赴寧波司理

而翁心學接江門，身隱青山道自尊。為政規模君莫問，經綸元自有淵源。
看君丰采照人清，絕勝瓊枝映眼明。此去郡齋無暮謁，會教人羨玉壺冰。
琳宮深處共棲遲，客味蕭然各自知。日暮河橋輕一別，更從何地慰相思。
新秋月上薊門高，幾度過逢賦客豪。自笑清狂心盡醉，也知公瑾勝醇醪。
看花同醉杏園春，聯轡齊驅紫陌塵。忽漫青郊孤騎去，臨風能不獨傷神。
振衣頻上郭生臺，日夕從容把酒杯。舊侶祇今星散盡，青尊從此向誰開。
民命東南已盡傾，憑君此去念蒼生。但教東海無災旱，便是清曹訟獄平。

送沈文衡歸錢塘四首

江南佳麗數錢塘，十載西湖入夢長。此日逢君誇勝賞，便應共買泛湖航。
錢塘當代幾詞人，共說田郎絕等倫。拾得遺編脫相贈，恍然分我藝園春。
祇為微名客帝畿，鄉關迢遞隔春暉。偶緣動爾丹青筆，一日南雲滿翠微。
客舍棲遲寂可憐，逢君喜值菊花天。無端又作尊前別，回首風塵思渺然。

村居雜詩

西疇晚稻盛如雲，愛酒田翁日日醺。牽犢躝禾收穀罷，農歌一曲送斜曛。
海岸潮生漁艇歸，家家持得鱖魚肥。村翁亦有臨淵思，學把綸竿坐釣磯。
海上天寒牡蠣新，烹鮮入饌最宜人。少年挾取鷓鴣杓，去喚隣家麴米春。
赤蟹冬來殼欲丹，纔烹一箇便盈盤。兒曹相逐持螯去，得食階前笑語歡。
南圃霜天橘柚黃，林間邀客坐飛觴。興來更作池魚鱠，酩酊高歌似醉鄉。
漁父乘潮午泊船，溪邊解網得鰕鮮。呼童買取供村釀，一醉匡床自在眠。
十月江南微有霜，扶留架上葉初黃。女兒飯罷持相勸，嚼得臙脂滿口香。
望望村前一石塘，周遭花木四時芳。主人日向林間坐，刻竹題詩引興長。
路遶泉源一徑斜，林深籬密竹交加。幽人蕭散無餘事，但學淵明種菊花。
村市山邊路不賒，東風搖曳酒旗斜。豪遊日有高陽侶，縱飲天明到落霞。

光裕表弟惠小兒燕毛馬賦四絕

三徑荒涼翳綠苔，忽驚神駿自天来。黃金市駿俱陳跡，休說燕昭百尺臺。
君家五馬舊如雲，一出曾空冀北群。骨相衹今傳驥子，渥洼佳氣尚氤氳。

爭羨當年八駿圖，何如此日得神駒。若教蹀躞春風裏，一望紅塵萬里途。
幾度經過萬馬塲，爭將毛色辯驪黄。憑君借得雙蹄健，伯樂驚看大道傍。

弔陳孝廉仲魚四首

元龍豪氣薄層空，八極尋常指顧中。忽御星辰辭白岳，人間天上思無窮。
一夜天風響珮環，僊人蹤跡渺難攀。獨騎白鶴歸何處，疑在蓬萊第一山。
大椿堂畔酒星亭，憶對璚枝夜雨青。侍酒僊郎驚不見，想從天上伴文星。
海陽城外帶溪流，為記當年一葦遊。腸斷玉人今去渺，高歌猶自氣横秋。

湖中夜泊懷戴贛州

扁舟夜泊蠡湖邊，月色湖光共朗然。卻憶美人千里隔，幾回搔首不成眠。

水部馬君惠菊志感四首有序

水部崑山馬君酌余任城，美盡東南，懽忘爾汝。既又茂選籬菊，置余蘭舟，靜色娟妍，幽芬恬澹，蓬窗獨對，呼童命觴，三斗微醺，偃仰長嘯，慨念芳惠，矢言永懷。

天風幾夜歇芳菲，客裏空驚木葉飛。忽見任城秋色在，孤航便得伴將歸。
僊郎玉署鎖秋陰，竹下開尊賞興深。更把黄花晚相送，天涯幽思轉難任。

春園桃李鬭芳鮮，菊蕊秋籬晚獨妍。自是風光占遲暮，天家雨露未曾偏。
僊曹菊樹燦秋英，移向吳航對晚晴。回首清標渺何處，霜枝看罷重含情。

再入姑蘇口占貽王百穀

一官仍復繫蘇州，不為繁華戀舊遊。卻愛吳門秋色好，欲隨王粲共登樓。

畫菊為苗爾章題

不將豔質鬭春光，澹澹秋容晚自芳。但使清齋長對此，便應白日到羲皇。

胡爾潛署中桃花盛開為賦二絕

僊郎藻思自天葩，曾種河陽滿縣花。帶得餘芳來省署，可誰相與對流霞。
灼灼緋桃映日紅，清齋便得玩芳叢。向來誰著栽培力，都屬天家雨露功。

初入署中和劉介徵口號四首

宦海飄零鬢欲絲，不知物換與星移。忽思策馬看花日，猶是飛龍未御時。
古柏森森老鶴馴，日長清署往來頻。莫將初到曹郎面，錯認青田舊主人。
經國堂前月色明，清宵鈴柝送幽聲。向來漂泊江湖久，那識寅恭夙夜情。

日日南司對北司，共聽寒鵲噪高枝。但看廳事槐陰轉，便是公餘退食時。

送王主政龍塢督榷清源四首

二月長安雪萬家，登臺幾度玩瑤華。須臾散作銀河水，長送清源使者槎。
劍佩翩翩使者行，臨岐相送若為情。看君自汲清源水，注向冰壺貯月明。
曾憶清源擊楫過，關梁西下即黄河。知君政暇多遊況，聽得滄浪孺子歌。
萬國梯航集帝畿，清時國計未全稀。宵衣獨有須才意，好榷東南竹箭歸。

陪楊給諫峴山夕酌六首

郭外喧聲起蟄雷，山中香靄散蒿萊。莓苔掃卻浮埃淨，喜接天朝使者來。
翩翩使節駐城隈，泛泛僊槎未擬回。共喜恩波沾灑遍，不妨清夜樂銜杯。
窪尊亭畔酒如澠，舞袖隨風態不勝。似此歡娛應卜夜，待邀山月續華燈。
錦瑟瑤尊送夕暉，城頭鐘漏漸稀微。回車莫怯溪橋小，自有明珠照乘歸。
使車迢遞遍三吳，到處驚傳賜大酺。若為蒼生回菜色，應教震澤變醍醐。
峴山遙隔楚天東，卻遣稱名此地同。未少遊觀羊叔子，他年誰淚隨西風。

春夜獨酌謾成

露下虛庭夜氣清，開窗徙倚月華明。侍兒忽謾頻呼酒，驚起林間宿鳥鳴。

真如寺雜詩四首

槐龍

西來一鉢舊降龍，神物人間不易逢。欲為沙門留幻跡，故將嘉樹擬形容。

石梅

寒梅元是百花魁，誰向空門著意栽。莫訝靈株穿石出，原從西土托根來。

雪井

佛井泠泠雪水深，閒來一酌浣塵襟。憑將慧綆頻頻汲，化作天家濟旱霖。

長水禪師墓

禪宗色相總成空，蜕骨那存寂土中。若使當年圓覺在，應隨飛錫返鴻濛。

送彥吉督學楚中八首

南湖煙雨憶登樓，日暮開尊散旅愁。忽謾河橋分手去，不知何地續清遊。

共倚春風玩歲華，憐君藻思薄飛霞。無端又作孤舟别，目斷停雲天一涯。
喚愁春草故菲菲，況那春波彩鷁飛。君過故園登㠀閣，可能無意寄音徽。
黄鵠磯邊黄鶴樓，題詩人去幾經秋。看君彩筆憑陵甚，應揭新篇最上頭。
黄州竹馬滿郊坰，當日歡迎太守行。此去清風隨使節，棠陰羅列魯諸生。
洞庭煙水杳冥冥，一點君山入望青。到日襜帷應暫駐，可無詞賦弔湘靈。
當年玄嶽恣清遊，賦裏晶光逼斗牛。見説百川能學海，懸知入彀盡名流。
伯樂相傳識馬翁，能令冀北馬群空。要知眼底分明處，不在驪黄牝牡中。

薊門懷梅禹金四首次韻

滄洲叢桂杳難攀，恍惚神遊十載間。此日臨風還悵望，夢魂頻遶敬亭山。
郊坰萬馬未為稀，共喜天閑選六飛。漫説燕臺能得駿，誰令騕褭逐群歸。
泉府崔嵬高倚天，爭傳具眼選青錢。衹今世事如揚簸，荇葉翩翩卻在前。
春來花鳥合消愁，擬折花枝插滿頭。幾上盤山招舊侶，卻憐謝朓在宣州。（以上懸榻齋集卷七）

（李永新、陳丕武整理）

題祈氏萬竹

誰把修篁手自栽，萬竿瀟灑出塵埃。但看勁節當門見，知有清風入戶來。芳徑偏宜清俗慮，叢陰長愛洗新醅。孫枝長就淩雲氣，留待伶倫取次裁。

回文

鐘鳴遠寺鎖雲浮，弄影疎簾半館幽。濃味酒傾還遣興，薄情詩寫怕添愁。松孤掛月寒山晚，雁過横江碧水秋。容倦最思長夜静，紅燈一剪獨悠悠。（以上清同治懸榻齋詩文集卷二）

（陳丕武整理）

全粵詩卷四一〇

袁昌祚

袁昌祚（一五三六—一六一四），原名炳，字茂文。東莞人。明世宗嘉靖三十四年（一五五五）解元。明穆宗隆慶五年（一五七一）進士。任左州知州，調守彝陵。遷戶部員外郎，擢廣西提學僉事。官終四川參議。年七十九卒。有莞沙文集。清道光廣東通志卷二八一有傳。

小金山

鬱水四涵金翡翠，靈洲高插玉芙蓉。霜煙客路悲秋籟，風雨禪林急暮鐘。高閣佛燈冥嶺樹，前村漁火亂江楓。憑軒我欲乘仙鶴，飛上金鼇第一峰。

萬里風煙開寶殿，九秋仙客扣禪關。僧移水鏡光中影，人在蓬萊海上山。丹灶暝深棋韻碎，石臺花落鳥聲閒。三生坐久江天晚，嘹亮孤鴻度遠灣。（以上明郭棐、清陳蘭芝嶺海名勝記卷四）

（陳永正整理）

游南華寺

溪山佳寶林，初冬煦晴旭。僧房夭蟜入，佛殿稜層屬。言擕方逸士，覽勝紓清矚。遙望芙蓉峰，美人隔江曲。忽聞伯仲至，紫嶂嘶驊騄。神情洵超曠，文采何紛縟。惠我茶栗芳，舉杯引醽醁。翹然命巾舄，躡磴雲霞觸。聽泉豁幽抱，付法思玄躅。本來自空寂，妙有原具足。障言日以競，真諦誰能續。與君且留連，晚就諸天宿。

自濛瀼趨南華寺

爲愛曹溪勝，郵亭晚泊船。行隨僧錫入，坐想佛衣傳。樹色深圍寺，山腰細引泉。眺游情不厭，翻欲息塵緣。

六祖

作務初隨俗，聞經已出家。慧根超北秀，香氣指南華。法演雙林樹，傳開五葉花。埸來凝睇久，不獨戀雲霞。

靈骨千年在，禪心一物無。僧來勤灑掃，客到靜傳呼。古殿燈光續，層林塔影孤。祇緣觀自性，聞者得醍醐。（以上明郭棐、清陳蘭芝嶺海名勝記卷一一）

（陳永滔整理）

厓山弔古

山河零落海爲池，杞夏原圖一旅支。島上不歸齊壯士，天涯猶索趙孤兒。藤蘿影掛深宮夢，鸚鵡魂涵逝水悲。千載腥風忠義恨，補天端仗聖明時。（清趙允閒等重修厓山志卷七）

（陳永正整理）

贈陳沖玄文學番庠考績

熙時嘉樂育，振鐸向禺山。地接枌榆近，心隨燕雀閒。盤餐寒楚蓿，詞藻重秦關。報最三春入，鳴珂帝里還。

題羅浮春色圖[一]

勝景堪攜贈，朱明四百峰。蕙煙依砌碧，花雨落溪紅。鳥去驚飛燕，巖虛憶臥龍。梅花清入夢，飛繞五湖東。

[一] 民國張其淦東莞詩錄卷一三題作羅浮春色圖贈祝秀才。

惜花

密雨疏枝各自開，爲誰攀折鳥銜來。東風莫更吹狼藉，留取餘陰護綠苔。（以上清溫汝能粵東詩海卷三五）

銅雀妓

層臺在漳河，遥望蓬萊闕。君王相往來，靚妝待明月。月出耿夜光，輕風颺流黄。便逐浮雲起，何能夢高唐。昨日鄴城隅，遊冶者誰子。金鐶雙鳳凰，欲買朱絲履。履賣未足珍，寄言遺所親。青樓若生女，莫作漳臺人。

去婦辭

東鄰新去婦，攬鏡不成歡。豈不事婉孌，爲婦良獨難。出門莫頻顧，歸即來時路。但得新人貌如花，織錦裁成五色霞，夜長飛夢來君家。

曉窗歌

參横斗轉玉繩低，月落曙出金雞啼。銅虬咽水漏初歇，寶馬趨朝客未歸。何人獨向碧窗裏，燈火熒熒照文字。百年蹤跡混沙鷗，萬古功名看驥子。驥子權奇豐骨清，玉壺炯炯凝寒冰。黿足會應逢樂伯，霜毫猶未識秦青。雲霄萬里期高步，肯把年華鏡中度。緗編芸閣細探論，歲月不妨長閉户。夜涼秋露透窗紗，櫺外疏星映曉霞。繡帳文衾堆翡翠，譙樓畫角落梅花。此時夜氣神初定，此時稽古心猶勁。轆轤金井寂無聲，俯仰乾坤同一靜。砌草螢飛暗復明，神機不動道心凝。淵源直接千年秘，功業甯虧九仞成。君不見古周公施四事，心思直與帝王通，輾轉不忘終夜起。又不見昔衛武志勵精，九十年餘鬢已星，庭除灑掃猶夙興。聖賢相傳貴無逸，天道流行均宥密。誰云行過八磚花，誰云睡足三竿日。希賢希聖屬吾儒，立志還須與俗殊。用之結綬登玉除，夙夜匪懈熙唐虞。不用濯纓滄浪隅，孜孜爲善功益劬。安能北窗日高臥，疏散無成愧丈夫。

鼓鎮龍潭峽新漲

地蓄新行潦，天開小洞庭。吞潮微漾白，觸岸遠搖青。枕簟漁歌入，林巒客舫經。不妨孤浦沒，勝趣逼滄溟。

龍潭峽許公巖

北斗星初結，南天勢不孤。蒼藤連地覆，高樹並雲扶。躡徑雙麋引，攀巢獨鶻呼。舊遊心自戀，夢裏識精廬。

九日登黄嶺

九日賓朋笑舉杯，百年懷抱此登臺。庭皋木葉蕭蕭下，水國芙蓉冉冉開。南土近懸戎馬急，北書遥憶雁鴻來。憑高共有乘槎興，萬里風雲取次催。

君華以詩見懷用韻答之

聞道雲霄有少微，北山叢桂尚堪依。風蕭短髮吳鉤在，樹暝中流越榜飛。旅病交遊疏雁札，醉吟天地付牛衣。憐君最是連城價，白璧無媒且自歸。

鄖陽舟中

客情芳草共漫漫，漢水鄖山倚棹看。灘亂雷聲喧白晝，林蒸雨色閣餘寒。懸崖草屋編氓少，落日烽臺候戍殘。萍跡獨憐何日定，白雲長自戀漁竿。

送程漢陽還徽州

鈴閣春生漢水波，扁舟其奈五湖何。匡時幸有青雲貴，作郡甯堪白髮多。尊酒舊尋陶令菊，篋衣新製楚臣荷。浮生畢竟何時定，羨汝冥鴻出網羅。

輓葛巽川尚書

句漏丹砂久渺漫，春風黯淡黛雲殘。三朝不改羔羊節，八座還高獬豸冠。松桂山中秋共老，星辰天上晚來寒。凋零黃髮誰堪問，燕市臨流淚欲乾。

秋夜與祀山陵

寢殿清香霧不分，月移松桂翠氤氳。三秋尚食中貂使，五夜傳呼細柳軍。天作千峰橫馬鬣，雲蒸九地結龍文。詞臣想像遺弓處，鳳吹飄飄隔紫氛。

送許太史冊封益府

鳳池初掞紫泥香，使者銜書出建章。楚服山河雄上鎮，漢恩茅土半諸王。星軺曉過丹霞洞，蓮炬宵違白玉堂。自是鑾坡需燕對，未誇詞賦重游梁。

送中翰梁雲岳奉使金陵

薊門樽酒藉芳皋，把袂休驚客思勞。綠鬢主恩鵷鷺羽，青春使節鳳凰毛。花臺柳樹侵城闕，瓜步江聲入海濤。知汝星軺吟眺後，獨看池草夢仙曹。

過烏蠻伏波廟

中興諸將應星辰，勳業元堪繪老臣。一以青宮歸窈窕，遂令黄閣罷麒麟。茅分嶺外關河定，米聚楹前洞壑真。不爲輕身餐薏苡，何能矍鑠任風塵。

夔門懷古

孤城日落暮猿哀，歷磴疑從北斗來。灩澦水深江岸斷，高唐雲盡峽門開。偏雄未數公孫業，百戰猶憐蜀相才。更欲攜詩問花鳥，西瀼煙樹半荒苔。

九日山居

萬事驚心兩鬢非，先秋人與雁南歸。閒看草際鋤黄獨，靜倚松陰住翠微。身老玉關愁擊柝，時危金殿望垂衣。更堪潦倒逢佳節，樽酒籬花賞暫違。

王昭君二首

馬首琵琶彊自隨，嬌歌還自淚雙垂。霜風若颯蛾眉淚，塞上和戎更覓誰。

當年僥倖白登圍，氊帳深愁美女歸。此日閼氏誰解妬，爲傳公主下鸞幃。（以上民國張其淦東莞詩錄卷一三）

（鍾東整理）

將入漕溪使者來迓謝張明府

寶刹參差出紫氛，四天鐘磬隔溪聞。憐君幸借東山屐，鎮日捫蘿憩法雲。

晚眺

溪水粼粼觸石磯，溪雲晴拂萬山飛。遥看宿鳥鳴高樹，知有孤僧下翠微。（以上清道光曹溪通志卷七）

（李永新整理）

黎邦琰

黎邦琰，一作邦炎。字君華，號岱輿。從化人。民表長子。明世宗嘉靖四十年（一五六一）舉人，明穆宗隆慶五年（一五七一）進士。官臨川知縣，歷仕江西右參政。明神宗萬曆十六年（一五八八）致仕歸。有旅中稿、南秀堂稿。清道光廣東通志卷二八〇、清雍正從化縣新志卷三有傳。

五仙觀

香火千年地，彫臺尚儼然。輕陰遙度竹，疏雨細鳴泉。馭鶴朝群帝，騎羊憶五仙。步虛聲寂靜，還得話真詮。

登朝漢臺[一]

漠漠荒臺輦道平，居人猶指舊時名。并吞百粤迷秦壘，箕踞三關阻漢兵。遲日乍摇芳杜色，殘霞初散鷓鴣聲。凄凉霸業空黄土，不博千金陸賈行。（明郭棐、清陳蘭芝嶺海名勝記卷一）

［一］明陳恭尹番禺黎氏詩彙選題作『越王臺』。

小金山送黎秘書還朝

絕壑疑無地，捫蘿忽扣關。禪心無寂寞，流水共潺湲。日氣銜山紫，花枝泣露斑。危橋齊木末，時見老僧還。

高臺聊賦別，諸子更相從。水落潮痕出，雲開樹影重。漁歌回曲浦，僧磬度雙峰。慣識江湖意，無論去住蹤。

小金山

十載驅馳念遠遊，掛帆一日過靈洲。蕭蕭煙樹青山暮，逐逐梟鷗碧岸秋。傲世功名憐彩筆，逢人意氣動吳鉤。振衣獨上高臺望，海色天風散客愁。（以上明郭棐、清陳蘭芝嶺海名勝記卷四）

飛來寺

何年梵刹開中宿，石磴躋攀紫翠重。檻外江光迴絶壁，尊前雲氣薄長松。放歌衹合招黄鵠，説法應知聽毒龍。汗漫欲攜藜杖去，況從仙侶躡幽蹤。（明郭棐、清陳蘭芝嶺海名勝記卷八）

（陳永滔整理）

越王臺

谷口鳴鐘午，招尋興倍殷。逕荒餘竹色，碑暗落苔紋。花隱龍池樹，人歸鳥道雲。且移溪上席，小酌把蘭熏。

區海目宫諭過訪留夜酌

夜合花開欲雨天，淹留相對一燈前。卻憐鈴柝孤城静，不道雲霞曲逕偏。把酒正逢徐孺榻，論心還寄來生船。十年燕市空裘馬，回首風塵已惘然。（以上明陳恭尹番禺黎氏詩彙選）

（鍾東整理）

訪歐楨伯道館

白首尚爲郎，相看氣益揚。文誰同大雅，酒或似東方。紫闕星辰近，青箱日月長。避喧君自得，不是學空王。

碧雲寺

肅事祠陵寢，聯鑣過雁堂。侵階知檜臘，酌水識泉香。寶葉澄秋霽，曇花散夕陽。坐觀魚躍處，還似在濠梁。

路轉丹梯遠，蒼茫聽午鐘。蓮花隨地涌，寶樹自雲封。日映毫光現，煙深塔影重。誰知人境内，亦有竺乾峰。

同署中諸丈赴張成二年丈崔園之招

路轉千門紫陌偏，一時佳麗在平泉。握蘭并集雲霄侶，調雪還開玳瑁筵。庭際疏花燃細雨，苑邊高柳出鳴蟬。清游不盡追歡興，回首層城起暮煙。

秋夜同歐廷評丈方武選年兄梁祠部舅氏過得金舍人宅得雲字

鳴玉嚴趨下五雲，舍人元是鳳毛群。開尊竹底鐘聲過，握管窗前木葉聞。天入九關迴暝色，涼生三徑散清芬。可憐叔夜空凡骨，抱犢虛談石室文。

郭金吾草橋別墅得衣字

十里川原接帝畿，疏林曲徑入秋暉。乍從花外尋源去，忽向橋邊泛渚歸。雨過竹光搖翠羽，霜清蓮粉褪紅衣。開尊便道江湖興，白馬相隨未肯飛。

移居張元易朱汝修過集得花字

天涯何處不爲家，漸見東風換物華。開徑卻慚非蔣詡，談經真喜得侯芭。雲移雙闕來新月，雪霽千門集暝鴉。容易他鄉成酩酊，燈前猶自問梅花。

陪祀茂陵泰陵

江山表裏自稱雄，春入園陵慘淡中。雲斷蒼梧攀翠竹，天迴碣石掩金宮。械滕國史勛華錄，祭奠工歌社稷功。率土誰能忘帝力，不堪松柏起悲風。

昭陵

松楸鬱鬱鎖崔嵬，寂寞春山帳殿開。鑾輅恍從霄漢下，龍宮深注夜濤迴。虛疑銀海群凫浴，無復瑤池八駿來。六載垂衣歌聖澤，攀髯何限鼎湖哀。

大閲次歐廷評丈韻

鞅軩初傳吉日篇，雨師先爲肅氛煙。陳鉦曉出長安道，表貉春臨大漠田。上巳鶯花深駐輦，中堅虎旅細鳴鞭。皇風穆穆乾靈暢，磐石今看鞏萬年。

夾道戈旗耀日開，蒐兵振旅自天裁。翠華乍轉歡聲合，黄鉞初揮凱奏來。虎踞九關雄雪磧，龍驤千騎集雲臺。從知廟略歸神武，獨愧長楊羽獵才。

梁園同諸友餞別歐楨伯得知字

花發梁園載酒隨，交情惟有鮑君知。故人獨佩蒼精劍，戀闕猶瞻赤羽旗。臺上白雲論往事，天涯芳草問前期。陪京亦是登臨地，華省從容一賦詩。

七夕同歐嵛山廷評袁平洲光祿金我玄舍人朱仲修集梁舅氏祠部宅得陵字

高齋猶復苦炎蒸，揮麈詞人集五陵。秋色暗零金掌露，月華清湛玉壺冰。浪傳織女河邊渡，誰問仙槎海上乘。取醉不知更漏永，松門歸對一窗燈。（以上清溫汝能粤東詩海卷三五）

（鍾東整理）

鍾昌

鍾昌，字繼文。東莞人。明穆宗隆慶五年（一五七一）進士。初授廣西陽朔知縣，神宗萬曆三年（一五七五）陞戶部主事，轉員外郎，擢郎中。出任常德知府。服父喪歸，起補彰德知府，歷官福建鹽運使、山東右參政、雲南按察使，累官布政使。以病乞休，加太僕卿，致仕。年七十卒。有碧松館集。清道光廣東通志卷二八一有傳。

寄懷王鳴岡

握手寒煙闊別餘，一尊誰爲散離居。近來石室春風暖，遠去茶山化日舒。作客愁邊芳草綠，懷人江上暮雲虛。知君未即鱣堂去，喜得青標照草廬。

再疊前韻

鼇臺握別一年餘，蓬室蕭疏幾索居。落日千家戎馬急，孤城萬里陣雲舒。催人短鬢時時白，入望長江滚滚虛。矯首未能同笑語，青燈仍得近高廬。

登王梧山先達御書樓

翬薄長鼇落碧空，古梧蒼翠畫圖中。紫泥挹露迎春日，彩奐連雲卷暮峯。一代勳名應不朽，九天瞻戴共無窮。構堂久植槐陰遠，回首箕裘日益工。

寄王小池

二月雲煙傍翠岑，百年懷抱故人心。天涯雨色愁羊角，春日風光憶鳳林。孤館夜寒燈寂寂，小池花好樹森森。相逢咫尺人如許，時對音書淚不禁。（以上東莞鼇臺王氏族譜卷六）

（呂永光整理）

風洞山

風洞千巖色，天涯幾客過。雨餘禪榻静，雲起暮山多。世事隨杯酒，閒情寄薜蘿。相逢能一醉，萬事竟如何。

蘭亭雨霽

遙夜收殘雨，寒江散霧霞。濤聲依樹急，月色近山斜。草澤春迷徑，蘭亭晚繫槎。天涯歸未得，把酒對晴沙。

寄雲仙宗室

幽棲吾欲問，大雅爾能任。彩筆青雲滿，朱門白雪深。煙霞叢桂色，風月古松心。握别春城晚，相思寄浩吟。

望南斗山

城頭山獨占，雲際斗高懸。丹壑外無地，翠微中有天。河流千古水，樹繞萬家煙。不盡尋山興，清秋有暮蟬。

秋日營堡登眺

楚天南望鬱關河，歲杪乾坤事若何。海内烽煙朝羽急，樹中秋色夕陽多。孤城萬里愁飛檄，諸將何年議解戈。野水殘山俱拓落，登臨寒壘動悲歌。

淮安望煬帝行宮

江淮一望意悠然，水繞隋宮落雁前。寶應野雲生古渡，廣陵寒樹接荒煙。寢園碧草餘春在，輦道飛花返照懸。回首帝城歌舞地，垂楊空拂釣魚船。

九日登東樓

秋城佳節共登臺，樓閣蕭森萬壑哀。野岸帆檣天際迴，夕陽煙樹楚江來。憑高不落青山帽，覽勝遙憐紫菊杯。笑倚天涯歲已暮[一]，陸沈人事不須催。（以上民國張其淦東莞詩錄卷三五）

［一］已，清溫汝能粵東詩海卷三五作「易」。

（鍾東整理）

方肯堂

方肯堂，字子昇。番禺人。明世宗嘉靖十九年（一五四〇）舉人，明穆宗隆慶五年（一五七一）進士。授湖廣慈利令，調江西廬陵，遷應天府丞，歷吏部正郎，出爲楚王傅，尋以病乞休歸。清道光廣東通志卷二八〇有傳。

遊小金山

竹房僧幾換，花徑客重尋。劍拂天河近，杯浮水殿深。滄溟看鶴度，風雨聽龍吟。吾道煙波外，臨流一照心。

登小金山和東坡韻

金山石碣今傳古，綠水青峰去復來。千載清流流不盡，江風松月自高臺。（以上明郭棐、清陳蘭芝嶺海名勝記卷四）

（陳永滔整理）

雲臺庵

雲開遠見雲臺路，樓閣天邊恰峙雄。石拱金壇疑伏虎，澗翻銀漢有吟龍。雲間寒殿依僧定，風度疏

松散午鐘。不盡禪房終夜夢，披衣又覺月華東。（清同治韶州府志卷二六）

（楊權整理）

何大勳

何大勳，字幼鄰，號守庵。香山（今中山）人。明穆宗隆慶六年（一五六八）貢生。官江西湖口知縣。事見清光緒廣州府志卷五二。

送龍門宗人殿鳳山始祖墓還里

夾岸垂楊拂曙鶯，臨風江上最關情。荊花萬樹迎暄發，春草盈堂入夜生。派引龍門繁奕葉，本從鳳麓茂宗盟。相攜欲紐重相約，閒逐汀洲采杜蘅。（清何天衢欖溪何氏詩徵卷一）

（陳永正整理）

林器之

林器之，惠來人。明穆宗隆慶六年（一五七二）貢生。事見清雍正惠來縣志卷六。

郭總戎凱歌

粵嶠狼煙接海城，壯猷方叔事專征。握奇陣破黃巾賊，積座星隨細柳營。
旌旗曉拂瘴煙收，羽檄星馳紫氣浮。叢莽于今無狡兔，桃林依舊有耕牛。
推轂新兼秉鉞恩，鑾方重闢一乾坤。再令青海無傳箭，優詔親留鎖北門。
偃旗爲雨鼓爲風，灑掃氛塵淨域中。不是清新舊開府，那消兵甲事春農。
雄光寶劍倚崆峒，先斬鯨鯢渤海東。正喜分茅嘉異數，應知畝獵舊非熊。（清雍正惠來縣志卷一八）

（鍾東整理）

余繼先

余繼先，萬州人。明穆宗隆慶時人。任太湖縣丞。清道光萬州志卷一〇有傳。

歸里上東山

曲磴荒苔冷舊遊，空餘猿鶴故山秋。老僧相見還青眼，倦客歸來已白頭。浪笑生涯皆墮甑，放懷天地總虛舟。不堪轉憶浮生事，雲自悠悠水自流。（清道光瓊州府志卷四一）

望五指山

仙掌森森斷復連，千年劈破海中天。朝來似浣沈香水，暮後如揮煮茗煙。日月往還丸兩弄，雲霞橫抹筆孤懸。欲將左手同君握，指點羌胡出太原。

詠趙

自是宗臣第一人，偏安那可誦中興。龍鬚淚灑知何處，現有忠魂繞海濱。

詠曲

四將威名首數張，忍將萬里謫忠良。風門嶺上孤猿叫，每到秋來憶伏羌。

詠白

晚霞詩識六宫輧，嘗侍胡天亦可憐。伴得母儀還少主，觸邪數語又南遷。

詠楊

和議誰因責李光，先攻同黨見剛腸。爲問黄巖花幾種，何如白石淚千行。

詠于

馬踏旗梟主將雄，參謀帷幄贊精忠。岳王墳上西湖月，照見英靈泣冷風。（以上清道光萬州志卷八）

（陳永正整理）

何大勳

何大勳，後改大績，字嘉俟，號太游。官至北京光祿寺署丞。事見清光緒廣州府志卷五二、清何天衢欖溪何氏詩徵卷一。

送龍門宗人殿鳳山始祖墓還里

鳳嶺三台照，龍門接太微。登高紅日近，望遠紫雲飛。異地淵源合，同根棣萼輝。送君暫歸去，時享莫相違。（清何天衢欖溪何氏詩徵卷一）

（陳永正整理）

鄧如昌

鄧如昌，乳源人。明穆宗隆慶貢生。官詔安令。事見康熙乳源縣志卷五。

洲頭夕照

躡屐登高縱遠眸，洲南景色晚悠悠。漁翁醉入蘆花島，樵子聲喧古渡頭。繞檻烟霞千里共，空江風月一囊收。羨魚不禁臨淵嘆，冉冉韶光早下鈎。

九仙招鶴

樓對仙山九子峰，峰頭仙鶴舞東風。羽衣獨去餐瑤草，素翮飛來傍主公。古洞雲浮相掩映，丹臺花發共葱蘢。推床矚望空塵世，鶴背飄飄路可通。（以上黄志輝、龍思謀編粤北歷代名人詩選）

（史洪權整理）

蔡魁

蔡魁，高要人。明穆宗隆慶間貢生，明神宗萬曆十年（一五八二）任新寧縣訓導。事見清道光廣東通志卷二三、清道光肇慶府志卷一四、清光緒新寧縣志卷三。

遊天慶觀

年來一度一登臺，撫景蕭然百感來。駒隙每從忙裏過，巖花偏向雨中開。碑鐫沒處嗟遺迹，郊壘紛然惜異才。蔓草婆娑遍原隰，狂夫徒向杞人哀。（清同治連州志卷一）

（史洪權整理）

葉明楷

葉明楷，仁化人。曾任遂溪縣訓導，明神宗萬曆十年（一五八二）任陽山縣教諭。事見清阮元修道光刊廣東通志卷二三、卷二八。

雙髻朝陽

山形如髻翠相連，扳出層巒上接天。初日漸分幽谷晚，雙峯先見火輪懸。才當平旦雲鬟現，已勝羣陰景色鮮。試問山靈誰得似，英皇並侍袗衣前。（清萬光謙纂修乾隆十二年刊陽山縣志卷一六）

（呂永光整理）

李相

李相，字文卿，一字石溪。當爲明穆宗隆慶間貢生，授天河訓導。致仕歸，卒贈吏部郎中。事見民國樂昌縣志卷一六。

遊泐溪巖

緩步入巖扉，晨光露欲晞。訪僧空古鉢，遺篋有西衣。黃鶴依松舞，白雲遶杖飛。數聲何處笛，知

是牧童歸。（民國樂昌縣志卷二〇）

（楊權整理）

蘇亦堪

蘇亦堪，字擬洵，號繼獲。東莞人。季達子。明穆宗隆慶間諸生。民國張其淦東莞詩錄卷一四有傳。

從父宦遊歸遊羅浮夢中得句

怪石嶙嶙山路仄，衝寒趨看羅浮花。東家西家樹疏密，半枝數枝玉橫斜。鐵橋古洞雪初霽，老僧開門邀啜茶。

過武山覽余襄公候潮處

萬派朝宗水直催，襄公曾此候潮來。乘風勢湧翻鰲呿，映日光涵漾蚌胎。二氣吹噓窮眺眄，四賢勳業極崔嵬。臨流慨想遺徽在，龍穴風生雪浪開。（以上民國張其淦東莞詩錄卷一四）

（鍾東整理）

何思孟

何思孟，字于鄒，號東陽。香山（今中山）人。明穆宗隆慶年間諸生。事見清何天衢欖溪何氏詩徵卷一。

送龍門宗人殿鳳山始祖墓還里

柳陌薰風蚤，笙歌滿畫堂。花明春肅祀，雲集雁成行。山擁龍門壯，潮生鳳嶺長。莫須悲去住，咫尺是江鄉。（清何天衢欖溪何氏詩徵卷一）

（陳永正整理）

何大勷

何大勷，字贊侯，號日庵。香山（今中山）人。明穆宗隆慶年間諸生。事見清何天衢欖溪何氏詩徵卷一。

送龍門宗人殿鳳山始祖墓還里

漠漠微雲卵色天，驪歌聲上木蘭船。風迴別野花全動，月照新荷葉正圓。萬疊洪濤龍嶼外，千章古木鳳山前。冠裳梓里相輝映，恰似韋家子姓賢。（清何天衢欖溪何氏詩徵卷一）

（陳永正整理）

陳嵩

陳嵩，字濬源。東莞人。明穆宗隆慶間布衣。民國張其淦東莞詩錄卷一四有傳。

中秋後一日偕頂笠僧遊蒲澗

飛泉百尺醉琮琤，二十四澗澗澗鳴。澗邊流出蒲花馨，塵纓未濯心先清。石欹路滑足凌兢，鐵柱杖點鏗有聲。過橋野色紛青縈，兩崖路絕半畝平。斷碑横路苔斑青，碧虚舊觀空留名。摩挲老眼看碑銘，十字剝落一字明。長風十里吹松笙，白雲黄鶴相送迎。依稀遠揖安期生，羽衣翛翛虚步輕。回頭顧問同遊僧，向來亦見此客曾。十問十笑十不應，飀飀頂笠影髣髴。别我向山我向城，欲駐不駐行未行。憑語空山老惠能，千年重訪遼東丁。

遊小金山

老去慚韓子，閒來問大顛。三山如此果，四大是何禪。錐卓猶餘地，壺懸更别天。夜航隨主駐，春棹費流連。

酒入長庚聖，茶參陸羽顛。暫抛兒女事，來訪祖師禪。舒卷皆由我，行藏不問天。直鉤隨處下，應擬六鼇連。

我更如僧冷，僧無似我顛。塵空鏡臺偈，機落箭鋒禪。果入真如境，虛聞小有天。從今來往熟，幽夢幾牽連。

酒興渾無賴，詩魔并作顛。搭船來問寺，借榻學棲禪。照影雙纓水，搔頭一笠天。重來難準擬，欲去更流連。（以上民國張其淦東莞詩錄卷一四）

（鍾東整理）

何誕

何誕，字麗湛，號海野。香山（今中山）人。明穆宗隆慶年間布衣。事見清何天衢欖溪何氏詩徵卷二。

送龍門宗人殿鳳山始祖墓還里

桱堤風軟燕飛忙，千里駒來族並光。龍渚遠攜雲液至，鳳巖重薦紫霞芳。名家聲價俱天屬，欖岸溪椿亦故鄉。聚首忽驚分袂速，幾回惆悵訝歸檣。（清何天衢欖溪何氏詩徵卷一）

（陳永正整理）

何文繪

何文繪，字朝袞，號前川。香山（今中山）人。明穆宗隆慶年間布衣。事見清山何天衢欖溪何氏詩徵卷一。

送龍門宗人殿鳳山始祖墓還里

衣冠禮拜出名家，嶺海重開寶樹花。聚會獨逢清夜月，淹留卻憶舊時華。銀河遠帶龍潭水，霄漢光浮鳳嶺霞。回首故鄉思雨露，年年三月泛仙槎。（清何天衢欖溪何氏詩徵卷一）

（陳永正整理）

何維進

何維進，字成登，號接蘭。香山（今中山）人。明穆宗隆慶年間布衣。事見清何天衢欖溪何氏詩徵卷一。

送龍門宗人殿鳳山始祖墓還里

花萼樓前各盡歡，廬江千載共淵源。堂堂共舉明禋薦，濟濟人稱禮義門。龍里遠廻搖錦旆，鳳山遥送罄衣冠。津亭此別應惆悵，目極雲霄入去船。（清何天衢欖溪何氏詩徵卷一）

（陳永正整理）

吳從周

吳從周，字思憲。潮陽人。仕訓父。明隆慶、萬曆間人。事見清光緒潮陽縣志卷一七。

望仙橋

聞道羅浮有鐵橋，遊人一度俗塵銷。天津仙老今何在，玉杵瓊妃事已遙。黃鶴白雲尋舊侶，落花流水憶前朝。銀河會接橋中水，願借浮槎泛九霄。（清康熙潮州府志卷一六）

（呂永光、張玲整理）

全粵詩卷四一一

李英

李英（一五四四—一六〇九？），字少芝。順德人。少因家貧無以自資，乃以青衣給事歐大任。英天資俊穎，善詩能文，尤工五七言近體。始藉席上賦明月一詠，傾倒歐公衆詩友，時有『青衣詩人』之譽。歐大任愛其清才，視若己出，置之左右，執御宦游二十餘載。而英之詩名隨之日興，向所吟詠膾炙都人士口，一時豪賢無不重其詩。及歐大任喪逝，英乃歸憩桑梓，隱居龍津，結壚賣酒，交游一時之彥，有臨邛之風。有詩集餐霞、歷游、當壚等。清咸豐順德縣志卷二四有傳。

李英詩，以明穆宗隆慶、明神宗萬曆間刊清印本歐大任歐虞部集·李英集爲底本，參校北京圖書館古籍珍本叢刊本。

李英一

初去故園留别諸友

風煙一以别，把酒戀同遊。人去江樓晚，帆飛海國秋。青山馳遠夢，黄菊動離愁。曾是滄洲客，能無念白鷗。

曉發五羊驛

舟發五羊城，西風無限情。海雲開曙色，江雁渡潮聲。目極秦山遠，天低楚樹平。柁樓回首處，萬里是王程。

臨江趨陸過瑞州馬上晴望

舍舟蕭水驛程催，遙望西筠霽色開。一片鄉心幾行淚，楚天無數雁飛來。

過廬山宿東林寺

投策前朝寺，空門積雪多。猿聲千澗落，雁字五峯過。白社誰同醉，青山只自歌。遠師能愛客，禪講夜如何。

登汝南城樓

漢江東去渺煙波，鵝鴨城邊思若何。萬里崧高不堪望，西來山色白雲多。

初至燕京宿報國寺英上人禪房

馳騁萬里至燕關，下馬投居野寺間。上界清都連北闕，中天禪院近西山。乍聽齋磬逢僧話，暗數郵程損客顔。此夜思鄉人更遠，天涯何處問刀環。

登樓懷友

故人何事各西東，萬里登高恨不同。絕嶂浮雲連碣石，諸天佳氣滿華嵩。長城驛路遥看處，故國音書悵望中。獨有歸心南海去，不堪斜日送征鴻。

十月京師紀事

蕭關風急馬頻嘶，四塞河山動鼓鼙。獨立高臺望烽火，胡笳多在薊門西。

送陳子南還

故人天上别，相送出雲間。海樹藏官舍，江帆過楚山。遠程隨雁去，生計伴鷗閒。若到家庭日，封書願早還。

寒夜懷羅岐

客舍清寒處，悠悠動所思。故人經歲别，尺牘隔年期。杯酒誰同醉，梅花獨賦詩。寥天鴻雁盡，霜月夜眠遲。

夜過張氏諸子館

天涯同作客，良晤每難期。星聚逢今夕，風流自一時。禁煙籠樹密，海月到窗遲。對酒吟芳景，還憐碧柳絲。

長安早秋

清宵玉露下金溝，草色淒淒倦倚樓。鳷鵲雲中雙闕曉，芙蓉天外萬山秋。文園獨抱經年病，杜曲誰憐遠客愁。此際不堪勞極目，大江南北路悠悠。

都下逢王宰三黃廷翰

憶昔盱江話別時，天涯此會更何期。夢歸滄海青萍在，書寄關河白雁遲。萬里浮雲聊獨望，三秋明月正相思。燕歌喜得歡今夕，搖筆還堪一賦詩。

王黃二子將有行期過訪客舍

風塵倦客不勝悲，把袂三秋問去期。枕上不堪千里夢，尊前又賦四愁詩。西風雁過華陽館，北極霜飄太液池。金谷黃花還共賞，天涯誰許便分離。

中秋周氏園中沈氏諸子登臺翫月因話西湖風景有作

清光搖動暮雲收，竹下幽期此復留。濁酒共看燕市月，新詩曾記洞庭秋。江鄉只有餐霞興，世路空慚把劍遊。回首錢塘心獨遠，卻令飛夢到滄洲。

歲暮旅懷

天涯留滯歲將除，短髮蕭條嘆客居。楓葉共飛遊子夢，梅花不見故人書。雲浮關樹千山盡，夕照江烽萬里餘。回首旗亭心更遠，每看征馬一躊躇。

雪後過訪林氏諸子因留飲

歲晏憐羈旅，尋君過竹林。梅花殘雪夜，杯酒故人心。雅暝迷宮樹，雲愁斷塞砧。相看能一醉，誰復問黄金。

乙丑元日闕門瞻望

宫殿雪初消，祥光滿聖朝。千官鴛鷺集，百樂鳳皇調。曉鵲棲珠樹，冰花散玉橋。中天回首處，御輦駕雲霄。

送鄉友南還

翩翩旌旆去如飛，獨立河梁對落暉。皂帽不堪爲客久，青門頻送故人歸。看雲經歲鄉書絶，臨水傷春樂事稀。燕粤迢迢萬餘里，塞鴻聽盡思依依。

楊柳霏霏鎖緑陰，薊城春盡落花深。琴尊羡爾能雲臥，書劍憐予尚陸沉。萬里河山遊子夢，中原涕淚故人心。別來握手知應早，預想秋期在竹林。

答黄悅可見寄

故人久別益淒其，誰遣瑶華慰所思。丹鳳城頭不堪望，五陵春早滯歸期。

夏日集毛山人館

消渴憐羈旅，相逢意若何。交情唯筆札，歸計在煙波。桂玉慚書劍，衣裳憶芰荷。非才猶自愧，難報郢人歌。

送馬邦立南還

一片鄉心對落暉，風塵去住兩相違。自憐燕市長爲客，又向河梁送爾歸。

贈管生

天涯誰骨肉，歲月爾相親。執手仍談藝，交情不厭貧。倦遊三輔日，長醉五陵春。更擬滄洲隱，持竿共釣鱗。

送畢國美之吉州

章江秋色早，君去意如何。二水青螺出，千山紫氣多。登樓窺竹月，把酒聽漁歌。遠客題書尺，還能念薜蘿。

秋夜同葉文信步月過劉汝賢高齋因望西山作

秋風吹白露，寒色滿皇都。海樹浮雲盡，江天明月孤。疏砧連北塞，羣雁過西湖。愛此瀟涼夜，黄金一醉無。

中秋夜同陳張二子集蒙子館中翫月

西山落葉滿長安，把袂蕭條一倚闌。霄漢月明雙闕迥，胡天風急九關寒。望中邊塞煙塵淨，笛裏梅花道路難。此夕尊前君且醉，明年秋色共誰看。

同李時芳遊大慧寺

幽期出郭不辭勞，野寺雲邊共爾曹。白日西飛秦樹杳，清秋南望楚天高。書遙故國愁烽火，客久中原有佩刀。莫動鄉心且沈醉，風流誰道五陵豪。

秋夜

秋風一夜度江干，月滿西樓十二闌。金馬門前霜氣早，白狼城北角聲殘。蓴鱸偏引江鄉夢，裘帽翻憐客舍寒。萬里家山雲樹裏，鴻書誰復念長安。

秋思

曾是滄洲舊釣徒，西風落魄寄江都。望中故國千山阻，别後經年一字無。庾嶺煙霞秋思遠，楚天風雨暮帆孤。誰憐飄泊他鄉客，不爲江蓴滯五湖。

九日旅懷寄舍弟

蕪城搖落雁南飛，陶令花開客未歸。荊樹堂前離别久，芙蓉溪上信音稀。鄉關迢遞風煙異，衣食驅馳生事非。終日此心思問寢，相將負米向庭闈。（以上李英集·李英詩）

全粵詩卷四一二

李英二

丁未元旦

人世生如寄，遨遊孰有神。少從天下士，幾醉洛陽春。大壑今爲隱，青霞適養真。朝元開鳳曆，何以報楓宸。

人日遇鄭宗先晚酌賦别

桂林幽隱處，十里過龍津。首聚星爲客，萍逢日是人。行雲流水渺，疏柳淡煙新。别去情難盡，蒼茫兩地春。

訪蘇茂才文初

才華蘇仲子，一見慰生平。雅洽尊常滿，絃揮調轉清。蓮花方結社，白雪幾同聲。念我貧猶老，懸懸萬古情。

社日

燕自南來鴻北飛，田家社飲醉扶歸。月明水閣橫吹笛，風送梅花入翠微。

酬陳于見

嶺海傳經客，酬余招隱篇。側冠初識面，倒屣一談玄。寓目春山外，探幽水竹邊。絲桐爲君奏，明月滿江天。

花朝

深徑孩童鬬草忙，老人閒坐小茅堂。花紅柳綠芬芳處，蝶舞蜂狂過粉牆[一]。

［一］蝶，原爲『蜂』，據意改。

訪何隱君其睿

小阮高蹤幸識荊，龍吟劍合敘幽情。春分海燕從南至，日暖江鴻盡北征。傲倪青山堪作賦，相依白社好齊盟。尊前意氣求千古，雞黍交期念李生。

春江曲

持竿垂釣，頂笠披簑。蘭舟桂櫂，滄海煙波。得魚沽酒，邀月謳歌。蘆林深處，食宿婆娑。

上巳日陪歐黄蘇李諸社長集海西臺同賦西字韻

上巳追遊賞，登臺望海西。粤山鍾秀氣，才子集雲霓。修褉懷終古，風光即會稽。不禁飛興劇，回首夕陽低。

臺上即事

春深花卉鬬芳菲，日暖煙濃鎖翠微。結伴流鶯鳴岸柳，逐羣遊俠試羅衣。沽來美酒尊同倒，佩負蒼龍劍欲飛。萬里東風潮水漲，滄浪遍浸釣魚磯。

寒食訪潘茂才子科昆季書館夜坐同賦家字韻

寒食楊花似雪花，分題賡詠惠連家。呼童好鑿匡山石，新火敲烹雨後茶。

對雨

風雨蕭蕭江水寒，釣魚不餌懶持竿。朱紘古調焚香奏，滄海丹霞着興餐。臺榭經春多秀氣，人情處世若波瀾。光陰迅速難爲論，天地山河快一觀。

春日旅寓霍成章羊城酒館馬春元諸君見過小酌因題壚頭謾賦二首

醉鄉深處柳如煙，花落花開春可憐。祇爲風騷躭市隱，相逢都是酒中仙。

飛來黄鶴舞翩躚，瀟灑罏頭酒似泉。憶我太公爲飲者，謫仙風雅至今傳。

對妓

百歲光陰不久看，人生幾度十分歡。琵琶一曲顔如玉，月下花前勸酒乾。

生日

虚度六十五春，曾遊燕趙咸秦。所觀後史前史，偏憶今人古人。

泛舟

滄洲浮小艇，獨載我之身。頭白心何老，囊空道未貧。漁歌隨日唱，鷗好逐時親。不爲文王幸，披裘把釣綸。

訪黄隱君元襄兄弟新居值雨晚宿

對雨論心夜，聯牀荊樹堂。躭玄投大隱，取醉即高陽。俠士顔如玉，狂夫鬢似霜。不妨同信宿，蝶夢五更長。

訪李茂才瑞玉兄弟二首

日出扶桑四望寬，提筐跣足躡雲端。山中采藥歸當午，又踏芒鞋訪二難。

瓦窰橋下一茅堂，函有驪珠照乘光。閉戶讀書無俗慮，蓬蒿三尺坐清涼。

暮春遇盧達章諸君

武陵春暮，返照西臺。風搖蒼翠，花落深堆。羣儕取會，擊筑傳杯。玄交道合，不厭蒿萊。

訪黃茂才伯守留飲偕乃兄弟同賦體得三五七言

白鶴身，白綸巾。偶訪雲霄客，偏憐草莽人。西池聚首情何洽，北海芳尊醉是真。

李山人裕偉遊金陵初歸趨訪留飲

浮江一葦秣陵歸，萬里輕裝似陸機。下榻龍池開舊社，趨庭萊綵拜慈闈。朱絃奏調知音少，白雪揮毫和者稀。握手談交頻進酒，沈酣猶自愧青衣。

訪陳山人性偉二首

三山山下碧江橫，杖策丘□覓友生。草榻芳尊歡聚首，浮雲疏雨不勝情。

沙堤楊柳綠陰涼，傾蓋華堂盡幾觴。潮漲浮槎歸路渺，滿天離思度滄浪。

留別周氏諸君子

津亭折贈柳條新，挂席東風度海濱。別後滄波遙引望，雙魚須寄鶴樓人。

黄上舍伯輿將遊太學枉過小集偕乃兄弟同賦林字韻

盟諸無論抵萬金，楊花似雪□同吟。百年會合依蓮社，一代風流在竹林。白鹿聯翩霞作佩，青萍共舞酒頻斟。知君欲奏甘泉賦，雲漢遥馳魏闕心。

夏日園亭獨坐

簾捲窗開夏日晴，薜蘿深徑海雲平。七絃奏罷知音少，燕語鶯啼似友聲。

晝臥

婆娑小洞一漁翁，竹院莓苔謝客封。臥對三山並五嶽，依然顧愷畫圖中。

吴茂才彦家生日召飲偕談何胡諸君雅集北園詩社

清溪流水繞城邊，夾岸垂楊繫客船。初度喜逢河朔飲，高歌都是竹林賢。交期雞黍輕千里，玄契煙霄重百年。盛世羣才誇獻賦，青春綵筆奏甘泉。

初秋訪黎繼騰書館得天字

西林有勝緣，行樂荷蒼天。社會憐今日，霞棲愧老年。芳尊余自醉，白雪爾名傳。況值新秋候，高齋益爽然。

方隱君紹一招遊芙蓉别業喜食菠羅蜜偕何李諸君同賦玄字韻

高人修社會，洞壑有良緣。盆薦瓜如蜜，尊開酒似泉。披襟仍索句，揮麈謾談玄。返照尋歸路，滄潮一泛船。

七夕立秋曾良明見過

聖水烹山茗，玄談啓石亭。井梧飄一葉，橋鵲度雙星。骨立肝心赤，衣披爾我青。節期歡聚首，絲管夜同聽。

聞方長公入粤因承存念賦此寄懷

辭禄榮歸老大夫，閒居不但鏡爲湖。問津乍别東山隱，入粤非貪合浦珠。眼底滄波飄逆旅，匣中寶劍是昆吾。江關紫氣勞瞻望，獨倚闌干海月孤。

早秋柬趙山人幼雲兄弟

四面山光思有餘，芙蓉江上世情疏。坐揮絃韻驚林鳥，行把綸竿釣海魚。散帙每看高士傳，朱門肯曳野人裾。仙蹤鶴駕徒勞夢，一夜西風吹草廬。

壽歐季公

詩仙放逸嘯青鸞，伯季同登赤幟壇。如此身穿荷葉服，不妨頭戴竹皮冠。餐霞别業長爲主，繡佛幽齋祇佩蘭。鶴髮蕭然偏樂道，家徒四壁有琅玕。

夢中遊天台作

裹藥囊琴度嶺來，乍辭滄海訪天台。雲連邛杖能扶我，石引名山豈用媒。古洞酒禪初下榻，玉壺仙女共登臺。遊魂彷漾茫茫起，月浸桃花一櫂迴。

送顧別駕暫還姑蘇

佐郡承欽命，炎荒有政聲。祇因驚歲序，難阻憶鱸情。地僻遊偏倦，官清裝自輕。東山須早出，國計借長城。

中秋翫月扁舟小集

叢桂花當發，良宵月正圓。旋沽村店酒，勝賞木蘭船。老志爲漁長，鷗羣以我先。秋江頻下釣，盟好總忘年。

用韻酬趙山人君寵

水石橋邊隱逸人，四時頭戴白綸巾。修成竹徑方爲社，尋得桃源豈避秦。爾伴青霞偏愛僻，我羣黃鶴幸相親。由來粵海多靈異，老蚌遺珠席上珍。

對劍

劍氣光芒射斗牛，少年曾佩上幽州。人龍去住八千里，猿鶴睽違二十秋。拙計秖今憑馬磨，垂綸依舊著羊裘。西窗昨夜躭高枕，夢斬樓蘭羯虜頭。

山居

風餐水宿傲雲煙，煉藥茅茨大壑邊。羽客山僧爲社好，日中說法夜談玄。

九日

老大登高陪少壯，芒鞋荒徑步行遲。酒闌人醉風吹倒，好似參軍落帽時。

重陽後一日梁懷琮見過

搖落粵江東，蒼茫夕照中。黄花開令節，白髮怯秋風。萬事吾何有，一尊客與同。青山勞極目，高閣送飛鴻。

四會程三尹虞仲奉藩司委解料北上偶遇羊城賦贈一首

薊北分攜三十年，何期此會粵臺邊。藏真洞壑慚余拙，爲政風流羡爾賢。萬仞峯頭占紫氣，五層樓上嘯青天。飄搖旌旆難爲別，嶺海寒飆送使船。

寄程光祿無過

光祿燕京舊有名，銜恩遥出豫章城。才華佐郡多清灑，指點西山放逸情。飛夢終宵依劍舄，登龍何日慰生平。楚天搔首相思劇，雙鯉滄江遠寄聲。

立冬客館病坐

羈旅立冬時，凄風擗面吹。病多絲髮短，愁怯雪霜欺。人事頻如幻，縱横一似棋。寒暄何足問，天地總無私。

苦雨二首

旬日嚴冬雨，行人各斷魂。朔風吹粵嶠，猶自掩柴門。

商祈千日晴，農望四時雨。要得萬姓歡，天公猶難處。

小雪壚頭口占

蚤起茅簷挂酒旗，生涯蕭瑟竟誰知。當壚愧乏驚人句，遊俠胡來索我詩。幾口食貧猶色笑，一身匏繫謝桐絲。籬花雪下開將盡，乍看江梅又發枝。

雪夜賦酬周山人益泮諸弟姪見懷

小小茅亭住海邊，朔風蕭颯水連天。獨看瑞雪愁難賦，相對寒燈夜懶眠。度嶺紛飛沙漠雁，臨流欲發剡溪船。所思羣從幽棲僻，日有霞餐不費錢。

訪趙隱君裘卿

逸客閒居勝，寒溪九曲深。苦吟雙鬢白，傾蓋百年心。行樂堪杯酒，清修在竹林。釣竿隨所適，煙艇五湖陰。

訪劉公子孟羽

濁世佳公子，同餐粵嶠霞。朔風吹木葉，雪色點梅花。飄泊羊城客，淹留剡曲槎。放懷忘逆旅，長醉不思家。

訪趙山人爾真

望之不盡滄江水，餐得無窮絕嶠霞。短褐逍遥長獨往，桃源深處訪君家。

梁繼先召飲

夕陽停櫂錦巖隈，新好招攜酌我杯。叢菊花殘觀賞罷，登樓初賦雪中梅。

冬日閒步龜山晚過虚白齋遇慧上人

尋幽扶竹杖，徐步白雲端。蠻語沈吟處，山花帶笑看。逢僧披大衲，拉我坐蒲團。仰面觀天象，青霞許共餐。

冬至夜坐

丈夫失志爲黄金，采蕨歸來返照臨。食息苟存憑短劍，貧居如洗有孤琴。篝燈永夜渾忘寐，抱膝疏窗秖謾吟。長至寒梅花正發，雪中清賞慰愁心。

小除夕懷康茂才思衛

寂寞小年夜，入龍不可羣。堆窗多落葉，繞徑有飛雲。雁色江關起，猿聲洞壑聞。憐余貧病冗，消渴獨懷君。

歲暮山中哭子

父存兒已歿，寒餒有誰依。不念身無後，堪憐死是歸。西山時日短，南極夢魂飛。大壑餐霞處，哀號坐翠微。（以上李英集·餐霞集）

全粤詩卷四一三

李英三

過韶州宿芙蓉驛

暫宿滄洲上，離鄉已幾宵。海風秋颯颯，江月夜寥寥。歸夢青山遠，械書白雁遥。誰知羈旅客，終是戀漁樵。

吉水道中

雪霽雨霏霏，關河雁影稀。鄉書何處達，歸夢逐雲飛。

壬戌除夕寓九江官舍

臘盡長途客，官齋度此宵。思鄉千里外，歸夢九江遥。海樹春將到，溪梅雪未消。問程心更遠，惆悵路迢迢。

江州元日

獻歲天涯賦獨醒，東風旌旆滿津亭。九霄日暖山雲碧，萬國春迴海樹青。匡嶽有懷頻倚劍，江湖作客即浮萍。可堪時序愁中過，嶺外孤鴻祇自聽。

麻城大雪趨光山

匹馬衝寒客未歸，飄飄片雪滿山飛。荒村古驛知何處，回首雲深鎖翠微。

登真定城樓

高閣岧嶢倚碧空，漢關北望幾千重。翩翩歸雁西山外，又過春雲萬丈峯。

初至燕京寓報國寺登毘盧閣

寶殿淩霄錦繡中，倚闌南望楚天空。思鄉淚滿傷春目，鴻雁飛飛路不窮。

送胡子南還

江南春盡杏花殘，送客長亭欲別難。握手分岐君萬里，帝城明月共誰看。

夏日漫興

炎天獨坐晝偏長，遊子燕臺憶故鄉。寂寞齋中誰共語，愁看雙燕話雕粱。

遊鄭園

挾彈章臺路，開尊鄭谷邊。看花隨曲澗，倚樹聽鳴蟬。濁酒雲林下，浮生海嶽前。彯纓何處客，猶詠帝京篇。

中秋對月

白露滴梧桐，秋聲滿太空。賓朋金谷裏，歌舞玉樓中。明月千家色，清尊幾處同。那堪滄海客，猶自歎飄蓬。

秋曉漫興

長天萬里曉煙分，塞雁南飛度朔雲。落葉淒淒寒色早，城頭悲角不堪聞。

送何少積還秦中

秋草正萋萋，秋雲逐馬蹄。鄉心頻對酒，驛舍但聞雞。路隔千山遠，雲浮萬樹低。題詩相憶處，回首玉門西。

九日登宣武門樓

九日周南客，千山薊北樓。高雲扶殿出，紫氣抱城流。海樹含斜日，關門送晚秋。不堪風景異，吟望思悠悠。

十月京師紀事

朔氣蕭蕭落木聲，邊庭飛檄到秦京。將軍轉戰天山北，萬里胡塵一掃平。

雪夜懷黎國輝

空齋飛雪夜，愁思共紛紛。魯酒那堪醉，邊笳不可聞。雲寒迷月色，風急斷鴻羣。寂寞同爲客，裁詩一寄君。

甲子元日曉望

長空耿耿斷鴻聲，曉日春風滿帝城。沙漠浮雲千樹斂，薊門積雪萬家明。他鄉客舍南歸夢，故國親庭北望情。自笑誰如班定遠，傭書猶得就功名。

上元日遊西苑有作

冉冉春聲度綺羅，相隨行樂意如何。花開上苑東風早，日落中原北雁多。煙暖晴光浮碣石，雪消澌水下滹沱。建章燈火誰能賦，惟與都人擊壤歌。

十六夜同黎國輝過集李時芳館得開字

長安明月綵雲堆，絲管東風幾度來。燕甸雪晴三輔曉，薊門春動百花開。胡姬市酒連宵醉，蠻語聯詩豈論才。交在一時豪俠地，貂裘忘卻在天台。

送陳子問之汴梁

薊北論交日，相看意氣深。驅車千里別，把袂百年心。草色連長道，鶯聲滿上林。憐君睢水去，明月共誰吟。

送黃世達還潭城

濟南君又去，分手帝城邊。東海秦雲盡，西山薊雪連。玉鞍馳驛路，金柳拂江煙。一別成千里，芳春思黯然。

春日臥病有作

芳春將已半，猶自掩山房。雨過流塵淨，燈懸暗壁光。苦吟雙客鬢，久病一禪牀。明日新晴好，尋花向草堂。

遊西山經玉泉池望西湖

野外塵氛絕，諸天望不迷。溪深春日淡，煙重綠楊低。石壁僧同賦，山園鳥自啼。扁舟乘興地，誰共泛湖西。

香山寺

古寺名山上，長歌且漫遊。夕巖迴照入，春壑斷冰流。遠雁翩翩過，殘霞片片浮。五雲回首處，佳氣滿皇州。

碧雲寺

古刹何年啓，禪堂倚碧霄。煙深千樹密，雲斷衆峯遙。客過聞山磬，僧來候石橋。何當塵世隔，丹壑路迢迢。

宿金山寺

高齋何寂寂，梵落半空聲。蘿月窺禪榻，松醪慰客情。冰霜千澗合，鐘磬一溪清。勝賞渾忘寐，長廊祇獨行。

遊弘法寺

久客滯燕州，時尋寶地遊。幽棲隨鳥入，徙倚聽泉流。林樹籠禪閣，煙霞繞佛樓。高僧同一笑，何異虎溪頭。

送陳子之閩中

都門頻送別，此別更躊躇。閩海諸天盡，燕山萬里餘。鶯聲情不斷，春色意何如。後夜能相憶，殷勤一寄書。

旅館初度書懷

三月今將半，韶光轉眼頻。飄零悲短劍，意氣竟何人。世事看年長，生涯作客貧。鶯花曾幾醉，又過帝城春。

送黎悅勤之嘉興

結束向南州，江城暑氣收。山連吳會郡，溪送越來舟。煙柳藏官道，江鷗伴客遊。西湖知有賦，應寄薊門秋。

同吳子福訪黃山人不遇

步屧城隅路，相期一訪君。竹迷深徑轉，鳥向隔溪聞。石磴連蒼蘚，柴門掩白雲。亦知非避世，何事去人羣。

夏日遊永光寺

石徑經行處，禪堂愛客吟。殘花含雨落，新竹入園深。松偃苔能上，山高日易沈。僧來同把袂，半偈去塵心。

夏夜對月懷吳子福

山房塵慮絕，寂寞亦堪憐。明月高樓笛，青氈獨夜眠。砧聲連漢苑，竹色淡江煙。竟夕難成賦，懷君益渺然。

喜雨

忽聞靈雨至，蕭颯暗飛聲。風急搖秦樹，雲深護漢京。樓前千嶂合，天際百泉鳴。頗愜漁樵計，滄浪無限情。

送蒙士賢遊泰山三首

病裏憶行蹤，征車不可從。知君回首處，天上二茅龍。

日觀聞山鐘，風煙幾萬重。飛僊如可覓，真躡白雲蹤。

爾去歸何日，煙霞意氣同。爲余談勝事，秋色萬山中。

寄黄國鉞

津亭一别阻雲霄，萬里關河白雁遙。世事紛然無可道，江鄉秖自憶漁樵。

送蒙于湛之繁昌

匹馬蕭蕭度漢關，孤城獨眺謝公山。薊門秋色期君賦，客路風煙早策還。

鷲峯寺避暑晚過水塘庵

珠林行樂地，乘興一追攀。曲水通諸沼，浮雲斷九關。銜杯吟白雪，說法問青山。莫向風塵客，彯纓看往還。

客舍秋懷

天涯長作客，搖落又逢秋。寶劍丹心苦，朱顔玉鏡愁。片雲飛大澤，尺牘阻滄洲。畫角邊聲急，西風獨倚樓。

九日時芳攜酒邀集國輝館賞菊

憐君一尊酒，把袂故人家。況是他鄉客，同看九日花。輕煙迷遠樹，孤雁度殘霞。回首千山外，長城起暮笳。

重陽後一日庭前對菊因寄舍弟

重陽又一日，客子尚天涯。大被連年別，東籬幾度花。浮雲飛大漠，征雁去長沙。欲寄江南信，何時可到家。

重陽後二日出遊善果寺因寄鄉友

梵宇何寂闃，西風野客遊。青山當落日，黄菊過深秋。把酒會開徑，思鄉獨上樓。懷君心更遠，落葉送離愁。

宿歸義寺

明月滿珠林，僧談夜已深。雖云車馬地，獨有薜蘿心。客枕能高臥，禪房寄短吟。風流蓮社在，陶令許招尋。

金門瞻望

幽燕直北是皇州，寶殿遥瞻御氣浮。五色雲中秦樹暝，九重天上漢宫秋。霜清象列金門裏，日出鴉翻紫閣頭。歌頌太平慚草莽，不知何以奏宸旒。

送客之江南

江南千里道，君去驛途勞。山遥關樹暗，雲盡楚天高，秋風吹客騎。朔雪滿征袍，自憐經歲月，何處望亭皐。

送姚子才還金陵

匹馬出皇州，燕歌不可留。相攜憐楚璧，贈别惜吴鈎。旅食三秋夢，鄉書萬里愁。看君衝雪去，獨自下西樓。

贈張文學汝成

爾本雲霄客，余慚草莽人。風塵悲短劍，意氣惜芳春。綠髮新詩早，青燈舊業貧。甘泉誇獻賦，應繼漢詞臣。

雪中過靈濟宮訪黄山人因留酌齋中賦此

幽棲堪避俗，步屧好追攀。雪裏開孤徑，城中見五山。鳥聲迷竹浦，寒色掩松關。共貰新豐酒，陶然一醉還。

贈李少成

薊城風土異，冰雪又將春。旅食鄉同遠，泥途客共貧。交遊誰意氣，兄弟爾情親。白璧輕相贈，何能報主人。

寓西長客舍對雪有懷

江城一望雪漫漫，楊柳蕭疏萬戶寒。玉樹祥雲飛太液，金莖佳氣滿長安。飄零三徑今虛遠，流落孤懷強自歡。卻憶舊遊溪上客，此時開閣正憑闌。

除夕同龐景元過飲李時芳館時景元將歸

竹林行樂且相親，雪滿河山莫問津。邸裏共歡除夕酒，燈前俱是異鄉人。世情曲折交遊在，客況蕭條歲月新。卻羨梅花千萬樹，天涯明日又逢春。

人日

風塵悲獨客，飄泊忽三年。多病逢人日，歸心度楚天。暝雲千樹失，殘雪萬峯連。極目長安道，春江思渺然。

春日道院詠雪

臘盡梅初發，春光鬱未開。六花飛漢苑，三白滿蓬萊。天闊銀成海，山高玉作臺。蹇驢猶索句，孤眺思悠哉。

元夜旅懷東國輝時芳

客中憐此夕，燈火自相親。梅柳故鄉夢，風煙上國春。年深容易老，道在豈言貧。爲問青山約，相將寄此身。

寄倫惟伯黄悦可

江樓一以別，書札若爲傳。滄海空相憶，緇塵衹自憐。窮愁三徑月，歸計五湖天。把釣煙村晚，漁歌取醉眠。

張汝成自東魯至過訪邸中二首

下馬長安道，相逢慰所思。可憐雞黍約，不負竹林期。世態看今日，春光正此時。子雲方寂寞，三徑莫來遲。

憐君東嶽至，把袂值三春。上苑鶯聲動，千門柳色新。江關迴紫氣，邊塞淨烽塵。斗酒那辭醉，論交有故人。

送黎國輝南還

燕市浮沈日，論交獨有君。此時一爲別，何日復同羣。嫩柳已堪折，新鶯不可聞。天涯歸去好，敢怨路岐分。

送鄒子南還二首

燕山晴色照千門，朔塞春鴻度禁垣。此際送君江上路，翻教芳草怨王孫。

郊門餞別一尊殘，萬里春山馬上看。憶爾音書兩行淚，莫因歸雁寄長安。

次韻酬倫惟伯見懷

多年萍迹自浮沈，江海空馳萬里心。九陌繁花春夢裏，五湖青草暮天陰。懷君寂寞難成賦，撫景蕭條漫抱琴。欲寄尺書緘別恨，新鶯偏似故園音。

答黄悦可見寄

日南天盡粵王臺，猶得飛書遠寄來。何事關山八千里，暮雲春樹思悠哉。

暮春有懷二首

九關北望淨風塵，碧草萋萋柳色新。卻愧文園猶卧病，落花飛雨怨殘春。

天南天北暮春時，徙倚空憐御柳絲。雲掩碧苔人寂寂，數聲啼鳥在高枝。

廣德寺觀牡丹

徑轉西園窈窱通，尋芳步屧到禪宫。池邊風卷千絲密，檻外煙籠萬片紅。上界香飄雙樹側，曲江春在一亭中。松門不厭緇塵客，騎馬攜壺興未窮。

雨後過集徐氏諸子館

海内論心少，塵中孰愛才。可堪風雨後，能過竹林來。去住憐孤劍，飄零且一杯。長安留滯客，懷抱待君開。

立秋

千山當落日，一葉又驚秋。未解相如病，猶增宋玉愁。行藏羞短鬢，漁釣憶滄洲。何事長爲客，西風獨倚樓。

送友人南還

登樓萬里望鄉關，倦翼江南不可攀。易水寒波飄木葉，楚天秋色滿河山。城邊征雁千羣起，驛外歸人一騎還。獨客此心君不見，風塵何以慰愁顔。

出京潞河别吴子福

東風吹曉日，春水下江湖。潞渚勞君送，燕山别夢孤。輕煙籠翠柳，細雨灑平蕪。解纜飄然去，前期萬里途。

登岱

岱宗猶有漢雲封，瑤草金芝事事空。萬樹蒼茫舟壑裏，諸峯迢遞碧霞中。雙龍尚見秦關氣，疋馬頻嘶越觀峯。自笑登高不能賦，古松蒼栢思何窮。

過曲阜闕里謁孔廟

闕里摳衣地，中天紫氣舒。自憐草莽客，幸禮聖人居。道在千秋日，功成六籍書。金絲猶可聽，俯仰意何如。

立春日渡江過濠梁

落日滿濠梁，中原路已長。暝雲通泗水，歸雁度瀟湘。柳色爭春發，梅花滿路香。南行家漸近，登閣見江鄉。

春日登五羊城樓眺望因寄溪上友人

翩翩歸雁過扶胥，獨客登樓俯太虛。漲海波聲天外盡，平原煙色柳中疏。浮雲越嶲千峯迥，霸氣秦關萬里餘。卻憶故人南海上，相將騎鹿訪茅廬。

丙寅二月新婚有作

卻喜佳期至，東風柳色新。深杯銀燭夜，明月洞房春。夢寐千秋事，驅馳百感身。起看天地裏，問寢在茲辰。

題醉姝圖

玉壺春酒映顏紅，翠黛青鬟柳色中。何事旁人扶不起，醉來無力倚東風。

端午同友人泛舟遊大通寺

中夏值端陽，來游曲水旁。落霞侵殿閣，芳草過林塘。競渡歌聲亂，開尊客思長。陶然同一醉，明月在滄浪。

七夕

月殿桂香飄，雙星渡鵲橋。佳期憐此夕，分手恨明朝。機杼丹心苦，煙波涕淚遥。百年悵靈匹，懷抱幾時消。

月夜同歐黄諸詞客集城南樓得涼字

江城明月夜，幽賞思偏長。笛弄梅花落，尊開竹葉香。淡雲籠樹色，荒徑散秋涼。好覓漁樵去，扁舟賦水鄉。

中秋江村即事

鴻雁南來急，秋高萬木殘。一輪明月滿，況在故園看。滄海驚烽燧，煙霞失釣竿。終宵把長劍，江色不勝寒。

秋日山中寄懷燕京諸友

關河遥望五雲長，巾舄翩翩劍氣光。萬里青天飛紫霧，幾家紅樹散秋霜。憐余蘭茝垂丹壑，憶爾風塵在異鄉。此際南來燕塞雁，可無書札寄山房。

月夜同歐黄關諸詞客雅集

蕭蕭朔氣滿江津，明月西園集上賓。白眼相看雙劍合，清尊潦倒片心真。望中海樹飄紅葉，江上秋霜莽白蘋。卻羨芙蓉煙水色，可堪攜手共垂綸。

初冬至淩江旅寓同何尚錫鄺建弘何尚禎丘朝仰黄汝良月夜宴集

短褐西風愧旅遊，高歌一曲暫淹留。異鄉尊酒論心夜，明月天涯作客秋。驛路淩江雙水合，望中庾嶺片雲浮。明朝又是梅關別，匹馬斜陽處處愁。

横浦驛别梁景懷何尚賢歐允亮

萍梗飄零笑此身，十年羈思不堪陳。誰知南北章江水，又向河橋别故人。

臨江道中遇鄉友

孤篷千里外，淦上喜逢君。傾蓋憐羈旅，開尊醉白雲。心馳章水遠，路入楚江分。共是飄零客，秋聲不可聞。

冬夜旅泊南昌

撫劍悲行役，看山計去程。雁飛滄海月，客問豫章城。樹色蒼煙出，秋聲畫角生。關河不可望，千里若爲情。

發南康度鄱陽湖阻風

西風湖口歎飄零，獨倚篷窗思渺冥。一望秋濤千里色，青山何處是宮亭。

過留都訪何尚爵客館

萬里飄蓬歎異鄉，故人握手慰愁腸。登樓共醉金陵酒，擊楫還衝楚澤霜。目斷江城秋樹迴，心馳淮海暮天長。別來勿謂關山阻，待爾鴻書遠寄將。

金陵旅夜

青山何處可堪留，雙屐重來白下游。蕭瑟西風吹客鬢，婆娑明月滿江樓。玉簫斷續秦淮曲，畫角淒清漢苑秋。湖海萍蹤人又遠，尺書誰更問刀頭。

送羅汝績南還

把袂離杯惜共傳，君家白髮最堪憐。漫游湖海三千里，旅食風霜二十年。明月心期滄浦上，白雲家在粤江邊。淒淒又向維揚別，落木寒波送客船。

送傅應秋南歸

送爾還家我獨留，暫時尊酒共登樓。舟行南國三江暮，帆挂西風萬里秋。歲序飄零憐越鳥，天涯去住惜吳鈎。可堪相見仍相別，水遠山長寄我愁。

雪夜寄懷溪上友人二首

高閣寒江獨眺，長天征雁孤飛。故人千里難見，客子三冬未歸。

一見樓前雪色，因思溪上梅花。滄海憐余作客，何時共爾餐霞。

雪中送別黄氏諸子北上二首

送君北上黄金臺，淮水征航曉日開。今夜飄零何處泊，竹西亭畔笛聲哀。

江淮飛雪滿河東，爾去長安賦漢宫。到日西山春正好，高樓明月醉東風。

揚州丙寅除夕

歲月催雙鬢，浮生又一年。鄉關渺何處，書劍益淒然。雪積千山暝，雲深萬樹連。憑高仍引望，離思滿江天。

春日遊上方寺訪竹塘上人禪房四首

步屧尋江路，隨緣到上方。日高丹鷲嶺，心遠白雲鄉。草樹含芳潤，風煙接混茫。隋家堤畔柳，春浪汴渠長。

披雲游古剎，問偈欲棲禪。共倚梅花閣，因翻貝葉篇。青霞吾道在，丹壑此心懸。何事勞行役，塵蹤秖自憐。

春草正芳菲，禪關隱翠微。古堂僧定後，荒徑客來稀。煙散千山遠，江空一鳥飛。坐聽鐘磬晚，雙樹思依依。

徙倚蜀岡邊，探奇思渺然。看碑尋古井，揮麈賦新篇。野寺多逢客，山家有勝緣。倘成蓮社約，何異虎溪前。

泰州光孝寺留別法輪上人

十年萍迹歎浮沈，此際因憐靜者心。明月獨堪裁薜荔，白雲猶自戀衣簪。疏鐘隱隱千峯碧，高閣重重萬樹深。別去江淮清夢遠，他時書札復相尋。

友人何于參自嶺南北上過廣陵訪余客邸共宿十夕而別因賦此為贈

廣陵驛下大江干，誰遣西來十日歡。落魄憐余羈楚甸，連翩送爾入長安。分鑣自覺酣歌少，仗劍休嗟行路難，到日俠遊多樂事，上林秋色月中看。

中秋

千家疏柳送鳴蟬，秋霽長空月正圓。山勢北連平楚外，海門東望片帆前。坐聞戍角臨城起，愁聽鄰砧閉閣眠。借問淮南叢桂樹，何人還賦小山篇。

秋興二首

邗江秋色對躊躇，五嶽年來憶著書。多病已抛滄海釣，窮愁惟問白雲居。掩窗有夢頻成蝶，彈鋏高歌不爲魚。強欲解嘲君莫笑，寂寥半似草玄廬。

兵戈世路感離憂，嶺外時有兵變。江國誰憐遠客愁。談笑便能投筆去，功名寧負抱書游。疏砧城郭家家月，落葉籬門樹樹秋。莫向淮陰吊韓信，漢庭元不吝封侯。

尋迷樓遂登平山堂

隋家東引汴渠流，錦纜牙檣向此游。玉殿凄涼螢火夕，丹楓摇落石鯨秋。塞鴻南度經吴苑，淮水西來下楚州。莫向池邊歌九曲，暮鴉啼處使人愁。

游大明寺

平山堂在蜀岡邊，松下清泠第五泉。梵宇鐘聲千澗落，江門秋色片帆懸。題詩舊社人何處，揮麈高齋客共禪。更欲與君期出世，歸心多在白雲天。

送余沈二春元赴進士舉

四明才子最風流，雙璧開函萬里秋。落日悲歌辭易水，青春獻賦上瀛洲。雲浮五色聽臚唱。花簇千門策馬游。正反聖朝新氣象，追趨東觀侍宸旒。

贈許秀才

之子江淮彥，高歌俠氣雄。孤燈懸雪屋，雙翮待秋風。木食慚余拙，荷衣得爾同。邗溝一長嘯，離合感飄蓬。

金陵春日雨後同盛姚諸君子出游城南諸寺遂登雨花臺

梅岡新霽後，猶似雨花年。說法空山頂，齋心繡佛前。江邊六代寺，城上五雲天。欲賦長干柳，蒼茫起夕煙。

過姚洪臚市隱園

中林一歸客，行樂在茅茨。水石今爲主，煙蘿舊有期。草玄芸滿徑，舉白月臨池。莫與公榮飲，春山爽氣時。

訪無着上人因題青蓮宇

東林池水淨，何許種青蓮。精舍開三徑，幽期駐七賢。經行明月下，趺坐薜蘿前。我亦尋支遁，摳衣一訪禪。

戊辰二月自金陵過京口遇雪有作

飄飄何處客，乍别鳳凰臺。爲憶三山勝，寧辭百里來。夕帆過海樹，春雪點江梅。即此堪乘興，猶如訪戴迴。

遊金山寺

久憶名山勝，春風泛艇游。巨濤吞寶刹，朗月湧江流。啼鳥窺禪誦，飛花過石樓。上方鐘磬晚，天樂起峯頭。

遊甘露寺

甘露何年降，翛然古佛堂。老僧不説法，童子自焚香。大地慈雲合，諸天慧日長。一庵藏海嶽，空憶米家狂。

遊焦山因謁漢隱君祠

冥心歸淨域，幽賞且高歌。泉石留人處，煙霞奈爾何。諸天開福地，落日滿滄波。爲訪焦君隱，春深長薜蘿。

初秋登迷樓

倦客關山萬里遥，清尊頻爲故人招。因憐芳歲留蓬鬢，又見秋風到柳條。淮水北來天渺渺，岷岡西上雨瀟瀟。隋堤舊是官河路，莫向高樓怨玉簫。

思家曲四首

鄉關迢遞樹重重，尚隔巫山十二峯。夢去不知江上路，滿天秋色散芙蓉。

愁來雙鬢似潘郎，尺素無由寄孟光。獨向高樓看破鏡，夜寒猶自照西廊。

飄零何處問刀環，回首羅浮霄漢間。莫似竇家頻織錦，秋風西寄望夫山。

闌干十二月如霜，玉笛淒清客斷腸。莫把綵毫寫新恨，衹愁無雁到衡陽。

酬姑蘇張太學見贈

江湖落魄獨憐予，鐵硯生涯自索居。入洛幸逢張太史，游邛今見馬相如。清秋淮海看停轡，舊隱吳門憶著書。良晤不堪仍賦别，白雲東望一躊躇。

暮秋廣陵驛下送别王氏兄弟南歸

關河此别思依依，淮甸秋高落木稀。南國驚看魚雁杳，西風愁送鶺鴒飛。千行衰柳籠寒色，一片征帆向夕暉。知是故園花滿徑，應憐客子未同歸。（以上李英集·歷遊集卷上）

全粤詩卷四一四

李英四

泗水驛樓晚眺

策馬淮西路，飄飄作遠游。關山頻擊柝，疲病獨登樓。河繞龜峯出，天連泗水流。不堪覊客思，吹角送殘秋。

小除夕寓濠梁官舍對雪

奔走過殘臘，辭家似管寧。淮淝天共遠，風雪路重經。萬國曾王會，中原一客星。此時無斗酒，何以慰飄零。

暮春泛舟游玄湖二首

郭外玄湖勝，風光欲暮春。扁舟聊寄興，泉石偶相親。萬柳飄絲密，千鶯轉曲頻。滄浪還指點，煙景與游人。

行行三徑曲，采秀繞湖濱。山鳥能迎客，潭魚不避人。綠蘋依水淨，紅蘂裊煙新。半醉淮西酒，浮沈又一春。

贈新葵張山人賦得書字

汝南天下士，龍臥意何如。玉樹春偏長，金尊夜不虛。持竿桐陌水，問字竹林居。狂客思瓊玖，君能一報書。

伏日同吳虎臣諸君避暑玄湖

海燕飛飛西復東，幾人釣艇石湖中。天邊珠樹三峯白，鏡裏荷花六月紅。落羽獨憐游洛客，問奇時傍灌園翁。煙霞處處堪招隱，誰道淮南有桂叢。

潢上釣魚得四十九枚戲成小詩

偶結西河叟，朝朝駐水濱。誰知麋鹿性，還與白鷗親。草伏情偏劇，風餐歲更貧。因思游北固，曾作釣鱸人。

寄邵山人長孺

昨見淮南使，知君近著書。隱同嵇叔夜，游似馬相如。芳歲銜杯過，浮名與世疏。堪憐留滯客，汝水憶烹魚。

聞陸秀才無從游武夷山賦寄二首

南征聞爾武夷游，藥裹琴囊一葉舟。此去曾孫迎太姥，幔亭車馬莫淹留。

吴鈎萬里羡雄飛，海内才名自陸機。大隱屏前攬秋色，七閩詞賦益光輝。

寄蔣秀才子夏

負劍西行入汝來，别君當日臘梅開。陸沈自笑泥塗客，清夢時時傍弩臺。

草秋郊園

蹉跎猶作客，爲愛辟疆園。漁浦亭臨水，人家艇到門。白雲屯大澤，秋色滿中原。欲賦思歸引，江蘺傍酒尊。

渡淮

西風淮右過，客子意如何。夕照長堤曲，秋生平楚多。衰柳連古驛，落葉下滄波。挂席飄然去，誰知鼓枻歌。

寄郭山人次甫

三茅雲氣海門浮，貞白年來不下樓。客自巴邛供一杖，人從天地寄扁舟。月懸方丈娟娟夜，風起滄溟颯颯秋。淮上桂叢千樹發，幾時招隱到山幽。

贈朱明府仲開二首

何年彭澤賦歸來，未少柴桑酒百盃。藍輿諸生今又至，不知西去幾時廻。

文詞高已□皇墳，海内風流爾不羣。多少侯芭來問字，柴門何但似揚雲。

過京口訪茅秀才平仲

暫繫江邊艇，尋君薜荔居。白雲三徑菊，落葉滿牀書。縱酒疑元亮，傳經似仲舒。慇懃還握手，别去憶雙魚。

贈吴山人虎臣

千里翩翩獨往情，應知嵩少有幽盟。由來任俠如長孺，不但才華似士衡。入社每懷匡嶽約，還山嘗擬鹿門耕。嗟余落魄風塵色，笑解吴鈎贈爾行。

春日出郊游鄢莊二首

馬上垂鞭問竹扉，東風吹我薜蘿衣。郢中誰道陽春曲，此地楊花似雪飛。

載酒春山路不迷，平原千里草萋萋。看花深入花源去，無數黄鸝傍客啼。

寄劉仲光

隋家堤畔柳如煙，玉勒金羈俠少年。聞道劉生能結客，春光應在酒壚前。

留別吴山人虎臣

雪色雙龍劍，誰知又解攜。余歸思問寢，爾去尚羈棲。涕淚天俱遠，河山日易低。依依今夜夢，猶自戀淮西。

普惠寺飲餞即席留別王雲卿

中原馬首白雲開，雙樹林邊盡此杯。明日過淮還憶汝，西風搖落景夷臺。

重過虎溪因憶胡氏諸子

遠遊曾共此棲禪，蓮社題詩已十年。舊客重來僧易老，相思殘雪滿山川。

清遠客舍春夜對月感懷

十口家何在，驅馳度此生。苧衣江雁信，菰米海鷗情。迢遞川空迥，徘徊月自明。山城春草緑，愁殺杜鵑聲。

陸山人華甫見過山房二首

迢遞梅花國，憐君向此游。征航能一葉，行李衹雙鈎。白髮滄江夕，青山鐵笛秋。稚川今度嶺，真不負羅浮。
汝水分攜後，余歸又二年。停雲勞夢寐，玆夕共周旋。梅蕚沾山雪，芝柈引石泉。釣竿吾欲荷，一泛五湖船。

重赴京師留別山中親友

結束事行役，扁舟欲問津。祇因游俠去，不爲住山貧。飄泊憑孤劍，驅馳愧此身。別君多慷慨，相憶白綸巾。

爽臺詩應教

大江江畔是平臺，猶有西山一片來。爽氣乍從千里至，白雲曾傍五城開。人推大雅標詞苑，春逐清歌進酒杯。幸得追游逢賦雪，侍臣誰敢並鄒枚。

浮梁大雪過祁門

鴻雁盡南飛，山山落木稀。鄉關何處望，鞭弭幾時歸。雪色催征騎，梅花點客衣。新安江上水，莫遣送斜暉。

過休寧訪邵長孺

河上三春別，鄣山千里來。長途初解轡，獻歲一銜杯。我自緇塵客，君稱白雪才。莫教分手易，相憶在燕臺。

雪後遊齊雲巖

棲真十載夢天都，一入名山似玉壺。上帝宮庭雙鳳下，羣仙樓閣五龍趨。雪飛白嶽紛零亂，雲過玄洲乍有無。欲向闕門瞻紫氣，流沙西去此身孤。

游吴舍人園

禁闥辭歸日，青霞道自尊。翛然叢桂隱，何異辟疆園。大壑今逃俗，高林已避喧。飄飄南海客，短褐一登門。

過長源訪程子虛

識面歡相得，勞勞念敝裘。天涯余浪迹，海内爾名流。鄴郡稱詩客，甘泉獻賦秋。他時還把袂，策馬入皇州。

過溪南訪吴虎臣

汝南分手各凄其，雁字何由慰所思。嶺嶠驅車尋大隱，煙霞披褐赴幽期。孤征欲賦懷空壯，五載重逢鬢已絲。飄泊風塵那可道，報君惟有白駒詩。

贈程生

滁器臨邛客，千秋事可同。釀成新白酒，種得嫩青菘。混俗壺中叟，尋師河上公。應知深寄迹，巾舄復西東。

過滁州游瑯琊寺

滁陽尋福地，江上早春時。談塵僧開閣，揮毫客賦詩。諸天殘雪暝，雙樹白雲垂。欲學無生法，皈依問遠師。

再至京邸春日書事

五陵游俠地，春曉獨徘徊。御柳層煙散，金堤一騎迴。晴雲飛碣石，殘雪照燕臺。十載周南客，公車此復來。

寄顧使君

錫山家慶日，賓客滿華堂。五柳當門色，雙珠照乘光。抽簪憐白髮，持釣愛滄浪。世業青箱貴，承恩在建章。

周文璧見過

爲客依僧舍，西來爾獨臨。徑開黃葉積，窗掩白雲深。落魄憐生事，棲遲見素心。朱絃能一奏，豈是爲知音。

都下遇邵文學長孺有贈和答

傲倪薊門下，重逢感慨多。奏書君未遇，彈鋏我能歌。魏闕頻車轂，江鄉有薜蘿。壚頭堪醉否，容易隔山河。

丙子早春送方元素還歙

郭生臺畔柳，折贈正逢春。去矣江南客，淒其薊北人。東風吹大陸，細雨濕征塵。未許辭楓陛，黄山作外臣。

送羅范陽山人游嵩山

長安送客處，把袂思悠哉。馬首燕雲盡，關前嶽色開。飛鴻過大澤，積雪滿平臺。爾采三花樹，何由遠寄來。

答田博士

風流田國士，江左自翩翩。似是居驧客，今逢入洛年。甘泉秋獻賦，碣石夜談天。愧我雙鈞色，蹉跎傍日邊。

丙子除夕

窮愁一歲過，何事滯燕臺。栢葉觴仍舉，梅花使不來。銀燈寒影照，玉漏夜聲催。明日南樓望，江鴻漸欲迴。

贈别郭太學建初還閩中

君今天下士，更有古人風。俠自留燕重，才因入洛雄。星辰憐聚首，江海歎飄蓬。别去傷春夜，閩山在夢中。

送王體仁之豫章

上林春似海，君去莫能留。御柳千絲密，黄鸝百囀愁。山青迴夕照，雲白度江流。到日燕鴻過，題書及薊州。

秋日臥病顯恩僧舍承鄔文學汝翼貽詩枉問賦此答之

寂寂掩松蘿，秋聲蕭寺多。勞君傳七發，爲我起沈痾。書似文園病，貧能杜甫歌。京江他日夢，迢遞阻滄波。時文學將歸，末二句故云。

送潘上人舍子朋南歸

臥病難爲別，君今問寢還。秋風吹潞渚，幾日過秦關。照乘滄池月，藏書白鶴山。重闈方健飯，須早入朝班。

送陸山人華甫還吴中

抱病憐君去，銷魂不可言。飄然歸茂苑，念我卧祇園。水國蓴羹美，秋陰桂樹繁。扁舟還有約，江上訪柴門。

齋中對菊懷静修上人

病起逢摇落，黄花開幾枝。獨憐居士屩，曾誦遠公詩。斗酒難成醉，椷書有所思。翛然雙樹下，明月與君期。

歲暮

薊北歲欲暮，蹣跚步不勝。天涯雙白髮，客舍一青燈。浪迹已如此，巖棲尚未能。梅花千樹發，心寄嶺雲層。

自述

鐵硯生涯老鶡冠，煙波三載負魚竿。梅開薊北孤窗冷，雁去江南一字看。醉哭窮途非阮籍，高歌長鋏愧馮諼。自憐落莫風塵際，多少關山道路難。

丁丑除夕

爆竹京臺夕，浮生客似星。風塵憐馬走，天地寄鴻冥。易水迎春白，燕山送晚青。所思千萬里，飛夢下煙汀。

送李上舍南歸

少年游上國，名冠魯諸生。惜此三春別，飄然萬里行。承歡懷綵服，奏賦望金莖。歲晚吾將去，山田欲課耕。

送邵太學使江南因歸省覲

一軺南去日，銜命出西京。山驛占星候，江帆帶月行。閒居潘賦樂，奉使陸裝輕。綵服來須早，金門待長卿。

答李明府楲遺葛履兼貺六韻問病二首

詞人能解贈，黄帽與青鞋。抱是煙霞疾，淒其土木骸。短藜扶蹇步，芳草動歸懷。誰道緇衣館，偏憐破硯齋。

白馬長安令，投余大隱篇。封楲遺側陋，懷袖奉周旋。嶺嶠青霞上，闗門紫氣前。流沙他日去，稽首著書年。

贈姚太醫

吳下醫名大，人推鮑太玄。家聲千卷在，儒業一經傳。賣藥能供酒，持筇不掛錢。相如獨消渴，願乞上池泉。

送蒼雲上人還金陵上人善畫竹

滄波秋色遠，一葦渡江東。別路風沙外，還山幻住中。碧雲詩欲擬，蒼雪筆偏工。去矣成千里，械書寄塞鴻。

送王鴻臚歸養

詔許潘郎去，秋風晝錦歸。楓江辭魏闕，菽水奉慈闈。采秀太湖石，棲霞白板扉。長安西笑日，莫遺滯漁磯。

都下逢孫伯遠時有嶺南之行賦此爲贈

多才憐小阮，不但語驚人。偶作并州客，悲歌易水濱。雙鈎狂自舞，十日醉爲真。別我羅浮去，梅花萬樹春。

送靜淵上人南還

折柳仍南渡，拈花自北歸。紫衣看獨往，白社又相違。江練春題句，山壚夜掩扉。思君何處夢，遥傍楚天飛。

送程太學無過歸省新安二首

談經名冠魯諸生，俠氣翩翩寶劍橫。何事今朝成去住，五陵芳草不勝情。

承顔歸去意如何，白嶽黄山隱薜蘿。此日江淹猶賦別，太行城上夕陽多。

送程上舍虞仲歸省新安

春鴻飛欲盡，何處望新安。送爾揚鞭去，還家戲綵歡。山霞裁作佩，陂竹選成竿。吾亦將歸客，滄洲老鶡冠。

朱博士以禮上人畫竹索題二首

南來長干僧，解寫江陵竹。有斐德不孤，爲君誦淇澳。

高閣日盤桓，來從雪裏看。誰知廣文館，偏有翠琅玕。

訪何元貞不值馬上口占

萬木凋零夕照間，蕭蕭朔氣下邊關。雪中騎馬咸陽客，猶似山陰訪戴還。

題張光祿紀游畫卷六首

瓊樓觀海

遼陽使者日臨關，公子趨庭望海山。倚馬揮毫銘已勒，恰如張載劍門還。

曲江游眺

漢家宮殿曲江頭，更向慈恩寺裏游。應是金錢曾詔賜，玉笙瑤管醉高秋。

皐蘭觀獵

白草黄沙羽獵齊，將軍鏖戰馬頻嘶。籌邊已斷匈奴臂，百萬蒐田大夏西。

金陵懷古

誰似南游美少年，扁舟桃葉渡頭煙。烏衣朱雀今何在，惟有長干古寺禪。

虎丘訪僧

吴王宫裏樹啼烏，伍子祠前草亦蕪。頭白山僧忘説法，劍池西畔梵堂孤。

仙宫祝壽

稽首清都寶殿前，五雲晴日麗中天。三呼猶似嵩山下，長爲君王祝萬年。

送王運使赴長蘆

冠蓋蕭騑騮，仙郎賦遠游。玉珂辭帝里，朱戟過滄洲。海色千門曙，春煙萬樹浮。早成鹽鐵論，國計借良籌。

歲暮訪楊茂才客館

星霜老却一荷衣，回首窮途萬事非。旅食逢君憐歲序，羈棲久客待春歸。孤琴短劍寒相傍，白石清泉夢自飛。豈但吳門容市卒，江南還有釣魚磯。

庚辰人日書懷

虬潛懷舊隱，雁字久沈冥。又值人爲日，堪憐客是星。窮愁雙眼白，下走一衣青。木榻誰相問，遼東愧管寧。

酬楊茂才見訪

上苑春初暖，重逢話故山。傭書君自匿，投袂我將還。馬磨頻資客，牛車待出關。飛雲高絕處，他日憶躋攀。

答傅生

昨得南來札，開椷字字愁。蒼茫關樹盡，迢遞漢江流。朔雪家何處，秋風客買舟。輒思雲臥好，焉敢負羅浮。

酬容彦存見訪

乘興誰知是子猷，過存意氣忽千秋。邊歌雪後空蘆管，客計春深尚蒯緱。何事乾坤多感慨，自堪閭里共沈浮。酒泉不似傭書日，莫向班生論拜侯。

贈聶丈人二首

何來長嘯躡雲煙，囊似韓康賣藥年。自昔灞陵無二價，相逢誰解識神仙。

山中大藥幾時成，黄帽青鞋入漢京。休怪兒童驚異貌，共傳三耳是先生。

七夕

風塵六載客京師，寥落丹巖桂樹枝。七夕每逢長卧病，雙星何事怨將離。多愁宋玉難成賦，短鬢潘郎漸有絲。江漢蒼茫秋色裏，閨門猶自滯歸期。

秋懷

荒齋客已六年逋，故國山川夢寐俱。雙膝每勤參大士，一編寧解著潛夫。誰憐久病癯如沈，獨有交游俠似朱。卻望秋江南去路，煙霞堪自老頭顱。

酌别友生

新豐市上少年塲，握別壚頭憶故鄉。莫謂李生貧徹骨，贈君惟有劍如霜。

秋風

故國椷書絕塞鴻，關山何地不秋風。軍符南入兵戈裏，虜騎東來涕淚中。時詔剿南賊鮑時秀，土蠻窺山海關頗急。拙計煙霞思東楚，浮生滄海歎飄蓬。登樓頗似荊州日，王粲淹留賦獨雄。

酬朱子厚方永叔二公子見寄

公子翩翩氣自豪，梅花雙使念綈袍。何來樂府傳魚素，並向詞林識鳳毛。家出南陽連郟鄏，名標北斗起風騷。摳衣一望三千里，嵩少崚嶒月色高。

與黄表兄夜話

高樓玉笛朔風驚，落魄長安弟與兄。中夜飯牛羞甯子，幾年投筆學班生。天涯已倦驅車走，海上將歸把釣行。搔首鄉書遙阻絕，漁樵何日罷談兵。

辛巳元日對酒作

鳳曆初開日，春風寬客懷。浮生元草莽，縱飲自茅柴。落羽八千里，行歌十二街。飄然吾欲去，丘蹩躠芒鞋。

再酬朱子厚方永叔二公子見寄

青雲桐栢臥煙蘿，二妙芳名謝氏多。南陌看花應並駕，西園飛蓋共高歌。聽鶯尚待華陽館，椷鯉頻傳易水波。以我俠游消歲月，江湖偏自憶漁蓑。

訪曾參軍留酌遇馮朱二山人同集

參軍高興劇，醉客酒如澠。意氣論千古，風流冠五陵。朱家名自俠，馮衍賦偏能。不厭貂裘敝，恒陽共一登。

哭芳弟二首

荊樹庭前別，北來音信稀。無論生是寄，只道死如歸。鶴髮家何在，鴒原事已非。關山燕粵隔，憶汝但柴扉。

骨肉傷凋謝，泉臺杳奈何。逢時仍夢寐，葬地且煙蘿。明月三江水，扁舟一釣蓑。淒其憐大被，夜夜淚痕多。

出京留別諸君子

一出關門誦五噫，山川迢遞欲何之。不堪獨客牛車送，祇爲雙親鶴髮垂。白社解攜行復戀，青春作伴去無疑。別來倘念羅浮隱，須託鱗鴻慰所思。

德州晚酌

嶽色晴堪望，平原夕照長。沈冥思曼倩，縱飲問嵇康。何處緇塵客，還山薜荔裳。河船魚鳥近，搖筆賦滄浪。

徐州覽眺

汴泗千秋地，飛艘向此行。河更春漲起，山隱暮雲平。疏柳南歸夢，征鴻北望情。天涯勞尺素，迢遞隔神京。

淮陰夜泊

淮水日悠悠，南征達楚州。荒涼何代郡，飄泊此時舟。漂絮曾施食，持竿亦拜侯。孤城欹枕卧，一夜聽東流。

廣陵贈陸秀才無從

憐君偃蹇老諸生，海内論才有大名。白雲一時稱寡和，綈袍終古見交情。山居翫世嵇中散，道路還家阮步兵。十載舊游重把袂，竹西亭畔楚雲平。

渡江

長江那可渡，白浪渺秋煙。歌後猶持楫，愁來一扣舷。飛帆晴樹外，歸鳥夕陽邊。飄泊知何處，漁燈傍客眠。

金陵客館秋日寫懷

西風颯颯白雲秋，病後飄零感敝裘。一騎乍從燕市下，十年仍作秣陵遊。移舟□醉壚頭酒，問月頻登江上樓。喜得南來家漸近，不堪歸夢過羅浮。

九日陸山人華甫見過夜集得歌字

雙劍頻能合，羈棲思若何。佩萸酬令節，酌酒一高歌。雁字秦關遠，牛衣洛下多。燈前君且醉，行樂在煙蘿。

訪無着上人

吳市吹篪客，閒來伴衲衣。似因玄理妙，益覺俗塵非。落日停滄海，寒雲擁翠微。竹罏煨芋栗，談笑坐忘歸。

答方永叔見寄

齋署青燈下，飛書見遠情。登樓瞻嶽色，隱几聽江聲。明月雙鴻過，西風孤劍橫。憶君多慷慨，千里結幽盟。

得朱子厚書卻寄

迢遞南陽使，慇懃報尺書。仙山君駕鶴，賓館我歌魚。風雨青萍氣，煙霄白水居。西園高宴日，飛蓋更何如。

白下逢張太學幼于

淮南一别不相聞，茂苑深棲最憶君。龍臥劍池藏紫氣，鸞飛鍾阜嘯青雲。乍驚蓬鬢飄霜色，共向茅齋坐夕曛。自昔才名稱綺歲，風流何但漢終軍。

普德寺尋悦上人不遇

此中懷淨土，猶隔幾塵沙。金界風煙色，珠林日月華。悟來雲是影，講後雨爲花。何事支郎去，疏梅一樹斜。

游報恩寺訪恩上人

躡屨登金地，逢師一語同。此生元似幻，無色不成空。慧日開靈境，慈雲護法宮。未須談六代，禪藻在江東。

夏日即事

無家吾已慣，豈但似山僧。延客不沽酒，呼童或煮冰。茅齋空四壁，蒯劍照孤燈。獨有羅浮夢，依然在曲肱。

懷靜修上人二首

支郎詞賦不羣才，雙樹林中白社開。匹馬解攜江左去，相思多在鳳凰臺。

溪頭三笑別時情，薊北江南萬里程。獨有八行憑塞雁，心隨明月過西京。

贈萬山人未夫

海内論騷賦，君如楚大夫。馳驅稱上乘，名姓冠西都。夢與湘江遠，身隨漢月孤。袖中雙劍在，人識是昆吾。

將發金陵逢盧部掾達成飲別

世情何必論炎涼，巵酒君能典鷫鷞。久向粵南懷陸賈，偶來江左得周郎。功名尺寸煙霄外，桑梓交游水石傍。磊落泥塗唯我拙，歸心今在白雲鄉。

度嶺

舍舟横浦度梅關，匹馬驅馳萬仞山。卻憶鹿門妻子在，犁鋤蓑笠待人還。

溪上

溪上西風吹鷃冠，家貧歸計強承歡。誰知闕下傭書者，又向滄浪理釣竿。

游浮邱

一叩朱明戶，天南此地孤。白雲開薜荔，秋色散蘼蕪。蒲磵誰名漢，訶林不屬吳。賜歸榮秘監，何但鏡爲湖。

中秋德慶舟中同歐黄蘇諸君子翫月

灕江水南下，海甸月東昇。野客坐仍立，林猿牽欲行。團圞愛光景，萍梗戀良朋。念此綢繆夕，柁樓沈醉憑。

入南江口至羅定值病遂東下

西游忽兩月，何事滯津途。牛馬身空老，煙霞病未蘇。朝餐足野蕨，晚酌覓江鱸。值此西風發，扁舟過五湖。

泊厓門吊古

宋家飄泊到厓門，終古令人一愴魂。此際征帆不可渡，滿天風雨下黄昏。

初至大麻山中呈歐黄陳趙諸樵長

褐衣猶愧老明時，骯髒何人念鬢絲。滄浦釣竿今暫捨，麻山樵斧復相隨。入林猿鶴迎新侶，到處煙霞似故知。躡嶠憑高一長嘯，蒼茫秋色海天垂。

戊子春日督學郭公招遊羅浮值患足瘡不及往悵望賦此

敢云禽尚婚嫁畢，五嶽以下擬游縱。虚度一萬六千日，時英四十五歲也。無緣四百三十峯。祇今浮江望綵鷁，憶昔登岱佩蒼龍。值此春光未能往，悵然海水心朝宗。

得王使君裕參書卻寄三首

使君風雅世間稀，薇省芳尊醉布衣。綵筆題詩辭粵嶠，至今山色有光輝。

陸賈裝輕亦漢臣，五羊人吏送江濱。量移詔下趨東郡，司理扶風第一人。

塞鴻南下過秦關，萬里椷書慰老顏。欹枕松窗明月夜，夢雲飛繞太行山。（以上李英集・歷游集卷下）

全粵詩卷四一五

李英五

初開酒館承歐黄蘇李諸詞客過辱篇什酬答一首

堪憐六十煙巖老，憶昔西游舊故知。入社久從詞客賦，談天曾有尚書期。敝貂歸卧貧無似，滌器當壚胡所爲。但有羣才題下走，風流不減五陵時。

元夕旅泊石灣楊明壯攜酒見過舟中

江鄉晚泊歎蓬飄，載酒勞君慰寂寥。總爲生涯羈逆旅，共看燈月慶良宵。笙歌到處人同樂，春色盈津柳獨驕。草莽山林當盛世，清泉白石老漁樵。

春日游永泰寺

東山開寶地，方外有良緣。偶與許洵輩，來參支遁禪。晴光分翠岱，春色滿諸天。不盡貪幽興，松林鎖夕煙。

清明日謁先考妣墓

獨抱終天恨，思親淚未乾。墳塋一沾灑，風木幾摧殘。日落猿聲急，雲愁山色寒。泉臺封閉後，形影夢中看。

題青白菜圖贈鐵生

傳家青白凜寒冰，種得畦蔬積雪層。聞道三公曾不屑，灌園何但似於陵。

題崇恩茂異卷

逸士名偏重，風流似鹿門。一時推碩隱，萬里拜皇恩。白髮家多慶，青霞道自尊。高堂榮綵服，頌客滿前軒。

送盛泰甫還無錫

浪迹大江湖，長安舊酒徒。散金交態盡，抱劍客情孤。張翰思歸切，虞翻感滯無。明朝關外騎，飛夢到三吳。

送李上舍謁選入京

翩翩公子謁金門，元是忠貞太僕孫。自昔西京功業盛，赤心知爾報君恩。

酬關歐諸君子見訪壚頭

王謝多佳士，泠然調絕奇。無懷能遺俗，有酒即相知。市隱身何在，盤餐老不疑。獨憐生計拙，雙鬢白如絲。

贈黎道士文登

衹壇深處集，大法未空傳。世界看成幻，沈冥即是仙。河山千古夢，星月一壺天。老醜承玄賞，論交不記年。

黄山人元良見過敘澗步韻有作

壚頭一見病懷蘇，猿鶴相依謾喚呼。轉眼韶光容易老，三山清夢未嘗無。

端陽日同歐黄諸君子集海西詩社得情字

詞人雅會酬佳節，酒泛菖蒲及我情。落魄無論形似鶴，放懷真得飲如鯨。綠荷荏苒憐霜鬢，綵筆縱横負友生。何限風光看世態，江鄉惟有白鷗盟。

夏日承何梁歐七君子過集得煙字

翠竹蒼松舊有緣，尋芳載酒一陶然。龍津流水通三徑，仙洞幽期駐七賢。市隱憐余栽薜荔，海門極目靖烽煙。相逢總是忘機侶，欲唱菱歌上釣船。

伏日承歐梁黃關何諸君子過集得逢字何字二首

何意旗亭會，高人不易逢。藏身非大隱，生事似臨邛。白雪難爲和，青霞好寄蹤。羅浮堪寓目，將去躡諸峯。

水邊堪避暑，對酒一狂歌。高適應酬李，羊生屬和何。亭開荒徑遠，客過竹林多。竟日縱歡賞，幽盟在薜蘿。

訪歐隱君少玄留飲偕何梁二文學同賦廬字韻

十年憐此會，搔首二毛餘。酌酒頻彈鋏，高歌不爲魚。參天深徑柳，捲幔滿牀書。客過多羊仲，風流在草廬。

早秋述懷

海上秋風不斷吹，依然爽氣入茅茨。滄波有約鷗同適，古道無人劍獨知。老我力貧何借託，撫兒閒懶恣愚癡。巑岏丘壑容雲臥，不似咸陽作客時。

關黃歐三文學枉過持陳二山人所寄贈章率爾酬答因訂中秋之約

秋色蕭蕭楓葉丹，每聽砧杵輒憑闌。壚頭濁酒延三益，嶺表高才羨二難。風雨何時龍劍合，相思一夜雁聲寒。臨流欲發山陰櫂，明月滄浪把釣竿。

黄氏諸君子過酒肆

謝家兄弟好，傾蓋酒杯中。今雨情偏洽，罡風氣更雄。海天飄白露，秋水接長空。不異桃花路，歸舟趁晚風。

中秋後二日承李少思蘇仲輅歐仲岳蘇四郎林覺蒼李少似李少修蘇虚白梁小鸞李伯玉李季玉十一君攜壺榼泛舟見過酒館遂登海西臺得杯字文字

滄水堪乘興，移舟問下才。幽期秋霽爽，散步竹林來。慷慨看雙鬢，慇懃飲百杯。壚頭憐此會，賡詠思悠哉。

南海稱多士，騷懷竟不羣。登臺同覽勝，揮麈一論文。絕巘生秋色，滄江下夕曛。陶然河朔飲，綵筆賦如雲。

答蘇秀才履周愚公二首

蕭瑟西風嘆敝裘，蒼林搖落片雲浮。海天夢斷青山暮，江國書傳白雁秋。卻憶孫生今閉戶，可堪王粲獨登樓。芙蓉碧水頻搔首，欲上龍門一泛舟。

寂寞荒齋漫抱琴，焚香兀坐憶知音。倦游垂老滄洲隱，消渴將期白社吟。巖桂芬芳秋氣早，海波迢遞暮雲深。水村十里人難見，清夢時時到竹林。

霜降日承盧達章鄭宗先盧啓祥見過得尊字

十載歸來隱故園，交游頻得話寒暄。披襟漫爾情何極，往事淒其舌尚存。竹杖隨緣丘壑勝，貂裘無那雪霜繁。明朝白社枌榆會，好向高臺更一尊。

壽儀部冠帶元澹五十一初度

閃閃幔亭霞，鋪筵作玉華。極南星入部，初度壽名家。從事尊餘酒，陶公徑滿花。未論真出處，鶴氅表烏紗。

李山人裕尹見過得橋字

巖岫桂香飄，逢君渴病消。似憐雞黍約，不惜馬蹄遥。采秀懷丹訣，尋真度鐵橋。滄洲吾道在，誰肯負漁樵。

九日同歐黄諸詞人登海西臺得山字

高臺令節一躋攀，未敢題餻大醉還。白社羣才騷興劇，堪憐落帽似龍山。

重陽後一日訪蘇惟奕書館黄崇賦攜酒榼復登海西臺因步惟奕九日韻

幽人把臂海雲間，十日重登賦小山。臺上且看籬菊綻，酒中那計杖錢慳。扁舟遠水仍同泛，白雁聯翩頊過關。樵采舊游酬酩酊，夕陽西下躡雲還。

同盧達章訪蘇惟卿留飲得居字

遁跡思何如，琴尊樂有餘。論交雞黍約，愛爾鹿門居。檻外千絲柳，牀頭幾卷書。青霞長作伴，吟詠倚栟櫚。

送潘光祿子朋使汴還朝

仙郎封事奏彤闈，策馬關門去似飛。不但前驅趨負弩，還朝侍從有光輝。

同盧達章訪霍衍榮酒館步黃山人韻題一首

黃鶴樓中暫寄身，躬耕何異鹿門人。交游不厭頻來往，縱飲狂歌醉是真。

題南霍草堂贈蘇文學經佐

日南珠不現，東閣未招賢。卜隱青霞谷，長吟白雪篇。登臺標嶽色，捲幔散秋煙。拂拭淩雲起，行看獻賦年。

訪梁蘇二文學館中留飲得秋字

二妙青雲客，勞勞念敝裘。開尊情繾綣，撫景暫淹留。水國魚龍夜，山齋桂樹秋。無論生事薄，吾道且滄洲。

游小金山鼇峯寺

空門幽絶處，繫艇一登臨。壁削江浮玉，雲垂地布金。斷碑穿竹徑，揮麈坐松陰。千載峨嵋客，廻看出世心。

送歐春元入京赴進士舉

平陽葉葉擅名流，白璧黄金萬里酬。雄劍龍吟過易水，青霄鸞翼發靈洲。殿前五色聽臚唱，花下千門策馬游。邊海窮荒疲困久，爲疏時務奏宸旒。

送歐四公子例入儀部並從乃兄北上禮闈

少年游上國，名冠部儒紳。惜此三冬别，依然萬里人。天涯同大被，終古見情親。總是班行侣，明時獻納臣。

初冬日梁歐黄馮諸君子過集得詩字

客似高陽會，茅柴醉不辭。黄花堪縱賞，綵筆更題詩。海甸當摇落，田園亦暫期。相隨猿鶴侣，采秀欲何之。

歐雷二子往游西粤見過宿別賦贈二首

罷釣歸時獨掩門，客來肯對濁醪尊。夜深苜蓿猶堪煮，自昔田家老瓦盆。

月照牂牁江水長，扁舟明月度端陽。遠途無數南征雁，好寄西來字八行。

訪陳隱君如初

隱居君有古人風，傲視煙霞俗不同。自愧登堂非孺子，誰知榻下得陳公。高歌斗酒情何劇，起舞雙鈎氣並雄。念我資身猶可笑，持竿日向海門東。

訪關山人少璋

秖今文學老，栗里是淵明。菊植東籬下，尊深北海情。披襟惟意氣，彈劍薄功名。不厭過從數，綈袍念李生。

甘茂修見過

故人憐久別，握手慰生平。短劍三江釣，扁舟萬古情。窗前飄木葉，沙際落鴻聲。且醉壚頭酒，何如阮步兵。

余茂祥見過

廿年如一日，戀戀見君情。蒯劍歡相合，松醪且共傾。解衣無范叔，把釣有韓生。不用悲淪落，惟知隱姓名。

步韻酬答吴秀才彦家

一瓶高挂白如銀，司馬當壚秖爲貧。巖下拂雲丹桂發，籬邊傲雪菊花新。青山憶爾能招隱，猿鶴憐余偶結鄰。折葦渡江將入社，平原十日飲爲真。

步韻酬答鄭秀才肖筠

何事披書臥竹園，新詩贈我古玄言。相思兩地孤琴在，徙倚高齋四壁存。剡曲浮槎吾欲發，隴頭飛雪興猶繁。搖心聞落梅花弄，能使壚頭倒玉尊。

順瀾詩賦贈曾良明

披蓑頂笠粵江干，沽買炎涼道轉難。汝爲生涯羈大邑，每從仙舫泛洪瀾。茅柴招飲多酬醉，叢菊幽期幾度看。追憶齊王當日事，淮陰曾把釣魚竿。

冬日酒館即事

朔氣蕭蕭遍海濱，寒梅瑞雪隴頭新。五花騎至高陽侶，一葉乘來剡水濱。雞黍無忘中散約，交游不厭長卿貧。荒涼四壁琅玕密，所得詩人共酒人。

酬梁文學羲年

日落寒江罷釣廻，食貧懷抱若爲開。相思黃鶴樓前月，獨對丹丘雪裏梅。舊業聞君當絕唱，新詩贈我見高才。誰知昨夜燈花焰，尺素勞傳使者來。

來鶴洞中訪雲卓道人

老卻滄江一敝裘，同聲奉引醉鄉游。霞棲每憶山陰客，雲霽頻移剡曲舟。傲世洞中歐似阮，問奇門下李如侯。誰知法海多靈氣，風整應難下雪鷗。

寒日過伏龍洞草堂歐隱君少玄席上賦贈梁文學羲年歸省

水村市上臘陽天，長傍花邊共酒邊。漁艇櫂歸辭釣侶，龍池星聚遇詩禪。高歌北海尊同倒，遙望西枝月照圓。方外雅游憐去住，竹林社會又明年。

癸卯除夕

窮愁憐此夕，秉燭坐更闌。歲月催人老，生涯濁世難。枯腸甘淡薄，霜鬢易摧殘。風木親何在，牛衣祇自寒。

甲辰元旦余生於甲辰，時行年六十有一

曆書初啓日，花甲又重逢。文字參詞客，青山伴老農。東風吹薜荔，春水浸芙蓉。夢寐飄然去，羅

浮四百峯。

六日承關歐黄諸君子過李英飲柏葉酒

何處春山不可游，雪消澌水下滄洲。野人垂老藏丹壑，詞客高懷念敝裘。柏葉杯傳知己飲，魚腸劍合拙機投。夕陽西下趨歸路，乍看梅梢月似鈎。

人日承歐山人仰德同乃郎長君見過雅集因懷梁山人啓元

玉勒金羈探早春，何勞喬梓訪荊榛。初開社會尊如海，漫賦風光日是人。無恙柳條當眼嫩，蕭然白髮滿頭新。五噫歌在懷之子，共擬乘橈一問津。

元夕觀壇燈

紛紛冠履護星辰，魏紫姚黄樹樹勻。五夜昇平歡醉月，一方鐃樂逐行塵。香煙近海羣靈集，淑氣迴春萬戶新。風土年年還此會，燈花紅照俠游人。

春日過黄文士伯輿爽然堂聽倫文叔鼓琴于玉蘭花下

短褐逍遥問仲宣，山齋習静坐談玄。廣陵調絕誰傳散，茂苑香移自爽然。萬壑松風吟膝上，一枝蘭玉撲尊前。同懷借得同幽賞，勝事能無記往年。

訪歐文士子敬說劍齋

芙蓉溪上絕塵埃，煙水蒼茫一徑開。大曆工詩猶善酒，高齋說劍識雄才。少年氣色沖星漢，上駟桃花笑駑駘。海闊天晴沙鳥過，不張弓箭許重來。

過韋涌再訪方山人際明不遇有引

方山人素雅厚。前歲臘月專訪不遇，因逢莫文士，深酌而廻。今春再訪又不遇，偶逢張道士，醉飲乃歸。歎會晤之難，悵然賦此。

春早憑高望大洲，棕鞋桐帽過江頭。問津何處尋安道，挂席東風送子猷。幾度闞門占紫氣，再來巖壑覓青牛。白雲深鎖人難見，興盡空廻剡曲舟。

對酒

飲者之名歷代傳，劉伶李白酒中仙。六旬花甲須臾事，人世幾何享百年。

何奕猷洗于覺二子閒過

老人生事祇隨緣，交得詩禪更酒禪。雖是出家猶握髮，何如不笑虎溪前。

歐盧二社長見過得雲字

二子情何洽，風騷與我羣。盟交傾濁酒，世事若浮雲。鶴唳樓前舞，鶯啼徑裏聞。酕醄歌一曲，海嶽駐斜曛。

訪張子覺留飲賦此贈之

獨憐張仲蔚，遁跡掩蓬蒿。絃奏餘流水，杯傳醉濁醪。貧存司馬璧，佩有呂虔刀。且莫悲生事，春江共釣鼇。

李茂顯見過

煙水寄浮萍，琴尊幾聚星。二毛憐爾白，雙眼爲誰青。高誼非陳重，論交得管寧。霞棲良可適，海上老傳經。

仲春日承歐才伯仰德仲瞻過飲李英壚頭得人字

縱飲狂歌六十春，風流諸阮幸相親。舊游闕下傭書客，老作壚頭滌器人。雲臥霞餐懷古誼，鷗盟漁伴絕囂塵。清泉白石頻來往，到處鶯花照新眼。

譚從事少明往游中宿見過話別索贈賦此

峽山鍾秀氣，合浦現明珠。誰知一俠客，佩有雙昆吾。君今安遠游，戀別高陽徒。深杯壯此行，出闕棄繻無。

酬黄山人元光

仙洞橋東寄病身，花溪多憶武陵人。富春曾不辭漁長，中散何如嗜酒真。旅伴煙霞貧樂道，懶依麋鹿好爲鄰。寸心何以酬知己，慷慨憐余白髮新。

甲辰三月初度自述

蕭騷老矣芰荷裳，日日持竿釣水鄉。翠竹蒼松爲伴黨，清泉丹壑度星霜。不辭美酒百千斗，已醉韶光二萬場。一子愚癡無所望，祇憑猿鶴慰愁腸。

贈冼于覺

之子稱騷雅，芳年道自華。潛虛憐白業，作伴有青霞。不盡山陰興，頻移剡水槎。尋游偏戀我，將去訪丹砂。

夏日同歐盧冼諸社長訪杜四隱君居賦贈二首

海西臺上結幽盟，聯步溪陰訪杜生。聞道少陵爲汝祖，風騷終古有家聲。

清泉隱逸老工詩，自釀松醪熟幾時。掃徑倒迎文學士，登樓問月醉歸遲。

黎梁何諸君見過得歌字

新知感良晤，酌酒一高歌。念我棲巖壑，生涯戀釣蓑。花開仙洞景，客泛佛溪舸。雞黍能無厭，仍期結薜蘿。

贈別雲卓道人方外游

佩刀憐獨往，鼓櫂別溪陰。每吐驚人語，長虛出世心。浮生懷五嶽，結客散千金。策馬咸陽道，能無念竹林。

歐武士紹思見過索贈

一時任俠道旁名，邊塞他年往請纓。馬上青山聊傲睨，匣中寶劍有悲鳴。杯行訊急巡兵合，觴令深巖斬將成。姓字莫通俱酩酊，衛青行陣是君兄。

訪方台卿黄玄通李廷叔三友留酌

藏修躭闃寂，淹貫有羣才。欲結蓮花社，追歡竹葉杯。因知如管鮑，相見即陳雷。況此高陽會，焉能不醉迴。

臥病紀事

吉也無終始，通財負我恩。兒曹癡不學，老病總銷魂。計拙囊羞澀，愁多淚暗吞。冥冥將永去，三島有乾坤。

初秋承黄伯安召李英飲偕蘇黄諸文士即席同賦先字韻

新秋爽字粤南先，逸士披襟水石邊。白晝飛來雲滿徑，清陰坐看竹參天。分題立馬慚枚叟，作賦冥鴻羨仲宣。豈爲知音情故劇，邀歡不盡酒如泉。

酬黄文士元玉伯安

憶昨長安護劍歸，關河回首駐斜暉。久從主父持鞭弭，已有公卿譽布衣。月下彈棋尊似海，霜前校獵馬如飛。圖南竟作漁樵侶，鐵笛横吹坐釣磯。

中秋後三日訪黄茂才君甫留飲元玉伯安偕李英同賦

借赤楓林久鑄顔，桂叢招隱幾同攀。酒酣起舞雌雄劍，賦就淩風大小山。當日曹劉推海内，異時王謝大名間。尋真一問朱明館，江月天風吹珮環。

九月三日承黄茂才君甫元玉伯安攜李英登海西臺

社會追歡逸興頻，飲如河朔醉爲真。預酬令節登臺客，先笑王風落帽人。竹杖扶行荒徑遠，菊花采插滿頭新。鴉飛夕照歸舟促，月似銀鈎度海濱。

訪黄山人元性蓬蒿别業留飲

多才翫世隱江皐，遠步尋君不憚勞。揮塵高齋吟古調，奏絃終日掩蓬蒿。丹心骯髒憐霜鬢，玄草虚閒醉濁醪。老醜亦知無可道，不禁飛興洽波濤。

紀興二首

每日頻開竹徑，清修獨愛談玄。交游方外騷雅，都是詩禪酒禪。
所爲三教弟子，長吟社結蓮花。繡佛尊前頌酒，不妨在家出家。

梁季參見訪詩以贈之兼憶黄惟讓

梁鴻稱潁士，俠骨有清奇。濁酒論交晚，黄花輒賦詩。每隨猿鶴侶，深戀竹林期。擬會公榮飲，搵衣慰所思。

秋日歐盧二社長見過同讀鍾茂才秀貞詩集賦此寄懷

十年清夢憶高蹤，明月瑶臺不可逢。自昔袁宏元倚馬，只今御李亦登龍。雄心每對二三子，丹檢常懷四百峯。霜後授衣憂歲晚，秋江一泛采芙蓉。

贈林祥雲爲書當壚集

君擅鳥跡書，爲余表酒壚。筆精箋素外，目遍錦文餘。仰視先天象，旁窺歷代墟。袖中字不滅，此意等璠璵。

霜降日同馮歐諸君子登西臺

海燕廻，塞鴻來。千山叢桂發，三徑菊花開。逸客招攜頻載酒，聯鑣乘興共登臺。

杪秋黃茂才君甫偕元性元玉元佩伯守伯祥伯安伯任諸文士同賦菊花天分韻得花字

滄江寒色落蒹葭，謝客羣遊感歲華。無那霜風吹白髮，不妨尊酒對黃花。揮絃流水期鍾子，滿坐知音是伯牙。松韻宜人情最愜，淹留日暮醉還家。

贈別馮文士緝倩

文星昨夜駐江濱，一日襟期即故人。惆悵孤舟容易別，桃花潭水送汪倫。

閏九月八日承茂才元生偕乃兄弟姪諸文士攜酒見過因訂九日之會

陋巷聯綦履，臨風一賦詩。羣才俱上客，高會即西池。意氣看蘭玉，盤餐有栗梨。百年同幾醉，九日又相期。

閏九日同歐黃倫蘇十六詞客雅集伯輿嘉樹園賦得並蒂芙蓉兼贈蘇文士廷魁得臺字

溪上芙蓉並蒂開，酒人采折贈多才。一羣總是高陽客，閏九重登舊社臺。蘭佩笑談方外事，菊英滿泛掌中杯。半輪新月兼霜白，無數征鴻度嶺來。

十日過黄茂才君甫宅留酌偕梁歐黄諸文學同賦黄字韻

探幽扶竹杖，徐步訪山房。塞雁銜寒色，籬花傲雪黄。初冬明日立，涼夜五更長。滿坐青雲客，分題共舉觴。

十一日同梁何倫黄諸君子集爽然堂鼓琴賞菊

日逐少年場，相依麋鹿旁。朱絃揮古調，流水滿華堂。几席花如錦，杯盤橘正黄。淹留歸路晚，踏月又銜霜。

十二日遇歐四君子飲壚頭

慷慨稱諸俠，沈酣倒接䍦。偶逢非所約，不醉是何爲。理釣常浮葦，披雲欲采芝。漁樵容我拙，煙水有幽期。

十三日歐隱君元章見過黄茂才君甫偶至同集

知己相投道誼真，茅齋促膝慰吾貧。笑看籬下千枝菊，快食盤中一味蓴。説劍多年雄是玉，隱居高士鬢如銀。杖錢沽酒須酬醉，百歲光陰見幾人。

十四日立冬雨夜過宿黄茂才君甫書館

一夜初冬雨，蕭蕭枕上鳴。故人同大被，信宿見高情。蝴蝶三更夢，煙霞百歲盟。天明橈釣艇，别向海門行。

十五日過黃文士元庸宅訪吳茂才子贊留宿

老大忘貧賤，扶笻欲問奇。追尋侯子輩，趨訪董生帷。石磴窺霜月，瑤琴奏竹枝。匡牀同一宿，枕上夜聯詩。

訪盧紹倫隱居

過訪樵山老，高懷兩鬢絲。榕陰同酌酒，菊徑一敲棋。問寢承歡日，投簪戲綵時。藏真深洞裏，蘭桂滿庭墀。

贈張醫士君恒

雅愛通玄子，多才又善醫。沈吟陶令菊，長醉習家池。市隱多方異，真心對故知。騷懷誰得似，丹煉是吾師。

壽羅叔可七十一初度

七十仙蹤鬢未皤，百花深處一高歌。兒孫繞膝稱觴日，戲綵斑斕樂事多。

過歐隱君君佩宅遇陳山人懋節因憶乃兄惟□懋昭二公

石室徵君宅，陳蕃偶再逢。幽盟追舊社，念我處臨邛。綵筆題詩句，籬花泛酒濃。寸心懷二妙，即欲一登龍。

題大西山房贈黄茂才元生

工詩忘宿食，朝夕閉柴關。抱道青雲士，藏書大西山。鹿羣期出俗，鸞嘯隔塵寰。若待公車詔，吾將執轡間。

介休四尹達成解官歸養過訪留飲賦贈一首

佐縣無論禄米微，介休萬里獨驅馳。承歡正好辭官日，抱道寧須課子時。杖策西樵盟舊社，尊開北海賦新詩。弟兄三四忘形役，海嶽優游百歲期。

初冬日承黄四茂才君甫元生元醴伯守黄蘇歐八文士元昌元玉元佩元庸伯起伯安廷魁能見攜李英偕赴吴茂才子贊之約即席同賦輕字韻

陶徑憐高會，羣才誼不輕。同傾桑落醑，一泛傲霜英。蒯劍時相合，絲桐調轉清。沈酣忘爾我，深快社中盟。

同黄茂才君甫登海西臺沽飲霍演榮壚頭之酒偕乃兄姪潛甫元聘諸君子同集

登臺縱目望羅浮，臺下飛來二鶴樓。君自解囊邀我醉，踏歌歸去臥丹丘。

訪李隱君裕培宅留飲偕次魁玨甫良甫諸茂才同集

潮平罷釣過西池，登訪玄亭爲問奇。捲幔共看凝雪菊，揮毫同賦侑觴詩。山人澤豹潛高隱，國士雕龍冠一時。蓮社交游行樂地，放懷沈醉步歸遲。

梁稅課用修自白下轉官柳州巡司寄懷一首

聞君江左再移家，擊柝微官署種花。暫寄柳州供柳史，堪從丹府覓丹砂。浪游憶昔登東岱，樵采胡爲飯小麻。司馬生涯歸故里，鶴樓風月夢京華。

節孝徽音卷爲李隱君裕培賦

鳳去煙銷路渺茫，孤鸞貞守覺淒涼。依然松柏看人老，愁對妝臺滿鬢霜。伴讀一經爲教子，夢飛三島不逢郎。旌門拜詔承恩日，蘭桂芬芳繞畫堂。

過黄文士伯輿爽然堂閒坐遇吴業伯冼華甫羅載相三山人攜琴偶至雅集

南州榻始下，三益抱琴來。席上娱流水，花前笑舉杯。知音憐絕調，終古見高才。幸遇同歡賞，夷猶半日迴。

過江頭李宅拉月野山人再訪庵朴隱君因慰玨甫茂才喪内之慽留飲鳳藻軒偕重甫良甫諸君子同集至夜宿此

咫尺江頭路不賒，追尋詞客共餐霞。詩題黄菊開三徑，社結青蓮是一家。笛咽絃崩情自遣，山移水恨悵無涯。遲廻日暮忘歸去，臥對銀燈數落花。

過黄宅書館吴子贊黄君甫二茂才黄元庸歐裔能黄叔和雅集同賦之字韻

白頭游不倦，曉起獨垂絲。小艇無拘礙，滄江任所之。投閒陪雅士，博笑赴圍棋。瀟灑東籬下，飛觴侑俚詞。

吴茂才子贊偕黄歐六文士攜酒見過雅集

攜琴仍載酒，命駕枉蒿萊。木榻千秋誼，陽春七步才。霜飄籬下菊，夕照海西臺。不盡登臨興，旗亭一醉廻。

同林紹進夜坐因憶倫耀南

羞貧長閉戶，木榻坐將穿。楓葉兼霜落，銀燈照劍懸。孤懷愁不斷，四壁苦蕭然。獨憶傳經客，難酬白雪篇。

訪黄山人希旦留飲得杯字

十月蓴鱸美，盤餐許我陪。當門聊繫艇，密坐一銜杯。夕照歸鴉促，天寒過雁哀。敝貂無所適，閒傍竹林隈。

贈歐文士元蘭

雄才方弱冠，拂拭雙吴鈎。大笑當天舞，長懷出塞游。階除搖玉樹，龍洞鎖書樓。好學淮陰子，垂綸得拜侯。

懷蘇隱君文甫

所思勞夢寐，夜夜碧江飛。祇爲雲山阻，能令雁字稀。炊餐惟苜蓿，避席掩柴扉。聞道躭幽僻，行歌對落暉。

訪黄隱君亮伯

白下論交昔有君，今朝溪上挹清芬。銜杯欲共羅浮月，四百峯頭躡白雲。

酬陳山人出濳

何來投轄見陳遵，搖筆題詩郢調新。大雪扁舟猶戀别，梅花消息寄江濱。

雪日歐山人仰德拉訪盧介休達成乃弟達章留飲達和酒館偕達賢諸君同集

三萬六千無幾許，頻來酒肆逐荊高。放懷竹下狂如阮，笑酌籬邊飲似陶。風雪丹巖依鹿豕，潮寒滄海躍鯨鼇。梅花滿徑芬芳色，白髮萍逢愧我曹。

長至日偶遇歐隱君于真見邀李英飲壚頭之酒

長至逢高士，篇詩飲幾甌。寒梅花照眼，老叟雪蒙頭。散步登山屐，頻移訪戴舟。呼盧村市上，深戀酒爲儔。

用韻再贊黄文士伯輿婚配之喜席上賦

合巹杯傳夜未央，洞房銀燭照紅妝。佳人才子鴛鴦匹，好似梁鴻配孟光。

黄山人元光侍養廣城寓館趨訪一首

潛幽城市掩柴關，菽水承歡慰母顏。身著綵衣長繞膝，緣躭大隱不歸山。牀頭雪色横雙劍，眼底風煙盡百蠻。别汝十年追一面，陽春酬贈鄙生還。

對鏡

廡下生涯老賃舂，五噫歌亦繼前蹤。人羣處世猶如蟻，子性粗愚不似蜂。社好無論青白眼，鏡光愁看病衰容。六旬之上胡稱壽，公道超然雪鬢蓬。

與黎紹聰話舊

齠齡窗下共寒燈，眉面僅藏似老僧。得意紫霞堪作伴，神馳五嶽最崚嶒。

步韻寄答何山人敬熙

燕市歸來構酒樓，溪橋流水武陵秋。尊前適興羣黄鶴，海上忘機伴白鷗。投贈華緘題古調，何勞遠使問貂裘。木桃酬報非心事，長至梅花寄隴頭。

雪中同李二山人裕詔良甫過集歐公子孺吉禺南草堂得詩字

將軍新主第，擁褐聚星時。鐵笛風前弄，梅花雪下吹。野夫惟嗜酒，才子輒談詩。又訂龜山約，扁舟泛海湄。

訪李茂才子玉

南國稱才彥，高懷愛酒狂。呼童沽白墮，開徑坐華堂。蒯劍雄星合，驪珠璧月光。錦巖多秀色，結綺興飛揚。

小除夕訪黄隱君言甫留飲

臘盡梅如雪，尋君一杖藜。憑闌滄海近，繞徑暮雲低。白版稱江左，青蓮愧隴西。新春仍結社，花月好招攜。

羅象先談萬字見過留宿

歲殘雞黍會，二仲鳳山來。剞劂簧中調，二子爲余梓拙集，故云。歡娱燭下杯。潛蹤驚令序，偃蹇卧蒿萊。風雪明朝别，滄江一櫂廻。

酬歐文士嘉潛解衣相贈

緑鬢妙才郎，高風古雁行。綈袍憐范叔，交誼見嵇康。别業煙霄外，幽棲水石旁。讀書長閉户，結客少年場。

乙巳元日訪歐文士宜龎

小阮芳聲重，谿山逸興同。雨前金柳嫩，歲首杏花紅。劇飲忘余老，虚心見古風。椒漿憐此會，春色滿簾櫳。

獻歲六日歐闗黄諸詞客初開海西社會午後見過李英酒館雅談賦此

龍津百卉競繁華，風日晴明淑氣賒。北海芳尊青竹葉，西臺深處碧桃花。騷人獻歲初開社，白雪陽春幾大家。司馬壚頭消渴久，何勞長者一停車。

元夕過黄隱君言甫宅訪康茂才思魏賞燈醉飲留宿

燈花酬令節，載酒過玄亭。社好元無約，萍逢偶聚星。相看龍劍合，不放羽觴停。潦倒聯牀宿，春霖夜共聽。

春日同元章隱君過集伯鱗伯羽二文學結緑齋賞菊得生字二首

驚蟄雨無晴，追歡泛菊英。淹留酬酩酊，不必論浮生。

謝客憐高會，西池春草生。誰知深洞裏，還共聽新鶯。（以上李英集·當壚集）

（李雪梅整理）

三水晚泊

西風吹不息，朔氣共蕭蕭。樹暝投歸鳥，溪深促去橈。漸聞鄉語異，轉覺客程遥。且傍漁燈宿，寒江夜聽潮。

立春夜對月懷李時芳

門掩琴書静，懷君對月明。煙雲開暝色，鴻雁落春聲。獨夜多愁思，清尊少客情。燕歌吟望處，空復旅魂驚。

遊周園

垂楊一徑轉，徐步到城邊。煙散窗中樹，涼生雨後天。筆床封積蘚，石磴瀉鳴泉。回首高臺上，秋山更可憐。

懷區邦教

客裏悲生事，蕭條獨倚欄。片雲垂碣石，斜日下桑乾。紫塞檄書少，青樓歌舞殘。懷君不可見，空向白雲看。

晚登毗盧閣

上方高閣倚青天，閶闔雲中紫氣連。萬里關河吹角裏，幾家砧杵亂鴻邊。庭前祇樹飛秋葉，竹外寒山起夕煙。把酒不堪人已遠，粵南燕北思綿綿。

冬至日遊天壇李道士館

香煙縹緲絕塵氛，仙院欣逢羽客群。雪色乍迷三徑轉，鸞聲多傍九霄聞。書廻玉殿傳青雀，齋罷松窗掩白雲。此日南郊紛侍從，長楊誰奏馬卿文。

送龐景元南還

九陌晴明積雪光，郵亭南望路偏長。謾將書札投征騎，愁把梅花憶故鄉。燕甸浮雲垂碣石，楚天歸雁度衡陽。那堪芳草三春别，握手何時慰斷腸。

春日訪客隆福寺

萬里春迴漢苑西，禪林獨步訪幽棲。雪消石磴流澌急，雲盡柴門落日低。歸雁每從南浦見，新鶯多在上林啼。清尊且約尋芳去，匹馬西山路不迷。

答吳門王百穀并引

百穀詩哭主公虞部，書中詢虞部兒男兄弟若而人皆克紹箕裘否，後及李生消息，故云。

荷衣鶴髮老滄波，尺牘遥傳念釣蓑。目斷天涯秋月滿，夢飛江左暮雲多。新詩古調難爲和，叢菊丹巖祇自歌。海内才名珍重意，著書終日掩藤蘿。

客至

旅館初春夕，天涯上客杯。梅花開欲盡，騎馬幾時來。

席上賦明月

光分驄馬色，彩散侍臣衣。飛蓋還高會，西園客未歸。

登飛來寺山頂

峽山古寺傍青天，殿閣岧嶢紫翠連。日暮薜蘿千嶂合，猿聲多在白雲邊。

吉州夜行

西風鳴櫓動輕鷗，章水蕭條送客舟。何處江南望江北，楚天明月夜悠悠。

伏日卧病書事

伏枕天涯病未消，鄉心千里夢迢迢。一簾疏雨春花盡，深鎖柴門卧寂寥。

送張汝成歸省三首

邊城雪後歲將殘，張翰思歸不可攀。此去驛樓今夜月，相思空望太行山。

東歸羨爾去承顏，送別長亭忍獨還。到日故園多樂事，應憐王粲滯江關。

題詩吟眺白雲間，昔日緇塵憔悴顏。上苑鶯聲期爾賦，乘春須早入燕關。

日觀峰

巑岏萬里嶽雲長，日觀峰前接大荒。獨立丹崖勞極目，不知何處是扶桑。（以上清溫汝能粵東詩海卷五五）

（李君明整理）

全粵詩卷四一六

區大樞

區大樞，字用環，一字元宰。高明人。益長子。明神宗萬曆元年（一五七三）舉人。謁選得郡丞，不就。晚年令安遠，轉岳州通判，數月卒於官。有振雅堂、廉江、岳陽稿。清道光廣東通志卷二九七、清光緒高明縣志卷一三有傳。

除前立春

山城歲已暮，大寒將告終。嶺雪照天白，陰雲霽層穹。星紀淫玄枵，斗柄直方東。丑月屆當春，彩仗迎蒼龍。土牛出地氣，勾芒逐嚴冬。青帝執規乘，大簇達荄蒙。陽和廻宇宙，衆庶欣豫同。羈棲南楚徼，留滯獨微躬。方抱窮年悶，尚其駘盪融。嘉卉肇祁祁，鳴禽哢好風。于耜來舉趾，羨彼東皋農。

六月十四夜偶起望月

浮雲纖欲淨，衆星疏以沒。中宵不遑寐，起視南樓月。皓魄已幾望，圓景尚微缺。溽暑澄金波，涼飆迎秋發。憶昔西園游，文思壯飛越。如何此時望，皎皎空城闕。搔首立瑤階，徒然照華髮。烏鷩棲靡定，哀響送蜻蛚。彷徨還予寢，夢魂但超忽。

詠小燕

小小檐間燕，翁翁傍母飛。弄音喧繡幕，學舞戲春暉。拾絮穿花過，銜泥掠水歸。終辭白屋去，還向玉樓依。（以上清黄登嶺南五朝詩选卷五）

舟下大路峽

高秋明遠水，水上見人家。津樹迎船下，村烟帶浦斜。野童樵曲岸，江女浣晴沙。便覺鄉園好，何須泛海槎。

紫竹洞

巖扉長不掩，紫竹護仙宮。有客來清嘯，翛然嶰谷風。雲收千嶂雨，花發四時叢。龍杖終當策，何方訪葛洪。

瀝湖

木蘭泛泛水雲遮，碧浪重湖入望賒。近渚輕鷗隨棹轉，長堤芳草壓橋斜。風前菱葉搖空鏡，渡口桃花落晚霞。便欲□源窮河漢，恐令牛斗犯仙槎。

白玉蝀橋泛舟流霞島

彩霞飛自赤城標，雙棹淩空渡玉橋。波上星辰三島接，湖中雲樹十洲遙。層巖錦石晴相映，小洞桃花晚故飄。共促仙杯駐顔色，醉來同聽紫鸞簫。（以上清黃登瀛端溪詩述卷二）

（史洪權整理）

夜發端州歸瀶川

羲御忽西馳，夕陽掛煙樹。薄暮理歸舟，端溪向東注。飛鳥投遙林，行人入前聚。江月呈圓輝，金波泛寒兔。皛皛下空洲，悠悠涉長路。時聞村中語，復覺挐音泝。美哉吾土樂，一枝良足度。不效浮海嘆，竊同始寧慕。歸去瀶川上，田園飭吾素。（清梁善長廣東詩粹卷六）

勸農詩

泛彼谷風，鼓盪大和。農辰既屆，我庶如何。無阱于陸，無濫于河。以緣南晦，慎勿之訛。

穟斯穮斯，曷秉爾鎡。芟厥茂草，窒彼荒岐。爾田不臧，誰則女詒。畇畇濯濯，罔或予埤。狎其疆畔，無匿爾茨。率彼婦子，往饁東菑。

淋雨嘆

滰滰伏雨，浩浩洪泉。溢霤決渠，沉塗塞淵。堂階蘚積，屋瓦蝸緣。車有停軌，突無常煙。經旬杜戶，累日如年。嗟爾貧士，長歌自憐。

邯鄲道

妾本邯鄲女，不識邯鄲路。侍輦灞陵上，君王東北顧。指此走妾家，始憶叢臺故。寄語采桑伴，盈盈有長慕。

君馬黄

君馬黄，臣馬玄。君馬爲龍，蹀躞萬里，超忽九天。臣馬批耳絡首，勉承鞭策，不敢辭以騫。

君馬黄，臣馬白。君馬爲神，追躡風雲，踊騰八極。臣馬仰秣伏櫪，勉奉羈靮，不敢怠以息。

將進酒元旦作

將進酒，執玉巵。陛下萬歲治無爲。體道修身，以德臨民，兆姓樂雍熙。

將進酒，捧瑤觴。陛下萬歲坐明堂，班律布度，率職稟令，四海悅安康。將進酒，獻玉琛，四方萬國屬君心，濮鉛祝栗，觚竹北戶，靡不奉德音。

春閨思

曉起臨芳樹，柯條何沃若。香風入房櫳，飛燕穿簾幕。昨宵春夢長，忘卻花前諾。持此問情人，相望何寥廓。

南還答汪公幹兼別京中同好

余駕遠行邁，將歸南海南。感嘆二三子，繾綣不能堪。五載客京華，出入必見參。何期一朝別，分飛各異驂。無以長相思，少原有遺簪。

歡言苦不足，離別悵無多。執手長太息，中夜起悲歌。悲歌夫若何，人生渺逝波。驅車洛陽道，振策厲嵩河。三復瓊瑤篇，永念在中阿。

中阿不可見，念子情何極。遙望嵩衡雲，恨無生羽翼。予附皇華游，子復親闈憶。昆朋豈不樂，無乃少子識。欲從而末由，對之長嘆息。

嘆息復何言，爲別已在茲。對酒不能酣，撫纓立路歧。河清難再俟，白日忽西馳。感君意氣多，期我歲寒知。願言終努力，長歌懷此辭。

山店早發赴虔作

蒙霧隮峻坂，荊榛翳前途。僕夫疲登頓，將進還趦趄。望見東峰上，杲杲出陽烏。濃露濡野草，丹楓變霜塗。圃場無滯穗，茅屋休犁鉏。村中纔臥起，炊煙曳窮廬。牧人驅犢出，商歌聽有餘。勛名竟何立，秖用窘微軀。顛毛愁種種，覽鏡泣形枯。回首望平田，耦耕愧長沮。

刺詭

大易崇易簡，小雅稱正直。德業亮天地，福祿綏邦國。師師風漸邈，寅恭誼寖忒。談笑類優俳，機鋒不可測。平胸藏鱗甲，周道樹荊棘。塗面事貴人，竿牘匪時入。猱升詎無因，蔦施陰有力。閃爍千萬端，變幻如鬼蜮。我想賢哲衷，青天并皎日。精白對友朋，靖共修厥職。焉用玆詭遇，難逃衆目識。窮達況有命，顯膴何必得。傷哉無恥徒，何爲長太息。

從軍行

六郡良家子，應募充羽林。邊亭烽未息，往征陰山陰。平沙萬里望，白草莽蕭森。悲風四面來，胡馬有哀音。矧伊中土士，能無淚沾襟。仰視雁南翔，悠悠傷我心。所賴主將賢，愛士重千金。殊恩且未報，雖生焉足任。誓將滅醜類，銘績燕山岑。寄語閨中人，且勿常苦吟。

鳳臺曲

蕭史棄塵氛，吹簫入紫雲。還來邀弄玉，鳴鳳自爲群。聯翩青冥外，和氣結絪緼。列仙顧之笑，羅袂飄蘭芬。世豈無仇匹，誰如此兩君。即今秦臺上，遺風百代聞。

採珠篇

長安市兒鬻珠好，五侯七貴競爭寶。快意寧復論兼金，但獲明珠即絕倒。遠物何由遂見珍，彩光錯落稱媚人。聲價無如走盤上，貴重直使連城嗔。傾都豪貨每如此，九重好尚亦復爾。大農進御猶不敷，瀕海仍聞出中使。陸路紛紛生繹騷，樓船泛泛歷波濤。貂璫乘機恣漁獵，黔黎喪魄等鴻毛。縱然探得珠萬斛，難免海濱興怨讟。老蚌剖殘明月孤，重淵搜盡驪龍哭。吾聞廉守昔孟嘗，合浦珠徙還復光。比來竭澤何爲者，珠倘有靈珠應藏。又聞國寶在得士，聖主投珠士乃止。與其徑寸鑒數車，孰若高賢照萬里。

高麗刀行

客從高麗迴，詒我高麗刀，精鋼新淬吹髮毛。切玉劖犀未足貴，殺人飲血輕豪曹。此刀名擅高麗鍔，高麗短兵非盡弱。一夫善操，萬夫立卻。邇來倭患危若絲，君臣拱手待我師。惜哉有刀不能用，乃知世上不可一日無男兒。

搗衣

秋閨寒不寐，中夜理衣裳。裂帛開朱匣，調砧響畫廊。力從香杵竭，思遶玉關長。淚滴痕猶染，憑君察遠將。

塞下曲

玄漠風沙迴，防胡列漢兵。才乘光祿塞，復逼右賢營。玉劍連星出，金笳帶月鳴。誰憐萬里外，辛苦爲長城。

戚戚去鄉里，遙遙上塞垣。秦城百戰地，漢壘萬年屯。牧馬逢秋下，乘墉徹夜奔。從來邊戍苦，不敢怨中原。

漢戍出蕭關，西行萬里艱。黃雲霾隴坂，白日曀陰山。疏勒經年往，玉門幾歲還。惟應青海月，常得照離顏。

過湘陰吊三閭大夫

放逐堪誰訴，孤忠祇自知。美人空悵望，公子敢言思。蘭忍寧終棄，蓀何竟不移。皇天雖有問，寥廓使人疑。

過長沙吊賈太傅

政事堪流涕，南遷一疏分。猜疑蒙白日，卑濕墮青雲。萬里投湘賦，三年訊鵩文。可憐宣室後，召對更無聞。

尋白雲洞瀑布因坐泛石上

側徑縈崖入，虛空小洞銜。雪飛初夏瀑，煙鎖半晴巖。煉藥安金鼎，藏書發石函。仙杯才共泛，未許素雲緘。

登大科峰是西樵絕頂

高峰雲外躋，勝絕此樵西。茶徑千畦上，村煙幾處迷。林昏藏鬼谷，嶂迴出靈梯。抗手從茲去，天邊躡紫霓。

夏日偕諸弟泛舟瀶川值雨

炎雲度遠空，帶雨入瀶中。急響浮行葦，餘陰掛刺桐。停舟依淺渚，載酒出深叢。漸覺新涼好，溪棠送晚風。

過侍御弟園亭因贈

閒居能早賦，四十臥煙霞。舊列臺中柏，新栽江上花。林藏三徑曲，橋引一溪斜。誰憶清朝彥，歸來傍釣槎。

三日登真覺寺

隱隱馮香阜，平林入望重。風花千地散，春色半天逢。檐宿迎祥鴿，潭藏護法龍。晚看調馬者，蹀躞斂疏鐘。

秋晚憶舍弟寺居清適復有此寄

禪林秋色晚，久坐轉成幽。白露收庭棗，清霜折海榴。諸賢時復過，半偈日應留。何必廬山上，還尋慧遠游。

發南京留别故人

遥遥江上舟，千里泝江流。風景三山在，豪華六代幽。石城環故國，天塹隔重洲。欲采芙蓉去，思君南渡頭。

同太史弟游燕子磯

磯上一登臨，滄浪下渚潯。秋來吳岫晚，寒入楚江深。絶磴窺青雀，長松韻素琴。蒼蒼葭菼際，之子爾何心。

秋皋爽氣偏，磯上信凄然。水國蒼葭外，漁家白鷺邊。雲帆移遠浦，江樹羃浮煙。何處南來雁，遥遥下北燕。

春思

春心不自持，春事正相宜。蝴蝶飄園粉，蜘蛛罥牖絲。落霞翻紫燕，芳樹轉黃鸝。夫婿稱殊衆，青驄白玉羈。

春曉愁無緒，良人在異鄉。玉臺懸故鏡，銀蒜墜空床。沐髮當誰惜，簪花祇自傷。終朝垂玉筯，徒負此年芳。

秋思

重房秋寂寂，中夜守空帷。香氣熏籠冷，蟲聲入戶悲。流黃機罷早，尺素雁歸遲。無限相思淚，闌干滿面垂。

日落空閨晚，寒螿暗壁啼。繡紋千縷刺，錦字八行題。鸞鏡朝慵覽，鴛幃夜苦棲。思君君不見，腸斷玉關西。

從板石登舟赴虔

積雨登崖滑，逢舟且駐驂。水防穿石溜，山問出蒲庵。岸莽低春潦，嶠叢隱暮嵐。計行過信宿，猶未達虔南。

投宿山家

荒山行役晚，傍嶺宿孤村。籬落人家少，溪塘暮雨繁。牛羊歸故徑，蓑笠散春原。獨坐明燈裏，寥寥誰與言。

田家無比閭，何處問安居。茅屋孤煙外，荒村返照餘。林藏山月小，雨過石潭虛。賴有清宵夢，猶能到玉除。

靈寶觀

官閒便出郭，獨駕往城東。菌閣含朝霧，芝樓帶晚虹。林香飄戶外，山翠落庭中。且就煙霞賞，吾將攬桂叢。

不奈耽幽興，來窺小洞天。地暄梧未落，秋晚菊將妍。嵐氣千峰淨，川光一壑漣。松醪無處覓，相對共陶然。

秋夜

秋暑晚蟬鳴，商鐘入夜清。煙消華月出，雲淨絳河明。井側桐應下，林邊鵲自驚。更堪城上笛，吹作玉關聲。

片雨下山阿，空庭暮若何。寒催秋過雁，涼入夜舒荷。草上來青女，池邊出素娥。徒傳瑤瑟怨，誰爲鼓雲和。

冬日登鎮海樓

樓上登臨日，玄冬歲色歸。千重林葉落，萬疊嶺雲飛。野雉餘衰草，城烏下晚暉。誰令身轉劇，湖海意多違。

行鄉書所見

旅館凌朝出，前峰日正昕。征旗翻曉角，行蓋帶春雲。池竹經冬美，園梅逼臘芬。輿中看稚子，歌舞若爲群。

寄劉約我

白驛維舟處，章江攬袂心。如何一水別，翻作兩龍吟。綠樹螺川遠，蒼煙庾嶺深。幽蘭雖有曲，誰爲寫瑤琴。

夏游杜園

野興從君發，名園仲夏過。洞深經日小，嶺近積雲多。酒氣來蘭蕙，簫聲出芰荷。最憐招隱地，倚杖即巖阿。

岳陽公署作

別署倚巴丘，重湖郭外浮。苔荒殘壁古，木落滿庭秋。雁度南樓遠，烏啼北院幽。空階時獨立，偏動越鄉愁。

晚泊漊江即事

日落晚崦黄，前溪泊去航。析薪臨水次，汰米倚灘旁。猿狖憑崖嘯，熊羆出洞蹌。淮南招隱後，春草復茫茫。

初歲詣興國寺

開歲即宜人，風光到處春。山明殘雪映，野絢早霞新。庭柏廻蒼幹，林篁轉綠筠。最憐香鷲賞，佳氣坐氤氲。

和瑞姪雁字詩兼有勉意

瀚海風高紫塞摶，遥瞻健翮鍥雲端。史籀直向蟲書覓，皇頡空於鳥跡觀。字倚類形分隸草，文從霄漢揭琅玕。掞天竟屬如椽手，莫但窗前瞥羽翰。

同歌寶鼎重咸京，復覩奎文鏤泰清。一晝已從行處出，六書仍向陣邊呈。排雲五色鸞箋下，垂露千重薤葉生。玉檢何須探往策，聯翩今已報瑤瓊。

玄帝宮在七星巖上

繞壁穿蘿翠轉濃，前峰歷歷插芙蓉。地標七曜維玄象，帝自三天降黑龍。洞鶴孤飛横絕島，巖雲高捲挂長松。已看仙路紅塵遠，還羨關門紫氣重。

秋登崧臺書懷

踏閣攀林暇日游，荒階榕葉滿庭秋。煙消石室如圖列，潦盡牁江似練流。密樹繁陰藏古驛，片帆懸影挂高樓。汀蘭渚芷猶堪擷，欲寄伊人不可求。

南還舍弟送至報國寺登毘盧閣遙指鄉路

丹宮還傍鳳城躋，首路那堪問解攜。鴻雁暫於初地集，驪駒偏向忍林嘶。蒼茫嶺樹孤雲斷，迢遞關城落日低。南極朱鳶餘萬里，不勝鄉思晚凄凄。

燕中感秋

有客悽悽厭薄游，可堪鶗鴂更鳴秋。盧龍塞上雲初斂，玄兔城邊月正流。永漏凄清傳北闕，涼颸蕭瑟度南樓。因悲素節催年暮，况復天涯久滯留。

追和汪公榦塞上逢妓

錦韉玉勒步芳塵，貂帽羅襦坐繡茵。桃李誰云非絶代，燕支更復可憐人。乍逢虚擬江濱艷，轉盼還驚塞上春。似是戎王獻方樂，琵琶如月抱中新。

長安秋夜聽砧

秋閨夜靜搗衣裳，㛹㛹砧聲出洞房。帶月影疏燕塞柳，隨風飄落薊門霜。愁看烽火音書絶，欲寄關山道路長。不信去時闌已緩，試憑宵夢到遼陽。

同宫允弟侍御弟游西樵

圭組豈必厭，煙霞興自濃。西樵一片石，待我三人蹤。往攀南山桂，來倚東溪松。菖蒲何爛漫，鶴蕊復蒙茸。隱霧隨玄豹，行天策玉龍。倘從茅氏後，還冀匡君逢。

仲冬閲武

習戰乘冬仲，臨場謬閲師。威伸先號令，武奮選雄奇。猛士纓胡曼，材官服漢儀。六鈞弓并彀，七札鎧齊披。霜雪明戈戟，風雷颺幟旗。隊分魚鳥陣，屯列虎熊麾。朱鷺聲闐震，紫騮光驟馳。白猿騰妙伎，紅鵠破玄思。曲直徒雖布，方圓表屢移。容門開地水，守險翼城池。搉鐸前茅往，鳴鐃後纛隨。旌優寧泯滅，罰劣豈參差。日落千山暮，煙飄萬壑飀。啼烏歸壁壘，皓月照營陲。二衛疆邊楚，三苗壞屬夷。不虞須有戒，無事固應持。俎豆曾聞矣，韜鈐近與而。誰云兵可偃，未雨詠周詩。

春柳

園柳正春荑，俄看葉已齊。迎風爲浪弱，帶雨逐人低。望遠枝堪折，飄空絮欲迷。愁將千縷結，思向萬條暌。露浥青郊陌，煙沉綠水堤。妝臺臨鏡畫，繡閣拂簾躋。弄影嬌鶯囀，垂陰過馬嘶。依依懷往路，鬱鬱想中閨。征客歸來見，那堪作別啼。

詠繁華

旭日麗容光，春風發艷香。問年方小史，媿貌勝龍陽。鉛粉冰肌白，金丸柘彈黃。錦屏開玉鏡，繡被覆牙床。寵至乘堪矯，憐深袖可忘。燕姬翻見妒，鄭女自空傷。麝氣無重馥，蘭菲詎再揚。預愁桃李節，衰落在芬芳。

渡京口江望金山寺

寶筏京江渡，靈峰旦鷲來。驚濤瀠石下，飛塔蕩空迴。水面分天塹，波心結蜃臺。潮聲驅梵鐸，海勢滌囂埃。吼浪蛟龍息，尋巢鶻隼猜。六朝悲散漫，萬劫仰崔嵬。擊楫頻年誤，迷津此日開。臨觀雖未暇，心賞已悠哉。

尋飛來古寺

香刹出諸天，扳躋磴道緣。松篁蒙嶺密，猿狖躍峰聯。積蘚行防躓，垂藤接慮牽。林昏疑虎伏，壑靜似龍眠。孤磬巖間發，明燈樹杪然。飛騰驅白象，結構擁青蓮。探討今辰得，皈依夙願便。晚來催解纜，乘月下江烟。

寒食客中作

寒食三春已暮天，燕中春景最堪憐。林花漸發迎遲日，花柳初新媚早年。臺上鬬雞還競長，埒旁走馬復爭先。舞樓按節升鸞屣，歌榭流聲入鳳弦。九陌風香來蹴踘，四郊雲影落鞦韆。美人留客歡無極，公子邀賓樂未旋。中禁不須傳舊火，朱門已自試新煙。誰教羈客逢茲日，獨抱炎心鬱未然。

與客約過常公禪房

地僻應忘歲月，林幽自足煙霞。老僧靜披多葉，童子閒掃落花。
閉戶都無諸染，夢香只有四禪。樹底誰驚宿鳥，風前共聽鳴蟬。
終日結跏丈室，六時誦念花龕。空餘櫪嘶駿馬，別有叢發優曇。

解帶行經竹院，開襟坐傍香臺。綠砌重披蕙草，黃金偏落秋槐。

夷門

夷門監者舊藏名，公子邀歡執轡迎。上客莫驚虛左遇，報恩誰得似侯嬴。（以上清溫汝能粵東詩海卷三六）

（鍾東整理）

溯端溪尋峽山寺

石藏太古寺，雲想幾重圍。紺壁支香錫，紅泉浣衲衣。空餘雙樹影，不見一僧歸。卻聽新鐘梵，遙遙來翠微。

夜過東洲寺

夜發東林興，滄浪復渡杯。然燈經竹院，鳴磬下香臺。地靜煙光合，溪虛月色來。攢眉今夕放，禪坐共裴徊。

同宮允弟官棠山莊看梅

嶺畔千梅發，寒花入望繁。忽驚霜被野，轉訝雪盈村。歲色歸窮巷，春光覆短垣。更憐幽賞處，不近馬蹄喧。（以上明崇禎肇慶府志卷四六）

遊端州石室

巀嶪聯為七曜石，穹窿剖作列仙家。璚牕微曙有虚靜，玉戶常開無間遮。洞外蒙茸三秀草，湖中蕩漾玉蓮花。謾從太室尋圖記，何似巖邊弄紫霞。

七星巖

洞府遥看紫氣浮，羣仙曾向此中留。地偏朱草長宜夏，風入寒巖别是秋。蓋影倒垂窺海日，溜聲重滴響銀虬。凄凄碧戶閑來往，誰共真人託勝遊。

潛曜洞

雲竇煙霏傍水隈，那知小有洞中開。尋源似逐桃花入，攀穴如窺石髓來。赤岸探珠緣象罔，青巖漱玉坐苺苔。千年真賞從今得，為報遊人且莫回。（以上明崇禎肇慶府志卷四八）

上巳日集東洲寺

澮蕩香風滄水津，欣逢上巳宴芳辰。桃花浪裏浮杯斝，鸜鵒林邊藉草春。況有溪蘭搴上客，更無芍藥贈佳人。迎祥已屬清心地，何必遨遊溱洧濱。（明崇禎肇慶府志卷四九）

（李永新整理）

全粵詩卷四一七

鍾維誠

鍾維誠，字純卿。番禺人。明神宗萬曆元年（一五七三）解元。事見清道光廣東通志卷七五。

小金山

妙高臺上訪禪關，翠擁層巒喜勝攀。琪樹蒼蒼環鬱水，靈洲隱隱見鼇山。孤僧林下春芽熟，客子尊前秋露乾。醉倚危樓俯滄海，此身疑在五雲間。（明郭棐、清陳蘭芝嶺海名勝記卷四）

（陳永滔整理）

蔡存仁

蔡存仁，番禺人。明神宗萬曆元年（一五七三）舉人。官處州府通判。清溫汝能粵東詩海卷三六有傳。

別建昌諸父老

黃花滿地競秋暉，老稚相呼送主歸。雞犬可無驚夜月，牛車曾已遍巖扉。田家旨否心尤切，轅下攀援忍遽違。聖代循良今孔邇，好將忠敬效緇衣。

與諸寅丈游南溟

春暮晴雲散遠空，喜隨杖履入蓬宮。萬家煙火青山合，百尺樓臺碧嶂中。澗水穿蘿歸印月，石梁倚漢透靈崇。夜來醉罷禽相樂，滿袖香風拂落虹。（以上清溫汝能粵東詩海卷三六）

（鍾東整理）

梁鶴鳴

梁鶴鳴，字體誠。三水人。明神宗萬曆元年（一五七三）舉人，累官廣西潯州知府。有後樂園集。清嘉慶三水縣志卷一一有傳。

釣臺

老去逃名何所爲，漁簑常向水雲披。竿頭高掛一輪月，澤畔輕移百丈絲。煙霧直尋巢父樂，江湖無復子牟思。不知嚴瀨誰能似，十里龍灣九曲池。

金洲山

水面孤峯控上遊，靈巖怪石列滄洲。障回海角千尋浪，劈破江心萬里流。蕩月魚舠隨左右，忘機鷗鳥自沉浮。乘舟取醉捫崖上，五嶺風煙一望收。（以上清嘉慶三水縣志卷一五）

（呂永光、張玲整理）

傅敏功

傅敏功，字遜之。番禺人。明神宗萬曆元年（一五七三）舉人。官知縣。事見清道光廣東通志卷七五。

歲晏齋居次黎君醇韻

暮色偏無賴，羈棲旅思深。積薪虛歲月，多病欲山林。冉冉凄瑤草，悠悠掩素琴。所憐松柏意，不受雪霜侵。

寒林芳卉歇，孤夢白雲懸。竹色含霜苦，花陰浥露偏。霞杯浮月下，吟笛落風前。誰問迷津者，幽居自歲年。

游七星巖

虚巖縹緲七星開，入望晴雲擁翠來。一壑龍門浮日月，千家煙樹隱樓臺。石懸片乳擎珠雨，風送飛花落酒杯。不必凌空聽鳳曲，人間亦自有蓬萊。

江行用唐人韻

放舸寒江未擬迴，千家煙樹隱樓臺。片雲紅似鏡中出，列岫青從峽裏來。華髮漫從游子興，清尊偏向故人開。梅花已報春消息，雙屐能忘印緑苔。

孫肖延極談樵山之勝以詩見貽次答

天外群峰障海西，煙花杳杳望應迷。洞開一徑雲侵袂，瀑掛千尋玉作梯。荒蘚合時留斷碣，清尊行處换新題。孤村歲晚游人少，木落寒山但鳥啼。

寓寺館寄懷謝鍾吉

憶自南歸歲兩徂，避喧時復問浮屠。春深巖岫雲常濕，病卧柴門客漸無。笛里梅花虚倚聽，愁中竹葉且酣呼。懷人千里琪壇夜，夢斷湖山片月孤。（以上清温汝能粤東詩海卷三六）

（鍾東整理）

林培

林培（？—約一五九七），字培之。東莞人。烈子。明神宗萬曆元年（一五七三）舉人。任湖廣新化知縣，擢南京河南道御史。后以疏陳時政忤帝意謫福建鹽運司知事，尋以親老告歸，卒于家。明熹宗天啟二年追贈光祿寺少卿。有疏草、治錄、游記、詩草等。清溫汝能粵東詩海卷三六有傳。

送友人還莆陽

臘月風凄凄，獨坐對圖史。有客叩我門，揖言歸故里。故里莆之陽，壺山連九鯉。主人結茅廬，鬱鬱溪山裏。一笑天籟鳴，下筆煙雲起。養就雙羽翰，咫尺雲霄擬。何以贈君行，汀蘭與江芷。（清梁善長廣東詩粹卷六）

閩中除歲恭祀先大夫祠

凜凜歲云暮，獨坐嵩山陽。雨散忽開霽，山色鬱蒼蒼。俯聽流泉鳴，仰視飛雁翔。悠悠陟岵思，愴然熱中腸。我父昔宦茲，講學慕羲皇。化被蚩蚩氓，昇此大道堂。盈盈一水間，絃誦聲洋洋。宦業未三年，奄忽夢黃粱。內顧徒四壁，行道爲悲傷。青衿思令儀，俎豆青山旁。肇禋三十載，廟貌何昂藏。我來初奉蒸，駿奔萃冠裳。徘徊不忍去，灑掃在堂皇。感此歲時心，奠此椒與漿。勖哉隆德興，繼序永不忘。

送李飛雲

江風煙樹兩悠悠，有客乘槎上帝州。袖裏驪珠光自動，匣中龍劍氣先浮。海横五嶺添行色，柳拂三城帶别愁。鄭老青氊元不薄，知君才是古人儔。

答林雲源

風急岧嶤笑整冠，千山木落敝裘寒。澄清憶汝能鞭弭，矍鑠何人解據鞍。夢入蒹葭秋月笛，瀾迴菡萏雪花灘。祇今世事紛如許，廊廟何時起呂端。（以上民國張其淦東莞詩録卷一四）

（鍾東整理）

麥應中

麥應中，初名來牟，字孺時。東莞人。明神宗萬曆元年（一五七三）舉人。官江西撫州推官，遷廣西河池州知州。有雪洞稿。清溫汝能粵東詩海卷三六、民國張其淦東莞詩録卷一五有傳。

答洪孺成姻家兼呈趙二守[一]

短棹先君發，孤飛影自遲。遥憐孤客路[二]，獨對遠山眉。錯落燈前雨，悲涼别後詩。春光隨處待，不負薊門期。

［一］民國張其淦東莞詩錄卷一五錄此詩，題作『除夕答洪孺成姻家兼呈趙二守』，并附小注：『時趙偕幼姬先赴公車。』

［二］孤客路，民國張其淦東莞詩錄卷一五作『江路客』。

琅琊寺同韓伯儀賦

琅琊山色照滁州，乘興因君次第游。攬轡飛泉隨馬足，開尊明月出峰頭。諸天上下慈雲合，萬壑煙嵐古樹浮。欲到窮崖問遺跡，斷碑蕪沒不知秋。

山行

王孫歸路草萋萋，落日青山失舊蹊。直道未應行不得，鷓鴣何事向人啼。（以上清溫汝能粵東詩海卷三六）

蓬亭晚眺

杪歲蓬亭道，臨流眺夕陰。碧雲千嶂合，暝色一江深。客思催寒棹，鄉心折暮砧。遠天無限意，聊自發長吟。

懷仲弟用登

憶別池塘秋又過，王孫春草竟如何。鴿原落日迷芳杜，雁浦西風怨綠莎。夢裏青山空落淚，愁中白石共誰歌。故園好爲栽松菊，野興年來五嶽多。

集陳輔德候潮亭聞洪孺成出都

百尺樓前花欲飛，天涯遊子竟誰依。春風西北無消息，海色東南有是非。白璧此時還按劍，黄河落日易霑衣。共言駿骨千金盡，不信驊騮志獨違。

送鄭比部讞獄粵西

使者銜恩自九關，軺車相報發燕山。乘秋殺氣隨飛隼，到日春風滿百蠻。已道貫星連軫野，蚤應獄劍出人間。蒼梧萬里重華遠，夜雨瀟湘竹正斑。（以上民國張其淦東莞詩錄卷一五）

（鍾東整理）

韓鳴鳳

韓鳴鳳，字伯儀。博羅人。明神宗萬曆元年（一五七三）舉人，任邵武訓導，擢高郵知州，尋改知沅州。

因忤貴州巡撫，棄官歸。以子日纘貴，贈禮部右侍郎。年七十卒。清乾隆博羅縣志卷一二有傳。

宿沖虛山房

揮手謝人世，飄然物外情。白雲吟處斷，丹火意中明。掃石臥花影，扣弦和鶴鳴。得歸招隱地，誰復愛浮名。

梅花村懷東坡

天漢橋西雪裏村，昔年仙跡到今存。峰頭白鶴留形影，洞口梅花寫夢魂。剪碎山雲飛錦字，呼來江月墜芳尊。青苗有意不歸去，啼鳥野花空掩門。（以上清溫汝能粵東詩海卷三六）

（鍾東整理）

仙女石

雲雨煙消石磴香，不隨丹闕舞霓裳。山雲結轡驂黃鶴，崖竹編笙弄紫凰。緱館月寒收別韻，藍橋花老墜殘粧。多情宋玉將詞賦，巫峽臺空枉斷腸。（清光緒惠州府志卷二五）

（戴武軍整理）

韓鳴鸞

韓鳴鸞，字伯雝。博羅人。鳴鳳弟。性介特，好山水。年七十以壽終。有羅浮圖志。清乾隆博羅縣志卷一二有傳。

寥陽夜飲

夜飲寥陽殿，明月何娟娟。舉杯邀明月，形影似相憐。酒滿月在手，酒盡月還天。步月醉欲臥，明月來床前。醉時在交歡，醒後各茫然。

鳳皇谷

鳳皇鳴高岡，曠世一見之。翻身耀朝日，自顧羽毛奇。（以上清溫汝能粵東詩海卷三六）

（鍾東整理）

韓鳴金

韓鳴金，字伯聲。博羅人。鳴鳳弟。明神宗萬曆元年（一五七三）舉人，初署桐柏教諭。移任瓊州府學教授，陞宣化知縣，以事罷官歸。有五柳園集。清乾隆博羅縣志卷一二、清道光廣東通志卷二九〇有傳。

白水山佛迹巖午坐

青山白水兩依依，塵世何緣得息機。題壁久封苔蘚字，尋幽新制芰荷衣。泉飛素練懸今古，洞隱丹砂有是非。安得溪流變春酒，磯頭潦倒日忘歸。

讀義馬傳有感

救主當年羨的顱，誰知殉主有龍駒。哀鳴祇爲冤魂訴，立斃還將正氣扶。伏刃廁橋傷國士，改鞍衢路愧庸駑。古來多少捐生事，得似庵前就義無。

思氣操戈世道彝，我觀義馬實堪悲。脊鴒原上哀聲急，紫燕塋前隻影移。隅目忍看流血淚，霜蹄那復逐風馳。犬猴忠義傳青史，千古驊騮載傳奇。（清乾隆博羅縣志卷一三）

（史洪權整理）

石洞

結屋隨幽境，真成一洞天。寒流聽洗耳，怪石坐揮絃。客到湖光淨，庭空樹影懸。俗緣憐未了，吟望獨逌然。

試劍石

仙客攜長劍，星文乍有無。步光開石竅，飛影駭山都。龍化何時出，虹流片影孤。越金曾斂鍔，持此間風胡。

青霞洞

散步覓丹丘，青霞晚更幽。棲居人已遠，賦就我還留。隔樹閒雲度，當檐宿雨流。登臨殊未愜，更欲跨蒼虬。（以上清溫汝能粤東詩海卷三六）

（鍾東整理）

袁應文

袁應文，字仲奎。一字聚霞。東莞人。明神宗萬曆元年（一五七三）舉人，授福建沙縣知縣，擢御史，出爲貴州僉事，歷仕貴州按察使。年八十二卒。清道光廣東通志卷二八一有傳。

孤雁失群歌

燈火棲遲共幾秋，當時意氣凌嵩邱。一朝分散成漂梗，我滯南粤君皇州。皇州世路當清夷，拔茅連茹汝其時。長安卿相多年少，聯轡青雲勿復疑。衹今吾年已三十，談笑風雲豈無及。幾年霜刃掩清光，逢人恥作窮途泣。一樽酒酌暮江頭，群雁高飛一雁留。哀鳴嗥嗥失其侶，衆賓對此增離愁。煩君努力佐明主，吾將散髮弄扁舟。

過大夷灘

舟人熱汗如雨翻，十日三過大夷灘。有身不爲驅王事，孰使奔走於其間。灘流湍急，灘石頓屹，上知苦，真難下。驚疾舟師戒之哉，遠道之人胡爲來。過茲險惡途，茫然心悲哀。吁嗟大夷及小夷，吼如猛獸胡爲之。安得鑿山五千仞，剗汝兇頑爲坦夷。吾家有溪名溫塘，不衝不激且平常。任汝兩夷自爲險，不用拂枕歸吾鄉。

度關行

長途苦熱不肯雨，晨起汗汗已如注。僕夫瘁矣行路難，疊嶂連雲擁深樹。其言此是仙霞關，閩浙東西渺藹間。關前鳴鑼走父老，問之何事多愁顏。答言大旱當炎暑，手摸禾根熱於煮。山前麻豆眼見焦，高町難望收禾黍。官糧私債何所恃，兒饑妻寒難作主。記得去年耕熟時，千瘡百孔尚難支。春纔捱過正望夏，夏旱如此將安施。縣官有命禱龍潭，烈日豈敢辭躋攀。路途使君相借問，說盡民情心亦慚。吁嗟邂逅止山陬，聽爾訴說情何由。我來入閩非浪遊，受命分念蒼生憂。古來大暑比酷吏，安得甘霖一夕至。灑爾田疇皆活足，更洗征途無暑氣。珍重父老莫慘悽，聖主中興方有爲。天鑒明德興大化，肯助旱魃施嚴威。慰別父老向前路，溪流切切猶似訴。

後度關行

崒嵂層崖堆雪跡，雲擁雄關迷咫尺。寒雨不斷隨山風，樹杪泉聲喧霹靂。微臣望闕心正勤，不覺危途能困人。入輿坐艱時出步，路雖濘滑無浮塵。僕夫解事相調笑，笑我足下生青雲。卻憶來時度仙霞，嶺頭旱熱殊堪嗟。今日還從大關度，風景迥異來時路。山川變態可能常，名利驅人各自忙。王陽九折難迴馭，楊朱悲泣爲亡羊。前村煙暝方投宿，山寺鳴鐘正燃燭。寄語山僧莫笑人，因果已定前生身。

采石阻風

扁舟何太阻，采石自東流。雨雪經旬暗，風濤盡日愁。心飛京國路，夢繞故鄉樓。指點騎鯨處，聊爲弔古留。

中秋對月書懷

離家何許日，四見月光圓。時序忽已易，行人還在船。凍凝漕岸沒，煙暝戍樓懸。卻憶諸兒女，燈前語未闌。

署中寄懷兄弟

一別已數載，逢人問起居。更無將去物，惟有寄來書。日藹棠陰暖，山高雁影疏。莫教三徑廢，遲我共耕鋤。

壬辰除夕澂江守

守歲他鄉已十年，此宵何事不成眠。宦情一笑花燈下，鄉緒千條柏葉前。青鏡漸增潘氏鬢，壯懷猶繫祖生鞭。狂歌獨夜憑誰語，悵望闕前思惘然。

癸巳生日書懷

客子傷春旅鬢飄，況逢生日轉無聊。行藏敢信今年是，事業堪嗟去日饒。鄉國頻年勞遠夢，烽煙幾處未全消。無端卻怪簷前柳，青眼看人祇恁驕。

送臨沅兵備施健所解官歸粵西

楓落昆池露氣清，雁行中斷惜孤征。豈緣薏苡能生謗，爭覩潢池已寢兵。公道未須嗟白髮，人生何處不浮萍。勸君有酒且同醉，行路難時怕獨醒。

癸巳七夕寓平夷漫興

幾歲他鄉逢七夕，他鄉何事更他鄉。城頭雨過新涼早，枕畔蛩聲客夢狂。到處征衣愁鐵馬，誰家思婦倚銀牀。虛云牛女年年會，看盡明河接曉光。

重遊飛來寺

十年幾度飛來寺，今日重登倍爽神。榻倚翠嵐僧入定，樹懸蒼壁鳥窺人。簷間果落虛堂暮，竹底泉香碧澗春。自上半雲還自笑，世人何處渡迷津。（以上民國張其淦東莞詩錄卷一五）

（鍾東整理）

宋仕明

宋仕明，潮陽人，普寧籍。明神宗萬曆元年（一五七三）舉人。官彭澤縣知縣。事見清道光廣東通志卷七五。

劉中丞平山寇詩

自天秉鉞控西東，雷迅霜威壓世雄。薄伐已褫貙虎魄，先聲遂挫犬羊鋒。勿云嶺外無寧宇，最幸專城有令公。自是韜戈銘漢石，燕然山上記膚功。（民國溫廷敬潮州詩萃甲編卷五）

（鍾東整理）

馮紹京

馮紹京，字敬宇。順德人。明神宗萬曆元年（一五七三）舉人，官睢寧知縣，有翁山吟。事見清道光廣東通志卷七五、清康熙順德縣志卷七。

南園舊社

南國山川洩至文，瑞時威鳳五爲群。九天日月開真主，一代詞華勒首勳。社夾枌榆青自聳，池環蘋藻翠難分。至今勝跡依然在，風雅誰能復似君。

鎮海樓送劉職方還留都

危樓五疊勢摩霄，俯視滄溟若一瓢。南服車書歸漢屬，故臺無復見任囂。（以上明郭棐、清陳蘭芝嶺海名勝記卷一）

海珠

何年神女弄珠來，蜿蜿靈光照法臺。四壁潮聲相噴薄，諸天雲影自徘徊。波心猶有驪龍認，刹裏常聞象教開。秦帝不須東望幸，此間疑是小蓬萊。

謁李忠簡公祠忠簡爲崔清獻門人

煙帳遺蹤此地留，先生丰望重南州。菊坡門下傳心印，淳祐朝中展壯猷。正氣直淩霄漢上，清風長

對海門秋。表賢堂上瞻遺像，猶有龍光射斗牛。（以上明郭棐、清陳蘭芝嶺海名勝記卷三）

登小金山

翠擁芙蓉萬疊來，湞江牂水共縈迴。能令南海衣冠盛，常作皇家柱石才。浪跡任隨方外境，卜生休記妙高臺。禪關靜坐談無始，何處昆明不劫灰。（明郭棐、清陳蘭芝嶺海名勝記卷四）

飛來寺

百轉丹梯歷翠微，古壇燈火映巑暉。來經梁晉年華遠，得駐名山不復飛。一水縈紆開峭峽，萬峰迴合擁禪扉。余心亦動幽棲念，何怪猿聲黯客衣。（明郭棐、清陳蘭芝嶺海名勝記卷八）

過梅嶺

丞相遺祠倚嶺岐，古松蒼檜蔭參差。千年靈淑鍾光嶽，一代勳名勒鼎彝。金鑒若懸龍扆照，玉環何至馬嵬悲。開元舊事如追憶，羽扇清風是表儀。（明郭棐、清陳蘭芝嶺海名勝記卷一〇）

羅浮

四百峰頭紫翠連，琪花瑤草遍諸天。鐵橋雪霽寒梅瘦，石洞春明嫩柳眠。仙去尚留雙履在，鶴歸贏得一書傳。側身東望飛雲頂，丹竈沙床夢亦牽。（明郭棐、清陳蘭芝嶺海名勝記卷一三）

（陳永滔整理）

寄余思澄

斗酒一爲別，江湖歎索居。詩曾題五柳，夢每拆雙魚。彩筆風雲麗，青山歲月虚。交情深繾綣，曾奈雁來疎。（清康熙順德縣志卷一一）

登白雲絕頂望羅浮

石鏬天開古洞幽，安期遺舃至今留。靈巖尚長堯時韭，叢樾中藏漢代楸。竟與王喬璈笛伴，不從徐市制書求。至今避地金銀闕，蓬島瑤池汗漫遊。

韓祠懷古

昌黎曾搆讀書臺，窗對連陽八面開。謫宦心悲天闕遠，問奇人載麴車來。池中洗硯波成墨，帳下凝煙色亦煨。山斗至今群共仰[一]，粵南文采迥昭迴。（以上清康熙順德縣志卷一二）

[一] 群，明郭棐、清陳蘭芝嶺海名勝記卷一〇作『人』。

（李君明整理）

羊逕

路入羊腸逕，丹梯百折看。沸雷喧澗石，飛瀑響巖端。叱馭心徒切，垂堂戒已寒。叢林多枳棘，誰信有棲鸞。

梅村公館

野舖依巖岫，門臨石溜清。基傳先代跡，里記故侯名。孔道當山劈，危橋跨澗平。人龍無復見，懷仰不勝情。（以上清嘉慶翁源縣新志卷九）

（戴武軍整理）

孫兆葵

孫兆葵，字尚衷。南海人。明神宗萬曆元年（一五七三）舉人。事見清道光廣東通志卷七五。

小金山送黎秘書還朝

島嶼千年勝，銜杯獨上臺。江從庾嶺下，山到石門開。賈艇依村口，漁家雜水隈。悠悠白日暮，瀟灑絕纖埃。（明郭棐、清陳蘭芝嶺海名勝記卷四）

（陳永滔整理）

譚士寅

譚士寅，一作仕寅。歸善人。明神宗萬曆元年（一五七三）貢生。二年（一五七四）任陽山訓導，事見清道光廣東通志卷二一三、清雍正歸善縣志卷五。

遊息洞

躡屐朝陽入洞深，蒼崖碧澗淨煩心。花然錦綺春臺曉，鶯囀笙簧夏木陰。洗遍殘碑有古篆，望窮佳境上高岑。興豪不盡登臨意，撫掌長天一笑吟。（清順治陽山縣志卷四）

（史洪權整理）

朱守魯

朱守魯，字葵陽。清遠人。明神宗萬曆元年（一五七三）貢生。官建陽知縣，遷建寧府通判，練兵同知。民國清遠縣志卷六有傳。

闕題

福地天開勝，飛來事有無。東遊蓬島近，南望海門孤。煙艇應浮月，山靈不病吾。登臨休感慨，且進峽江鱸。（清康熙禺峽山志卷三）

（史洪權整理）

韓奕

韓奕（一五五一——一六一〇），字禹梁。番禺人。上桂父。能詩。家貧，以授徒為業。事見韓節愍公遺稿卷末附錄家傳。

游海珠謁李忠簡像

奇哉公之遺跡，偉哉公之高名。手攜天柱扶金闕，力挽滄波洗玉京。雄裁早著龍圖閣，妙策還存雁翅城。明珠煜煜搖星斗，人言公實應其精。香火先年崇報祀，至今蘭若海心擎。余也鼓棹破南溟，暫來蓬島叩仙靈。春禽想伴探花客，江水似和讀書聲。漁人自得交唱晚，僧子入定卻忘情。自是天然圖畫趣，贈公千載作丹青。（明韓上桂韓節愍公遺稿卷末附錄）

（呂永光整理）

韓麗元

韓麗元，番禺人。韓上桂叔父。事見明韓上桂韓節愍公遺稿卷末附錄。

送姪孟郁計偕北上

綵筆蜚名早，江南復幾人。美矣荊山玉，依然命世珍。天入神京遠，雲收北斗新。年來二三月，香

靄一枝春。（明韓上桂韓節愍公遺稿卷末附録）

（呂永光整理）

梁必強

梁必強，字原沙。瓊山人。與堂兄雲龍從鄭廷鵠學。明神宗萬曆二年（一五七四）進士，五年（一五七七）任福建晉江知縣。淡於仕途，滿任歸休，設館造士，成就後進，蔚起多才。中年以後怡情山水，每遇名勝流連登眺，題詩磨崖，至老不倦。有滄浪集。民國海南叢書第六冊梁雲龍卷附傳，明陳是集編選溟南詩選卷二有傳。

梁必強詩，附於民國廿四年（一九三五）瓊州海南書局輯海南叢書第六冊梁雲龍卷、民國二〇年陳是集編選溟南詩選卷二。

層巒聳翠

半插崚嶒半水涯，逶迤駐節疊山西。乘空虎嶺支來遠，聚翠龍池眼欲迷。回首三天三島近，縱觀五指五雲低。人鍾地氣清高萃，奚獨文章入品題。

青草孝貽祠堂和張子翼韻

棟宇千尋壯里居，如何祠下草長除。爐烟裊裊靈如在，水木悠悠意自舒。種德一心無望報，傳家萬卷有藏書。知君對此無他羨，只羨吾生樂有餘。

耳外無聞車馬音，白雲長護宇垣深。心田遠接槐三葉，手澤長存桂一林。課子才名齊北斗，承家禮教重南金。照人古道今猶在，唤醒人間烏哺心。（以上民國海南叢書第六册）

登樓對菊

秋聲一葉桐，君復傳消息。君對我舒眉，我慕君抱德。抽英何其遲，吐蕊應在即。浥露若迎人，含風如守墨。凭樓一望之，明月照顔色。松竹匀丰姿，栽培並南國。故人恰愛君，君意何默默。機事待秋深，黄花賽籬北。陶潛嬾折腰，衹爲君心直。與爾結深知，炎涼情罔極。

過桃源拜三義堂

千古高風在，薫人姓字香。齊驅神合券，相對日生光。信義鐫金石，彜倫刻肺腸。有心當媿死，世態日炎涼。

墨鷹

如窺如奮寂無聲，炯炯雙瞳映日晴。猥爾形容千古重，因知天地一毛輕。健爲胎骨人稱雅，淡作精神鳥亦驚。堪羡前人留色相，雄心難與畫工評。

竹夫人

欲結同心無着處，但將手足伴猗那。掃塵二女渾無語，穩夢三更寂不波。脂粉嬾沾西子色，風流常逐楚天娥。無端一入騷人手，點汙貞心奈若何。

月下邀客時蒼山社會

冰輪輾破萬山扃，千里招呼眼共青。對魄遍將肝膽照，論心不覺鬢毛星。卻憐劍氣還看劍，爲惜萍蹤又結萍。相伴光華渾不厭，醒來猶見影窺櫺。

署事象山遊圓峰寺時聞邸報

人事支離任轉蓬，炎涼作敵古今同。山僧訝我頭頭錯，我羡山僧色色空。龍帶浮雲歸古洞，犬隨白鶴舞松風。憑高纔話諸天事，月掛峰頭別又忽。

竹景和崔白石韻

高風勁節共襟期，明月清陰是故知。新笋似擎詩客筆，放梢遥見酒家旗。招邀鍾子琴調鳳，勾引長庚詠入鸝。相伴沙鷗歌白石，剪裁時有數行題。

喜蚊勉兒輩二首

怪我貪眠似困蒙，憐君喚醒主人翁。雷聲入耳塵緣悟，盡在乾坤大覺中。

老夫臨頭耳更聰，忽驚枕上話生風。蒼蠅儆夜君知否，頓覺蚊蠓亦化工。（以上明陳是集溟南詩選卷二）

（韋盛年整理）

度仙橋

羽化應無足，乘鸞事已非。銀河須鵲駕，喬舄傍鳥飛。赤石平如砥，丹梯穩似磯。憑虚升寶殿，幻境去忘歸。

華封仙榻

恰似巫山二六旂，迤延州里萬峰餘。前屏拖紫文爭焕，後障垂青秀更奇。石室可容多客坐，仙巖應與結朋期。他時葦屐來遊此，半買山錢半酒巵。（以上清道光萬州志卷八）

（陳永正整理）

全粵詩卷四一八

唐伯元

唐伯元（一五四〇——一五九七），字仁卿，號曙臺。澄海人。明神宗萬曆二年（一五七四）進士。初授萬年令，尋改泰和。秩滿，遷南京戶部主事。歷官至吏部郎中。致仕歸。伯元受業于呂懷，踐履篤實，而深疾王守仁新説。爲文根極理要。有二程年譜、二程類語、白沙文編、易注、太乙堂采芳亭稿、醉經樓集。明史卷二八二、清康熙潮州府志卷九上、清道光廣東通志卷二九四有傳。

唐伯元詩，以清道光二十九年（一八四九）普寧方耀重刊本醉經樓集爲底本，並參校光緒二年（一八七六）潮州金山書院重刊本。

醉經樓四首

典衣爲沽酒，典地爲栽花。小樓新構就，明歲屬誰家。

種花莫種奇，卜築何妨拙。客來歸不歸，樓上看明月。

樓前湖水平，樓外四山青。樓中經一卷，堪醉不堪醒。
白晝鶯聲囀，清宵鶴唳過。幾番沉醉後，喚醒興偏多。

又四首

天地何簡易，六經何支離。安得揚子雲，尊酒共樓居。
吾讀稊稗篇，莊生如有悟。糟粕苟不存，吾道在何處。
果哉糟粕矣，煨燼莫疑秦。韋編三絕後，誰是醒經人。
醉經何可當，樓名浪標榜。癡迷復癡迷，前身疑象罔。

醉經樓八景

鏡湖

若將湖比鏡，湖光鏡不如。若比醉中人，脫身墮太虛。

新篁島

誰開湖上島，新篁綠未齊。齊時應囑付，合有鳳來棲。

西湖山

島上樓堪畫，湖山敞畫屏。不有樓居者，歷歷爲誰青。

蘆荻洲

蕭蕭蘆荻邊，載酒趁斜陽。醉來疑作夢，捩柁過瀟湘。

漁滄廟

清夜聞鐘鼓，朝來薦雞黍。廟古不知年，滄浪問漁父。

桃花塢

一塢深復深[一]，見花不見樹。人間可避秦，何必桃源路。

[一] 深復，清乾隆修潮州府志卷四二作『自幽』。

林副使舊宅

林公舊地館，橋畔草萋萋。百年歌舞地，閒在夕陽西。

李家園

春林翠欲流，繁芳發羅綺。前日是張家，今朝又姓李。

自甲申十月至戊子正月

不是憂生不學禪，持來一戒幾經年。塵緣未了尋常事，猶向春風獨自憐。

山居五戒

一戒講學

我曰予賢，人曰予聖。果聖且賢，相悅而靜。況汝之德，未滿鄉里。況汝之道，未行妻子。呶呶曉曉，蓋不知恥。

二戒預外事

仁者愛己，義者正己。枉己直人，所濟有幾。匹夫之行，可化鄉人。既明且哲，以保其身。

三戒酬應詩文

賦性太輕，溢道人美。無益於人，且先失己。搜腸刻骨，博潤筆金。可憐多病，老去光陰。

四戒赴席

小席百錢，大席一金。何功何能，爲世所欽。竟日嗛嗛，疏懶難支。夜深人靜，我讀書時。

五對客戒談時政

生逢唐虞，明良岳牧。不學賈生，流涕痛哭。物之不齊，人孰無過。反己責躬，是我工課。

乙酉元日八首

嶺嶠雲山外，征鴻半假真。一從郎署後，四見歲華新。冠蓋迎人懶，漁樵入夢頻。咄嗟成底事，又伴上林春。

竊祿誰家子，言歸竟不歸。高堂雙白髮，帝里又芳菲。谷送宮鶯曉，煙添御柳肥。斑斕五色在，何處試春衣。

戀闕幾沉吟，爲郎十載深。長瞻惟北斗，欲報愧南金。起草當年事，傳經百代心。況逢端履慶，吾意不須禁。

獻賦慚司馬，逢君喜帝堯。尚疑樽俎意，無補聖明朝。玉律陽方長，春風凍已消。胡兒休牧馬，指日斷天驕。

獻歲饒佳氣，千官向紫宸。誰擎金掌露，最惜嶺頭春。濡滯瞻雲日，艱危報主身。旁人休錯解，張翰憶鱸蓴。

歲改心如舊，閒關酌去留。凭將丹扆獻，乞伴赤松遊。桃處人偷顆，桑時鶴送籌。庭闈多勝事，此外復何求。

半生憐學道，苒荏負初心。倏爾經今歲，愀然覺寸陰。一封何潦草，百計是抽簪。異代誰知己，無絃壁上琴。

賢聖不同調，行藏合自謀。縱然群鹿豖，不是慕巢由。時序書間蠹，乾坤海上鷗。青春堪潦倒，吾道在滄洲。

庚寅春三月始克赴京至二河留別諸親友奉和薛舜徵兄見贈之韻

端發今晨已後期，親知遠送勸行卮。鶯花處處堪留戀，江舸朝朝對別離。晝省幾違高臥枕，班衣重整拜宸墀。孤征此際情多少，漫說君王雨露私。

夜宿藍屋驛不寐追和白沙先生臺書春晚之句

古驛江頭近釣磯，傷心春事故山違。楊朱正恐當年誤，伯玉甯知四九非。反命敢云恭父命，征衣今又負萊衣。庭槐舊綠稱觴處，留得清陰待我歸。

東林寺逢安大行小范遊天池不得偕往是夕至九江承徐刺史見招對月次韻寄慨時四月八日也

若爲邂逅惜芳辰，指點峰頭月色新。對眼忽疑天有路，逢君況是玉爲人。虎溪別去多應笑，馬上看來幾處真。不有風流賢刺史，清光今夜共誰論。

官人行黃梅道中爲役夫述

前歲樹皮盡，去歲草根絕。依舊春來滿地青，荊杞蓬蒿不堪咽。須臾性命倚吳商，妻兒典與一身孑。一身孑，千愁結。迎送官人何足憐，縣庭催租日流血。

送霍年兄之署教靖江

送君此去憶當年，倫霍風流一代傳。家是杜陵天尺五，人從門下魯三千。夜色乍驚南海月，歌聲欲和武城絃。明到蘇湖懷古處，始知吾道寄青氈。

陳都運自都門歸壽其母太夫人八十

八十人間希又希，表閭歲歲映春暉。金花更獻西王母，天上仙郎晝錦歸。

唐寅老母壽日集杜

幾回青瑣點朝班，日繞龍鱗識聖顏。南望青松架短壑，東來紫氣滿函關。一雙白魚不受釣，萬丈丹梯尚可攀。何爲西莊王給事，來遊此地不知還。

賤辰承呂維師徐獻和李宗誠曾舜徵袁季友諸省丈及羅布衣汝存攜酒見過集杜

隱几蕭條戴鶡冠，興來今日盡君歡。尊前柏葉休隨酒，竹裏行廚洗玉盤。奉引濫騎沙苑馬，衰顏欲付紫金丹。可憐賓客盡傾蓋，百遍相過意未闌。

病中對雪聞諸省丈在假集杜

身欲奮飛病在床，晶晶行雲浮日光。王生怪我顏色惡，茂陵著書消渴長。晝省香爐違伏枕，芙蓉別殿漫焚香。此時對雪遥相憶，行酒賦詩殊未央。

十月十一日同諸僚友集吕鴻臚宅看菊追次壁間韻二首

自是東籬巧傲霜，秋英爛漫豔華堂。白衣似愛陶潛興，青眼從教阮籍狂。此日看花猶帝里，十年起草愧明光。獨憐同舍兼同調，吟得詩成句裏香。

盆滿黄金叢滿霜，錦爲屏障畫爲堂。留連不是因花惱，酩酊原非爲酒狂。羈旅魂驚親舍遠，簪袍晚濫主恩光。月明馬上催扶醉，白玉珂聲漢署香。

假日王駕部冏伯惠到湖綿天池茶次韻爲謝

彩毫字字拂清霜，兼品題封到草堂。范叔不知寒作假，相如定是渴來狂。蘇湖氣味渾相似，衣馬輕肥倍有光。獨怪朝參疏懶甚，朝朝想像御爐香。

老父壽日次韻

八千椿樹幾凌霜，萱草萱花共北堂。但得階庭留戲彩，不應詩酒尚佯狂。蟠桃更獻千秋顆，銀燭誰分此夜光。一客燕臺家萬里，幾回溫席待黄香。

病中有懷醉經樓集杜

舊國霜前白雁來，茅齋寄在小城隈。旁人錯比揚雄宅，江上徒逢袁紹杯。萬事糾紛猶絕粒，百年多病獨登臺。此身未知歸定處，懷抱何時得好開。

病中書懷寄楊太史貞復兼謝枉顧集杜

武陵一曲想南征，悵望秋天虛翠屏。多病獨愁常閴寂，簿書何急來相仍。揚雄更有河東賦，方朔虛傳是歲星。速宜相就飲一斗，山陰野雪興難乘。

魏光祿懋忠自平樂書來兼示見懷之句次韻

似君須向古人求，想見歸懷尚百憂。卜築應同蔣詡逕，春風回首仲宣樓。漁吹細浪搖歌扇，天入滄浪一釣舟。谷口子真吾憶汝，何時更得曲江遊。

大司空曾公見招以病乞改別約集杜

此生已愧須人扶，細學何顒免興孤。豈有文章驚海内，幾回書札待潛夫。尊當霞綺輕初散，酒憶郫筒不用酤。不是尚書期不顧，五陵佳氣無時無。

冬日承少宰王公見招病不能赴集杜

積雪飛霜此夜寒，強移棲息一枝安。故人情味晚誰似，百遍相過意未闌。盤出高門行白玉，花邊立馬簇金鞍。此時對雪遥相憶，信有人間行路難。

別李中丞維卿兄之楚集杜二首

中丞問俗畫熊頻，況復荊州賞更新。多少材官守涇渭，時有西警之意。早聞黄閣畫麒麟。岸容待臘將舒柳，江縣含梅已放春。此別應須各努力，正思戎馬淚盈巾。

横笛短簫悲遠天，斷腸分手各風煙。不知明月爲誰好，偶觸愁人到酒邊。繡羽銜花他自得，春渚落日夢相牽。短衣匹馬隨李廣，蝦菜忘歸范蠡船。

送姜仲文督學關中

大雅文章孰敢先，周南風首國風傳。賢關自古雄三輔，憲府於今況少年。名自仙郎高起草，人於講座識含饘。正是兩階干羽日，即看萬里淨烽煙。

奉和鄒孚如司封雪中見過不值之韻

經歲何曾笑口開，一歌伐木一徘徊。自憐幽意今猶古，誰障狂瀾倒復廻。字本無奇堪載酒，雪偏乘興負君來。何時更枉論文約，流水高山共舉杯。

積雪燕關凍不開，相逢谷口重徘徊。共傳客有鄒生妙，斗見春隨暖律廻。道氣如君誰伴侶，清時鳴鳳欲儀來。黄金賦在須珍重，不用詞臣露一杯。

除夕

殘臘禪房靜，青燈玉漏遲。不眠成隱几，獨酌更支頤。年盡他鄉夜，人過半百時。自憐遊子意，吾道況如絲。

辛卯元日

帝里春迴斗柄東，忽驚春事故園同。雲連粵嶠青天外，人在燕關紫氣中。夢裏斑衣常五色，曉來遲日愛初紅。屠蘇強進酬佳節，無奈浮生任轉蓬。

送何侍御謫楚藩司從事因懷范原易李克蒼原易舊守洪都克蒼先以比部謫楚

不見批鱗今杜史，曾聞制錦舊神君。洪都太守真堪憶，對酒憐才日未曛。

何李誰傳二妙并，不應秀句有鄒生。鄒司封孚如。三湘愁鬢時相對，參伍雙懸江漢名。

送何侍御謫官之楚改代稿

離亭歌管曲新翻，慷慨看君下紫垣。驛路風光收客淚，洞庭波浪是君恩。乾坤幾見三閭廟，詞賦難招萬古魂。明過湘江回首處，賈生才思不堪論。

送張黃門閱邊

十萬熊羆擁漢官，邊城曉月挂旌竿。螭頭暫借迴天力，塞外驚傳落膽寒。見說皇威清海甸，更催飛將斬樓蘭。歸來勒石燕然上，金殿千門立馬看。

送楊太守復補定州

鶯聲出谷柳條新，乍捧除書下紫宸。客裏三刀頻入夢，花前五馬又行春。揮金慷慨承家操，劇郡艱難報主身。來暮喧歌緣底事，去思處處欲沾巾。

九日同諸省丈遊南壇望齋宮小憩追次小杜九日登高詩卻集老杜七言律句

水鳥銜魚來去飛，水精宮殿轉霏微。庭前甘菊移時晚，苑外江頭坐不歸。萬里秋風吹錦水，千家山郭靜朝暉。孤城此日堪腸斷，老大悲傷未拂衣。

寄壽太宰楊公三首

歸來黄髮又經春，聖代休休一個臣。舊履聲高天子聽，新槎浮近海鷗親。可能楊綰爲丞相，忽向明星見老人。嶺上桃花千萬樹，不知何處宰官身。

上下風雲不可從，始知今日有人龍。經餘橐籥玄修秘，歸到關門紫氣重。已藉仙宮群野鶴，獨愁聖主夢非熊。何當脱卻浮名繫，五嶽峰頭伴赤松。

總爲社稷愛蒼生，疏懶猥承國士名。一飯衹今誰吐哺，三台此日望調羹。歌殘白雪何人和，眼看黄河幾度清。惟有祥光南極外，夜深長拱帝星明。

和張黄門玉車舟中晚睡時出都之明日

旅雁將秋至，鳴蟬入暮清。煙村團野色，鼓吹雜江聲。泛斗槎仙過，侵星館吏迎。五雲雙闕外，去去一關情。

次前韻

白日愁將暮，黄河不肯清。誰邀江月色，閒聽棹歌聲。野鳥高飛去，汀鷗作意迎。伊予慚負汝，相對若爲情。

和玉車見約事竣各便道省覲兼訂復命之期先此惜别集杜三首

忽漫相逢是别筵，南游花柳塞雲煙。匡衡抗疏功名薄，張旭三杯草聖傳。萬里秋風吹錦水，一行白鷺上青天。明光起草人所羡，複道重樓錦繡懸。

赤甲白鹽俱刺天，雲安縣前江可憐。路經灧澦雙蓬鬢，燕蹴飛花落舞筵。萬里相逢貪握手，百壺那送酒如泉。更爲後會知何處，遲日徐看錦纜牽。

高才仰望足離筵，獻納司存雨露邊。顧我老非題柱客，將詩不必萬人傳。思家步月清宵立，肺病幾時朝日邊。朱紱即當隨彩鷁，杜陵韋曲未央前。

過南旺與玉車遊蜀山湖湖中逢檀季深季明二昆仲

採蓮處處雜菱菰，時或維舟隱岸蒲。人在空中山有蜀，天開島外鏡爲湖。魚從舉網皆堪膾，酒自如泉不用酤。仙侶翩翩移向晚，恍疑身世到蓬壺。

七夕過留城四首

旅夜逢秋百感并，絕憐織女渡河清。不堪更泊留城下，煙水茫茫舟自横。

留侯有廟對崩湍，湖水粘天動地還。此夕正逢天女渡，莫教風浪到人間。

乞巧天邊此夕多，乾坤無奈一黄河。赤松不管人間事，黄石書中意若何。

天横碣石拱皇州，自古黄河向此流。試向支機前借箸，漢廷何處更良籌。

蒙城署中即事戲呈玉車

雙雙蝴蝶上花枝，兩兩前身盡可疑。隱几終朝吾喪我，連床昨夜子爲誰。南飛忽傍三秋雁，老去何妨兩鬢絲。脱卻樊籠便歸去，羅浮山頂又蛾眉。

下蔡鎮夜憩文珠寺聞野歌有獻胡山人詩者得江字

十二連城淮水瀧，州來曾是古名邦。煙收萬井月明夜，人坐空山秋滿江。但有梵音存古刹，何須野曲送新腔。忽傳有客題詩句，可是鹿門人姓龐。

過蒙莊

雄辯先生第一流，向來齊物幾時休。錯疑吾道非糟粕，尚憶人呼作馬牛。濠上不知魚是我，夢中誰信蝶爲周。何人索得玄珠在，許共逍遙物外遊。

八公山謁謝公祠

奄奄江左是何時，能破苻堅百萬師。兩岸煙銷淝水白，數聲鶴唳鬼神知。兒曹大捷偏安日，元老千秋一著棋。聖代即今家四海，倉皇國手可看誰。

渡淮二首

清淮如帶繞，秋色與天長。淝水東西合，韓碑日月光。客心可感慨，王氣幾興亡。惟見江頭柳，蕭疏伴夕陽。

今日長淮好，經過人姓唐。魚龍秋是夜，鴻雁稻爲糧。古渡猶風浪，吾家世子方。漁歌東岸起，酤酒正斜陽。

過大山見老山

蚤發田間道，秋風灑客襟。到關淮地盡，入望楚雲深。老大憐今日，棲遲憶故林。高山何處調，空愧古人心。

棘院中秋對月

紫蓋峰頭月色，鳳凰院裏花香。懷人今夜千里，何處東山草堂。

黄梅道中望五祖峰有懷汪子虚

馬首空濛翠幾重，就中高處若爲宗。平生不厭曹溪怪，今日貪看五祖峰。山逕遥連山寺古，白蓮長是白雲封。汪汪生舍無多路，何日相從上祝融。

偶憶亡友王藩甫及姜可叔

穿破是君衣，死了是君妻。中原懷二子，吾友更何疑。

送徐郡侯入覲集杜

秋風此日灑衣裳，楚客惟聽棹相將。南極一星朝北斗，五更三點入鵷行。多病獨愁常闃寂，賢聲此去有輝光。朝覲從容問幽側，珍賜還疑出尚方。

人日采芳亭對雪即席呈曹長王德履亭在驗封司

亭外毿毿老樹斜，粉牆飛過樹全遮。天涯剪綵人爲日，署裏含香玉作花。同舍歲深寒自戀，試春衣在酒堪賒。相將退食無多暇，何事山陰訪戴家。

亭中雪甚有懷舊署趙孟顧鄒諸君子

舞盡瓊花片片輕，斷腸諸子共飄零。白雲封在懸冰鑒，玉署名高自歲星。何處漁蓑能待我，幾回鶴淚憶談經。不堪更話當年事，徙倚東西一短亭。

乙未春正月二十三日早恭遇上御皇極門覲天下來朝諸侯時有島夷乞封闕下二首

曉仗春雲擁漢官，忽瞻龍袞欲躋攀。聲稀玉漏聞天語，色醉仙桃識聖顏。萬國山呼依北極，兩階干舞肅南鑾。自憐捧日心猶壯，郎署何妨侍從班。

詔選宮人昔奏知，怪來朝講故遲遲。忽逢丹扆垂裳日，正憶天言罪己時。先帝初年真聖主，輪臺一詔更吾師。微臣舊有千秋鑒，卻望調元鼎鼐誰。

大參王如水公復補吾廣

嶺嶠春風動地迴，兒童又報使君來。主恩綠鬢三持節，驛路青山幾見梅。但有夷吾堪重望，何須唐誄浪兼才。紫微垣外中書省，夜夜清光燭上臺。

喜用晦至自原易所尋補襄陽

旅夜清尊復此迴，了無一句笑顏開。況從古越諸山過，曾見新安小范來。舉世更誰能我友，無人識子佐王才。若將治郡論黄霸，異日功名未可猜。

新移芍藥臺上

花臺春爛熳，芍藥可誰同。舊蕊交新蕊，深紅間淺紅。妍堆酣曉露，力困倚微風。開謝尋常事，浮生信轉蓬。

采芳亭喜傳長孺同舍至共觀芍藥因話二顧

采采芳亭伴，采芳亦采真。不禁花解語，況對玉爲人。野築明星迥，鶯聲出谷新。忽聞過二顧，飛動更須論。

二顧何翩翩，耽玄近可憐。青雲還我貴，白眼好情偏。見面從君過，無書祇信傳。寧知花塢裏，吏隱亦逃禪。

大司馬葉丈大中丞周丈同時被謗奉留有寄

司馬勳名宇宙間，中丞鎮靜萬人歡。遙傳塞外空豺虎，共説軍中有范韓。篋滿謗書增倚重，天扶明聖惜才難。即看河套天王地，乘勝長驅破可汗。

大司馬丈量移南司空屢疏乞歸不允忽報大捷喜而集杜

聞道河陽近乘勝，初聞涕淚滿衣裳。蒼茫不曉神靈意，扶顛始知籌策良。殊錫曾爲大司馬，老儒不用尚書郎。朝廷袞職誰爭補，正想氤氳滿眼香。

司馬丈乞身未允聞已南歸集杜遙寄

想見歸懷尚百憂，何時更得曲江遊。十年戎馬暗南國，萬里烽煙接素秋。可念此公懷直道，焉知李廣未封侯。杖藜歎世者誰子，天入滄浪一釣舟。

周中丞再疏乞歸自縉紳官軍而下號留不已集杜卻寄

拖玉腰金報主身，莫云江漢有垂綸。扁舟不獨如張翰，河内尤宜借寇恂。獨使至尊憂社稷，早聞黄閣畫麒麟。致君堯舜須公等，歸赴朝廷已入秦。

九日與諸曹友同登顯靈宫閣

高閣峻層俯建章，況逢佳節又重陽。秋聲不入遊人耳，紫氣浮來滿帝鄉。髮短更蒼堪帽落，客多同調趁花忙。明年此會知何處，遍插茱萸遍舉觴。

采芳亭承南羅二長官見招賞菊集諸曹友爲補重陽之會

大隱於今混廟廊，翩翩同舍共亭芳。深林夕照明棲鳥，曲徑人疑繞洞房。惱殺黄花仍五色，簪看緑鬢賽重陽。誰知玉露凋傷後，更向疏籬作意香。（以上醉經樓集卷一）

（郭培忠整理）

和任憲使枉駕南巖兼紀湖堤新成

尋花問柳傍湖西，公暇何妨客共攜。柳色晴嬌驄馬道，花香春砌長公堤。洞穿竹徑高低合，人似桃源咫尺迷。自有丹梯生羽翼，不須僧話證菩提。（清康熙潮州府志卷一六）

（吕永光、張玲整理）

全粵詩卷四一九

李良柱

李良柱，番禺人。明神宗萬曆二年（一五七四）進士，官廣西布政司參議。事見清道光廣東通志卷六九。

青居書所見

四邊聞水聲，頓覺煩暑銷。垂楊何裊裊，引風吹征軺。沿溪白石亂，斷岸忽通橋。居者安耕鑿，不知城市囂。我來聊問俗，兩兩三三樵。官語不解聽，去去不可招。

雪夜期周比部不至

春早尚奇寒，同雲雪未殘。紅塵銷綺陌，玉樹滿長安。對酒歌黃竹，懷人采杜蘭。明朝趨大祀，時向夜深看。

燈夕同王憲副周比部話別

談天誇碣石，放夜喜新豐。貰酒來冬白，傳柑薦海紅。滇池看去馬，桂管有征鴻。雲省周郎遠，深杯話未終。

送鄭别駕督餉還松江

片帆衝曉發，極目亂蒹葭。河上冰應合，風前雁故斜。吳儂歌白苧，粵客醉梅花。到問雲間日，江鱸味正嘉。

相對西山雪，離筵酒意濃。幾陪趨紫闕，今獨泛青龍。已副留恂願，還追字鄭蹤。鳳凰明月夜，應亦念疏庸。

鏡林秋興

曲徑馴來鳥，長空任去鵰。孤亭斜帶郭，一水細通橋。鴻雁天邊急，蒹葭望裏凋。訟庭人吏散，時且讀逍遥。

餘容且莫贈，聊以贈文無。日落西風急，天空北斗孤。尊前珍橘柚，珮裏競茱萸。誰遣高樓笛，吹來月滿湖。

三秋凋玉露，一葉下銀床。把菊憐同氣，看雲總異鄉。敲詩嫌韻險，射覆引杯長。砧杵催殘月，斜輝沒女墻。

韓信城

不學淮陰母，難同張子房。本爲真國士，何用假齊王。古廟臨流水，荒城鎖夕陽。斷碑零落盡，千古嘆弓藏。

署中苦雨留李太守

海立鼉鼉出，同雲六月寒。蟻封何日啟，鸛井不時看。五馬衝泥至，雙尊把袂歡。雨工亦太横，行路總嗟難。

人日登大觀樓

春晴惟七日，登眺興應饒。殘白留梅萼，新青到柳條。水光侵綺席，樓勢逼丹霄。正好尋詩景，重來不費招。

送李戶曹還金陵兼報最

把酒聽金縷，揚帆指石頭。天空低遠樹，海闊隱孤舟。戀闕丹心壯，浮淮白雪優。秣陵明月夜，應亦念同游。

一片關河月，能牽萬里情。黄花開酒色，白雁送秋聲。報政司農最，含香漢署榮。淮揚愁苦狀，早得幸承明。

長安春興

自是天邊雨露滋，上林種種品題奇。佳人拾翠朝雲合，公子乘黄春檻移。取醉且須論薏苡，引年何必問松芝。雙柑斗酒聽鶯興，應笑山翁倒接籬。

樂游原外雪初晴，色换千林鳥亂鳴。遲日看花驅緑耳，少年結客薄青萍。森森織柳迎梅雨，處處催耕布谷聲。一自聖明躬籍後，都人指點説升平。

徇名徇義一身輕，燕趙豪雄故有聲。走馬鬭雞諸貴業，雕柑鏤蛤五侯鯖。西山爽氣朝來散，北極彤雲日下生。退食自公慚淺術，紵綸何以答承明。

十年通籍侍神堯，漢署懷香幾賜貂。銀鶻不傳清朔漠，金泥屢出寵嫖姚。御溝流水銷殘凍，禁柳遷鶯囀弱條。正説大官初尚膳，忽聞仙樂下雲霄。

贈陸山人時館臨淮侯宅

底事長安慰索居，蓮花池裏醉屠蘇。龍門此日登元禮，狗監何時薦子虚。江上久知成隱鵠，尊前誰嘆食無魚。五陵結客風流遠，應是多迴長者車。

送郝將軍督餉雲中

飛將翩翩出薊燕，軍儲十萬轉輸邊。隊經馬邑桑乾水，獵向金微鸊鵜泉。曉角故殘鄉國夢，秋風長散玉門煙。輕裘自有羊開府，銀鶻于今久不傳。

省中齊夕同司馬年兄詠雪

晝省森沈靜柏烏，欲談翻覺解圍無。五輪沙漏傳銀箭，六出天花點玉壺。倦去且看司馬賦，渴來想入步兵廚。懸知後夜昇中際，歷歷榆光片月孤。

王臺道中

路轉三華雪正殘，春廻旭日照林巒。刀耕疊巘懸飛溜，水碓孤邨據要灘。天外七臺千丈峭，人間萬網一時寬。皇華滿目催行色，時向延津把劍看。

將樂壬午元旦午夢

戀闕嵩呼使禮成，五雲偏向薊門明。先春柏葉深深把，送臘梅花片片清。生殺恐歸蕉鹿幻，馳驅都付雪鴻情。驚廻一枕三華夢，已遍江南萬里程。

秋日盧方伯六合樓宴集

仙人元自愛樓居，縹緲雕甍倚太虛。裊裊千絲陶令柳，輝輝萬軸鄴侯書。樽前雅量難高下，天外浮雲任卷舒。紫蟹黄鱸都入饌，相逢誰謂食無魚。

春祀歌

都人傾耳候朝鐘，爭看乘輿出九重。雲擁翠華時五色，始知天子是真龍。
羽林十萬領金貂，日月旂常出絳霄。扈從侍臣齊上馬，君王親馭玉逍遥。

五夜詞

白鷺黄龍轉吐奇，金凫銀燕逐參差。芙蓉别殿輕煙散，知是蓬瀛不夜時。
燕玉輕盈未破瓜，當筵一舞艷如霞。纏頭擲出三千錦，知是風流漢戚家。
微雪初銷綺陌塵，河橋月色淨如銀。踏歌聲逐香風遠，多少遺鈿墮翠人。
五陵公子競豪華，桃李穠妝出絳紗。猶恨春宵難置閏，高燒銀燭照琵琶。

花朝曲

被郊芳草正萋萋，斗酒雙柑到處攜。二曲亂嘶紅叱撥，九衢爭唱白銅鞮。
日射金莖露未乾，禁城紅紫萬人看。衍波倘得蒲生紙，好爲宫中賦曉寒。
攀折柔條酒盡傾，風流張緒少年情。饒他白墮春醪緑，且讓黄封内醖清。
十里香風散曉霞，長安終日鬬繁華。妝臺聲價猩猩暈，金屋風流步步花。

玉塞朝朝有雁歸，羽書應不到金微。葡萄酒熟蠻奴醉，苜蓿花開苑馬肥。
燕市青青十二樓，麯塵絲裏萬條柔。楚宮寶襪黃金縷，齊楚蓮花白玉鉤。
蝦蟆陵下酒家胡，六博爭雄盡日呼。不惜鸕鷀隨意解，知他還似長卿無。
紫陌啼鶯穿弱柳，玉河流水帶殘冰。飛花盡逐游人散，衣馬輕肥自五陵。（以上清溫汝能粵東詩海卷三七）

（鍾東整理）

楊瑞雲

楊瑞雲，字肖韓。南海人。明神宗萬曆二年（一五七四）進士，官戶部主事。清溫汝能粵東詩海卷三七、清道光廣東通志卷二八一有傳。

懷南園五先生

迢迢南國有諸君，白社當年結白雲。笑向乾坤開混沌，漫從嶺海見人文。花明百越千村曉，水到三山萬派分。煙月浮邱秋自在，幾人把酒挹清芬。（明郭棐、清陳蘭芝嶺海名勝記卷一）

祖席

兩岸風花赴彩筵，共憑水寺一流連。大江波漾驪珠色，滄海僧留梵宇煙。冠蓋並酣瓊島宴，魚龍亦識使君船。野人醉倒歌鐘夜，漫借雙林半榻眠。

珠寺依依蜃氣蒸，相逢海上幾賓朋。中流亭榭雲隨動，四顧蒼茫檻可憑。石壁千年留賦筆，松花盡日伴閑僧。酒闌煙暝天風起，萬里離愁爲汝增。

誰堪行客日匆匆，話別天涯酒正濃。萬頃波濤浮古寺，兩崖雲樹度疏鐘。潮生滄海催飛鷁，天轉延津看躍龍。南北地懸瞻望切，好憑振雁寄行蹤。

謁李忠簡公祠

滄江萬頃一珠浮，燈火長爲學士留。絶代文章推大雅，千年砥柱在中流。風清瑤島僧鐘出，岸夾桃花水榭幽。潮去潮來人事改，還同清獻表南洲。（以上明郭棐、清陳蘭芝嶺海名勝記卷三）

小金山

落落東南旅思曛，淡煙古刹喜同君。潮吞江漢帆檣亂，山瞰鼋鼉日夜聞。談笑天中驚過鳥，陰晴杯裏轉行雲。最愁兩岸青青柳，醉倚春風傍席分。（明郭棐、清陳蘭芝嶺海名勝記卷四）

謁謝南海神登浴日亭

入望寒光萬里餘，釣舟隱隱浪燈疏。山河亦有陽回處，天地何當日浴初。千丈長鯨翻浪紫，三更高閣聽雞舒。野人乍識扶桑勝，願作滄江一老漁。

浮邱八景

白雲西下敞層樓，樓上仙人丹井留。千載九還傳火候，輕煙長傍紫霞流。紫煙樓

羅浮東望鬱蒼蒼，西帶湘漓天共長。石似瓊瑤水似玉，幾回休沐到斯堂。晚沐堂

泠泠玉乳鏡中浮，長帶江潮日夜流。分到三門成大海，珊瑚能得幾人收。珊瑚井

當年客振銀魚入，彩筆東南五色開。沚水泠泠棠樹下，細聽風雅起高臺。大雅堂

何年跨鶴下浮邱，滿地清風水石秋。遺下仙人雙舄在，孤亭長共白雲流。留舄亭

神仙本住朱明洞，來往三城跨五羊。千載浮邱池館在，依依雲樹湛滄浪。朱明館

仙客翩翩不可期，幾回御鶴住芳陂。雲邊笑挹浮邱伯，更與洪厓共舉巵。挹袖軒

翩翩羽客下蓬瀛，吹動仙簧夜二更。亭畔珊瑚橋畔月，得逢學士此聽笙。聽笙亭（以上明郭棐、清陳蘭芝《嶺海名勝記》卷五）

飛來寺

一僧巘畔啟諸扉，長日便予住翠微。路轉青冥誰得到，寺經梁晉尚能飛。野猿歸去煙迷洞，馴鹿銜來花滿衣。倦枕半雲松壑寂，不知身世是兮非。

扁舟何處訪禪關，嫋嫋鐘聲碧落間。一水乍寒金鎖色，千峰不老白雲顔。日高衆壑僧初起，樹掛飛湍客許攀。堪笑風塵行役者，幾時歸計得青山。（以上明郭棐、清陳蘭芝嶺海名勝記卷八）

遊南華寺值雨

馬首荒涼村復村，曹溪壇樹雨中□。菩提不改南華偈，明鏡長從下界尊。寺裏煙嵐千障合，巘前鐘鼓幾僧存。千年我到談真偈，猶有天香落酒樽。（明郭棐、清陳蘭芝嶺海名勝記卷一一）

（陳永滔整理）

鹽瀆行

大風卷地海雲黄，四野昏黑日無光。狐狸白晝置人旁，千家萬家盡傍徨。壯夫大叫氣如狂，蛾眉紅粉淚千行。鹽瀆主人把劍問上蒼，胡爲乎陵谷倒置變態也非常。千竿綠竹覆壺觴，有酒難消鬱結腸。可道顔色百花王，一朝零落蔓草旁。轟雷掣電天中央，此時勢焰何可當。吁嗟晦明事難量，吁嗟晦明事難量。霎時間雲師風伯避太陽，魑魅恐爾無處藏。

行役丁溪逢同年王效勤

五年難見面，昨夜始逢君。畫館低炎日，青尊入海雲。身危能久借，吏隱任予醺。酒後風帆急，驪駒不忍聞。

夜發八寶城

解纜溪雲暮，舟人幾度驚。一燈宵不寐，孤棹夜趨程。雨入重湖白，村因野燒明。那堪江畔草，處處傍愁生。

菁湖偕吴曰南泛月得帆字

四顧湖光白，相攜上小艬。杯中浮片月，天外落孤帆。楚客驚秋早，吴鉤傍斗銜。當尊那厭數，明發戒征颿。

八月十三夜胡太守汝順山人董述夫汪和叔魏成之蔡世卿貞卿李永升永庇永承集署中得人字

四野俱生色，高堂不染塵。轉疑鷗狎客，更好月窺人。滿座陽春曲，當筵漉酒巾。闗門無醉尉，良夜得相親。

陸丞相祠

君自前身楚大夫，間闗閩廣奉遺孤。淚邊華夏憑誰主，海上魚龍助劍呼。星落滄溟寒戰士，檣翻白浪盡雄圖。我家正在厓山下，慣聽淒涼故殿烏。

十四夜蔡世卿吴曰南枉集得梅字

湖色宵從別署開，翩翩公子爲春來。冰花溪上流寒月，風笛城頭散落梅。萬里煙雲憐主客，中天燈火出樓臺。關門總爲游人待，行樂何妨五夜杯。

寄送李仰隅兵憲之江南

劍舄遥聞謁九重，還勞使節秣陵東。長江旌旆風雲杪，一代綱常奏草中。雪掛九峰天共白，日生三泖海俱紅。滄洲不久紓籌策，早晚天書自漢宫。

觀兵東臺署中兼寄魯文叔

天涯春盡夏來時，有客遺書道數奇。六載滄溟憑女在，半生心事有天知。迎風老鶴將雙子，喚雨雛鳩過別枝。到處乾坤堪託跡，祇愁無酒負花期。

雨宿草堰場懷鄉中兄弟

露宿還堪大海東，天涯久客感途窮。當窗遍地吹花雨，破屋中宵受柳風。萬里孤臣愁欲老，九夷雜語半能通。吾家兄弟羅浮下，對酒寧無念轉蓬。

（鍾東整理）

王粹

王粹，號黿臺。東莞人。明神宗萬曆二年（一五七四）由吏員考授正九品，改選浙江義烏縣典史。事見東莞黿臺王氏族譜。

寓江西泥田周氏祠

客里風光意若何，沂濱堂上見巍峨。遠山煙掃畫圖見，喬木春濃鳥雀歌。篆石有文官派遠，竹床無暑晚涼多。分明人物衣冠盛，何幸身從此地過。

舟次南康早發

清風一棹泊南康，萬里江山曙色涼。野寺起僧鐘韻早，郵亭歸使馬蹄忙。西溪流水催舟急，南嶺飛雲望眼長。無限鄉心關不住，且將吟興付奚囊。

解任上馬太守

誰言西粵滿城花，我到東江日已斜。古洞雲深藏怪石，晚林風烈蹙歸鴉。宦途牢落心偏急，王事馳驅鬢易華。惟有黄堂清夜月，餘光垂照散人家。殘雲落日滿東江，入夜鄉心益渺茫。蕉鹿豈知成幻夢，莼鱸偏若滯殊方。一朝寵渥君恩重，萬里飄零客路長。幸有天風送行力，不妨人笑獨歸航。六十功名歎劫灰，歲時人事兩相催。思歸梓里心如醉，憶別黄堂首重回。聖世自知容懶散，清時誰謂棄庸才。關心爭似忘機好，歸去榕陰臥釣臺。

送同寅王三尹歸豫章

叢花灼灼黍離離，正我東橋送客時。一曲驪歌情不盡，嶺南天外白雲飛。（以上東莞鼇臺王氏族譜卷八）

（呂永光整理）

葉萼

葉萼，字韡夫，號浮谷。歸善（今惠州）人。明神宗萬曆二年（一五七四）貢生，選嚴州教諭。清雍正歸善縣志卷一七有傳。

端陽西湖泛棹

蘭枻折簡傳羽客，若耶溪裏亦鷗群。茭牽簫管千歡合，水噴龍鱗一笑分。畫舫凝妝迷曉曙，綺臺連

袂亂晴雲。汨羅午夜隨風月，直到咸陽□楚君。（張友仁惠州西湖志卷九）

（史洪權整理）

楊傳芳

楊傳芳，字體信，號肖齋。歸善（今惠州）人。明神宗萬曆三年（一五七五）貢生。六年（一五七八）赴選，授潮州府學訓導。明郭棐粵大記卷一四有傳。

讀易

聖人學易，三絕韋編。當其七十，尚欲假年。吾今行年，五十有九。伯玉知非，在十年前。聖人從心，在十年後。（明郭棐粵大記卷一四）

無題

所賴天之靈，今年八月末。此心隱隱悟，學問從來錯。混沌何嘗死，就從立根腳。（清雍正歸善縣志卷一七）

（史洪權整理）

孔煦

孔煦，字东熙，号竹城。清遠人。明神宗萬曆三年（一五七五）貢生，官新興教諭，歷仕衡州府教授。有遊燕集、鐘音集、龍山集、筠城集。民國清遠縣志卷六有傳。

峽山寺

縹緲禺山十九峰，梵宫迴出白雲封。蒼松鶴唳三秋雨，古洞猿啼半夜鐘。形勢若移延祚轉，溪花疑在武陵逢。登臨直欲凌高頂，遥望天邊第幾重。（清康熙禺峽山志卷三）

（史洪權整理）

全粤詩卷四二〇

徐有爲

徐有爲，字彦寀，一字養浩。德慶州人。明神宗萬曆四年（一五七六）舉人。歷任臨安、桐城、繁昌三縣，升武岡州知州，擢靖江王左長史。後辭歸。清乾隆德慶州志卷一五、清光緒德慶州志卷一一有傳。

上凌軍門大征德慶兩山平

帷設曾分閫外憂，倚天長劍定遐陬。謳歌到處漁樵起，斥候無兵山逕幽。氣瘴已消西嶺徼，慶雲時見粤□頭。九重從此紓南顧，誰謂康州非古州。（清乾隆德慶州志卷一八）

（吕永光整理）

吴遜之

吴遜之，澄邁（今屬海南）人。明神宗萬曆四年（一五七六）舉人。官武緣知縣。事見清道光廣東通志卷七五。

步吴霜入瓊時舟中有感

一簾懷思捲流霞，八句詩成在咄嗟。宋代風霜瓊管渺，聖朝日月戟枝斜。後先節概高千古，生死忠貞屬一家。史氏若終無直筆，丹心今古恨天涯。（清光緒澄邁縣志卷一一）

（陳永正整理）

黎天祚

黎天祚，原名時昌。東莞人。明神宗萬曆四年（一五七六）舉人，授浙江永康教諭。陞福建詔安知縣，遷廣西新寧知州，晉府長史。民國張其淦東莞詩錄卷一五有傳。

至日

誰從復日賦天根，笑我江湖逐客身。十載波臣供履襪，萬年嵩祝向楓宸。梅花送臘冬猶舊，葭管迎陽歲欲新。老大不堪詩骨瘦，入脣清酒轉生神。

初夏順堂叔招飲池亭

雲散青山開翠屏，主人別業結林坰。白鳥泛泛翻蓮沼，青茘離離覆草亭。槃考閒中知我老，杯浮野外許誰醒。攜笻唱和難分手，相送騰空月滿庭。

輓張節婦

介特標巔巘，鬚眉見壺帷。平生綜列傳，刻意踵修儀。琴瑟宜家日，參苓侍餌時。分鸞驚決裂，化鶴喜追隨。比翼于飛急，將雛在抱遲。保孤甯緩死，煢疚苦瀕危。影現神相覿，詩賡淚作詞。春花甯了蒂，秋木蠹孤枝。不化望夫石，誰懸教子機。餘生浮似夢，一死甘如飴。白日霜飛烈，青山猿嘯悲。夜臺非寂寞，聲徹九天知。（以上民國張其淦東莞詩錄卷一五）

（鍾東整理）

袁敬

袁敬，字敬德。東莞人。明神宗萬曆四年（一五七六）舉人，授天長令。有白雲集、燕粵西征草。民國東莞縣志卷五九有傳。

游峽山

削壁芙蓉半插天，西來蘭若自何年。嵐光裊裊侵珠樹，風磴泠泠噴玉泉。梵語忽從空外落，慧燈誰

向幻中傳。憑虚一笑超塵劫，大藥毋勞問葛仙。（民國張其淦東莞詩錄卷一六）

（鍾東整理）

麥秀岐

麥秀岐，字德徵。南海人。明神宗萬曆四年（一五七六）舉人。任江西萬年知縣，有善政。尋遷任雲南巨津州知州，辭不就。有澹遠堂稿。清溫汝能粵東詩海卷三七有傳。

越王臺[一]

黄屋何年易故宫，荒臺登眺起悲風。函關鹿走秦封割，沛水龍興漢使通。城市萬家煙樹合，江山千載霸圖空。松杉不解滄桑事，依舊寒原自鬱葱。

［一］清黄登嶺南五朝詩選題作『越臺』。

鎮海樓

松濤滿壑散炎埃，飛閣凌虚爽氣開。滄海波光侵檻入，白雲山色隔城來。煙花寂寞呼鑾道，古木蕭疏朝漢臺。徙倚休裁王粲賦，故園風景且銜杯。

海珠寺

孤島飄搖巨浪中，臨流避暑一尊同。樓臺俯瞰鮫人室，香火旋開鷲嶺宫。樹色依微浮遠浦，江帆歷亂鼓長風。玉輪漸起金波涌，轉覺禪心水月空。

元夜曲

何事煙花遽寂寥，金吾原不禁春宵。酒樓且莫罷歌舞，還有王孫醉解貂。（以上清溫汝能粵東詩海卷三七）

（鍾東整理）

崔光玉

崔光玉，南海人。明神宗萬曆四年（一五七六）舉人。官通判。事見清道光廣東通志卷七五。

寄題安氏西林别業

流光迅風輪，奇標密玄賞。緬彼西林幽，伊人遂孤往。川阜翕而迴，雲霞互相盪。背谷面嵚崟，臨流眺深廣。危磴非一盤，崇臺得平壤。拾翠戾中州，采芳搴宿莽。藻渚半芙蕖，花源雜菰蔣。野鶴卓不群，水梟宛其項。披翳竟如無，穿薄亭忽敞。林端景易昏，竹杪煙初上。信匪混喧囂，差足供偃仰。散體隨飄颻，游神極虛擴。有方情自適，無營念不爽。迨我暇日多，丘園叶嘉獎。

游碧玉洞貽主人

游人不到處，勝地出如今。巖與寒冬燠，泉教白日陰。塵蹤嶄石壁，清坐見吾心。寄語雲中客，流霞合此斟。

于少保墳

茂陵哀詔寵光并，少保祠宮仰盛明。折簡尚聞胡騎竄，斷垣俄見野蒿盈。中興籌策懸霄漢，宗社匡扶仗老成。最是岳墳遥在望，東來涕淚不勝情。

曹大家銅鐙

銅鐙淪落碧文滋，占隸分明漢女師。舊向彩帷供纂述，今來山館侍光儀。輝盤映斝娱終宴，芳苡膏蘭自一時。最是無情千歲閲，摩挲題識使人悲。

無相寺方丈寺舊爲王季文書堂

雙溪流水玉磋磋，溪上叢林仄逕過。霰雪眇冥當晝合，芙蓉蹙沓倚檐多。揭來席影連芳沼，欲去鐘聲出暝藋。向日書堂今寂寞，碧峰回首一高歌。

化成寺對雨

一雨妨游屐，蕭然自化成。墻披蒼蘚合，谷概白雲平。澗急遙傳響，峰連豈辨名。驟隨鳴磬韻，細逐諷經聲。簷蔔居然長，池蓮未便傾。飄颻渾攪夢，登眺不勝情。天柱應全暗，金沙想半盈。晚晴山更碧，佛日透林明。（以上清溫汝能粵東詩海卷三七）

（鍾東整理）

龐一德

龐一德，字與虔。原籍南海人，隨父寓羅定州西寧縣（今鬱南）。明神宗萬曆四年（一五七六）舉人。初任恩平縣學教諭，晉升嘉魚知縣。后改教職，初任揚州，再任施州。有雙瀑堂草。清道光廣東通志卷二八〇龐嵩傳有附傳。

行路難

恭承渙汗恩，來宦施陽域。施陽古帝封，疆理云伊昔。既苦千嶺連，捫參井亦歷。亦苦候無人，道茀蕃如織。其下蛇虺盤，其上虎豹斥。計步勉躋扳，傍徨以踧踖。修途五百餘，我行何當息。

入山亦已深，居人一何稀。百里三四家，茅茨枕山陂。爨斫山木葉，餉食道邊藜。斜日羣行汲，漏下不得歸。一畝亦已艱[一]，何況酒與糜。柴門有底疏，所憂虎與羆。爾民則已苦，何用知客悲。崇山魂欲斷，峻壑忽横厲。磴石千仞餘，十里喧寒瀑。頗濟無葉舟，梁崩誰爲續。力夫負戴行，十步九躑躅。長踞任沾灑，短綌出新浴。縱免濡首危，亦中射沙毒。高深古有戒，胡然甘逐逐。（清屈大均廣東文選卷二九）

［一］此句以下，清溫汝能粵東詩海卷三七作：『籬門鹿眼疏，所憂虎與羆。爾民則已苦，何由知客悲。』

壽姜戎帥

七尺魁梧報主身，丁年曾許靖邊塵。數奇李廣侯何暮，才美陳平食不貧。射虎東吳傳氣概，刺船南國羨豐神。滄江白髮聊爲樂，恐有非熊起釣綸。（清屈大均輯廣東文選卷三四）

白雲洞贈何子明

古洞雲生故故幽，懸泉況復帶雲流。玉龍倒捲寒成雨，海蜃何來氣結樓。煉石只今傳玉女，飛花幾度引漁舟。高懷惟有何公子，欲共巖阿一榻秋。（清道光西樵白雲洞志四册）

登天峯

爲攬西樵勝，天峯俯仰間。流泉分洞府，境界出塵寰。谷口多松桂，幽人時往還。散懷殊可適，心

與白雲閑。（西樵山志第七章藝文第一節詩詞）

（呂永光整理）

祁衍曾

祁衍曾，字羨仲，自號羅浮山人。東莞人。順曾孫。明神宗萬曆四年（一五七六）舉人。不仕。有綠水園集。工詩，與黎民表、歐大任并稱「嶺南三子」。民國東莞縣志卷五九有傳。

元日白雲洞中貽主人

去年元日夷山曲，今日樵山仍自看。削壁恍疑接筍見，飛湍將並九溪寒。侵壇細草春已動，應節芳樽誰與乾。知爾層軒清亦足，何如風磴坐雲端。（明郭棐、清陳蘭芝嶺海名勝記卷二）

（陳永滔整理）

黄龍洞奉懷龐振卿[一]

杪秋獨行行，恣意歷群岫。欻然山雨來，蒼茫日將酉。披簑入洞中，龍眠知我否。澄潭深不流，飛瀑一何溜。盤旋路百折，石壁淨如剖。天華固朝露，西庵詎能久。巍峨五賢祠，千載傳不朽。繼之有龐公，誅茆傍祠右。忘年夙託交，贈我雙瓊玖。豈不愜素心，良晤卻非偶。悠悠宇宙間，嗟哉吾老友。

［一］民國張其淦東莞詩録卷一六題作『黄龍洞奉懷龐振卿題壁』。

東昌舟夜寄葉化甫

征途瞻上國，秋盡度聊城。葭露迎船重，螢光帶月明。江山違夙約，詩酒尚虚名。想到茆溪上，翛然笑獨醒。

懶慢

懶慢無心學種瓜，柴門終日一尊斜。微醺偃臥長松下，風露凄凄自落花。

經高士李子長墓

不見高人李抱真，清風巢許若爲鄰。歲時伏臘村中事，芳草萋萋又一春。（以上清温汝能粤東詩海卷三七）

（鍾東整理）

自西樵移居白雲山

懶性常畏人，頗與山靈遇。丘壑泊朝市，處世各有慕。敢云託清修，泉石遂成痼。所貴在適情，川嶽無新故。浩浩海水深，冉冉雲霞聚。鬱鬱松桂幽，依依林鳥度。賞心能幾時，況乃春已暮。九龍井未堙，一畝抒吾素。

歸舟寄戴經明太守京中

晨出燕市門，暮宿滹沱水。相思誰謂爾，一別成萬里。蘇季遠辭秦，周南留太史。榮枯有是非，所嗟日月駛。弭棹重翹首，雙闕徒纚纚。纚纚亦何爲，行雲邈難追。彼美都人士，粲粲揚春姿。黄金與白璧，結客甘如飴。失意一杯酒，邱山遂可移。君身大瓠種，豈爲塵網羈。淮陽縱臥理，無乃積薪嗤。願子自愛惜，去矣從此辭。

初入羅浮山作

孫子縱長嘯，龐公事偶耕。謝世豈無志，恥同塵網嬰。伊余雖薄劣，託身直休明。乘時苦不蚤，敢云軒冕輕。自分不曉事，棄捐可終生。四百三十峰，林藹有餘清。褰衣遂從之，庶用慰我情。弱齡慕遐舉，久欽五嶽遊。豈曰俟婚嫁，堂上日西流。依然鄉里人，夙志竟難酬。睇望飛雲嶺，飛雲何悠悠。去此片時程，駕言理方舟。願附松蘿枝，永與靜者儔。道家稱洞府，兹山第七天。宵中白日出，石竇黄龍蟠。涓涓鐵橋流，上與瑤池連。不見蟠桃樹，但見梅花阡。我欲折梅花，貽我心所歡。所歡在何處，仰視明月娟。振衣發長嘯，寤寐將焉諼。物役各有極，聊以返自然。

山鳥何太奇，五文分毛質。渴飲玄露漿，饑食碧梧實。終年不飛鳴，時爲幽人出。我欲執此鳥，施羅歎無術。神物任變化，何必相促迫。昔有孤高士，煉食朱明陲。丹成日飛昇，遺竈今在兹。曠哉超世心，千古有餘思。黄鵠不可馭，欲往終難期。置此杳冥事，攀雲信所之。

泰山頂觀日歌

岱嶽崒兀孤根深，青天飛掛萬壑臨。我來適際上元夕，春風淡蕩吹素襟。逍遥午夜不肯睡，一杯獨對明月斟。明月高高正堪賞，忽送紅輪東海潯。扶桑光搖蟾桂色，雹掣雷轟魑魅匿。半在空中半水中，望之微茫難測識。龍鱗照耀千黄金，鮫室馮宫盡如飾。清暉灼灼閃洪濤，廻看四野猶昏黑。劃然大叫山欲傾，不覺天雞先已鳴。飄飄兩翼生羽翰，七十二君咸我迎。上叩天門下梁甫，無字之碑爾何苦。眼前不盡水東流，朝朝日出遊人覩。宵中海日事太奇，我在羅浮亦見之。名山佳節今偶值，不飲徒令世上嗤。丈人石，日觀峰，太平天子不登封。司馬遺文何足問，青瞳緑鬢且從容。

冬夜集駱兵部宅

十載瞻韓願，幽懷此並開。萬峰遥映戶，片月故臨杯。天地人間世，衣冠白下才。江南連薊北，莫動子山哀。

溪上贈黎惟敬

結客吾何有，憐君幾度過。青雲流水去，白眼世人多。醉後仍呼酒，狂來任獨歌。揮毫聊引興，不換右軍鵝。

初秋歐楨伯招集青谿館余值病不赴分得期字韻

本無司馬賦，渴病亦相隨。伏枕誰堪問，酣歌聞爾爲。天清一葉下，日落萬山悲。留滯驚秋早，還家未有期。

避暑郝園贈主人謙亨

過棹邗溝入，停居暑欲逃。園林消午夢，花蕚引香醪。蜀井泉流迴，隋橋月色高。廣陵無舊譜，誰可續遺騷。

萬里同歸日，淹流有棣花。風雲雙鬢短，歲月一樽斜。大石通清溜，浮城落晚霞。主人不厭客，吾意欲移家。

野草連千畝，瓊花祇一枝。輕衣迴越女，短笛散吳兒。別野今爲寺，連珠舊有池。從來歌舞地，君下廣川帷。

僦屋東南會，維陽汝俊人。散金唐李白，投轄漢陳遵。酒送黃龍浦，瓜沉白馬津。相看河朔飲，一笑萬家春。

將還羅浮留別李敬可袁可觀於鍾昌父宅

興入元冬百不思，匣琴流水過鍾期。蕭條敢薄袁安雪，俊逸同傳李白詩。天上星辰龍劍合，人間風雨夢魂疑。青山此去情何限，豈謂鷦鷯慰一枝。

寄梁思立藩參

十載交知奈爾何，逍遙梁苑足經過。深杯竹葉浮雲盡，短髮楊花細雨多。潦倒欲收任氏釣，沈冥還和郢人歌。祇今狂態非吾昔，獨倚春風長薜蘿。

道場山展孫太白山人墓

野寺蕭然興未涯，當門松樹故從遮。流雲遠趁翩翩燕，細雨低含短短花。萬事風塵閒亦夢，十年動業醉爲家。舊遊仙客今何處，獨倚高山悵伯牙。

鎮皖樓葉郡守夏郡丞席上作

芳筵傍樹緣逃暑，勝域迎秋故入風。九派洪濤孤檻外，萬山晴藹一杯中。高懸幕榻誰徐孺，爛漫江亭此醉翁。得意論交狂轉劇，徵歌還散玉蓮紅。

寄譚李二山人

玉露蕭森肺病蘇，依依松桂散平蕪。中天未覺瑶臺迥，永夜俄驚海日呼。地折銀河千派盡，風迴銅柱萬山孤。乘空擬附雙雲鶴，致汝高陽舊酒徒。

海珠寺偕黎惟敬鄧君肅梁思立唐寅仲譚永明陳忠父袁敬德集

蜃樓蛟室接青鴛，萬壑奔騰浪欲吞。錦纜牙檣時動興，碧山琪樹易銷魂。飛花似下談經雨，落日猶傳避暑尊。海上奇遊俱不淺，秋風人意滿曇門。

孤舟

春水瀰茫遠接天，微風斜燕最堪憐。孤舟一繫離人思，腸斷鳧雛傍母眠。（以上民國張其淦東莞詩錄卷一六）

黄朝賓

黄朝賓，字伯遷，一字少嘉。順德人。明神宗萬曆四年（一五七六）舉人。任福建長泰教諭。有仙石洞稿。清溫汝能粤東詩海卷三七有傳。

喜歐楨伯虞部致政南歸復海西社

十載鵷鸞漢未央，一朝龍臥海天長。風雲自遶黄金闕，松桂先開綠野堂。函谷氣占關令尹，鑑湖恩沐賀知章。舊游結社諸朋在，添得梅花水部香。

送陳明府

十載交情尚布衣，二天爲别思依依。粤王臺下甘棠在，姜相峰前倦鳥歸。下榻自慙徐孺子，登堂曾對謝玄暉。彭湖秋水他宵月，應照蘆花兩釣磯。（以上清黄登嶺南五朝詩選卷四）

送陳山人讀書羅浮

四百峰高日月迴，橐書從此謝氛埃。遥分木客藤蘿幔，更上麻姑錦繡臺。石臼曉春紅翠響，玉笙宵奏鳳凰來。澄心静夜丹光裏，七十璇房次第開。

雙溝曉行

聽雞騎馬出雙溝，白草荒原綠未抽。吹面北風寒獵獵，不知春在帝王州。（以上清溫汝能粤東詩海卷三七）

（鍾東整理）

李玉

李玉，字惟良。東莞人。明神宗萬曆四年（一五七六）舉人，官楚府審理。事見清道光廣東通志卷七五。

寄王鳳洲

廿載詞場飽大名，高懸山斗缺逢迎。百年玄學推彭祖，一代宗工數屈平。下里可誰同郢調，中朝常狎主齊盟。亦知才不羊何輩，惆悵姑蘇月色横。

雞鳴寺寄懷祁敬江

金陵秋氣鬱蒼蒼，别恨翻驚滿寺房。萬里家山憐久客，一年歧路歎廻腸。論心明月誰同調，把酒清風祇自嘗。欲問舊遊同樂侣，笑歌曾否念淒涼。（以上民國張其淦東莞詩録卷一五）

（鍾東整理）

馮名望

馮名望，茂名人。明神宗萬曆四年（一五七六）舉人，二十四年（一五九六）任陽山教諭。清順治陽山縣志卷五、光緒茂名縣志卷六有傳。

塔溪流月

古塔孤標碧水潯，流來月色出松陰。悠悠樹杪如懸鏡，泛泛波光似躍金。沙白不關霜露濕，溪清偏見廣寒深。洲前無限光華好，何必庾樓足放吟。（清順治陽山縣志卷一）

釣魚臺

不是磻溪叟，何人把釣磯。仙島依壑出，漁火帶星歸。萬里遷臣逸，一竿隱吏稀。祇今遺迹古，苔蘚自生輝。（清順治陽山縣志卷四）

（史洪權整理）

高爲表

高爲表，字正甫。番禺人。明神宗萬曆四年（一五七六）舉人。年八十一卒。有榆枋齋集、田間彙稿。清同治番禺縣志卷四一有傳。

飛來寺

前朝中宿記名山，覺路孤懸斷宇寰。猿去洞門千澗靜，雲來珠樹一僧閑。祇期秋色生衣上，那薄塵

心出世間。況復同遊稱述作，憑高幽賞詎言還。（明郭棐、清陳蘭芝嶺海名勝記卷八）

（陳永滔整理）

李元弼

李元弼，字靖吾，號相所。東莞人。明神宗萬曆四年（一五七六）舉人，官江西分宜令。有江皋小築集。民國張其淦東莞詩錄卷一五有傳。

留都偕同年遊宏濟寺遲王任庵不至

閒來結駟扣禪扉，纔到江頭重振衣。爲愛高僧花徑掃，卻憐王子剡舟遲。千峰落木淩空下，萬壑晴雲入望飛。倦倚危欄遥極目，可堪羈思正依依。

留都寄畬王蘭洲

娟娟涼月帀庭隅，數點疏星乍有無。塵案自慚盈玉律，空亭誰共倒金壺。詩傳白雪飛紈扇，門對青山列畫圖。回首嶺南煙樹隔，一冠長欲掛洪都。（以上民國張其淦東莞詩錄卷一五）

（鍾東整理）

羅岳

羅岳，順德人。明神宗萬曆四年（一五七六）貢生，授南雄府學訓導，歷仕左州學正，事見清康熙順德縣志卷五。

午門早朝簡歐禎伯黎惟敬

皇州鶯囀柳條輕，五漏追趨待禁城。漢倬金莖天闕曉，日華儷仗衮衣明。肯持列戟辭方朔，入奏凌雲謝長卿。幸綴玉墀鵷序後，蓬茅因得罄生平。（清康熙順德縣志卷一二）

（李君明整理）

全粤詩卷四二一

楊起元

楊起元（一五四七—一五九九），字貞復，號復所。歸善（今惠州）人。傳芳子。明穆宗隆慶元年（一五六七）解元，明神宗萬曆五年（一五七七）進士，選翰林院庶吉士。尋授編修，晉修撰。歷官至吏部右侍郎。慕羅汝芳之學，嘗奉命册封崇藩，取道盱江，就汝芳論道，乃大悟性命之旨。其學以知性爲宗，不離日用，直窺大原，無支離影響之弊，非世儒矯强義襲者比。性至孝，以母喪哀毁病卒，年五十三。天啟初，賜謚文懿。有證學編、諸經品節、楊復所文集。清雍正歸善縣志卷一七有傳。

楊起元詩，以天津圖書館藏明楊見晙等刻本續刻楊復所先生家藏文集八卷之詩歌卷（第八卷）爲底本，參校中國科學院圖書館藏明楊見晙等崇禎刻本重刻楊復所先生家藏文集八卷之詩歌卷（第八卷）（簡稱崇禎本）、中山圖書館藏清楊雲錦等道光六年刻本楊復所先生詩集（簡稱道光本）、中山大學圖書館藏清楊叶吉等光緒二十一年刻本楊復所先生詩集（簡稱光緒本）。

楊起元一

初信學題丙子年

一是百是，一非百非。行遠自邇，登高自卑。邇卻無漸，卑卻無梯。聖凡隔處，一悟一迷。口訣無多，格物致知。

再證學改題丙戌年

何者曰是，何者曰非。無遠胡邇，無高胡卑。是謂無漸，是謂無梯。無凡無聖，無悟無迷。口訣從今，無物無知。

羊城示同志

茫茫嶺海，秀毓文明。光天帝德，暨我蒼生。將無往哲，作我儀刑。往哲伊誰，遺編可稽。由來太音，其聲孔希。按譜操弦，聽者以疑。嗟予昏昏，幼誦古文。日邁月征，四十無聞。諸子我從，慚赧何云。予雖寡陋，尚幸師友。誨我道真，信吾固有。願言與子，是圖是究。物備諸身，道不遠人。簡則有功，易則有親。纖毫費力，尚隔一塵。

惟盡乃心，始知乃性。鹵莽滅裂，惟學之病。甘爲夷稗，豈曰無競。

題上官參軍冊

幕天藉地，枕琴蔭樺。厥形偃仰，厥心傴僂。有命自天，封章賜予。益恭益虔，循牆若懼。同氣之親，火待而舉。縹帙盈篋，名士所與。好善若渴，孰厭其取。混跡在朝，超神在墅。誰爲肖之，夢覺蘧蘧。其後寖昌，視此題句。

題夏氏象賢圖

於惟夏氏，爰自伯禹。于其子孫，播越南土。暨入皇明，文儒繩武。
赫赫荊門，經明道尊。克勤内行，孝友是敦。愛日遺榮，我風如春。
翼翼潼川，克箕克裘。皐皮再設，談易不休。白下耆英，邈然寡儔。
瞿瞿寧海，其德靡晦。禮學庭趨，秩任郎貴。遘閔不出，傷祿不逮。
爰自曾孫，規衿矩裾。衡門棲遲，樂彼琴書。訓厥後昆，作爲此圖。
予交曾孫，廿載以往。嘉汝世儒，欽此遺像。爲作此詩，以告來襁。

寄曹魯川

往夏徂秋，君惠來游。足我平生，其樂綢繆。招招舟子，曾不我留。

往秋徂冬，雨雪濛濛。搔首延佇，有鱗有鴻。善保歲寒，如何弗衷。
自冬徂春，萬彙聿新。樂只君子，遐不顯仁。抽絲若繭，敷葩如神。
春徂茲夏，示我藻火。折簡絕韋，大過而可。願言努力，盱江則那。

簡書美董母謝媛之德也謝媛秉德貞文以相君子實生司寇爲時名卿綸綍再褒後命未艾史氏欲傳其懿以爲世訓而作此詩

簡書煌煌，豸服有宜。於乎不顯，式賁其儀。
其儀伊何，赫赫御史。亦既有文，乃亦有子。天作淑媛，爲贈君之儷。
維彼淑媛，誕自謝宗。維此君子，玉帛既同。于歸有期，待雁之雝。
二姓爭其囿叶郁，各速于獄。競隕姻盟，尋于荼毒。父兮兄兮，畏我宗族。
東鄰方告割，西鄰亦報絕。惟新是圖，匪舊之屑。展如淑媛，獨抱姱節。
謂大義既虧，我生何爲。絕粒不殊，赴身清池。覺彼諸母，疾呼救之。
聞者縮息，見者怨悔。怒庶遄沮，詈庶遄已。嗷嗷之徒，尚翕翕訿訿。
此顧彼慮，未敢有行。士女乖暌，讒言其興。訹女也謂士不稱，訹士也謂女不令。乃心如一，荷天之定。

群祥既集，百兩既陳。惡少流言，扼之梅津。淑媛俟之，三尺其縉。我命在我，勿問彼辰。君子乘梁，來迎有光。遂造門基，升堂及房。既見君子，我心則降。

敬矣新婚，豈敢燕爾，陳圖及史以勸。

謂婦習女紅，古訓猶理。君子不學，人見薄鄙。偶鄙而生，實不如死。謂言不信，伊縉是視。爰始發憤，游心典墳。焚膏繼晷，機杼齊勤。指彼鍛者，以勗晨昏。肇學聲偶，習其句讀。工苦逾月，英姿駿發。日記千言，有作必傑。歸寧與俱，諸謝吐舌。謂大器晚成，大道乃不器。惟勤克家，抱藝不試。道岸是登，爲儒之軌。相彼鳴鳥，止于高岡。其雄爲鳳，其雌爲凰。鵷雛濟濟，文明之祥。乃有司寇，出佐我皇。皇念膚功，載錫之命。發其幽光，賁于玄扃叶敬。騈蕃嗣茲，宜無不罄。誰作此詩，曰舊史氏。凡百家室，鑒其純懿。佑我邦家，施于爾孫子。

擬古詩二十首

行行重行行，與君不暫離。豈憚道理遠，相隨到天涯。此地常晦冥，會面安可知。安得白日光，爲君照容輝。君行日以遠，君心日以緩。寒門隔靈曜，遊子不顧返。勞勞征途間，看看歲月晚。棄捐勿復道，生世同此患。

茫茫巨瀛海，蒼蒼藐姑射。盈盈神人居，不飲亦不食。淖淖處子姿，皎皎冰雪格。恍惚睹光彩，轉面不可識。徒勞空山中，何處尋遺跡。

夭夭槿中蕚，翩翩竹下籜。我行實永久，今朝返故宅。宅中足珍寶，聊厚不爲薄。千金置鞍劍，萬金結俠客。暮出游崑崙，朝出游碧落。群生塞天地，應手施金錯。揮騰化人居，解佩奉纓絡。寶藏固無盡，恣意何所迫[一]。

今日一樽酒，聚此平生親。磬折欲何爲，談笑率其真。樂飲過三爵，狂言爲君申。人生無堅質，飄若風中塵。獨有一物存，不淄亦不磷。何不索巨筏，與君渡迷津。無爲逐世態，擾擾長苦辛。

海上三神山，虛無切太清。黄金裝宮闕[二]，白玉三重城。非絲復非竹，音響何泠泠[三]。誰能爲此曲，無乃安期生。鳳凰舒羽儀，玄鶴集雲亭。身世在何許，耳目殊音形，長跽謝仙翁，下界俱含情。何當三萬里，隨風送天聲。

登山步飛雲，殷勤拾瑤草。欲以遺所思，忽聞鵲聲噪。歸人千里至，開顔共歡笑。永誓無別離，同居以終老。

星火當南离，羲叔弭炎節。玉衡倏西指，涼飇散餘熱。由茲徂冬春，巨輪無停轍。少壯衰以老，遽遽向遷滅。肌膚非我有，親故寧不別。榮名誰復矜，厚奉爲誰設。大夢一以醒，慚汗對冥牒。聖人貴寸陰，念此使人切。

冉冉青蓮花，結根太華巔。峭壁斷金鑠，彌望不得前。愛此蓮花鮮，自惜無羽翰。仙翁授刀圭，疏身駕輕煙。稽首謝仙翁，此花何由妍。適來復何術，致我玉井邊。三問三不語，彩雲垂兩肩。我願從茲適，覽彼無窮原。

南海有珠樹，顆顆日月光。攀條采其珠，盛以雲錦囊。散滿天地間，何況同一鄉。此物取不竭，復宜久韜藏。

穆穆天帝居，赫赫臨下土。駪駪走日月，漸漸換寒暑。百靈序星辰，萬龍降雲雨。混沌迄于茲，從今復何許。肅肅絳節前，默默不用語。

西出長安門，悠悠長安道。鳴佩何珊珊，朝下日猶早。同心各相招，稽古共探討。小儒不足爲，大儒非意料[四]。買櫝還其珠，燕石以爲寶。白日昇東方，萬象始分曉。

世人懷往古，古道今不足。我於世界中，皇虞滿吾目。兄醉弟便扶，夫死妻仍哭。鳥飛魚自沉，花紅柳還綠。終古有常然，人情自反覆。

絕世一佳人，容華美如玉。青樓結綺疏，簾下理清曲。使君停車騎，沉吟聊躑躅。彩鳳何時來，精誠苦相屬。攜手凌紫霄，雙修離劫濁。

仙人跨鶴還，纍纍感丘墓。人民非昔時，城郭尚如故。賢愚同一盡，貴賤無復數。擾擾塵世中，長驅不廻顧。一夢過一生，後來仍不寤。幻身竟無常，有來必有去。自匪大還丹，一真焉可固。誰云古聖人，萬世不能度。子今如有聞，一息即千古。但恐非真訣，迷惑蒼與素。

絕學向千載，洙泗流日分。糟粕非真傳，空有典與墳。爝火當耀日，杯水救車薪。龍德如正中，利見一大人。但恐江水深，欲從道無因。

生年不滿百[五]，長懷千歲憂。可傳匪如舜，甘與鄉人儔。點鐵成黃金，千年返元質。誤人千年後，仙翁長大息。常能興茲懷，得匪合仙術。

凜凜歲云莫，興言觀羣書。大哉洪范篇，帝訓孰敢渝。縱横收七雄，法律蕩秦區。經術賣西京，節義傾東都。魏才晉清談，唐詩宋名儒。宛宛欄柵中，逐逐名譽驅。聖代關乾坤，默與三皇符。相業急濟時，學術羞含珠。歷年過二百，風俗還皇虞。平康用正直，賢智慎其趨。

清夜朝上玄，戢志恂以慄。猛神紛侍衛，群真儼羅列。衆生充下界，形聲無不徹。一感斯一應，微塵不分別。古人事上帝，後儒疑假設。學不通天人，難以語明哲。上帝日汝臨[六]，敢不自芳潔。

友從遠方來，遺我尺素書。盥手開素書，書中一字無。疊書置枕邊，夢寐若告予。子欲識子心，子心本空虛。子能除子心，我來同子居。

明月何皎皎，當軒照我懷。中夜不能寐，攬衣起徘徊。精神倏飛越，上上從姑臺。臺上一月懸，與此同光輝。斂襟下簾櫳，流光暗相隨。

〔一〕恣，原作『姿』，據道光本、光緒本改。

〔二〕裝，原作『莊』，據道光本改。

〔三〕泠泠，原作『冷冷』，據道光本、光緒本改。

〔四〕意，道光本、光緒本作『所』。

〔五〕年，原作『平』，據道光本、光緒本改。

〔六〕日汝臨，道光本、光緒本作『日臨汝』。

擬陶徵君飲酒二十首

處世實大夢，何事更齊之。蝴蝶爲莊周，寧似翩翩時。容悴緣識轉，真性不如茲。所以覺者心，任運匪復疑。我有莫逆交，對酒歡相持。

古人順天命，採蕨登西山。善惡疑報施，史氏輕立言。不患節不高，患不見吾天。求仁而得仁，聖訓誰其傳。

異端塞吾道，人人喪其情。有酒雖肯飲，亦取達士名。復有不飲者，拘拘勞我生。真飲真不飲，寵辱何所驚。與君結歡好，各依真飲成。

黄鳥音載好，當春不獨飛。偶然失羣侶，嚶嚶聲轉悲。盼睞若不定，上下何依依。精神感同氣，爾友遥來歸。性悦遂閒止，此意何時衰。我願請天帝，使彼永無違。

竟日披羣籍，不爲衆説喧。問君何能爾，得一斯無偏。開卷見吾心，開門見青山。良友時復來，由然相往還，奇字吾不識，相對常無言。

聖道千萬塗，誰知非與是。相是更相非，見界永不毁。醴酒入我脣，甘味卻類爾。何不自見見，高文徒爲綺。

茉莉來南國，玉蕊發其英。馨香隨風揚，感我故園情。况復月色佳，尊酒歡與傾。羲御漸委轡，階下蟲微鳴。不覺歌式微，慨然懷友生。

松柏經嚴冬，卓卓霜雪姿。孤根異羣植，豈在葉與枝。凡物稟正性，獨立不爲奇。春融萬彙作，孑孑空爾爲。思我湖上山，何日稅塵羈。

我登從姑山，天門劃然開。恍惚覩仙翁，世界如無懷。仙翁爲我言，聖學久已乖〔二〕。江河亂其流，鳥獸失其棲。灼灼青蓮花，娟娟出其泥。别見損至精，金石焉得諧。稽首謝仙翁，學子從前迷。我今得一見，此見永不廻。

我有明月珠，得之南海隅。持以詫時俗，此珠滿塵塗。暴殄不愛惜，役役隨所驅。慚愧遼東彘，不知世有餘。置之懷袖間，默默且自居。

自從孟氏來，孰可與吾道。往往存微言，柴桑五柳老。縱飲非放達，雖貧不枯槁。我愛止酒篇，字字無不好。珍珠雜魚目，詎能識其寶。再玩桃花源，恍然解意表。

仲淹生隋世，麟出非其時。上策不見收，由然與世辭。講學河汾間，斯文其在茲。知命故不憂，盡性吾何疑。大哉中説書，周公豈我欺。詆譏傷予心，願從子所之。

有士同學道，趣舍邈異境。一士學長睡，一夫學長醒。醒睡還相譏，誰能會其領。睡者非我適，醒者非我穎。睡睡與醒醒，學人此當炳。

孔門言爲仁，欲仁仁即至。譬彼中山酒，一飲千日醉。乘墜俱不知，寧復論造次。海上逐臭夫，汲汲求富貴。於我如浮雲，蔬水有真味。

天地俱無窮，無窮爲一宅。形運能不疲，神行乃無跡。大年十二會，小年止於百。有形無不壞，有髮無不白。若不悟其真，此生良可惜。

少年何所事，黽勉事六經。行行向不惑，恍惚猶無成。不如且置之，待我問五更。睡起理巾櫛，舒徐步前庭。茉莉花正開，好鳥時一鳴。此外未或知，聊以適吾情。

首陽與柳下，百世興其風。君子胡不由，哆口譚時中。吾門惡鄉願，無爲徒尚通。學步失邯鄲，學箕斯良弓[二]。

局局當世士，陷井聊自得。不讀秋水篇，胡由祛所惑。吾人有神理，而乃自湮塞[三]。誰肯舍雙睫[四]，一觀化人國。始覺吾喪我，隱几但默默。

金門可以隱，碧山可以仕。所樂非窮通，爲仁總由己。不待曾點言，始覺三子恥。鏗然舍瑟處，便是唐虞理。人生大妄中，妄妄胡可紀。不復夢周公，仲尼所以止。捫虱談時務，雄豪焉足恃。

陶公天民彥，慨世少復真。吾真既不復，彌縫焉得淳。大哉魯中叟，日月萬古新。六經羅章句[五]，灰滅甚狂秦。所賴故來物，耿耿絕纖塵。耳目各聰明，四體俱能勤。如何不自識，浪子忘其親。賴君有巨筏，與我渡迷津。歌彼飲酒詩，脫我頭上巾。一醉自如如，永爲羲皇人。

〔一〕乖，原作「垂」，據道光本、光緒本改。

〔二〕弓，原作「兮」，據道光本、光緒本改。

〔三〕湮，原作「煙」，據道光本、光緒本改。

〔四〕肯，原作「青」，據道光本、光緒本改。

〔五〕羅，原作「罹」，據道光本、光緒本改。

丁祀師祠恭紀

依止周豐鎬，俎豆我哲人。奠此翼翼堂，率我同氣親。祀事修春秋，講會浹靈辰。所期敦孝慈，共於雍黎民。明明維我祖，皇極何平平。憲章者誰氏，實惟盱江賢。妙悟默而成，與時會人天。無人更無我，忘義且忘年。嗟予何弗類，掃門自壯歲。忽忽强以衰，何能無罪悔。時時聚天倫，加額謝明誨。但存平等心，可以陶萬類。有客問師祠，祠門實易知。對彼淇竹園，内有雙雙槐。後倚橋門水，左有祇樹枝。多謝千里朋，到此請勿疑。

筌箵引

令序還還勝，良友追歡遊。層臺見遠岫，垂楊並清流。越兒何婉孌，吳唱和且柔。曲罷將進酒，好鳥如名謳。壺漿各殊釀，雜俎仍異羞。徙倚但取適，觴酌無勸酬。舞雩非燕朋，索居義所尤。再申伐木章，偲偲何所求。清言啟中扃，芝蘭開林幽。託身承明盧，庶務素非遒。良時共欣賞，何必昇丹丘。光陰如逝川，相樂其忘憂。

仙人篇

仙人攬六籍，降止太山隅。神娥擎香霧，五老列庭除。蒼龍繞彩電，祥麟啣玉書。北極脱樞紐，九州安所如。駕言適西周，驅彼南宫車。徘徊岐豐側，精神游六虚。鳳凰來何時，徒聞歌接輿。迴駕觀群龍，與帝合靈符。羲文告爻象，河洛獻瑞圖。東壁韜榮光，文昌掌闢樞。秦火遍郡縣，日月光如如。爾來三千載，晦蝕由蟾蜍。正直大明世，黄道開天衢。巨靈挽天河，河漢流爲盱。稽首盱上翁，與爾長相須。

白馬篇

白馬公孫兒，辯才四國馳[一]。一遇談天衍，屏息無所施。小巫見大巫，神氣能不微。穴中兩鼠鬭，焉知是與非。河伯適東海，向若乃自嗤。鵬搏九萬里，鷽鳩安可期。東父居扶桑，西母處咸池。列仙如嬰孩，往來恆嬉嬉。更有太乙翁，呼吸搆二儀。二儀真灰燼，不能損毫絲。操舟趙士慄，語冰夏蟲疑。肉眼本無覩，塵心焉可知。載籍增障翳，空虚成頑癡。君自慎所從，自古無常師。

［一］辯，原作「辨」，據道光本、光緒本改。

名都篇

名都四方極，神鼎無窮年。閶闔生嵯峨，雙闕造青天。甲第連雲起，劍履何翩翩。玉帛來萬國，九州輳才賢。歌舞燕趙選，美酒斗十千。季主開卜肆，長房掛壺天。雕蟲擅文苑，吐氣如雲煙。謀士鄙肉食，借筋公卿前。車馬總雜沓，人物紛喧填。翟庭可羅雀，田門可市廛。日入各掉臂，朝來更摩肩。日月流光華，星辰順其躔。太一有常居，聖德常淵淵。邦畿惟民止，萬世常如然。

閒雲館爲張洪老作

從君起版築，論學聖人前。四海仰高風，亹亹二十年。一念慰慈顏，屢疏辭細旃。孝動皇情允，多子徒留連。浩浩江漢流，蒼蒼匡廬煙。行行望城闕，悠悠歸園田。慈親在高堂，稚子繞膝邊。已悟靜者心，不復窺陳編。室中地不掃，壁上琴無弦。請問唐虞理，浮雲同漠然。

聞新堤經水不壞志喜

新堤二三月，春水滿四澤。舍弟有書至，基址固如昔。一線障波濤，幾家安枕席。飼雀吾親志，度蟻吾弟德。述九暨洪所，經理各有力。而我但稱心，拊掌笑竟夕。何必償目前，功深久爲得。

轉官志感

端居詠伐檀，囊粟非所安。狗馬初病力，謁告歸就閒。荏苒忽五載，黽勉趨朝班。未幾使河洛，啣命猶未還。轉冠出望外，驚魂忸我顏。此職不以勞，儲養義理間。不能行也已，使我羞素餐。何以報高深，任道庶無患。

山中植樹

我本野鹿性，十年强衣冠。欲報君親恩，一念耿如丹。薄軀常負疴，夢寐思湖山。山間有田疇，草屋八九间。四嶺植松竹，亦足怡心顔。繫身不獲圖，我弟思其艱。山上多種松，溪澗多種蘭[一]。寒梅如許樹，修竹百千竿。春至閲農功，採蕨供菽餐。我歸有處所，感汝貽我安。把袂日造茲，弟兄共盤桓。奚覺天地廣，吾道自爲寬。十年計樹木，光陰如奔瀾。

[一] 溪，原不可辨，據道光本、光緒本補。

送唐曙臺

我昔未知學，而子爲我悲。今我稍有知，而子爲我疑。此悲與此疑，何慮更何思。我留黄金臺，子還南海湄。初謂展燕婉，中更成乖離。矯矯雙龍劍，會合自有時。何以酬子心，别後時相思。願言各努力，億載以爲期。

送顧涇陽

丹穴雙鵷翔，鳴聲何其寥。側耳更結心，可望不可招。歎此靈瑞德，固當應虞韶。宣尼豈復嗟，吾道重光昭。時振千仞端，萬羽同逍遥。至德諒不孤，何當共扶摇。爲君採竹實，飛飛不辭勞。臨岐多苦調，相勗以神交。

到任謁廟丁亥年

忝竊玉堂署，摳趨謁宣聖。精誠儼如在，稽首承面命。吾道存六經，一字是欛柄。淵淵復浩浩，終古難究竟。失之萬里途，得之咫尺頃。恍惚若有覺，肅穆中自競。我亦一丈夫，負荷豈不勝。永矢願學心，陟降游帝境。宇宙同得一，於以了吾性。

送友之建昌

邂逅東山上，別來僅瞬息。顧我雙髮班，看子頭盡白。焉知滄海外，桑田幾變易。感歎誰能平，聞道庶不惑。子今造麻姑，端詳問消息。嗚鹿得野蘋[一]，呼朋與共食。得訣子勿忘，再晤相與悉。

〔一〕蘋，原作『草』，據道光本、光緒本改。

送李南鎮丞南雄

嬴氏不師古，十月爲歲首。顛倒每如茲，吾道復何有。本末誰能陳，榛蕪亦已久。先達良殷勤，衆星仰樞紐。明明惟我祖，道與羲皇偶。造士二百年，稽古庶不謬。子今領青衿，勉矣弘薪槱。

題貞節李氏卷

氏節世所艱，撫孤非己出。雖云州官後，寒苦不可述。孑身持門戸，皓皓冰霜質[二]。漫漫如長夜，何時見天日。望望一孤長，漸漸孫芽茁。一紹儒家風，樹立始宏達。舉世謂之艱，要以常理説。天常及民彝，惟此不泯滅。假使當其時，失足蹈世轍。塵世三十載，繁華會消歇。誰能欺彤管，爲汝揚姱節。世隙如白駒，敢告丈夫傑。

〔一〕冰，原作『水』，據道光本、光緒本改。

答友人王赤岡

玉署無劇務，隨意玩篇什。忽傳雙鯉至，我友遥相憶。我友在何許，迢迢楚之澤。問我十年來，故心還不易。對書忸怩甚，展轉深自惕。耳常聆宫商，日夜辨白黑。於心胡不能，情態多遷適。近來頗見心，心如赤子赤。與君同師門，知君久能識。此心苟同然，何交不金石。

寄弟

我年四十一，亦知四十非。雙親家萬里，夢寐常依依。尚幸我弟賢，夙夜侍庭幃。我無補衮功，祇以竊祿違。自從七月來，三命清切司。首展經筵書，再篡曹工題。復令知制誥，代草明光扉。備員立螭蚴，何異立仗騎。天子本聖明，忠臣要防微。秦隴旱爲雪，東南潦是饑〔二〕。委非親民職，内計誠無奇。肉食每自愧，幾欲抽簪歸。尚抱獻納心，終欲有所施。不然望舊山，歸來慰嚴慈。春初種松竹，想已含緑滋。未種應爲種，勿過青春時。

〔一〕『是』，原作『氏』，據道光本、光緒本改。

李都運惠菊酒梨膏

離親臨歲晚，百慮正紛然。賴有良朋邇，頻將尺牘傳。此來驚贈送，不獨叙寒暄。膏酒分珍味，牲肴斥俸錢。厚施因令節，叨受列庭筵。拂箸梨香妙，持杯菊色妍。興超雲物外，心見伏羲前。翰院冰爲署，滄洲吏是仙。交慚吾報後，道擬子登先。既醉陶陶意，因成十韻篇。

偕黎文塘兄過滕縣

與子聯鑣行，行行入滕里。嵡嵡吾何思，偉哉鄒孟子。夫人於堯舜，性善一而已。指畫滕封疆，欲登擊壤理。藥雖瞑眩同，道實折枝比。惜哉悠悠談，爲仁弗由己。甘受齊楚欺，深失千古會。七篇炳如丹，百世真可俟。履地興吾懷，緬然發斯紀。

謁孟廟

廟貌巖巖象，還依母氏開。因知亞聖德，原是三遷孩。再澄江漢流，重揭秋陽輝。彼我同丈夫，吾何疑畏哉。况今大明時，元氣合大回。行役不能去，仰止殷徘徊。

滕縣

疇昔之京國，荒涼見茲縣。今我復斯來，甫田昔爲佃。頗聞長官仁，招集得民便。麥秀匝四野，牛羊勿履踐。但願風雨時，民獲飽粱麵。前日江淮行，稍聞趙代甸。連年苦旱魃，黔首盡離散。不覺投匕筯，豈復顧廚饌。茲土景物舒，舉目皆可忭。天人本相待，有備故無患。彼豈無父母，夫何罹此變。無乃期會繁，反令慈惠殄。征夫徒駪駪，憂喜付聞見。

贈蔣蘭居年兄之留都

爍爍異珠寶，靈蛇讓其光。君從何所得，懷袖登我堂。望見不待言，精采非尋常。避席下再拜，賀君福休祥。君今有此寶，照耀無邊方。

事業世所尚，名譽眾所欽。道尊德之貴，巍巍太山岑。問君何取舍，直下見吾心。鐵圍不易破，陷阱非難沉。我今無所畏，賴子爲斷金。

翼翼帝舊畿，神聖啟茲土。皇極敘九疇，大明照千古。賜也知仲尼，學本於文武。乾坤十二會，于今正當午。群賢慎周旋，幸無忘鼻祖。

緊畫與慢畫，後蛇得其祿。誰使爾先成，又從爲之足。十日塑鬼身，五日裝鬼目。忽然落鬼鼻，半月空勞碌。二事予偶聞，一笑寄茲牘。

送年友陳啟堂泉州司訓

庠序遍寰宇，師儒滿官牆。三年不相識，一去如參商。君懷瓊海奇，振鐸泉山崗。模範慎其操[一]，令德播芳香。鶴鳴知子和，川媚識珠藏。此地夙多才，行矣幸自強。

［一］操，原作『摻』，據道光本、光緒本改。

送年友黄雲崖宿州掌教

前月乘輶車，經過睢陽驛。慨然思古人，入城訪遺跡。西去二百里，張許今廟食。秉彝在人心，誰不好懿德。君今涉濉流，傳經聚逢掖。文藝何足云，忠孝爲標的。國家根本地，士風最當植。丈夫萬世名，勉之在一息。

石潭居爲周石潭先生作

神龜化爲石，奇崛造物創。環以驚波濤，封以疊巒嶂。空谷罕人跡，山靈俟開放。果愜靜者心，于焉喜相傍。結茅旋栽竹，笑傲煙霞上。儼若三神山，石骨何骯髒。予亦山水癖，聞之心神暢。所願未獲酬，每每自譙讓。

孟雲浦河西務招飲示往年贈我告歸之作奉答

契闊歡再會，乃在河西隅。延我醴與飧，贈我明月珠。珠中有錦字，一一如丹書。子其鄒孟後，氣格與衆殊。且家河洛間，程門近其居。淵源良有自[一]，愛我推所餘。鹿鳴知野草，呼朋以爲娛[二]。善哉子有心，愧我柴也愚。聖真方統一，盛典崇先儒。學士慶所遭，勉矣游康衢。駑質不足陳，高足範其軀。感子木瓜義，欲報無瓊琚。

［一］自，道光本、光緒本作『以』。
［二］呼朋以爲娱，道光本、光緒本作『呼以爲朋娱』。

潞河道中

莫嗟八千里，悠悠半載行。但此百里途，已爲五日程。矯首望雙闕，霄漢承金莖。魃氛號噫氣，雩祭廑皇誠。五年別金馬，咫尺泥艅艎。安此淺澀途，以抑躁進情。但願桑林澤，及時濟黎氓。

贈袁了凡

自從曉事來，知子海内傑。敢以文字知，屈在弟子列。茅茹本同根，泰拔自連結。皇皇惟我祖，開天秉全哲。聖道漸休明，中天行日月。會使鄒魯傳，大轉唐虞轍。精衛海可填，愚公山可缺。如何悠且久，萬物不成設。知子抱茲獨，我亦不自潔。默默中情孚，且喜未孤孑。綰符雖近縣，何由策蹇劣。

寄答鍾羽洞秀才

松柏苦蘿蔓，霜標黯然全。蹇予寡和調，時亦混俗諠。行至滇武涯[一]，乃遇鍾期賢。遂畢買鄰願，徘徊山水間。韶石何嶙峋，韶音幾千年。似欲招鳳凰，從此來翩翩。一亂江湖心[二]，遂成魏闕懸。

夢斷知音人，魂飛水逕前。

中秋積雨歇，碧天月皓皓。故人傳尺素，開緘見儀貌。書中亦何言，謂我近樞要。我本迂儒生，通顯非夙抱。故人騏驥足，宜騁千里道。五十新狀頭，君年尚爲少。豈爲富貴期，所期在遠到。長歌對明月，同明自相照。

［一］湞，原作『湞』，據道光本、光緒本改。

［二］亂，道光本、光緒本作『片』。

侯長德書至答之以詩

有人晉中來，云子徙自蜀。是人知蜀事，咨嗟子勞鹿。二年令犍爲，强半在山谷。勤師征儸方，勞民事芻粟。以身爲翼蔽，豈得顧皮肉。事定赤子還，方對長官哭。忽傳功賞及，相與歡不足。從今賢父母，使我兒女育。豈意天書下，更調之陽曲。百姓徒扳轅，安能綏其轂。驅驅萬里途，不得避暑溽。茲爲都會邑，車馬日馳逐。雞鳴出迎謁，日入對案牘。忙忙何爲者，自笑問所欲。我聞愧閒適，歎子賢煢獨［一］。天意在軻書，動忍仁可熟。遇錯必利器，歷塊徵騏畢。懷此頗久如，何由道衷腹。昨日寄書至，開緘不可讀。

［一］煢，原作『勞』，據道光本、光緒本改。

送沈觀瀛先生之湖州

夫子剖符出，湖郡勢雄豁。今乘五馬車，昨秉三尺法。久聞西曹彥，出守必超越。信道况有餘，利用必不括。州人苦昏墊，機杼未休歇。貢賦五十萬[一]，蠲除那能活。復恐寬政施，驕縱生轇轕。仲尼見行事，春秋書正月。子今牧名州，千里不擁閼。堪憐絕學後，儒效久疏闊。誦詩三百篇，授政無不達。道術江湖寬，無爲呴以沫。賴子餘光輝，吾將謝嘲聒。

[一] 五，道光本、光緒本作「數」。

送同門聶鳳泉還南城

君到菊未開，君歸楓已丹。羲御無停轍，風霜非昔顏。錦繡登高堂，慈雲滿鍾山。瑤池在何許，王母安可攀。從姑有真言，服之勝大還。夕馨吾母膳，朝潔家慈餐。擬足慎出口，庶無憂患干。與君酌美酒，談笑舒肺肝。君抱風木恨，我傷靈椿殘。念此更愛日，焉用富琅玕。長江浩無際，歸帆涉衝寒。珍重爲吾道，事功非所難。

送張見冲年兄參藩河陽

柳色滿郊原，行行逗華軒。極目邯鄲道，之子出名藩。結髮事明主，義重若季昆。鵷雛起丹穴，千仞各飛翻。分袂即河陽，何時奉清言。贈處情非繫，行藏道是敦。遙聞望嶽樓，嵩少簷外蹲。吟眺意何極，相思同夢魂。

李汝弼

此心亙萬古，此學乃久湮。豈乏先覺咨，其如已識堅。雌雞空剝啄，雛鴨自廣緣。十日駐京國，五度親寒氊。羡子載道器，及茲英妙年。歸塗遵大路，道即大路然。况有師門在，龍湖清且漣。願子勇向往，勿被悠悠牽。

乙未冬杪赴闕過羊城同志集送咸以此學相期予感而述一時贈處之意

驅車出北門，冠蓋何濟濟。驪駒委僕夫，壺榼傾肴醴。群公各稱願，勉事聖天子。躋世成唐虞，生光照閭里。聞言内自忸，安能與斯理。無已則有之，長途跬步始。孤掌何由鳴，聚蚊雷可擬。願言各努力，敬以修諸己。無憚悠久成，無厭冲澹旨。韋布可佐皇，肉食反足鄙。平生無寸長，結髮守聖軌。徒嗟白滿頭，始覺玄尚未。多謝誠殷勤，何以報桃李。

送別黄元質

所病耘人田，所患爲人師。畏此病與患，予維日孜孜。正切杯棬慕，久廢蓼莪詩。之子來何所，乃自江之湄。百舍固未歇，重趼亦不辭[一]。問子何所欲，爲欲求先知。我實無所知，多謝虚子來。爲我且安坐，粗糲姑隨時。朱明忽已邁，金風動涼颸。懷居告別去，無以贈臨岐。颯颯送帆風，搖搖風中旗。行矣幸自愛，何須問所之。

［一］趼，原作『研』，據道光本、光緒本改。

南吏部署冬季試椽聞鳩

距春尚七日，春鳩已和鳴。而我窘吏事，聞之怡吾情。嶺表迂書生，通籍事聖明。已逾二十載，無補虚時名。真有如鳩拙，何能卜陰晴。顧吾方默坐[一]，汝何爲巧聲。先春非汝智，誨我宜丁寧。

［一］吾，道光本、光緒本作『我』。

哭夏鍾舒先生

歲往方驚髮，翁歸益愴神。見聞如夢寐，涕淚濕衣巾。憶昔來京國，居亭與汝鄰。詩書知世澤，行誼識清貧。把臂牛山頂，分攜泗水濱。刹塵無不涉，今古盡同論。黽黽三更歲，飄飄一第春。誰能忘故舊，翻使白頭新。佐禮重來日，遲廻二十年叶鄰[一]。登堂敷舊几，坐我率天真。妻子多亡在，孫枝始一人。凄涼感生世，笑談問悲辛。每誦予文句，朝聞夕可篇叶賓。并欣神辨什，誰謂便宜然叶人。一盡無多慮，千年不復親。柳條自榮悴，竹色倍傷神。對酒思同酌，當歌無故人。生涯知有極，世量渺無津。舟航須疾作，無使更因循。

［一］此詩中所註叶韻之字，底本皆闕，今據道光本、光緒本補。

贈南大司馬周衛老

金陵根本地，所守惟舊賢。坦坦此君子，受知實纏綿。非無微疴積，南國仰乎先。連章未肯允，最後許暫旋。嚴勅耳目臣，以時報公痊。藹藹初春日，浩浩春江邊。款款卻餞送，依依罔流連。舉動自典則，老成固無愆。灼灼桃李花，成蹊本何言。九河盛豪傑，黄髮參人天。東北兵未息，中原且多艱。公自愛宗社，無爲媚林泉。不得杯酒別，衆情何由宣。稟度於群彦，興言寄斯篇。

寄家嚴及弟

十世孔宣聖，七世王文中。根深實乃茂，源盛流斯豐。此道自余祖，默成隨污隆。余父承家學，發蘊開無窮。過庭曰詩禮，大儒誨余宗。敢不自惕厲，門階尚無從。影響雖有見，作輟原非工。行行向不惑，我友來嶺東。十年重聚首，所説非昔同。兩月甚開益，因之麻姑峰。託病謝人事，專參近師翁。目擊道已存，五日心融融。絲毫無所縛，四體如乘風。生機洊然出，左右原自逢。始信學貴傳，匪傳錯施功。立德苟不孤，響應如洪鐘。用行舍則藏，何事輕王公。友于倘同志，吾土廻淳風。

送余雲衢冊封周藩

在昔皇華使，周爰慎咨諏。與子共夙夜，親見周宣憂。輶軒適河洛，敢誇弩矢謀。知子抱至性，疾惡如仇讎。試問牧民者，不如羊與牛。長河亙南北，咄哉無泛舟。悵此對廚傳[一]，屢見匕箸投。歸來過里門，黧面深兩眸。依依問桑梓，溫溫相慰休。到縣揖縣官，叱馭尊道周。時事難具陳，且遂友生求。

［一］悵，原作「帳」，據道光本、光緒本改。

寄答熊文學諱思孝

熊君有文我所聞，寶劍斗牛橫紫氛。示我一書號兵祖，讓王說劍徒紛紛。方今聖明大無外，此書合出吾儒輩。曾記羅公夜坐吟，殺機自有生機在。

楊太宰致政

紛紛車馬出都門，共道虞廷儀鳳今孤騫。大臣一身善終始，青史百世垂蘭蓀。古人行道借名位[二]，實似浮雲非我貴。四時代謝理自然，那得功成不身退。猗歟楊公今得之，主恩繾綣不可縻。七年正色掌邦治，十疏乞骸歸海湄。惟公令德原孝友，厥德如淵福如阜。一心要廻世界還淳風，道率平常令可久。救世之利那有全，雖云中正等是偏。世界即如推屋壁，東倒西推仍倒邊。衹有天公善張主，陰陽不得長寒暑。太皡竣事祝融來，玄冥繼政蓐收去。公知此道復能行，疏身霄漢何冥冥。晝承三接君恩重，年老一朝臣義明。愛身便是愛社稷，天下本身以爲則。宇宙何人不愛身，善與不善存乎識。猗歟公全三達尊，此舉可爲萬世式。國子先生無馬騎，不能出門望行麾。憶公高談壯公舉，援筆紀事還成詩。

〔一〕蘭，原作『宰』，據道光本、光緒本改。

題端銘徐館丈雙壽冊

古稱孝子必愛日，一日之養不以三公換。豈謂溫清及定省，裘葛輕細進修暖。用力用勞俱有窮，小孝中孝寧知古人愛日之深衷。立身行道爲大矣，此豈悠悠能致功。君家雙壽表東海，積慶生兒似元凱。五載留君白玉堂，夙夜有懷詠南陔。君不見言公渡江造孔庭，學道弦歌教武城。吳中賢豪先後雖相望，到今祇數文學名。況君承明擅著作，百僚師師焉不學。養志曾參善守身，奚在斑衣始爲樂。吾親雙白亦遠離，與君不違同一思。長歌祝君且自祝，俱享眉壽無窮祺。

鄧將軍行

邑侯鄧仲神仙姿，授我乃翁之所遺。乃翁乃文兼乃武，將種拔起泉海湄。六經三略總貫徹，詞人劍客同襟期。揖讓之間中百步，倚馬之頃成千辭。八閩選武居第一，橫行海上誅鯨鯢。氣吞夷虜自草檄，身對賓筵師破圍。合佐投戈講藝主，取彼橫槊賦詩兒。燕頷虎頭人所忌，白日青天世共知。歸來腰鐮刈藿葵，時復倚槁吟吾伊。有子已能興父業，一文一武輪並馳。仲子連膺寄命託，季子重編籌海書。將軍爲將不嗜殺，胤嗣食報俱得時。挹彼注茲天所厚，立言不朽己所爲。將軍久乘白雲去，太史今識寒松詩。合當采入世廟功臣傳，東南名將孰逾之。

發太湖題壁

一日淹留避風雨，二日淹留置布絮。布絮足御風雨寒，三日驅馳直北去[一]。多謝縣簿誠殷勤，願言推惠及窮民。更願天公憐赤子，不將風雨勝陽春。

[一] 驅馳，道光本、光緒本作『馳驅』。

景州老輿卒行

北方苦雨泥土湫，肩輿欲渡行人愁。左支右吾相拄撐，蹩躠七日方景州。到傳便覈傳舍長，選卒多用丁壯儔。一卒聞之掩口笑，疾走壁後低其頭。我亦不問乘車出，數里穩貼如乘舟。他日欲睡輒驚醒，到此鼾鼾慵展眸。涉水衝泥俱不覺，上坡下坂良優游。久之見是笑者卒，鬢髮皓白皮皴皺。摩肩意氣獨酣暢，呵叱前後如驅牛。我乃奇之問其齒，云是花甲餘春秋。無妻無子一身健，衣食只與肩爲謀。平生無病不知苦，度日如此死即休。我再問之不復答，使我感慨生餘羞。古之老者不負戴，口食粱肉身衣綢。漢尚復算賜爵級，寧使負重走道周。雇役之法方有此[二]，大造不齊吾何尤。前日齊豫人相食，凶荒瘥札填路溝。此卒贔屭能自給，於天所得良已優。平原門下失毛遂，信陵上客夷門侯。從來不敢皮相士，以力尚失况德求。於嗟乎，以力尚失况德求。

［一］雇，原作『顧』，據道光本、光緒本改。

寄哭苑馬李文軒先生

歲次在卯閏月中，夜靜庭樹飄寒風。花將零落忽值此，黯然傷懷淚難已。古來仙人多姓李，一謫惠陽將五紀。來時海嶠看人龍，去日士林摧杞梓。生平意氣不可羈，萬里之翼千里蹄。早攀南斗戲碧落，晚倚北辰司是非。塞淵抱獨何人識，豁達論交四海知。廟廊有意推梁棟，蒼旻那肯長留用。主馬汧渭明主恩，作記玉樓天上夢。東西兩水今茫茫，羅浮半面減輝光。雍門歎息堪氣短，李白文章空焰長。不必負舟驚有力，人生自是駒驟隙。一息之間成古今，古今常然無變易。嗟君方死亦方生，何用有情淚沾臆。

贈汪生

國家養士二百年，不獨文武風雲相後先。亦有賢才委山澤，亦有挾術遊幽燕［一］。如君自是山澤賢［二］，遠談世務高談天。或時握手稱太素，或時抵掌稱韜鈐。修幹廣顙垂虬髯，豈不宜食肉乘錦韉，奈何折節公卿前。方今才智皆駢肩，雖欲奮袂無夤緣。丈夫自食既有策，但得俯仰無迍邅。病夫擁塞數十日，喜君造我常流連。君術但言隔月與隔年，豈知吾道在目前。吾知吾道在目前，不厭君言隔月與隔年。與君談罷與君笑，君欲何之便出門。我獨有願叩蒼天，願將此身爲甫田，盡給天下賢士無寒煙。

〔一〕亦有，原作『或然』，據道光本、光緒本改。

〔二〕山，原作『七』，據道光本、光緒本改。

全粤詩卷四二二

楊起元二

夏至齋宿五言十四韻奉呈膳部楊君儀部駱君

皇矣我后土，至哉物資生。儀陽惟靜德，配健協時行。赤道輪初返，金輝魄始生。一陰從此長，萬彙馴茲凝。肅穆欽元祀，端居助聖明。北郊遺鷁列，南禮貳宗卿。夜宿清魂夢，朝看異雨晴。禽聲增寂景，樹色露空生。列宿分星象，含香進俊英。微言窮姤復，惕志勵寅清。月窟爲難探，天根豈易昇。古人胎教義，大易履霜情。穆穆觀無始，熙熙識有生。心齋如一得，永不墮疑城。

壽益府殿下二十韻

運適千齡啟，疇仍五福駢。本支周幹鉅，磐石漢宗綿。殿旭旌旂動，宮霞彩翠騫。地分南嶽近，親比後星偏。藻翰鄒枚從，璇跗魯衛肩。裾曾當日曳，醴復幾時延。弧矢逢花甲，貂蟬侍綺筵。小山詞客幸，大藥異人傳。玉牒丹霄上，銀潢紫氣邊。香隨龍節滿，雲逐鳳笙旋。槖籥聊觀妙，希微即象先。青精裁作膳，鴻寶續稱編。道合神明極，心函造化全[一]。輿情元翕若，善頌喜徒然。孝友聞於國，絲綸美自天。剪圭非共戲，舐鼎或俱仙。緱鶴曾餘事，莊椿直小年。三光將並朗，五嶽與齊堅。謬忝埸苗狎，長懷苑樹前。金膏如已就，爲我寄真詮。

［一］「函」，道光本、光緒本作「通」。

謁閔子祠

古屋臨官道，先賢閔子祠。草荒封鬣塚，苔剝麗牲碑。尚想蘆衣泣，兼懷費宰辭。征途拜遺像，千載亦吾師。

季氏三桓盛，當年替子孫。如何一介士，廟食到今存。孝德人無間，高風自可尊。有司修祀事，百姓走荒村。

芝佛寺爲石潭先生作

探奇開勝蹟，傍屋結精廬。芝現三身佛，龜啣綠字書。不隨僧入定，常怕友來疏。忽契無言處，虛空那得如。

送楊臚山之維揚

清時才不盡，鹾政用吾儒。驛路相逢處，青燈引話餘。齊人知管仲，吾道祇軻書。煮海非君事，安民是國儲。

過定遠

兩辱輶軒使，重過定遠城。侍童迎舊客，花卉問新亭。的的知陳蹟，微微覺有情。本來無繫縛，明發信前旌。

宿陶冲

郵亭存野意，秋後日猶炎。山好既堪愛，程寬不用兼。玄蟬鳴外樹，白鳥過低簷。引話偏無極，同心覺未嫌。

郊遊和韻

剩有三春色，言從陸丈招。晴原低綠樹，耕野逗華鑣。水活蒲爭長，花繁鳥欲驕。不將棋酒至，風日大無聊。

柰樹

樹下陰如屋，香枝匝地垂。吾儕攜酒處，爾柰放花時。有實兒童摘，無材匠石知。成蹊若桃李，難以並幽姿。

渡江宿孔壠題壁

孔道通南北，頻過豈利名。君親千古重，夷險一身輕。浪破潯陽闊，車驅楚甸平。願言賦歸日，無愧柳條青。

過北峽關題

何異梅關路，惟殊未有梅。提封三楚限，職貢八藩該。天險連雲鎖，時平帶月開。不知關上吏，望氣見誰來。

舒城道中遇雨

崛曲千山過，微茫四望低。雲連舒子國，柳暗令公溪。谷泛桃花水，騮嘶錦障泥。無嗟行役苦，堪喜是春犂。

呈涂及春大尹

邑宰迎賓出，因之爲省耕。一犂歡雨足，百室俟秋盈。妹子漸無補，緇衣空復情。陽春如可擬，流韻滿舒城。

別泗州學正王鄉丈

與子平分粤，詞場屬兩雄。撤皐真子厚，講易愧純公。泗水淮原會，江流漢亦宗。他鄉正春色，不厭夜深從。

別蕭生

文明當盛世，何地不英才。嶽瀆分群望，貞元作合來。萬金非貴重，一諾絶安排。老我思狂簡，焉知所以裁。

別泗州王守

不見黄州鶴，今從帝里飛。古來稱悃愊，何可論黄驪。會見文翁化，寧專子産慈。請看移俗日，全在簿書期。

別盱眙丁令

草創無城郭，崎嶇萬壑中。人民移舊縣，雞犬識新豐。小試牛刀割，長驅虎穴空。知君意高遠，不向眼前慵。

別天長徐令

城郭何完美，人民自大風。天長三楚盡，地闊五陵通。入境聞弦誦，何年可即戎。因君問子靜，如會浙之東。

石角舖

澗溪路已熟[一]，未覺往來頻。稚子知迎我，青山欲識人。石橋臨斷岸，茅屋結疏鄰。馬首從兹適，無勞更問津。

[一]「澗」，據道光本、光緒本補。

郝園海棠

尋春何處是，春在海棠枝。色與開尊麗，香於入座宜。有情供妙賞，不語勸深卮。共道芬菲正，相將來後時。

楊年伯太封君壽六十

命服輝潛德，幽人自吉貞。報君歡有子，正俗樂無名。愛日巴中遠，瞻雲潁上情。焉知救饑溺，偏勝九霞觥。

論學四首

吾人爲學學爲人，要學爲人莫遠人。耳目聰明今現在，言談抵對更何真。此時豈屬修爲力，當處無勞說夢頻。識得便從如此去，康衢擊壤做堯民。

感慨千年絕學來，徒將影響自疑猜。懸思妙悟翻成寐，更說真修轉屬乖。萬里只從跬步去，六經都把現前該。平平是法無凡聖，直向羲皇未畫開。

無聖無凡無不同，希賢希聖錯施功。身心背戾從茲起，夢覺紛紜何處通。雲物浮游山自定[一]，江流蕩漾月還空。半生學道吾何有，衹是當年未發蒙。

一樣風光處處同，誰因彼此自分封。既知飛躍皆吾性，卻爲愚柔有別功。氣質標題原宋語，誠明色目自中庸。中庸宋語都推卻，半夜聲來何處鍾。

[一]『山』，道光本、光緒本作『天』。

壽張陽和先生

菊蕊方收梅未開，群陰盡處見陽迴。兩間竅妙誰先覺，千古真詮屬聖才。刪後我慚巴里唱，畫前君見伏羲來。殷勤最有衡陽客壽冊乃先生門人曹金簡所制[一]，多助南山獻壽杯。

[一]曹，道光本、光緒本作『曾』。

友人酌罷口號

一樽寒雨擁寒襟，笑語今知契分深。千古孰論無畏志，萬金難博不疑心。空煩鞍馬歸泥滑，獨眺簷鵶下晚林。嗣後可能念真率，不妨乘興抱瑶琴。

戊子主闈試道宿雄縣

朝辭丹陛出幽燕，暮宿天雄易水前。明主千金求駿馬，詞臣四牡向炎天。盈疇禾黍忻迎旆，滿目流移喜受廛。但得仁賢濟饑溺，不妨霖潦泥鞍韉。

懷長安同志呈同考如野劉考功

馳驅本爲求賢出，況有英賢共事行。六月不知炎暑重，一身真覺羽翰輕。親聞遠役歡嗟意，友在長安離索情。但仗同心得相濟，肯教疏淺負皇明。

送張孟奇下第歸羅浮

萬仞羅浮海上山，飛雲杳靄有無間。陸沉漫自金門署，雙起看君玉笋班。二石樓前雲氣滿，四賢祠畔月華殷。年來欲試丹砂訣，遲我移舟海石灣。

送李宇度年丈之南平掌教

匣中雄氣斗間横，此日天教劍浦行。抱負肯輸周造士，衣冠聊對魯諸生。九峰郭外光風碧，百角樓頭霽月明。絕學正憐君姓李，好將吾道溯延平。

寄林閒雲道學

閒說閒雲好是閒，一毫名利不相關。聲希點瑟誰同調，樂寄廻瓢老未闌。濯足懸流廻鳳水，振衣千仞落韓山。乾坤隻眼還千古，自管尋常破笑顏。

自警八首

猛省吾憂那可寬，僅從彌月對君歡。沉疴始蓄三年艾，萌蘖猶尋十日寒。朱火熾然秋頓改，玄冥暫爾歲將殘。興言欲藉同心力，一擬揮戈日未闌。

天地生人果有初，眼前無欠亦無餘。六經本是吾家籍，大學原非孔氏書。莫把陳編求影響，須從感應契鳶魚。此鞭不着應難到，珍重良朋念日居。

願學由來的有傳，吾今安敢負前賢。爲山祇合無虧簣，棄井多因未及泉。利欲久拚遺俗累，身心真畏愧蒼天。試看列國棲棲者，豈得凝神便晏然。

宇宙群生各自成，何須思慮苦縈縈。性通形色原無外，誠合天人爲有明。漫笑玄宗稱絕學，休排禪教說無情。請君試把中庸會，何事篤恭天下平。

克復爲仁不易裁，真機渾似地中雷。幽陰魑魅即時盡，端正乾坤一旦開。好把圖書看論語，莫將原憲作顏回。天根月窟緣何事，可是堯夫亦到來。

爲學休將奇特觀，夜須眠睡晝須餐。但圖會裏訂盟約，不要門前豎刹竿。蕩蕩平平皇極理，明明白白善心端。畫蛇衹恐仍添脚，前輩應須盡手看。

天道惟誠不用疑，卻須人道始誠之。欲由人道歸天道，應使先知覺後知。赤子良知原不慮，聖人中道即何思。此機日用人人是，認得真時[一]更是誰。

識得真心不用澄，習心封固卻多層。求方誰誤醫無妄，知過無憂寡未能。眼裏豈容金石屑，心頭難挂是非藤。請君内照時時省，若也方人是病徵。

[一] 時，道光本、光緒本作『機』。

壽陳母八十

君家兄弟各委蛇，壽母兹晨獻壽巵。樂並塤篪承綵服，恩隆金紫照瑤池。堂前稚子將雛戲，階下繁花簇杖移。定愛園林多種竹，年來頻看長孫枝。

贈方文坡還青陽

野鶴孤雲何所耽，桑弧蓬矢是兒男。有身本自聯家國，無位何嘗缺贊參。浩浩風塵來冀北，飄飄身世返江南。應知門下多咨決，爲道真傳不在談。

贈李勿齋之任丹徒掌教

昔年道路曾傾蓋，今日過逢是故知。身在病中君屢枉，道從盱上我何疑。天機浩浩言難盡，行色匆匆興未移。此去應知桃李滿，春風京口已離披。

虜叛寇邊大搶鞏昌臨兆官軍不能制上命貴州巡撫葉公移鎮陝西寄賀

一自和戎患虜驕，曾將封事奏前朝。廿年士論歸先識，此日皇命下九霄。周家玁狁侵方鎬，漢世匈奴犯渭橋。聖主祇今隆上策，佇看鐃吹入虞韶。

飛來寺

峽中真境鬱岧嶤，帝子何年駐鶴軺。萬里風雲飛梵刹，九關虎豹護神幖。玉關猿返留中宿，金鎖犀沉控海潮。便欲訪求方外客，相攜結屋住山椒。

湞流南下越王臺，連峽風煙望不開。下界舟航依石轉，上方鐘磬出雲來。龍參靜法來磨角，魚悟慈恩去暴鰓。幾度經過憐勝境，人間何必訪蓬萊。

煙霞四壁斷人寰，獨綰通津此一灣。閱世長川千古碧，催人短鬢廿年班。本心非有何須定，大藥原無不用還。是事傷奇聊一笑，輕舟已出萬重山。

讀飛來寺志

幾傍禪關繫去舟，當年卜築曲江頭[一]。藤蘿外接諸天近，氣色遥連百粵浮。掬水旋供雙鶴髮，登臺擬着一羊裘。自還魏闕慚無補，獨攬圖經憶舊游。百雲呵護自虞黄，神峽嵯峨接大荒[二]。南盡海門浮日月，北廻天闕下鸞凰。祥光繚繞神仙窟，虹氣嚥嘔寶玉藏。何日登高還欲賦，金門將進乞歸章。

[一]　此二句原作『當年卜築曲江頭，幾傍禪關繫去舟』，據道光本、光緒本改。

[二]　此二句原作『神峽嵯峨接大荒，百雲呵護自虞黄』，據道光本、光緒本改。

贈李克菴楚中開府

聖主垂情四海窮，特俞京兆鎮荊中。當年箘簬三邦罕[一]，近日流離七澤同。江漢西懸流浩浩，山陵南望氣葱葱。不須更上籌邊策，自古安民是禦戎。

[一]　此句原作『當年三邦箘簬罕』，據道光本、光緒本改。

曉入龍華訪憨山上人不遇

聞說憨公到寶林，朝來乘興一相尋。田間雪積平如掌，寺裏鐘稀寂似心。爐爇旃檀香細細[一]，園開祇樹宇沉沉。由來此法應無住，不見空歸義更深。

〔一〕旃，原作『梅』，據道光本、光緒本改。

辛卯試筆

爲憐病目抛殘簡，并歇狂心罷遠人。臘月已隨寒律盡，春風應拂柳條新。客來欲問無奇字，酒至當呼有比鄰。四十五年如一夢，尚堪迷復不求真。

人日寫懷兼送族兄南歸

歸計蹉跎未乞身，皇都新歲又逢人。病存馬骨忍離主，老共雞雛思傍親。薊北雲開雙闕曙，嶺南花發故園春。那堪心緒無聊極，更送將歸益愴神。

送壇經憨公戲偈呈覽博一笑

未須更坐白牛車，歎息曹溪道路賒。處處圓圓如意寶，心心朵朵妙蓮花。康衢擊壤無千古，舜日堯天正一家。爲問牢山老衣鉢，但應如是住煙霞。

南華寺

來到師門漫說禪，寶林今始識西天。蒼蒼古木清因地，泌泌春流帶福田。錫水潛通香積裏，盂龍長護法堂前。千經一句渾無用，使我真慚學蠹編。

奉命祭告泗州祖陵感思高皇功德之大恭賦

明明我祖邁羲軒，聖德神功豈有前。天地不知高厚極，圖書重與洛河詮。顯謨已入諸司掌，精蘊還須識大賢。典禮微臣何以頌，惟勤稽首祝堯年。

別泗州盱眙兩庠師友

聖賢道術千年在，豐芑人文二雅存。無説敢當花雨讚，何能不愧雪深門。辰居北望真無極，泗水東流亦不言。珍重諸賢還久立，莫離當處覓乾坤。

當下吟二首示諸兒

學惟當下是真心，當下真心不用尋。一掬元和隨物布，三更夜氣此時深。頓齊聖位通明德，不受人間污染侵。此法是誰相付與，端從羲畫到于今。

當下真心是謂良，不由聞見不思量。千層習氣須臾盡，萬卷經書片語長。輕可御風超倏忽，清如臨水濯滄浪。也無奇特無增長，衹是孩提愛戀常。

中站地名店埠作寄謝范太守

蕩蕩提封壯郡哉，旬宣今仗出群才[一]。胸藏萬甲知氛息，民憶無襦恨暮來。經費素從清德節，華筵偏爲故人開。慚予薄劣無何補，空負承筐不易裁。

［一］旬，原作『句』，據道光本、光緒本改。

鳳陽別駕高君文學梁君輩暨諸生會龍興寺者再別後寄懷

步上高臺望帝陵，郁葱佳氣護龍興。山川不改風雲色，疆邑猶傳玉帛靈。作賦大夫頻式燕，稱詩諸子頌皇烝。愧予無以酬嘉貺，握手殷勤詠鶴鳴。

中都鼓樓赴儲司彭晦虚親丈之席别後寄懷

第一山前第一樓，當年締造協神謀。萬家闤闠如鱗合，四野風煙似海浮。桐柏東來思禹績，星辰北望見皇州。何許更作登樓賦，已爲司徒半月留。

甘紫亭侍御奉命按三吳便道歸壽太夫人六十有一

驄馬驅馳雲正飛，翩翩歸去覲慈幃。堂前萱草重花甲，郭外南山映繡衣。西楚已看沾雨澤，東吳行且借霜威。白華之養何如此，獨愧能詩東廣微。

天關講學示諸生

南域精華廻嶺海，白雲晴色照仙城。烘花日暖薔薇麗，掠燕風生楊柳輕。定坐已忘塵俗念，詠歌猶浹冠童情。千年遺範瞻先哲，萬古斯文畏後生。

題東莞伯祠

開國勳臣近有祠，當年忠順鬼神知。涓埃自匪歸河嶽，桑梓誰能保亂離。碧甲潮來堪灑淚，黄旗峰起想行師。珠簾高棟藏題主，亦有鄰翁走歲時。

與友人登海上文昌臺

萬頃滄浪着此臺，金銀樓閣望中開。交疏盡向虚無結，登眺都驚妙有裁。文武古今新重地，郭蕭前後濟時才。無窮事業看諸子，今日同游笑舉杯。

南步望虎門

堯封南盡滄溟闊，極目連山有一門。天設邊關成虎豹，我尋奇甸到山村。近傳消息東夷款，遠馭機權上策存。濠鏡南頭俱重鎮，華夷一統帝王尊。

登彈子岡石棋父老送酒

春風攜袖上高岡，一望南天正渺茫。蒼海自隨胸次遠，白鷗都與世間忘。天開几席星千箇，地走龍蛇木百章。父老壺觴堪一醉，蓬萊何必問滄桑。

次韻奉答何親丈見賀得子

生辰得子笑顏開，驚動高親好句來。秋晚枯楊還發栐，月明老蚌果成胎。椿萱萬里南瞻斗，弓褐三旬蚤報禖。是日殷勤潔湯餅，須攀一醉共恢台。

柳師中秋壽誕

龜石潭頭一草堂，中秋明月照滄浪。仰觀天□何寥廓[一]，歡與群英共霽光。老去詩懷多活潑，重來花甲倍尋常。門生欲爲先生祝，封寄南山第五章。

[一] 天□，崇禎本作『天宇』。道光本、光緒本作『宇宙』。

越城北郭别友人

自覺迂慵忝昔賢，諸公無補負勤惓。梅花路上占春信，柏葉樽前送剩年。萬里不須愁白髮，千秋端爲惜青編。古來賢聖皆吾黨，何待歸歟歎斐然。

曲江除夕呈丈人雲樓友人劉肖一

瞬息時光又一年，幾何青鬢已皤然。無窮宇宙乘流逝，太極陰陽逐磨旋。伯玉非從今夕改，宣尼易向詰朝編。丈人小子俱安坐，聽我狂歌楚水前。

修郡志有作

官署蕭條坐夜闌，目窮陳迹費新删。堯封禹服原千古，風氣人文又一番。南海此身同是聖，東吳當日獨非蠻。道人不動江山色，領取皇風灑宇寰。

過螺川有感

天涯孤客重來日，淚下螺川不可揮。義氣百年龍劍去，淒凉十載馬封頹。文留琬琰餘能幾，愛在桐鄉記者誰。强向風前支病骨，更堪傷感并年衰。

陪董擴菴沈雷門攜酒酌徐覺齋之洗心亭

都憐簪合欲言分，耐暑過從共細論。天爲池亭開世界，雨隨談笑列罍樽。繞欄葭菼菲菲舞，薄暮雲霞故故繁。何物是心還用洗，祇今相視已忘言。

玉笥山人聶道亨自滁渡江遺予丹藥予形骸元不繫念感其意勉服賦此以志傾蓋之義

仙子飄飄何處來，金丹滿把彩霞開。病軀何補人間世，玄牝徒勞柱下才。天上碧桃君有種，杯中緑酒我無猜。了知四大都歸幻，爲汝狂歌嘯鳳臺。

豫章朱山李敬父早得悟于明德夫子之門今六十餘矣出遊金陵卻還舊隱陽羨芙蓉山山爲龐公參禪處云

聖代山林有此儒，不由文字契詩書。早參龍象向誰並[一]，晚入芙蓉獨自居。慧眼雙開金不着，剛腸一付鐵難如。他年肯比龐居士，祇有榛陰八里餘。

［一］向，道光本、光緒本作『阿』。

萬曆丁酉孟秋思林丁老師次公子慎思兄求予所作墓碑還武陵賦贈

令威仙去幾何年[一]，弟子無知爲表阡。道在清時收合浦，碑同明月載江船。一帆西上風煙闊，千里人歸史筆傳。悵望桃岡不可見，送君唯有淚潺湲。

［一］何，道光本、光緒本作『多』。

丁母張夫人七十壽

海鶴孤騫竟不來，將雛空母立山隈。蒼松百尺風霜老，月桂三秋雨露栽。地作瑤池開壽域，人同王母照霞杯。悠悠閲世無窮數，南嶽雲煙首重廻。

武安廟會諸友

仰止英祠大丈夫[一]，諸君濟濟亦文儒。羅浮佐命自今古，白鶴遊仙空有無。會有梅花供逸興，那無茅木助狂呼。他年吾黨皆高遠[二]，敢謂迂庸闢聖途。

［一］祠，道光本、光緒本作『風』。
［二］他，道光本、光緒本作『當』。

送黎文塘

送君西上發歸舟，三度金陵此勝遊。人物舊京元講肆，風霜晚歲念南州。師門首座誰堪並，囊裏刀圭自可投[一]。最是同心關去住，都來吾道祇滄洲。

［一］投，道光本、光緒本作『求』。

送范凝宇太史冊封

渺渺金城待漢臣，翩翩玉節展周親。長卿才大傾梁苑，小范名高靖塞塵。旆轉阜蘭辭薄暮，車廻巴巂度清晨。莫言家慶無多戀，叱馭猶堪過早春。

贈王伯臺還晉江

朝濟南溟暮象頭，晉安才子不凡流。遠遊豈窘雲霄步，高視寧論㟧𢓚丘[一]。杖履千山隨雨度，古今雙眼與雲浮。交情正洽分攜易，粵水閩山意共悠。

［一］『論』，道光本、光緒本作『知』。

和姚西野七十有一韻

鵝城城闕自春秋，閱世如翁幾白頭。洛下耆英媲往哲，清時箸蔡定人謀。家傳柱史聲名舊，業紹郎君麟鳳洲。料得但憐同輩在，春山無伴可相求。

題狄梁公望雲思親

求忠於孝古難全，此道梁公率所天。雲藹翠微親在望，日昇湖海國重延[一]。立身行道忠之本，將順匡扶孝是原[二]。莫笑先生宋儒語，唐虞世界祇如然。

[一] 湖，道光本、光緒本作『滄』。

[二] 原，道光本、光緒本作『先』。

諸友信現前之學懼其不能深造寄懷共警

學道先須信現前，現前之外更何言。就處體仁惟活潑，於中觀禮便凝堅。謾揭講章談道錄，休摽雜記顯仁編。知幾必自全終始，君子存心祇闇然。

贈揚州趙仁齋先生

淮海維揚一偉人，霜髯碧眼照青春。心猶赤子還誰識，道付滄洲祇自真。儘把韋編供歲月，時看匣劍擬心神。茫茫宇宙無窮事，傾蓋相看白髮新。

壽張翁七十

少日康衢誦古詩，到今擊壤屬龐眉。息機自得神形聚，爲善能教日月遲。千朵榴花迎上客，一簾燕語勸深巵。思量誰賜平康福，教子殷勤答盛時。

至日寫懷

萬國朝天賀履長，自慚多病後鵷行。敢徒初服焚魚佩，未擬前賢制笏囊。藥餌幾經階莢換，庭闈遥隔嶺梅香。皇仁自識憐烏鳥，惟待題緘達建章。

唐曙臺惠集杜書懷之作奉答

經句正爾憐同病，一禮俄驚會十行。佳句未拈原命杜，新篇一出卻成唐。雕鏤是技何嫌巧，遊戲如君不可當。也知制錦從高手，五色還期補衮裳。

山中和許旬南

思君常在海西頭，幾度裁緘淚欲流。車馬遠來仍減從，蓬蒿深處拜荒丘。門生相禮人都雅，筆子題詩翠欲浮。世道須公勤補衮，故人林壑暫優悠。

山中和李正峰

丘壟雲蒸龍竅開，瀟瀟風木思悠哉。憑君指點眠牛地，羨爾超群倚馬才。陰德葆真天上去，陽和還自地中迴。從來積善生兜率，不與浮塵混劫灰。

小赤壁以下八首爲周石潭先生作

寰宇未嘗大，赤壁那獨小。都在吾目中，吾更在目表。

松丘

杖藜過橋西，高丘松色碧。一路登陟倦，暫憩松下石。

耦耕谷

牽牛入谷口，雲迷不知處。放牛牛自行，隨牛行處去。

環竹蓬

淺蓬深隱竹，竹影隨日側。睡醒日午來，覓影不可得。

沙潭

沙際明月上，光彩如朝暾。良朋適不至，獨立無與論。

漁岬

魚樂吾亦樂，其如網罟頻。淵深餌不取，百尺虛垂綸。

攏雲洞

渡水西岸去，小洞僅容膝。仰視天上雲，片片洞口出。

柏塢

遙想柏樹下，結茅已成宇。定有素心人，歲晚此相聚。

題天明之謂性示諸兒

欲識天何處，虚空總是天。欲知天命理，祇是自然然。

送李夢卿還杭州諱長房

仙李人間亦武林，朱明白下故來心。實來虚返誰知得，寄語蓮池共賞音。蓮池禪者，見修於西湖，亦姓李。予聞其名而未之識面，故寄聲焉。

何龐二先生以湯餅之會路遠預約蚤出不知予之下榻也詩以答之云

當年下榻爲徐稚，今日高賢更倍之。寄謝侍兒休預畏，暗塵不逐駿蹄飛。

何午臺龐參吾會湯餅後復惠以詩奉答

誕彌厥月寢之牀，引得明珠滿室光。莫是此兒來處異，前生曾得侍文昌。

會餞别劉承所出貳重慶

祇怪諸君會事頻，傳經人要出親民。請看贈處皆真意，莫道今人非古人。

十月長安雪不飛，彤雲黯黯悵人離。寧知我輩皆同調，化作陽春滿帝畿。

謾將仕學論其優，壺榼相將是聖遊。未解此時渾放下，應知眼底盡全牛。

聖涯無隔不須航，百姓無瘡不可傷。此別丁寧唯一語，直將杯酒贊黄堂。

爐山永暮

篋裏爐山夢裏親，白雲長覆護圖巾。應知涕下封防後，便是東西南北人。

風雨駐太湖作茶池亭記又詩四絶

三春過一尚征途，風雨留人宿太湖。手記茶池謝仙令，前令王君一鳴，黄岡人，己丑曾求予記，故云。千年堂樹指碑趺。

芭蕉幾樹萎階楹，已遇深春寒未生。卻喜噓枯有時雨，不妨征幰暫停行。

紫極遥從直北望，板輿勞役楚天長。八千里路平分裏，不爲君親有底忙。

昨日臨江走瑞州，半途風雪半途休。輿人凍瘁慈親念，謹視陰晴定去留。

寄謝劉令

合肥赤子合君肥，爭怪猶淹柳士師劉以癸未進士、刑部主政降州判，陞合肥。我忝近臣能薦否，空慚十載與君知。

送堪輿周劍川

踏遍芒鞋未肯休，爲誰尋得臥牛丘。秦皇不廢司空職，公等甘爲術者流。

戊戌春日寫懷

佳麗皇州又早春，鍾山佳氣曉氤氳。金陵六代空塵跡，聖祖三才是首君。
幾度南州閲歲華叶和，吾生回首亦堪嗟叶磋。鏡中舊日紅顔改，頭上新年白髮多。
冬白春紅此處無皆吾粤中酒名，一般有酒對屠蘇。獨憐雪色淩萱草，又見春來聽鷓鴣。

問友人病

病日一齊都放下，好來依舊又憧憧。若能認取病中景，便是超凡入聖功。
氣柔志弱力全微，此際綿綿衹一知。萬慮千思何所著，真心原衹是嬰兒。

燈下吟四首

平生怙恃是吾天，棄我先今衹七年。蓬葉連根飛不定，雨來空有淚潺湲。
不毁今來五十强，森森梧梓與山長。慈親大事如襄畢，衹好留身禮法王。
五十年來赤子身，不知何假又何真。滄溟一葉飄飄去，直上天門見二親。
哀哀父母我劬勞，羞蘗雙慈色若焦。愧爾懷間真赤子，或時嘻笑或時嗥。

自警四首[二]

聖道綿邈，如流趨壑。孰知其源，孰返其璞。玉石渾殽，競用攻錯。鏤飾難□，其德匪若。

璞則既真，攻之惟人。其頑其塊，孰珪如紳。如彼四子，何必兼身。文之禮樂，亦可成人。

小子弗類，日中始慧。荏苒衰頽，憂心如醉。肇允不雕，可用爲佩。知非已晚，斯吝斯悔。

矢其自茲，是攻是治。慎爾威儀，修爾言辭。前言往行，是傚是師。濳神滌慮，毋遂爾非。

［一］此題四首均係據道光本、光緒本補。

長至宿齋中寫懷奉承同署諸君子［一］

宇宙何寥廓，塵襟未必然。徒希來復後，不悟伏羲前。默默吾何有，冥冥帝象先。泰然修大定，誰數小乘禪。

復見心天地，誰將夜氣參。大同征好意，特立識兒男。靜夜鬢莖軟，中天月色藍。堯天如可接，玄酒未妨酣。

逝水誰能止，人生貴識真。與其希令聞，何似養元神。兩關名利結，萬劫死生津。只在尋常處，超超自上人。

蟣蝨營衣絮，蒼庚戀柳條。寧知寥廓外，還有大鵬搖。露肘誰千結，浮江自一瓢。看來無巧拙，惟適是逍遥。

學術千年事，惟存刹那間。燈花開我席，城鼓報更闌。炯炯看元化，茫茫識大還。頓超泃沫外，無

語憶姚安。（以上楊復所文集卷八）

〔一〕此題五首均系據道光本、光緒本補。

（關瑾華整理）

蝴蝶洞

名山深處蝶紛飛，粉翅香鬚繞翠微。葉底蘧蘧莊叟夢，風前點點葛仙衣。偏乘靈氣穿巖徑，不逐游人出洞扉。盡日更無塵俗戀，琪花瑤竹自相依。

峽山寺次坡仙韻

疊翠峰連漢，拖藍水接灣。浮生非是夢，真境且舒顏。機息鷗來狎，天空雲去還。樹煙籠梵刹，花雨點禪關。清籟鳴幽壑，畫圖開遠山。何須覓身外，此即異人間。不見龍歸洞，曾聞猿獻環。孤峰點黛色，天外露雲鬟。香刹出諸天，攀躋磴道懸。松篁蒙嶺密，猿狖躍峰聯。積蘚行防躓，垂藤幘慮牽。林昏疑虎伏，壑靜似龍眠。孤磬巖間發，明燈樹杪然。飛騰驅白象，結構擁青蓮。探討今辰得，皈依夙願便。晚來催解纜，乘月下江煙。

錦石巖

化邑茲巖勝，金仙自幻裁。丹青緣半壁，珠玉落中台。水帶西來意，山當震旦開。猿猴蒼木外，雞犬白雲隈。仙枕盤床睡，龍聞說法來。檐花晴亦雨，山鳥倦知廻。太史藏書室，真人煉藥臺。彩雲飛玉宇，佳氣接蓬萊。同看煙霞興，慚無丹雘才。長歌仍未盡，呼酒更傳杯。（以上清溫汝能粵東詩海卷三八）

遊陰那山[一]

層雲樹裏碧宮開，云是唐僧舊法臺。衆壑奔騰爭白道，羣峯競秀卓飛來[二]。江州使者多行歷[三]，梅谷歸宗去不回。且欲漫尋陶五柳，欣然一醉手中杯。（清康熙埔陽志卷五）

[一] 清陳鉦古瀛詩苑題作陰那山訪唐僧法臺。

[二] 本句清陳鉦古瀛詩苑作『群峰遠近送青來』。

[三] 行歷，清陳鉦古瀛詩苑作『行樂』。

（呂永光、張玲整理）

全粤詩卷四二三

王學曾

王學曾，字唯吾。南海人。明神宗萬曆五年（一五五七）進士。授醴陵知縣。後調任崇陽知縣，擢南京御史。卒以累言事忤旨，降興國判官。後遷光祿寺丞。與少卿涂杰疏爭三王并封，削籍歸，卒於家。明光宗泰昌元年（一六二〇）詔贈太僕寺少卿。有入楚吟、西游草、飛雲等集。清光緒廣州府志卷一一七有傳。

雲瀑亭

傑構臨丹壑，飛軒策勝遊。翠崖千仞碧，奇瀑一嵒幽。芳徑浮觴處，良朋笑詠儔。夕陽西嶺沒，攬勝尚淹留。（明郭棐、清陳蘭芝嶺海名勝記卷二）

乙未冬珠江餞金持甫梁文燦友人北上

二妙衝寒棹北征，那堪江上別離情。幸逢聖主詢民瘼，爲報瘡痍尚未平。

天開孤島屼中流，誰聽明珠莫暗投。把酒別君君努力，江湖廊廟足深憂。（明郭棐、清陳蘭芝嶺海名勝

記卷二）

丙戌赴謫下雉過小金山謁蘇祠與諸季言别

晚泊靈洲共舉杯，探奇重上妙高臺。且看往哲留青史，肯謂明時棄不才。棠棣風和增繾綣，庭萱日麗重徘徊。詰朝借問陽關路，來往逢人問折梅。（明郭棐、清陳蘭芝嶺海名勝記卷四）

（陳永滔整理）

游西樵山

高秋結侶泛孤航，遙陟西樵共采芳。萬仞丹梯雲竇杳，千山紅葉澗聲長。凌霄老桂香初靄，待月天池夜未央。晨爽杖藜尋幻跡，朝暉倒影聚仙房。瑤臺怪石峋嶙見，丹嶠叢霞縹緲光。巖列九龍棲燕雀，天開雲谷蔭松篁。玉崖瀑落珠簾瓅，石室雲生古木蒼。竈冷久湮仙子舄，砌陰空隱薜蘿床。振衣攀躡大科頂，把酒逍遙見日旁。奏技能令天一笑，憑虛何異鶴孤翔。層巒疊巘如群垤，赤縣神州布八荒。錯落錦巖煙淡蕩，崚嶒虹洞翠飛揚。雲泉不減風雷壯，曲沼頻傳主客觴。孤劍插天凌日月，石橋流水奏笙簧。坐來頓覺塵心靜，歌罷寧知舞態狂。興盡不妨歸棹促，出山聊賦遠游章。（清溫汝能粤東詩海卷三八）

（鍾東整理）

曾象乾

曾象乾，字體良，號連城。連州人。明嘉靖四十年（一五六一）舉人，明神宗萬曆五年（一五七七）進士，選翰林院庶吉士。典試山西，尋擢福建巡按御史。遷任南京學政，累官至河南道僉都御史。二十年（一五九二）致仕歸。年六十餘卒。有中秘課程。清同治連州志卷七有傳。

詠開創功臣圖畫

憶昔元時方失鹿，群雄雲擾相馳逐。天運從來無百年，白日狐貍走入屋。乾坤自合歸真主，聖皇仗劍興濠土。一時附翼攀鱗士，揮戈轉戰如虓虎。英雄千古真不數，恍若鵬摶與鳳翥。畫工好手筆端奇，能將丰采傳毫素。吾聞雲臺之將稱四尺，夾輔真人白水出。又聞凌煙炳日繪功臣，晉陽開府何嶙峋。往事空嗟自漢唐，風雲契合今猶芳。試看青綃一幅裡，英風颯颯生華堂。（清溫汝能粵東詩海卷三八）

（鍾東整理）

金節

金節，字持甫。南海人。明穆宗隆慶四年（一五七〇）解元。明神宗萬曆五年（一五七七）進士。授官中秘。秩滿，改南京戶部員外郎。晉郎中。出爲臨安知府，有平寇功。累官至廣西參政。罷政還，卒于家。有吳粵草、缶鳴集。清道光廣東通志卷二八一有傳。

五仙觀

何年羊化石，此日客爲仙。舉袂煙霞護，傳杯羽翰翩。遙聞玄鶴度，疑是絳霄傳。池飲白蓮水，人藏洞裏天。（明郭棐、清陳蘭芝嶺海名勝記卷一）

謁李忠簡公祠

曾聞燈火寄丹邱，廟食珠江砥柱流。宇宙獨存清節在，如來長護玉香浮。半空臺島開初地，萬祀簪裳憶壯猷。欲薦藻蘋滄海隔，西風吹送一輕舟。（明郭棐、清陳蘭芝嶺海名勝記卷三）

飛來寺

神靈有意卻飛來，福地於今絕勝開。古洞猿藏山色暝，清泉龍瀨石巉摧。磬聲寂處僧初定，舟纜過時客再回。登眺幾經忘歲月，空餘磴道長莓苔。

一十年餘此再逢，江流山色隱房櫳。玄猿入洞虚殘月，帝子吹簫向碧空。泉飲定心僧入定，法從空處界俱空。登臨欲問飛來事，雲樹重重水自東。（明郭棐、清陳蘭芝嶺海名勝記卷八）

（陳永滔整理）

送黎惟敬還嶺南

腰金載筆侍承明，一疏投簪似葉輕。綸綍久誇中省貴，蓴鱸忽動故鄉情。官河柳色迎征蓋，驛路鶯聲送去旌。歸去羅浮春未老，幾回翹首望神京。

春日賦柳

沿堤披拂弄新煙，春色遥看萬壑前。緑暗不緣分袂贈，青芬猶想畫眉鮮。暫時帶雨酬佳節，到處迎風憶往年。欲結柔條舒未得，不堪枝上又啼鵑。

南甸漫述

野燒平原別有天，騰陽遥望亦凄然。山當睥睨迎征蓋，路繞荒蕪起暮煙。幾隊材官仍戲馬，數家禾黍更連阡。朔風多少離人思，總爲邊陲旅夢牽。（以上清温汝能粤東詩海卷三八）

（鍾東整理）

姚岳祥

姚岳祥，字于定。化州人。明穆宗隆慶四年（一五七〇）舉人，明神宗萬曆五年（一五七七）進士。選翰林庶吉士，時張居正柄政，謝病歸。清道光廣東通志卷二九八有傳。

觀海歌指吳川縣新場海，海在城南二十五里、城東南三里。

海水清，涵天浴日無垢冥。海水廣，吞河吸川有消長。海水深，蛟龍蟠伏杳難尋。海水闊，歸空浩蕩竟洞達。我欲泝流窮其源，頗奈江洋不可前，誰窺浴日與涵天。我欲控瀾揚其波，力不從心可奈何，誰測吸川與吞河。我欲浮舟問其津，百怪紛紛復芸芸。誰辨蛟龍之神。我欲横磯濯吾足，萬濤奔逐復奔逐，誰搗歸墟之谷。時維四月暫成隙，偶攜故人共登劇。憑高縱眺滄溟寬，依稀欲遇乘槎客。燭龍蒸鬱海若驕，白浪茫茫山欲搖。惡風晝起鳴蹊馬，瘴霧昏籠噴怒潮。鰲使更番縮不住，蜃樓出沒近猶饒。張帆怯見紅旗動，鼓鼙疑將赤岸飄。更有潢池弄兵者，連艘撾鼓西南下。揚戈頓使洪濤腥，一炬堪憐萬家赭。白骨漂流葬魚腹，夜夜水濱新鬼哭。馬上將軍知不知，猶向華筵厭粱肉。萬里堯天覆幬均，海隅渺渺念吾民。寄語將軍須努力，好教一戰淨妖氛。（清光緒吳川縣志卷一）

（鍾東整理）

那陽山

翠微直上共遊翱，萬里寒光拂佩刀。象馬參差懸古石，龍蛇詰屈下奔濤。浮雲不斷峯陰合，旭日相將海氣高。回首蠻荒天地老，獨憐銅柱古□豪。（清光緒化州志卷一一）

（李君明整理）

汪一豐

汪一豐，字注之，號芑泉。廣東保昌（今始興）人。明世宗嘉靖間曾任程鄉縣教諭。明神宗萬曆五年（一五七七）貢生。七年任翁源縣訓導，十四年任羅定州東安縣教諭。官至廣西柳州教授，嘗署象州及武定縣。清道光廣東通志卷三〇四有傳。

題九星巖[一]

石洞天開巧化工，百年埋沒伴蒿蓬。冠裳小賞雲山外，狐豕魂銷草莽中。佛影懸巖留蘚跡，仙房幽壑自玲瓏。譚經暇日頻登眺，樂意相關興不窮。（雲浮九星巖汪一豐詩刻）

［一］詩後有落款：『萬曆十五年正月既望教諭保昌芑泉汪一豐書。』

（呂永光整理）

馬叔康

馬叔康，號雙喬生。河源人。明神宗萬曆間諸生。六年（一五七八）以孝上聞，得旌表。清康熙河源縣志卷六有傳。

遊逍遙巖

登巖至頂若天齊，觀盡人間高與低。疊疊好花千樹錦，重重瑤石一雲梯。浩歌有恐星辰動，細語還驚鳥雀啼。頃刻拈來信手句，萬年不斷此留題。（清康熙河源縣志卷七）

（史洪權整理）

陳萼

陳萼，字德輝。高要人。明神宗萬曆七年（一五七九）舉人，官惠安教諭。清溫汝能粵東詩海卷三七、清道光肇慶府志卷一四有傳。

送兄仲和通判瓊州

妙年折桂羨才良，別駕瓊南近故鄉。一葉扁舟渡炎海，滿天霖雨洗蠻方。千山巖谷春光暖，萬井桑

麻化日長。指日政成應奏最，鳴珂佇看入明光。（清溫汝能粤東詩海卷三七）

（鍾東整理）

何孫謀

何孫謀，更名挺，字學繩，又字翼軒，號表寰。香山（今中山）人。明神宗萬曆七年（一五七九）舉人。官至浙江紹興府知府。事見清何天衢欖溪何氏詩徵卷一。

游浮邱呈趙汝邁太史

靈源誰爲辟空寥，路入雲林一逕遙。謾道蓬萊隔清淺，已看樓閣鬱岧嶢。玉堂仙吏紆蒼珮，紫氣真人下絳霄。何祇鳳笙堪共聽，預聞鈞樂待和韶。（清何天衢欖溪何氏詩徵卷一）

何注：太史諱志皋，蘭溪人。明穆宗隆慶二年探花。觀察粤東，修建浮邱山八景，開社浮邱。後官大學士。謚文懿。

（陳永正整理）

謝晛

謝晛，字崇勳，號豫膺。東莞人。明神宗萬曆七年（一五七九）舉人，以乙榜任道州學正，遷富川知縣，移建昌通判。有誠正堂集、經世考、藝文輯略。清道光廣東通志卷二八二、清陳蘭芝嶺南風雅卷二有傳。

詠懷

人世隨化遷，幻寓何茫茫。籠鳥觸四隅，大道多亡羊。焉知昔之非，疇據今惟臧。時來亦簪組，剖木施青黃。澡浴必振衣，骯髒豈昇堂。遠志成小草，故山還翱翔。大瓢慮爲樽，綠荷集爲裳。灼灼荔子丹，裊裊竹枝長。息陰果可食，靜挹南風涼。從前無乃誤，一笑歌滄浪。

環堵吟

環堵樟岡下，蕭然興亦長。葉疏寒見鳥，階靜午聞蛩。摘菊祈兄酌，燒梨喚子嘗。意閒多樂事，庭色晚蒼蒼。

讀書砵盂山

苔痕草色稱幽居，默坐焚香意湛如。兩袖清風修竹外，一窗明月翦燈餘。南陽嘯傲休論樂，北海聲名尚薄徐。勤苦豈真希富貴，蒼生霖雨五車書。

別富川百姓

三年綰綬富江濱，休息惟憑俗自淳。衙鼓閒來歌永日，甘梨留得發晴春。孤蹤祇合稱爲傲，拙宦何堪道是循。去汝更憐相送意，祝教長作太平民。

懷諸同社

綵筆翩翩並雅遊，遶庭蘭菊鳳山幽。談天劇借三辰色，聽雨涼添四壁秋。一自西來仍卞石，至今南望憶吴鉤。嶺頭雲樹應無數，落日征鴻動客愁。

紀事

干戈初罷牧牛稀，山谷遺珍始吐輝。野老卻愁居未遠，請留薇蕨護柴扉。跂望長橋更此關，殷勤榷使未曾閒。也知内帑多陳朽，爲愛輸賓徧百蠻。

雲迷七夕

仙馭無心下界過，故將雲霧捲銀河。似憐人世多呈巧，悔卻從前巧與多。（以上民國張其淦東莞詩録卷一五）

（鍾東整理）

盧學益

盧學益，一名學易，字懋思，號太初。東莞人，附廣西籍。明神宗萬曆七年（一五七九）舉人。宰連江，轉襄王府長史。閣臣薦擢京職，固辭。尋遷鹺司，亦不赴。民國張其淦東莞詩錄卷一五有傳。

寄如麓弟

憶別家園歲幾違，忽聞入彀冠春闈。緗編已入青錢選，郢調那堪白雪飛。夢草不緣千里隔，望鴻聊與片雲依。含情尺素長相寄，莫使壎箎唱和稀。（民國張其淦東莞詩錄卷一五）

（鍾東整理）

何維翰

何維翰，字羽平，一字孔邦。順德人。明神宗萬曆七年（一五七九）舉人。任仙游知縣。清溫汝能粵東詩海卷三八有傳。

梅花詩[一]

舊是蓬壺玉女班，霓裳乘月下人間。夢迴雒涘今非昨，遙望三神海上山。

祁連萬里塞沙黃，羨爾何曾到朔方。一夜關山聞度曲，盡令征淚落胡霜。

靜夜風林玉有聲，薄雲將雨過江城。不堪五月懷人處，黃鶴樓中無限情。（以上清溫汝能粵東詩海卷三八）

［一］清梁善長編廣東詩粹卷六詩題下有小注：『一百首選三首。梅花百詠，羽平官仙遊時所作也。羽平卒於官，其邑上舍林谷偉求王氏躦爲繪百梅圖，分綴以詩，鳩工鐫石，遙致羽平家，時稱詩與字、畫爲三絕云。』

（鍾東整理）

陳光穎

陳光穎，字少敬。順德人。明神宗萬曆七年（一五七九）舉人，官通判。清溫汝能粵東詩海卷三八有傳。

南康道中答劉石梁

菊徑樗園亦主恩，焚魚躍馬出郊門。如弦豈用疑三黜，折羽何當到九閽。馬鬣未封疑宿草，雁行中斷愴荒原。維舟向暝逢漁父，指點春流有落礬。（清溫汝能粵東詩海卷三八）

（鍾東整理）

林志孟

林志孟，字淑之，號韋銘。順德人。明神宗萬曆七年（一五七九）舉人，任江西進賢教諭，歷仕戶部主事。有留餘集。清康熙順德縣志卷七、清道光廣東通志卷二八二有傳。

九龍洞

逶迤九節九芙蓉，萬壑濤生百尺松。游客漫攜山竹杖，恐驚風雨又爲龍。（清溫汝能粵東詩海卷三八）

（鍾東整理）

甘守正

甘守正，字元甫。南海人。明神宗萬曆七年（一五七九）舉人，任桂平知縣。事見清道光廣東通志卷七五。

文獻書堂

讀書臺上攬清奇，萬丈飛泉起硯池。可是玉龍翻浪暖，水晶簾動噴珠璣。（清道光直隸南雄州志卷一七）

（楊權整理）

磯石清風

百折湟川自上頭，風生幽壑漱清流。孤城斷岸塵應少，六月登臺暑亦收。頻聽漁歌時欸乃，相看鷗鳥日沉浮。于今懷古多惆悵，抗疏功名付釣鈎。（清順治陽山縣志卷一）

龍湫潭

悠悠神物枕靈巖，銀漢無聲雨自翻。勢似建瓴山色潤，形如開□水晶寒。噴成飛霧隨風起，瀉作流霞帶日涵。若得甘霖遍原野，不妨長喚作龍潭。（清同治連州志卷一一）

墨水回瀾

西崑東壁兩纏輝，百折千瀾有所歸。會見詞源倒三峽，墨池應有霧花飛。

躍溪春漲

流水無情涇渭分，滄浪一曲卻堪聞。誰家織就天孫錦，故向溪邊濯五雲。

鳳井甘泉

脉接丹山活水頭，碧桐飄井幾經秋。翩翩國瑞巢門日，自有甘霖遍十洲。

天柱晴雲

淩空天外削芙蓉，正笏當陽似上公。太史預占陳五色，舉頭紅日近彤龍。

溫炎泉脉

一脉春風吹玉律，如何挾纊又生寒。慘舒任是乾坤手，不是時情冷暖看。（以上民國始興縣志卷一〇）

（史洪權整理）

徐兆熊

徐兆熊，一作兆鼎，字夢祥。清遠人。明神宗萬曆七年（一五七九）舉人。官大理評事。事見清道光廣東通志卷七五。

峽山飛來寺

寺逼雲霄近，飛來豈浪名。江山連楚甸，棟宇自梁營。坐月聞猿嘯，吹笙叶澗聲。安期如可遇，何必訪蓬瀛。（明郭棐、清陳蘭芝嶺海名勝記卷八）

（陳永滔整理）

趙憲副游飛來寺陪酌挹泉亭

五月名山雨，蕭蕭松桂秋。亭虛涼籟入，濤怒亂帆收。阿閣名丹鳳，滄波問白鷗。風流看世業，此念重悠悠。

署中書懷次陳省堂寅丈韻

閉戶非耽寂，貪眠豈妒寒。明珠虞劍視，紅杏白雲蟠。得失塞翁馬，浮沉任氏竿。此懷誰與語，杯酒漫爲歡。

將發安遠

檢束琴書入帝都，驪駒將發重踟躕。十年雞肋慚叢桂，萬里雄飛負壯圖。故國雲山成睽隔，長途風雪任馳驅。卻憐雙鬢催遲暮，何日扁舟問五湖。

復之留都別諸親友

暫息枌榆會正歡，分攜忽又自江干。漫言老馬能知路，卻笑征鴻且避寒。別淚青衫誰更濕，離亭綠酒重相歡。風塵逐逐轅南北，何似煙波理釣竿。（以上清溫汝能粵東詩海卷三八）

（鍾東整理）

鰲頭塔詩次鍾韻

海畔何年印石苔，一尊遙向錦城開。懸知九夏冰壺迥，忽訝雙梟天上廻。樓敞薰風閒玉麈，波喞新

月出雲臺。詩成鰲首應先兆，眼見晴暉迅起雷。（民國清遠縣志卷一六）

飛來寺

雅愛名山上刹幽，飛來況復小瀛洲。江涵樓閣春雲綠，寺擲蕭梁古木秋。仙跡尚餘丹竈在，猿歸曾泣玉環留。諸天元自藤蘿外，幾度憑高散遠愁。（民國清遠縣志卷一七）

（戴武軍整理）

鄧良佐

鄧良佐，字德成。從化人。明神宗萬曆七年（一五七九）舉人，官知州。清溫汝能粵東詩海卷三八有傳。

秋日集海珠寺

扶光寒射海東紅，砥柱中流起梵宮。粵徼千年留壯麗，江波萬派盡浮空。依微樹色當窗見，隱約禪房有路通。解道摩尼知是否，乾坤清氣滿鴻濛。

謁李忠簡公祠

廟貌森嚴俎豆新，前朝冠冕識南人。孤忠獨抗雲霄志，百折猶存社稷身。麟閣千秋爭想像，龍門一

代許攀麟。江邊何物堪持薦，欲駕扁舟采白蘋。（以上明郭棐、清陳蘭芝嶺海名勝記卷三）

（陳永滔整理）

趙太史先生浮邱

丈人騎鶴自何年，窅窱郊原隱洞天。三秀獨餘寒澗色，五株長結野壇煙。潮通石井丹砂在，地入朱明紫氣連。遺跡不隨滄海變，故令仙史扣靈筌。

秋日趙太史招同黎秘書祁林二子集聽笙亭得樓字

雲鎖松門野徑幽，使車停處覓真游。筵開晴攬青山色，木落霜含白雁秋。身寄靈蹤探石室，杯深明月嘯南樓。相隨笙鶴猶堪聽，祇恐歌鸞未易酬。

蟂磯孫夫人廟用解學士韻

芙蓉天削海中開，野寺蕭寥傍古臺。鼎足已知分并峙，玉環何事獨歸來。雨餘基畔苔空積，水繞磯頭咽復迴。誰道辭劉心最苦，千秋留作不然灰。

春日飲劉少巳新樓

層軒虛敞構新成，騁望乘春逸興生。雉堞繡連千井邐，芙蓉晴削萬峰明。疏梅細逐琱檐落，乳燕頻窺彩幔輕。恣賞浩歌那惜醉，謝家賓從喜同傾。

送羅憲辟還豫章

萍逢不盡結交殷，何事歸心逐雁群。客夢庭闈章水遠，路歧煙樹粵江分。游存五國觀風論，匣有雙龍傍斗文。兩地比鄰應未隔，相期意氣幾如君。

夜泊峽山口寄懷劉季德

清夜維舟岸夾山，海潮斷處水潺潺。千峰月色浮璚島，萬壑濤聲響珮環。游子浩歌徒自放，美人叢桂共誰攀。乘秋羽翮將無健，矯首滬池未是難。

過陳郡丞旅館以詩見投次韻奉酬

秋深霜冷入天南，緇拂重逢喜盍簪。坐有黃花堪共把，壁留奇字許頻探。唾壺擊後談偏劇，刻羽歌來興益酣。塵世蘧廬君自見，未須憔悴説江潭。

送游山人之五羊訪浮邱諸社丈

玄言念合意如蘭，何事奇游拂鶡冠。興逐浮雲隨去鶴，人從紫氣望飛鸞。半生題句江湖滿，一騎飄塵驛路寒。欲向朱明尋勝侶，拍肩巖畔好相看。

宿太寧公館

野館重經幾日程，芙蓉如削萬峰晴。梅花欲放忽驚眼，鳥雀迎人亦解情。過隙此時徒祿食，雕蟲十載愧浮名。陽廻極目來南雁，一醉停雲待月生。

陳郡丞游南巖均慶寺用韻

曾事探奇禮佛齊，振衣如黛列峰排。洞開一線通青漢，乳結千年滴翠崖。風靜磬聲沉竹院，日移幡影落松階。塵心快聽觀生語，欲泛津梁恐未涯。

暮春陪諸丈郊游經蒲澗寺址爲安期上昇處用蘇長公韻

探勝相期碧澗前，浮杯猶得藉飛泉。殘碑寂寞憐芳草，靈氣依微隱洞天。跨鶴有時留玉舄，定猿無復問僧禪。人間幾見滄桑異，且向名山紀列仙。

贈元宇鄧參戎平黎

珠厓枹鼓偶相聞，靖寇誰知有冠軍。白羽晝傳麾海島，欃槍宵見墮南雲。鐃吹半作平黎曲，石畫新齊諭蜀文。麟閣姓名真不忝，黃金早晚策元勛。

題新會胡湛吾號

千仞圭峰削壁陰，多君蕭散在山林。觀生自淡雲霞思，閱世能澄水月心。花影半窗移午夢，漁歌一

曲濯煩襟。漢陽亦有龐公宅，不似江門寄興深。（以上清溫汝能粵東詩海卷三八）

（鍾東整理）

黄夢鴻

黄夢鴻，字壯猷。番禺人。明神宗萬曆七年（一五七九）舉人，官淮安府通判。事見清道光廣東通志卷七五。

三月六日齋中新燕

劍倚孤齋及暮春，雙雙紫燕忽相親。謾尋知是新梁棟，對語驚飛舊主人。入戶片時棲息定，銜泥當日往來頻。佇看挾子飛騰去，亦暫爲巢寄此身。

登鎮淮樓

縹緲飛樓景色佳，憑高一望遍天涯。蜀山西去連三楚，淝水東來帶兩淮。近市碧煙斜日起，遠村芳樹暮雲霾。仲宣徙倚應詞賦，暫息塵機散旅懷。

秋日揚子舟中

木蘭此日泛秋清，去去潮生兩岸平。杜若洲前飛鷺急，芙蓉江上浴鷗輕。開函欲檢觀濤賦，卷幔翻含擊楫情。正值斜陽方獨酌，舟人指點石頭城。

秋夜行舟

望斷青山夕照殘，飄然一葉度更闌。波浮皓月濤聲細，簾入清風露氣寒。明滅漁燈依極浦，參差雁影落前灘。昇平不用劉琨舞，行路空嗟世上難。（以上清溫汝能粤東詩海卷三八）

（鍾東整理）

盧欽明

盧欽明，字安卿，號静宇。東莞人。明神宗萬曆七年（一五七九）舉人，餘杭縣令。事見清光緒廣州府志卷三九、民國張其淦東莞詩録卷一五。

同友人遊梳粧亭

乘興蘭舟此一亭，望中風月正清泠。九江水下如眸碧，五老峰懸若髻青。人世幾回嗟短髮，雲林千古剩高亭。夜深仙子頻來往，無際天風響珮玲。（民國張其淦東莞詩録卷一五）

（鍾東整理）

鍾萬春

鍾萬春，字懋和，號初宇。清遠人。于田子。明神宗萬曆七年（一五七九）舉人，官邵武同知，以艱去，補襄陽同知，陞知府。有㦸㦸言文集。民國清遠縣志卷六有傳。

飛來寺

幻跡吾生總自嗟，興來今日泛輕槎。風煙晝斷魚龍石，蘿薜秋含帝子家。峽急江中懸白練，僧歸雲圃問胡麻。憑軒欲矯扶搖翮，取醉仙榴五色花。

靈鷲西來失畫圖，千峰積翠散江湖。層臺瞰日諸天接，蒼壁含風一柱孤。黄鶴喚回幽客夢，疏松棲老法僧壚。飛泉況復新穿石，一漱塵心信有無。

天遣珠林傍翠微，清江碧石殿含暉。誰言白晝玄猿化，惟有王孫綠草腓。鐘落青霄愁鬼魅，花翻瑤露濕裳衣。坐來世界滄桑外，目斷霞標冉冉飛。

爲客江湖已廿年，摳衣今謁大羅天。玉環金鎖成塵事，雲笈尼珠總自然。琪樹帶霞籠寶筏，天花凝露印瑤川。慈航覺路元非幻，四諦真詮在目前。（以上明郭棐、清陳蘭芝嶺海名勝記卷八）

（陳永滔整理）

鳳凰臺

鳳凰臺上鳳凰來，迤邐千秋祗此臺。古廟啼鶯空隔葉，深春梧樹好誰栽。影涵城郭雲偏鎖，地轉東南水竟廻。形勝祇今還兀兀，高翔寥廓使人猜。

飛泉洞

雅愛飛泉水，誰開此洞中。河疑天上落，雲自竇間通。澗晚杯浮翠，春來槿變紅。醉眠醒酒石，猶喜度溪風。（清康熙禺峽山志卷三）

（史洪權整理）

三月一日次宿州是年閏二月

三月添春卻減春，春歸不盡正芳辰。青青梅結半銜夏，點點花飛欲傍人。檐外鶯啼催曙色，盤中雞肋笑游身。上林信道風光好，乘興衝泥且度津。

懷舊寅長馮太咸

峴首廻思杯酒餘，衡陽目斷故人書。何讒八載仍爲守，得意三山好卜居。裘帶風流天地在，漁樵生計鬢毛疏。馮唐未必終淹滯，懸念綈袍過草廬。（以上清溫汝能粵東詩海卷三八）

（鍾東整理）

鰲頭塔

倚郭樓成控越臺，蘢葱佳氣鬱誰開。星連峽口雙洲見，塔柱天中萬頃廻。虚宇飛紗籠佛閣，碧梧棲鳳起雲臺。枯株漫詑當年事，伏日暉暉忽震雷。（以上民國清遠縣志卷一六）

（戴武軍整理）

劉堯佐

劉堯佐，字茂良。番禺人。明神宗萬曆七年（一五七九）舉人。事見明郭棐、清陳蘭芝嶺海名勝記卷五。

遊浮邱呈趙太史

海上丹邱一徑通，千年仙跡未冥濛。珊瑚井後丹光在，玳瑁亭高鳳吹空。倚檻蒼烟浮疊嶂，開尊紫氣隱簾櫳。玉堂仙吏新篇滿，已副名山石室中。（明郭棐、清陳蘭芝嶺海名勝記卷五）

（陳永滔整理）

潘豫之

潘豫之，順德人。明神宗萬曆七年（一五七九）貢生，授光祿寺署丞。事見清康熙順德縣志卷五。

秋日集海珠寺

雪後移舟江上臺，潮聲聽處興悠哉。風聲蕭寺隨鐘去，月過佗城逐雁來。僧向中宵親洗鉢，人從何處度浮杯。可憐日夜東流急，不念馳光白髮催。（明郭棐、清陳蘭芝嶺海名勝記卷三）

厓山吊古

水國波濤晝自陰，兩厓拱木鬱成林。未論一旅興王地，獨惜三仁報主心。赤羽不歸航海戍，白鷳遥共落星沈。英雄從古多遺恨，極目東流思不禁。

駐蹕當年帝子魂，鵑啼陵木不堪論。翠華影沒餘雲樹，黑氣煙沈向海門。正笏朝衣誰勸講，斷維祭器竟先奔。祇今獨有厓前月，長照荒林怨斷猿。（清趙允閒等重修厓山志卷七）

（陳永正整理）

遊浮邱呈趙太史

芳郊十里帶溪山，仙吏情兼水石間。詎但丹砂垂世外，卻移玄圃在人間。平蕪莽莽孤煙斷，落日蒼蒼獨鶴還。何事桃源重借問，暫來此地遠塵寰。（明郭棐、清陳蘭芝嶺海名勝記卷五）

（陳永滔整理）

觀魚臺

洑岸沿堤灌木陰，高臺晴色散披襟。清秋一寄知魚興，千載空懸傲吏心。濠上緒風吹夕照，天邊鳴籟入寒林。向來延睇蒼煙逈，名跡荒涼共古今。（清康熙順德縣志卷一二）

（李君明整理）

遊七星巖同朱季美劉道子賦

開晨飛我雙玉軿，芝蓋乘風何翩翩。七曜之峯泛洪澤，石室□窈垂星懸。相期方舟可至之，翠翰太乙登青天。髮散頗似南庭老，何用笑拍洪崖肩。自不挾策干萬乘，草衣木食堪長年。玉虛真人並絳節，星冠月佩衝雲烟。空中餘響答天籟，寫而托之十三弦。滄桑更閱人間世，回首瑤池生碧蓮。（明崇禎肇慶府志卷四五）

（李永新整理）

鄭文炳

鄭文炳，字在中。新安人。明神宗萬曆七年（一五七九）貢生，初授福建將樂訓導，遷高明教諭，昇廣西賓陽學正，署懷遠縣事。卒于官。有奎亭集。清嘉慶新安縣志卷一九有傳。

杯渡山

聞説禪蹤此舊遊，一杯飛渡渺滄洲。山前卓錫泉猶有，巖上懸枝鐘尚留。石柱高標千古勝，蘭花静挹四時幽。登臨欲覓燒丹訣，翹首層巒紫氣浮。

秋日遊鳳凰巖

浮嵐縹緲留芳跡，遠隔塵寰開絶壁。煙光一片接滄溟，萬仞芙蓉削天碧。奇情勝概近蓬瀛，石室玲瓏紫翠盈。松風澗水調絲管，瑶草琪花照眼明。鳳翔千仞周八極，一覽德輝暫棲息。軒翥寧同凡鳥群，文采欲絢青山色。何時振翼五雲邊，梧葉秋風漫自憐。祇今佳氣復繚繞，丹穴應知勝昔年。登臨竟日窮幽境，驚飈颯颯輕裾冷。菊叢綴玉帶晴暉，古峽寒潭照秋影。徘徊展眺物華新，腳踏芒鞋破緑茵。扶笻直上飛雲頂，舉手不覺摩蒼旻。醍醐漫倒和煙吸，帶醉狂歌山鬼泣。達人對境須曠觀，牛山何必空於邑。仙巖靈秀豈尋常，英髦接踵爭翺翔。賡歌雜遝叶韶濩，群羨海邦多鳳凰。（以上清嘉慶新安縣志卷二四）

（戴武軍整理）